Più di cento battiti
di Valia Emme

Impaginazione e copertina: Palma Caramia @unteconlapalma

Copyright © 2023 Valia Emme
ISBN: 9798828420926

Tutti i diritti riservati.

Questa è un'opera di fantasia. Nomi, personaggi, luoghi ed eventi narrati sono il frutto della fantasia dell'autrice. Qualsiasi somiglianza con persone reali, viventi o defunte, eventi o luoghi esistenti è da considerarsi puramente casuale.
Questo libro contiene materiale coperto da copyright e non può essere copiato, trasferito, riprodotto, distribuito, noleggiato, licenziato o trasmesso in pubblico, o utilizzato in alcun altro modo ad eccezione di quanto, è stato specificamente autorizzato dall'autrice, ai termini e alle condizioni alle quali è stato acquistato o da quanto esplicitamente previsto dalla legge applicabile (Legge 633/1941).

VALIA EMME

PIÙ DI CENTO *Battiti*

ROMANZO

A chi sogna davvero e a chi porta dentro il cuore la speranza di incontrare il vero amore.

TRAMA

Può uno sguardo essere più potente di qualsiasi altro contatto?

Ania e Raziel. Entrambi giovani, con un passato da dimenticare.
Lei ha sofferto troppo, chiudendosi in sé stessa; lui, bellissimo ed enigmatico, fugge dalla propria città.
Destino vuole che lui, Raziel, riesca a chiedere ospitalità al padre della ragazza, trasferendosi a casa sua.
Lei, Ania, non ha mai sentito parlare di Raziel. Chi è? Da dove viene? Ma soprattutto perché suo padre lo ha accolto in casa come se si conoscessero da sempre?
Il ragazzo si rivela introverso, ma è così seducente e diverso che Ania non riesce a stargli lontano, e decide di fidarsi di lui: una serie di circostanze farà scoppiare un'insolita e passionale danza di emozioni.
Riusciranno a resistere alla tentazione?
Faranno in modo di tenere le distanze l'uno dall'altra? O l'attrazione vincerà e scopriranno tutti i segreti finora tenuti nascosti?

Prima Parte

In un posto diverso, lontano dalla vita, lontano da tutti, lontano da ogni cosa, un cuore buono pregava di dover rinascere di nuovo.
Era un cuore che voleva a tutti i costi sopravvivere.
Un cuore che aveva bisogno di amare.
Un cuore che per il momento aveva spento la sua luce.
Un cuore che galleggiava nel buio e nel silenzio più profondo.
Sarebbe mai rinato questo cuore?

PROLOGO

«Morirà?» la voce della ragazza vibrò bassa e preoccupata accanto al ragazzo robusto e dall'aria esausta.
«Non si sa ancora. Non dà segni di miglioramento.»
«Non può essere...non può lasciarci così», continuò con la voce graffiata di dolore.
«Se lo merita», ringhiò a denti stretti, minaccioso.
Lei sgranò gli occhi e guardò sconvolta l'amico di una vita intera.
Come poteva anche solo pensare una cosa simile?
Erano da sempre stati tutti amici. Come poteva augurargli la morte?
«Che stai dicendo, sei forse impazzito?» lo redarguì e il ragazzo ridusse gli occhi a due fessure.
«Sai quello che è successo. Sai perché è finito in...coma.»
«Tutti sbagliamo. Anche tu hai sbagliato nella tua vita, non per questo ti hanno mai augurato di morire», ribatté stordita e affranta.
Non riusciva neanche a litigare.
Il suo cuore era a pezzi.
«Non mi interessa. Non dovrei neanche essere qui», confessò senza sentirsi in colpa.
Sconfitta dalla risposta appoggiò le mani alla vetrata e guardò colui che stava dall'altra parte.
Colui che avrebbe potuto morire.
«Pensi che si sarebbe comportato da amico se fossi stata tu incatenata a quel letto?» proruppe con più cattiveria e con uno sguardo così austero da far paura.
«Noi siamo sempre stati amici. Non mi avrebbe voltato le spalle», riferì convinta di ogni singola parola proferita.
«Vivi nelle favole. Non hai mai voluto aprire gli occhi.»
L'amica pigiò più forte i polpastrelli sul vetro e, senza farlo di proposito, lasciò delle visibili impronte.
«Le favole, a volte, hanno il dono di farci sognare. Sei tu che sei un

mostro e non credi in loro e in lui.»
«Le tue impronte non serviranno a niente. Lui non si risveglierà. Avrà ciò che si merita.»
«Vattene via. Non sei il benvenuto, qui.» La ragazza sbottò e l'amico allungò un angolo delle sue labbra all'insù, lusingato da quell'aspra verità.
«Con piacere. Andrò via, ma tu dovrai imparare a vivere senza di lui.»
Detto ciò si girò e la lasciò nella sua più totale solitudine, fatta di dolore e tristezza, di confusione e smarrimento.
Perché tutto questo era successo a lui?
Perché la vita era così ingiusta?
Perché si stavano separando in questo modo?
La ragazza pianse e tramite le sue impronte sparse sul vetro desiderò che la sua vicinanza giungesse a lui.
Che, in qualche modo, lo risvegliasse.
Sperò nel profumo della rinascita e in un nuovo inizio.

1
Hai mai sentito parlare di Raziel?

Ania

Da inguaribile romantica, anche questa mattina sto esplorando dal mio balcone la bellezza dell'alba e il meraviglioso scenario che regala il cielo.

Mi crogiolo nella vestaglia di raso e aspetto l'inizio del nuovo giorno in tranquillità, respirando serenamente l'aria fresca.

Raccolta nei miei ricordi continuo a pensare a tutto ciò che è cambiato nel corso degli ultimi anni, a come la mia vita sia migliorata, e più mi riscaldo tra le mie braccia più le lacrime provano a pizzicarmi gli occhi. Le caccio via perché non ho più bisogno di piangere.

Adesso che ho superato tutto posso guardare le stelle nelle notti più magiche, posso osservare l'alba, posso parlare d'amore e persino regalarmi emozioni.

Inspiro profondamente e mi libero della nostalgia, dei momenti tristi e cupi, di tutti gli incubi che a volte tornano a farmi piangere nel bel mezzo della notte.

«Ania?»

La voce della mamma riecheggia dietro la porta della mia stanza. Istintivamente osservo un raggio di luce rischiarire il davanzale della finestra, dove si trova un vaso di peonie profumatissime.

«Sono sveglia, mamma, puoi entrare», enuncio, sbadigliando più volte.

Mi raggiunge in balcone e la accolgo con un bacio sulla guancia, osservandola in tutto il suo splendore.

Paula Ferrer è una donna di quarantacinque anni con una bellezza ancora viva in lei. I suoi occhi pagliuzzati di verde, affini ai miei, mi scrutano come se volessero consigliarmi di vestirmi alla svelta.

«Tesoro sei ancora in vestaglia? Papà deve accompagnarti all'università.»

Papà?

Corrugo la fronte perché di solito mi reco con i miei due migliori amici, Carlos e Timo.

«Ho osservato l'alba e il tempo è trascorso senza che me ne fossi resa conto», riferisco con sincerità e lei occhieggia verso il sole ormai sorto.

«Non vorrei interrompere il tuo momento di riflessione, tesoro, ma papà ti sta aspettando. Lui è già pronto», afferma, modulando a tono le parole e rendendole più armoniose.

«Okay, dammi cinque minuti, anche perché devo avvertire Carlos e Timo che non andrò con loro. Come mai vuole accompagnarmi?»

Mamma si aggiusta una ciocca di capelli scuri, che le è sfuggita dal dovizioso chignon, e si avvia a raccogliere gli indumenti sudici del giorno prima che ho disseminato sulla sedia.

«Deve parlarti», espone senza aggiungere altro.

«Parlarmi? E di cosa?» La inseguo e sembra infastidirsi perché sto perdendo del tempo inutile in chiacchere.

«Tesoro, vestiti. Sai che papà non ama attendere, perciò sbrigati.»

Mia mamma è una donna affabile. Anche mio padre lo è, ma è meno paziente di lei e non accetta che lo si contraddica, però entrambi, nonostante abbiano caratteri diversi, si completano.

«Non puoi dirmi qualcosa in più? Ho fatto qualcosa di sbagliato?» Spero proprio di no.

Mamma si blocca e per un attimo lascia perdere gli indumenti che tiene in mano, mi accarezza la guancia e cambia completamente espressione.

Si addolcisce.

«Tesoro mio, papà non si è mai arrabbiato con te. Non gli hai mai dato motivo di rimproverarti. Sei la figlia che tutti i genitori vorrebbero avere e noi siamo fortunati, ma deve parlarti; dunque, non perdere altro tempo e scendi da lui. Sul serio, Ania, non farmi spazientire.»

Il sorriso che mi regala riesce a scaldarmi il cuore, così smetto di fare domande e decido di ascoltarla.

D'altronde non ho altra scelta.

Ravvio una ciocca di capelli dietro l'orecchio e appoggio la vestaglia sul bordo del letto.

«D'accordo, mando un messaggio a Timo e a Carlos e raggiungo papà.»

Mamma raccatta le ultime cose poi esce dalla stanza e chiude la porta alle spalle.

Una volta rimasta sola mi affretto a scegliere dei jeans e una maglietta pulita. In seguito, invio un messaggio ai miei due amici.

Timo e Carlos scrivono la loro risposta, solo che non riesco a leggerla perché scendo in fretta e mi reco nell'immenso atrio luminoso della villa in cui abito.

Ogni volta che mi guardo intorno m'innamoro sempre di più della casa che papà ha scelto per noi.

Lui è uno dei più importanti avvocati di Buenos Aires ed è stato grazie al suo impegno se siamo riusciti a vivere in un quartiere molto lussuoso: Recoleta.

La nostra casa ha uno stile raffinato, moderno e sublime. Sbadatamente lancio un'occhiata alla finestra e l'esterno mi ammalia all'istante. L'enorme giardino verdeggiante è abbellito da due dondoli, sedie a sdraio e da due amache giganti per gli inconsueti momenti di relax.

Mi manca rilassarmi lì, dovrei scegliere dei giorni da dedicare a me stessa come facevo una volta. Ma adesso la mia vita è abbastanza frenetica e non ho mai del tempo per me.

D'un tratto la voce di papà mi richiama, regalandomi un saluto radioso. Con gesto automatico, come se avessi un interruttore, decido di spegnere i miei più intimi e solitari ricordi e dedico la mia attenzione all'uomo di casa che si trova proprio dietro di me.

Lo incrocio e sorrido perché apprezzo tantissimo il suo classico vestito nero, la cravatta grigia e i capelli brizzolati che fanno impazzire sua moglie.

«Quanto siamo belli, signor Ferrer.»

Mamma esce dalla cucina e lo bacia davanti a me.

Non mi dispiacciono i loro momenti intimi e li immortalo in una foto ricordo. Lei, accorgendosi dello scatto, sorride come una ragazzina innamorata.

«Siete così belli che non ho resistito a fotografarvi.»

Le guance della mamma si imporporano, mentre papà, prima di uscire da casa, afferra una cartella dalla borsa di lavoro e la revisiona.

«Andrà tutto bene tesoro. Farai fuori quel furfante, oggi.»

Papà la bacia una seconda volta, poi conserva la cartellina al suo posto, si appropinqua a me per avvisarmi di non perdere altro tempo e raggiunge la vistosa macchina.

«Tesoro, tieni, mangia una ciambella prima di arrivare all'università.»

Mamma ritorna con in mano un sacchetto e la ringrazio. Ho già l'acquolina in bocca.

«Grazie mamma, scappo, altrimenti papà si spazientisce.»

Mamma mi sorride e ritorna in cucina, mentre io rincorro papà per non fargli fare tardi.

Una volta entrata nella Mercedes rossa, allaccio la cintura: il tragitto da casa all'università non è breve, più o meno dista un quarto d'ora senza traffico. Così, mi metto comoda e spulcio il telefono per scoprire qualche pettegolezzo mattutino.

Non sono un'amante dei social, però ogni tanto spettegolo con i miei amici e quindi devo restare aggiornata su quello che succede.

«Come va lo studio, tesoro?» Qualche secondo dopo, papà inizia la conversazione.

Deduco che la domanda sia mirata a un fine ben preciso perciò, senza farlo innervosire, ripongo il cellulare e gli rispondo. Nel frattempo, intreccio i miei capelli.

«Tutto bene, perché?»

Il suo sguardo si posa sulla strada trafficata davanti a noi e, per qualche motivo, lo noto assorto nei suoi pensieri. I minuti di silenzio aumentano, ma non si decide a spezzarli. Si volta verso di me, mi rivolge un lieve sorriso e riconcentra la sua attenzione sulla strada che sta percorrendo mantenendo una guida impeccabile.

«Papà, stai bene?» Chiedo, accarezzandogli il braccio.

Risponde in modo evasivo. «Sì, è che non so come potrai prendere questa notizia...»

Okay, a quanto pare la questione è più seria di quanto immaginassi.

«Quale notizia?»

Con nonchalance si accarezza i capelli brizzolati, abbassa il finestrino e respira l'aria fresca.

Per mia fortuna decide di non tacere, e mi porge una strana domanda.

«Hai mai sentito parlare di Raziel?»

Sto pensando a chi possa essere questo *Raziel*, tuttavia non conosco nessuno che porti questo nome e scuoto la testa.

«No, chi sarebbe? Un amico di famiglia di cui non ho mai sentito parlare?»

Mi metto comoda, forse questa storia potrebbe interessarmi.

Papà schiaccia l'acceleratore e sfrecciamo sulla grande strada, tra dieci minuti sarò arrivata e vorrei sapere di più.

«Papà? Stiamo per arrivare, allora mi dici chi è questo *Raziel*?»

«È un ragazzo a cui tengo. L'ho conosciuto tempo fa a un convegno fuori città e...» sbotta perché lo interrompo con una domanda insensata, piena di preoccupazione.

«E...?»

Automaticamente accosta la macchina: sembra confuso, disorientato, qualcosa mi dice che non è preoccupato quanto me.

«Papà, puoi dirmi tutto, lo sai.»

Porto una mano sul mio cuore e mi rivolge un leggero sorriso.

«Sì, lo so... per questo ti sto parlando apertamente. Raziel verrà a stare a Buenos Aires per un po'. Ha bisogno di cambiare città e mi ha chiesto un appoggio. Spero non ti dispiaccia, si traferirà da noi.»

Rimango sconcertata per qualche secondo. Non mi aspettavo una rive-

lazione del genere, deglutisco il groppo in gola.
Un ragazzo? In casa nostra? E le sue regole puntigliose dove sono finite?
Non le espongo ad alta voce, però ricordo ancora quanti dettami mi hanno imposto i miei genitori prima che Timo e Carlos potessero trascorre dei pomeriggi di studio in casa mia.
Certo, da allora sono passati anni e adesso non mi fanno più problemi, tuttavia quelle imposizioni le ho dovute rispettare.
Sbuffo dentro di me e formulo un'altra domanda a denti stretti.
«Da dove viene?»
Papà mi guarda di sottecchi. «Da Madrid. Studia diritto anche lui. È un ragazzo in gamba, intelligentissimo e molto, molto educato. Ti piacerà, vedrai.»
Ha già dato per scontato che l'arrivo di Raziel possa andarmi bene, ne sta parlando in modo positivo e gli brillano pure gli occhi: deve essere davvero affezionato a questo ragazzo, però perché lo sento nominare soltanto adesso?
Non mi ha mai raccontato di averlo incontrato. Non ho mai sentito parlare di Raziel... almeno fino ad oggi.
Qualcosa non mi quadra.
Mentre ascolto come mio padre loda questo fantomatico Raziel, mi rendo conto che stiamo siamo quasi arrivati, perché intravedo l'immensa facoltà.
Una fila chilometrica di macchine crea traffico e mille studenti scendono di corsa dagli autoveicoli per recarsi ai propri corsi di studi.
L'università che frequento è una delle più importanti della città e pullula ogni giorno di studenti.
«Verrò a prenderti più tardi e andremo ad accoglierlo in aeroporto, d'accordo?»
Continuo a osservare la sua espressione contenta e appagata per l'arrivo di questo misterioso Raziel e non posso fare altro che acconsentire svogliatamente alla sua richiesta.
«D'accordo, adesso vado che Timo e Carlos mi aspettano.»
«Buona giornata, ci vediamo intorno alle due.»
Prima di aprire lo sportello lo guardo contrariata, perché l'ora stabilita non va bene. «Ho "Introduzione allo studio del diritto" a quell'ora, non puoi andare a prenderlo con mamma? Rincaserò nel pomeriggio inoltrato, possono riaccompagnarmi Timo e Carlos.»
Il piglio severo che spunta sulla sua fronte mi fa mordere il labbro inferiore e comprendo di non poter rifiutare questa sua richiesta.
«Non penso succeda qualcosa se per una volta salti la lezione, giusto?

Potrai studiare dagli appunti dei tuoi amici. Sarebbe scortese non accogliere Raziel.»

In teoria le lezioni non sono obbligatorie, ma una parte di me non vuole conoscere questo tizio che abiterà in casa mia chissà per quanto tempo.

Non ho mai avuto a che fare con un ospite in giro per casa e dal suo arrivo, sicuramente, alcune cose cambieranno.

Continuo a guardare papà, quando all'improvviso il suono di un clacson mi fa trabalzare e accorgermi del ritardo, così ritiro la mia proposta e lo rendo contento.

«Cercherò di sbrigarmi e mi farò prestare gli appunti da loro.»

Felice dal mio cambio di programma, papà sorride. Ci salutiamo e sfreccia via veloce, facendo così scorrere il traffico.

Nel momento esatto in cui mi volto, l'edificio in cemento si mostra imponente davanti ai miei occhi.

Prima di raggiungere il grande porticato, sorretto da una schiera di colonne, mi avvio verso l'infinita scalinata che dovrò percorrere ancora per tanti anni.

Sospiro, poi poso l'attenzione sul cellulare e ai messaggi in chat.

Timo e Carlos sono già arrivati e hanno occupato un posto sia per me sia per Merien, una ragazza che ho conosciuto il primo giorno e con cui ho stretto un rapporto amichevole.

Credo che Timo ci stia già provando con lei e i miei sospetti vengono confermati quando supero il grande atrio affollato ed entro in aula.

Nonostante la classe sia gremita di studenti sconosciuti, riesco a individuare i miei amici, e Timo è proprio seduto accanto a Merien.

Carlos alza gli occhi per primo e, quando intravede la mia chioma scura ondeggiare davanti l'ingresso, sventola subito la mano. Li raggiungo.

«Ciao ragazzi, come state?»

Timo mi rivolge un sorrisino sornione, Carlos mi saluta con un bacio sulla guancia e Merien altrettanto.

Carlos, che è il primo della fila, inizia la sua lunga ramanzina per il mio ritardo.

«Si può sapere perché non sei venuta in macchina con noi? Non va bene così, signorina, non ci siamo proprio.»

«Papà ha voluto accompagnarmi. Non potevo dirgli di no.» Rivelo. Estraggo il quaderno degli appunti dalla borsa e lo appoggio sul banco.

«Già, si infurierebbe…» continua Timo.

«Ma è strano, non ti accompagna mai…» interviene Merien, scostandosi dalla guancia una ciocca di troppo.

«Oggi ha fatto un'eccezione», dichiaro, consapevole di dover raccontare ai miei amici la novità.

«E come mai?» Carlos si incuriosisce di più. Appoggia i gomiti sul tavolo e mi guarda fisso negli occhi. Li ha davvero belli, scuri come la notte, solo che mi mette in soggezione quando mi guarda con insistenza, dunque sputo il rospo.

«Ho una piccola novità da raccontarvi e proprio per questo non potrò seguire la lezione delle due. Potrei prendere i tuoi ordinatissimi appunti?»

Rivolgo a Carlos i miei occhi da cerbiatta e sbatto più volte le mie lunghe ciglia per lusingarlo; il suo sguardo si spalanca di curiosità.

Non ho mai domandato appunti a nessuno, ma non voglio rimanere indietro e Timo non è poi così bravo come Carlos.

Lui e io siamo più simili, siamo attenti, precisi, mentre Timo è proprio un disastro, come la sua capigliatura piena di ricci ingarbugliati.

Carlos si passa una mano tra i capelli scuri e mi sorride, portandola a sua volta sul cuore: «Davvero posso avere l'onore di farti studiare dai miei appunti?»

Mi sta prendendo in giro. La sua ironia non mi inganna. Lo colpisco scherzosamente con la punta del gomito e continuo a guardarlo, nel frattempo Timo si intromette nella conversazione.

«Puoi studiare dai miei appunti, *Ania*», sussurra al mio orecchio.

Piego il collo a causa del solletico e arriccio il naso perché in realtà io e la sua calligrafia incomprensibile non abbiamo un bel rapporto.

«No, grazie, Timo. Preferisco quelli di Carlos, così almeno potrò capire meglio la lezione e non leggere parole volgari sui tuoi appunti.»

Merien ride sguaiatamente e Timo si accascia sulla sedia, sconfortato.

«Le parole volgari che scrivo tra parentesi nei miei appunti sono fantastiche, non fanno ridere solo te, *Ania*.»

Forse è vero, ma trovo squallido quello che scrive; invece, Merien sembra essere dalla sua parte e gli accarezza il collo come se fossero già in confidenza.

Timo non disprezza il gesto della nostra amica, continua comunque a sbuffare per la mia scelta e distoglie lo sguardo, deluso dalla mia risposta.

Faccio spallucce e mi rivolgo di nuovo a Carlos, prima che il professore entri in aula e chieda a tutti di fare silenzio.

«Allora?» Espongo quell'interrogativo un'ultima volta con gli occhi di chi spera in una risposta positiva.

Carlos mi guarda con un sorriso beffardo, poi mi stupisce.

«Solo se ci racconti cosa ti ha detto il paparino.»

Immaginavo che non mi avrebbe assecondata tanto facilmente.

Raziel

Odio viaggiare, ma non ho scelta.

Devo allontanarmi dalla mia città ma, soprattutto, devo cercare di non pensare al *passato*.

Il viaggio è stato terribile. I ricordi mi hanno perseguitato per tutto il tempo e non ho riposato bene. Ho un mal di testa lancinante che mi impedisce di ragionare lucidamente. Devo stare calmo. Devo provare a prendere un bel respiro e a non impazzire del tutto.

Non posso farmi imprigionare dai miei ricordi, non posso. Ho cambiato città e devo evitare di pensare a quello che è successo prima.

Non si può distruggere il passato, ma si può permettere al proprio cuore di andare avanti e di lasciarsi tutto alle spalle.

La vita ci offre spesso delle opportunità di scelta e oggi ho optato di andare via dalla mia città per respirare.

Per sentirmi finalmente libero.

Mi accorgo di essere arrivato a destinazione e che la mia vita, da oggi in poi, subirà una svolta radicale.

Sospiro per non soffocare ancora una volta in rimorsi troppo grandi.

Per smettere di rimuginare mi concentro sul luogo in cui mi trovo e mi guardo intorno.

L'interno dell'aeroporto è immenso, uno di quegli edifici moderni con delle ampie vetrate da cui filtra la luce esterna.

La gente corre verso l'uscita, felice di essere tornata in patria o di poter conoscere questa città. Io, invece, cammino a rallentatore: scruto tutto con attenzione e penso al perché di tante cose, alla risposta che non avrò mai, che non arriverà mai.

Trascino la valigia senza sforzarmi: l'allenamento e la giusta alimentazione di questi ultimi anni mi hanno aiutato parecchio a non perdere le forze.

Il fisico è più impostato, le spalle sono ben larghe, i bicipiti sono pompati, proprio come li desideravo da tempo.

Sto per raggiungere l'uscita, quando il telefono squilla. Lo afferro, conoscendo già il nome del mittente. Guardo il display e, al tempo stesso, lancio un'occhiata furtiva a chi mi sta accanto per non dedicarmi troppo a quel *nome*.

Non devo rispondere, non adesso.

Sono appena arrivato e non voglio pensare al passato.

Conservo il cellulare dentro la tasca del giubbotto e cammino alla ricerca di colui che ha deciso di accogliermi in casa sua: l'avvocato Alberto Ferrer, un uomo che stimo con tutto me stesso da quando l'ho conosciuto.

Onestamente, prima di partire, non sapevo dove andare. Lui è stato il primo a cui ho chiesto aiuto. La sua generosità, nel fatto di accogliermi in casa sua, mi hanno stupito così tanto da farmi decidere a partire subito.

Mi ricordo bene le parole che mi ha riferito per telefono: «Certo, Raziel. Sarà un piacere conoscerti meglio e, vedrai, andrai d'accordo persino con la mia bellissima bambina e con mia moglie.»

Da quel racconto ho dedotto che è sposato, ha una moglie che ama tantissimo e una bambina di cui si prende cura ogni giorno.

È forse il miglior uomo che abbia mai conosciuto perché mio padre, di certo, non è come lui...

Non abbiamo mai avuto un ottimo rapporto e in questi ultimi anni è addirittura peggiorato. Depenno dalla mente l'immagine sfocata di papà che è apparsa senza il mio consenso e, distrattamente, guadagno l'uscita.

È solo quando una voce adulta, rauca ed emozionata, mi chiama che alzo gli occhi verso la direzione giusta.

«Raziel. Raziel siamo qui!»

Scruto a destra e a sinistra, impaziente di incontrarlo. Grazie alla mia concentrazione distinguo Alberto Ferrer e la sua classica divisa da avvocato.

Non ci vediamo da un mese, eppure mi sembra solo ieri.

Con passo felpato mi avvicino e, quando supero la folla che intralcia il passaggio, mi accorgo che non è solo.

Accanto a lui c'è qualcuno, qualcuno che cattura subito la mia attenzione: una ragazza, un po' sulle sue e alquanto svogliata; si vede subito che ha la testa altrove.

Cerca di non guardare verso la mia direzione, ma la osservo sbalordito perché non passa di certo inosservata.

Chi sarà mai? Sua moglie?

Scuoto la testa, senza smettere di fare apprezzamenti mentali.

Al mio interesse non sfuggono i capelli della ragazza: sono neri e lunghissimi, lisci come fili di seta. Scommetto che saranno piacevoli al tatto, tra l'altro sono molto curati e la lucentezza ne è la dimostrazione.

Dopo qualche passo, mi trovo di fronte ad Alberto e lo saluto con una stretta di mano, ma lui mi tira a sé e mi abbraccia.

Sconcertato dal gesto d'affetto, ricambio il saluto, anche se non posso fare a meno di guardare la signorina, che sembra molto infastidita dal mio arrivo.

Per indispettirla le lancio un sorrisino sghembo, che non ricambia proprio.

«Raziel, benvenuto. Ti presento mia figlia *Ania*.»

Sbarro gli occhi per l'incredulità: sua figlia? Non mi aveva riferito di avere una bambina?

«Non mi aveva parlato di una bellissima bambina?» Indago infatti con ironia, perché non mi aspettavo proprio di trovarmi di fronte una ragazzina con la fronte corrugata e delle stupende labbra imbronciate.

Alberto sogghigna, mentre Ania interviene disinvolta.

«Per papà sarò sempre la sua *bambina*, in realtà non è così.»

«*Interessante*», esclamo, mettendola in imbarazzo, ma Alberto si schiarisce la voce e afferra la mia valigia per trascinarla via.

«Dato che le presentazioni sono avvenute, possiamo dirigerci in macchina. Tranquillo Raziel, lascia a me il tuo bagaglio.»

«Non si preoccupi, signor Ferrer, davvero. Non è pesante.»

Mi affretto a fargli cambiare idea e lo convinco senza sforzarmi troppo.

Alberto non insiste, mi lascia trasportare il trolley fino alla macchina e, quando incontro il suo Mercedes rosso, strabuzzo gli occhi.

«Bella macchina», faccio l'occhiolino e mi lancia un sorriso, secondo me molto simile a quello di Ania, anche se ancora non me ne ha rivolto neanche uno.

«Vedrai, Raziel, ti piacerà stare da noi.», dichiara con certezza.

Gli sorrido nell'esatto momento in cui sua figlia prende posto sul sedile posteriore e mi ignora.

Sarà davvero una nuova avventura vivere insieme a loro, tuttavia devo mantenere la calma. Soprattutto devo provare a rasserenarmi.

Devo cercare di non farmi dei nemici, perché altrimenti sarò costretto ad andare via anche da qui.

2
È arrivato il bravo ragazzo

Ania

Non impiego molto tempo a capire perché Raziel piaccia a papà: è perfetto, sembra incarnare l'aspetto di quel figlio maschio primogenito che non ha mai avuto.

Dal preciso momento in cui è arrivato in aeroporto, la sua bellezza non è passata inosservata. Nei miei pensieri, ammetto quanto sia sexy, perché mentirei a me stessa se confessassi il contrario. Sembra un dio greco, ma degli anni Duemila: il viso è affilato e gli zigomi sono ben pronunciati. Non ha un taglio di capelli particolare, non ha nessuna rasatura di lato o sotto la base, perché porta una capigliatura morbida che ricade retta sulle spalle.

Gli occhi color erba bagnata, con qualche pagliuzza più scura, non sono languidi per il lungo viaggio, anzi mi hanno ispezionata appena ci siamo ritrovati l'uno di fronte all'altra.

Tanto per non farmi sfuggire nulla lancio uno sguardo anche alle labbra: sono piene, attraenti e di una carnagione più olivastra rispetto alla mia.

Dai tratti raffinati penso all'ipotesi di papà, ovvero che sia un bravo ragazzo dal viso angelico, anche se a volte l'apparenza può ingannare.

Continuo a esaminare la sua bellezza attraverso lo specchietto retrovisore nonostante sia seduta sul sedile posteriore: le sopracciglia sono prominenti, non gli chiudono troppo lo sguardo, sembrano create appositamente per il suo taglio d'occhi.

Mentre ride al racconto di papà, lo vedo accarezzarsi la barba curata tagliata al punto giusto, che ricopre la mandibola non troppo definita.

Inaspettatamente, occhieggia verso di me e distolgo lo sguardo dal suo profilo per non farmi cogliere in flagrante. Con la coda dell'occhio vedo che sogghigna di nascosto.

Mi ha beccata!

«Sei al penultimo anno di giurisprudenza, vero, Raziel?» Smetto di pensare al fisico del nuovo arrivato e mi concentro sulla domanda di mio padre.

«Sì, ho appena iniziato il penultimo anno.»

«Il penultimo anno? Perché, quanti anni hai?» Mi intrometto nella conversazione con sfacciato interesse e Raziel risponde senza troppi giri di parole.

«Sono fuori corso, per dei motivi personali ho perso un anno, ma sto recuperando alla grande. Comunque, ho ventiquattro anni.»

«Hai cambiato università oppure no?» Questa volta è mio padre a prendere la parola.

«Oh no, non è stato necessario perché seguirò le lezioni a distanza, non sarà un problema.»

«Anche Ania sta frequentando giurisprudenza. Lei però è al primo anno. Ha iniziato tardi il liceo ma sta recuperando all'università. È bravissima, ma perché qualche volta non segui alcune lezioni che si tengono qui, nella sua università? Magari potrebbero tornati utili, anche se non ci sono i tuoi professori.» La frase di papà mi spiazza un po' ma fortunatamente Raziel non chiede il perché io abbia iniziato tardi il liceo. È un bene perché non ho intenzione di dirlo a lui.

Papà sistema lo specchietto laterale e lo guarda con un sorriso smagliante.

«In realtà, signor Ferrer, non sarebbe una cattiva idea. Ci penserò.» Ammette, incrociando le braccia al petto.

Sospiro, scontenta dell'idea che ha avuto papà.

Avendo sicuramente sentito il mio sbuffo, Raziel si gira verso di me e abbassa gli occhiali da sole, mostrandomi al meglio il colore dei suoi occhi, che mi colpisce di nuovo.

Ha uno sguardo profondo, caldo ed esotico. È poco più alto di un metro e ottanta e mi sta sorridendo un'altra volta. È un sorriso enigmatico, certo, ma pur sempre un sorriso. Mio padre ha ragione. Non sembra rappresentare il cattivo ragazzo che si legge spesso nelle storie d'amore.

Continuo a fissarlo anche se vorrei aggiungere qualcosa, ma mi blocco perché è lui a parlare per primo, con sfacciataggine.

«Vedrai, Ania, ci troveremo bene.»

Mi rivolge un sorriso compiaciuto e mi lancia un'occhiata profonda che dura più di un secondo. Deglutisco e lui si riconcentra sulla strada davanti a sé per esplorare il tragitto che stiamo percorrendo.

La via che attraversiamo è costellata da infiniti grattacieli ed è scorrevole. In poco tempo raggiungiamo casa.

Papà si affretta a posteggiare di fronte il garage e scendo dalla macchina. Mi sgranchisco le gambe con il mio solito stretching. Mi abbasso un po', piegandomi in avanti, ma quando Raziel mi passa accanto mi raddrizzo subito.

Si avvicina spavaldo mentre papà è impegnato in una conversazione telefonica e ci sta ignorando.

«Sei sempre così provocante, *Ania?*» Un sorrisetto rapace spunta sul suo viso.

Cosa? Spalanco gli occhi, sconcertata dall'aver udito quelle parole. Che gran maleducato! Altro che ragazzo per bene.

Assottiglio lo sguardo e inizio a rimbeccare.

«Ma che stai dicendo, stavo solo...» cerco di difendermi e lui interviene, riprendendo le mie ultime parole.

«*Stavi solo?*»

Quando mio padre ci interrompe e ci invita a entrare in casa, Raziel smette di prendersi gioco di me.

Irritata dalla sua battuta pungente e per nulla spiritosa, lo sorpasso ed entro senza aspettare il nuovo ospite.

«Ania, tesoro, perché vai così di fretta?» Interviene papà, senza lasciarmi andare del tutto.

«Ho premura...» lancio un'occhiata fulminante a Raziel che, tuttavia, dopo avermi rivolto uno sguardo ironico, si concentra ad ammirare l'atrio spazioso.

«È tutta vostra questa villa?» D'un tratto la sua voce distrae mio padre.

Quest'ultimo sorride e gli risponde con una pacca sulla spalla.

«Sì, vieni, ti mostro il design di cui si è occupata personalmente mia moglie.»

Il nuovo ospite trascina la valigia con sé, senza più guardarmi, ma mi sento comunque turbata dalle sue parole.

Non è vero che sono sempre così provocante... non mi sono piegata in avanti per dargli un benvenuto coi fiocchi.

Lo guardo con un cipiglio severo mentre adocchia con stupore la casa in cui vivrà, e già rimpiango di aver accettato quell'idea.

Anche se è davvero intrigante e bello da togliere il fiato, la sua arroganza mi ha indisposta.

«L'arredatore ha avuto buon gusto. Questo salone è così profondo e luminoso.»

«Anche ad Ania piace tanto, vero, tesoro?»

«Già.»

Papà cerca di mettermi a mio agio e annuisco, incrociando le braccia al petto.

Mi soffermo sulla figura dirompente di Raziel.

Chi si crede di essere? Si intende anche di design interno?

Ovviamente non posso dargli torto: la mia casa è fantastica.

Le pareti hanno un intonaco bianco elegante, e la luce del sole rende la villa ancora più accogliente.

I mobili moderni rivelano la particolarità dell'atrio e del resto delle stanze, soprattutto il salotto.

Mamma ha avuto veramente buon gusto nell'arredamento e papà ne è sempre stato orgoglioso.

A proposito di mamma, sarà da qualche parte a prepararsi per l'arrivo di questo maleducato ragazzo che è entrato a far parte della mia vita senza chiedermi il permesso.

Voglio andare a cercarla, così decido di recarmi in camera sua per richiamarne la presenza.

«Dove vai, Ania?»

Papà smette di raccontare vecchi aneddoti a Raziel e aspetta impaziente la mia risposta.

«A chiamare la mamma», ammetto, senza broncio. Non devo farmi vedere infuriata, anche perché ho deciso che eviterò Raziel tutti i giorni.

«Oh, guarda, eccola. Ciao cara, come stai?» Mamma compare in tutta la sua bellezza, lasciandolo di stucco.

Appena varca la soglia del salone, noto subito il suo ultimo acquisto: un tailleur beige e una borsetta vistosa.

L'appariscente borsa, in accoppiata con il tailleur, è perfetta e le sta proprio un incanto; inoltre, ha avvolto i capelli scuri nel classico chignon, ma un sorriso di curiosità compare sul suo volto quando incontra Raziel.

«Tu devi essere Raziel, vero? Piacere, sono la signora Ferrer, ma puoi chiamarmi Paula.»

Si sporge in avanti per presentarsi con una stretta di mano amichevole.

Sbuffo, sembrano tutti affascinati da lui.

«Il piacere è mio, signora Paula», si presenta alla mamma con un sorriso sfacciato.

Fortunatamente, un messaggio mi distrae e sposto l'attenzione cercando così di non ascoltare i loro convenevoli.

È un messaggio da parte di Timo e Carlos.

> **Gruppo T, A, C:** È arrivato il nuovo ospite?

Inarco le sopracciglia, con loro posso sfogarmi come voglio.

> **Gruppo T, A, C:** Sì e papà pende già dalle sue labbra.

> Gruppo T, A, C: Non essere gelosa, flor.

Flor è il soprannome con il quale mi chiama Carlos da quando ci conosciamo. Mi è sempre piaciuto e amo il modo in cui lo pronuncia.

> Gruppo T, A, C: Non sono gelosa.

«Ania, hai ascoltato quello che ha detto tua madre?»
D'un tratto i miei occhi saettano sui miei genitori e smetto di scrivere ai miei amici.
Raziel in tutto ciò ha ripreso a guardarmi e... il suo sguardo scivola lento su tutto il mio corpo.
Stranamente, ho di nuovo un groppo in gola.
«Sì», mento, non ho ascoltato una sola parola di ciò che ha proferito mamma, però continuo da brava attrice: «ma dovrei uscire.»
Spero davvero che mio padre mi lasci andare, ho già accolto Raziel in casa mia, non c'è motivo che rimanga un minuto di più con lui.
Inoltre, devo incontrare davvero i miei amici, soprattutto per prendere gli appunti di Carlos sulla lezione che, a malincuore, non ho potuto seguire.
«Perfetto, tesoro. Perché non vai con Raziel? Magari sarà curioso di girovagare un po' per la città.»
«Sarà stanco, forse preferisce riposarsi. Vero, *Raziel*?» Mi impunto e lo punzecchio, ma è furbo e capisce che sto facendo di tutto pur di non averlo intorno. Infatti, non mi lascia vincere e scuote la testa.
«No, non sono stanco. Mangerò qualcosa al volo fuori. Possiamo andare, se devi vederti con dei tuoi amici.»
Guardo i miei genitori, contrariata al massimo, però non riesco a ribattere. Cerco di mantenere la calma e mi giro dall'altra parte per raccogliere il giubbotto che ho lanciato sul divano.
«D'accordo, allora andiamo.» Non riesco a non far trapelare la mia infelicità nell'averlo insieme a me e sbotto in maniera acida.
«Perfetto», Raziel dal canto suo sogghigna, soddisfatto di aver rovinato i piani della mia giornata.
È appena arrivato e già non lo sopporto.
Metterò dei paletti tra me e lui, e dovranno essere rispettati, altrimen-

ti...

«Ania?» Mio padre mi richiama, mentre Raziel rimane accanto ai miei genitori.

«Sì?»

«Prendete l'Audi, guiderà Raziel.»

L'Audi? Fa sul serio? Non l'ha mai fatta guidare a nessuno.

«Cosa? Ma non sa le strade e...»

«Esiste il GPS, Ania, non preoccuparti e poi ci sarai tu a farmi da guida, in ogni caso», mi schernisce con sfacciataggine e a bassa voce.

Arriccio il naso e sbuffo contrariata.

«Come vuoi tu, papà. Torno subito.»

Papà lancia le chiavi della macchina a Raziel e io mi affretto a raggiungere la mia camera.

Sarà un lungo pomeriggio, me lo sento, e non mi rilasserò come avevo sperato sin dall'inizio.

Quando tornerà nella sua città Raziel?

Raziel

La *dolce* Ania si è infastidita a causa della frase che ho pronunciato prima.

Sono risultato poco affabile nei suoi confronti, ma non era mia intenzione offenderla, volevo solo essere ironico; evidentemente ha interpretato male le mie parole.

Non le ho fatto comprendere il mio sarcasmo, però non ho potuto trattenermi: quella frase è uscita spontanea dalle mie labbra, non sono riuscito a fermarmi e lei si è arrabbiata.

Del resto, come darle torto?

Adesso penserà che sia uno stronzo, anche se vorrei farle credere il contrario.

Non mi va di litigare con lei, non la conosco nemmeno.

Non mi ha fatto nulla, anzi, mi ha accolto in casa sua, anche se ha assunto un'aria di totale indifferenza. Dovrei ringraziarla, invece l'ho infastidita per colpa di alcuni pensieri che frullano nella mia testa e che non mi lasciano in pace.

Maledizione!

Il mio essere così sgarbato non mi aiuterà di certo. Devo cercare di cambiare, di mostrarmi diverso, altrimenti il mio carattere m'impedirà di essere felice *qui*.

Cerco di pensare al presente e al fatto di essere in sua compagnia.

Anche se non ho tempo per altre distrazioni e lei non lo sarà, devo farmi perdonare.

Quando mi sorpassa per raggiungere la macchina, svogliata e scontrosa più di prima, la osservo attentamente.

Sbatte la portiera e si allaccia la cintura: è una che rispetta le regole, già mi fa sorridere.

Mi avvicino alla preziosissima macchina di Alberto. Sono rimasto alquanto interdetto anche io quando mi ha lanciato le chiavi e mi ha dato il permesso di guidare una delle sue auto.

Dall'espressione di Ania e dal suo fastidio, ho dedotto che lei non l'ha mai guidata e forse c'è rimasta male che suo padre abbia dato a me il compito di portarla in giro.

Ovviamente non disobbedirò ad Alberto, mi ospita e non voglio problemi.

Prima di salire, lascio il giubbotto di pelle sul sedile posteriore e solo dopo mi accomodo accanto a lei. Appena siamo vicini, noto subito che sotto il vestitino sportivo non porta i collant.

Istantaneamente guardo il cielo e distolgo lo sguardo dalle sue gambe.

Siamo nel mese di settembre e a Buenos Aires il fresco è tollerabile.

Con attenzione sfreccio via verso stradine ignote ma ricche di curiosità.

Ania abbassa il finestrino e guarda il paesaggio che circonda il posto in cui vive.

I miei angoli delle labbra si allungano all'insù e lei li ignora. Non mi dà attenzioni. È proprio arrabbiata, la ragazza.

Mi merito la sua indifferenza.

Decido di lasciarla perdere per un po' e guido. Solo qualche minuto dopo, osservo più volte il suo profilo, non riesco a trattenermi, e mi perdo ad ammirarla.

Ammetto con tutto me stesso che è una bellissima ragazza. Ai miei occhi appare persino colta e intelligente. La guardo recuperare un block-notes colorato dalla borsa di studio. Il suo silenzio però mi sta snervando. Ho capito che non mi darà conto per tutto il tragitto, perché si è ammutolita di colpo da quando siamo entrati in macchina.

Non voglio che il nostro rapporto inizi in questo modo e che lei si mostri disinteressata alla mia presenza. Senza farmi accorgere, noto con estrema attenzione le sue labbra imbronciate e i suoi occhi intenti a leggere qualcosa di importante. Vorrei chiederle cosa stia leggendo su quel block-notes, ma rimango in silenzio e la esamino giusto per farmi un'idea su di lei.

Ania sembra avere due smeraldi al posto degli occhi e le labbra a forma di cuore incanterebbero chiunque, ma non me: sono un bravo ragazzo e non sono qui per farmi distrarre dalle giovani come lei.

Ho altro a cui pensare, devo riflettere su cose che nessuno immagina, infatti, sono condizionato giorno e notte dal fare i conti con quello che è successo nella mia vita.

Sospiro, evitando di pensare ancora al passato. Sono appena arrivato, mi merito un po' di pace, giusto?

Inizio ad agitarmi e lei se ne accorge anche se rimane in silenzio. Forse sta soppesando le parole giuste da rivelarmi.

Evito di guardarla e osservo la strada di fronte a me per cercare di calmarmi. Senza rendermene conto stringo il volante.

«Raziel, va tutto bene?» Domanda di soppiatto cercando di studiare la mia espressione.

Mi ridesto e volto leggermente lo sguardo su di lei.

«Sì. Allora, dove dobbiamo andare? Me lo dici oppure no?»

Mi guarda sconcertata, raddrizza la schiena e smette di dar conto al block-notes.

«In un parco vicino l'università, segui il navigatore e arriveremo tra cinque minuti», lo riferisce in modo brusco. Improvvisamente il suo cellulare si riempie di notifiche e capisco che sta conversando con un sacco di persone.

La sua chat sembra impazzita e rimango in silenzio, non espongo battute che potrebbero infastidirla ancora di più.

Qualche secondo più tardi, capendo di aver sbagliato dal mio arrivo, decido di farle le mie scuse. È l'unico modo se vorrò istaurare una convivenza pacifica con lei.

«Senti, *Ania*... prima ho esagerato», mi schiarisco la gola e lei sgrana gli occhi.

Mi volto anche io, solo per qualche istante, poi riconcentro l'attenzione sulla strada per non far incrociare i nostri sguardi.

«Cos'hai detto, scusa?»

«Siamo partiti col piede sbagliato, okay? Voglio chiederti scusa se in qualche modo ti ho fatta incazzare, non era mia intenzione.»

Mi squadra dalla testa ai piedi e vorrei davvero leggere i suoi pensieri in questo momento: a cosa starà pensando?

È titubante riguardo la mia offerta di pace? Le lancio un sorriso mostrandole a pieno la mia sincerità.

Non risponde subito perché indica l'angolo, obbligandomi a girare e trovare posteggio. Acconsento alla sua richiesta e quando trovo un posto lo occupo.

Non ha ancora fatto nessun accenno alla mia proposta perciò, prima di scendere, slaccio la cintura e mi volto verso di lei.

Adesso siamo faccia a faccia e mi sta guardando con una espressione alquanto vaga.

Non è scesa dalla macchina, non è schizzata via, perché sa che deve darmi una risposta prima di raggiungere i suoi amici, e alza gli occhi al cielo quando le porgo la mano come nuovo inizio.

«Allora?»

«Mi hanno molto infastidita le tue parole, Raziel. Non sono una ragazza a cui piace provocare come pensi tu, sappilo.»

No... a quanto pare non è poi così sfacciata. È molto riservata, non come alcune ragazze della sua età che conosco.

E questa sua ritrosia non mi dispiace per niente.

Faccio un sospiro di sollievo, ha ragione. Sono stato un villano a dirle quella frase, non pensavo che potesse prendersela così tanto.

È stata l'ironia più sbagliata che abbia mai rivolto a qualcuno.

Per una volta mi comporto da ragazzo maturo, mostro la mia serietà e la guardo dritta negli occhi.

«Ti porgo le mie scuse più sincere.»

Continua a guardarmi scettica e si morde il labbro inferiore.

I miei occhi si posano su di esso, ma mi schiarisco la gola per non farmi sorprendere.

«Allora, adesso mi presento e la battuta canzonatoria che ho espresso precedentemente scomparirà, okay?»

Continuo e il suo sguardo ci crede davvero.

«Sono Raziel e mi sa che dovremmo andare d'accordo perché sarò tuo ospite per un po' di tempo», sogghigno divertito.

Lei sbuffa, ma scorgo un leggero sorriso sulle sue labbra... alla fine, non sono andato poi così male, perché la sua mano finisce per stringere la mia e il suo calore mi avvolge.

Restiamo a stringerci la mano e a guardarci con occhi che sorridono al posto delle labbra.

Sembra un momento intenso, vorrei quasi che non avesse fine, ma appena squilla il telefono, Ania si stacca dal nostro contatto e risponde.

«Pronto? Sì, siamo appena arrivati. Dimmi di preciso dove siete e vi raggiungiamo.»

Dalla sua telefonata intuisco che sta parlando con uno dei suoi amici e, quando termina di conversare, scendiamo.

Ci avviamo verso un enorme parco verde, uno dei più rinomati della città a quel che so, e l'odore della natura invade le mie narici.

Mi sento meglio, più appagato.

Varie persone passeggiano con tranquillità, come se non avessero dei segreti da nascondere o un passato da dimenticare.

A volte vorrei essere così. Vorrei sentirmi libero e volare per non restare imprigionato dentro a dei ricordi che mi torturano costantemente.

Non sarà facile vivere da queste parti, lo percepisco, ma devo riuscirci, o almeno provarci. Voglio vivere a pieno le mie giornate, voglio cercare di godermi ogni secondo che passa senza i pensieri che bombardano la mia mente.

Voglio davvero essere il *bravo* ragazzo e soprattutto non voglio cedere alle tentazioni.

***

Il suo gruppo di amici è ristretto.

In questo momento mi trovo seduto accanto a Carlos, mentre poco più avanti ci sono altri due ragazzi: Timo e Merien.

Da quello che ho capito anche Timo è suo amico intimo; invece, Merien è una nuova collega d'università che ha conosciuto da poco.

Ania sta discutendo con Carlos a causa di alcuni appunti che il ragazzo non le ha ancora prestato.

«Per averli pretendo un bacio sulla guancia e una cena con te, da soli. Ho bisogno di raccontarti delle cose e non mi concedi mai la tua totale presenza.»

Prova a minacciarla con ironia e lei sorride, reclinando indietro la testa.

A quanto pare Ania è anche desiderata dai suoi amici...

Questo Carlos pretende una cena con lei. Lo studio con attenzione: ha degli occhi scuri per nulla singolari, a mio parere, ma è un bel ragazzo.

Ha un buon gusto nel vestirsi e deduco che sia abbastanza benestante, perché l'orologio vistoso che ha al polso lo dimostra.

«D'accordo, usciremo, però dammi gli appunti. Ti prego, sono importanti.»

Dopo aver spostato dalla fronte una ciocca di troppo, Timo si inserisce nella conversazione.

«Ripeto Ania, se vuoi puoi studiare dai miei appunti.»

Ania lo fulmina e ruba una patatina dal suo panino.

«Mai. Mi boccerebbero all'istante.»

«Perché? Cos'hanno di sbagliato gli appunti di Timo?» Decido di non fare l'asociale e mi unisco anche io al loro discorso.

«Lui... ecco... lui...»

Ania non riesce a completare la frase, forse si sente in soggezione davanti al mio sguardo intimidatorio?

Piego la testa di lato, incrocio le braccia al petto e le sorrido, curioso più che mai di ascoltare la risposta.

«Timo scrive o disegna delle cose poco carine sui suoi appunti e Ania, dolce e casta com'è, non riesce a studiare», Merien la schernisce improvvisamente e le guance della ragazza si colorano di rosso.

Casta e dolce?

«Merien...» Ania la redarguisce con un colpo di borsetta e la sua compagna di corso scoppia in una risata fragorosa.

«Oh, lo sanno tutti che sei intoccabile, Ania. Non è un segreto.»

Continuo a fissarla e da una parte vorrei dire a Merien di continuare a rivelare altro, ma Ania è davvero in imbarazzo.

Si è ammutolita di colpo e sta fissando un punto impreciso dell'asfalto.

Perché si vergogna a essere così *interessante*?

«Possiamo cambiare discorso? Carlos, mi avevi promesso i tuoi appunti», ribatte, sperando che Merien non intralci più la sua conversazione.

Rimango a guardarli discutere e mi diverto parecchio.

D'un tratto Merien si accomoda vicino a me e comincia a parlarmi. Scorgo lo sguardo di Ania e sogghigno perché scommetto che vorrebbe unirsi a noi.

«Da dove vieni, Raziel?» La prima domanda di Merien mi turba, ma le rispondo istintivamente, evitando di far trapelare ansia. Spero che non sia una ragazza logorroica, non voglio passare tutto il resto del tempo sotto interrogatorio.

«Viene da Madrid», Ania ci raggiunge e la sua voce melodiosa risponde al posto delle mie parole.

Continuo a guardarla perché vorrei ringraziarla.

«Wow. Non sono mai stata a Madrid, magari in estate ci andremo tutti insieme», pronostica Merien, ignorando totalmente che ciò, almeno in mia compagnia, non avverrà mai. Le rivolgo un sorriso tirato, poi appena Timo e Carlos si avvicinano mi concentro su di loro.

«E voi siete amici da tanto tempo?»

Ania si ravvia delicatamente una ciocca di capelli dietro l'orecchio e guarda i suoi amici.

«Sì, da tanto tempo.»

«Ma adesso ci siamo anche noi...» afferma Merien prendendomi sottobraccio.

Non la scosto, anche se mi sento osservato da Carlos e Timo, e capisco che la ragazza non ha fatto bene ad appropinquarsi.

La stanno guardando, soprattutto Timo. E il suo sguardo sembra assottigliato, come se volesse dirle di smetterla e di allontanarsi da me.

Sogghigno e mi distacco per non creare confusione. Non voglio che Merien pensi qualcosa di sbagliato, perché non è il genere di ragazza con la quale uscirei.

E poi l'ho detto: non voglio problemi.

Non qui a Buenos Aires. Non qui a casa di Ania.

«Ragazzi miei, io vi saluto, si è fatto tardi e ho un altro impegno», dichiara improvvisamente Carlos.

Ania lo guarda taciturna.

«Un altro impegno? E con chi?» S'intromette Timo, lanciando un'occhiata all'amico.

Carlos ammicca.

«Eh, sapessi...»

«Ci stai nascondendo qualcosa, Carlos?» Domanda d'un tratto Ania, volendo sapere di più.

Carlos l'abbraccia e le sussurra qualcosa che non riesco a udire.

Anche Timo cerca di ascoltare, ma invano.

«Cosa le hai detto?» Gli chiede curioso e indispettito.

Carlos sorride, mantenendo il segreto, e bacia Ania sulla guancia.

«Buona serata ragazzi, a domani.»

Ania gli sorride e Merien salta sull'asfalto con i suoi stivali vintage.

«Andiamo anche noi, Timo?»

Il ragazzo annuisce e lancia la sigaretta spenta per terra, la schiaccia con i piedi e si rivolge ad Ania.

«A domani ragazzi.»

Faccio un cenno lesto con il mento e li lascio andare via.

Solo qualche minuto dopo, anche io e Ania decidiamo di tornare a casa.

Da soli.

3
Bodyguard

Ania

Dopo un pomeriggio trascorso in compagnia dei miei amici, io e il mio nuovo ospite abbiamo deciso di rincasare.
Senza volerlo, i miei pensieri si soffermano su di lui perché Raziel, prima, mi ha sorpresa: sembra davvero un bravo ragazzo, affabile, generoso, partecipe alle discussioni e per nulla timido.
Siamo partiti con il piede sbagliato, è vero, ma con Timo e Carlos si è comportato bene ed è riuscito a integrarsi, non è stato introverso come invece pensavo.
Una volta tornati a casa, i ragazzi mi hanno inviato un messaggio e mi hanno detto che lo hanno trovato un tipo in gamba.
Rispondo con una faccina sorridente, dopo lascio perdere il telefono e faccio un prolungato e rigenerante bagno caldo.
Mi affretto ad asciugare i capelli, rimango in biancheria intima, stringo la vestaglia di seta e mi dirigo in cucina, constatando subito che i miei non sono ancora rientrati.
Nel frattempo, raccatto un pacco di patatine e mi siedo sul divano.
Afferro il telecomando e faccio zapping, in cerca di qualche serie o film da vedere.
Proprio mentre clicco sull'icona del film scelto, Raziel mostra la sua divina presenza sull'uscio del salone. I miei occhi invadenti si soffermano sui suoi indumenti: i fianchi sono fasciati da un paio di pantaloni sportivi e i capelli sono più scarmigliati di prima.
Quando mi guarda appuro che il suo sguardo si è concentrato sulla mia vestaglia un po' rialzata e sul mio corpo seminudo: se non fosse per il reggiseno e le brasiliane sarebbe esposto a lui in tutta la sua totale natura.
Mi imbarazzo immediatamente e mi copro per bene, con gesto automatico.
«Stai vedendo un film?» Prova a non notare la mia biancheria intima.
Occupa il posto accanto a me, senza sfiorarmi la gamba. Evito di pensare alla sua vicinanza e mi concentro sulle patatine: ne mangio qualcuna.

Decido di offrirgliele, solo che scuote la testa.

«Sì», rispondo infine.

Mi abbandono alla comodità e incrocio le gambe, occhieggiando ogni tanto su di lui. Ha lo sguardo fisso sullo schermo della tv. Sembra davvero attento, però qualcosa mi dice che non è interessato molto al passatempo che ho scelto.

Rimango in silenzio a guardare il film d'azione.

«Che genere di serie tv ti piacciono?» Lo sapevo che non era intenzionato a guardarlo fino alla fine. Vuole dialogare. Incrocia i miei occhi e mi porge la domanda come se fosse incuriosito alle mie preferenze anziché al film.

Stranamente ha assunto una posizione più seria. Il gomito è appoggiato al ginocchio e ha entrambe le gambe incrociate.

«Dipende, non ho una preferenza specifica, ma sono molto romantica e credo nell'amore», rivelo i miei gusti sperando che lui mi dica i suoi.

L'espressione sul volto di Raziel diventa divertita e quasi mi manca il respiro per quel sorriso troppo bello. «Quindi sei romantica, e dimmi...» la sua voce risulta più cavernosa: «c'è qualcuno nel tuo cuore?»

Di colpo mi rendo conto che siamo molto vicini, e la sua domanda mi rende nervosa, instabile.

Perché è così sfacciato?

Non prova un minimo senso di disagio?

«No, non c'è nessuno nel mio cuore in questo momento», sussurro con una verità che spaventa persino me.

Proprio in quel momento la vestaglia di seta scivola di più e mi scopre l'esterno coscia.

Sento lo sguardo pungente di Raziel scrutarmi tutta e per spezzare quel momento intermedio di primissima conoscenza provo a chiedergli qualcosa.

«A te cosa piace fare? Sei uno sportivo?»

Cerco di coprirmi, cambio argomento e mi congratulo con me stessa perché ho avuto un'ottima idea. Parlare di sport piace ai ragazzi e così il suo sguardo non percorrerà più tutto il mio corpo come è appena successo.

In effetti, osservandolo, deduco di avere ragione: il fisico massiccio e muscoloso ne è la dimostrazione.

«Sì, mi alleno tantissimo. Vado ogni giorno in palestra e in passato ho praticato l'equitazione.»

Equitazione?

Rimango allibita perché non me lo sarei mai aspettato.

«Ti piacciono i cavalli? Non lo avrei mai detto», affermo con un sorrisone.

«Sì. Nella mia città ho praticato per tanti anni equitazione ed ho avuto anche un cavallo tutto mio, ma è da un paio di anni che ho smesso di fare questo sport. Vado solo in palestra. Mi alleno quasi tutti i giorni.» Sorrido e ricambia mentre si passa una mano su quella capigliatura perfetta.

A quel punto il silenzio piomba su di noi e non so come smorzarlo, mi sento impacciata in sua compagnia, ma fortunatamente Raziel riceve una telefonata che tronca questo disagio.

«Pronto, signor Ferrer, mi dica.» Mi lancia uno sguardo e indica il cellulare per farmi comprendere di star parlando con papà.

Perché ha chiamato Raziel e non me?

Non sbuffo, non ha senso essere gelosa, anzi, cerco di ascoltare con attenzione la voce che proviene dall'altro lato della cornetta per capire qualcosa.

Raziel non mi facilita la situazione, non mette il vivavoce, ma risponde alle domande di mio padre.

«Okay, non si preoccupi. A più tardi.»

Quando riaggancia la chiamata, lo fisso curiosa.

«Cosa ti ha detto?»

«Tornano tardi. Ha una cena di lavoro e tua mamma è con lui.»

Non faccio in tempo a rispondergli perché un messaggio sul mio display mi fa sorridere.

«Chi ti scrive?»

Ci penso un attimo, porto il cellulare davanti le mie labbra e le mordo inconsapevolmente.

«Posso farti una proposta?» Voglio provare a capire davvero che tipo sia.

Raziel raddrizza la schiena e mi invita a continuare il discorso.

«Timo e Carlos ci hanno invitato a una festa. Solo che non mi va di andarci da sola. Ho partecipato a pochissime feste in tutta la mia vita, i miei genitori sono iperprotettivi.»

«Ti controllano abbastanza, eh?»

Annuisco. «Sono la loro unica figlia.»

Non è solo quello il motivo per il quale si accertano spesso che tutto vada per il verso giusto, ma non lo rivelo a Raziel, non mi sembra opportuno, neanche lo conosco.

E poi non è il momento giusto per rattristarmi.

«Verresti con me? Magari se dico a papà che ad accompagnarmi sarai tu non farà problemi. Non si fida molto di Timo e Carlos. Ti prego, Raziel. Voglio iniziare a conoscere il mondo universitario, mi sento imprigionata in una campana di vetro e non voglio che sia così per tutti gli anni a venire.»

Lo guardo speranzosa, anche se lui mi squadra contrariato. Non sta osservando lo schermo della tv perché sta pensando alla risposta da darmi.

A un certo punto, il suo sguardo cambia radicalmente e diventa più cupo.

«Non mi va molto di andare a una festa, scusami Ania.»

Dilato gli occhi e mi metto le mani sui fianchi.

«Perché? Dai, Raziel. È la festa di uno del terzo anno e Timo e Carlos ci hanno invitato.»

Mi mordo il labbro perché, in realtà, i miei amici vogliono intrufolarsi senza invito.

Gli rivelo una piccola supplica, anche se la sua posizione sembra essere irremovibile.

Si alza dal divano e si allontana verso la camera degli ospiti, dove oggi dormirà per la prima volta.

Nonostante indossi la vestaglia, imito il suo gesto e lo rincorro per implorarlo ancora di più, ma all'improvviso si ferma di scatto e risponde al telefono.

Prima di poter capire la prima parola si rintana nella stanza e chiude la porta alle spalle, cosicché io non possa raggiungerlo. Quando la sbatte, indietreggio e finisco quasi contro il muro.

Con chi starà parlando e perché si è allontanato di colpo?

Non mi arrendo, a quella festa voglio andarci, così lo aspetto a gambe incrociate accanto allo stipite della porta; poi, quando capisco che la conversazione è finita, non sentendo più nessun bisbiglio, busso piano.

Non mi invita a entrare, perciò abbasso la maniglia e la porta cigola fino a quando non la imbocco per metà.

«Va tutto bene?» È l'unica domanda che sorge spontanea dalle mie labbra.

Raziel ha lasciato in sospeso il nostro discorso, ma l'unica cosa che noto è il buio. C'è troppo buio e io non sopporto il colore delle tenebre, perciò decido di richiamarlo.

«Raziel?» La mia voce è sottile, impercettibile.

Faccio due passi in avanti, a parte la sua immobile figura, quello che mi colpisce è ciò che vedo oltre la finestra.

Il cielo è scuro, molto cupo e privo di stelle.

Sembra che rispecchi il suo animo e mi dispiace per lui.

Si è rabbuiato repentinamente, ma quando si volta verso di me, i suoi occhi scuri sembrano mutare: infatti, una saetta li rischiara all'improvviso.

Forse è solo la mia fantasia, perché li chiude per sospirare ancora.

Decido di accendere la luce e lui mi guarda corrugando la fronte. Forse non dovevo farlo, però ho bisogno di una sua risposta.

«Senti Raziel, se non vuoi andare alla festa possiamo restare a guardare un film o...»

«Ho cambiato idea», si alza di scatto dal letto e mi risponde con voce decisa.

Raziel incede verso di me e mi si ferma proprio di fronte.

«Sul serio?» Sono colpita dal suo cambio d'umore.

«Sì, vai a vestirti. Sarò il tuo bodyguard, però non voglio avere problemi. Intesi?»

«E mio papà? Non lo sa ancora e...»

Mi mostra il cellulare e un messaggio da parte di Alberto Ferrer lampeggia davanti ai miei occhi con una risposta positiva.

Sorrido e faccio un passo avanti, ma mi blocco prima di compiere qualche gesto irreparabile.

Non so perché sento di volerlo abbracciare per ringraziarlo, solo che non lo faccio, non voglio invadere il suo spazio e lui sembra ancora infastidito da qualcosa.

Indietreggio e resta in silenzio.

Dalle mie labbra, al contrario, esce un *grazie* sincero.

Raziel

L'ho accontentata.

Non potevo di certo dirle di no, non mi andava di restare chiuso in casa e di vederla "svestita" in quel modo.

Perciò le ho permesso di andare alla festa, alla sua prima festa da matricola, e lei mi è sembrata felice come una bambina... ma non l'ho fatto solo per vederla sorridere, *no*.

Devo dimenticarmi della telefonata, dimenticarmi di tutto, così ho deciso di non guardare il telefono per un po'.

Non ne posso più dei messaggi che mi inviano, non ne posso proprio più.

Invece di impazzire insieme ai ricordi, mi cambio e indosso una camicia bianca e un paio di pantaloni beige.

Porto con me il cellulare, solo per un'eventuale sicurezza, ed esco dalla stanza incedendo verso la sua camera.

Non busso alla porta perché è aperta, mi appoggio semplicemente allo stipite e incrocio le braccia.

Ania trabalza quando nota la mia presenza dietro le sue spalle. Non si aspettava di vedermi lì, lo intuisco dal suo sguardo disorientato, però non mi caccia.

Non è nuda, indossa un tubino nero non troppo attillato e un paio di stivaletti bassi. Ciò che mi attrae all'istante è il trucco: semplice e perfetto per il suo viso, analogo a quello di una bambola di porcellana.

Il rossetto rosa spicca e l'eyeliner nero le ingrandisce ancora di più quegli occhi così limpidi e profondi.

Mi schiarisco la voce per evitare di fare la figura del coglione che la fissa come se volesse portarsela a letto seduta stante.

«Eccomi. Scusami, sono pronta, come sto?» Incrocia il mio sguardo.

Non faccio in tempo a dirle che per me è bellissima perché si avvia verso l'armadio e afferra lo striminzito giubbotto, che di sicuro non la riscalderà del tutto.

Rimango in silenzio, anche se so che aspetta una risposta. La scruto fino a quando non mi raggiunge e il suo profumo dolce invade le mie narici.

«È mezz'ora che ti aspetto. So che le donne si fanno attendere, ma possiamo andare adesso?» Cerco di non irritarla e di non essere troppo acido a causa della conversazione che ho avuto prima.

Lei risponde di getto, senza litigare.

«Adesso sono qui, pronta per andare alla festa, perciò sì, andiamo Raziel.»

Mi prende a braccetto e scendiamo le scale come se stessimo andando al ballo di fine anno, solo che a fotografarci davanti la porta non c'è nessuno.

Siamo solo io e lei e questo non era nei miei programmi perché non ho mai pensato che avrei vissuto in casa con una ragazza dalle forme sinuose e perfette.

Quando mi sorpassa il suo portamento elegante mi distrae ancora.

Cerco di scuotere la testa e di raggiungerla nel minor tempo possibile.

Una volta usciti in giardino, ci dirigiamo verso la macchina di Alberto e, con galanteria, le apro la portiera: un gesto che tutte le donne apprezzerebbero se avessero un uomo romantico al proprio fianco.

Mi sorride, prendendomi un po' in giro per il modo in cui mi sto comportando.

Una volta salita in macchina, mi obbligo a non guardare le sue meravigliose gambe.

Allaccio la cintura e le rivolgo un sorriso compiaciuto per come stanno andando le cose dopo quella frase poco consona che le ho detto stamattina, subito dopo il mio arrivo.

«Cosa c'è?» Mi chiede, cercando di non rendersi impacciata.

C'è che lei con questo tubino farà impazzire milioni di ragazzi stasera. Lo sento.

C'è anche che quel rossetto la rende unica e le riempie le labbra ancora di più.

Ma c'è anche un altro fatto: stasera le farò da bodyguard e lei dovrà stare molto attenta.

«C'è che stasera stai benissimo, però tuo padre mi ha chiesto di tenerti d'occhio. È solo grazie a me se stai andando a questa festa, *Ania*, perciò voglio che tu sappia una cosa...» le dico con voce rauca facendola sobbalzare di colpo.

«Cosa?» Studio con estrema attenzione la sua espressione e comprendo la sua curiosità.

«Se qualcuno oserà anche solo guardarti, gli spezzerò le gambe. Sappilo.»

4
Come Cenerentola

Ania

Penso che Raziel abbia detto quelle parole solo per proteggermi e perché è un bravo ragazzo, altrimenti non si spiega il motivo del suo avvertimento.

Sono rimasta con le palpebre dischiuse per qualche secondo, ma mi sono ripresa in tempo prima che lui se ne accorgesse.

Qualche minuto dopo raggiungiamo la destinazione e troviamo posteggio facilmente.

Una volta scesa dalla macchina indosso il mio giubbotto e mi maledico per non averne scelto uno più coprente.

L'aria fresca raggela la mia pelle e sono stata una stupida a fare questa scelta.

Raziel sembra non sentire fresco e mi osserva senza dire una parola.

Vorrei dire qualcosa, ringraziarlo di nuovo, ma mi sento in imbarazzo. Non so per quale motivo, però la sua vicinanza mi distrae.

Non potendo fare altro camminiamo vicini e quando intravedo la villona dinnanzi ai nostri occhi spalanco le pupille, curiosa e affascinata.

È immensa, su due piani, tuttavia troppo moderna per i miei gusti.

La maestosità della casa si intravede da fuori nonostante alcuni alberi la circondino e, io e Raziel, restiamo sbigottiti.

Mille luci colorate sono proiettate sulle pareti esterne come se si trattasse di una discoteca all'aperto.

«Sarà una riccona la proprietaria della villa. Come si chiama?» La mia mascella si contrae quando Raziel lancia un'occhiata all'edificio.

Non riesco ad aggiungere altre bugie. Ho già mentito per andare con i miei amici alla festa, non dirò che non conosco proprietaria...

Raziel corruga la fronte, continuando il discorso.

«Avvisa Timo e Carlos, così ci raggiungono ed entriamo con loro...»

Sì, potrei anche avvertirli del nostro arrivo, ma neanche loro sono stati invitati e non so come fare per non farlo insospettire.

Continuo ad annuire senza rispondere fino a quando non scorgo dei buttafuori davanti il cancello.

Automaticamente afferro Raziel per il braccio e lo trascino dietro l'angolo. Mi manca il respiro. Non ho mai fatto un'azione illegale. Non sarà poi una tragedia così grande, ma...

D'un tratto ritrovo il suo petto vicinissimo al mio, basterebbe soltanto un altro passo in avanti per sfiorarci, ma depenno quella scena immaginaria perché abbiamo un enorme problema.

Riprendo a respirare e mi concentro sui buttafuori davanti l'ingresso. Maledizione. Timo e Carlos non mi hanno avvertita di questi particolari.

«Ania? Perché ti stai nascondendo?» I suoi occhi mi fanno perdere la parola. Anche al buio sono particolari e rari, come il suo nome.

E adesso? Cosa potrò dire per non tornare a casa?

«Ecco...» indugio inesperta prima di continuare la frase. Lui, al tempo stesso, piega la testa di lato e aspetta impaziente una mia risposta.

Giocherello con i polpastrelli e abbasso lo sguardo, almeno fino a quando le sue dita non sfiorano il mio mento e lo alzano delicatamente verso di lui.

«Abbiamo un problema. Come facciamo a entrare se ci sono i buttafuori all'ingresso?» Sbircio dietro l'angolo i due uomini con la divisa scura e subito capta la mia menzogna.

«Mi hai mentito?» Replica torvo.

Ha capito che l'ho ingannato, ma ho detto una bugia a fin di bene. Volevo andare alla festa e Raziel non sembrava così propenso a uscire di casa, perciò...

Mi mordo l'interno della guancia e congiungo le mani a mo' di preghiera.

«Per una buona causa. Scusami, davvero scusami, solo che tu eri già scettico nell'uscire e...»

«Merda!» Si passa una mano tra i capelli e mi nasconde nuovamente nella stradina stretta e riservata in cui ci troviamo da qualche minuto.

Sento il suo soffio caldo e profumato sul mio collo e provo in tutti i modi a cacciare via i brividi che sento scendere lungo la spina dorsale.

Cerco di riprendere il fiato, aspettando che dica qualcos'altro.

Improvvisamente, il braccio muscoloso di Raziel mi intrappola ancora di più, ma questa nostra vicinanza non mi sta dispiacendo per niente.

Non cerco di sgattaiolare via dalla sua protezione, perché so che in realtà sta cercando di salvaguardarmi dai buttafuori.

«Dobbiamo trovare un modo per non farci beccare dai buttafuori.»

Sbatto le palpebre e strabuzzo gli occhi, incredula e scossa perché sembra non aver dato troppa importanza alla mia menzogna.

Pensavo che avrebbe fatto qualche scenata per la mia incoscienza, che

mi avrebbe sgridata, fatto dietrofront e riaccompagnata a casa.
Invece si sta rivelando mio complice.
Questo suo spirito di iniziativa mi ha sorpresa, perché di solito i bravi ragazzi non fanno queste cose. Non infrangono le regole.
E lui è un bravo ragazzo, vero?
Esito un po' invece di ammettere subito che papà si sia fatto un'idea errata su Raziel, voglio conoscerlo prima di poter dire la mia.
«Quindi cosa facciamo?» Sollevo lo sguardo sui suoi meravigliosi occhi intenzionati a escogitare un piano.
Il suo sguardo si assottiglia e la sua espressione diventa pensierosa.
Mi arrovello cercando di capire la sua prossima mossa, ma proprio in quel momento Timo sembra avermi letto nel pensiero perché mi arriva un suo messaggio.
Lo leggo e finalmente Raziel si accorge di avermi vicino.
«Chi è?»
«Timo... dice di girare dall'altra parte, c'è una porta sul retro. Andiamo?»
Di soppiatto mi agguanta il braccio con un rapido movimento e mi trascina sulla strada principale. Sembra non aver udito neanche una parola di quello che ho detto.
«Raziel cosa stai facendo? Non hai sentito quello che ho detto sulla porta secondaria?»
Con il suo andamento spavaldo si avvicina ai due uomini, ma prima di rivolgersi a loro si accosta al mio orecchio e mi parla risoluto e deciso.
«Preferisci imbucarti come una ladra o entrare con una scusa?»
Gli rivolgo un'occhiata incomprensibile e lui sogghigna.
Forse è abituato a questo genere di feste, d'altronde sono io la ragazzina alle prime armi che l'ha convinto a partecipare, comunque perché non scegliere la via più semplice?
Forse non è poi tanto mio complice. Forse non vuole fare cose illegali come intrufolarsi senza invito.
Sono sicura che i due bodyguard, dal fisico molto impostato e dal taglio rasato, non ci lasceranno passare.
Con stupore, devo rimangiarmi le mie supposizioni, perché Raziel si avvicina e sussurra qualcosa a uno di loro, quello più alto, con delle braccia nerborute e piene di tatuaggi, e lui lo guarda aggrottando la fronte. Non riesco a credere ai miei occhi: l'ha convinto. Il buttafuori, infatti, annuisce, gli rivela qualcosa sottovoce e ci fa passare senza aggiungere altro.
Guardo Raziel affascinata dalla sua astuzia e mi avvicino.
«Come hai fatto?»
Il mio accompagnatore imbocca l'ingresso con un andamento impo-

nente.
Non riesco a crederci che questa sera è con me e che mi proteggerà.
Al solo pensiero mi si infiammano le guance e non comprendo il motivo. Decido di ricompormi e lo seguo.
«Raziel, allora me lo dici o no?»
Raziel si ferma e si avvicina al mio orecchio.
In un lampo, le persone intorno a noi, indaffarate nei loro divertimenti, sembrano scomparire, perché tutto si offusca. Per me rimaniamo solo io e lui.
Appena soffia le parole al mio orecchio e le spande al vento, rabbrividisco per la sensazione strana che provo.
«Ania, te lo spiegherò dopo la festa, solo se farai la brava. Adesso goditi questa serata.»
Stranamente il buio di prima, che lo aveva reso taciturno, scompare e Raziel torna di buonumore, perciò non lo contraddico, anzi, vado avanti e mi guardo intorno.
Mi meraviglio dell'immenso prato verdeggiante e curatissimo, colmo di fiori colorati e rampicanti delicati.
Constato che i proprietari di questa casa adorano il giardinaggio.
Più avanti ci imbattiamo nella piscina esterna, e Raziel aveva ragione. Questa famiglia è davvero benestante ma non mi sorprende così tanto. Chi abita nelle zone limitrofe del quartiere di Recoleta vive nel lusso sfrenato.
«Guarda che bella piscina...» Raziel volta lo sguardo per darmi ragione e sfacciato la sorpassa. Mi accorgo della sua fretta e continuo a stargli vicino. A passi decisi ci immergiamo in una vera e propria festa.
Riconosco un sacco di ragazzi e mi precipito nel cercare i miei amici per raggiungerli.
Né io né Raziel conosciamo questa gente ma, al tempo stesso, noto un paio di ragazze che lo fissano ammaliate dalla sua smisurata eleganza.
Percepiscono subito che si tratta di un nuovo arrivato, perché non si è mai visto e, istantaneamente, mi avvicino a lui per far capire che sono in sua compagnia.
Le ragazze abbassano la guardia e sfoggio un sorrisino compiaciuto, Raziel non se ne accorge.
«Dove sono i tuoi amici?»
«Non ho sentito bene, c'è troppo chiasso.»
È vero: la musica rimbomba nella casa come se stessero scoppiando. Gli studenti sembrano fregarsene: ballano, bevono irresponsabilmente e si strusciano tra di loro come se volessero divertirsi sotto le lenzuola, tutte cose che però io non ho mai fatto...
Non ho mai ballato con qualcuno, né fatto sesso.

Non mi vergogno di dirlo, anche se la maggior parte delle mie coetanee ormai ha molta più esperienza di me.

«Dove sono Timo e Carlos?» Rigrida.

Adesso ho sentito la sua voce forte e chiara e mi affretto a guardare il cellulare.

Per fortuna mi hanno risposto che sono arrivati e così lo afferro per mano e li andiamo a cercare.

La bolgia di ragazzi non ci permette di passare fluidamente, così siamo costretti a spingere per poter andare alla ricerca dei miei amici.

Solo qualche secondo dopo li troviamo in cucina a bere.

«Eccovi!» Mi avvio sorridente verso di loro e Merien, vestita con un tubino più corto e scollato del mio, mi viene incontro.

«Sei stupenda, Ania.»

«Anche i tuoi ricci sono fantastici stasera, Merien».

In quel momento, Timo mi afferra da dietro e mi bacia sul collo.

È un gesto spontaneo, da amici stretti, ma sento lo sguardo di Raziel su di noi e mi infervoro.

Quando si accorge dei miei occhi sui suoi inizia a parlare con Merien e Carlos.

Timo non mi ha ancora lasciata, anzi, appoggia la sua testa sulla mia spalla definendola il cuscino più comodo del mondo.

«Hai un buon profumo, *Ania*.»

In realtà è il profumo che uso tutti i giorni e un po' mi imbarazzo per la frase di Timo, ma Carlos lo sposta da me e lo ringrazio con un timido sorriso.

«Quanto ha bevuto Timo?» Bisbiglio all'orecchio del mio amico e lui non nega la verità.

«Siamo arrivati da un quarto d'ora e si è scolato tre birre», rammenta Carlos.

Timo gli tira una gomitata, mentre Merien ride e si avvicina a Raziel.

«Tu non bevi? Potremmo bere insieme.» Propone sfacciata, rivolgendogli un sorriso rapace.

Raziel indugia un attimo, fino a quando decide di bere un sorso dalla sua bottiglia ancora piena. Quel gesto mi fa venire un nodo in gola. Smetto di guardare Merien incantata dalla bellezza di Raziel e mi concentro sui miei amici, ma non ci riesco.

Noto con attenzione Raziel che inizia a sciabordare il liquido della birra. D'un tratto, Merien lo prende sottobraccio e comincia a sorridergli. In quel momento, senza un perché, mi sento stretta in quella stanza e decido di allontanarmi, di farmi un giro.

Ho bisogno di aria.

Raziel è impegnato, Timo e Carlos stanno parlando con altri ragazzi, perciò sgattaiolo via senza avvisare nessuno.

Lui si accorge subito della mia assenza e lo vedo osservarmi da lontano, ma non mi richiama.

Non doveva essere la mia guardia del corpo stasera?

Evidentemente ha trovato di meglio; beh, anche io mi divertirò.

Intanto però voglio curiosare ed estraniarmi, così mi avvio in giardino, che sembra il posto più tranquillo.

Raziel non mi ha fermata, non mi ha chiesto dove stessi andando, e ho affrettato i miei passi senza più guardare lui e Merien che bevevano dalla stessa bottiglia.

Quella scena, senza un vero motivo, mi ha disgustata e innervosita, perciò ho deciso di distanziarmi prima che la mia compagnia di studi si gettasse sulle sue labbra.

L'ha appena conosciuto, eppure sembra che ci stia provando, senza preoccuparsi di quello che penso io.

Ma in realtà chi sono io per Raziel? Un'estranea con cui ha appena fatto conoscenza.

Mentre penso a lui e al fatto che da adesso in poi vivrà in casa mia, mi ritrovo in giardino.

All'improvviso guardo intorno e respiro di sollievo perché non c'è confusione. Tutti sono ammassati all'interno della villa e ciò mi rincuora particolarmente.

Pochi centimetri più in là, circondata dalle alte siepi, scruto la bellissima piscina che poc'anzi ha catturato la mia attenzione e mi avvicino.

Nessuno sta facendo il bagno, l'acqua è rischiarata dalla luce del faro e mi abbasso per testare la temperatura: come immaginavo è riscaldata.

Proprio quando sto accarezzando l'acqua, qualche passo struscia facendomi sussultare.

«Oh mio Dio!»

Rimango immobile appena scorgo un ragazzo contemplarmi in silenzio.

Deglutisco il groppo in gola perché mi ha colto alla sprovvista.

«E tu chi sei? Ti sei persa?» Chiede d'un tratto, in tono serio.

Il ragazzo avanza deciso verso di me, sul momento mi alzo da terra per paura di cadere in acqua.

Non dovevo allontanarmi dagli altri, sono un'infiltrata, potrebbero capirlo subito.

«Scusami, stavo solo facendo un giro e la piscina mi ha incantata.»

«Noi non ci conosciamo, vero?» Domanda il ragazzo dagli occhi color del mare.

Arriccio il naso e fingo di sistemarmi, poi raddrizzo la schiena e cerco di raggiungerlo, anche se è impossibile vista la sua incredibile altezza.

Quanto può essere alto? Inoltre, ha un fisico davvero massiccio. Le sue spalle sono ampie e il suo sorriso è affascinante, ma mai quanto quello di Raziel.

La sua mascella spigolosa è ricoperta da una barbetta folta e scura.

«Non penso. Non conosco molta gente, per questo ho trovato rifugio in giardino», mi mordo il labbro per la figuraccia che sto per fare, lui prova a credere alle mie parole e incrocia le braccia al petto.

«Non conosci nessuno?» Continua, ancora più invadente.

«No, cioè sì, qualcuno, la padrona di casa ma...» voglio dire qualcosa, in modo tale da non restare impietrita, solo che non riesco a rispondere. Gli occhi di questo ragazzo mi stanno soggiogando.

Scuoto frettolosamente la testa.

«Sì o no?» Il bel moro si avvicina ancora di più e piega la testa di lato, mostrandomi una graziosa fossetta che compare proprio accanto le labbra sottili.

«Conosco solo tre ragazzi, più la proprietaria, ma ero curiosa e ho deciso di girovagare un po'.»

Ecco, adesso mi dirà qualcosa che non mi piacerà.

Maledizione a me e alla mia parlantina.

Sorride ancora e questo suo modo di comportarsi mi meraviglia e allo stesso tempo mi preoccupa.

«Menti», rivela, mentre inizia ad arrotolarsi sugli avambracci le maniche della camicia bianca.

D'un tratto la sua voce diventa più seriosa, più cupa e rauca.

Spalanco gli occhi e modulo la mia per fargli intendere il contrario. «No, non sto mentendo.»

Si avvicina ancora di più e prova ad ammaliarmi con quello sguardo da cattivo ragazzo.

«Ho capito subito che sei un'imbucata, sai?»

La sua perspicacia inizia a spazientirmi.

In effetti non l'ho mai visto in facoltà e lui non ha visto me, come ha capito che sono un'infiltrata?

Secondo me il cinquanta per cento degli invitati lo è.

Deglutisco di nuovo perché m'innervosisco.

Non so se conviene indietreggiare di qualche passo o rimanere nelle sue grinfie.

Non mi sembra un bravo ragazzo, anzi, sembra l'opposto e sento di avere per la prima volta paura.

«Non sono un'infiltrata.»

«Sì che lo sei!» Esclama di getto, pronto a farmi tremare ancora di più, sicuro più che mai delle sue parole.

Come fa a essere così determinato?

«Non lo sono...» cerco di ingannarlo come posso, poi continuo a parlare a raffica trovando un modo per uscire da quella situazione imbarazzante.

«Senti, scusami, okay? Ho sbagliato a venire qui in giardino, se mi lasci andare torno dai miei amici e dalla proprietaria.»

Il ragazzo mi guarda divertito e capisco di aver detto una baggianata.

«Adesso hai fretta di andare via? Non vuoi neanche rivelarmi il tuo nome?»

Sento tanto caldo. Ho bisogno di andare via da lì e vorrei che Raziel mi trovasse e mi portasse lontano.

Non mi piace questo ragazzo.

Non mi piace per niente.

Raziel dove sei?

«Non rivelo il nome agli sconosciuti.»

«Ma io non sono uno sconosciuto, e per la cronaca la proprietaria non è una ragazza.»

Rimango inebetita, specialmente quando si indica il petto. «Sono io il proprietario. Qui la sconosciuta sei tu, cara mia.»

Lui è il proprietario? Come ho fatto a non capirlo subito?

E adesso cosa devo fare? Mi guardo intorno, ma l'incontro con questo ragazzo si sta prolungando e non va bene.

Come se si fossero accorti della mia assenza, i miei amici mi inviano dei messaggi. In quel preciso momento, occhi blu punta il display e continua la sua conoscenza.

«Non rispondere», dice in modo dispotico.

«Sono i miei amici, sono preoccupati per me. Devo tornare di là.»

«Chi sono i tuoi amici?»

Il silenzio regna di nuovo. Se parlo capirà che sono imbucati anche loro e non voglio metterli nei guai.

«Senti, ti ho chiesto già scusa. Per di più non ho rubato nulla. Mi sono solo imbucata perché ho ricevuto l'invito, lasciami andare, ti prego.»

Scuote la testa e si appoggia al tronco di un albero, interessato da tutta quella situazione.

«Sei entrata in casa mia senza il mio permesso, tesoro, è ora di rivelare il tuo nome.»

No, non rivelerò mai il nome a questo presuntuoso. Mai.

Devo semplicemente trovare il modo di scappare da lui, così faccio una cosa: fingo di barcollare e, giustamente, si preoccupa.

Si scosta dall'albero e incede verso di me per sorreggermi.

Quando mi afferra per impedirmi di cadere ci guardiamo negli occhi e fisso per un istante il profondo blu che li rende meravigliosi.

Piega la testa di lato, e lo esamino proprio appena compie quel movimento.

Ha dei lineamenti marcati, il naso è perfetto, mentre i capelli sono ricci e ribelli. Forse un po' mi pentirò di quello che sto per compiere, ma non deve trattenermi ancora.

Con gesto impulsivo, gli pesto il piede con il tacco e lui urla di dolore.

Lascia la mia presa e finalmente mi libera.

Cerco di raggiungere il caos più totale per non farmi beccare di nuovo.

Nel frattempo, con il cuore a mille, invio un messaggio a Carlos.

Come una Cenerentola indifesa, che scappa dalla mezzanotte appena segnata, sorpasso i due bodyguard ma proprio quando sto per girare l'angolo sbatto sul torace di un ragazzo.

***

«Raziel?»

Il torace su cui vado a sbattere è il suo, e mi rincuoro all'istante.

«A... Ania?»

Lo afferro per il braccio e lo riporto dietro il nascondiglio di prima.

Mi accorgo delle mie mani tremanti e lui prova a rassicurarmi.

«Va tutto bene? Stai tremando. Cos'è successo?»

Con gesto improvviso mi racchiude il viso tra le sue mani e mi incita a guardarlo negli occhi.

«Ania? Parlami ti prego...perché eri qui fuori? Dove sono gli altri?»

Una sua mano affonda all'interno della tasca del cappotto alla ricerca di qualcosa.

Appena trova il cellulare lo estrae e mi riferisce di aver ricevuto una chiamata a cui dover rispondere.

«Stavo tornando dagli altri quando ti ho vista correre in quel modo. Mi spieghi dove sei finita e perché ti sei allontanata? Cosa ti avevo detto? Di non farmi preoccupare.»

Questa volta la sua voce è piena di angoscia.

Forse ho esagerato ad andarmene, ma vederlo con Merien mi ha infastidita.

I miei pugni non sono più stretti e allento la pressione proprio per cercare di calmarmi e di rassicurarlo.

«Ho conosciuto il proprietario e... gli ho pestato il piede con il tacco.»

Raziel si ravvia i capelli dietro le orecchie e mi guarda stizzito.
«Per quale motivo?»
Scrollo le spalle nervosa, è inutile mentirgli ancora... perciò decido di rivelargli la verità.
«Perché mi ha colta in flagrante. Ha capito che ero un'infiltrata e voleva sapere il mio nome. Sul momento mi sono spaventata, credo di aver esagerato...»
Un lungo sospiro fuoriesce dalle sue labbra.
«*Ania*...» strascica il mio nome e lo ascolto sperando che non mi sgridi.
I suoi bellissimi occhi scivolano sulla mia bocca e quasi mi manca il respiro.
«Mi hai fatto spaventare. Quando ti ho vista correre in quel modo ho pensato subito al peggio...»
«Non è successo niente, sul serio, però vorrei rientrare a casa. Magari più tardi inoltrerò un messaggio di scuse ai miei amici.»
Continua a inchiodare il mio sguardo e appena la sua mano accarezza la mia guancia sobbalzo a causa di uno stranissimo piacere.
Poi mi soffermo a studiare la sua folta chioma, lucente alla luce del sole, scura di notte.
Siamo di nuovo soli, nascosti dal resto del mondo e non rifiuto questo suo modo di rassicurarmi.
«Sarà meglio rincasare, hai ragione, altrimenti finiremo sempre a nasconderci in questa stradina stretta e lugubre.»
Sogghigniamo entrambi fino a quando non si discosta lentamente dal mio corpo.
Mi sento mancare l'aria... lo sento lontano e un vuoto di tristezza si propaga dentro di me.
Cosa mi sta succedendo?
Non ho mai provato questa sensazione.
«Andiamo?»
La sua domanda mi riporta alla realtà ed io annuisco senza perdere altro tempo.
Mi invita ad avanzare per prima e così, taciturna, percorro il sentiero fino a raggiungere la macchina che papà ha prestato a Raziel.

5
Gentleman

Ania

La mattina dopo mi sgranchisco le gambe e provo a raggiungere la cucina, però prima di recarmi a fare colazione il mio istinto mi consiglia di voltarmi verso la camera dove riposa il nostro nuovo ospite.

Le immagini di ieri, i nostri momenti insieme, la sua mano sulla mia guancia, tornano a torturarmi appena sveglia.

Sarà l'effetto di una sensazione indescrivibile colma di un desiderio inconsueto pronto a divorarmi e a non lasciarmi in pace?

Non capisco questa strana voglia di rivederlo.

È passato solo un giorno dalla sua comparsa in città, possibile che abbia già occupato i miei pensieri?

Non posso negare che ieri la sua vicinanza mi ha accalorata più volte. È stato uno stupore per me sentirmi così vulnerabile, piccola e indifesa sotto il suo affascinante sguardo.

Adesso ho voglia di rivederlo, di stargli *vicino*.

Vorrei avanzare nella sua stanza, ma non desidero disturbarlo, per cui mi pento di aver pensato a una simile sciocchezza.

Picchietto le dita sul mento, con lo sguardo totalmente concentrato sulla porta di quella camera, quando all'improvviso sobbalzo e mi ricompongo davanti la sua bellezza.

È il secondo giorno che Raziel abita insieme a noi e oggi è ancora più affascinante.

Indossa un semplice paio di jeans scuro e un maglione di una gradazione simile, per non parlare della luminosità dei suoi occhi che è ammaliante.

Non riesco a distogliere il mio sguardo dal suo e mi beo di questo momento per scrutarlo attentamente.

«Buongiorno», avanza verso di me dopo avermi rivolto il saluto con una voce più profonda del solito.

«Buo…buongiorno», farfuglio, consapevole di essere in imbarazzo.

Le sue scarpe sfiorano le mie e il profumo della sera prima mi travolge.

«Oggi non indossi nessuna vestaglia di seta?» Proferisce, lasciandomi vagare nelle mie strane fantasie.

Strabuzzo gli occhi e un'ondata di piacere si insinua nel mio basso ventre, cerco di trattenerla schiarendomi la voce.

«No, in realtà... sono già vestita...»

Sento il suo sguardo bruciante su tutto il mio corpo e non capisco davvero quali siano le sue intenzioni.

Perché mi sta guardando in questo modo?

All'improvviso, sento l'impulso di non andare più al piano di sotto a fare colazione, ma di accarezzare le sue mani forti e vigorose...

Di guardare per ore l'intensità del suo sguardo.

«Lo vedo», continua sottovoce.

Mi sta provocando?

Dal suo tono sembrerebbe così, solo che non riesco a comprenderlo.

D'istinto indietreggio.

«Dovremmo scendere a fare colazione... oggi devo andare a lezione, magari potresti seguire qualche lezione anche tu», consiglio, cercando di non guardare più la sua bocca così attraente e invitante.

Si abbassa di molto per avvicinarsi alla mia altezza e mi sorride.

«D'accordo... potrei seguire procedura penale», suggerisce.

«Sarebbe un'ottima idea.»

La mia frettolosità mi invoglia a voltargli le spalle. Inizio a scendere di sotto, anche se il suo sguardo è puntato proprio sulla mia figura slanciata.

Appena raggiungiamo la cucina, saluto mamma e papà.

Questa mattina stanno discutendo di qualche riunione di lavoro e nessuno di loro due si accorge della nostra presenza.

Solo quando richiamo la loro attenzione la mamma si volta e ci sorride.

«Ragazzi, ben svegliati. Accomodatevi.»

A tavola Raziel afferra un pancake preparato da mamma e ci spalma sopra la marmellata. Involontariamente lo imito e quando osserva il mio movimento, riesco a scorgere sul suo volto un sorrisetto compiaciuto.

Ci guardiamo svariate volte di nascosto, senza un logico motivo, e sorrido dentro di me per non dare nell'occhio.

Tutto fila liscio fino a quando papà chiede il resoconto della serata. Istintivamente, il ragazzo seduto di fronte a me si passa il tovagliolo sulle labbra.

«Molto bene. Ania si è divertita, non è vero?»

Beh, non posso negare che nonostante lo spiacevole incontro con il padrone di casa, il momento che ho passato da sola con Raziel è stato *intenso*.

«Sì è stata una bella festa, ci siamo divertiti insieme a Timo, Carlos e Merien.»

Papà sorride, prende la mano della mamma e la porta alle labbra per darle un bacio.

«Bene, ragazzi. Sono contento, ma purtroppo è arrivata già l'ora di salutarci. Il lavoro mi attende.» La guarda negli occhi.

Mamma lo saluta come ogni giorno: con un bacio dolce e casto sul palmo della mano.

Si amano tantissimo, non mi hanno mai fatto mancare nulla nella vita e proprio per questo mi fermo un secondo in più e li guardo, fiera del loro rapporto. Raziel sembra osservarli insieme a me.

«D'accordo. Buon lavoro, tesoro, e buona giornata anche a voi, ragazzi. Ania, stai attenta, okay?»

Faccio per sbuffare e rispondere che ormai so badare a me stessa, ma Raziel interviene al mio posto.

«Non si preoccupi, signora Ferrer, Ania è in buone mani. Oggi andrò con lei, seguirò qualche lezione e non la perderò troppo di vista», strizza l'occhio e sorrido, perché in realtà è quello che voglio.

Papà ci guarda orgoglioso e contento di aver ospitato in casa un bravo ragazzo. «Vedo che state iniziando a fare amicizia, sono molto contento. Sapevo che ti saresti trovato bene con Ania.»

«Non avevo dubbi. Ho sempre saputo che mi sarei trovato bene con la sua *bambina*!»

Entrambi sogghignano a quell'esclamazione e questa volta mi unisco anche io, non me la prendo, perché si beffano di me amorevolmente.

Mamma mi saluta con un bacio sulla nuca, poi si rivolge a Raziel con una stretta di mano.

«Ci vediamo più tardi ragazzi.»

«Raziel?»

La voce di papà risuona intorno a noi e i due uomini si guardano.

«Sì?»

«Puoi prendere in prestito una delle mie tre macchine, basta che tu sia prudente alla guida, d'accordo? Dovrete pur muovervi a Buenos Aires, ed è giusto che ti abitui a guidare in città.»

Raziel lo guarda allibito.

Lancia un'occhiata verso di me, io rispondo facendo spallucce. Sembra che papà sia proprio intenzionato a fidarsi di lui al cento per cento e mi fa piacere.

«La ringrazio, signor Ferrer, guiderò con prudenza.» Rivela e stringe la mano di papà.

Lui ricambia, poi afferra il cappotto che gli porge la mamma e lo indossa con disinvoltura.

«Buona giornata ragazzi, a stasera.»

Li saluto con un sorriso e dopo mi rivolgo a Raziel.

«Grazie per non aver detto a papà di avermi perso di vista e che ho pestato il piede al proprietario.»

«Non sarebbe stato appropriato raccontare questi irrilevanti particolari al signor Ferrer, altrimenti avrei dovuto dirgli che ci siamo nascosti ben due volte in un angolo stretto e buio.»

Raziel mi tocca la spalla e il suo calore mi suscita un senso di sicurezza e di piacere, tanto da abbassare lo sguardo sulla tazza ormai vuota.

La sua mano calda scivola via istintivamente, e mi mordo il labbro inferiore per quel distacco.

«Carina la tazza, regalo dell'ultimo compleanno?» Domanda, osservando le tre peonie dipinte sull'oggetto.

Gli tiro un pizzicotto sul braccio e rispondo con una linguaccia. Ancora intontita mi alzo dalla sedia e sparecchio.

Appena finito, guardo l'orologio e mi rendo conto che siamo in ritardo.

Le lezioni inizieranno tra un'oretta e prima dovrò mostrargli l'università che ancora non conosce.

«Mi sa che è ora di andare. È un po' tardi e le strade a quest'ora saranno trafficate.»

«D'accordo, andiamo.»

Afferra la giacca nera, all'ultima moda, e lo guardo affascinata.

Si accorge delle mie occhiate continue, ma non dice nulla, non fa nessuna battuta sfarzosa, mi sorride perché sa che sto davvero ammirando ciò che ho davanti, anche senza fare commenti.

Faccio per aprire la porta e, di proposito, la sua mano sfiora la mia cercando di precedere il mio movimento.

La solita piacevole e calda sensazione torna di nuovo e quasi mi sento mancare il fiato. Indietreggio per staccarmi da lui: devo cercare di non sembrare così stordita solo perché mi ha appena sfiorato.

D'altronde non è nulla: la sua pelle ha semplicemente lambito la mia.

Deglutisco il groppo in gola e mi copro per bene prima di dirigermi verso la macchina.

Raziel chiude la porta e mi segue, a passo lento.

Che abbia percepito la stessa mia sensazione?

Impossibile, un ragazzo come lui, più grande, non guarderebbe mai una *bambina* come me.

Avrà molta esperienza, ed è così sexy che potrebbe avere chiunque. E, chissà, magari sta già con qualcuna.

L'altra sera ha parlato a bassa voce per tutto il tempo, non ho potuto fare a meno di dedurre che sia fidanzato.

Mentre salgo in macchina penso che io e Raziel potremmo diventare buoni amici, senza far nascere altro.

Le storie tra i coinquilini che si innamorano non fanno per me e lui comunque non è un mio coinquilino. È un ospite che ha portato in casa papà e se ne andrà. Prima o poi se ne andrà, perciò è meglio non fantasticare.

«Tutto okay?» S'informa quando sfrego le mani sui pantaloni per il nervosismo.

«Sì, tutto bene.»

Decide di mettere in moto e quando sfreccia sulla strada mi sento già molto meglio.

La strana sensazione che ho provato pochi istanti prima, quando la sua mano ha sfiorato la mia, è svanita.

Arriviamo a destinazione e posteggia nel primo posto libero che riusciamo a trovare.

Da lontano intravedo l'auto di Timo e gli mando un messaggio dicendogli di conservarmi un posto vicino a lui.

È tardi e molti studenti saranno già in aula.

In quel frangente, Raziel scende dalla macchina e si infila il cappotto.

Molte ragazze passano accanto a noi e lo squadrano dalla testa ai piedi, notando quanto quei capelli siano perfetti e indomabili.

Quanto la sua camminata sia sicura e decisa.

Non lancio nessuna occhiata di gelosia, mi dirigo a passi svelti verso l'ingresso e Raziel mi rincorre.

«Dove scappi? Perché così tanta premura?» Si porta entrambe le mani dietro la nuca.

«Sono in ritardo, sta per iniziare la lezione. Tu devi andare al secondo plesso. Sali al piano di sopra e incontrerai delle porte scorrevoli. Percorrile e subito spunterai davanti l'aula di procedura penale.»

Raziel mi afferra per il braccio e, senza che me ne renda conto, lo ritrovo di nuovo vicino al mio naso.

«D'accordo, ma non preoccuparti per me, tu piuttosto, sta' attenta. Intesi? A fine lezione voglio ritrovarti sana e salva.»

Ride e seguo la sua risata contagiosa.

«Raziel, andrà tutto bene, tranquillo.»

Si passa una mano tra i capelli e annuisce, ma non sembra convinto delle mie parole.

«D'accordo», mente e prolunga il discorso. «A che ora ci incontriamo?»

Cerco di non respirare troppo a lungo quel suo buon profumo e raccolgo l'agenda vintage dove ho scritto tutti gli orari delle lezioni per consultarla.

«Possiamo vederci all'ingresso per le dodici.»

Adocchia la sua agenda e mi conferma di essere libero per quell'ora.
«Allora ci vediamo dopo. Ti farò da bodyguard.»
Fa l'occhiolino ed io sbuffo, alzando gli occhi al cielo. Mi fa piacere, da una parte, che adesso si sia preso a cuore la questione del bodyguard, ma dovrebbe rilassarsi.
«Sì, ci vediamo dopo e, *Raziel*?»
Alza lo sguardo su di me.
«Goditi il primo giorno e anche se non sei frequentante cerca di fare amicizia, okay?» Mi sorride e mi lancia un'occhiata divertita.
«Farò così, ma ti terrò d'occhio, *Ania*. Non ti perderò di vista. Non mi va di sentirti troppo *lontana*.»
Mi scruta come se non volesse lasciarmi andare.
A un certo punto, sento il suo viso avvicinarsi ancora di più al mio e il cuore perde un battito.
Siamo troppo vicini.
Troppo.
Cosa ha intenzione di fare Raziel?

Raziel

Con tenerezza le sistemo una ciocca dietro l'orecchio e la rassicuro un'altra volta.
Impiego qualche secondo prima di rimettermi in sesto perché percorro i dolci lineamenti del suo viso ispezionando, soprattutto, quelle labbra a forma di cuore.
Le lascio andare il ciuffo scomposto e mi schiarisco la gola, mentre mi fissa in silenzio senza dire una parola.
Devo andare a lezione, non so perché l'ho guardata così a lungo, anzi, in realtà non so neanche perché ieri e oggi mi sia avvicinato tanto a lei, così interrompo il contatto.
«Allora, ci vediamo dopo», aggiungo, senza sfiorarla di nuovo.
Ania annuisce e mi accorgo del suo lieve sospiro appena mi scosto dal suo viso perfetto.
Non ho idea di quello che le passi per la mente, non è un libro aperto. Non riesco a intuire le sue riflessioni interiori.
Lei è... come posso dire... particolare e interessante.
La sua risposta viene sovrastata da alcuni schiamazzi.
«Sì, a dopo», mormora. Riesco a udirla a stento, ma osservo il suo ultimo movimento: si sta toccando la ciocca che le ho raccolto prima di poterle augurare una buona giornata.

In quel momento, una miriade di studenti ci oltrepassa e nessuno si sofferma più di tanto a scrutare verso la nostra direzione.

Meglio così, non mi piace trovarmi al centro dell'attenzione, tanto meno farmi conoscere dalle ragazze...

Sono contento che non stia succedendo come nella mia vecchia università, dove non facevano altro che chiedermi di uscire o di vederci per delle *ripetizioni*.

Non sono il tipo a cui piace farsi guardare o che porta a letto sconosciute.

Sono un ragazzo di altri tempi e mi piace quando certi valori vengono rispettati: cosa che al giorno d'oggi, ormai, accade molto di rado.

Ovviamente, so di avere un certo fascino, soprattutto per il mio carattere gentile e premuroso.

Sono un Herman e gli Herman sono tutti dei gentlemen.

Non mi piace provocare risse, preferisco risolvere le situazioni con diplomazia anziché ricorrere alla violenza.

Uso l'intelligenza al posto dell'impulsività.

Sono una persona sincera e molto affidabile.

Solo una volta ho sbagliato nella mia vita, e quello che è successo mi ha condizionato per sempre...

Non sono ancora pronto ad aprirmi, a rivelare quello che è capitato, però, a parte tutto il dolore che provo e gli incubi che minacciano le mie notti, sto cercando di essere migliore.

Mentre penso a come sono caratterialmente e a ciò che ha stravolto la mia vita da un giorno all'altro, mi avvio in aula, senza osservare con attenzione l'interno dell'edificio perché, in verità, non mi importa più di tanto.

I muri sono bianchi, nulla di diverso in confronto alla vecchia struttura in cui seguivo le lezioni; gli studenti stanno percorrendo il lungo e affollato corridoio per raggiungere l'aula.

Esco dal primo plesso e non fatico a trovare la stanza, è una delle prime e, senza rendermene conto, giungo a destinazione.

Sospiro più volte prima di varcare la soglia e, appena supero l'entrata, mi accorgo di quanto la stanza sia immensa e luminosa, stracolma di gente.

Onestamente preferisco la confusione al vuoto e quando noto un posto libero, accanto a dei ragazzi, non perdo altro tempo e lo occupo.

«Ehi, non è libero!» Il ragazzo di fianco ha tutta l'aria di essere più sportivo di me.

I suoi occhi blu mi scrutano con attenzione, mentre le sue labbra si piegano in un sorriso canzonatorio.

Noto che si sta burlando di me, perciò evito di farmi mettere i piedi in testa e mi siedo lo stesso.

«Io non vedo nessuno», rimbecco con prontezza.

Gli amici davanti a lui si girano e iniziano a ghignare. Sono tre ragazzi tutti impostati, con le spalle larghe: sembrano proprio dei giocatori di football.

Mostro la mia espressione di scherno e guardo ancora il mio compagno di banco.

«Ti stavo prendendo in giro. Il posto è libero, amico. Piacere, sono Gaston.»

Gli porgo la mano per gentilezza e ridacchio alla sua risposta precedente.

«Sono Raziel, il piacere è mio.»

Ci stringiamo la mano: la presa è stretta, ma amichevole.

«Non sei di queste parti, vero? Non ti ho mai visto in giro e, io, conosco *tutti*.»

Gaston si appoggia allo schienale della sedia e guarda i suoi amici con un sorriso strafottente.

Constato subito che i suoi bicipiti si sono appena gonfiati, o forse è stato lui a farli pompare in modo tale da mostrarmi la sua forza?

Lo imito e volto la testa verso di lui, osservando con accurata attenzione il suo profilo.

Per contro, Gaston indaga verso i miei di bicipiti, mentre io noto il suo furbo sorriso.

«Hai ragione, infatti mi sono trasferito da poco.»

«Un nuovo arrivato! Beh, lieto di averti tra di noi, Raziel.»

Mi dà una pacca sulla spalla e continua a ridere con i suoi tre scagnozzi fino a quando il professore non occupa la cattedra.

La lezione passa con tranquillità ed è solo verso mezzogiorno che mi rendo conto di dover tornare da Ania.

Striscio la sedia all'indietro, ma Gaston mi richiama prima che possa sgusciare fuori.

«Vieni a pranzo con noi, nuovo arrivato?» Contemplo subito la sua altezza.

A differenziarci sono solo pochi centimetri ma, per buona sorte, sono più alto e la questione mi diverte.

«Devo incontrare una ragazza. Magari un altro giorno.»

Gaston ride e si avvicina ai suoi amici, riesco a sentire i loro nomi appena li pronuncia.

«Boris, Alvaro, Jorge, ci fa sempre piacere conoscere nuove tipe, non è vero, *ragazzi*?»

Annuiscono con dei sorrisi che mi verrebbe voglia di scucirgli dalla faccia.

Il mio compagno di corso si volta verso di me dopo aver posto la domanda ai suoi amici.

«Sei appena arrivato ed esci già con qualcuna? Mi piaci», Gaston continua a parlare, cercando di fare l'amico, e alzo gli angoli delle labbra all'insù.

In realtà, non mi sembra un tipo troppo intelligente, ha l'aria di quel classico ragazzo tutto muscoli e niente cervello, ma non posso giudicarlo ancora, perciò, mi sforzo a sorridere alla sua scarsa battuta.

«In verità non esco con nessuno, lei è solo la ragazza che mi ospita», ammetto, issando lo zaino sulla spalla.

«Dormi a casa di una ragazza? E non ti piace neanche un po'?»

Usciamo dall'aula e continua ad assillarmi con le domande.

Da quando in qua dovrei dare spiegazioni a qualcuno? Lo fisso ed espongo ciò che mi viene subito in mente.

«Non è niente di che», dico, cercando di studiare il suo sguardo.

«Bene... allora, dato che non ti interessa, posso conoscerla?»

Non faccio il tempo a dire di no che intravedo Ania venirmi incontro.

Cerco di farle capire con lo sguardo di far finta di non conoscermi, ma lei sembra impallidire di colpo e la cosa mi preoccupa.

Sta male?

Il suo colorito diventa cereo. Vorrei andarle incontro, fregandomene della domanda che mi ha appena posto Gaston.

Lei si ferma in mezzo al corridoio, pieno di gente che va e che viene. Sembra che abbia visto un fantasma, così lascio perdere Gaston e mi avvio allarmato verso di lei.

La raggiungo in un attimo e, automaticamente, le sfioro la spalla.

«Ania, va tutto bene?»

Prima che i ragazzi si avvicinino, parla a bassa voce, con tono un po' agitato.

«È lui», indica Gaston che, per sfortuna, l'ha già vista.

Merda, non può essere!

«Lui chi?» Chiedo, sperando che non sia quello che penso.

«Il ragazzo della festa, quello a cui ho pestato il piede», ammette, imbarazzata.

I miei pensieri sono giusti.

Gaston è il proprietario della casa in cui ci siamo imbucati e, istantaneamente, cerco di nasconderla, ma Ania non è così bassa da passare inosservata e non c'è niente da fare.

«Oh, oh, oh. Non dirmi che è lei?» La voce di Gaston interrompe la nostra confessione e mi giro con un finto sorriso.

«Lei chi?» Espongo, guardandomi intorno come per confonderlo, anche se non ci riesco.

Gaston punta i suoi occhi blu su quelli di Ania e le sorride beffardo.

«La ragazza che ti ospita!» Risponde e un ghigno malizioso muta l'espressione del suo viso.

Dalla sua esclamazione spero con tutto me stesso che non si ricordi di lei, ovviamente sbaglio ancora.

«Sì, perché?»

Confido in una risposta del tutto diversa da ciò che sta pensando la mia mente, sfortunatamente la verità viene a galla in un attimo.

«La ragazzina qui presente ieri sera non solo si è imbucata alla festa, mi ha pure tirato un calcio.»

Boris, Jorge e Alvaro ridono dietro le sue spalle, mentre una fila di ragazzi si ferma a osservare la scena, curiosi e pettegoli.

Sto per intervenire e dire una menzogna, però Ania mi blocca.

«Senti, ti chiedo scusa. È vero, ero un'imbucata, ma la maggior parte dei ragazzi si sono infiltrati alla tua festa e ho reagito in quel modo perché mi hai spaventata. Eri ubriaco e non mi lasciavi andare quindi ti ho tirato quel calcio. Scusami, spero che il dolore sia passato.» Espone queste parole in modo audace.

La guardo sbalordito, mentre Gaston annuisce lentamente tuttavia, quando mi sorpassa e le si avvicina, qualcosa ribolle dentro di me.

Cerco di superarlo, anche se lui è più veloce e riesce a torreggiare su di lei.

«Prima precisazione: non ti stavo trattenendo. Avevo solo afferrato il tuo braccio perché stavi cadendo, se non ricordo male, vero? Seconda precisazione: io non ero ubriaco. Non bevo alle feste che organizzo.»

Quella rivelazione la sorprende, tant'è che Ania lo guarda, piegando la testa di lato e mordendosi il labbro inferiore.

Questa scena sta durando più a lungo del previsto, devo fare qualcosa, devo intervenire prima che possa finire in un modo che non mi piacerà.

«Allora ho frainteso. Potresti accettare le mie scuse, per favore?» Lo chiede con disinvoltura, come se volesse farsi perdonare sin dall'inizio.

Gaston sembra pensarci un momento in più ma, prontamente, le porge la mano e si presenta.

«Sono Gaston e accetto le tue scuse, anche se adesso dovrai dirmi il tuo nome. Alla festa non me l'hai svelato e dato che ti ho pensato tutta la notte, mi sembra il minimo.»

Ania sorride perché non è finita nei guai; sembra molto più tranquilla e il colorito è tornato scuro, come prima.

Io, invece, non sono affatto appagato, qualcosa dentro di me inizia a scalpitare, qualcosa che ancora non riesco a capire.

L'ultima frase di Gaston non mi è piaciuta per niente.

L'ha pensata tutta la notte? Non ci credo.

Questo incontro mi sta innervosendo e guardo Ania. Mi rendo conto che sta osservando con interesse gli occhi di Gaston.

«Sono Ania, il piacere è mio.»

La conoscenza è avvenuta ma, proprio quando le loro mani stanno per incrociarsi, interrompo il momento e mi metto in mezzo.

«Scusaci Gaston, è tardi e dobbiamo tornare a casa. Alla prossima.»

6
Un ragazzo di altri tempi

Ania

«Perché siamo andati via così di fretta?» Mi sforzo di stare al suo passo, ma Raziel è velocissimo.
«Perché tuo padre vuole che torniamo a casa per pranzo, non voglio contraddirlo o ignorare i suoi orari.»

Lo scruto da dietro: le sue spalle mi sembrano tese e lui appare irrequieto ai miei occhi.

C'è qualcosa che lo turba, per caso?

Stiamo camminando da qualche minuto e da altrettanto tempo non ho potuto fare a meno di notare le nostre mani intrecciate, questa unione improvvisa mi ha lasciato senza fiato.

Sono arrossita di nascosto. Il suo calore è piacevole e mi dispiace quando raggiungiamo la macchina e allontana la sua presa.

«Come sei responsabile», annuncio, prendendolo in giro.

«Ti dispiace?» Si volta di scatto verso di me e la sua domanda è piena di sorpresa, per nulla diffidente.

Lo guardo sgranando gli occhi, senza riuscire a rispondere.

Mi precede ancora.

«Vorresti che mi comportassi diversamente?» Torreggia su di me.

È così alto e, stranamente, la sua vicinanza mi attira. Non riesco a tirarmi indietro e non voglio allontanarmi, anzi, lo vorrei più vicino. Molto vicino.

«No.» Rispondo sincera, evitando di lasciarmi prendere dai miei sentimenti, poi continuo il discorso: «Sembri un bravo ragazzo e questa tua caratteristica ti rende *diverso*.»

Inarca un sopracciglio senza arrabbiarsi per quello che ho rivelato. Sta pensando alle mie parole più del dovuto e mi scruta assottigliando gli splendidi occhi color verde mare.

«Andiamo. Dobbiamo rientrare.»

Quando pronuncia quelle parole rimango pietrificata perché non aggiunge altro, sale in macchina con agilità e si allaccia la cintura.

Deglutisco e imito il suo gesto, sedendomi vicino a lui.

Fuori c'è una tiepida giornata e, dato che durante il tragitto rimane in silenzio, decido di estraniarmi per un momento a guardare il paesaggio che percorriamo spesso.

Qualche minuto dopo gli rivolgo l'attenzione e lo noto molto pensieroso.

Vorrei fargli mille domande, però potrei intralciare i suoi momenti interiori e non mi va di rendermi assillante. Così accendo la radio e inserisco la stazione che mi piace.

Lui non obietta, tiene lo sguardo fisso sulla strada e la concentrazione che scovo nei suoi occhi è unica.

Lui è unico.

Sembra essere davvero un bravo ragazzo e questa cosa mi colpisce da morire.

Non ho mai conosciuto nessuno come lui, anche perché i tipi della mia vecchia scuola erano tutti altezzosi e donnaioli, non meritavano la mia attenzione; lui, invece...

Lui che sta guidando così concentrato, così pensieroso, Dio... lui sì che merita la mia attenzione.

In due giorni ha recuperato il nostro rapporto, inoltre, alla festa, si è preoccupato per me.

Ricordo ancora il modo in cui mi ha afferrata e nascosta in quella stradina buia, ricordo soprattutto la sua lieve carezza... il suo tocco...

«Cosa c'è?» Domanda con tono mite.

Prima di rispondergli osservo degli edifici imponenti che si stagliano sulla strada principale. Siamo quasi arrivati, ma voglio dialogare con lui.

«Sai... mi piace quest'intesa che si sta creando tra di noi.» Sono diretta, sincera.

Mi rivolge nuovamente il profilo e questa volta riesco a scrutarlo meglio: sembra contento per ciò che ho esposto ad alta voce, allora perché non dice qualcosa? Perché rimane in silenzio?

Incrocio le braccia al petto e aspetto, ma è proprio quando svolta l'angolo e raggiunge la mia abitazione che, finalmente, sento il suono caldo e sensuale della sua voce.

«Anche io sono contento», afferma in una risposta piena.

Sto per rispondere, ma un messaggio sul suo telefono cattura la mia attenzione e quando Raziel osserva un nome, che non riesco a leggere bene, si rabbuia all'istante.

Esita fino a quando non si rende conto di aver posteggiato già da qualche secondo.

«Siamo arrivati.» Si schiarisce la voce e raccoglie il giubbotto. Prima di entrare in casa torna di cattivo umore e più freddo di una notte di inverno.

Mi affretto a seguirlo in casa, e quando varchiamo la soglia d'ingresso notiamo mia mamma e papà in cucina, intenti a preparare qualcosa di buono.

Raziel li saluta con un lesto cenno e si incammina al piano di sopra, senza guardarmi.

Sto per dirigermi dai miei genitori, quando lo sento sbattere la porta.

Papà si affaccia preoccupato. «Cosa è successo a Raziel?»

Faccio spallucce e rispondo con tono basso, acquattando i miei pensieri in un angolo della mia mente.

«Non saprei. È stato strano per tutto il tragitto.»

«Pensi che non pranzerà?»

Papà è proprio di fronte a me e alza un sopracciglio come per dirmi di andarlo a chiamare, nonostante sia scappato in camera.

Lo fisso nervosa per qualche istante, ma mi limito a rispondere in maniera accondiscendente.

«Andrò a informarmi.»

Vado in camera mia e mi siedo sul letto, pensierosa.

Oggi è stata una giornata strana, bizzarra, di quelle che di solito non pensi potrebbero capitare.

Ho conosciuto Gaston, il proprietario della festa, ed è molto carino, ma appena stavo per dirgli altro Raziel si è messo in mezzo e mi ha trascinata via.

Gaston ci sarà rimasto male, però ciò che più mi ha preoccupato è stato l'atteggiamento del mio *ospite*.

È stato teso per tutto il tempo e dopo avermi detto che gli fa piacere la nostra intesa, ha mostrato la sua inespressività, fino a quando quel messaggio non lo ha scosso.

Sono proprio curiosa di scoprire cosa ha letto tra quelle righe, eppure non ho invaso la sua privacy.

Non mi sono sbilanciata più di tanto e non gli ho chiesto neanche chi fosse.

Non posso domandarglielo, ci conosciamo da poco e non voglio essere invadente.

Mi distendo sul letto e rivolgo lo sguardo alle pareti della mia camera.

Nella mia stanza mi sento al sicuro, riesco a pensare lucidamente e a concentrarmi. Inoltre, l'ho arredata davvero bene.

Accanto al mio letto si trova il quadro di Gustav Klimt, "*Il bacio*", per imprimere il mio romanticismo, mentre alla sinistra, sul muro sopra la scrivania, ho incorniciato la tela di Claude Monet "*Le ninfe*".

Ho sempre adorato l'arte ed è giusto che i miei pittori preferiti abbiano un posticino nel mio rifugio.

Poco più tardi, mamma mi comunica che il pranzo è pronto e io ritorno alla realtà.

Volitiva, mi dirigo a passo calmo da Raziel e busso alla porta.

«Avanti.» La sua voce indistinta risuona dietro l'uscio.

Lo scorgo disteso sul letto e mi astengo dall'entrare.

«Scusami se ti ho disturbato, ma il pranzo è pronto.»

Con cautela osservo le sue mani e noto il piccolo aggeggio elettronico che tiene stretto tra le dita.

Sta stringendo il telefono come se volesse scaraventarlo oltre la finestra e liberarsene per sempre.

«Arrivo tra un minuto», il suo tono è ruvido.

«Va tutto bene?» Provo a comportarmi da amica e lui mi rivolge un sorriso riconoscente, anche se è difficile non accorgersi della sua ridda di pensieri.

«Sì.»

«Ne sei sicuro? Prima sei scappato via in quel modo... mi hai fatto preoccupare.» Provo a insistere, ma invano, perché lui evade la risposta con audacia.

«Ania... va tutto bene, davvero.»

Senza interferire ancora, gli lascio l'ultima parola; penso che mi voglia fuori dalla stanza e perciò socchiudo la porta.

Non del tutto convinta che Raziel stia bene, mi siedo al solito posto a tavola.

«Raziel?» Ovviamente è papà il primo a pormi la domanda tanto attesa.

«Sta arrivando», riferisco a bassa voce.

«Tesoro, hai capito cosa lo affligge?» Chiede mamma con voce delicata, poi mi accarezza la mano e la guardo malinconica.

Faccio spallucce e lancio una piccola occhiata al minestrone. Finché il nostro ospite non si siederà con noi, non sarò tranquilla. Mi è dispiaciuto vederlo in quel modo, come se si fosse estraniato del mondo.

«Raziel, eccoti.»

Catturo il suo sguardo e mi soffermo cautamente sulla sua tristezza velata, indistinta, macchiata da una nube funerea.

È strano: ha un'aria tediata, come se per la prima volta non volesse trovarsi in nostra compagnia.

Sento che qualcosa lo turba, oggi.

Sento che qualcosa non lo rende sereno.

Sento che qualcosa ha spento il suo sorriso.

Di solito quest'ultimo mi riscalda l'animo, mi rende vulnerabile e mi perdo nei meandri delle mie fantasie.

Mi ricordo di essere in compagnia della mia famiglia e della persona su cui sto fantasticando, per cui socchiudo le palpebre e lascio che i miei pensieri si seppelliscano dentro di me.

Appena si accomoda, proprio sulla sedia accanto alla mia, mi giro verso di lui.

Il mio respiro è affannoso e tutto questo solo perché si è avvicinato troppo.

Ieri si è seduto di fronte a me, ma oggi la mamma ha occupato quel posto e non glielo ha ceduto.

All'improvviso, Raziel mi guarda di sbieco senza sorridermi e sento una stretta al cuore.

Un attimo dopo papà inizia la conversazione.

«Ragazzi, stasera io e Paula abbiamo un'altra delle nostre cene.»

Infilo il cucchiaio dentro la minestra e inizio a gustarla.

È una routine che mamma e papà escano a cena fuori e sono felice che continuino ad andarci, anche senza la mia compagnia.

Quando ero più piccola andavo con loro, a un certo punto, però, ho deciso di annullare questa ricorrenza.

Getto un'occhiata verso il mio vicino, notando il suo sguardo fisso su papà.

Congiungo le labbra e le assottiglio.

«D'accordo, signor Ferrer, non si preoccupi.»

«Sì, papà, non preoccuparti», affermo a denti stretti e il pranzo trascorre in totale silenzio.

A fine pasto, Raziel saluta i miei e si rintana in camera, io, invece, guardo il cellulare.

Carlos e Timo non mi hanno scritto e, vista l'ora, decido di riposare un po'.

Mi sento abbastanza stanca e ho bisogno di prendere sonno prima di rimettermi a studiare.

Mi dirigo a passo lento in camera, preoccupata per Raziel.

**

Il tramonto mi sveglia e sbadiglio più del dovuto.

Appena mi accorgo di aver dormito come un ghiro e che sono quasi le sette di sera, mi raddrizzo e scatto giù dal letto.

Distratta inciampo a causa di un cuscino per terra.

«Maledizione», impreco tra me e me, poi raccolgo il cuscino e lo lancio sul letto senza perdere altro tempo.

Adesso dovrò trascorrere tutta la notte a studiare.

Anche se abbiamo iniziato da pochi giorni i corsi di studio, seguo con accurata attenzione le lezioni dei professori, in modo tale da arrivare preparata agli esami, senza dovermi stressare gli ultimi giorni.

Raccolgo le varie cianfrusaglie sparse per la stanza e faccio per dirigermi in cucina. Ho un certo languorino, ma proprio quando esco dalla mia camera, mi fermo in corridoio perché mi rendo conto di essere immersa nell'oscurità.

Nessuna luce lo illumina, tranne lo spiraglio che si intravede dalla mia porta appena chiusa alle spalle.

È tutto così strano perché Raziel dovrebbe essere in casa, eppure, non sento nessun tipo di rumore.

Nessun rumore di penna, nessun scartabellare di fogli, niente.

Il silenzio inquietante sembra volermi rivelare qualcosa.

Scaccio via quella sensazione e prima di avviarmi in cucina mi precipito davanti la camera di Raziel.

So che non si dovrebbe, ma se starà dormendo non invaderò il suo spazio.

Devo accertarmi che sia in casa.

Prendo fiato e, piano piano, apro la porta di camera sua senza bussare.

Quando mi rendo conto che la stanza è avvolta nel buio più totale, accendo la luce e noto con rammarico che il letto di Raziel è vuoto.

Spalanco gli occhi increduli in un gesto meccanico.

Esco dalla stanza e mi dirigo dall'altra parte della casa, chiamandolo.

«Raziel? Raziel?»

Il buio non parla, si prende gioco di me, mi terrorizza e rabbrividisco.

Irrigidisco le spalle e mi precipito in salotto, sicuramente sarà lì, magari disteso sul divano a leggere qualche libro...

Magari si è appisolato senza rendersene conto.

Raggiungo l'ingresso a grosse falcate e quando accendo la luce mi sento precipitare, perché non è lì.

Raziel non è in casa, ma dove può essere andato? E perché è uscito senza dirmi nulla?

Entro in paranoia, poi penso alla macchina.

Senza perdere altro tempo mi precipito in garage e a malincuore vedo tutte le auto posteggiate. Un senso di angoscia mi assale.

Inarco le sopracciglia e prendo il telefono.

Mi rendo conto di non avere il suo numero, non gliel'ho mai chiesto, ed entro ancora di più in agonia.

Porto preoccupata le mani sul viso, cercando allo stesso tempo di pren-

dere un bel respiro e di rasserenarmi un attimo.
Pensa Ania, pensa... pensa, pensa.
Decido di tornare in casa attraversando l'interno, ma è proprio quando percorro il seminterrato che sento un tonfo dietro la porta che conduce dentro.

Dallo spavento mi mordo il labbro e cerco qualche attrezzo per aiutarmi in caso ci sia qualche malvivente.

Con coraggio mi inerpico per le scale a chiocciola fino a quando non raggiungo la porta d'ingresso.

Appena la spalanco salto in aria perché trovo Raziel davanti ai miei occhi con le braccia conserte e i capelli tutti scompigliati.

Il suo sguardo indaga sul mio: i suoi occhi affusolati mi ispezionano.

Rimane in silenzio a fissarmi, quando invece a me è sobbalzato il cuore in gola.

«Raziel, oddio! Mi hai fatto prendere un colpo, dove sei stato?» Sbotto in modo acido.

Raziel

«Sono andato in bagno», rispondo ad Ania e mi preoccupo appena la vedo angustiata e inquieta.

Mi avvicino e la guardo dall'alto verso il basso. Spero di farle cambiare espressione, non mi va di vederla arrabbiata con me o preoccupata senza un valido motivo.

A mio discapito, comunque, non mi aspettavo questa sua reazione e la osservo meravigliato e compiaciuto.

Sta per aggiungere qualcosa, quando un altro messaggio illumina il mio cellulare.

Leggo immediatamente il testo perché tengo il telefono in mano:

> Non potrai scappare per sempre!

Questo messaggio arriva da un nome che non voglio più leggere e sentire in vita mia; eppure, questa persona non riesce a stare al suo posto.

È lo stesso mittente che mi ha inviato il messaggio in macchina, di cui Ania si è accorta.

Quelle parole mi hanno scosso così tanto da farmi comportare in modo sgarbato persino a tavola, senza volerlo davvero.

Fortunatamente, il pranzo è terminato privo di drammi e inconvenienti.
Per tutto il pomeriggio, però, non ho visto Ania, perché ho avuto altro da fare e adesso, che la ritrovo con le braccia conserte e con quel cipiglio severo, la scruto con attenzione pensando a come comportarmi.
Decido di non dirle altro, anzi intasco il cellulare, anche se mille ricordi compaiono improvvisi a distruggermi di nuovo.
Ecco che, senza volerlo, il passato si prende gioco di me. Ama istigarmi, cerca di farmi soffrire come è sempre successo, ma questa volta, forse, posso metterlo da parte per un po'.
Questa volta voglio chiudergli la porta in faccia perché desidero farlo scomparire dai miei pensieri.
Per me, il passato è sempre una minaccia, un'intimidazione alla mia vita e so che non devo essere felice, ma non voglio neanche dover soffrire ogni giorno.
Conosco quello che ho fatto, so quali colpe devo pagare, solo che non posso farmi condizionare ogni ora della giornata.
Per un po' potrei pur permettermi di non pensare a quello che è accaduto.
Mi punisco già abbastanza da solo, non c'è bisogno che i momenti del passato continuino a intralciarmi.
Sto per spazientirmi di nuovo, questo secondo messaggio mi ha alterato ancora di più e passo automaticamente le mani tra i capelli come se li volessi strattonare.
Ania mi guarda dubbiosa, ma non mi fa altre domande e gliene sono grato. È meglio che non sappia...
Molto meglio.
Lei non deve sapere.
Solo per un attimo, i miei pensieri saettano su di lei come un'onda che cambia movimento e si spande sulla riva del mare per assaggiare il sapore della salsedine.
Sono così confuso in questo momento che non riesco a starle vicino.
Anche se ho appena detto che il passato non deve sconfiggermi, non ci riesco. È inutile. Mi sento intrappolato e lei non può capire quello che provo.
Devo tornare in camera e isolarmi un altro po'.
La solitudine, a volte, mi aiuta a non pensare e a estraniarmi dal mondo che mi circonda.
Porto una mano sul petto, come per scusarmi del mio comportamento. Sono un gentleman, ma oggi ho bisogno di stare da solo.
«Scusami Ania, sono un po' stanco. Ci vediamo dopo, d'accordo?»
Apre la bocca per aggiungere qualcosa, ma non le do il tempo perché

mi avvio in camera come una pantera solitaria.

＊＊

È trascorsa un'ora da quando Ania mi ha colto in flagrante e altrettanto da quando non ci parliamo.

Sono rientrato in camera mia e ho studiato, per quello che ho potuto fare, ma la mia concentrazione si è spenta quando lei è tornata nella sua stanza e ha sbattuto la porta alle sue spalle.

Ho scompigliato più volte i capelli e ho sospirato un po' prima di prendere la decisione giusta, poi, ho afferrato il cellulare e ho sbirciato nella mia rubrica, ricordandomi di non avere ancora il suo numero.

Distrattamente chiudo il libro di diritto, mi alzo dalla sedia e mi dirigo da lei.

Una volta arrivato, sorrido in modo beffardo e, facendomi coraggio, evitando di apparire un emerito coglione, busso piano, senza invadere troppo il suo spazio.

La porta è socchiusa, e Ania si accorge della mia presenza; appoggia il libro che tiene tra le mani sul ventre piatto, ricoperto da una semplice maglietta bianca.

«Ti sei calmato?» Si volta verso di me per nulla brusca.

Assottiglio lo sguardo perché rimango stordito dal suo tono di voce. Ho pensato per tutto il tempo che ce l'avesse con me e, invece, mi sorprende sempre.

Come fa?

«Sì. Scusami per prima, non è stata una bella giornata, *oggi*», ammetto sottolineando l'ultima parola in maniera sincera, senza peli sulla lingua.

In questo momento, davanti a lei, stranamente mi sento tranquillo.

Sorride alle mie parole; al tempo stesso, non si alza dal letto e non si avvicina per consolarmi.

So che dovrei tornare a studiare, però è più comprensiva del solito e non mi va proprio di isolarmi di nuovo.

Si beffa di me e piega la testa di lato.

«Cosa c'è?» Le chiedo, notando il suo sorriso.

«Qualcun altro non si sarebbe scusato. Tu, invece, sì», sospira, colpita dal mio gesto.

Metto da parte l'orgoglio: una cosa che le donne, al giorno d'oggi, apprezzano tantissimo.

La guardo allungando gli angoli delle labbra all'insù e lei si mordicchia un'unghia, forse per il nervosismo?

L'aria intorno a noi diventa carica di energia, non voglio che questa conversazione finisca qui.

Vorrei continuare a parlare con lei ed espongo un'altra frase.

«Mi sono reso conto di non avere ancora il tuo numero in rubrica», le annuncio, cogliendola di sorpresa.

Questa volta raddrizza la schiena.

«Vorresti il mio numero?»

Con nonchalance abbandono la soglia e mi avvicino al suo letto, come se fosse la preda più bella che abbia mai visto.

La guardo intensamente e mi accorgo che ha una briciola sull'angolo del labbro sinistro.

I miei occhi si spostano sul biscotto morsicato accanto al cuscino e capisco che le piace mangiare in compagnia di un buon libro.

Senza pensarci due volte, avvicino le mie dita alle sue labbra e sento che il suo cuore trabalza di un'emozione nuova, lo percepisco dal movimento improvviso che compie il suo petto.

Scosto la briciola con un lieve gesto, evitando di sfiorare il suo labbro inferiore e, anche se è così stuzzicante, smetto di pensare al turbinio di emozioni che sto provando.

«Avevi una briciola sulle labbra», rivelo e le mie parole sembrano colpirla nel profondo.

Per un istante mi guarda scombussolata e si rasserena solo quando sposto le ginocchia dal materasso e mi alzo di nuovo.

«Grazie», aggiunge, accarezzandosi il punto in cui l'ho toccata.

«Allora... posso avere il tuo numero?»

Volutamente lancio uno sguardo al libro, facendole capire di aver letto il titolo.

«D'accordo» dice, «dammi il cellulare, così memorizzo il mio numero e mi rispondi con uno squillo.»

«Il cellulare l'ho dimenticato in camera mia», è vero.

Come un deficiente, dopo quella telefonata, ho lanciato il telefono sul letto e mi sono avviato da lei senza riafferrarlo.

Gli occhi le si illuminano ancora di più, ma questa volta non è la luce della luna a renderli così belli. È lei stessa a esserlo.

«Okay, allora scriverò io il tuo numero.»

Acconsento e glielo detto, dopodiché Ania si gira verso di me.

«Raziel, posso farti una domanda?» chiede di getto.

«Certo, dimmi», rispondo curioso.

«Odi i social network?» Continua il discorso con disinvoltura.

La guardo interessato da quella domanda perché, in effetti, ho scelto di eliminarmi dai social solo per un interesse personale, ma non glielo rivelo.

«Diciamo che non mi fanno impazzire. Perché questa domanda?»
Si morde il labbro inferiore ancora una volta e distolgo lo sguardo per concentrarmi sulla sua risposta.
«Ehm... potrei averti cercato sui social.»
Incrocio le braccia al petto, divertito.
«Sul serio? E potrei sapere il perché?» Sorrido e il mio tono non le dispiace, così continua in tutta sincerità.
«Beh, volevo sapere qualcosa in più sul mio ospite. Non trovi che abbia fatto bene?»
Mi avvicino e lei non indietreggia, non divide il nostro spazio, anzi cerca di ascoltare il mio respiro irregolare senza paure.
«Per me hai sbagliato», proferisco, convinto delle mie parole.
«Perché?» Mi scruta negli occhi.
«Perché per conoscere una persona non servono i social network, *Ania*, ma ben altro.»
Ed è vero, io la penso così; infatti, non mi è mai venuto in mente di cercarla sui social network perché dorme nella stessa casa in cui abito e quindi potrei conoscerla in maniera più bella, più vera, non dietro a uno schermo.
«Forse hai ragione. Ti chiedo scusa per aver invaso la tua privacy, Raziel.»
Accetto le sue scuse.
«Comunque ho capito una cosa, sai?»
«Cosa?» Domando, senza malizia.
Vorrei avvicinarmi ancora di più, ma riesco già a sentire il suo profumo...
«Ho compreso che sei un ragazzo d'altri tempi e per questo ti propongo una cosa.»
«Sono tutt'orecchi.»
«Via i cellulari, via lo studio. Non è brutto il tempo e siamo soli a cena. Ti va di andare fuori a rifocillarci e a parlare come succedeva ai vecchi tempi?»
Sorrido in maniera sfacciata, ed euforico accetto la sua proposta.
«Okay. Andiamo.»

7
Dovresti fidarti

Ania

Raziel ha accettato il mio invito e ho scelto di indossare il mio maglione preferito, quello color cremisi, e un paio di leggings di pelle, tanto per non sentire freddo.

Non amo truccarmi, ma questa sera voglio imporporarmi un po' le guance. Appena termino mi osservo allo specchio e sbuffo. Non sono per niente brava a creare un make-up particolare e non capisco come molte ragazze della mia età invece lo siano.

Indosso una giacchetta più spessa del maglione e raggiungo Raziel. Lo incrocio a metà scala e mi incanto perché è davvero mozzafiato.

Veste con un paio di jeans all'ultima moda, scuri, e un maglione beige. I capelli sono più ordinati rispetto a quando è entrato nella mia stanza.

Lo guardo con attenzione e giocherello con le dita per non risultare impacciata.

«Stavo controllando se ti fossi persa in questo grande castello», dichiara con la sua voce profonda e burlesca.

Sogghigno e alzo gli occhi al cielo.

«Spiritoso. Non riesco ad essere puntuale, ma adesso sono qui.»

«Adesso sei qui», enuncia con una scintilla che mi infiamma. Come se non fosse già imbarazzante, i suoi occhi vispi e curiosi scivolano lentamente su tutto il mio corpo e mi scrutano. Rimango senza fiato ancora una volta.

Quanto può essere potente uno sguardo?

Ci fa battere il cuore senza volerlo, eppure succede... e quando succede possiamo evitarlo?

Inghiottisco a fatica e schiarisco la voce.

«Andiamo?»

Raziel mi invita a scendere le scale per prima, a causa della mia goffaggine prendo una storta e inciampo.

Due braccia possenti mi sorreggono al volo e il mio cuore non smette di battere all'impazzata.

«Sei distratta, *Ania*?» La sua voce è un meraviglioso sussurro e io non riesco a liberarmi dalla sua presa.

Non riesco nemmeno a parlare.

Perché sembra che ogni cosa si complichi quando mi trovo Raziel accanto?

«Non... non ho visto lo scalino...» rivelo paonazza come non mai.

Il mento di Raziel è vicino all'incavo del mio collo. Se allungassi le dita riuscirei ad accarezzare quella barba folta che mi ha da subito suscitato interesse.

Dal suo sguardo intuisco che si sta divertendo, non mi crede per niente.

E forse non mi credo neanche io, perché sarà stata la sua vicinanza a distrarmi.

Riesco finalmente a liberarmi dalla sua presa e mi risistemo, prima di sgualcire il maglione.

«Vuoi sorreggerti al mio braccio? Potrei scortarti fino alla fine della scalinata», propone e da una parte sarei davvero tentata di scendere insieme a lui, ma...

...finirei per ascoltare intensamente i battiti del mio cuore.

«No, grazie.»

Evito e rispondo in maniera schietta, senza troppi giri di parole.

Raziel annuisce e mi invita ancora una volta a scendere prima di lui. Fortunatamente la storta non è grave e riesco a camminare senza dare nell'occhio: questa volta non inciampo e ne sono grata.

Non riuscirei a far finta di niente se le mani di Raziel sfiorassero un'altra volta il mio corpo.

È la prima volta che usciamo di sera e mi sembra carino fargli scoprire uno dei posti migliori della città.

Dopo un po' arriviamo dove ho prenotato.

È uno dei miei pub preferiti di Buenos Aires.

Vicino, si trova uno dei parchi dove un giorno, io e Raziel, passeggeremo. Di sera l'atmosfera non rende tantissimo e, inoltre, abbiamo davvero fame, quindi la precedenza va alla cena.

La specialità di questo locale sono proprio le Ribs, squisite costolette di carne.

Il locale spicca nella piazza. Raziel scruta con attenzione l'esterno e noto con felicità che non gli dispiace come posto.

«Mi devo fidare o dopo mi sentirò male?»

Mi guardo attorno e sorrido perché si dovrebbe fidare.

Penso che dopo cena mi ringrazierà per avergli fatto assaggiare tanta prelibatezza.

«Non ti fidi di me?» Corrugo la fronte, con un'espressione quasi dispiaciuta e lui si avvicina al mio orecchio, con cautela.

«Non ti conosco ancora così bene da potermi *fidare*.»

La sua frase è diretta, sincera e sento la parola finale accentuata rispetto alle precedenti.

Istintivamente mi mordo l'interno della guancia, ma non arrossisco.

Vorrei rispondergli che anche io ancora non lo conosco bene, però non mi sento di pronunciare quelle parole.

È arrivato a Buenos Aires per dimenticare qualcosa e non posso invadere così, in modo diretto, il suo intimo.

Ci vuole tempo, e glielo darò fino a quando non si sentirà pronto a parlarne.

Rimaniamo a fissarci per un secondo, poi, un messaggio distoglie la mia attenzione.

Con rapidità guardo la chat e appena mi accorgo che sono i miei amici la apro.

«Chi è?»

«Carlos. I ragazzi stanno uscendo e mi hanno chiesto di cenare insieme. Ti va se gli propongo di raggiungerci?»

Ci pensa un momento, la sua risposta positiva non mi sorprende.

«Certo, va bene.»

Continua a fissarmi mentre digito. Poco più tardi lo afferro per la mano in modo gentile e spontaneo e lo trascino all'interno.

L'ho fatto senza chiedergli il permesso, è anche vero che non mi sta respingendo e ciò mi rincuora.

Quando entriamo, emette un verso di meraviglia. D'altra parte, come immaginavo, il locale pullula di gente; fortunatamente riusciamo a trovare un tavolo per cinque.

«Wow. Il tetto del locale è immenso.»

Annuisco, è proprio così: questo pub si distingue per gli strani tetti molto profondi e per le travi in legno.

Ciò che lo affascina, inoltre, sono i tre lampadari di legno appesi al soffitto.

Secondo la storia del locale, sono stati scolpiti a mano e la loro creazione risale a un tempo lontanissimo.

Non sfuggono infine ai nostri occhi delle frasi in lingua inglese incise nelle travi.

Veniamo accolti gentilmente da un cameriere, che ci prepara un tavolo per cinque; ci sediamo prima dell'arrivo dei miei amici. Cominciamo a sfogliare il menù.

A un certo punto, Raziel corruga la fronte.

«Incredibile. Ci sono una marea di pietanze deliziose. Cosa mi consigli?»

Se prima ero tentata a prendere le Ribs, adesso la mia indecisione si sofferma anche sul pollo al bourbon.

Mi mordo il labbro inferiore.

«Ribs o il pollo al bourbon, sono entrambi deliziosi. Cosa ti ispira di più?» Gli chiedo, pensosa e indecisa.

«Le Ribs sono le specialità di questo posto, giusto? Allora scelgo le Ribs», ammette, chiudendo il menù.

Sogghigno e confermo la sua stessa pietanza.

«D'accordo. Ottima scelta. Per ordinare aspettiamo gli altri, okay? Stanno arrivando.»

Raziel piega la testa di lato e, d'un tratto, mi fissa con un'intensità strana e con un sorriso enigmatico, più bello del solito. Mi lascio trasportare da quell'emozione così strana e profonda. Mi distraggo perché tutto intorno a me scompare. Solo lui ed i suoi occhi spiccano di fronte a me, hanno precedenza su tutto e non riesco a fare a meno di guardarlo.

È così sensuale, così perfetto…

È solo quando nel locale entrano Timo, Carlos e Merien, che la mia fantasia viene interrotta.

Raziel sembra risvegliarsi dallo stato di ipnosi ed io, imbarazzata, abbasso lo sguardo e richiamo i miei amici.

«Ragazzi, siamo qui!» Sventolo la mano e mi intravedono all'istante.

Carlos arriva saltellando verso di noi e mi abbraccia affettuoso.

Timo, dietro di lui, si schiarisce la gola con un colpo di tosse per far comprendere a Carlos di spostarsi.

«Posso salutare la mia amica o devi starle appiccicato come un polipo?» Si lamenta e sorrido a entrambi.

«Su, non litigate», saluto Timo con un bacio sulla guancia, dopo mi dedico a Merien.

Quando la guardo, scruto qualcosa di strano: si è truccata e di solito non si dipinge mai le labbra.

«Stai bene truccata, Merien. Complimenti», rivelo ad alta voce e Timo le posiziona una mano sulla spalla.

«Già, gliel'ho detto anche io. Naturale è stupenda, ma il trucco accentua ancora di più la sua bellezza.»

Merien si sente in imbarazzo, ma quando Carlos saluta Raziel, l'attenzione si sposta su di lui.

«Ehi, amico, come va? Hai già ordinato?»

«No, ma con Ania abbiamo deciso di prendere le costolette. Voi cosa ordinerete?»

Carlos si porta i capelli all'indietro, con un gesto automatico e, per lui, sexy da morire.

«Io prendo il pollo al bourbon. Delizioso.»

Timo storce il naso e Merien lo guarda di sottecchi.

«Io prendo l'hamburger con l'affumicato. Tu, Merien?»

Merien opta per la stessa pietanza di Timo e gli sorride con dolcezza.

Quei due secondo me sono fatti l'uno per l'altra e mi soffermo sui loro sguardi.

Merien sembra molto presa da Timo, che si sia truccata per lui? Ma allora perché guarda Raziel come se volesse baciarlo? E Timo? Che ne pensa di Merien?

Mi sa che devo indagare.

Subito dopo ognuno di noi sceglie il proprio piatto e il cameriere si dilegua.

Qualche minuto più tardi, la porta si apre e la corrente mi fa accapponare la pelle. Mi volto verso l'ingresso e non riesco a credere ai miei occhi.

Gaston fa il suo ingresso nel locale, seguito da un gruppo di ragazzi e ragazze: sono quattro, e quando si accorge di noi, un sorriso sbilenco compare sul suo volto perfetto.

Sembra un attore alle prime armi, la sua bellezza è sconvolgente. È a conoscenza di essere così eccentrico perché riesce a far cadere tutte ai suoi piedi.

Un po' mi irrita.

Occhieggio su Raziel che si è accorto di Gaston e, quando lo vede avvicinarsi a noi, mi lancia un'occhiata che non riesco a decifrare.

«Guarda chi si rivede. Due volte in un solo giorno. Ciao Ania.»

Lo sguardo di Gaston è inchiodato sul mio, così come quello dei miei amici e di Raziel.

«Ciao, Gaston. Come stai?» Raziel decide di parlare per primo. Al tempo stesso si alza e saluta gentilmente il suo amico con una stretta di mano.

Nel frattempo, Carlos si gira verso di me incuriosito più che mai: «Cosa mi sono perso?» Bisbiglia mentre Gaston è distratto.

Raziel lo inquadra di sottecchi, fino a quando non decide di presentare Gaston.

«Ragazzi, lui è Gaston.»

Gaston saluta con un gesto della mano, ma poi si sofferma sul mio migliore amico.

«Ehi, ma io ti conosco. Ti ho già visto da qualche parte...» continua riferendosi a Carlos.

Carlos fa spallucce, perché non riesce a ricordarsi dove lo abbia potuto incontrare, mentre io ho compreso perfettamente.

Gaston avrà intravisto Carlos alla sua festa e adesso lo sta deridendo un po'.
«Ora mi ricordo», schiocca le dita e mette una mano sulla spalla di Carlos.
«Eri imbucato alla mia festa. Ti sei divertito?»
Ovviamente Gaston non è stupido e ha subito ricollegato il fatto che non fossi da sola alla sua festa, ma che anche i miei amici si erano infiltrati.
Carlos sta quasi per soffocarsi con l'acqua, quando Raziel si intromette con astuzia.
«La prossima volta non ci imbucheremo. Saremo invitati da te, vero, Gaston?»
Gaston ride e conferma l'invito.
Intorno a noi scoppia una sonora risata di gruppo fino a quando i ragazzi che poco prima sono entrati con lui, si avvicinano al nostro tavolo.
Sono tre tipi tutti molto belli e palestrati. Per non parlare della ragazza accanto, con un seno prosperoso e con delle labbra, a mio parere, rifatte.
Chi è? Non l'ho mai vista in giro.
«Gaston, il tavolo è pronto», uno dei tre ragazzi, il più basso e meno muscoloso, lo invita a girarsi verso di loro, ma il leader del gruppo ripunta lo sguardo su di me facendomi quasi avere paura dei suoi occhi blu.
«Arrivo. Non occupate il posto a capotavola. Mi siederò io lì.»
Non smette di fissarmi e tutti, intorno a noi, se ne accorgono.
Al tempo stesso, la ragazza si avvicina a lui e lo prende sottobraccio.
«Andiamo, dai...» sussurra con voce molto sexy e mi meraviglio di più quando scorgo un'anomalia nel suo sguardo.
I suoi occhi scuri, infatti, non stanno guardando Gaston, ma fissano con un interesse strano il ragazzo che vive in casa mia.
Una fitta di gelosia si propaga dentro di me, soprattutto quando Raziel le rivolge attenzione.
La rossa sposta la sua mano dal petto di Gaston e lo sorpassa per presentarsi a Raziel.
Merien, Carlos, io e Timo li guardiamo sbalorditi.
Abbasso lo sguardo sul menù, senza un vero perché.
«Ciao, io sono Elsa, la sorella di Gaston.»
Raziel le rivela il suo nome e lei cominciai a sorridergli come se non ci fosse nessuno intorno a loro.
Gaston, d'altro canto, è intento a parlare con il ragazzo di prima e quando ritorna al presente, interrompe la conversazione tra Raziel ed Elsa.
«Bene, il cibo ci attente, ma ho un'idea: Elsa, unisciti a loro... mentre...»
Raziel corruga la fronte capendo perfettamente l'intento di Gaston. Io

ho un brutto presentimento.

«Ania, vieni al mio tavolo, fammi compagnia», getta d'istinto, con prepotenza.

Gaston avvicina Elsa a Raziel e lei gli sorride come una piccola provocatrice alle prime armi.

Ho il voltastomaco sia per come Elsa si sta atteggiando verso il mio ospite, sia per la proposta di Gaston, ma Raziel non deciderà per me.

Esiste il libero arbitrio e, anche se dirà sicuramente di no, mi alzo per avvicinarmi con irriverenza, dichiarando la mia opinione.

«Non si discute. Elsa verrà con te, io rimango con i miei amici, Gaston, grazie per l'invito.»

Gaston volta il suo sguardo verso di me e, dopo qualche secondo, alza le spalle.

«Come preferisci, anche se è un vero peccato. Potevamo divertirci. Andiamo, Elsa!» Anche se non vuole ammetterlo, la mia sfacciataggine lo ha turbato parecchio e, dopo aver lanciato uno sguardo verso di me come segno di saluto, volta le spalle e si incammina al tavolo con la sorella e gli altri che lo hanno seguito senza sghignazzare.

Raziel mi afferra per un braccio.

«Non c'era bisogno che intervenissi, avrei detto sicuramente di no.»

Gli sorrido, anche se gli occhi degli altri sono puntati su di noi, come la scena di un film.

«Lo so, ma mi andava di fargli conoscere il mio carattere.»

«Quindi è quello il tizio che ti ha fatto scappare in quel modo dalla festa?» Domanda Timo, con un'espressione per nulla sorpresa.

«Sì», Raziel esprime la risposta a monosillabi e quasi me la prendo con me stessa per il fatto di non essere rimasta a casa quella sera.

Mi porto una mano sul petto, provo a rasserenarmi. Non so il perché, ma l'arrivo di Gaston mi ha messo una strana angoscia.

Fortunatamente, la costoletta scelta mi fa dimenticare l'incontro, e le patatine fritte mi rendono più salato il palato, tanto che, quando le finisco, ne rubo alcune a Raziel perché ne voglio ancora.

Cerco di non pensare a Gaston per tutta la serata, ma ogni volta che mi giro verso il suo tavolo lo vedo regalarmi uno dei suoi nuovi sorrisi.

Ancora non mi conosce, però spero che non giochi troppo con me.

Durante la serata, sembra che Gaston abbia smesso di fissarmi e così la passo in serenità con i miei amici.

Finiamo di mangiare circa un'ora dopo e quando ci alziamo per pagare il conto, mi sento più sollevata.

Non so cosa faremo dopo cena, magari un giro in uno dei quartieri movimentati di Buenos Aires.

«Andate già via?» La voce di Gaston mi fa sussultare.
Mi giro e lo ritrovo di fronte a me, con uno sguardo insolente.
«Sì è tardi e domani ho lezione», dico una bugia, ancora sconcertata dalla proposta che ha fatto precedentemente.
Noto che i suoi occhi fissano le mie labbra, ma non commetto lo stesso errore.
«Mi dispiace...» Gaston parla ancora.
«Per cosa?» Deglutisco e lui si accarezza il mento privo di imperfezioni.
Sta per continuare, ma...
«Ania? Andiamo!»
Raziel compare in mezzo a noi e i suoi occhi si incupiscono quando lo trovano al mio fianco. Senza darmi il tempo di poter sentire la risposta di Gaston, lo saluta e mi trascina via come l'altro giorno.

***

«Non dovevi allontanarmi così. Agli occhi di Gaston sarò apparsa una maleducata!» Esclamo irritata, anche se in fondo sono anche felice che Raziel mi abbia portata via da lui.
«Non mi è piaciuto il modo in cui si è comportato e poi è tardi. Adesso salutiamo gli altri e torniamo a casa.»
«Stava sicuramente scherzando...» non voglio giustificare Gaston, però quando mi ha proposto di andare a cenare con lui, in cambio di Elsa, ho intravisto una strana ilarità nei suoi occhi.
Anche se è stato poco carino, non penso avrebbe fatto sul serio questo scambio, però non dico più niente a Raziel e mi volto verso i miei amici, che ci hanno raggiunto.
«Certo che è molto interessante *quel* Gaston! Io sarei andata al tuo posto», rivela Merien appropinquandosi a me, ovviamente il suo sorrisino è rivolto a Raziel.
Io, al tempo stesso, ne sono un po' sconvolta. Non mi va di dirle quello che penso sul ragazzo che ha conosciuto durante la cena, non siamo così tanto amiche...
«La prossima volta puoi proporti tu», Raziel risponde in maniera poco simpatica e Merien si ricompone, mentre Timo lo richiama.
«Ehi! Merien non deve andare con nessuno...»
«Rilassati, Timo. Sto scherzando», afferma nel momento in cui ci avviciniamo alla macchina.
Dopo qualche secondo salutiamo i miei amici che vanno via e io e Ra-

ziel rimaniamo soli, proprio di fronte la macchina di papà.
«Vuoi tornare a casa?» Si porta le braccia al petto.
«Mmh... a dire la verità, no.» Arriccio il naso e mi guardo in giro. Non ho molto sonno e vorrei che questa serata non terminasse così in fretta.
«E cosa vorresti fare?»
«In realtà... avrei qualcosa in mente», sussurro vicino al suo orecchio.
«Cosa?» Corruga la fronte e mi fissa con attenzione.
«Ho voglia di crêpes alla nutella», ammetto con un certo languorino.

Raziel mi rivolge un sorriso incantatore e, anche quando si volta di lato, posso ammirarne davvero la bellezza.

Non si aspettava di certo questa mia proposta, per questo sorrido e mi avvicino alla macchina senza aspettare la sua risposta.

«Dove vai? Non starai parlando sul serio», urla da dietro.

«Cosa c'è mister sportivo? Pensi che un po' di nutella possa essere un problema per il tuo fisico?» Lo derido in maniera dolce e lui continua a regalarmi la sua splendida risata, reclinando la testa all'indietro.

Dovrebbe sorridere più spesso.

Perché non sorride?

Senza rispondermi si approccia a me e mi prende dal bacino, iniziando a farmi il solletico.

È un gesto inaspettato, che mi sta facendo mancare il respiro.

E spero che non finisca, perché è bello ridere di cuore insieme a qualcuno.

Per di più non riesco a scostarmi da lui: ha una presa forte, poderosa. Intensa.

«Dai, okay... Raziel, basta, ti prego.» Come se avesse percepito la mia difficoltà, allenta il solletico.

Spero davvero che abbia smesso definitivamente e che non riprenda, perché ho bisogno di respirare.

«Su, andiamo a mangiarci questa crêpe alla nutella.»

Strabuzzo gli occhi, ma sono contenta di avergli fatto cambiare idea.

Prima di schizzare via, mi volto verso di lui e con un ghigno sul viso gli dico: «Lo sapevo che avresti accettato. Ti porterò nel posto più buono della città e questa volta dovrai fidarti sul serio.»

8
Una crêpe e quattro chiacchere.

Raziel

«Allora... ti ho portato o no nel posto più buono della città?» Ania finisce di mangiare la crêpe alla nutella e mi rivolge uno sguardo luminoso.

Non posso darle torto, ma mi piace prenderla un po' in giro e scuoto la testa, gustandomi silenziosamente quel dolce che sa di buono.

«No?» Incredula altera il tono di voce. «Mi stai prendendo in giro», continua, incrociando le braccia al petto e mettendo il broncio come una bellissima bambina.

Ancora mi ricordo le parole di Alberto, quando al telefono disse che mi sarei trovato bene in casa sua, con lui, sua moglie e la sua adorata *bambina*.

Sorrido a quella reminiscenza perché sembra passato tanto tempo e invece sono in questa città solo da qualche giorno.

«Perché stai sorridendo?»

Ingoio l'ultimo pezzo di crêpe e, senza mentirle, rispondo alla domanda che mi ha appena posto.

«Stavo pensando al nostro primo incontro.»

Ania reclina il viso verso il piatto sporco di cioccolato.

«Come mai?» Inizia a giocherellare con le dita, però risponde schietta e curiosa evitando di mostrarmi il suo imbarazzo.

«Perché all'inizio sono stato indiscreto nei tuoi confronti. Per fortuna ti ho chiesto scusa ed è andato tutto diversamente.»

Ripenso alle prime parole che le ho detto.

Quando quel giorno sono arrivato in città, Ania mi è sembrata una ragazza fredda e distaccata e quando si è abbassata in quel modo l'ho innervosita con una frase che mi è uscita spontanea, anche se non volevo essere sgarbato con lei.

Invece, solo durante il primo pomeriggio trascorso in sua compagnia ho capito che aveva dei pensieri e che magari non era stata messa al corrente del mio arrivo.

In realtà, dopo averle esposto le mie scuse, le giornate sono migliorate e il nostro rapporto anche.

«Già, ma ti ho perdonato», ammette, puntandomi contro il cucchiaino dove noto incastrato l'ultimo pezzo di crêpe.

«Posso chiederti come mai sei stata fredda e distaccata al mio arrivo?» Porgo la domanda con interesse. Ho bisogno di capire la sua reazione.

«Vuoi la verità?» Si guarda intorno, si schiarisce la gola e parla con sincerità.

«Mio papà mi aveva detto del tuo arrivo proprio quella mattina, quindi diciamo che non l'ho presa tanto bene all'inizio.»

La squadro con attenzione, soffermandomi per qualche secondo di troppo sulle sue labbra che hanno smesso di muoversi modulatamente.

All'improvviso sento di doverle chiedere qualcosa in più, ma il destino non è mai dalla mia parte perché un messaggio fa vibrare il cellulare sul tavolo.

> Come stai?
> Mi preoccupo per te.

Corrugo la fronte e ripongo il cellulare dentro la tasca dei pantaloni, dove non desterà nessun altro tipo di sospetto.

Ovviamente Ania ha sbirciato e mi guarda torva.

«Tutto bene?»

Tracanno la birra.

«Sì, tutto bene», confesso, senza far trapelare il mio disagio interiore.

«Era qualche amico, amica, parente?»

Immaginavo che prima o poi avrebbe fatto qualche domanda riguardo la mia vecchia vita, ma non sono pronto a raccontarle qualcosa, neanche il dettaglio più irrilevante.

Voglio solo trascorrere questa serata in totale tranquillità.

«Prossima domanda?»

La vedo spazientirsi, infatti non molla.

«Hai qualche fratello o sorella? Non mi hai ancora raccontato della tua famiglia», aggrotta la fronte e la sbircio. Vorrebbe addentrarsi in faccende che non la riguardano. Come posso essere un gentleman senza risultare arrogante?

Ci penso su un attimo, ma decido di rispondere con sincerità.

«Nessuno di importante.»

Questa esternazione la renderà ancora più curiosa, solo che non voglio parlarle della mia *famiglia*.

Piega la testa di lato e mi scruta con scetticismo.

«Per questo hai ignorato il messaggio? Non è la prima volta che capita...»

«Ania... sono venuto proprio per distrarmi», mi irrigidisco e, per calmarmi, guardo oltre la finestra del locale.

Il parcheggio è illuminato da alcuni lampioni stradali che rendono gli alberi ancora più alti di quello che sono.

Fuori non c'è vento.

Potrei stare bene, potrei persino sentire caldo, invece dentro di me sto ghiacciando a causa dei ricordi.

Non si è formato nessun groppo in gola e questo è un bene perché riesco a essere più fluido con le parole.

Sono in compagnia di Ania e non voglio rovinarmi la serata.

Prima di ascoltare la sua risposta, osservo i clienti intorno a noi: la sala del locale è gremita di gente e il sapore del cioccolato invade le mie narici nonostante abbia finito la crêpe.

Molta clientela ha scelto il nostro stesso piatto, deduco che sia la specialità della casa.

«Okay, scusami, Raziel. Non volevo essere invadente.»

La fisso, per nulla allibito.

«Non è successo niente», alza gli occhi su di me e mi sorride senza trattenersi.

«Vuoi un'altra crêpe?» Cerca di cambiare discorso.

«No, basta così. Non è stata molto di mio gradimento», mi accascio contro lo schienale della sedia e mi accarezzo l'addome.

«Non ti è proprio piaciuta, vero?» Tiene il broncio e la sua espressione mi rivela una risata.

Continua a non capire la mia ironia e così la lascio confusa perché striscio la sedia all'indietro e mi alzo.

Quando aggiro il tavolo, i nostri corpi si scontrano.

Ha capito che sono dietro di lei e che le sto porgendo il giubbotto, da vero gentleman.

Scosta i capelli sul lato destro del collo e mi ringrazia, abbastanza intimidita da quel gesto. Scommetto che ha le guance imporporate.

All'istante, l'atmosfera tra di noi sembra divenire più tesa, ma forse è solo la mia impressione.

«Vado a pagare il conto e arrivo. Non muoverti da qui.»

Batte le palpebre e annuisce, in sintonia con le mie parole.

Mentre rispetto le regole del galateo, rigiro i polsini della camicia e la osservo ancora girata di spalle.

Per un po' la guardo in silenzio, cercando di non pensare al mio passato.

È davvero bella, nonostante sia assorta nei suoi pensieri.

Potrei continuare a osservarla per ore, senza interrompermi, ma la ragazza dietro alla cassa richiama la mia attenzione e mi affretto a pagare il conto. Dopodiché sistemo il colletto del cappotto e, a passo deciso, mi reco da Ania che adesso mi sta guardando con le braccia conserte.

«Non dovevi pagare per me... mi hai già offerto la cena.»

«Per me le ragazze non dovrebbero mai pagare.» Le strizzo l'occhiolino e la colpisco di nuovo con la mia gentilezza.

Subito dopo raccoglie la borsetta e usciamo dal locale.

L'aria tiepida ci investe, senza infastidirci.

Con gesto automatico osservo l'ora e mi rendo conto che si è fatto leggermente tardi e non voglio far preoccupare Alberto.

Stranamente non ho ricevuto nessuna chiamata da parte dei Ferrer, ma è meglio rientrare, anche perché domani dobbiamo svegliarci presto.

«Torniamo a casa?» Mi chiede, avendo occhieggiato verso il mio orologio.

«Mi sa di sì. Adesso è davvero tardi.»

La colgo alla sprovvista, bloccando il suo passo. Alla mia presenza s'irrigidisce. Cerco di stare calmo e non la sfioro. Mantengo le distanze, però voglio confessarle una cosa guardandola negli occhi.

Cautamente, con estrema attenzione, le sussurro una domanda all'orecchio.

«Vuoi sapere un segreto, *Ania*?»

Spalanca gli occhi, incredula per il tono cupo e misterioso che ho usato.

Mi avvicino ancora di più e non si tira indietro: noto che stringe le labbra.

La sua espressione muta per l'interesse che sta provando dentro di sé.

Questo mistero la sta incuriosendo troppo!

D'altronde i misteri fanno parte della vita di ognuno di noi ma, allo stesso tempo, possono essere intriganti o polverosi, grandi o spaventosi.

Senza farla attendere ancora parlo in maniera decisa.

«La crêpe era davvero buona.»

La mia rivelazione soffia sulle sue labbra.

Sollevo lo sguardo e osservo la sua occhiataccia.

Avrebbe voluto conoscere qualcosa in più su di me. Lo percepisco. Ma non posso, non devo rivelarle nulla.

Sogghignando a bassa voce, mi dirigo in macchina, con le chiavi che rigiro tra le dita e il suo sguardo puntato addosso.

***

In macchina è rimasta a osservare il tragitto per tutto il tempo, mentre io ho ascoltato la musica in sottofondo. In questo preciso istante, siamo tornati a casa e, dopo aver oltrepassato l'atrio, i signori Ferrer ci salutano.

Anche loro sono rincasati da poco. Hanno ancora il cappotto addosso e stanno sistemando delle cose sullo scompartimento più alto della cucina.

«Ciao mamma, ciao papà, com'è andata la serata?» Ania si reca contenta verso di loro e li saluta.

La seguo e, appena mi trovo di fronte ai signori, stringo a entrambi le mani.

Alberto mi sorride.

«Abbiamo mangiato molto bene e voi?» Chiede Paula, dopo aver salutato la figlia.

«Anche noi», ammette Ania, sorridendo alla madre.

La signora Paula si sfila il cappotto e lo appende, mentre Alberto si schiarisce la gola e mi invita con lo sguardo a seguirlo nel suo ufficio.

Non so perché, ma ho bisogno anche io di fare quattro chiacchere con lui.

Non abbiamo parlato molto da quando mi sono trasferito ed è giusto che comunichi con Alberto.

«Vieni, Raziel, fammi compagnia.»

Alberto è un po' fiacco. Sarà stata una giornata di lavoro pesante perché cammina con la schiena inarcata.

Sicuramente è stanco, ma ha comunque voglia di parlare con me e questo mi piace.

«Dove andate?» Interviene Ania subito dopo averci visto in confidenza.

Lascio che sia Alberto a rispondere alla figlia.

«Voglio fare quattro chiacchiere con Raziel, tesoro. Tu rilassati un po'.»

Annuisce, ma scorgo nel suo sguardo una lieve preoccupazione e quel suo gesto mi sorprende parecchio.

Si preoccupa per me?

Le rivolgo uno sguardo tranquillo per trasmetterle serenità.

Dopo la sua occhiata, mi avvicino ad Alberto.

Percorriamo in silenzio il profondo corridoio, illuminato dalle lampadine del soffitto, e appena ci troviamo davanti il suo studio, mi rendo conto di non averne mai visto l'interno.

Non si è mai creata l'occasione di poter parlare a quattrocchi da quando sono arrivato e quindi aspetto impaziente che lui apra la porta per poter ammirare il design interno.

Con nonchalance raccoglie la chiave dalla tasca dei pantaloni e mi invita a entrare. Dal suo gesto deduco che questo luogo per lui è come un rifugio, ma non gli faccio domande. Lo seguo e basta.

Mi intrufolo nel mondo di Alberto e mi accorgo di quanto lo stile sia raffinato ed elegante: molto simile al resto della casa, e l'ordine predomina.

La scrivania è perfettamente pulita, con poche cianfrusaglie.

Con gesto volontario, alzo le palpebre e mi concentro sulla parete.

A primo impatto, il mio sguardo incrocia l'esorbitante dipinto della famiglia Ferrer.

Mi avvicino per scrutare lo sguardo di Ania da bambina.

Nel vistoso quadro si percepisce che l'età della ragazza non va oltre i dieci anni e, altrettanto, comprendo che anche a quei tempi era una bambina con uno sguardo vivace, dai lunghi capelli scuri e dal sorriso più dolce del mondo. La sua amabilità mi fa sorridere.

Era davvero graziosa, ora, invece, è molto *bella*.

Un altro piccolo particolare risalta ai miei occhi: i capelli di Ania sono raccolti da un ordinato chignon. Adesso, il più delle volte li porta lisci e sciolti, che drappeggiano sulla schiena.

«Quel ritratto è stato fatto molto tempo fa da un nostro vicino di casa. Amava dipingere e così ci ha donato questo regalo. Bello, vero?» La voce commossa del signor Ferrer mi fa assottigliare lo sguardo.

D'un tratto sprofonda nella larga poltrona di pelle per accendersi un sigaro, lascio perdere il quadro e mi accomodo sulla sedia di fronte.

Prima di iniziare la conversazione mi offre un sigaro, che prontamente rifiuto.

«Non fumi?» Scuoto la testa e i suoi occhi parlano, contenti per quel mio gesto.

«No, mai.»

Dico quelle parole che riprendono la verità e lui mi regala una smorfia divertita.

«Sei un bravo ragazzo, Raziel, e sono davvero contento che tu mi abbia chiamato *quel* giorno. Per qualsiasi cosa tu abbia bisogno, se ti serve una mano, puoi sempre rivolgerti a me, d'accordo?»

Si riferisce alla nostra telefonata, a quando ho deciso di abbandonare la mia città per vivere davvero, per iniziare una nuova vita, lontano dal dolore, dal passato, da ciò che tormenta il mio cuore.

Come si può vivere un'altra vita se al tempo stesso si soffre?

Alberto mi ha accolto senza voler sapere la verità.

Non è stato invadente e per questo gliene sono grato: si è fidato.

«Grazie a lei per avermi dato questa possibilità, signor Ferrer. Ne ho davvero bisogno per schiarirmi alcune idee e stare qui non è poi così male. Grazie anche per il suo aiuto, se avrò bisogno, chiederò a lei.»

Dopo aver fumato, poggia il sigaro sul posacenere in ottone.
Fortunatamente la finestra è aperta a metà, e il fumo evapora dalla parte opposta.

«Posso chiederti perché ti sei allontanato dalla tua famiglia?»

Arriccio il naso e volto lo sguardo alla finestra. Non mi sento pronto a rivelare il mio passato e vorrei che restasse sepolto dentro i miei ricordi.

«Ho avuto un piccolo problemino, del tutto risolvibile. Non si preoccupi, signor Ferrer. Appena mi sentirò pronto, tornerò a casa.»

Cerco di rendere le mie parole sincere in modo tale da non destare sospetti.

Che Ania abbia chiesto qualcosa al padre riguardo la mia situazione?

Mi sembra strano che in una sola serata entrambi abbiano provato a scoprire qualcosa sul mio passato.

Abbasso la testa, pensoso più che mai, ma Alberto riparla.

«Tranquillo, Raziel. Puoi restare per tutto il tempo che desideri, ma se mai ti vorrai confidare, sai che sono sempre qui. Inoltre, vedo che con Ania state andando molto d'accordo, mi fa piacere.»

Mi raddrizzo e annuisco.

«Conosco i suoi migliori amici: Timo e Carlos. Sono dei bravi ragazzi, ma sono felice che tu le stia vicino. Mi fido più di te che di loro, a essere sincero.»

Sogghigna con onestà e lo guardo incredulo.

Il signor Alberto mi ha preso a benvolere e questo mi fa onore.

«Sono un Herman, signor Ferrer, e noi Herman siamo conosciuti per essere dei galantuomini!»

Sorride soddisfatto: «L'avevo capito.»

Al tempo stesso, penso a quanto io sia stato fortunato nell'averli incontrati.

Mi trovo a mio agio con loro e questa casa sta diventando sempre di più un mio punto di riferimento.

«Per di più è una brava ragazza.»

Aggiungerei anche molto bella, sensuale e *sexy*, da far perdere la testa a chiunque, ma evito di entrare in confidenza con Alberto, almeno per quanto riguarda sua figlia.

Anche perché penso che sia abbastanza protettivo con lei: la controlla spesso e si preoccupa in modo esagerato certe volte.

Questa attenzione eccedente non avviene solo da parte sua, anche la signora Paula è molto apprensiva.

«Sì. Ania è una bravissima ragazza. Ha un carattere forte, ma ha sofferto tanto, in passato», rivela d'un tratto.

Mi interesso all'argomento.

«Posso chiederle cosa è successo a sua figlia?»

Alberto si passa una mano sulle palpebre e le massaggia con parsimonia.

«Se un giorno vorrà, si confiderà lei stessa con te, Raziel, ti prego: non chiederle nulla», pronuncia con tono ponderato.

Sollevo un sopracciglio e accavallo le gambe.

«D'accordo, signor Ferrer e non si preoccupi per Ania. Finché sarò al suo fianco non le succederà nulla.»

«Grazie, Raziel, sapevo di poter contare su di te. C'è un mondo orrendo lì fuori e non voglio che mia figlia soffra ancora di più.»

Questa frase mi colpisce molto.

Non so cosa le sia accaduto in passato, però so che potrei farla stare bene con la mia *amicizia*.

A un tratto, il signor Ferrer si alza dalla sedia e accosta la finestra.

«Noi due andremo d'accordo, Raziel, ne sono sicuro.»

Mi appresto a rispondere, ma la porta della stanza viene spalancata di colpo e quando vediamo Ania sulla soglia, ci giriamo dandole il benvenuto.

Cancello dalla mia mente la conversazione appena avvenuta e le sorrido; varca l'uscio con disinvoltura, senza timore.

«Tesoro, cosa c'è?» Alberto la guarda e le rivolge uno dei suoi soliti sorrisi.

«Volevo solo darti la buonanotte, papà. Sto andando a dormire, sono molto stanca.»

Ania si avvicina e gli porge un dolce bacio sulla guancia, poi mi guarda come se volesse compiere lo stesso gesto con me.

Alberto si distrae e raccoglie un documento di lavoro. Inizia a comportarsi come se io e Ania non fossimo nella stessa stanza.

Lei, al tempo stesso, mi coglie di sorpresa.

Punta i piedi verso di me, appena li sfiora indugia un po'.

Ci guardiamo negli occhi per una frazione di secondo e, in tutto ciò, è un bene che Alberto non ci stia degnando di uno sguardo.

Con timidezza e con gli occhi dolci, mi regala lo stesso gesto affettuoso: scocca un bacio sulla mia guancia.

«Buonanotte anche a te, Raziel.»

Suo padre lascia perdere le carte e le riappoggia sulla scrivania, rivolgendoci un sorriso.

«Tesoro, ancora qui?»

«A domani», proferisce imbarazzata.

«A domani», rispondo, affascinato dal suo gesto.

Ania si affretta a salutarci e si avvia verso la sua stanza.

«Signor Ferrer...» richiamo il padrone di casa.
«Sì?» Riprende il sigaro di prima e lo avvicina lentamente alle labbra.
«Penso anche io che andremo molto d'accordo.»
Non aggiunge altro perché mi dà una pacca sulla spalla e mi sorride, fiero di avermi ospitato in casa sua.

9
(S)piacevoli compagnie

Ania

Qualche pomeriggio più in là, decido di recarmi in biblioteca a studiare, ma prima di abbandonare casa, scorgo Raziel tra le nuvole.
È seduto sullo sgabello davanti al tavolo della cucina, con la nuca abbassata e i capelli neri rivolti verso il fondo.

Sta smanettando con il cellulare e non si accorge della mia presenza.

Faccio un colpo di tosse e mi appoggio allo stipite della porta con un libro in mano.

Finalmente mi nota.

«Ciao», lo saluto, scoccandogli un'occhiata vispa.

Quando siamo andati a mangiare la crêpe non mi ha rivelato nulla sul mittente del messaggio e, per di più, non ha risposto alle domande che ho fatto sulla sua famiglia.

Ho capito che è riservato, perciò non voglio continuare a invadere la sua privacy.

«Ciao, stai uscendo?» Sembra davvero intenzionato a conoscere i miei programmi.

Scruto il suo sguardo e gli rivelo un sorriso leggero, fresco.

«Sì. Sto andando a studiare in biblioteca. Vuoi venire?» Propongo l'invito con naturalezza.

Raziel sospira.

Noto con attenzione il modo in cui il maglione bordeaux gli fascia le spalle impostate. Lo rende incredibilmente sexy. Questo pomeriggio non indossa gli usuali jeans, ha optato per dei pantaloni della tuta, forse per comodità.

«Vorrei, ma preferisco studiare per conto mio, anche perché forse sul tardi andrò a correre...»

«Uhm, okay», comprendo la sua decisione.

Rimango a fissarlo, ma non voglio infastidirlo e neanche rendere il suo sguardo più ombroso del solito, perciò non mi impiccio oltre.

Anche se in realtà lo afferrerei per il braccio e gli direi che potrebbe

raccontarmi tutto... lo ascolterei anche per ore, senza giudicarlo.
Contrae i muscoli e il solito nervosismo rende le sue spalle più rigide.
«Va bene, allora ti lascio al tuo pomeriggio solitario», sdrammatizzo la sua serietà e ci riesco, perché mi regala un sorrisino.
«Stai attenta, d'accordo? E per qualunque cosa chiamami. Hai il mio numero.»
Approvo la sua richiesta e mi avvio verso la porta per dirigermi in biblioteca.
Non so perché gli abbia chiesto di studiare insieme, in teoria non posso perdere tempo. Devo preparare l'esame e devo concentrarmi senza pensare ai suoi problemi o a ciò che lo rende così tanto misterioso ai miei occhi.
Oggi non c'è una brutta giornata e la biblioteca non è distante da casa mia, per cui dopo poco raggiungo la destinazione a piedi.
Con fretta mi reco alla ricerca di un angolino tutto mio.
Una schiera di ragazzi studia con la schiena ricurva e con la concentrazione che a me, in questi giorni, purtroppo manca.
Sospiro e svogliata apro il libro di diritto.
L'esame sarà tra qualche mese e ancora non ho iniziato a studiare questa materia che, oltretutto, adoro tantissimo.
Mi rimbocco le maniche, imitando la posizione di alcuni ragazzi.
Alzo lo sguardo solo per osservare la luce filtrare dalle grandi vetrate ad arco e mi accorgo con stupore che al secondo piano si trova la vera e propria biblioteca, con una fila di scaffali colmi di libri antichi.
Anche al primo piano, dove sto studiando, ci sono scansie di manuali arcaici e l'odore dei libri profuma l'aria per confortarmi.
Quando osservo il soffitto noto l'abissale profondità e ne resto ancora più incantata.
È la seconda volta che scelgo questo luogo ricco di storia per studiare e credo proprio che continuerò a frequentarlo.
Mi ispira e mi rilassa allo stesso tempo.
Riposo lo sguardo alle prime pagine del manuale e mi concentro come è mio dovere.
Passa una mezz'ora abbondante e quando mi accorgo di aver letto le prime dieci pagine e di averle comprese, ne rimango sbalordita.
Il diritto è proprio la mia passione.
Mi concedo una breve pausa e prendo il mio taccuino personale dove appunto le mie poesie preferite: comincio a scriverne qualcuna.
Soprattutto quelle che ricordo a memoria.
Sono talmente distratta e immersa nel mio mondo da non accorgermi di niente; a un certo punto una voce maschile, bassa, per nulla profonda, mi sussurra delle parole all'orecchio.

«Tutta sola?»
La voce si allontana e mi permette di voltarmi.
I miei occhi incontrano quelli di Gaston e spalanco la bocca per l'incredulità.
«Tu, in biblioteca?»
Si appropria del posto vuoto accanto al mio e mi fissa a lungo.
«Ti sorprende, Ania?» Scorgo un interesse inconfutabile nel suo sguardo.
Sì, in effetti è stata una rivelazione trovarlo qui in biblioteca.
Non conosco bene Gaston, ma alla festa non mi è apparso un ragazzo così *colto*.
Lui mi sorride non sapendo che quel suo modo schietto e diretto non riesce a imbarazzarmi.
Alcuni sguardi sono puntati su di noi, ma li evitiamo.
Io, però, mi sento osservata e abbasso gli occhi sul libro facendo finta di interessarmi alla materia.
Gaston mi scruta ancora e quando incontro i suoi occhi riesco a scorgerne la luminosità blu, nonostante intorno a noi ci sia una luce soffusa.
«Cosa stai facendo?» Parla senza curarsi di abbassare il tono di voce.
Chiudo il taccuino per non mostrargli il mio interesse personale.
Sin da piccola scrivo citazioni, frasi filosofiche su vari quaderni, diari o taccuini, che tengo conservati nella mia libreria.
Quando sono triste li rileggo per provare altre emozioni. La poesia, questa strana forma di scrittura, è capace di farmi evadere dalla realtà e farmi scoprire un mondo immaginario.
È sempre stato così e non ho mai cambiato questa mia abitudine.
«Studio...»
Il silenzio si riverbera ancora di più all'interno della biblioteca, fino a quando la porta si apre e, con mia sorpresa, entra Raziel.
Rimango incantata di fronte a tanta bellezza, ma non capisco la sua improvvisa apparizione.
Indossa la tuta di prima. Non si è cambiato per venire a studiare, e la cosa mi sorprende.
Non voleva restare da solo?
Al suo ingresso, tutte le ragazze si voltano a osservarlo e Gaston inarca un sopracciglio.
Raziel è al centro dell'attenzione, tuttavia non si guarda intorno, si reca a passo deciso verso di noi.
«Sei con lui?» Mi domanda Gaston sottovoce.
Scuoto la testa perché la comparsa di Raziel è stata una sorpresa anche per me.

«Ciao», Raziel tiene in mano un libro di diritto.

Mi saluta e trascina indietro la sedia, accomodandosi sul lato opposto a Gaston.

Con disinvoltura si passa una mano tra quei capelli folti e voluminosi e saluta Gaston.

«Ciao Gaston. Anche tu qui?» Lo osserva con aria interrogativa.

Una ragazza, poco distante da noi, ci guarda infastidita e ci invita al silenzio, indicandoci il grande cartello appeso alla parete con la regola.

Annuisco e Raziel comprende all'istante di doversi cucire la bocca.

Appoggia la schiena alla spalliera della sedia e guarda Gaston.

«Sì, anche io qui! Che strana coincidenza, vero?» Gaston abbassa il tono di voce, ma la mia curiosità è troppa.

Mi avvicino a Raziel.

«Cosa ci fai qui? Non dovevi andare a correre?» Cerco di capire il suo comportamento.

«A casa mi annoiavo, perciò ho pensato di raggiungerti.»

Il suo sorriso mi riscalda, mentre Gaston continua a fissarci.

Non avrei mai pensato di trovarmi in situazioni analoghe, almeno non prima dell'arrivo di Raziel nella mia vita.

Sorrido tra me e me, perché comunque il fatto che sia venuto a studiare in biblioteca non mi lascia indifferente.

«Adesso studiamo, d'accordo? Ho davvero bisogno di concentrarmi», mi rivolgo anche a Gaston, che recepisce le mie parole e fa il bravo studente.

Per un po' riesco ad applicarmi, perché entrambi rimangono in silenzio e si occupano del proprio lavoro.

È solo qualche minuto dopo che un messaggio distrae il primo arrivato.

«Mi sa che devo raggiungere gli altri per una partita di calcio. Raziel, vuoi unirti a noi?»

Aspetto una risposta da parte di Raziel, che arriva immediatamente.

«Certo», chiude il libro e si alza.

«Ania viene con noi, giusto?»

Gaston mi guarda divertito.

«Ania può decidere da sola», dichiara Raziel con un sorrisino sghembo tutto da decifrare.

Faccio per dire a Gaston che in realtà vorrei continuare a studiare e che il suo tono dispotico nei miei confronti non mi piace per niente, ma cambio idea.

Ho capito che non potrò studiare perché tanto Raziel, in un modo o nell'altro, mi convincerà ad andare con loro, perciò sospiro, chiudo il libro di diritto, sentendomi un po' in colpa, e lo ripongo nella borsa.

«Okay, verrò alla partita, ma sappiate che se l'esame andrà male sarà solo colpa vostra», li punzecchio ed entrambi sogghignano.

Onestamente mi va di andare alla partita, così striscio indietro la sedia e mi avvio con loro fuori dalla biblioteca.

Usciamo e mi ritrovo di fronte la macchina di mio padre.

«Gaston, sei venuto a piedi?» Domanda Raziel, prima di invitarmi a salire in macchina.

Il ragazzo scuote la testa e indica poco più in là una Kawasaki verde e bianca, alta e, a prima vista, pericolosa.

«È tua?» Chiedo, esterrefatta.

Gaston mi sorride, mentre Raziel continua a guardare la moto meditabondo.

«Vuoi fare un giro sul cavallo bianco, Ania?» Continua a fare lo spiritoso.

In realtà non mi dispiacerebbe fare un giro, ma non sono mai salita su una moto e al solo pensiero mi tremano le gambe.

«Non ce n'è bisogno.»

Raziel risponde al posto mio e non mi infastidisco perché in realtà non avrei saputo declinare l'invito meglio di così.

Gaston mi guarda pensando che magari non sia d'accordo con la risposta di Raziel.

Per evitare disguidi, concordo con le parole del mio ospite.

«Vado con Raziel», proferisco.

«Ci vediamo al campo, allora.» Si avvia verso il suo bellissimo gioiellino e appena mette in moto mi rivolge il solito sorriso sghembo.

Per educazione non posso fare a meno di ricambiare e così allungo dolcemente gli angoli delle mie labbra all'insù.

Raziel se ne accorge e d'un tratto pronuncia delle parole.

«La macchina di tuo padre è più bella.»

«Hai perfettamente ragione. La macchina di papà è più bella.»

Soprattutto guidata da te, vorrei aggiungere... ma resto in silenzio e salgo in macchina.

*　*　*

Durante il tragitto rimane concentrato sulla strada e non distoglie lo sguardo dalla moto di Gaston neanche per un secondo.

La sua espressione, assottigliata e ben coinvolta, mi fa mordere il labbro inferiore.

Guardo le sue mani, grandi il doppio delle mie, e osservo le nocche arrossate come se fosse nervoso per qualcosa e il suo corpo ne stesse risentendo.

Qualche secondo dopo, Gaston inserisce la freccia verso destra e attraversa un cancello. Un enorme campo sportivo compare ai nostri occhi, pieno di campetti e di ragazzi pronti ad allenarsi o a giocare.

Io e Raziel scendiamo dalla macchina e mentre lui ispeziona il posto io mi sgranchisco le gambe.

«Dov'è andato Gaston?» Raziel scruta da tutte le parti, ma riesco a intravederlo e lo indico con disinvoltura.

«È lì.»

Gaston sta parlando con i suoi amici e mi rendo conto di non essere l'unica ragazza del gruppo.

Accanto a loro, si trova la sorella, che si è presentata l'altra sera quando siamo andati a cena fuori.

La tizia in questione, più che con me, ha fatto conoscenza con Raziel.

Li raggiungiamo e lei smette di masticare la gomma perché punta i suoi occhi da falco su Raziel.

«Ciao Raziel, che piacere vederti qui. Non pensavo ci saresti stato anche tu.»

Scruto disgustata i suoi indumenti striminziti e alquanto volgari, fino a quando lei non mi sorride.

«E ciao anche a te... ehm, non ricordo il tuo nome», cantilena.

Chissà perché, vorrei aggiungere, ma mi presento.

«Sono Ania e neanche io ricordo il tuo...» ribatto, ironicamente.

Aggrotta un sopracciglio, poi inserisce un braccio sotto il seno e con l'altro si presenta.

«Sono Elsa.»

Elsa...

«Ciao Elsa, come stai? Tutto bene?» Questa volta a intervenire in modo educato è Raziel.

La ragazza gli sorride. Vorrei dirle qualcosa per il modo in cui continua a fissarlo, ma taccio.

«Giochi anche tu stasera?» Domanda improvvisamente un amico di Gaston.

«Sì, Alvaro.»

«Bene, allora andiamo, ragazzi. Dobbiamo sconfiggere la squadra avversaria», a declamare queste parole è un altro amico di Gaston. Uno più basso di loro, ma sembra il più sorridente del gruppo, credo si chiami Boris.

I ragazzi esultano e questa volta Raziel mi guarda come se desiderasse un sorriso di incoraggiamento da parte mia, ma sono un po' infastidita per come si è rivolto ad Elsa e così lo guardo torva.

Lui non capisce il motivo del mio cambiamento, scrolla le spalle e si dirige negli spogliatoi insieme ai ragazzi.

Solo quando ritorna, con un completino che gli avrà prestato sicuramente uno degli amici di Gaston, si avvicina al mio orecchio.

«Tutto bene?» Mi chiede con voce bassa e profonda.

Un formicolio si impossessa di me e quasi arrossisco. Sto per rispondere, però Elsa si avvicina e prende la mano di Raziel, tirandolo verso di sé.

Guardo attentamente quel gesto e mi innervosisco.

Inarco un sopracciglio e li osservo, senza distogliere gli occhi da entrambi.

«Buona partita. Mi sento che vinceranno grazie a te.»

Elsa ammicca e gli accarezza il braccio.

A quel gesto alzo gli occhi al cielo, perché veramente rimango stizzita da tanta disinvoltura, mentre Raziel solleva gli angoli delle labbra all'insù.

Non so se le sorride per compiacerla oppure per beffarsi di lei, ma quando si guardano una seconda volta, sento qualcosa di inspiegabile e inizio a mordicchiarmi un'unghia.

«È tardi amico, dobbiamo entrare in campo.»

Alvaro richiama Raziel e lui acconsente, lanciandomi un'altra occhiata per capire il mio cambiamento improvviso.

In questo momento lascio che l'indifferenza abbia la meglio e cerco di non guardarlo.

Solo quando si avvia verso il campo mi siedo sulla panchina e aspetto che la partita abbia inizio.

Proprio in quell'istante il mio momento di tranquillità viene interrotto da una voce insopportabile.

«Raziel li farà vincere. Gaston è bravo, ma lui... l'hai visto, no? È così grintoso, per nulla arrogante e totalmente affascinante. Scommetto che ha talento.»

Elsa parla con troppa facilità e sicurezza, inoltre il sorriso compiaciuto che mi rivolge mi fa venire voglia di eliminarla dalla faccia della terra.

«Vedremo...» non mi sbilancio molto, ma la serpe in questione riparla, facendomi prudere l'interno dell'orecchio.

«Magari se vincerà lo ricompenserò con un regalino», accavalla le gambe e lancia lo sguardo verso il campetto dove giocano i ragazzi.

Le sue cosce sono ben allenate e del tutto scoperte: indossa una minigonna rossa, inappropriata al luogo in cui ci troviamo.

Mi sbircia un'ultima volta poi, al fischio dell'arbitro, la nostra attenzione si sposta sulla partita.

Le rivolgo un sorrisino e lei comincia a urlare il nome di Raziel a squarciagola.

Ciò che temo è solo una cosa: che Raziel vinca la partita e che Elsa agisca nel modo più subdolo.

10
Stai cercando di scoprire i miei segreti, vero?

Raziel

«Sei stato grandioso. Non posso che continuare a dirtelo, Raz!»
La partita è finita e ovviamente abbiamo vinto. Provo a tornare da Ania, ma Elsa si lancia su di me e mi abbraccia come se avessimo confidenza.

Cerco di allontanarmi da lei e a capire Ania: sono ancora stranito dal suo comportamento, eppure cerco di non guardarla in modo torvo.

«Grazie Elsa.» Mi schiarisco la gola con un colpo di tosse e provo a scrollarmela da dosso. Ci riesco istintivamente raggiungo Ania e la agguanto: «Ragazzi, noi andiamo. Ci vediamo domani a lezione, d'accordo?»

Sono stanco e ho bisogno di riposare. Non mi va proprio di trascorrere altri minuti con loro, specialmente con Elsa.

Ania distacca la presa e proferisce una frase che mi lascia spiazzato.

«Veramente torno con Gaston, ho voglia di fare un giro sulla moto.»

Cosa sta dicendo? Vorrei afferrarla per le braccia e dirle di non fare la ragazzina immatura, ma lo sguardo di Gaston si illumina di colpo.

Le si avvicina e mi guarda con compiacimento.

«Se Ania vuole fare un giro sul *mio* cavallo bianco non ho nessun problema, la riaccompagno io.»

Provo a farla ragionare con uno sguardo accigliato, senza avere risultati. Chi sono io per impedirle di andare con lui? Nessuno, perciò non posso controbattere la sua decisione, anche se Alberto non sarebbe contento della scelta della figlia.

Alberto o io?

«Come preferisci», sputo lì, in disaccordo totale.

La fisso un ultimo istante, sperando che cambi idea, ma ciò non avviene per cui mi dirigo in macchina furioso e spossato.

Improvvisamente una voce richiama la mia attenzione.

«Ehi Raz, mi daresti un passaggio?» È quella di Elsa.

Una folata di vento mi scompiglia il ciuffo ribelle e mi abbraccio per proteggermi dal fresco della notte.

Gaston non dice nulla. Non sembra geloso di sua sorella, mentre Ania la guarda torva.

Se lei fosse venuta in macchina con me, *Elsa* non avrebbe chiesto nessun passaggio.

Quindi, cara Ania, adesso le risponderò di sì.

«Non vieni con me?» Alvaro ci sorprende tutti ed Elsa si volta istintivamente verso di lui.

«Se Raziel accetta il passaggio, no. Preferisco andare con lui. Allora, cosa ne dici, *Raz*? Accompagneresti una bellissima ragazza a casa?» La voce è seducente, ma la sua domanda mi fa sogghignare.

Elsa non si ricompone. Ha assunto una posa sexy: la sua mano è appoggiata al fianco destro e la sua gamba sinistra è più esposta della destra.

La minigonna è troppo corta, ma non abbasso gli occhi sulle sue cosce, ripongo l'attenzione sui suoi capelli rossi.

Al tempo stesso le sue labbra sono tese e irrigidite perché sperano in una mia risposta positiva.

L'espressione di Ania è ancora corrucciata, e ben le sta, tutto questo è colpa sua.

Si può sapere cosa le ho fatto? Perché ha deciso di andare in moto con Gaston?

Quando torneremo a casa, le parlerò.

Non potrà evitarmi, però per il momento, decido di provocarla e rispondo a Elsa, che sembra sul punto di scoppiare.

Tutti, in realtà, vogliono ascoltare la mia risposta, così spezzo il silenzio e parlo.

«Certo, accomodati pure sulla mia carrozza, Elsa. Ti accompagno a casa.»

Definisco *carrozza* l'auto di Alberto per prendere in giro il modo in cui Gaston ha chiamato la sua moto. Con una strana ilarità sul volto, mi giro dando le spalle a tutti, mentre la ragazza emette un gridolino di felicità e si scaglia su di me, aggrappandosi alle mie spalle.

Saliamo in macchina e accendo il motore nello stesso istante in cui Gaston porge il casco ad Ania.

Lei si accorge dei miei occhi nei suoi e ci guardiamo fino a quando non si accomoda sulla sella del *destriero*. Il suo petto incontra quello di Gaston e le sue mani gli afferrano il bacino per paura di cadere.

Un'espressione di disprezzo mi dipinge il volto proprio quando il guidatore di fronte a me le rivolge un sorriso. Cambio direzione e sfreccio sull'asfal-to liscio.

Li lascio andare, con una confusione pazzesca nel cuore e con una ragazza accanto che ha stravolto la mia serata senza che lo volessi davvero.

Ania

Gaston non sfreccia alla velocità della luce con la sua moto, e questo mi tranquillizza.

L'aria è tiepida, ma sento lo stesso il leggero venticello sul viso: non è fastidioso, anzi è una piacevole sensazione.

Durante il tragitto non parliamo molto, dialogare in moto risulta abbastanza complicato, così mi limito a indicare la direzione per raggiungere la mia villa.

La indovina senza troppe difficoltà. Non si meraviglia che abiti in uno dei quartieri più lussuosi: anche lui vive nei paraggi.

Appena accosta, scendo dalla moto e mi sfilo il casco.

Con gesto automatico cerco di sistemarmi i capelli disfatti, ma Gaston mi ha già raggiunto.

È stato più veloce di me, si è tolto il casco e adesso mi sta guardando divertito.

«Non pensavo che saresti venuta con me. Come mai hai voluto fare un giro sul mio destriero?» Domanda ironico.

Perché ho deciso di andare con lui e di non tornare con Raziel? Per gelosia? Per ripicca?

Non lo so neanche io, ma non mi va di rivelarlo a Gaston.

Mi mordo il labbro inferiore e lo guardo, indugiando qualche secondo. Si accorge di questa mia improvvisa insicurezza.

«Mi ha affascinato la tua moto e ti ho proposto un passaggio. Ti è dispiaciuto?» decido di mentire e piego la testa di lato.

Ci troviamo proprio davanti l'immenso muro della villa in cui vivo e lui si avvicina verso di me a passo deciso.

Impaurita da quella vicinanza, indietreggio e vado a sbattere contro la sella della sua moto.

Guardo indietro e capisco di non avere via di scampo se non superarlo con indifferenza, ma così risulterei maleducata e non se lo merita.

Mi ha accompagnata ed ha avuto una guida ponderata, la sua prudenza mi ha stupida sul serio.

Mi è sembrato subito un tipo spericolato e, invece, non lo è.

Rendendomi conto di essere rimasta del tutto sola con lui, tiro un sospiro e aspetto che parli.

«Non mi è dispiaciuto per niente, a dire la verità», un luccichio compare nei suoi straordinari occhi blu e lo noto subito.

Si accosta più vicino e rimane a fissarmi per un tempo indefinito.

Con facilità interrompo quel contatto visivo.

«Io, adesso, dovrei tornare a casa...» mi raddrizzo e lo sorpasso senza timore, Gaston però è più furbo e mi afferra per il braccio.

«Usciamo una sera di queste? Io e te da soli?»

Sgrano gli occhi. Come posso interpretare questo suo invito? Come un appuntamento?

Mi mordo un'altra volta il labbro inferiore, soprattutto quando mi rivela una smorfia simpatica. Piega la testa di lato e aspetta con interesse la mia risposta.

Non so cosa dire, e l'insicurezza piomba su di me ancora una volta.

«Posso pensarci?» Cerco di fargli comprendere che non lo sto rifiutando ma ci voglio pensare sul serio.

Spero di non essere sembrata maleducata, inesperta, o entrambe le cose.

Gaston appare scontento dalla mia risposta, tuttavia non perde tempo e tira fuori il suo cellulare.

«Certo, puoi pensarci, ma voglio il tuo numero.»

Voglio? I suoi modi dispotici non mi allettano per niente.

Il suo sorriso si allunga sfacciatamente e i suoi occhi blu sfavillano curiosi, ancora in attesa che accada qualcosa di bello tra di noi.

Non scuoto la testa per una risposta negativa, anzi, espongo un altro interrogativo.

«A cosa ti serve?» Faccio la finta tonta.

Sorride ancora di più.

«Non posso avere il numero di Ania Ferrer?»

Per farmi cambiare idea sui suoi modi autoritari, addolcisce i suoi lineamenti e mi guarda con un sorriso schietto e sincero.

Sospirando più volte e smettendo di pensare negativamente, decido di dargliela vinta.

«D'accordo, ti concedo il mio numero.»

Gli porgo il cellulare e lo afferra, sfiorandomi le dita.

La sua pelle è fredda e mi ritraggo a quel tocco, cercando di non apparire turbata.

«Perfetto», guarda il numero con soddisfazione e lo salva con attenzione.

«Grazie mille, allora a domani», pronostica.

Nei suoi occhi leggo la voglia di un bacio, magari sulla guancia, ma non si avvicina: forse ha notato la mia freddezza nei suoi confronti e, da una parte, ne sono contenta.

«A domani, Gaston. Grazie per il passaggio.»

Lo saluto con un cenno del capo e, di fretta, mi avvio verso il cancello.
Cerco le chiavi nella borsetta. Una volta trovate, apro e mi dirigo verso il portico.
La prima cosa che cercano i miei occhi è la macchina che papà ha permesso a Raziel di guidare. La trovo in giardino e sospiro di sollievo.
Questo vuol dire che ha già accompagnato Elsa a casa e ciò mi rincuora.
Magari hanno fatto solo un giro in macchina, magari non hanno neanche parlato durante il tragitto… magari lui ha avuto la mente occupata da altri pensieri.
Scaccio quelle ipotesi perché non otterrei comunque la risposta con un monologo interiore.
Prima di entrare in casa non mi volto verso Gaston, anche se so che sta aspettando il momento in cui mi giri a guardarlo.
Non lo faccio perché potrebbe pensare cose che il mio cuore non è certo di volergli fare credere.
Così non lo compiaccio e rimango indifferente.
Quando la moto di Gaston sfreccia lontano, raggiungo la soglia di casa con più serenità.
Mamma e papà non saranno ancora rientrati.
Sono informata sul fatto che siano a una cena di lavoro importante e quindi non li chiamo.
Chiudo la porta e appendo il giubbotto vicino l'entrata.
«Piaciuto il giro in moto?» D'un tratto, una voce forte e decisa mi fa sussultare.
«Oddio, Raziel», esprimo impaurita con la mano sul petto, guardando al di là di lui.
Raziel si trova esattamente vicino al lampadario spento. È appoggiato al muro con la testa piegata e mi guarda, la mascella serrata. È arrabbiato?
«Non hai notato la macchina sul vialetto?» Mi prende in contropiede.
È proprio bravo a rendermi impacciata, perché la macchina l'ho notata subito, solo che lui mi ha colto di sorpresa.
«Sì, ma pensavo fossi in camera.»
«No, ho aspettato che rientrassi.»
Intravedo un luccichio risplendere nei suoi occhi, anche nel buio.
«Come mai?» domando e il suo modo di riflettere mi fa battere il cuore in un solo istante.
D'un tratto indica la porta con un cenno ed io non riesco a capire. A cosa si sta riferendo?
Solo qualche minuto dopo ricordo il giro in moto con Gaston e quando si avvicina riesco a stento a guardarlo negli occhi.
Il suo corpo mi sovrasta ed io per poco non smetto di respirare. È così

dannatamente sexy.

Raziel mi fissa e automaticamente mi ravvia una ciocca di capelli dietro l'orecchio.

Non mi chiede il permesso per quel gesto e mi lascio scostare la ciocca senza indietreggiare, senza timore.

«Perché dopo la partita hai deciso di tornare a casa con Gaston e non con *me*?» La sua voce non è piatta, né neutra.

Mi sento carica di emozione e le sue parole mi rammolliscono le gambe. Deglutisco il groppo in gola.

«È successo senza una valida ragione.»

Scuote la testa, in disaccordo con la mia bugia.

«Non è vero. L'hai programmato e mi chiedo, *perché*?» La sua domanda comincia a mandarmi in confusione.

Cosa vuole sapere? In tutta sincerità la colpa è stata sua perché ha dato troppa importanza a Elsa, secondo le mie supposizioni.

«Perché mi andava di fare un giro in moto. Ecco perché.»

Rivelo ciò che non è vero, tanto non può leggere nella mia mente. Quindi non saprà mai se sto dicendo la verità o meno.

Ma so che non crede alle mie parole e mi esamina a modo suo, con quegli occhi pazzeschi in cui potrei sprofondarci, se me lo chiedesse.

Qualche istante dopo, una domanda mi sorge spontanea e decido di rivolgergliela senza insicurezza, proprio come ha fatto lui.

«Com'è andato il giro in macchina con *Elsa*, invece?» Enfatizzo quel nome con un po' di disprezzo; lui se ne accorge e mi rivolge un sorrisino.

«Bene. Elsa è una ragazza molto simpatica, anche se a prima vista non sembra.»

Mi innervosisco, ma mantengo la calma.

Elsa è una ragazza simpatica? A me non sembra... gli avrà per caso dato il regalino di cui tanto parlava durante la partita?

Lui l'ha riaccompagnata a casa... ha trascorso dei minuti da solo con lei...

«Sono contento per te. Hai conosciuto una nuova amica», sbotto in maniera acida.

Raziel continua a rivelarmi cos'è accaduto dopo con un ghigno divertito.

«Sì. Abbiamo fatto una passeggiata e mi ha chiesto anche il numero», riferisce con sfacciataggine e, proprio per quella rivelazione, mi bruciano le guance.

Cerco di riprendere fiato.

«Ma che coincidenza!» Esclamo, con un sorriso trionfante.

«Perché?» Con trasporto torreggia su di me.

Raziel incrocia le braccia al petto e aspetta che continui il discorso, perciò, rivelo le parole esattamente con lo stesso timbro di voce con il quale ha pronunciato le sue.

«Perché Gaston mi ha chiesto il numero, e un appuntamento.»

Spalanca gli occhi incredulo e mi guarda accigliato.

«E cosa hai risposto?»

«Beh, quello che avrai sicuramente risposto tu. Gli ho detto di sì», bugia. Enorme bugia, ma sembra impressionato dalla mia rivelazione.

Ovviamente a Gaston non ho detto subito di sì, però da questo momento in poi penserò alla sua offerta.

In fin dei conti mi sembra un bravo ragazzo.

Mentre cerco di sopravvivere a questa strana conversazione, il telefono di Raziel squilla e, come ogni singola volta, evita di rispondere.

Sembra come se custodisca dei segreti, e abbassa la nuca sospirando più del dovuto.

Chi può chiamarlo a questi orari strani?

Rialza lo sguardo e dopo avermi lanciato un'occhiata truce si tocca il petto per placare il suo respiro irregolare e parla debolmente.

Il telefono sta ancora squillando...

«Perché non rispondi?»

«Non ti riguarda, Ania.»

Mi impunto.

«Non rispondi mai. Sei così misterioso. Dovrei definirti come un ragazzo di altri tempi o come un ragazzo tormentato e pieno di segreti?»

Raziel sogghigna e si avvicina: le mie gambe tremano, specialmente quando raggiunge quasi le mie labbra.

«So cosa stai cercando di fare...» pronuncia con voce profonda.

Corrugo la fronte, cercando di non impazzire per la sua vicinanza.

«Cosa?»

Inclina la testa e socchiude gli occhi fino a formare due fessure.

Non l'ho mai visto così... così... gelido.

Cosa gli è successo? Perché si chiude a riccio e non comincia a confidarsi con me?

«Stai cercando di scoprire i miei segreti, vero?» La sua voce burbera mi fa trabalzare.

Cerco di non rispondere, lui continua a sovrastarmi e la mia impresa sembra quasi impossibile.

«E anche se fosse?» Domando all'improvviso, sperando di scoprire qualcosa in più. Vorrei indietreggiare, ma non riesco a farlo. Sono intrappolata dal suo sguardo magnetico e intimidatorio.

Sogghigna come se si aspettasse già da tempo questo mio interrogatorio.

«E se anche fosse, non riceveresti nessuna risposta. Magari potrei essere un ragazzo colmo di segreti, ma non li rivelerei di certo a te. Non riuscirai a farmi cambiare idea, non mi confiderò mai con te, perciò, te lo chiedo cortesemente... non insistere. Mai più.»

Resto in silenzio mentre lui, con una strana arroganza, si volta e si incammina per raggiungere a testa bassa la sua solitudine.

Non mi sarei aspettata questa conversazione, stasera. Stava andando tutto così bene... se solo non fosse arrivato Gaston e non gli avesse proposto di giocare, non avremmo litigato.

E se io non avessi chiesto un passaggio a Gaston, Raziel non avrebbe riaccompagnato Elsa a casa. Saremmo tornati insieme e forse avrei potuto scoprire di più su questa telefonata. Avrebbe reagito diversamente.

Sospiro perché sono preoccupata per lui. Il suo animo è tormentato, cupo, zeppo di segreti che non mi rivelerà tanto facilmente.

Cosa gli sarà successo?

Muoio dalla voglia di scoprire la verità. È così misterioso. Non ho mai incontrato un ragazzo come lui, sembra che abbia un animo distrutto, corroso. Riuscirò a fargli cambiare idea senza insistere?

Riuscirà Raziel ad aprirsi con me? A guardare oltre le nuvole? A sperare di poter trovare una complice in questa sua agonia?

Riuscirà a rendermi parte di lui?

11
Stati d'animo

Raziel

Non posso evitare la chiamata.
Per quanto la rivelazione di Ania su Gaston e il loro appuntamento mi abbia fatto innervosire, devo rispondere.

Devo affrontare, per la prima volta dopo tanto tempo, *qualcuno*.

Questo qualcuno fa parte della mia famiglia: è mia sorella *Estrella*.

«Ciao, Estrella», pronuncio il suo nome a voce bassa.

La sento sospirare di sollievo dall'altro lato della cornetta. Non si aspettava che avrei risposto alla sua telefonata.

D'altronde ha provato a rintracciarmi più volte in questi mesi e l'ho sempre rifiutata.

Non mi andava di parlarle, di raccontarle il perché della mia decisione, ma non posso ignorarla per sempre.

«Raziel, non ti sei fatto sentire in questo periodo. Dove sei? Perché non sei più tornato a casa dopo non dovevi partecipare solo a un convegno? Sei fuori da più tempo.»

Una risata smorzata esce dalle mie labbra.

Estrella è sempre la solita: si preoccupa, ma ha ragione, se non l'ho chiamata è per un motivo. E se sono andato a Madrid senza dire nulla a nessuno è perché volevo una maledetta privacy.

C'è sempre un motivo per le scelte che faccio.

Non seguo l'istinto: penso prima di agire.

Io e mia sorella per molto tempo siamo stati uniti, affiatati. Un tempo che adesso mi sembra lontano...

Parlo di quel tempo che non tornerà più... dove le rose fiorivano e i mostri nel mio cuore non erano ancora comparsi.

«Non posso dirti nulla, Estrella. Cerca di comprendere la mia scelta e di capirmi. Lasciami un po' di spazio.»

La immagino passarsi una mano tra i capelli e guardare lo schermo del computer.

Un leggero senso di malinconia invade la mia mente, perché vari momenti della vecchia vita si ripercuotono dentro di me come un turbine, fino a quando l'unico ricordo colpevole mi fa sgranare gli occhi e tornare al presente.

«Capirti? Sul serio, Raziel? A noi non pensi? A me, a mamma e a papà... siamo a pezzi.»

Rimango qualche secondo in silenzio e la sua voce rimbomba ancora nel mio orecchio.

«Raziel, ci sei ancora?» Sussurra più piano, forse per non far sentire ai nostri genitori che sta parlando con me.

«Sì, sì, Estrella. Ci sono. Senti, credo che nessuno possa capire, dovete lasciarmi libero...»

Vorrei raccontarle tutto, ma non trovo il coraggio, non trovo la forza di aprirmi con nessuno e poi, dopo *quel* giorno, i nostri rapporti si sono raffreddati.

Non mi sento di inserirla nel mio mondo sbagliato. Non può farne parte. Anche se è mia sorella e mi vuole bene, deve lasciarmi andare... deve permettermi di volare via, lontano dalla mia vecchia vita.

Nessuno di loro potrebbe farmi tornare quello di una volta.

«Almeno hai una data di ritorno?»

«Ho bisogno di cambiare aria, Estrella! Lo devo fare e non so quando tornerò. Non ancora, almeno...» rivelo, nervoso più che mai.

«Per chi so io?»

Estrella si riferisce a lei, a *lei* che...

Scuoto la testa e mi soffermo sul presente.

«Probabilmente sì, anche per lei.»

«Sta a pezzi, Raziel. Lei sta...»

«Estrella, non voglio parlare di *lei*, non adesso. Può stare a pezzi quanto vuole per me. È tardi, devo farmi una doccia e...»

«Non puoi trattarla così», esprime i suoi pensieri furiosa per il mio comportamento.

«Smettila di parlarmi di *lei*», ringhio al telefono. I denti stretti e i muscoli tesi, la paura che Ania possa ascoltare la conversazione.

Il mio tono brusco la fa sussultare e finalmente smette di parlare di quella persona che non voglio sentire nominare, neanche se dal cielo un domani piovessero petali di ciliegio.

«Okay. Scusami...» si schiarisce la gola, avendo capito di avermi alterato più del dovuto, e cambia argomento sperando di avere qualche risposta in più da parte mia.

«Torna presto, però, d'accordo?» Cerca di farmi comprendere che, nel profondo, sente la mia mancanza.

Sospiro parecchie volte, fino a quando mi siedo sul letto per cercare di calmare l'affanno.

D'un tratto, inizio ad ammirare la luna in questo cielo troppo diverso da quello della mia vecchia città.

Questo sembra più bello, più luminoso, più vivo e non rimpiango di essere partito.

«Non ho ancora deciso. Ti prego di non insistere. Forse tornerò tra qualche mese o a fine anno. O forse *mai*.»

«Cosa? Mai? Sei per caso impazzito?» Il suo tono inizia a peggiorare di nuovo e a darmi sui nervi. Non le do spazio ed evito di svelarle più del dovuto; infuriata svia il discorso su un'altra domanda.

«Gli altri li hai... sentiti?» Ha un atteggiamento tosto e prova a ricavare informazioni con voce fievole.

Gli altri...

Possibile che tutto debba far riferimento al passato? Improvvisamente sono scivolato in un vortice oscuro, pieno di fuliggini che non posso spazzare via.

Non ancora, almeno.

«No, non ho sentito nessuno. Estrella, adesso, per favore, devo chiudere. Dai un bacio alla mamma da parte mia...»

«Perché non la chiami tu, invece?»

Non le rispondo, cerco di essere evasivo. «Buonanotte, Estrella.»

Provo a lasciarmi alle spalle questa conversazione e aspetto il suo saluto. «Se non provi ad aprirti di nuovo con me, non ti capirò mai. Pensaci. Ciao, Raziel. Buonanotte.»

Irritato ed esausto mi spoglio e osservo la finestra.

La partita mi ha stremato e non ho avuto tempo neanche di mangiare un boccone.

Con Elsa non ci siamo fermati da nessuna parte, non abbiamo cenato insieme perché volevo tornare a casa ad aspettare Ania.

Durante il tragitto, la ragazza mi ha parlato della sua vita e ammetto che non sono stato molto attento ai dettagli.

Prima di salutarci mi ha chiesto il numero e gliel'ho concesso solo per simpatia, ma anche per vedere la reazione di Ania.

Appena ripenso alla sua ambigua espressione e a come mi ha risposto quando le ho rivelato di aver dato il mio numero a Elsa, un sorrisino mi rallegra.

Questa volta dirotto i miei pensieri su Gaston e faccio una smorfia di disgusto perché medito sul loro futuro appuntamento.

Faccio scivolare sul pavimento gli indumenti e apro il getto d'acqua per iniziare a riscaldarmi.

Ho davvero bisogno di staccare la spina e di non pensare alla telefonata con mia sorella. Decido di fare una doccia e così, una volta per tutte, oblio tutto ciò che mi circonda.

***

Dopo aver finito, indosso una tuta sportiva pulita e scendo al piano di sotto per sgranocchiare qualcosa.
I Ferrer non sono ancora rientrati, nonostante sia mezzanotte passata.
L'atrio principale è circondato dal buio, nessun lampadario è acceso, ma un piccolo spiraglio di luce proviene dalla cucina.
Nel momento in cui varco la soglia, noto con piacere che Ania è seduta attorno al tavolo.
Astutamente non mi avvicino e scruto con attenzione la sua posa naturale.
Il pigiama che indossa la rivela ai miei occhi come una bambola di porcellana.
Non solo: i capelli sono raccolti in una bassa treccia e il trucco è scomparso dal suo viso. Avrà sicuramente percepito la mia presenza, ma non ha ancora alzato gli occhi su di me.
Decido di giocare e di stuzzicarla.
«Hai fame?» Esordisco sfacciato, come se prima non avessimo parlato di intrighi e segreti.
«Avrei voluto chiamarti, ma non mi sembravi dell'umore adatto e poi sei colmo di misteri, non è così?» Ironizza.
Sgrano gli occhi e la guardo con attenzione, sperando solo che non continui a chiedermi di più.
«Non sono stato chiaro, prima?» Ribatto con sguardo sardonico, senza infastidirla. Voglio essere sincero con lei sin dal principio. Non la coinvolgerò nel mio mondo. Non dovrà mai scoprire nulla. La mia vita non è un puzzle da completare.
Alza gli occhi al cielo e si arrende, ha capito il mio discorso.
Torna a ignorarmi, mentre disinvolto resto a guardarla da quella posizione, con le braccia conserte e un'espressione alquanto incantata.
Lei non se ne rende conto perché è intenta a mangiare, però quanto è bella?
Cos'ha potuto subire in passato?
Cerco di analizzare il suo sguardo e quando lo ripunta su di me non riesco a vedere la mia stessa oscurità.
Sembra così pura e libera da ogni peccato.

«Non hai cenato con *Elsa*?» Enfatizza il nome della ragazza come se lo disprezzasse.

Mi avvicino e recupero qualcosa dalla credenza. Con disinvoltura mi siedo vicino a lei e appoggio i gomiti sul tavolo.

«No... l'ho accompagnata direttamente a casa», gioco con il mio tono di voce rispondendo sinceramente. Da parte mia non riceverà la stessa domanda.

Si affretta a sgranocchiare l'ultima patatina poi si tocca la pancia e si accarezza il ventre piatto, accasciandosi contro lo schienale della sedia.

Proprio in quell'istante, i suoi occhi incontrano il cielo stellato e lo osservano con ammirazione.

A un certo punto si alza e si incammina verso la finestra.

Come se il suo movimento mi avesse incantato, la seguo e mi accosto a lei.

Con il busto appoggiato al davanzale della cucina giro la testa di lato e mi soffermo a guardarle il profilo perfetto.

A cosa starà pensando?

I minuti trascorrono: continua ad apprezzare in un religioso silenzio il cielo sopra di noi. Sposta le sue iridi al di là della vetrata trasparente che fa da cornice alla natura della notte e si incanta per vari secondi.

«Ti fa paura la notte, *Raziel*?»

La domanda che pronuncia di getto mi fa dilatare gli occhi.

«Perché dovrebbe farmi paura la notte?»

Vorrei risponderle di sì... che tremo solo al pensiero di dovermi addormentare e combattere gli incubi che mi vengono in visita, ma mi trattengo.

Ania fa spallucce, forse per suggerirmi che l'ha chiesto senza un valido motivo.

Cerco di aggiungere altro per proseguire la conversazione, ma proprio in quel momento sentiamo la serratura della porta sbloccarsi e quando mi sporgo noto i signori Ferrer raggiungere l'ingresso mano nella mano.

Alberto guarda subito verso la cucina e quando mi vede, mi saluta e sorride.

«Ancora sveglio, Raziel?»

«Sì, signor Ferrer, siamo ancora svegli.»

Paula ripone i soprabiti e dopo aver accuratamente tolto il cappello elegante dalla testa del signor Ferrer, si incammina verso di noi, restando qualche passo indietro rispetto al marito.

Alberto mi saluta con una stretta di mano, mentre la moglie con un bacio sulla guancia.

Ania li abbraccia.

«Stai benissimo, mamma. Dove siete stati?»

«Classiche cene di lavoro di tuo padre. Ormai sono una routine, ma stasera abbiamo mangiato in un posto delizioso. Dovreste andarci, qualche volta.»

Guardo Ania di sottecchi e annuisco con piacere.

«Certamente, signora Ferrer.»

«Voi? Cosa avete fatto?» Chiede Paula, racimolando dal frigo una bottiglia d'acqua.

Con gentilezza, travasa l'acqua in un bicchiere di vetro e lo passa a suo marito.

Lui la ringrazia con un cenno del capo e tracanna l'acqua.

«Siamo stati in biblioteca a studiare e poi Raziel ha giocato a calcio con alcuni nostri compagni di corso.»

Alberto mi sorride, sembra soddisfatto di come stiano andando le cose dal mio arrivo.

«Ti stai ambientando, vero, Raziel?»

Annuisco, d'altronde è tutto merito suo se mi trovo in questa città, lontano dai miei incubi.

«Sì, ma adesso è tardi. Ho abbastanza sonno, mi sa che è giunta l'ora di andare a dormire.»

Ania annuisce alle mie parole, forse per svincolarsi dalle continue domande dei suoi genitori e si affianca a me, dandomi ragione.

«Vado a dormire anche io, buonanotte mamma, buonanotte papà.»

Con Ania ci dirigiamo verso il lungo e profondo corridoio rischiarato dalla luce artificiale dei neon.

Nessuno dei due fa riferimento al discorso sulla paura e a me sta bene così… significherebbe dover mentire per non raccontarle del mio passato.

Cambio argomento con molta dimestichezza.

«Sono tornati tardi. Escono spesso, vero?»

Mi guarda di profilo, mentre si accarezza una ciocca di capelli.

«Sì, escono quasi tutte le sere», specifica.

«Prima del mio arrivo andavi con loro?»

Raggiungiamo la sua camera, che si trova due porte prima della mia e continuiamo la conversazione.

Credo che nessuno dei due abbia davvero sonno.

«Non sempre, solo qualche volta, ma andavo a quelle più importanti quando ero adolescente, poi ho smesso. Per lo più speravano di farmi conoscere qualche figlio dei loro amici.»

Non sembra in imbarazzo nel raccontarmi le aspettative dei suoi genitori e rimango ad ascoltarla soprattutto per interesse.

«Vorrebbero trovarmi un fidanzato», aggiunge in conclusione.

La guardo sbigottito, anche se ormai ho capito che Alberto e Paula pensano troppo al bene della figlia, ma addirittura trovarle un fidanzato?

«Un fidanzatino, eh? Ma lo sanno che puoi benissimo decidere da sola chi frequentare e chi no?» La derido, per farla sorridere di nuovo.

Alberto è sicuramente un uomo di vecchio stampo.

Ania smentisce la mia domanda, alquanto divertita, e scuote la testa.

«Dai, non prenderli in giro. Desiderano solo un futuro perfetto per la loro figlia perfetta.» Si indica con ironia.

«E ti hanno mai fatto conoscere qualcuno che possa rispecchiare il tuo prototipo?» D'un tratto mi meraviglio perché penso a come i nostri discorsi siano così naturali e spontanei, piacevoli e per nulla noiosi.

«Non ancora», ammette con sguardo basso.

La sua schiettezza mi rassicura senza un motivo ben preciso.

D'un tratto smetto di prenderla in giro.

Ania mi rivela un mezzo sorriso e si avvicina alla sua porta, pronta a rifugiarsi nel suo caldo mondo.

«È tardi, Raziel. Mi sa che dovremmo andare a dormire...»

Annuisco e indietreggio di qualche passo. Prima di rintanarsi mi guarda un'ultima volta e sussurra la "buonanotte".

«Buonanotte, Ania. A domani.»

Ci salutiamo così, senza un lieve contatto fisico e da una parte ne sento la mancanza. Smetto di pensarla perché è arrivato il momento di andare a lottare contro i demoni che si impossesseranno anche questa notte dei miei incubi e non mi lasceranno in pace.

Perché è successo quello che è successo?

Cosa ho fatto per meritarmi tutto questo dolore?

Perché non posso tornare indietro e cambiare il tempo, per renderlo meno maledetto? Perché non posso riempire il mio cielo personale di magia e poesia?

12
Proposte

Ania

Una settimana è trascorsa velocemente e, tra corsi universitari e studio, mi sento spossata.
In questo momento mi trovo in compagnia di Carlos e stiamo chiacchierando del più e del meno, fino a quando l'argomento non ricade su Raziel.

«Come sta andando la convivenza con il bravo ragazzo?» Cantilena.

Lo guardo inarcando un sopracciglio mentre apre la portiera della macchina.

«Non è una convivenza. Semmai è ospitalità...» puntualizzo, ma mio malgrado sorrido alla domanda ironica del mio amico.

«È lo stesso. Allora... come sta andando?»

Sbuffo per la sua insistenza e mi limito a fare spallucce, perché non lo so neanche io come sta andando.

In questi ultimi giorni ho parlato poco con Raziel: sta studiando per un esame e non vuole essere disturbato.

Ho assecondato la sua richiesta e l'ho lasciato in solitudine.

«Non lo so. Sta studiando e non lo sto disturbando, anche se qualche sera esce con Gaston...»

«Il forte Gaston, eh? E tu non vai con loro?»

Scuoto la testa meccanicamente: alle ultime uscite non mi sono unita, soprattutto perché la prepotenza di Gaston mi infastidisce, perciò ho utilizzato delle scuse e l'ho scampata.

«Ma perché? Hai bisogno di svagarti e di uscire. Ah, poi non mi hai raccontato cosa hai risposto a Gaston per l'appuntamento, signorina. Allora?»

Le troppe domande di Carlos mi stanno facendo scoppiare la testa.

Avvicino automaticamente le dita alla tempia e la massaggio per cercare di non impazzire.

Ottengo scarsi risultati.

«Non ancora. È troppo presuntuoso come ragazzo.» Dichiaro, spostando lo sguardo al di là del finestrino per osservare le persone che passeggiano in silenzio o in compagnia di qualcuno.

Sono sincera con Carlos. Gaston non mi convince molto, ma è anche vero che mi incuriosisce e forse conoscendolo meglio potrei cambiare idea su di lui.

Le persone sono come i libri e non devono mai essere giudicate a prima vista, il carattere può sorprendere, così come il contenuto di un libro.

Tiro un sospiro, e Carlos continua il discorso.

«Sì, ma se fossi in te, ci uscirei... così, per vedere come va!»

«Carlos, io non sono alla ricerca del vero amore. Non voglio conoscere nessun ragazzo, per il momento.»

Lui corruga la fronte, tenendo sempre gli occhi fissi sulla strada.

Mi accorgo di aver detto una mezza bugia, in realtà non so ciò che voglio solo che non mi va di illudere le persone.

«Tutti sono alla ricerca del vero amore», la saggezza del mio amico da una parte mi suggestiona e gli sorrido.

«Vorrà dire che per il momento Cupido dovrà scoccare la sua freccia altrove. Chissà, magari toccherà a te...» posiziono l'attenzione su di lui.

Carlos è molto enigmatico come ragazzo. Anche se siamo migliori amici non mi ha mai espressamente rivelato i suoi pensieri più intimi e sotto quel punto di vista lo conosco poco: è riservato, ma i suoi occhi guardano Merien.

Me ne sono accorta benissimo.

«Ad esempio... di Merien che mi racconti? È una ragazza molto bella.»

Tossisce per l'imbarazzo, adesso è in trappola e non può sfuggire al discorso. Voglio sapere di più. Sono troppo curiosa.

Con Merien non parlo molto, però ha istaurato un intenso legame con i miei amici e se c'è qualcosa sotto ho l'obbligo di sapere.

«Siamo quasi arrivati...» aggiunge, indicando il vicinato.

«Sì, ma non mi hai ancora parlato di Merien. Esce con qualcuno di voi? Sa che deve chiedermi il permesso se vorrà uscire o con te o con Timo, vero?» Comprende il mio sarcasmo e ridiamo insieme.

«Per ora non devi preoccuparti *flor*. Sono tutto tuo!»

Anche se sta guidando, lo abbraccio e appoggio la testa sulla sua spalla per sentirmi protetta.

L'amicizia con Carlos è particolare, più forte rispetto a quella che ho con Timo.

Voglio bene a entrambi, ma Carlos è diverso.

«Allora ci vediamo domani? Fai la brava, mi raccomando.»

«Sì. Ci vediamo domani...»

Apro la portiera della macchina e mi rigiro verso il mio amico.

«Sai che puoi sempre contare su di me, vero, Carlos?»
I suoi occhi si commuovono.
«Ora vai, altrimenti mi farai piangere.»
Si prende gioco delle mie parole piene d'affetto, ma lui è fatto così.
Gli faccio una smorfia, poi raggiungo l'atrio interno e il silenzio mi fa comprendere che sono sola.
Non c'è proprio nessuno, mamma e papà sono fuori per lavoro, ma è l'assenza di un'altra persona che mi sconvolge i pensieri e mi mette in agitazione.
Raziel non è in casa e, stranamente, il mio cuore si sente offeso per un'insolita ragione.

***

In tutti questi giorni, Raziel non è stato distante solo con me.
Anche mamma e papà non hanno avuto la possibilità di dialogare con lui, ma sanno che è per via dell'esame, perciò nessuno di noi lo disturba.
Come lui, anche io sto preparando degli esami, ma non mi rintano in camera mia, non mi isolo dal mondo.
Forse non sta passando un bel periodo?
Mi soffermo sui miei pensieri: per curiosità mi affaccio dalla finestra e scorgo le tende tirate. Chissà a che ora è tornato e chissà dove è stato ieri sera…vorrei andare da lui a chiederglielo, solo che temo di risultare invadente.
È anche vero che ho deciso di proporgli una gita nella casa di villeggiatura dei Ferrer.
Spero tanto che mi risponda di sì perché ho voglia di tornare lì e di trascorrere tre giorni di totale relax.
Inoltre, la tranquillità di quel posto potrebbe pure permettere a Raziel di studiare e riposarsi allo stesso tempo.
Ho già deciso di chiederglielo e questa mattina mi sono svegliata con il sorriso sulle labbra, dato che gli rivelerò l'idea del viaggio prima di recarmi all'università.
I miei, stranamente, non hanno obiettato e mi hanno dato il permesso di invitarlo: si fidano proprio.
Dopo esser scesa dal letto, mi stiracchio e mi vesto.
Mi spruzzo un po' di profumo e mi dirigo verso la camera degli ospiti.
«Avanti», la sua voce è assonnata, così sbircio all'interno. Quando lo vedo disteso, con le gambe incrociate, i capelli che gli ricadono lungo la fronte e il respiro rassicurante, rimango incantata.

Raziel apre un occhio e, appena incontra la mia figura sulla soglia, punta lo sguardo sulla sveglia.

«Sono già le otto», brontola, scostando la coperta dal suo corpo.

«Hai fatto tardi anche stanotte?»

Entro e gli porgo una maglietta pulita.

Dorme a torso nudo e, anche se è sicuramente uno spettacolo per i miei occhi, deve coprirsi.

Alza il busto, lasciando perdere la comodità del cuscino, e con un sorriso si infila la maglietta.

«Già! Questo esame mi sta distruggendo, inoltre i ragazzi mi hanno convinto a partecipare ad una partita all'ultimo minuto e non ho rifiutato. Fortunatamente lo sosterrò online, ma l'ansia mi stressa di continuo.»

Un sorriso sornione si stampa sulla mia faccia.

«Ed io sono qui per salvarti, infatti», annuncio da improvvisa eroina.

Corruga la fronte e quando mi accorgo che si è appena liberato del lenzuolo e che sotto porta solo i suoi boxer, mi copro gli occhi con entrambe le mani.

Raziel si accorge del mio imbarazzo e inizia a prendermi in giro con il suo modo scherzoso.

«Sono solo un paio di boxer, Ania. Non hai mai visto un uomo in mutande?»

Che domande sono? No che non l'ho visto.

Non rispondo al suo quesito sconcio, ma lo prego di vestirsi subito.

«Okay, okay. Aspetta... devo prendere i miei pantaloni che sono... *ops*!» Esclama divertito, facendomi spostare la mano e aprire un occhio.

«Cosa c'è?» Non riesco a chiudere la palpebra e osservo il suo dito.

Sta indicando la posizione in cui mi trovo e non riesco a capire.

«Sono proprio dietro di te.»

A un tratto, scende dal letto. Lo sento avvicinarsi e le gambe iniziano a tremarmi.

«Dove sono?» Ho ancora le mani davanti agli occhi e la sua risata divertita mi mette in soggezione ancora di più.

«Non riesco a prenderli. Ci sei tu e dovrei sfiorarti per afferrarli.»

Deglutisco il groppo in gola e mi sposto senza dire nulla. Non riesco a rispondere alla sua ironia, ma lo sento sghignazzare ancora.

«Li hai presi?» Domando nervosa e paonazza, con la schiena girata verso la porta.

«Oh, mi sono confuso. Non sono questi!»

Inizio sul serio a innervosirmi perché so che si sta comportando così apposta.

«Raziel, dai! Devo dirti una cosa importante.»

«D'accordo, sono vestito. Puoi girarti adesso.»
Cerco di fidarmi e mi rincuoro di non averlo più in boxer davanti ai miei occhi.
Sospiro e lui si arrende al mio imbarazzo.
«È stato così orrendo vedermi in boxer?» Chiede schietto, con un sorriso ambiguo. Oggi sembra di ottimo umore...
«Raziel, santo cielo!» Mi accascio sul bordo del letto e scuoto più volte la testa per cercare di non pensare alla domanda che mi ha appena posto.
«Sto scherzando, Ania. Allora, dimmi, perché sei piombata in camera mia? Non vieni mai a darmi il buongiorno.»
Improvvisamente le mie guance si imporporano perché, questa volta, non riesco a capire se mi stia prendendo in giro o meno.
Abbasso lo sguardo sul tappeto persiano. Respiro più volte e quando lo rialzo lo guardo meno intimidita.
«Voglio proporti una cosa e ho già il permesso di mamma e papà.»
Raziel incrocia le braccia al petto e si appoggia con nonchalance contro la porta.
«Cosa avresti in mente?» Resta in ascolto.
Prendo un respiro profondo e rivelo la mia idea senza balbettare.
«Noi Ferrer abbiamo una casa di villeggiatura vicino a un centro turistico costiero e mi piacerebbe andarci insieme a te questo fine settimana. Stai studiando troppo, sei stressato, stanco e avvilito. Lì potrai non solo riposarti, ma anche ripassare la materia. È un posto paradisiaco. Pensi che sia una buona idea?»
Raziel emette un sospiro lento, mentre lancio un'occhiata per decifrare la sua reazione.
È contento della proposta oppure dirà di no?
Sorride e il mio cuore fa una stupida capriola.
«Non sarebbe male, come idea è allettante. Ma siamo sicuri che i tuoi siano d'accordo?»
Non si fida ancora di me? Prima di rispondere gli faccio una linguaccia e capisce al volo che sono rimasta sconfortata dal fatto che dubiti della mia sincerità.
Distolgo lo sguardo dai suoi occhi più chiari del solito e mi alzo dal letto.
Quando capisce che sto per andarmene, mi afferra per il polso.
«Ehi, Ania. Sto scherzando. Sai che mi fido di te, vero?»
Mi accorgo in un tempo troppo breve di essere vicina al suo naso e di poter sentire il suo fiato fresco e profumato.
Mi soffermo per un momento sulle sue labbra.
Si accorge di quel mio sguardo e si schiarisce la gola.

«Quando dovremmo partire?»

«Venerdì mattina, anche se non vado a lezione per un giorno non fa nulla. Ti va bene come orario? Il tragitto è un po' lungo, ci vorranno quattro ore di macchina, per te è un problema?»

Mi osserva concentrato.

Non interrompe il nostro contatto e mi sfugge un sorriso quando afferma di no.

«Perfetto. Vedrai, ti piacerà come posto.»

«Mi fido di *te*, Ania», si avvicina al mio orecchio e questa volta sono sicura delle parole che rivela.

Stavolta hanno un effetto diverso su di me, mi sento barcollare, quasi come se le mie gambe non mi reggessero.

Come se stessi provando un turbinio di emozioni confuse e indisciplinate che infastidiscono il mio cuore.

Ricevo un messaggio e Raziel si allontana, lasciando libero il passaggio.

Controvoglia leggo il testo che lampeggia sul display e rimango esterrefatta quando scopro il nome del mittente: Gaston.

> Oggi studierai in biblioteca?

Resto a fissare lo schermo per svariati minuti, perché Gaston non mi ha mai mandato un messaggio da quando mi ha chiesto il numero, ma Raziel lo legge e indietreggia, raccogliendo il giubbotto. Inarco un sopracciglio perché non riesco a comprendere il suo gesto.

«Cosa fai?» Chiedo, cercando di capire il suo atteggiamento frettoloso.

«Ti accompagno a lezione», spiega freddo.

«Non devi studiare?»

«Sì, infatti ti scorterò e basta. Non voglio che tu vada da sola.»

Cerco di rifiutare il suo passaggio, non voglio distrarlo. «Posso andare con Timo e Carlos. Non c'è bisogno che mi faccia da bodyguard.»

Si gira di scatto: «Ania... non contraddirmi, andiamo!»

Sobbalzo, ma non ribatto e decido di seguirlo. Ad ogni passo che facciamo lo sento lontano e questo mi dispiace.

«Quando uscirete insieme?» La sua domanda mi spiazza e lo fisso perplessa, a braccia conserte.

«Con chi?»

So che si riferisce a Gaston, ma ancora non ho dato una risposta a quest'ultimo.

«Tu e Gaston. Non dovete uscire insieme?»
Forse è meglio che gli dica la verità e, così, inizio a giocherellare con entrambi i pollici.

Raziel sembra accorgersi del mio nervosismo e, per tranquillizzarmi, appoggia la sua mano sulla mia.

Dentro di me lo ringrazio perché il suo tocco ha rallentato la mia ansia, ma non le farfalle che svolazzano nel mio cuore.

«Veramente ancora non abbiamo stabilito un giorno esatto, perché devo dargli la risposta.»

Mi lancia un'occhiata confusa. «Non gli avevi detto di sì?»

Degli strani brividi si intrufolano nel mio corpo, ma ormai non posso tirarmi indietro.

«No. Ti ho mentito», ammetto.

«Perché?» Richiede con tono compassato, senza sbraitarmi contro.

«Non lo so il perché, però molto probabilmente accetterò il suo invito.»

All'improvviso allontana la mano e la riposiziona sul volante, poi stringe i pugni, senza accelerare.

Guida sempre in modo prudente e ciò mi tranquillizza.

«Ho capito, solo che... quando glielo dirai, avvisami prima, così parlerò a quattrocchi con lui.»

La sua espressione cambia radicalmente, il mio cuore invece si agita al solo pensiero.

Non so cosa rispondergli. In verità non mi aspettavo questa sua richiesta. Mordicchio il labbro inferiore e occhieggio su di lui.

«E cosa gli dirai?»

Stranamente arriviamo in fretta e posteggia nel parcheggio dell'università.

Tira il freno a mano e si volta verso di me.

La mano sinistra è ancora appoggiata allo sterzo, mentre con la mano destra mi sfiora la guancia.

Forse è nervoso, arrabbiato, irritato, non so con precisione cosa provi in questo momento, tuttavia mi lascio trasportare da quell'attimo, e lo guardo intensamente cercando di capire qualcosa in più.

Raziel si schiarisce la gola e i nostri occhi collidono in modo troppo potente, poi però la frase che rivela alla fine mi stronca.

«Che se ti tratterrà male, dovrà vedersela con me.»

13
Ascolta il tuo cuore

Raziel

Uscirà con Gaston, Ania andrà all'appuntamento con *lui*.
Non so bene quando, ma ha accettato di uscirci.
Ciò che però mi ha stranito è stato il fatto che ha chiesto a me di trascorrere il fine settimana con lei.

Non l'ha proposto a Gaston.

Ho accettato senza tirarmi indietro: ma perché ho bisogno di questo viaggio tanto quanto lei o per qualcos'altro?

Non saprei, tuttavia l'aver acconsentito è stato istantaneo.

Siamo appena arrivati e Gaston si trova in piedi sulle scalinate, circondato dal suo numeroso gruppetto di amici.

Li guardo noncurante perché l'unica che mi interessa è Ania, ed è un po' agitata.

«Non hai ancora risposto al messaggio?» Mi accosto al suo viso, senza invadere troppo lo spazio.

«Cosa gli dirai? Studierai con lui più tardi?»

Sto facendo tutte queste domande per cercare una risposta o per sapere davvero cosa succederà tra lei e Gaston?

Osservo ogni sua occhiata. Prima guarda in direzione di Gaston, poi si concentra sulle mani screpolate e dopo mi rivolge la sua più totale preoccupazione. Riesco a scrutare una visibile confusione.

Nonostante ci sia un chiaro caos nei suoi pensieri, la sua espressione è tenera e mentre la guardo mi viene in mente solo una cosa: Gaston non merita tanta dolcezza.

Da come si è presentato non sembra un tipo sincero, ma l'apparenza, il più delle volte, può ingannare.

Il mio istinto, però, non riesce a fidarsi di lui.

Stringo i denti per mantenere la calma. D'altronde Gaston ha tutto il diritto di uscire con Ania...

«Non lo so, Raziel. È tutto così strano.»

«Perché è tutto così *strano*?» Evito di pensare che il diretto interessato ci sta fissando con uno sguardo assottigliato.

Non siamo ancora scesi dalla macchina, vorrei conoscere i suoi pensieri, ma non è facile.

D'altronde sono il primo a non esporsi con nessuno, tanto meno con lei.

Sono io il primo a incuprisi ogni volta che arriva una telefonata indesiderata.

Tamburello le dita sul volante: Ania non è un libro aperto, ma mi piacerebbe che lo fosse.

È un ragionamento un po' egoista, anche se risulterebbe interessante scoprire i suoi pensieri e tenerla allo stesso tempo all'oscuro dei miei.

Ancora una volta lascia vaga la mia domanda e occhieggia verso il cruscotto elegante della macchina.

«È tardi, dobbiamo andare.»

Si affretta a legarsi i capelli e prima di scendere dall'auto con destrezza osserva l'esterno dell'edificio e incontra lo sguardo di Gaston, totalmente concentrato su di lei.

«*Ania...*»

Sta per aprire la portiera, ma l'afferro per il braccio prima di lasciarla andare.

Quel tocco sembra risvegliarla.

Restiamo un istante a scrutarci fino a quando il suono della mia voce interrompe quel leggero momento di intimità.

«Il tuo cuore saprà suggerirti, e ricordati che è l'unico ad aiutarti a distinguere ciò che è giusto da ciò che è sbagliato, ma devi saperlo ascoltare.»

La mia frase la stordisce. Chiude delicatamente le sottili palpebre e mi soffermo ad osservare le lunghe e seducenti ciglia scure.

Sento l'istinto di dovermi avvicinare, ma dopo qualche secondo riapre gli occhi e fa un bel respiro.

«Come si fa? Tu lo sai?» Domanda, del tutto interessata a questo argomento.

Né io né lei vogliamo interrompere questo momento.

«Portati una mano sul petto, proprio qui...» senza chiederle il permesso, le afferro la mano e la posiziono sul suo cuore.

Il silenzio scivola su di noi, leggero, non invasivo.

L'attimo in cui siamo avvolti ci rende rilassati, come se nulla fosse mai successo nelle nostre vite, come se tutti i miei incubi non esistessero e come se il mio cuore fosse privo di ogni senso di colpa.

Penso che anche lei si stia sentendo leggera come una piuma.

Forse il suo passato in questo momento le è scivolato via di dosso... rendendola nuda e lontana da ogni atto triste della sua vita.

«Cosa dovrei fare, adesso?»

Improvvisamente un angolo delle mie labbra si allunga più del previsto. «Devi ascoltarlo come se fosse un'onda del mare. Devi udire, attentamente, i fruscii del tuo cuore, evitando di assillarti con i pensieri, e così ti aiuterà, rivelandoti la risposta giusta.»

Sono sicuro che abbia afferrato il concetto, perché ne è rimasta incantata.

Forse non si aspettava da me tutto questo romanticismo e, in realtà, questa frase ha colpito anche me.

Dopo averle spiegato come fare, mi schiarisco la gola.

«Adesso possiamo andare», ritraggo la mano dal suo cuore proprio quando annuisce e abbassa lo sguardo.

«Possiamo andare?»

Piego la testa di lato e sogghigno: «Ho cambiato idea. Seguirò una lezione da non studente.» Mi sorride affascinata dal mio cambiamento e, senza aggiungere altre parole, apre la portiera, avviandosi verso i suoi amici.

La guardo da lontano e balzo giù dal sedile.

Come se non ci avesse disturbato per tutto il tempo da lontano con il suo sguardo appuntito e vigile, Gaston si avvicina.

«Ciao Ania», la saluta sfrontato, mentre lei stava per rivolgersi a Timo, Carlos e Merien.

«Ciao Gaston, ciao ragazzi», Ania scruta dietro Gaston e intravede i tre amici farle segno con le mani.

«Ehi, Raziel. Come va?» Boris è il primo a darmi una pacca sulla spalla.

«Ciao ragazzi, tutto bene, voi?»

Nel frattempo, tolgo gli occhiali da sole e li conservo dentro la borsa a tracolla.

«Giochiamo domani sera, ci sarai?»

Di riflesso punto gli occhi su Ania, che non mi evita.

Venerdì sera saremo insieme e non ho la minima intenzione di rovinare la gita che ha progettato per farmi rasserenare.

Gaston ci osserva molto attentamente mentre si passa una mano tra la barba incolta.

«Veramente questo venerdì...» non so cosa dire, ma lei con estrema naturalezza si intrufola nella conversazione e mi salva.

«Questo fine settimana saremo fuori città», lo rivela in modo diretto, deciso, senza peli sulla lingua.

Gaston le rivolge uno sguardo truce, come se stessero già insieme e la gelosia lo stesse scannando vivo.

«Voi *due*?» Si informa con voce turbata, so che dentro sta fremendo di rabbia.

Ania lo guarda e risponde con sincerità.

«Sì.»

«E dove andrete?»

«Nella mia casa di villeggiatura. Raziel ha bisogno di studiare e gli ho proposto un fine settimana fuori.»

Sento Carlos incuriosirsi, mi affretto a fargli capire di non intromettersi.

Per il momento non mi sembra il caso, dopo potrà chiedermi maggiori informazioni.

«Ho capito.» Gaston sembra non digerire questa novità. «E quando tornerai?» Continua con sguardo aguzzo.

Tornerai... ha usato il singolare.

«Domenica sera», rivela Ania incrociando le braccia al petto.

«Allora stasera ti passo a prendere e ti porto fuori a cena.»

L'invito spiazza tutti, ma forse Ania ha appena ricevuto un aiuto dal suo cuore perché non ribatte e non rifiuta la proposta. Ha ascoltato la mia metafora e tutto questo mi ha scosso più del dovuto.

«D'accordo, accetto l'invito.»

Aggrotto la fronte, senza un perché. Non riesco a capirne il motivo.

Vorrei intervenire, ma rimango immobile come un fesso ad ascoltare tutta questa assurda conversazione.

Lo guardo in cagnesco, poi quando mi accorgo dell'ora, mi giro senza proferire parola e mi incammino verso l'aula. Anche se avevo altri piani per stamattina, ovvero quelli di studiare per l'esame imminente, ho cambiato idea.

Ho bisogno di stare, in un modo o nell'altro, vicino a lei... avrà una lezione diversa da quella di Gaston ed è un bene, perché non saranno nella stessa aula.

Taciturno, continuo per la mia strada, ma nessuno mi sta seguendo.

Entro in aula e occupo il posto in prima fila, ma è proprio in quel momento che Gaston mi raggiunge e si siede accanto a me. «Ti interessa così tanto seguire la lezione da sederti in prima fila, *Gaston*?» Lo sbeffeggio e lui sorride, portando le braccia dietro la nuca e stiracchiandosi per far notare alle ragazze i suoi bicipiti.

«Volevo chiederti una cosa in realtà...»

Lo guardo sfrontato e ascolto con impazienza ciò che ha da chiedermi.

«Cosa?»

«Non ti dà fastidio il fatto che porti Ania a cena, stasera, vero?»

Sbotto in una risata amara, non sapendo nemmeno perché mi stia comportando in quella maniera ridicola.

«Assolutamente no!»
Faccio il duro e mantengo la calma.
«Ottimo, perché non sarà la prima volta che la inviterò a uscire con *me* e voglio che tu questo lo sappia.»
«E perché vuoi che lo sappia?» Rispondo a mia volta con voce pacata.
È vero... avrei dovuto fargli un discorsetto, ma sto aspettando il momento giusto per zittirlo definitivamente.
È appena entrato il professore, però continuiamo a parlare con moderazione.
«Perché abiti con lei», rivela con sincerità.
«E questo dovrebbe essere un problema?»
«Non è un problema, ma voglio mettere in chiaro una cosa: a me Ania piace e anche molto, Raziel, perciò evita di passare troppo tempo con lei.»
Ecco: la mia presenza è il suo problema.
Per me invece è la sua.
È un avvertimento sincero, non posso impedire la loro unione. Solo il destino potrà mettersi in mezzo, se vorrà.
«È tutta tua, Gaston, io sono solo un *ospite*», rettifico senza pensarci due volte, e si meraviglia.
«Oh, davvero? Ottimo...» non si alza dalla sedia, non si allontana dal posto, anzi, continua un'ultima volta la frase. «Allora abbiamo finito la nostra conversazione», ammette lusingato.
Sta per iniziare a seguire la lezione, ma lo interrompo.
«Veramente non abbiamo ancora terminato...» adesso è il mio turno.
Mi avvicino al suo orecchio, ignaro di avere gli occhi di alcuni studenti puntati addosso.
Gaston si accosta a me e ascolta attentamente le mie parole.
«Se la farai soffrire, Gaston, non avrai un lieto fine.»
Ci guardiamo con aria di sfida, poi terminiamo di parlottare a bassa voce.
Non so perché mi abbia innervosito il fatto che Gaston ha chiesto ad Ania di uscire proprio il giorno prima della nostra partenza, ma ho messo in chiaro le cose con lui e va bene così.
Se la farà soffrire non sarò clemente.
Lo guardo di sottecchi, credo che abbia afferrato il concetto.
Ma, in realtà, come mi sento?
Perché il mio cuore sta battendo impetuoso contro il mio petto come non succedeva da tempo?
Forse Ania ha ragione: questo fine settimana mi servirà, anzi ci servirà.
Non vedo l'ora di dedicarmi solo a me stesso.
E forse anche un po' a lei, nonostante non dovrei.

**

> Ci sono novità.

Un messaggio mi disturba mentre sto finendo di ripetere l'ultima parte della materia.

Questo esame mi sta distruggendo, ma non quanto la notifica che ho appena ricevuto.

Afferro il cellulare e visualizzo il testo, controvoglia.

Non ne posso più di questi messaggi.

Me ne sono andato proprio per non far più parte del mio vecchio mondo, però sembra che il passato non voglia lasciarmi in pace.

Dannazione!

> Non sono affari miei.

Invio e appoggio infastidito il telefono sul quaderno.

Questa sera non mi sento neanche in forma e non mi va di ricordarmi quelle che dovrebbero essere le mie priorità.

Anche perché, da qualche mese a questa parte, non lo sono più.

Anzi, a dirla tutta, dovrei pensare di più a me stesso, per questo ho deciso di iscrivermi in una palestra qui vicino.

Mi manca sudare, mi manca prendermi cura di me. Sono qui solo da poche settimane, ma non voglio perdere le mie vecchie abitudini.

Così, quando torneremo dal nostro weekend, andrò ad allenarmi come una volta.

> Sì che lo sono. In fondo, lo sai anche tu.

Il display si illumina un'altra volta e i ricordi si scaraventano contro di me.

Perché non mi lasciano in pace? Perché non mi lasciano respirare?

Non me ne frega niente, quindi perché queste parole dovrebbero col-

pirmi o farmi cambiare idea?
Scuoto la testa, anche se continuo a fissare quel messaggio.
Decido di non rispondere. Come se non bastasse, stasera Ania uscirà con Gaston e non parlo con lei da quando siamo tornati e non so cosa stia facendo di là, in camera sua.
La immagino spogliarsi lentamente e mettersi un rossetto neutro sulle labbra.
Non ama molto apparire, anche se potrebbe mostrarsi senza problemi.
Naturale è bella, delicata, ma con un po' di trucco potrebbe far perdere la testa a chiunque.
Stringo le palpebre per non pensare a fantasie malsane.
Dopo qualche minuto riprendo a studiare, o almeno ci provo fino a quando un altro messaggio mi fa spazientire ancora di più.

> Non puoi scappare per sempre.

Scappare?
Sbotto in una risata amara perché questi avvisi non stanno facendo altro che alimentare il mio nervosismo e il mio odio verso tutti coloro che hanno fatto parte della mia vita.

> Fanculo.

È l'ultimo messaggio che riesco a inviare perché, forse per casualità o per volere del destino, il mio cellulare si scarica.
Decido di lasciarlo spento, così non mi infastidirà più.
Ho la testa piena di pensieri, di rimorsi, di fiamme che ardono, mi sta scoppiando, ma è tardi per uscire.
Vorrei chiedere a Timo e a Carlos di vederci, però il cellulare è andato a farsi fottere e non ho proprio intenzione di accenderlo.
Cautamente decido di riconcentrarmi sullo studio nonostante il mio pensiero sia altrove.
Qualche minuto dopo chiudo il libro perché la concentrazione è andata.
E lo so qual è il problema: l'uscita di Ania con Gaston.
Non posso mentire ai miei pensieri.
Non vuole essere accompagnata, ma se le succedesse qualcosa? Se avesse bisogno di aiuto?

L'idea di spiarla mi passa per la mente, solo che non me lo perdonerebbe mai, quindi l'accantono e cerco di concentrarmi su altro.

Prendo l'unico libro, impolverato, che ho notato sullo scaffale della scarna libreria di fronte al letto e inizio a leggere.

Niente. Non funziona.

Anche se è tardi, ho bisogno di rasserenarmi.

Con gesto automatico mi spoglio, e nudo faccio una doccia.

Spengo la luce del bagno e rimango al buio più totale, sommerso dall'acqua che scende fredda sulla mia pelle.

14
Resto qui

Ania

Sono turbata e impensierita.
Sto per uscire con Gaston e non so se sto bene vestita in questo modo. In realtà non so neanche perché ho accettato.

Domani partirò con Raziel e, in questo momento, sto pensando solo alla nostra vacanza insieme, ma è anche vero che sono abbastanza confusa per questa uscita.

Mi guardo allo specchio e non posso fare a meno di imbarazzarmi.

I miei occhi valutano la mia immagine riflessa e sono costretta a esaminarmi proprio perché non mi convince niente.

L'incertezza dentro di me non va a mio favore e mi innervosisco ancora di più.

Per smorzare questo mio senso di angoscia, studio più volte la camicetta rosa e i pantaloni che ho scelto.

Non voglio vestirmi provocante, non con Gaston o, almeno, non per questo strano appuntamento.

Indecisa più che mai, mi mordo il labbro e istintivamente mi reco verso la porta per abbassare la maniglia.

Sto per compiere un'assurdità, ciononostante il mio cuore sta accelerando contro il mio petto e indietreggio di qualche passo.

Perché voglio andare da lui? Perché ho bisogno dell'opinione di *Raziel*?

Aggrotto la fronte e guardo la porta con titubanza.

Solo qualche istante dopo, ascolto il mio cuore. A passi decisi, mi dirigo nella stanza degli ospiti e busso piano, sperando che lui sia in casa.

La sua voce mi dà il permesso di entrare. Per timore di interrompere qualcosa, indugio sulla soglia e conto fino a dieci.

Con il cuore a mille apro la porta e rimango immobile ad ammirare la sua bellezza: indossa un accappatoio blu e i capelli sono tutti bagnati e scompigliati.

Lo guardo senza sbattere le ciglia. Cerco di respirare e di riprendere fiato.

«Stai uscendo?» Si volta verso di me con la sua semplicità e spazzola i capelli con la mano per mandar via l'acqua in eccesso.

Varie goccioline cadono sul pavimento, una arriva fin sopra il mio naso e la scosto immaginando che sia lui a compiere quel gesto...

Anche in accappatoio, Raziel è ammirabile.

Nessun pittore riuscirebbe mai a realizzare, con dedizione e precisione, una scultura simile alla sua originalità.

L'espressione dei suoi occhi non potrebbe mai essere ricreata alla perfezione. È unico.

«Sì, ma tornerò presto. Sono venuta a chiederti se l'orario di domani mattina è confermato», annuncio, sperando che questa serata passi velocemente.

Raziel mi sorride in modo adorabile e conferma la mia richiesta.

In tutto ciò, non riesco a capire il perché sia così sereno.

Certo, in macchina mi ha aiutata e mi ha detto di ascoltare il mio cuore, ma allora perché mi sento così strana? Cosa mi sarei aspettata? Che si ingelosisse?

«Okay. Allora buona serata...»

Sta per voltarmi le spalle ed entrare in bagno, ma lo richiamo perché voglio la sua attenzione.

«Raziel?»

«Sì?» Si disordina una seconda volta i capelli e io cerco di non soffermarmi troppo sui movimenti che compie.

I suoi occhi diventano più ombrosi e piega la testa di lato. Nel suo tono asciutto sento un leggero senso di disturbo; forse è solo la mia immaginazione.

«Puoi dirmi come ti sembro vestita così?»

Quasi non ci crede che gli abbia chiesto un parere, però faccio un sorriso per smorzare l'imbarazzo creatosi di nuovo tra di noi.

Mi osserva concentrato.

«Stai bene. Per Gaston sarai bellissima», aggiunge con riluttanza.

Trangugio le sue amare parole e annuisco; continua a fissarmi in modo serio, senza accennare nessun sorriso.

«Grazie per la tua sincerità», mi fisso le mani imbarazzata e dentro di me faccio una piccola smorfia.

Non riesco a indietreggiare, anche se già è tardi e Gaston sarà qui a momenti, io proprio non riesco a girarmi...

Non voglio lasciarmi indietro il lampo nei suoi occhi, non desidero compiere qualcosa di cui poi potrei pentirmi.

Non so perché, mi sento strana e vorrei restare a parlare un altro po' con lui.

A un tratto si avvicina e la sua mano lambisce la mia guancia.

Mi stupisco perché non mi aspettavo un simile gesto da parte sua. Prima era così serio, ora, invece...

«Dovresti andare. Gaston sarà qui a momenti.» Come mai ho l'impressione che il suo tono di voce voglia farmi comprendere il contrario?

Vorrei appoggiare la mia mano sul suo palmo e chiedergli di spiegarsi meglio, di parlare con il cuore, non con la bocca.

Le frasi che molte volte pronunciamo non corrispondono alla realtà e magari i toni possono risultare ingannevoli.

Vuole davvero che vada via?

Come può essere così complicato dire a qualcuno ciò che si prova realmente?

I pensieri dovrebbero essere un flusso di parole semplici da poter dire a voce alta, invece, delle volte, si mischiano alle nostre emozioni, impedendone la rivelazione.

«Le ragazze si fanno attendere», mormoro, rivelandogli un piccolo sorrisetto sulle labbra.

Getto di botto quella frase per fargli capire di più, ma lui sorride come un vero gentleman.

«Alcuni ragazzi potrebbero spazientirsi. Non farlo aspettare», mi consiglia.

Quelle parole arrivano dritte al mio cuore e quasi le maledico, mi sforzo di controllarmi e di non pensare negativamente.

Come se non ci fossi rimasta male, annuisco, e giusto in quel momento squilla il cellulare.

Apro la borsetta e raccolgo l'aggeggio disperso in quel fondo pieno di roba. Faccio un respiro profondo quando leggo il nome di Gaston.

Non rispondo davanti a lui, indietreggio e lo saluto con un sorriso e con uno sguardo che dice tutto.

«Buona serata, Ania.»

Le sue ultime parole risuonano chiare, e mi dirigo verso la soglia perché altrimenti potrei tirare fuori mille discorsi e restare altro tempo lì, con lui, però Gaston mi sta aspettando e devo raggiungerlo.

A passo spedito mi reco in salone.

«Dove vai tesoro?» Papà mi richiama dalla cucina.

È seduto a leggere un giornale, mentre la mamma sta preparando la cena.

Forse, per la prima volta dopo tanti mesi, stanno cenando a casa.

In realtà sono tentata di disdire l'appuntamento e di restare con i miei genitori e Raziel, anche perché l'indomani partiamo, ma so che Gaston non la prenderebbe bene.

Scaccio via quei pensieri e rispondo alla domanda di papà, che chiude il giornale per ascoltarmi con attenzione.

«Ehm... sto uscendo con un mio amico, tornerò presto», rivelo la verità senza troppo entusiasmo e mamma mi guarda, stranita dalla mia risposta.

Mantengo lo sguardo basso sulle mie mani e, al tempo stesso, la grande donna che si è sempre presa cura di me, si avvicina.

«Non devi partire con Raziel, domani mattina?» Cerca di occhieggiare verso la finestra per intravedere la macchina di Gaston e, nella mia mente, spero con tutta me stessa che non sia venuto in moto.

«Sì, infatti tornerò presto. Ve lo prometto, non farò tardi. Posso andare?»

«Come si chiama questo tuo nuovo amico?»

«Gaston! Adesso è tardi e...» rispondo frettolosamente per evitare mille domande, ma papà non si lascia sfuggire nulla e si alza per raggiungerci.

«Perché non lo fai entrare?» Pronuncia con un tono insolito.

In un istante immagino l'incontro tra papà e Gaston, e la ramanzina dell'uomo che mi ha cresciuta.

Sto per dire qualcosa, ma la voce di Raziel, sincera e profonda, sovrasta la mia.

«È un ragazzo in gamba. Lo conosco. Non si preoccupi, signor Ferrer.»

Papà si volta verso il nostro ospite e alle sue parole si tranquillizza. Per di più, pare aver cambiato idea e mi rivolge uno sguardo abbastanza convincente.

Guardo Raziel un po' torva, ma non lo contraddico.

«Oh, se Raziel lo conosce allora va bene... puoi andare, non scordarti di mandami di preciso la posizione del locale in cui andrete. D'accordo?»

«Sì, papà, tranquillo», lo saluto con un bacio sulla guancia.

I minuti passano e quando sento vibrare un'altra volta il telefono, percepisco che Gaston si sta infastidendo.

Mamma, papà e Raziel si voltano verso di me.

«Io dovrei andare... agli uomini non piace attendere le donne!» Esclamo quelle parole guardando Raziel con un'espressione accigliata.

Mamma e papà mi salutano senza far trascorrere altri minuti.

Dopo averli salutati a mia volta, afferro il giubbotto elegante che ho scelto per la serata e mi dirigo verso la porta.

Prima di abbassare la maniglia rivolgo la mia attenzione a Raziel.

Non mi va di uscire arrabbiata con lui. In fondo è stato gentile a prendere le difese di Gaston davanti a papà e perciò gli mimo un "grazie" labiale.

Ricambia piegando la testa di lato. Sicuramente passerà la serata insieme ai miei genitori e quasi mi sento in colpa per non essere lì con loro.

«A domani», rivelo per temporeggiare e non uscire subito.

Mamma apre la porta al posto mio, come se adesso non vedesse l'ora di mandarmi all'appuntamento con Gaston.

Sia papà che mamma, hanno capito che in realtà è il mio primo appuntamento, perché prima dell'arrivo di Raziel non sono mai uscita con nessuno e loro sono al corrente di tutto ciò che succede nella mia vita.

Lo sanno perché siamo complici e ci riveliamo ogni cosa.

È arrivato il momento di uscire di casa e dirigermi verso il mio accompagnatore. Per un'ultima volta stringo i denti e guardo papà far compagnia a Raziel.

Più precisamente guardo il di dietro di Raziel.

Osservo le sue spalle ampie, i suoi capelli un po' umidi e il suo profilo modellato. Boccheggio perché è veramente ammaliante, ma devo sbrigarmi. La serata con Gaston mi attende e sarà movimentata.

Finalmente esco e lancio uno sguardo verso la Ferrari rossa fiammante posteggiata davanti il cancello di casa mia.

Rimango sbalordita perché non mi aspettavo che avesse una macchina del genere, ma dal tipo di moto dovevo aspettarmi un lusso sfrenato da parte sua. Mi affretto e incedo verso di lui con passo malfermo.

Non posso più retrocedere.

Non posso più cambiare la mia decisione.

Ormai ho accettato e devo uscire con lui.

**

«È stata una bella serata, Gaston, grazie.»

«*Ma?*»

Non è assolutamente vero. La serata è stata noiosa al limite della mia sopportazione e finalmente ci ritroviamo davanti il cancello di casa.

Per tutta la cena non ho fatto altro che pensare a Raziel e al nostro viaggio e me ne pento, però è successo, e adesso Gaston ha inserito il *ma* alla fine della mia frase.

«Sei un po' strana da quando sei andata in bagno, c'è qualcosa che non va? Oppure ho detto o fatto qualcosa di sbagliato?»

Scuoto la testa mentendo alla grande, perché Gaston è stato prolisso per tutto il tempo e ha parlato per il settanta per cento di lui e della sua vita perfetta.

«No. Va tutto bene, Gaston. Sei stato fantastico stasera, solo che per il momento io...» giocherello con le dita per l'agitazione.

Senza che me ne renda conto il mio sguardo saetta sulla finestra di Raziel.

Gaston mi osserva e prepotentemente continua la conversazione.

«Tu, *cosa*?»

Come faccio a dirgli di non voler più uscire con lui e che non ci sarà un secondo appuntamento?

Lui si gira di fianco per guardarmi meglio.

Deglutisco il groppo in gola e sfrego le mani sulle ginocchia per il nervosismo.

Da abilissimo osservatore se ne accorge, e blocca il mio movimento con la sua mano.

«È per lui che ti sei spenta da un momento all'altro?» Proietta il suo sguardo verso la luce accesa e indica con il dito la finestra di Raziel.

Non osservo il punto che mi ha mostrato perché penserei solo a correre da lui.

«No, cosa stai farneticando...»

Mi rivolge uno sguardo afflitto: «E allora perché ho l'impressione che tu non voglia più uscire con me?»

Ha afferrato perfettamente il concetto e mi sento una stronza nel mollarlo in questo modo, senza un bacio della buonanotte.

«Ecco...» mi impappino, ma subito riprendo il filo del discorso.

«Non penso che per il momento sia giusto, Gaston. Perdonami, non voglio illuderti.»

Il mio accompagnatore si allontana, quasi sconfitto.

Non si aspettava di certo che la nostra serata avrebbe preso una piega del genere, e neanche io.

Sospira e si passa una mano tra i capelli, certamente frustrato.

Il suo sguardo è perso sulla strada parzialmente illuminata dai fari della macchina.

L'ho illuso. Sono stata maleducata, avrei dovuto annullare sin da subito il nostro appuntamento, però non ci sono riuscita.

Volevo scoprire se tra noi due potesse esserci altro, una scintilla particolare... evidentemente mi sono sbagliata.

«Gaston... non volevo che andasse così, ma...»

Senza farmi aggiungere altro rivela un sorrisino sghembo.

«Va tutto bene, Ania. Siamo usciti, però tu non sei sicura e non posso di certo obbligarti a trascorrere altre serate in mia compagnia. Anche se lo vorrei...» risponde ammiccando, forse per nascondere la delusione che sta provando in questo momento.

Lo comprendo.

Sostiene il mio sguardo e, questa volta, non m'imbarazzo.

«Amici?» Mi porge la mano, e il gesto spontaneo mi fa capire di non stare commettendo un errore.

Gaston potrebbe essere il ragazzo perfetto e lo sto allontanando dal mio cuore senza un'ovvia ragione. D'altro canto, non sono dispiaciuta.

La mia risposta risulta istintiva e quando gli stringo la mano per accettare la sua richiesta, sorridiamo entrambi.

«Amici», decido senza pentirmene.

«Divertiti questo weekend. Ci vediamo a lezione, d'accordo?»

«Certo e grazie, Gaston. A presto.»

Gli rispondo in maniera molto vaga e mi lascia andare.

Sono felice che non ci sia rimasto male, tuttavia quando mi dirigo verso casa, per una strana ragione, sento le gambe tremare.

Raccolgo la chiave dalla borsetta e apro la porta senza far rumore.

È notte fonda e i miei stanno già dormendo.

Fuori non c'è vento e l'aria frizzantina di prima si è calmata. Superato l'atrio mi avvio verso la mia stanza.

Mi mordo la guancia pensosa: ho fatto bene a rifiutare le avance di Gaston? Come si comporterà da ora in poi quando mi vedrà?

Spero solo che non farà strane battute o che non dirà in giro cose fittizie sul nostro conto.

Una volta raggiunta la soglia della camera, tolgo le scarpe e le abbandono vicino la valigia.

Mi massaggio la pianta del piede e mi siedo sul letto a rimuginare sulla serata.

Ho fatto la scelta giusta. Ripeto a me stessa, convincendomi del tutto.

Gaston è molto carino, attraente, simpatico, ma stasera non volevo che scattasse il fatidico bacio.

Non mi sentivo pronta soprattutto perché, durante la serata, ho avuto altri pensieri in mente.

Pensieri che hanno sconvolto persino me.

Pensieri che riguardano in primis il viaggio di domani e la compagnia di Raziel.

Non vedo l'ora di conoscerlo meglio, di parlare con lui, di vederlo ridere.

Non so perché, ma qualcosa mi dice che questo viaggio ci farà bene, magari scopriremo di avere tante cose in comune.

Con le guance imporporate e con i pensieri ancora in subbuglio, prendo il cellulare e leggo i messaggi dei miei amici.

Carlos vuole sapere com'è andata la serata con Gaston.

Ovviamente tutti sapevano della nostra uscita perché mi ha invitata davanti "*al mondo intero*".

> **Carlos:** Allora, com'è andata?

Mi affretto a rispondere con la semplice verità.

> **Ania:** Friendzonato.

Inizio a ridere.
Non per vantarmene, ma sì, ho *friendzonato* Gaston: il bel moro dagli occhi blu notte.
Lui capirà e sono sicura che, domani, avrà un'altra a cui chiedere di uscire.

> **Carlos:** Are you serious?

Mi risponde con una nota vocale in inglese, per farmi capire quanto la sua pronuncia stia migliorando.

> **Ania:** Sì. Poi ti racconterò tutto. Adesso dormo, domani mi attende il viaggio.

Sto per togliermi la maglietta quando, contemporaneamente al suono del messaggio di Carlos, qualcuno bussa alla mia porta.
Mi volto agitata, per fortuna è chiusa e perciò ho il tempo di vestirmi.
Subito sciolgo i capelli e mi rendendo conto di avere le mani sudate.
Faccio un bel respiro e abbasso la maniglia senza far passare altri secondi.
Quando mi ritrovo Raziel in pigiama davanti ai miei occhi, penso a una miriade di cose.
Cose che non riesco a raccontare neanche a me stessa. Cose che rimangono nascoste nella parte più intima del mio cuore.
Cose che, però, vale la pensa pensare.

«Ciao, sei rientrata. Ho sentito dei rumori e volevo accertarmi che stessi *bene*.»

Mi si sta sciogliendo il cuore. La voce di Raziel riecheggia bassa e rauca intorno a me.

Vorrei invitarlo a entrare, ma so che se lo faccio non dormiremo, ci metteremo a parlare e l'indomani non saremo in grado di viaggiare.

«Sì, sono tornata da poco. Scusami se ti ho svegliato.»

Bellissimo come sempre, nonostante abbia gli occhi assopiti, scuote la testa con un lieve sorriso.

«Non preoccuparti. Va tutto bene?»

I miei piedi lo raggiungono.

«Sì, va tutto bene», riferisco, ritrovandomi a un passo dal suo viso.

Il nostro spazio è quasi inesistente, sento persino il battito del suo cuore.

«D'accordo, allora… ci vediamo domani?»

Gli rispondo felice e imbarazzata allo stesso tempo.

«Sì. Ci vediamo domani.»

«Buonanotte, Ania.»

«Buonanotte, Raziel.»

Si allontana senza fretta, lentamente, con le mani dietro la schiena e lo sguardo fisso sul pavimento.

Lo scruto con attenzione perché mi ha voltato le spalle e non può guardarmi in faccia.

Perché mi sembra inesorabilmente troppo lontano? Perché sento che tra di noi ci sia un oceano invalicabile?

Appena scompare dalla mia vista, agitata mi porto una mano sul cuore.

Anche se mi ha solo dato la buonanotte, la mia felicità è alle stelle.

Raziel

Ho preso sonno soltanto per qualche ora perché ho passato la serata a pensare, a pensare e a ripensare, e quando Ania è rientrata non ho resistito e sono andato a vedere se stesse bene.

In realtà volevo chiederle come fosse andata l'uscita, ma mi sono trattenuto perché l'ho vista diversa.

Quando l'ho guardata, ho notato immediatamente le sue pagliuzze negli occhi più luminose.

Come se non mi importasse del suo appuntamento, le ho dato la buonanotte e sono tornato in camera.

Adesso mi sento un coglione perché se fossi rimasto da lei magari avremmo parlato, però il viaggio di domani ci attende e non voglio sentirmi stanco.

Così, mi distendo sul letto e appoggio la testa sulla spalliera.

Prima di provare a dormire, afferro il cellulare.

Come Ania ben sa, sono un ragazzo di altri tempi, ma questo non vuol dire che non controllo cosa stia succedendo in quel mondo che mi sono lasciato alle spalle.

Mi reco sul profilo social di mia sorella e con il dito esamino le recenti foto pubblicate.

Risalgono a qualche settimana fa, a poco prima che partissi, e mi sembra molto strano il fatto che non abbia aggiunto altre immagini.

Lei è dipendente da questi social, così come lo sono gli *altri*...

Per gli altri mi riferisco ai miei amici che ho conosciuto il primo anno di liceo: Jov Cras e Yago Dartaz.

Non li sento da quando sono partito e non devo cedere. Non posso. Me ne sono andato, loro se ne sono fatti una ragione.

Inoltre, solo evitandoli potrò continuare ad andare avanti.

Forse...

Anche se non devo, il mio dito si posiziona su uno dei due nomi: Jov Cras, il mio migliore amico.

È un ragazzo in gamba, un'atleta che passa la maggior parte del tempo a concentrarsi sul suo sport preferito: il tennis.

Il mio dito indugia, ma poi non riesce e cede: si ferma su una foto in particolare, la ingrandisco e quando la guardo dei ricordi iniziano a tornarmi in mente.

In questa foto, che risale esattamente a cinque anni fa, Jov ha i capelli più corti di ora, di un rosso scuro. I suoi occhi sono lucenti e dello stesso colore del sole.

Accanto a lui mi trovo io, alto, ma meno muscoloso e poco sicuro di me. Negli ultimi anni il mio comportamento è cambiato, sono maturato, e determinati eventi mi hanno reso ciò che sono, ma quei ricordi faranno sempre parte della mia vecchia vita.

Faranno sempre parte di me.

In questa foto siamo dei liceali, ignari di quello che la vita ci avrebbe regalato, ma contenti per come stava andando tutto alla perfezione.

In questa foto, però, non siamo soli.

Alla mia destra c'è Yago, l'altro mio migliore amico, con uno sguardo accattivante, un sorriso furbo e una capigliatura più ordinata della nostra.

Ha degli occhi verdi e dei capelli scuri come il mare di notte. Siamo tutti e tre dei bei ragazzi, i più ambiti del nostro quartiere, però c'è sempre un *ma*...

Questo *ma* fa così tanto male al mio cuore che non riesco a raccontarlo a voce alta.

Stringo il telefono in mano, soprattutto perché i ricordi riaffiorano e iniziano a farmi bruciare il petto.

Non adesso, non adesso, non adesso.

Un rumore incessante si fa strada nella mente senza spegnersi, ed è più forte di me.

Porto le mani alle tempie e congiungo gli occhi per non pensare, tuttavia non ci riesco.

Non oggi per favore.

Non oggi.

È tutto inutile, il mal di testa atroce non mi lascia in pace.

Maledizione, lo sapevo! Lo sapevo che non dovevo guardare i ricordi.

Lancio sul letto il cellulare, e provo a respirare piano, lentamente.

Il mal di testa si affievolisce di colpo, come se non fosse mai avvenuto, come se non mi avesse sfracellato la mente in mille pezzi, e mi calmo.

Cerco di alzarmi dal letto, senza far rumore, e di riprendere fiato, avendo ancora il respiro troppo affannato.

Quando mi avvicino alla finestra, il mio riflesso si rispecchia contro il vetro scuro e tocco la fronte imperlata di sudore.

Devo stare calmo, devo cercare di rimanere vigile e non perdere la lucidità.

Asciugo il sudore, appoggio le mani sulla scrivania e stringo forte i denti per non ricadere nella trappola del passato.

Sono solo, devo ricordarmi queste parole.

Sono solo e nessuno può più salvarmi.

Nessuno può riportarmi indietro.

Nessuno può fermare il tempo.

Nessuno.

Devo farmene una ragione e darmi forza.

Domani sarà un nuovo giorno e l'oscurità, almeno per un po', scomparirà dal mio cuore.

Devo lasciare i demoni del passato lontano dal mio presente.

Devo dormire serenamente per non peggiorare.

Sono cosciente, so cosa sto passando, so benissimo cosa servirebbe, ma sono forte e non devo ritornare a casa.

Non lo farò.

Ho deciso di andarmene, di cambiare aria, e resterò qui fino a quando non mi sentirò meglio, fino a quando il sole non riscalderà il mio cuore. Fino a quando la notte non si allontanerà, fino a quando i miei occhi non vedranno con chiarezza, fino a quando la mia vita sarà libera da tutta questa amarezza.

Io resto qui.
Ho già deciso.
Non me ne vado.

15
In viaggio con i fantasmi del passato

Ania

S tiamo viaggiando da un po' e Raziel ha l'aria sciupata, forse non ha riposato bene.
Sposto lo sguardo sul suo profilo e lo vedo sbadigliare una terza volta.

Decido di abbassare il finestrino e di far entrare l'aria per svegliarlo, ma quello che ci serve in realtà è un buon caffè.

«Tra cinque minuti, proprio sulla destra, si trova una stazione di servizio. Ti va un caffè?» Propongo, cercando di capire il perché non abbia dormito bene.

Annuisce e la sua espressione si rasserena.

La viuzza che porta verso l'ingresso della stazione è piccola e a senso unico. Per di più i posti sono tutti occupati.

Gli suggerisco di aspettarmi in macchina, perché in questo modo Raziel girerebbe invano e non ha senso, sprecheremmo solo tempo.

Ma lui scuote la testa.

«No! Aspettiamo un minuto, vediamo se si libera qualche posto, voglio farti compagnia», annuncia speranzoso. Strabuzzo gli occhi e mi ribello alla sua idea.

«Raziel... non c'è bisogno, torno subito, non preoccuparti», cerco di tranquillizzarlo.

Questa volta il mio compagno di viaggio mi sorride e io mi trattengo con tutte le mie forze per non accarezzargli la guancia.

«D'accordo, allora ti aspetto qui, però se trovo un posto ti raggiungo», dichiara risoluto.

Prima di slacciare la cintura, gli rivolgo uno sguardo rassicurante. Quando finalmente decide di lasciarmi andare da sola, mi avvio verso l'ingresso del piccolo locale ubicato alla nostra destra.

Una volta varcato l'ingresso, l'odore di ciambelle appena sfornate mi fa venire l'acquolina in bocca e rimango a fissarle per svariati minuti.

Devono essere buone: sicuramente a Raziel non dispiacerebbe l'idea di accaparrarsene una.

Con un sorriso a trentadue denti ne scelgo quattro e, successivamente, al ragazzo simpatico dietro il bancone domando due caffè da portar via.
Mi sorride amichevolmente, poi con manualità mi porge entrambe le confezioni.
Lo ringrazio ed esco dal locale, contenta e affamata.
A casa non abbiamo avuto tempo di fare colazione perché ci siamo svegliati più tardi del previsto e il tragitto è lungo, dunque sono felice di averlo convinto a fermarsi per un caffè.
Rientro in macchina e sento un borbottio provenire dalla mia pancia. Cerco di nasconderlo con la mia voce.
«Eccomi!»
«Wow, le ciambelle. Mi hai letto nel pensiero?» Sogghigna. Si sporge in avanti per aiutarmi.
«Non abbiamo fatto colazione, non potevo lasciarle lì.»
Raziel sorride e appoggia la mia saggia scelta. Non mette subito in moto, rimaniamo in macchina a mangiare.
Sono impaziente di scoprire se gli piacciono o meno.
Ho preso due ciambelle semplici e due con la glassa al cioccolato.
So che adora il cioccolato, proprio come me, e non ho resistito.
«Ciambelle al cioccolato. Vedo che stai iniziando a conoscermi bene, *Ania*», il suo sussurro gutturale e sexy mi provoca dei brividi lungo la schiena e proprio in quel momento la mia goffaggine si presenta senza pietà.
La ciambella cade dalla mia mano, ma il riflesso di Raziel l'afferra prima che possa sfiorare il tappetino della macchina.
«*Grazie…*» rivelo stordita e abbasso lo sguardo sulla ciambella spaccata a metà.
Raziel afferra l'altra dal pacchetto.
«Vuoi fare cambio?» Chiede, indicando la ciambella intera con quegli occhi scintillanti.
Appena me la porge, le nostre dita si sfiorano: arrossisco senza contenermi.
Celo l'imbarazzo soffermandomi a guardare le dita massicce che premono sulla ciambella e scuoto la testa più per la vergogna che per la risposta da dargli.
«D'accordo, allora ti lascio mangiare la ciambella spezzata a metà!» Esclama, con il suo affascinante ghigno.
In un boccone finisce il suo dolce, mentre il mio è ancora tutto lì.
Raziel riparte, sfrecciando verso la nostra destinazione, mentre io mi metto comoda, mangio la ciambella e mi soffermo a pensare a quanto sia fantastico.

In questo preciso istante la sua vista è persa nel vuoto. È così concentrato che a volte penso a quanto l'orizzonte sia fortunato nel poter avere a disposizione tutta la sua attenzione.

Ho fatto proprio bene a proporgli questo viaggetto, deve svagarsi.

Sta studiando tanto e stanotte non ha riposato bene. L'ho intuito dal suo sguardo languido e mi viene da pensare che il motivo sia sempre l'esame che dovrà affrontare in modalità telematica.

Volge uno sguardo verso di me, picchiettando le dita sullo sterzo.

È nervoso? A cosa starà pensando?

Decido di smettere di rimuginare troppo sui suoi pensieri e gli porgo una domanda: «Va tutto bene?»

Si massaggia il mento con la mano sinistra e annuisce.

«Sì, sono solo un po' stanco.»

La risposta è tentennante, ma non aggiungo altro.

Non voglio insistere, voglio soltanto arrivare e godermi la mia bella casa di villeggiatura.

Fortunatamente non stiamo trovando confusione e circoliamo sulla strada senza intoppi.

Dopo aver finito di mangiare, rimango in silenzio e penso al fatto che Raziel non mi abbia domandato della cena di ieri sera e non capisco il perché.

Non è curioso di sapere com'è andata tra me e Gaston?

Al solo pensiero di quella domanda da parte sua, il mio cuore palpita più forte.

Di solito tra amici si chiede come si è trascorsa la serata, così come ha fatto Carlos tramite messaggi prima che Raziel bussasse alla mia porta.

Indugio, giocherellando con le mie dita.

«Tu stai bene?» La sua domanda, finalmente, mi dà una speranza.

«Sì, grazie.»

Vorrei dirgli che sono emozionata all'idea di trascorrere tre giorni in sua totale compagnia, ma non ci riesco.

Un lievissimo piacere si insinua in un posto troppo intimo e unisco le cosce per cercare di controllarmi.

Raziel continua a tenere gli occhi ben saldi sulla strada, senza deconcentrarsi.

Volutamente lo fisso: ha una guida attenta e precisa, non teme le macchine che sfrecciano accanto a noi e non supera i limiti di velocità.

«Guidi molto bene, sai?»

A quella domanda noto i tendini del suo collo irrigidirsi e i suoi occhi assottigliarsi. Inizia a tamburellare le dita sullo sterzo.

«Sì, lo so», risponde, stringendo le mani sul volante.

Il mio sguardo solerte si posa di nuovo sull'ambiente esterno.

Ammiro con attenzione la via che ci condurrà alla destinazione desiderata e incrocio le dita per l'irrequietezza che sento dentro di me.

Il paesaggio è immenso, la strada dritta di fronte a noi scorrevole e larga. I grattacieli laterali sfoggiano la loro importanza.

Il centro balneare in cui sto portando Raziel si chiama *Mar del Plata*, eloquentemente soprannominato come "la città felice".

È una località turistica famosa e davvero accogliente, rinomata per le sue preziosissime spiagge sabbiose che incantano i visitatori, e anche gli abitanti del luogo.

I mesi più consigliati per rilassarcisi di solito sono gennaio e febbraio.

«A cosa stai pensando?» Chiede a un certo punto.

Questa volta il braccio sinistro è appoggiato sulle sue ginocchia e la mano destra tiene il volante con dimestichezza.

«Al fatto che sono contenta», ammetto con voce gonfia dall'emozione.

Raziel inarca il sopracciglio e mi guarda affascinato.

«Per cosa saresti *contenta*?»

Magari, adesso, mi chiederà di ieri sera…

«Per il fatto che trascorreremo dei giorni in assoluto relax», parlo più in fretta per evitare di far trapelare altra emozione dalla mia voce, che spero non si incrini.

Volta di scatto la testa verso di me: «Non sei dispiaciuta perché non vedrai Gaston per tre giorni?» Nella sua domanda allusiva sento una leggera ironia e *curiosità*.

Sgrano gli occhi e sbatto le palpebre più volte. «Perché dovrei essere dispiaciuta?»

«Beh, ieri siete usciti insieme…» un brivido mi scuote il cuore.

Gli lancio un'occhiata mentre riappoggio la schiena contro il sedile.

Sebbene non mi sia avvicinata, ho desiderato per un istante stringergli la mano.

Ho immaginato il calore della sua pelle rovente, perché il contatto di quando le nostre dita si sono sfiorate non l'ho dimenticato.

S'inumidisce le labbra, continuando a lanciarmi occhiate per nulla indiscrete.

Per il momento non gli dirò che io e Gaston non avremo altri appuntamenti galanti perché mi piace quando mi porge queste domande.

«È andato bene… Gaston è stato molto carino», rivelo, ammiccando.

Si gira per un secondo verso il finestrino, poi riporta l'attenzione alla strada.

«Non è incazzato nero perché hai scelto di portare *me* nella tua casa di villeggiatura, anziché lui?» La sua domanda è tagliente e adesso mi sento in trappola.

Che lo stia facendo apposta per trarmi in inganno? Cosa vorrebbe sentirsi dire?

Non gliela darò vinta, non gli farò credere che Gaston è geloso di lui, anche perché non ha il diritto di sapere sempre tutta la *verità*.

«No, anche perché ci sentiremo spesso in questi giorni...»

Le parole mi fuoriescono dalla bocca senza pensarci e le espongo in maniera calma, come se non stessi mentendo affatto.

Con la coda dell'occhio scruto il suo profilo, che mi incanta ancora una volta.

La sua perfezione non mi stanca mai: i suoi occhi sono più vispi di prima, le sue labbra sono perfettamente modellate, gli zigomi sono alti, la mandibola non è troppo pronunciata. Le sopracciglia sono folte e piene di nero.

«Ho capito...» in questo momento le vene sul suo collo si gonfiano e mi mordo il labbro di nascosto perché forse sono riuscita a farlo ingelosire.

E perché la sua gelosia dovrebbe rendermi contenta?

Improvvisamente mi piego in avanti per recuperare il cellulare dalla borsa. Ci sono pochi messaggi, tutti da parte di Carlos e Timo. Raziel scruta i nomi dei mittenti senza curarsi della privacy.

«Vedo che non ti ha ancora scritto. Che peccato», mi rivolge un sorriso canzonatorio mentre riabbasso lo sguardo sul cellulare.

Questa bugia non durerà a lungo, ma per il momento faccio spallucce.

«Scriverà», pronostico. Non so perché ho iniziato questo giochino con lui, però mi va di portarlo avanti.

Forse per vedere la sua reazione o forse per capire cosa prova il mio cuore.

***

«Siamo da due ore in viaggio, ti va se facciamo una pausa? Ho bisogno di sgranchirmi le gambe», rivela sbadigliando.

«D'accordo. Tra un quarto d'ora vedremo un'altra stazione di servizio alla nostra destra, potremmo accostare lì.»

«Sì, va benissimo.»

La musica di sottofondo ci accompagna per altri minuti fino a quando non giungiamo allo spiazzo del distributore.

Ho bisogno anche io di sgranchirmi le gambe, per di più necessito di andare in bagno e di comprarmi una bottiglietta d'acqua.

Raziel raggiunge il piazzale della stazione e accosta il veicolo in mezzo ad altre due jeep.

Slacciamo contemporaneamente la cintura di sicurezza e scendiamo dalla macchina.

«Hai bisogno di qualcosa?» Si sistema i jeans e annuisco perché ho davvero la gola arida.

«Sì, ho una sete tremenda. Vado a prendere due bottiglie d'acqua.»

Raziel porta sulla nuca uno degli ultimi modelli della Ray-Ban.

Nel momento esatto in cui alza il viso contro il mio, noto con rammarico che i suoi bellissimi occhi sono stati celati dalla montatura scura.

Vorrei sbuffare e dirgli di sollevarli come prima, ma il sole a volte può essere insopportabile, perciò rimango in silenzio e non espongo la mia opinione.

Raccolgo la borsa sotto il sedile e chiudo la portiera. «Va bene, allora ti aspetto qui.»

Acconsento alla sua richiesta, sistemo i capelli e mi avvio in bagno.

Mancano ancora due ore al nostro arrivo e in quest'arco di tempo devo cercare di non emozionarmi quando mi guarda o mi rivolge la parola.

Devo cercare di non fargli capire ciò che ancora non riesco a confidare a me stessa.

Devo riuscire a non rivelare al mio cuore che questo bellissimo ragazzo dagli occhi singolari sta confondendo le mie giornate, perché se lo esporrò poi sarà troppo tardi, poi non si potrà tornare indietro.

Se lo ammetterò, dovrò fare i conti con le conseguenze del cuore.

Raziel

Ania è andata alla toilette.

Nel frattempo, ho fatto il pieno alla macchina e ho preso un pacco di patatine da dividere con lei durante il tragitto. L'ho convinta ad andare direttamente in bagno, che al cibo avrei pensato io.

Una volta fatto l'acquisto, decido di attendere il ritorno di Ania appoggiandomi alla portiera della macchina. Ripenso al suo appuntamento con Gaston.

Penso sia andato bene e lei mi è sembrata contenta.

Sicuramente vorrà rivederlo, magari vorrebbe stare con lui... e io mi domando perché sia partita con me.

D'un tratto, una macchina nera occupa il posto di quella che si trovava precedentemente accanto alla mia e mi soffermo sulla figura alta e slanciata che esce dall'abitacolo.

Incrocio le gambe e guardo con attenzione la ragazza di spalle.

Ha un'aria familiare, i capelli color biondo rame ricadono lisci sulle spalle, mi ricorda molto...

No... impossibile.

Non è lei.

Non può essere, ma il cuore batte così forte che quasi barcollo, quasi perdo il respiro e i ricordi tornano come un razzo nella mia mente, per farmi male.

Il mal di testa lacerante è pronto a sconvolgermi la giornata.

Sento le mie forze cedere e mi appoggio alla macchina per non cadere del tutto.

Quando la ragazza si gira, i miei sensi rinsaviscono di botto perché avevo ragione: non è *lei*.

La bionda mi guarda con aria allarmata e si avvicina per assicurarsi del mio stato di salute.

«Ti senti bene?»

Nonostante non mi senta per nulla bene, annuisco, perché voglio che si allontani immediatamente da me.

«Sì, sto bene. Grazie», mi sento stranissimo e il mal di testa continua a pulsare.

«Ne sei sicuro? Sembra che stessi per avere un mancamento.»

Come se non bastasse, Ania esce dal bagno nel momento sbagliato e si reca verso la macchina.

Immediatamente mi scruta da lontano e acciglia lo sguardo, soprattutto perché mi trova in compagnia di questa sconosciuta, che ancora non se ne vuole andare.

«Raziel?»

Pronuncia con preoccupazione il mio nome e la ragazza gira la testa di lato e la guarda.

«Lui è con te?» Le domanda, abbastanza rincuorata.

Ania annuisce: «Sì, perché? Cos'è successo?»

Mi tocco la testa e mi sorregge con il suo minuto corpicino.

È preoccupata, sento il suo cuore battere forte contro il petto. Dovrebbe calmarsi, non mi è successo nulla.

«Sono scesa dalla macchina e ho visto che il tuo ragazzo stava quasi per svenire. L'ho soccorso giusto in tempo.»

Alla definizione che ci ha dato la ragazza arrossisce, mentre io rido dentro di me senza aggiungere battutine ironiche.

Non è il momento; il calore del suo corpo mi riempie del tutto ed è piacevole, molto piacevole.

«Non stavo per svenire, *tesoro*, sto bene.»

Tesoro? Voglio far credere alla biondina che la sua definizione sia vera?

Ania sembra accorgersi del nomignolo che le ho affibbiato e la preoccupazione svanisce dai suoi luminosi occhi.

Le avrà fatto piacere?

«Okay, dato che stai bene allora ti lascio in buone mani.»

La ragazza è perspicace e capisce di doversene andare perché Ania si può prendere cura di me.

So che potrei perdere il controllo e rischiare di rivedere ancora di più il buio che avvolge la maggior parte delle mie giornate, ma cerco di evitare tutta questa tortura.

Come se non fosse già pesante, la mia anima è sommersa dai ricordi, dai rimpianti e dai sensi di colpa.

Quasi ogni notte cerco di non annegare, di sorreggermi, ma i miei incubi sembrano più vivi che mai.

Per fortuna la mia mente si libera di quel passaggio transitorio che offusca i miei pensieri il novantotto per cento delle volte, e ritorno a guardare Ania.

«Sì, puoi andare. Grazie», sta parlando dolcemente con la ragazza.

«Figurati e mi raccomando, state attenti.»

Ania sorride alla sconosciuta e la ringrazia ancora. La bionda scuote la testa, ci saluta e scompare una volta per tutte dalla mia vista.

Proprio in quel momento sospiro di nuovo.

«Cos'è successo?» Ania pretende di sapere di più sull'accaduto.

«Niente. Sarà stato un calo di pressione», asserisco queste parole, non posso rivelare altro.

Sarebbe troppo per lei ascoltare la verità. Risulterebbe rumorosa e ingombrante.

Non merita di soffrire insieme a me.

Corruga la fronte, dubbiosa, ma l'aggiro per entrare in macchina.

Salgo nel veicolo senza perdere altro tempo mentre Ania è ancora lì fuori, in mezzo alla piazza quasi ormai deserta.

Abbasso la testa per richiamarla e la vedo con le braccia conserte e con la testa rivolta verso la stazione di servizio.

«Ania? Sali, abbiamo ancora tanta strada da fare.»

«Dovresti riposarti prima di guidare», replica, ansiosa.

Prendo gli occhiali da sole e la guardo da sotto le folte ciglia con un'espressione divertita.

«Sto bene, andiamo. Voglio arrivare a destinazione.»

Prima di acconsentire alla mia richiesta sbuffa capricciosamente.

Una volta sistematasi i capelli, che le lambiscono le guance, raggiunge il posto accanto al mio.

All'istante mi accorgo di una cosa in particolare: la preoccupazione di prima è svanita.
Adesso con lei mi sento al sicuro.

16
Un weekend soltanto nostro

Ania

Raziel non si è più sentito male durante il nostro proseguimento e questo mi ha rincuorato tantissimo, ma anche allarmata, perché da quando quella ragazza l'ha soccorso è diventato taciturno.

È troppo concentrato sulla guida, da questo presuppongo che dentro di lui stia pensando ad altro.

Senza chiedergli nulla, controllo il navigatore e leggo che ci vogliono pochi minuti prima di raggiungere la città in cui lo sto conducendo.

Attorno a noi la strada non è trafficata.

Tra qualche minuto dovremmo imboccare il viale centrale. Non vedo l'ora di intravedere la cattedrale di San Pietro e Santa Cecilia. Lo stile neogotico e la struttura a tre navate della basilica mi hanno sempre affascinato. Non si trova vicino al quartiere dove alloggeremo, ma con la macchina è raggiungibile.

Ho già detto che adoro l'arte e mi perdo nell'immensità della sua bellezza come se il tempo non avesse limiti.

Sono così entusiasta di ammirare di nuovo questa località turistica. Non ci vengo da qualche anno, ma quando ho deciso di ritornarci e i miei mi hanno dato il permesso, qualcosa dentro di me si è acceso.

Anche se in questa casa non ho bei ricordi desidero riviverla, riguardarla e smettere di pensare a quello che è successo in passato.

Adesso va meglio e la compagnia di Raziel rasserena la mia routine.

Non ho mai pensato di poter vivere insieme a un ragazzo, eppure è successo.

Da quando ho affrontato con coraggio quello che ho subito, non sono stata sempre felice: ho avuto i miei alti e bassi, sono andata da uno psicologo che ha cercato di aiutarmi, ma ho provato a sorridere alla vita, giorno per giorno.

I miei genitori mi sono stati sempre accanto, tuttavia non è facile superare ciò che mi ha colpito in prima persona.

Sicuramente, adesso, la mia tranquillità coincide con l'arrivo di Raziel.

«A cosa stai pensando?» Proprio quest'ultimo mi distacca dal flusso dei pensieri.

«Al fatto che siamo giunti a destinazione. Gira a destra, poi vai sempre dritto per un chilometro e dopo svolta a sinistra», pronuncio, osservando il tragitto sul navigatore.

«Agli ordini!» L'esclamazione di Raziel mi fa sorridere e segue le indicazioni rilassandosi.

Sorpassiamo il mare, che da lontano non sembra burrascoso, come invece spesso succede nelle altre stagioni, e percorriamo una strada diversa.

Con meraviglia osservo l'elegante fascia costiera che si espande davanti ai nostri occhi. Ogni anno diventa sempre più bella e cristallina.

Nel momento in cui raggiungiamo il viale pieno di villette pittoresche, che si affacciano sul quartiere tradizionale, rimane sbalordito.

«Accidenti», una particolare scintilla balugina nei suoi occhi alla vista della proprietà in stile classico e solido che si trova imponente e maestosa davanti a lui.

Sogghigno perché evidentemente non si aspettava una casa moderna, con un ampio terreno verdeggiante...

«Questo è un quartiere di lusso. A circa un chilometro a piedi si trovano tutti i localini turistici che ti farò visitare in questi giorni.»

Sorrido al pensiero di portarlo nel posto in cui sono cresciuta. Sono abbastanza agitata perché non conosco del tutto Raziel, ma spero che gli piacerà e che non si annoierà.

Scendo dalla macchina e la brezza mi scompiglia i capelli.

Diciamo che non è proprio la stagione giusta per tuffarsi in acqua, ma non c'è tanto freddo e il clima temperato non ci ha impedito di arrivare fin qui.

Raziel afferra le valigie depositate nel bagagliaio, fortunatamente non si accorge del mio silenzio.

Ne sono rincuorata perché un'altra domanda su cosa stia pensando non è opportuna in questo momento.

Mi reco ad aiutarlo.

«Lascia, faccio io», mi obbliga con lo sguardo a non muovere neanche un dito e non lo contraddico. Il cancello automatico si spalanca come se ci volesse accogliere con armonia e felicità.

Sorpasso i vari abeti piantati ai due lati estremi del viale e osservo la facciata esterna in pietra bianca. Il tetto spiovente è ricoperto da tegole color ardesia. I camini esterni, adattati allo stile, sono coperti con mattoni a vista.

«Questa villa è davvero incantevole. Avete anche la piscina?»

«Esattamente», rispondo fiera.

«Dovrò fare i miei complimenti ad Alberto. In fatto di case e arredamento ha buon gusto.»

Mentre cerco la chiave di casa annuisco e sorrido alle sue parole.

Prima di addentrarci e raggiungere il portico, attraversiamo la pavimentazione esterna lastricata in pietra.

Sono contenta che abbia apprezzato l'esterno della casa e non oso immaginare cosa dirà quando entreremo.

La villetta è immensa, come quella in cui abitiamo, ma questo è sempre stato uno dei rifugi preferiti di mamma e papà. Con il sorriso sulle labbra apro la porta e l'odore di chiuso invade le nostre narici. Mi reco verso le finestre ad arco e spalanco le ante per fare entrare la luce esterna del giorno.

«Sistemeremo dopo le valigie, d'accordo? Vieni, ti faccio fare il giro della casa.»

Annuisce, mentre alza lo sguardo verso il soffitto alto e profondo. Successivamente i suoi occhi incontrano l'atrio luminoso da cui filtra la luce grazie alle ampie finestre che danno sul giardino.

Nello stesso tempo, mi avvicino all'interruttore e accendo le luci per rendere diversa l'atmosfera e Raziel si meraviglia ancora di più.

«Sono curioso di vedere il resto della casa.»

«Vedrai, ti piacerà», aggiungo su di giri.

Il mio accompagnatore mi segue fino in cucina e quando giunge sulla soglia rimane sbalordito perché nota subito quanto sia ultraccessoriata.

Ridacchio, ammirando la sua espressione ancora più sbigottita.

«Ribadisco, dovrò chiamare Alberto e fargli i complimenti. Ha una casa splendida.»

Il vano è accogliente con tutta la sua mobilia moderna e particolare. Il divano giallo ocra è coperto da un leggero cellophane trasparente, che sollevo immediatamente sperando di non creare della polvere intorno a noi.

Raziel mi aiuta a piegare il telo per conservarlo sotto un mobiletto.

«Grazie», scuoto le mani impolverate e provo a non avvicinarle al naso anche se prude.

«Figurati.»

Quando raggiungiamo la fine del corridoio, Raziel si volta verso di me.

«Dove sono le camere da letto? Al pian terreno o al piano di sopra?» Domanda.

«Al piano superiore e tu dormirai nella la camera degli ospiti, ti troverai bene. Il letto è matrimoniale e hai anche il bagno in camera.»

Ride di gusto, come se già se lo aspettasse. «Va benissimo. Allora proseguiamo il giro?»

In quel momento mi guarda con una curiosità assai viva che mi blocca il respiro.

Gli faccio cenno di raggiungere il piano superiore e saliamo le scale.

Fortunatamente il corrimano non è impolverato e la superficie è liscissima.

Qualche istante dopo ci ritroviamo di fronte la stanza di Raziel e lui, in tutta tranquillità, si avvicina e, appena apro la porta, sbircia dentro.

Osserva accuratamente ogni minimo dettaglio, poi entra del tutto e si dirige verso il piccolo e grazioso bagno.

Rimane colpito dal vano doccia e dallo specchio a ingrandimento posto sopra il lavabo.

«Avete anche lo specchio a ingrandimento?»

Rido a bassa voce. «Certo, così potrai osservare con attenzione le imperfezioni sulla tua faccia.»

Cerco di prenderlo in giro, ma lui mi guarda e si vanta del suo aspetto fisico.

«Non ho nessuna imperfezione sulla mia faccia, *Ania*.»

Non sembra offeso, perché sa che sto scherzando, e mi rivolge una smorfia carinissima.

D'altronde dice la verità: non ha nessuna imperfezione e sembra che io noti ogni suo minimo dettaglio.

Scuoto la testa e gli porgo un'altra domanda.

«Allora, ti piace?»

Raziel annuisce e si avvicina nuovamente alla mia sagoma.

Improvvisamente, mi afferra la mano e l'avvicina alle sue labbra. Il mio cervello inizia ad andare in tilt perché appena mi sfiora mi sento implodere dentro.

Cosa... cosa sta facendo?

«Raziel...?» Domando, affannata e colta alla sprovvista.

È un attimo e tutto cambia.

Gli occhi di Raziel si illuminano, il suo sorriso si allarga. Mi sembra contento, diverso rispetto a quando ci siamo fermati alla stazione di servizio.

Piego la testa di lato e lo guardo, evitando di boccheggiare.

«Grazie», sussurra e questa volta porta la mia mano sul suo petto.

Un brivido si propaga per tutta la mia colonna vertebrale: un brivido intenso, particolare.

Tiene stretta la mia mano sul suo cuore: è un momento singolare, non ci siamo mai *presi* così a lungo, non mi ha mai avvicinata a lui in questo modo, eppure adesso sembra intenzionato a non lasciarmi andare.

Il suo sguardo cerca di dirmi qualcosa di importante, qualcosa che cerco di comprendere, di capire, ma non ci riesco perché il silenzio vince sempre su tutto.

Mi avvicino di più per guardare dentro i suoi occhi e la intravedo, meravigliandomi della sua bellezza: una fiamma intensa permette al suo sguardo di brillare al massimo.

Spero di non vederla mai affievolita perché sarebbe un vero peccato.

«E di cosa?» Continuo, senza reprimere il sorriso che si allarga sul mio volto in una forma morbida e leggera.

Raziel sfiora il dorso della mia mano e lo accarezza per trattenermi ancora.

«Di tante cose, Ania. Sono passate settimane dal mio arrivo e volevo ringraziarti seriamente.»

«Accetto il tuo ringraziamento, Raziel, anche se non *devi*...» blocca le mie parole e mi afferra il polso. Mi sta guardando intensamente e io mi sento davvero confusa sotto il suo sguardo.

Spero che non parli di segreti e misteri, che non diventi scontroso come l'altra sera. Dobbiamo svagarci, non pensare al passato.

«Vado a disfare le valigie in camera mia», esprimo imbarazzata.

Raziel annuisce, un ciuffo gli lambisce lo zigomo.

«D'accordo», pronuncia con una voce così bassa e profonda che per poco non vacillo.

Libera la presa e incedo in camera.

Il tocco di Raziel mi ha scosso, mi ha lasciato interdetta, quasi non riuscivo a parlare.

Deglutisco il groppo in gola ed evito di pensare alle sue mani sul mio collo.

Inoltre, cerco di sbrigarmi e non perdere tempo.

Voglio tornare da lui.

Voglio solo divertirmi e *svagarmi*.

Voglio godermi la vita come non ho mai fatto fino ad ora.

Questa volta sono decisa: mi divertirò durante il weekend in compagnia di Raziel.

***

Mentre sono sotto la doccia sento la suoneria del mio cellulare riecheggiare nell'aria.

Senza scostare la tenda, allungo la mano insaponata e lo cerco sulla sedia accanto alla vasca da bagno.

Sono convinta di averlo lasciato lì, ma non riesco a trovarlo.

Mi mordo il labbro inferiore e, infreddolita, ci rinuncio.

Mi sciacquo il più velocemente possibile ed esco dalla vasca senza curarmi dei capelli tutti zuppi d'acqua.

Mi guardo intorno per cercare il cellulare, ma non ho fortuna. Non lo trovo da nessuna parte.

Eppure, la suoneria sembrava così vicina.

Continuo a cercarlo in mezzo agli asciugamani, è tutto inutile: non c'è.

Osservo lo specchio appannato. Qualche istante dopo apro la porta per far uscire il vapore e non rovinarmi i capelli appena puliti.

Il mio pensiero è il cellulare, così mi reco silenziosamente in camera mia sperando di trovarlo sul mio letto.

Ormai non sento più la suoneria e risulta difficile poter scoprire dove l'ho abbandonato.

Proprio quando raggiungo la mia camera, mi blocco.

Raziel è davanti l'armadio a specchio e si sta sistemando i capelli.

Batto più volte le palpebre, e mi riprendo quando si accorge della mia presenza.

«Ehi, ero venuto a portarti il cellulare. Pensavo avessi bisogno di una mano per disfare le valigie e sono entrato in camera *tua*… ma a quanto pare stavi facendo la doccia e non avevi terminato.»

Scruto un lieve scintillio nel suo sguardo che non riesco a interpretare, e impiego qualche secondo prima di parlare perché sono troppo imbarazzata.

Addosso ho un asciugamano striminzito che mi copre dal seno alle cosce e i capelli per nulla ordinati.

Mi schiarisco la voce anche se il suo sguardo sembra interessato al mio corpo.

«Oh, grazie», balbetto per poi proseguire. «Chi…chi era?»

Ci pensa un attimo prima di rispondermi.

«Sicuramente non era *Gaston*!» Esclama con disinvoltura.

La piega arrogante che spunta sulla sua bocca mi fa pentire di aver detto quella bugia.

«Non ti ha mandato neanche un messaggio e siamo qui già da un paio di ore, come mai? Da gentleman, *io*, ti avrei scritto immediatamente», ammette, prendendomi in contropiede.

Che abbia sbirciato nei miei messaggi? Non ho il codice, quindi potrebbe averlo fatto, ma non glielo chiedo.

Ci guardiamo negli occhi, e mi rendo conto di quanto grande sia diventata questa bugia, solo che, senza volerlo, cerco di mentirgli ancora una volta…

«Mi cercherà tra un po'…» fingo di essere imbronciata.

«Sei sicura?» Raziel piega la testa e un brivido mi scorre lungo la schiena.

Stringo al mio petto l'asciugamano per impedire che scivoli giù da un momento all'altro e gli rispondo decisa.

«Sì, sono sicura», continuo a mentire per non dargliela vinta.

Sposto indietro alcune ciocche bagnate, appiccicate sulla mia guancia. Improvvisamente, attraversa lo spazio che ci divide e mi raggiunge.

«Non mentirmi, *Ania*. Secondo me non è andato poi così bene il *vostro* appuntamento.»

Un'occhiata mi basta per capire che ha compreso la mia bugia, forse fin dall'inizio.

«Non ti ho mentito», cerco di non sembrargli ridicola.

Questa volta allunga la mano e mi porge il cellulare.

«Allora... chiamalo», propone con aria di sfida, mostrandomi i suoi denti perfetti.

«Come scusa?» Strabuzzo gli occhi perché sicuramente sta giocando con me.

Vuole vedere fino a che punto io riesca ancora a mentire e sinceramente non mi va di illudere un'altra volta Gaston.

Devo arrendermi, ma allo stesso tempo devo trovare una scusa per non fargli comprendere nient'altro.

Getto un'occhiata fuori dalla finestra: in questo momento vorrei essere in riva al mare a passeggiare, non a discutere per una sciocchezza.

Stringo il telefono e lo fulmino con un'occhiataccia.

«D'accordo», sbuffo, irritata per dovergli dare ragione. «L'appuntamento non è andato bene e Gaston non chiamerà.»

Raziel sogghigna.

«Oh, finalmente. Ci voleva tanto ad ammetterlo?»

Mi vorrei prendere a schiaffi.

Gli faccio una linguaccia e il suo sorriso si apre per farmi sentire meno stupida.

«Per quale motivo non è andato bene?» La sua curiosità, in questo momento, è una nemica.

Non voglio dirgli ciò che Gaston ha dedotto durante il nostro appuntamento, perché sono ancora insicura sui sentimenti che provo per Raziel e ho paura che non ricambi, quindi invento un'altra menzogna.

«Siamo incompatibili. Non ci siamo trovati in sintonia e abbiamo deciso di restare amici.»

Si zittisce.

«Mi dispiace», la sua voce profonda mi fa pentire di non essere stata sincera, ma d'altronde non conoscerà mai il vero motivo.

Faccio spallucce e gli rivolgo un mezzo sorriso.

La pelle d'oca s'intensifica su tutto il mio corpo e mi ricorda di dovermi vestire.

«Ho... ho ancora i capelli bagnati e dovrei tornare in bagno ad asciugarli.»

Mi guarda esitante, ma annuisce per non darmi ancora del filo da torcere. Chissà cosa starà pensando... sarei davvero curiosa di scoprirlo.

«Sì, dovresti anche vestirti, e subito.»

Quelle parole si insinuano nel mio cuore per una strana ragione e mi feriscono. Inquieta mi dirigo verso il bagno.

Una volta raggiunta la soglia chiudo la porta e mi appoggio alla vasca, ancora scossa da quella rivelazione.

17
È davvero un bravo ragazzo

Ania

Raziel sta mangiucchiando le mie patatine preferite mentre guarda una serie televisiva sul divano.
«Ehi!»
Mi avvicino e aggrotta le sopracciglia.
«Vedo che ti sei *rivestita*», enuncia, assottigliando lo sguardo e portandosi in bocca una patatina molto invitante.
Rimango interdetta dalle sue parole e osservo il mio abbigliamento.
Dopo aver dialogato con mamma, ho indossato un paio di jeans stretti e un pullover nero, per evitare di sentire fresco.
«Già.»
Sorrido timidamente e mi siedo distante da lui.
Tra poco ci sarà il tramonto e sarebbe un vero peccato perdere il momento magico che molti osservano anche dalla finestra della propria casa.
Mi stringo nelle spalle e gli propongo la mia idea.
«Raziel...»
«Sì?»
«Tra poco tramonterà il sole. Ti va di andare fuori, magari ci sediamo sul dondolo e lo guardiamo insieme?»
Siamo venuti fin qui proprio per rilassarci e, anche se alla stazione di servizio mi è sembrato molto *rigido*, adesso i suoi occhi sono più limpidi.
«Sarebbe un'ottima idea.»
Il tono di voce è calmo e con la sua risposta riesce persino a far sparire la mia inutile ansia.
Non aggiungo altro, mi alzo dal divano e mi dirigo in giardino.
Una volta fuori, abbellisco il dondolo con due cuscini azzurri imbottiti e faccio accomodare Raziel. Lui mi ringrazia, incrociando le braccia al petto.
Il dondolo è posizionato proprio sulla veranda aperta, di fronte la piscina, ma ancora i lampioni non illuminano il giardino: si accenderanno appena tramonterà il sole per diffondere la luce su tutto l'esterno e rischia-

rare alcuni tratti più ombrosi.

Proprio di fronte a noi, tra qualche minuto, comparirà lo spettacolo del tramonto.

Mi ricordo che quando ero piccola adoravo sedermi qui con papà e aspettavo con entusiasmo che il sole scomparisse per osservare i colori del cielo mozzafiato.

Adesso sono più emozionata perché lo guarderò con Raziel.

«Sarà uno spettacolo bellissimo. Lo vedevo sempre con papà, sai?» Rivelo quel ricordo per smorzare il silenzio intorno a noi.

Raziel mi rivolge l'attenzione: «Sono sicuro che ne rimarrò estasiato. Per di più potrò ammirare due bellezze contemporaneamente.»

Arrossisco: è per caso un complimento quello che ha appena detto?

Non glielo chiedo e mi soffermo sul sole ancora in alto nel cielo.

Proprio in quel momento, l'aria diventa più frizzante. Rabbrividisco e mi abbraccio.

«Hai freddo?» Mi chiede.

«Un po'», proferisco. Con gesto automatico, Raziel si sfila la felpa e me la porge: «Questa ti riscalderà.»

«E tu?» Rimango colpita dal suo gesto.

Raziel sogghigna: «Non preoccuparti per me.»

«Non c'è bisogno, Raziel. Vado in casa a prendere l'altra giacca…»

Faccio per alzarmi dal dondolo, ma la sua mano blocca i miei passi.

«Indossa la mia felpa, *Ania*, e non rientrare in casa, altrimenti perderai il tramonto.»

Non riesco a dirgli di no e mi risiedo.

«Mancano più o meno cinque minuti», lo informo estasiata. Incrocio le braccia sul petto, mentre lui si limita a rivolgermi un sorrisino sincero, che mi provoca dei piacevoli brividi.

Ogni volta che sorride o che mi guarda, qualcosa dentro di me cambia e resto senza fiato.

Mi muovo con cautela sul dondolo per trovare la posizione giusta. Quando ci riesco, mi fermo e alzo gli occhi verso il sole che sta per tramontare.

I nostri sguardi sono rivolti al crepuscolo e l'atmosfera diventa più intensa, più intima.

Non ricordavo che il tramonto mi suscitasse queste emozioni, eppure, il mio cuore è in agitazione.

Uno strano calore mi colpisce: io e Raziel siamo vicinissimi.

Faccio un respiro molto profondo e cerco di concentrarmi sullo spettacolo che da lì a qualche secondo darà un tocco unico al cielo.

Poco dopo il sole inizia ad abbassarsi e Raziel spalanca gli occhi, restando a osservare il momento in religioso silenzio.

Il sole ha il suo fascino, ha il suo modo di intiepidire le persone, specialmente l'animo, e quando colpisce in profondità lascia un segno.

Dopo averci ammaliato con il suo scenario, scompare e nel cielo appaiono le varie stirature di rosa. Sospiro di felicità, ma anche di tristezza perché il momento magico è terminato troppo presto.

«Ti è piaciuto, *Ania*?» È incredibile come il solo suono della sua voce possa essere così seducente e sexy, come anche il mio nome, pronunciato da lui, possa farmi uno strano effetto.

«Molto. Peccato che è durato troppo poco, ma potremmo vederlo anche gli altri giorni», propongo, arrossendo.

Improvvisamente nei suoi occhi compare il riflesso del cielo e delle striature rossastre.

Rimango sbalordita dalla bellezza dei suoi occhi. Questo succede perché lo sto guardando in maniera troppo intensa, senza riuscire a comprendere il perché.

A un certo punto, mi scuoto dall'ipnosi e mi alzo.

Raziel imita il mio gesto e la sua spalla sfiora la mia.

Siamo troppo vicini.

Mi osserva per un istante, poi si aggiusta i jeans e mi sorpassa. Sbatto le palpebre molto confusa, ma lo seguo in silenzio.

«Vuoi fare un giro?» Suggerisco prima di rientrare in casa.

I suoi occhi non si accendono di curiosità, anzi, il riflesso del tramonto è scomparso e adesso sono di nuovo impenetrabili. A causa di quest'ombra velata non riesco a scrutare la sua espressione.

«In realtà, vorrei andare in camera a studiare un po'. Facciamo più tardi?»

Che abbia ricordato qualcosa di spiacevole? Spero proprio di no!

Cosa c'è che non va, Raziel?

C'è qualcosa che ti turba, per caso?

Io posso aiutarti, io sono qui, sono qui per te.

In questo modo non riusciremo mai a raggiungerci.

In questo modo saremo sempre distanti, mentre io vorrei consolarti.

Permettimi di comprenderti... anche se tu pensi il contrario, io so che il tuo cuore non è un dipinto di vernice scura.

«D'accordo... allora ci vediamo più tardi.»

Raziel apre la porta e, con il cuore in subbuglio, lo lascio andare.

***

Dopo un'ora di ozio totale, decido di raggiungere la cucina per vedere quello che manca in frigo.

Prendo un foglio e inizio a segnare cosa posso comprare per questi due giorni.

Non è proprio necessario, ma ho bisogno di recarmi al centro città per svagarmi.

Dopo aver trascritto qualcosa, entro in camera mia, provo a rendermi presentabile e ritorno in salotto per recuperare il giubbotto e la borsetta.

A un certo punto, un rumore insolito mi fa sobbalzare.

Proviene dalla stanza di Raziel.

Ansiosa e preoccupata che gli possa essere capitato qualcosa, decido di andare da lui.

Busso piano, ma non sento nessuna risposta così, impensierita, apro la porta anche senza il suo permesso.

Una folata di vento mi sbatte in faccia l'aria fresca del tardo pomeriggio e rimango allibita quando capisco che Raziel non è in camera, mentre la finestra è spalancata.

Mi avvicino al letto intatto e occheggio i libri chiusi sulla scrivania.

Non ha minimamente studiato in quest'ora in cui mi sono preparata, perché?

Rimango a pensare che Raziel sia uscito dalla finestra e che un gesto del genere non glielo perdonerò mai.

Mi affaccio per sperare di vederlo tra gli alberi che circondano la villa, ma non scruto nessuna figura correre in lontananza... è scomparso nel nulla.

Cosa gli è saltato in mente di fare? Uscire di nascosto da casa mia, e perché poi?

Ho sentito il rumore della finestra e, anche se non l'ho visto saltare giù, è sgattaiolato via come un ladro.

Non va bene. Non è da lui comportarsi in questo modo.

Adesso per causa sua dovrò prendere un taxi e fare il giro della città finché non riuscirò a trovarlo.

Disturbata dal suo comportamento, mi avvio verso la finestra e la chiudo. Con fretta raggiungo la porta d'ingresso e, dopo aver preso le chiavi, esco.

Devo sapere dove sta andando! Devo capire che cos'ha, perché, a questo punto, penso che l'esame non sia nei suoi pensieri.

Qualcosa deve averlo scosso da quando ha incontrato quella tizia al rifornimento. E anche se prima, fuori, guardare il tramonto con lui è stato fantastico, c'è qualcosa che non va.

Chiamo il taxi e dopo qualche minuto arrivo al centro del paese.

Raziel deve essere da queste parti, non può essere altrove. Non conosce questo posto e quindi non può andare tanto distante.

Però perché non mi ha chiamata?

Potevamo uscire insieme, andare in qualche locale... gliel'avevo proposto e, invece, mi ha ignorata.

Questo è il ringraziamento?

Un venticello ingarbuglia i miei capelli, fortunatamente indosso la felpa con il cappuccio di Raziel che ho dimenticato di restituirgli.

Faccio qualche giro, tanto i posti sono più o meno limitrofi e non faccio fatica a raggiungerli.

Ciò che però mi fa venire il magone è che, in nessun luogo in cui cerco, c'è traccia di Raziel.

A un certo punto, avendo ormai perso qualsiasi tipo di speranza, decido di entrare nel pub più conosciuto del paese.

Se non sarà in questo locale frequentato da un sacco di ragazzi, anche più giovani di noi, allora andrò a casa e lo aspetterò lì, seduta sul divano dove poco prima avevamo scherzato.

Varco la soglia del locale e mi accorgo che, anche se ancora non è tardi, pullula di gente.

Cerco di superare un gruppo di persone, evitando di schiacciarmi contro le loro spalle, e ci riesco.

Trovo uno spazio tutto mio e mi fermo per scovare la sua figura slanciata e muscolosa.

Osservo la gente che ride e si diverte intorno a me, ignara della mia preoccupazione.

Alcuni ragazzi sono ammassati tra loro, lo spazio è piccolo e molti sono più alti di me.

All'improvviso, un colpo di fortuna mi illumina. Da lontano un ragazzo mi ricorda proprio lui.

Mi dà le spalle e non riesco a vederlo in faccia, ma il mio cuore spera positivamente.

Determinata più che mai, decido di avvicinarmi in maniera silenziosa.

Non è stato carino sgattaiolare fuori dalla finestra senza dirmi nulla, non dopo che io mi sono preoccupata per lui tutto il tempo.

È nervoso per l'esame? Non c'è bisogno di fare così, lo capisco, eppure non mi ha avvertito.

Sto per raggiungerlo, ma quando mi sposto più a destra e lo vedo parlare con una ragazza rimango immobile, interdetta, le mie gambe non riescono più a incedere verso di lui.

È come se fossi incatenata al pavimento, come se non riuscissi più a fare un passo.

Come mai Raziel, se è lui, sta parlando con quella *ragazza*?
La conosce?
Mi sporgo di più con la testa e, a malincuore, noto il fisico della ragazza in questione: è alta, molto alta e snella. Formosa al punto giusto e con un taglio a caschetto che incanterebbe chiunque. Il seno è prosperoso, fuoriesce anche un po' dalla maglietta attillata.

Gli stivali arrivano fin sopra la coscia e la rendono aggressiva, e anche molto sicura di sé.

Non è la ragazza che abbiamo incontrato alla stazione di servizio e questo mi rincuora, ma perché sta dialogando con lui?

Che ci stia provando?

Dal modo in cui si sta atteggiando direi di sì...

Riesco a guardarla in faccia e ammetto che ha fascino, soprattutto per gli occhi chiari come la luna che ammalierebbero anche la persona più indifferente che esista sulla terra.

Parlano così vicini che quasi mi si smorza il respiro, ma decido di non restare ferma.

Impettita, e come se fossi indifferente al loro incontro, li raggiungo con passo calmo.

Prima di arrivare, la ragazza mi indica alle sue spalle ed è così che Raziel si accorge della mia presenza.

Si gira lentamente e noto con delusione che è proprio lui.

Per un secondo ho sperato di sbagliarmi.

I miei occhi indagatori cadono sulle sue dita rigide. Pensando di riuscire nel suo intento senza essere beccato, stringe il bicchiere tra le mani e impallidisce, ma l'unica parola che riesce a pronunciare con voce sorpresa è il mio nome.

«*Ania*?»

Lo guardo, piegando la testa di lato, amareggiata, ma non parlo. Rimango in silenzio perché sono proprio curiosa di conoscere quale scusa inventerà.

Raziel

Ania è davanti a me e io mi sento un emerito coglione.

Me la sono svignata di nascosto e lei si sarà precipitata nella mia stanza, preoccupata.

Ha la faccia spaesata e lo sguardo confuso.

Di sicuro non si sarebbe mai immaginata di trovarmi in questo locale in compagnia di una ragazza. D'un tratto rivolgo la mia attenzione verso la tipa che mi sta infastidendo e, appena scorge il mio sguardo, si presenta come se avesse letto nei miei pensieri, perché ha capito il mio nervosismo.

«Ciao, sono Cecilia.»

La voce scontrosa di Ania risuona senza timore: «Sono Ania.»

Cecilia avanza di un passo e si ritrova faccia a faccia con la dolce ragazza che si prende cura di me ogni giorno.

«Sei amica di Raziel?»

Ania non abbassa lo sguardo, anzi, punta risoluta i suoi occhi in quelli di Cecilia.

«Sì, tu chi sei?»

«Cecilia, andiamo?» Una voce maschile proviene dalle mie spalle e tutti e tre ci giriamo, soprattutto io.

Con disinvoltura osservo il ragazzo che ha pronunciato il nome di Cecilia: è alto, palestrato, con una lunga coda bionda e dei tatuaggi strani su entrambi gli avambracci.

Anche Ania lo osserva, ma non con ammirazione.

«Arrivo subito, Adelio.»

Cecilia, con nonchalance, appoggia la sua mano sul mio braccio per salutarmi.

Ania sobbalza a quel tocco, e io lo noto subito, ma faccio finta di niente.

«Scusatemi, devo andare. Grazie per la birra, ehm... Raziel, giusto?» Mi fa l'occhiolino, poi con un portamento impeccabile si incammina verso il suo amico.

Adelio non si avvicina, rimane ad aspettarla vicino al bancone.

Lei, prima di andarsene, mi rivolge un sorrisino compiaciuto, poi saluta Ania e raggiunge il tizio che l'ha richiamata.

Quando la ragazza dagli occhi del color della luna si allontana, mi affianco ad Ania. È incavolata nera, e non mi guarda.

Spero che si volti verso di me.

Il suo sguardo non cambia direzione, sta osservando Cecilia che cammina sottobraccio con Adelio.

Quando vanno via, Ania mi sorprende.

Non dice una parola, anzi, mi dà una spallata, scuote la testa e si avvia verso l'uscita.

Le corro dietro.

È proprio seccata, d'altronde come biasimarla?

Anche io mi sarei infastidito se fosse uscita di nascosto e se l'avessi trovata in compagnia di un altro.

Scuoto la nuca e, una volta fuori dal locale, la afferro per il braccio.

«Ania! Rallenta!» Quando la blocco, si volta di scatto.

Sembra quasi che il mio contatto le dia fastidio.

Senza farle paura, appoggio delicatamente la mia mano sulla sua spalla, ma come mi aspettavo, la ritrae di scatto.

Il suo sguardo è deluso, amareggiato, mi sento un bastardo. Inconsapevolmente le ho fatto del male.

«Ania, lasciami spiegare», cerco di proferire ad alta voce le mie scuse.

In questo momento non mi sento proprio un gentleman, ma spero che non mi affibbi un ceffone.

«Cosa devi spigarmi Raziel, *eh*? Che sei scappato da casa mia per rimorchiare?» Cerco di afferrarle le mani per tranquillizzarla, anche se strattona la mia presa e mi guarda in cagnesco.

Mi sento in dovere di dirle qualcosa, non posso vederla così arrabbiata. Stringo i pugni per cercare di calmarmi.

Un muscolo guizza sulla mia mascella: ho i tendini del collo tesi, ma la osservo di nuovo. Sta aspettando impaziente una mia risposta.

«Non sono scappato per rimorchiare. Avevo solo bisogno di bere», ammetto sconfitto.

Questa volta non sto bleffando. Sto raccontando la verità.

«Ma per favore, Raziel. Non ti credo. Spara cavolate ad altre persone. Non a me», mi redarguisce con il suo tono severo e mi allontana.

«Ania, è vero, credimi! Sono stanco, l'esame mi sta stressando e…»

Capisco di avere alterato il tono di voce perché un nugolo di gente si è fermata ad ascoltare la nostra conversazione.

Di Cecilia e Adelio non c'è traccia, ma delle ragazzine ci stanno osservando, alcune divertite, altre curiose di sapere magari cosa risponderà Ania.

«Parliamone a casa, okay? Siamo sotto gli occhi di persone sconosciute e non mi va di discutere per strada», glielo propongo cortesemente e annuisce.

Mi avvio verso il sentiero che ci porterà alla macchina e mi raggiunge.

Durante il tragitto nessuno di noi ha voglia di dialogare, anche se io dovrei scusarmi mille volte per averla fatta preoccupare.

A un certo punto, Ania si abbraccia a sé perché l'aria è diventata più fredda.

Alzo il finestrino, anche se avrei voglia di riscaldarla tra le mie braccia, ma rifiuterebbe il contatto, per cui opto di restare immobile e non sfiorarla.

È davvero delusa dal mio comportamento e mi dispiace vederla così. Non era mia intenzione andare a divertirmi senza di lei. È vero, sono uscito senza avvertirla, però avevo bisogno di rilassarmi, poi la serata ha preso una piega diversa.

Dopo una decina di minuti arriviamo.

Non mi degna di uno sguardo, ma appena scendiamo dalla macchina, alzo istantaneamente gli occhi verso la finestra chiusa.

Vorrei tirarmi un pugno sulla guancia, ma non lo faccio.

La seguo, gira come una trottola per non parlarmi.

«Ania... è la verità, credimi.»

Le mie parole suonano come una supplica.

Pretendo il suo perdono, tuttavia dal suo sguardo cupo e triste deduco che non sarà per nulla facile riceverlo.

Questo viaggio non sta andando come previsto e mi sta dispiacendo davvero tanto.

Rimango fermo a guardarla, lei non dice nulla. Fa semplicemente spallucce e quel gesto mi spaventa.

«Sono stanca, Raziel. È tardi. Preparo qualcosa da mangiare e vado a dormire.»

Mi rivolge quella frase girandosi di scatto e la fisso con occhi sgranati.

Non ne vuole parlare? Non vuole gridarmi addosso tutte le parole che si sta tenendo dentro?

Lo so che è seccata con me, ma vorrei che mi dicesse di più, che non andasse in cucina, che non mi voltasse le spalle, insomma, che mi capisse.

Mi strofino il braccio con le dita.

Il giubbotto di pelle mi dà fastidio. Lo tolgo e lo lancio sulla spalliera del divano.

«*Ania...*» pronuncio il suo nome con un suono più comprensivo e noto il suo petto gonfiarsi, forse per il modo in cui l'ho chiamata.

Mi blocco perché vorrei dirle tante cose, anche se le uniche parole che fuoriescono sono: «Non andare in camera, ti prego.»

«Ho bisogno di stare da sola, Raziel e per il momento non voglio parlarne.»

Mi avvicino e si volta verso di me: la incastro al mio sguardo.

Voglio tranquillizzarla, voglio farle capire che non le ho mentito e che sono stato sincero.

Lei si sforza di venirmi incontro, e quando alza il mento è già un passo avanti.

«Parliamo più tardi?» È come se il temporale di prima si fosse acquietato.

«Va bene, parleremo più tardi.»

Acconsento alla sua richiesta perché altrimenti rischierei di peggiorare la situazione.

Non mi ha più urlato contro e questo è un bene.

Forse ha bisogno di pensare a quello che dovrà dirmi, e io sono d'accordo con questa sua scelta.

Non ha senso gridare parole che farebbero male ai nostri cuori, non ha

senso odiarci o fraintenderci per poi fare subito pace.
Non ha senso questo rancore, dobbiamo soltanto parlare.
Parlare di qualcosa che magari ci farà tornare sereni.
Deve solo accettare le mie scuse.

Ania

Ho bisogno di stare da sola e mi chiudo in cucina, mentre Raziel è di là, in salotto a pensare a quello che è successo stasera.

Forse anche lui sente l'incessante voglia di dover chiarire con me, ma per il momento non mi sento pronta.

Non so se sto male perché se n'è andato di nascosto oppure perché non mi vuole all'interno della sua vita.

Ignorandomi e non rivelandomi ciò che lo turba non fa altro che escludermi, e credo che questo lo capisca, e anche bene.

Mi mordicchio un'unghia, nervosa e di malumore. A un certo punto lancio un'occhiata alla porta chiusa della cucina.

Alla fine, non sono tornata in camera ed è da più di un'ora che sono chiusa qui dentro, senza aver preparato un bel niente.

Ho voglia di una zuppa calda, riscaldata al microonde, ma penso allo stato in cui siamo e mi passa l'appetito.

Non ho neanche fatto la spesa. Stanca e stufa di questa situazione mi alzo dalla sedia e rimugino ancora più attentamente sul fatto che Raziel se la sia svignata di nascosto.

Provo una tale rabbia che sbatto la mano sul tavolo.

Mi faccio male e stringo il palmo per attutire il dolore.

Raziel si precipita da me e apre la porta, preoccupato.

«È successo qualcosa?»

Adesso è in pena per me?

Ma prima, quando è andato fuori senza dirmi nulla, non si è preoccupato del fatto che potessi stare in ansia per lui?

Porto il palmo della mia mano sulle ginocchia e abbasso il capo per non guardarlo in faccia.

Non mi farò impietosire dal suo sguardo angustiato.

Ovviamente, Raziel non ha proprio intenzione di voler tornare in salotto.

«Non è successo niente. Puoi andartene», mento.

Raziel si passa esasperato una mano tra i capelli. Me ne rendo conto perché alzo piano lo sguardo con gesto automatico.

È impossibile ignorarlo quando è di fronte a me.

Non ci riesco.
«Sei ancora arrabbiata con me?»
Giro il palmo verso i miei occhi: è gonfio e arrossato e Raziel se ne accorge.
«Posso sedermi accanto a te?» La sua voce mi scuote qualcosa dentro e non lo fulmino con lo sguardo, anzi, il suo gesto mi sorprende e accenno un sì.
Scosta indietro la sedia e si accomoda, guardandomi negli occhi.
Automaticamente, afferra la mia mano, che si è gonfiata ancora di più.
La guarda e inizia a massaggiarla con estrema delicatezza. Quasi mi dimentico di tutto quello che è successo prima.
Il suo tocco è intimo, carezzevole, e mi permette di respirare a stento. Quando la sua carezza diventa più intensa uno strano fremito mi sconvolge, perché mi infervoro a quel contatto.
Provo ad allontanarmi da lui, ma mi trattiene.
Chiudo gli occhi per una manciata di secondi, quando li riapro mi ritrovo a fissare la sua mano che continua ad accudire la mia.
«Sono stato un coglione, Ania. Perdonami, ma ho sentito davvero il bisogno di andare a bere qualcosa.»
Con Cecilia?
Voglio porgli questa domanda, però sono altre le parole che escono dalla mia bocca.
«Perché? Non ti trovi bene qui? Vuoi tornare a casa? Per me possiamo partire pure stasera, in poche ore siamo di nuovo lì e...»
Sto per terminare la frase, ma porta il palmo della mia mano sulla sua guancia e non riesco a proferire altre parole.
«Non voglio tornare, *Ania*. Voglio stare qui e rilassarmi con *te*. Non farò più lo scontroso, perdonami. Ho semplicemente attraversato un momentaccio.»
Sembra sincero e pentito davvero, perciò mi sprono a chiedergli di più.
Ho le guance rosse e il mio cuore sta facendo i capricci, ma la voce riesce a non risultare tremolante.
«Sei cambiato da quando hai incontrato quella ragazza al rifornimento. Sicuro di non conoscerla?»
Sfortunatamente per me, abbandona la presa, scuota la testa e sospira.
Adesso non siamo più in contatto, pelle contro pelle.
«Non conosco la ragazza che abbiamo incontrato alla stazione. Credimi.»
Annuisco e tiro su col naso per non arrabbiarmi di nuovo. Cerco di essere forte.
«E allora perché sei uscito senza di me?» Domando, acida e contrariata

per quello che ha fatto.

«Perché dovevo pensare lucidamente. Ho ricevuto una chiamata e dovevo riflettere. Adesso sto bene.»

Fisso l'orologio appeso alla parete della cucina, un orologio antico che appartiene alla famiglia di mia mamma: vedo che è già tardi e non abbiamo neanche cenato.

Prima mi si è chiuso lo stomaco, ma adesso sta brontolando.

«Chi ti ha telefonato?» Spero di ricevere qualche notizia sulla sua vita privata.

«Mia madre, e non è stata una telefonata piacevole», ammette dispiaciuto.

«Mi dispiace... ne vuoi parlare?» Cerco di entrare nel suo mondo ma, anche questa volta, non me lo permette.

Mi tiene alla larga, come se la sua vita possa mordermi e rovinarmi, trascinandomi in un pericoloso labirinto senza via d'uscita.

Scuote la testa: «Non mi va di parlare. Perdonami.»

Non insisto. Sono stanca di battibeccare con lui e in tutta sincerità ho fame.

«Hai fame?» Dispiaciuta dal fatto che non riesca ad aprirsi con me, cerco di cambiare argomento, anche se ancora sono arrabbiata con lui.

Raziel mi sorride: «Sì, abbastanza.»

«Qui vicino c'è una pizzeria aperta tutta la notte, ordino due pizze?»

All'improvviso mi agguanta l'altra mano.

Non riesco a farne a meno: mi incanto al suo sguardo.

Tutta la rabbia di prima sparisce come per magia perché mi sta rasserenando.

Forse, se mi fossi trovata al suo posto, scombussolata e confusa, anche io sarei sgattaiolata fuori...

...non dovrei prendermela.

«Scusami davvero, Ania. Non lo farò più. Sono un bravo ragazzo, lo sai.»

Sento che è sincero e tutti possono sbagliare, perciò provo a sciogliere quel nodo che mi si è formato in gola.

Lo tranquillizzo e torno in salotto a recuperare la mia borsa.

Ci frugo dentro e trovo il cellulare.

Respiro più intensamente perché in cucina, quando Raziel ha appoggiato la mia mano sulla sua guancia, mi è mancato il respiro.

Mentre cerco il numero della pizzeria che ho memorizzato, mi sporgo in avanti e guardo il mio ospite da questa posizione.

Ha la testa china e con entrambe le mani si imprigiona la nuca. Ha il respiro ansante e irregolare, lo sguardo abbandonato al proprio destino.

Sta proprio a pezzi e non è vero che si è calmato, non è vero che adesso va meglio.
Quella chiamata l'ha turbato ancora di più...
Povero Raziel...
Qualche secondo dopo aver prenotato le pizze, rientro in cucina, raccolgo il bicchiere e lo riempio di acqua.
Glielo porgo e le nostre dita si incrociano di nuovo: un battito risveglia il mio cuore.
«Grazie per l'acqua», ammette, tracannandola tutto d'un fiato.
«La pizza arriverà tra mezz'ora.»
Con estrema naturalità, appoggio le mani sul davanzale e osservo la luna che spicca nel cielo pieno di stelle.
Alcuni ricordi tentano di invadere il mio momento di riflessione e provo a bloccarli sul nascere.
Sono ricordi brutti, spiacevoli, che non voglio rivivere assolutamente, ma fanno parte della mia vita e, in un modo o nell'altro, non mi lasceranno mai in pace.
Ecco perché riesco a capire Raziel.
Se avesse dei ricordi brutti dovrebbe confidarsi con qualcuno, lasciarseli alle spalle, ma poi penso: farei la stessa cosa? Mi confiderei mai con lui?
È una storia troppo delicata e non so se un giorno gliela racconterò.
Quando stringo le mani, lui mi scruta.
«Tesoro, va tutto bene?» Mi meraviglio per l'appellativo con il quale mi ha chiamata e la sua calda voce, del tutto preoccupata, mi colpisce dritta al cuore.
Apro la finestra per far entrare un po' d'aria fresca e lo sguardo di Raziel mi sorprende; adesso sembra il ragazzo che ho conosciuto tre settimane fa: dolce, comprensivo e premuroso.
«Sì, certo», lo inganno con le parole e non chiede altro.
Come se non bastasse si avvicina, il suo profumo invade le mie narici: è un profumo fresco, gradevole, molto mascolino.
Mi viene voglia di annusarlo ancora di più e lui sembra leggermi nel pensiero perché fa un gesto inaspettato: attraverso le sue nerborute braccia mi stringe con fervore. Mi lascio confortare dal suo abbraccio e ricambio stringendo la presa.
«Grazie.»
«Per cosa?» Domando curiosa.
«Per quello che stai facendo per me. Sul serio, grazie.»
Gli sorrido, ma in quel momento suonano alla porta e sobbalziamo.
Imbarazzati, ci scostiamo e abbassiamo lo sguardo per paura di poter

dire qualcos'altro.

Mi schiarisco la gola e mi dirigo verso l'uscio.

«Vado ad aprire...»

Annuisce, divertito dalla situazione in cui ci siamo trovati, e mi lascia andare.

Una volta lontana dalle sue braccia, respiro a pieno e provo ad essere meno imbarazzata.

Ritiro le pizze, pago e chiudo la porta; conto fino a dieci prima di voltarmi e raggiungere Raziel in cucina.

Okay, mi ha abbracciato, ma gli abbracci hanno vari significati.

Mi avrà voluto far capire che tiene alla nostra amicizia e che da ora in poi non scapperà più di nascosto.

Mi convinco di credere alle mie supposizioni, mentre i piedi avanzano timidi verso la cucina.

«Ho una fame.»

Raziel mi aiuta con le pizze ancora calde e con un profumo che sta facendo impazzire i nostri stomaci.

Mi avvicino alla credenza e mi alzo sulle punte per raccogliere le posate e i bicchieri.

Dopo aver racimolato tutto l'occorrente, mi siedo di fronte a lui.

«Allora buona cena», riferisco, affamata.

Raziel sorride e ricambia alzando il bicchiere d'acqua, come segno di brindisi.

Al suo gesto gli propongo un'idea: «Aspetta... in casa c'è del vino, lo vuoi?»

18
L'altra faccia della luna

Ania

Vino, risate, chiacchiere e buio...
«*Non ci credo...*» *la voce di Raziel era vicinissima al mio orecchio.*
«*È vero, invece...*» *affermai, brilla.*
«*Ma qualcuno ti avrà pur baciata...*» *la sua voce era droga... più parlava, più mi avvicinavo a lui. Era come una condanna lenta e letale: mi incantava, ma non potevo averlo.*
Ero proprio stordita, però l'imbarazzo non mi aveva bloccata.
«*Sì, certo. Ho ricevuto dei baci, ma da alcuni rospi*», *bofonchiai, aggiungendo soltanto una misera parte di verità.*
Avevo ricevuto solo un bacio, una volta, da un certo Nicholas... e non mi era piaciuto.
Raziel schiuse gli occhi... la sua voce si affievolì e il buio avvolse totalmente la sua figura...

L'indomani mattina la luce calda del sole sfiora le mie gambe nude. Mi stiracchio evitando di alzarmi dal letto.
Sembra ancora così presto, e ieri sera io e Raziel abbiamo fatto tardi.
Molto tardi.
Abbiamo parlato di tante cose e ci siamo scolati una bottiglia di vino, infatti ho un leggero mal di testa.
Porto il copriletto fin sopra il naso e abbasso lo sguardo mentre ripenso a Raziel con il calice tra le mani e con quell'aria da uomo maturo che mi ha scaldato il cuore.
Le sue domande mi tornano in mente come un lampo e mi fanno ricordare quanto io sia stata molto sicura nel rispondere.
Accenno un sorriso.
Non so come ci siamo ritrovati a parlare di baci, di incontri casuali, di relazioni e tanto altro, ma ricordo che è stato più lui a fare domande che io.

Come previsto, non si è sbilanciato, non mi ha raccontato quasi niente della sua vita privata, e il mistero aleggia ancora tra di noi.

Io, invece, ero alticcia e mi sono lasciata sfuggire la verità: ovvero che non sono mai stata fidanzata.

Ebbene sì, all'età di vent'anni, non so cosa significhi condividersi con qualcuno e non me ne pento.

Come ho ripetuto in passato... aspetto il vero amore.

All'improvviso i miei ricordi si focalizzano sulla scena in cui ha riempito il quarto bicchiere di vino e su come non ha centrato il fondo e il liquido rossastro si è rovesciato sul tappeto.

«Ho imbrattato il tappeto?» Nonostante la domanda preoccupata, la sua voce era così sexy, maledizione.

Perché pensavo sempre e solo alla sua voce?

«Forse», stavo per ridere, ma mi portai una mano davanti le labbra.

Non sapevo come avrei riso da brilla e non volevo fare brutte figure, dunque cercai di contenermi, anche se era proprio difficile.

Raziel asciugò l'esterno del bicchiere con un tovagliolo e lo riappoggiò per terra.

Si era preoccupato del tappeto e cercò di far andare via la macchia...

Poi i suoi occhi rincontrarono i miei e le sue labbra si mossero con estrema facilità... ma non mi baciarono.

Non lambirono neanche per un secondo le mie, bramose.

Non mi accontentarono... ed io ne rimasi delusa.

Non ricordo molto altro; rivolgo un'occhiata appagata al sole.

Poco dopo occhieggio verso la sveglia sul comodino e noto che, in realtà, non è presto come immaginavo: sono le undici e mezza passate.

«Oddio!» Esclamo e scatto in avanti per evitare di restare ancora beatamente distesa come una stupida.

Guardo di nuovo verso l'aggeggio elettronico e scopro che, la sera precedente, non ho inserito l'allarme. Sbuffo e mi passo una mano sul viso per cercare di svegliarmi.

Prima di iniziare la giornata, fisso la mia immagine riflessa allo specchio e sospiro.

Alla fine, nonostante sia scappato dalla finestra come un ladro, ho deciso di perdonare Raziel per il motivo che mi ha rivelato durante la nostra discussione, ossia la chiamata di sua madre, che l'ha sconvolto.

Ovviamente qualcosa non mi quadra, ma non voglio rovinarmi quest'ultimo giorno con lui e al solo pensiero che domani dobbiamo rientrare mi si stringe il cuore.

Il tempo sta trascorrendo velocemente.

È vero... non è andato sempre tutto bene, però la percentuale dei ricordi piacevoli è maggiore.

Con forza, scendo dal letto, infilo la vestaglia e raggiungo la porta: sbadiglio, mi stropiccio gli occhi e ancora molto assopita inclino la maniglia.

Proprio in quel momento il petto di Raziel si materializza davanti ai miei occhi e io vado a sbattere leggermente contro la sua spalla.

Il mio braccio si indolenzisce e massaggio proprio il punto in cui ho urtato.

«Ti sei fatta male?» La sua voce risuona come sempre ben modulata intorno a noi. Scuoto la testa.

«No, assolutamente», in realtà il dolore si è affievolito.

Gli sorrido e, come se non fosse successo niente, indico il lungo corridoio illuminato dalla luce.

Raziel mi concede il permesso di passare per prima e lo ringrazio, notando la bellissima felpa rossa che gli fascia le larghe spalle.

Accidenti, sta proprio bene in tenuta sportiva...

«Hai dormito bene?» Si spettina i capelli.

«Abbastanza, direi.»

«Il vino non ti ha fatto venire il mal di testa?»

Sorride: ha un sorriso radioso, capace di riscaldarmi immediatamente il cuore.

Come si può scaldare il cuore di una persona?

Mi riscuoto dai pensieri e rispondo senza balbettare.

«Solo un po'! Tu, invece, come hai dormito?»

«Magnificamente. Oggi sono più sereno...» mi osserva da sotto le folte ciglia. Capisco che non ha più l'aria triste e spaesata del giorno precedente.

Sembra davvero rilassato.

Faccio un respiro profondo e riprendo a parlare perché un'idea mi è balzata nella mente.

Mi rendo conto di avere appena trovato il nostro passatempo per il resto della mattinata...

«Ottimo, anche perché mi è appena venuta in mente una cosa...»

Raziel si morde il labbro, curioso, e con un sorrisino sfacciato risponde: «Cosa?»

Mi scruta, indugiando su alcune parti del corpo che non riesco bene a individuare perché abbasso lo sguardo sulle sue scarpe.

«Ti va di fidarti di me?»

«Mmmh... ho altra scelta?» Scherza.

Lo ammonisco con un colpetto sul braccio, sorpresa dal suo buon umore: «Sì, ma non ti dirò nulla fino a quando non mi seguirai.»

«Mi stai spaventando e incuriosendo allo stesso tempo. Non è che in realtà vuoi vendicarti per come mi sono comportato?» Il suono della sua risata rauca è piacevole.

«No. Non voglio vendicarmi. Però adesso vieni con me.»

Anche se non mi ha dato una risposta, lo prendo in contropiede e inizio a correre.

«Il vino ti ha fatto proprio bene, eh?» Dopo quella domanda, mi raggiunge verso una stanza che non ho mai aperto in sua presenza.

«Cosa c'è qui dentro? Pensavo fosse una stanza come tante», ammette affascinato.

«Ti sei sbagliato», lo correggo all'istante.

Inarca un sopracciglio e piega la testa.

«I Ferrer hanno qualche segreto nascosto?»

Vorrei tanto dirgli di no e che magari i segreti fanno più parte di lui che di me, al tempo stesso faccio finta di nulla.

Scuoto il capo e dal posacenere, che si trova sul mobile appoggiato alla parete, raccolgo una piccola chiave argentata.

Contemporaneamente il ciuffo ribelle gli scivola sulla palpebra e non lo sposta. Si avvicina allo stipite della porta e continua a guardarmi con curiosità.

È solo quando apro l'uscio che mi affretto a osservare la sua espressione inebetita.

È molto semplice: è la mia stanza di quando ero piccola, ma ora dovrebbe essere la camera degli ospiti, solo che i mobili sono tutti ammassati e l'intonaco color pesca è sbiadito dal tempo.

La stanza è stata chiusa per tanti anni e mamma e papà non l'hanno più sistemata perché non lo ritenevano necessario.

Sul pavimento, oltre al letto, all'armadio appoggiato alla parete, ai giocattoli che ho usato da piccola, ci sono dei secchi che i muratori hanno abbandonato anni prima, dopo aver dipinto le quattro facciate.

Adesso sono vuoti, ma ci serviranno per il lavoro che ho in mente di fare.

«Non mi dire *che...*»

Raziel sembra avermi letto nel pensiero e una leggera risata, quasi malefica, fuoriesce dalla mia bocca.

È anche vero che vorrei fargliela pagare per come si è comportato il giorno prima, ma giusto un po'... però a lui non rivelerò questo piccolo dettaglio.

«Vuoi farmi lavorare di sabato mattina?»

Non so se sia una lamentela, visto che non comprendo a pieno il tono con cui proferisce queste parole, ma sì...vorrei sistemare la stanza e rendere felici i miei.

Mi pizzico il labbro inferiore.

«In teoria papà sarebbe davvero felice se riuscissimo a mettere in ordine questa camera. Ti va, oppure...» faccio finta di permettergli di scegliere perché non mi sembra quel tipo di ragazzo che mi lascerebbe da sola a svolgere un lavoro del genere, infatti, quando alza gli occhi al cielo e mi riguarda, capisco che non andrà da nessun'altra parte.

Sogghigno di nascosto.

«E va bene, ti aiuto. Non vogliamo deludere il signor Ferrer, vero?» Si affianca a me e mi dà una spintarella che mi provoca un brivido di piacere.

«Già. Non dobbiamo proprio deluderlo.»

Raziel torna a fissarmi con i suoi grandi occhi magnetici che sembrano ipnotizzarmi di nuovo.

«Però si farà a modo *mio*», mi fa l'occhiolino e, questa volta, inarco io un sopracciglio, curiosa per questa sua affermazione.

«In che senso?»

Tira fuori il cellulare dalla tasca e lo sventola davanti la mia faccia.

«Dobbiamo pur svegliarci, giusto? Siamo ancora mezzi addormentati. Prima di iniziare abbiamo bisogno di un'ottima musica.»

Concordo con la sua meravigliosa idea e acconsento, cercando di sfilarglielo dalle mani, ma lui è molto alto e riesce ad allontanarlo dalla mia presa.

«Ah, ah! La musica la scelgo io! Torno subito, aspettami qua.»

Sul momento sbuffo, ma lo lascio andare, e quando torna noto che ha portato con sé degli auricolari.

«Prima di iniziare...vorrei che ti mettessi qui, al centro della stanza.»

Faccio come mi chiede e mi posiziono proprio nel punto che ha indicato. Il sole sorto da qualche ora mi illumina con i raggi tenui.

Porto la mano sulla mia fronte per coprirmi dalla luce solare, ma Raziel si avvicina e mi distrae perché inserisce gli auricolari all'interno delle mie orecchie.

Tutto questo mi ricorda un'atmosfera da sogno e mi lascio guidare da lui e dai suoi movimenti, senza interromperlo.

Vorrei girarmi e osservare il viso rilassato del mio ospite, ma le sue braccia me lo impediscono perché mi stanno circondando.

Mi lascio trasportare dal ritmo della melodia, chiudendo gli occhi ed emozionandomi.

«È una canzone che conosco?» Chiedo, a bassa voce.

«No, ma ora la conoscerai...» sussurra all'orecchio. Sento il suo sospiro punzecchiarmi il collo e riprendo a immergermi di nuovo in questa melodia.

È un momento davvero meraviglioso e mi sento unita a Raziel più che mai.

È una sensazione strana, vorrei che non si allontanasse da me, che non mi lasciasse andare via e che mi tenesse stretta sempre così, come sta facendo.

Vorrei che non scappasse più e che...

Fortunatamente, il cantante inizia a canticchiare le parole, prima lentamente, poi durante il ritornello la canzone adotta un ritmo più accelerato.

È una musica di genere rap e mi piace, mi intriga parecchio.

Hai mai guardato l'altra faccia della luna?
Sembra proprio che non porti tanta fortuna
È buia, misteriosa, proprio come il cuore
Che a volte sente la mancanza di qualcosa, forse dell'amore.

Le stelle brillano tutto l'anno
Quello che i tuoi occhi di solito non fanno
Eppure lo sento
Sarai il mio danno
Ti guardo da troppo tempo ormai
Ma c'è qualcosa che non sai
L'amore brucia l'anima è vero
Però tu, mi fai vivere sul serio.

Devo assolutamente chiedere a Raziel come s'intitola perché, molto probabilmente, l'ascolterò per tutta la notte.

Mi ha fatto emozionare e quando l'ultimo ritornello finisce mi giro di colpo, senza finire tra le sue possenti braccia.

Raziel allontana le cuffiette dalle mie orecchie. All'improvviso sembra che ci sentiamo davvero bene.

«È una canzone molto bella. Chi è il cantante?»

La mia opinione sembra fargli piacere e sfoggia uno dei suoi migliori sorrisi.

A un certo punto si irrigidisce, ma mi rivela la verità senza troppi giri di parole.

«Un mio vecchio amico...»

Si tocca le palpebre con la mano libera, quasi perso in un ricordo lontano.

«È molto bravo, complimenti.»

Provo a non aggiungere altro perché noto il suo cambio d'umore. Questa volta non mi mostra il suo sorriso smagliante e accattivante e, d'un tratto, si avvicina spavaldo. Le sue scarpe toccano i miei piedi, poi abbassa gli occhi su di me.

Raziel è molto alto e quando guarda verso il basso, la maggior parte delle volte, trova le mie labbra. Proprio come ora.

Non è costretto a guardarmi, eppure mi rivolge la sua perenne attenzione.

Ingoio a fatica. Perché non stiamo iniziando a pitturare? Mi tremano le gambe, è normale?

Siamo troppo vicini, ma come sempre non riesco a interpretare le sue mosse.

Ammetto che mi sta osservando come non ha mai fatto nessuno, con uno sguardo colmo di desiderio.

È una mia impressione?

In questo modo, così vicino a me, sento di volergli afferrare le mani e di accarezzargli quelle nocche bianche.

Come se avesse captato il mio segnale, si avvicina al mio orecchio e si nasconde dai miei occhi.

Sto quasi per vacillare.

Cosa mi sta succedendo?

Forse... forse il mio cuore ha iniziato a battere davvero? Al solo pensiero sento le guance andare a fuoco, e non posso farci niente.

Volto leggermente il viso verso di lui e le sue labbra si inarcano in un sorriso particolare, non provocatorio, quasi *intimo*.

«Sai, Ania, non ho potuto fare a meno di notare che...» fa una pausa, tuttavia la sua voce è così profonda che un brivido di piacere si insinua nel mio basso ventre.

Non intervengo, aspetto che continui perché potrei svenire tra le sue braccia da un momento all'altro.

«Da quando ti conosco, il più delle volte ti travesti di luce per far risplendere i miei incubi più grandi.»

La sua rivelazione mi stordisce e mi imbambolo, specialmente appena noto un luccichio in quelle iridi pazzesche.

Forse mi sto immaginando tutto.

Cosa mi sta succedendo? Vorrei toccarmi il cuore con il palmo della mano, solo che non riesco a muovermi.

Raziel mi sta ipnotizzando sul serio.

Non stringo i pugni lungo i miei fianchi, ma vorrei interrompere questo momento.

Non ha senso prolungarlo, mi sta solo guardando e non va bene.

Non va per niente bene.

Forse non ha intenzione di sbilanciarsi più di tanto, forse le mie labbra per lui non sono una distrazione come lo sono le sue per me. Allora perché mi ha appena rivelato questa intensa frase, ricca di un significato nascosto e intimo?

Appena mi mordo il labbro qualcosa cambia: stringe gli occhi e le mie gambe tremano ancora di più.

Il ciuffo ribelle ritorna a tagliarli lo sguardo socchiuso, mentre osservo ogni suo singolo movimento.

Con scatto improvviso e inconsueto, la sua mano afferra i lembi della mia maglietta e mi attira verso di sé.

Mi sento disorientata da questo gesto, ma continuo allo stesso tempo a osservare il volto del ragazzo che ho di fronte: è macchiato di confusione.

Dalla mia parte c'è solo tanta paura: paura di interpretare male le sue azioni.

Prima di ora, queste mani hanno cercato qualche volta un lieve contatto con la mia pelle, ma mai in questo modo.

Non mi hanno mai avvicinato a lui come se volessero impadronirsi di me.

Ancora una volta mi scosta una ciocca di capelli dietro l'orecchio.

Mille brividi percorrono tutto il mio corpo.

Vorrei restare così per sempre, potrei persino abituarmi al suo calore.

A un certo punto, la sua mano lascia il tessuto della mia maglietta e raggiunge i fianchi per accarezzarli.

Rabbrividisco di un piacere insolito, estremo, e questo solo perché il suo tocco mi sembra angelico.

Raziel non parla, non dice nulla, perciò lo seguo con gli occhi, in silenzio. Vorrei poter allungare una mano sul suo petto, vorrei poter sfiorare la sua maglietta, ma la paura mi blocca e resto ferma, immobile.

Mi faccio guidare da lui.

Non interferisco, anche se il silenzio si prolunga intorno a noi.

Quando un suo dito inizia a salire più su, il mio cuore inizia a palpitare.

Rimango a fissare ogni singolo movimento.

Mi sta osservando attentamente e questo pensiero continua a far impazzire le mie emozioni.

Non posso fare altro che aspettare un suo bacio.

Ogni pensiero che ho fatto nelle ultime ore su di noi potrebbe avverarsi proprio in questo momento.

Vorrei baciarlo.

Perché non si avventa sulle mie labbra?

Decido di incontrarlo e mi accorgo che i suoi occhi non sono per niente gentili, perché la sua espressione è maliziosa.

Mi vorrebbe, glielo leggo nello sguardo, e io voglio lui, anche se non riesco ad ammetterlo ad alta voce.

-*Raziel, ti prego, baciami*-: vorrei sussurrarglielo senza contegno, ma qualcosa blocca le mie parole...

Improvvisamente, si morde il labbro e accosta la sua fronte alla mia: il solito ciuffo ribelle riesce a solleticarmi la pelle.

Siamo vicinissimi... dovrei soltanto alzarmi sulle punte dei piedi e riuscirei a sfiorare le sue labbra.

Lo faccio.

Devo farlo.

Voglio farlo, così lo sorprendo e mi sollevo lentamente, come la scena di un film.

Interessato dal mio gesto, non si allontana, non scappa, non si rintana nel suo dolore, e così mi avvicino, ancora, ancora di più sulle sue labbra carnose e seducenti, piene e da baciare...

...improvvisamente la sorte si mette in mezzo e una chiamata interrompe il momento.

Forse è stato il destino, perché appena mi allontano dalla sua fronte e scatto indietro, esalo un sospiro di sollievo.

L'espressione di Raziel si indurisce, poi si raddrizza e mi incita a rispondere perché la chiamata proviene proprio dal mio cellulare.

Avvampo e mi schiarisco la gola quando leggo il nome di mio papà sul display.

Spero solo di non avere la voce tremolante.

«Pronto papà?»

«Tesoro, come va? Come stanno andando questi giorni?»

Davvero scosso ed emozionato per ciò che stava succedendo tra di noi, Raziel si incammina verso il suo telefono a controllare qualcosa.

«Tutto bene papà. Abbiamo appena finito di fare colazione.»

«Ho capito tesoro, senti, potresti passarmi Raziel un momento?»

Annuisco e, cercando di dimenticare la passione che ci ha legati poc'anzi, gli porgo il cellulare.

«Vuole parlare con te.»

Mi scruta titubante, ma afferra il telefono e lo avvicina all'orecchio.

Forse è stato un bene che papà abbia telefonato. Non avrei interrotto quell'istante che si era creato tra di noi, e chissà cosa sarebbe successo...

...magari ce ne saremmo pentiti... o forse lui non avrebbe ricambiato il bacio che volevo dargli.

«Certo, va benissimo signor Ferrer. Sì, non si preoccupi.»

Lo sento farfugliare, provo però a non impicciarmi, soprattutto quando lo saluta e interrompe la telefonata.

Ho iniziato a pitturare, anche perché ci vorrà un po' prima che terminiamo il tutto, ma Raziel mi raggiunge di nuovo.

«Vuoi sapere cosa mi ha chiesto tuo papà?» Si affianca a me e spalanca il suo sorriso.

Sembra che il momento intenso di prima sia scomparso e me ne rammarico.

Il suo calore mi manca da morire.

«Mi stai spaventando...» provo a essere indifferente e rispondo come se prima una scintilla non avesse fatto breccia nei nostri cuori.

Raziel ride forte e si posiziona di fronte a me assumendo una postura corretta. Continua a fissarmi, però il suo sguardo è cambiato. Non è più intenso, ricco di stelle e di passione.

Sembra che l'atmosfera precedente sia stata spazzata via con un colpo di vento.

«Sto scherzando, Raziel. Cosa ti ha detto papà?»

19
Vibrazioni

Raziel

«Tuo papà mi ha invitato a trascorrere una giornata con lui», rivelo estasiato.
La proposta del signor Ferrer mi ha stupito ed elettrizzato allo stesso tempo.

«Davvero, quando?» Gli occhi di Ania brillano più del solito.

Ha due perle così belle che sarei tentato di dirle che dovrebbero sempre risplendere di curiosità e passione, di felicità e di amore, ma non mi espongo.

«Domenica prossima», continuo con un sorrisino compiaciuto.

Meno male che suo padre ha interrotto il momento di prima, perché avrei commesso un errore irreparabile.

Stavamo per baciarci... e questo non deve succedere.

Io e Ania siamo due opposti inesorabilmente troppo vicini. Due cuori che parlano all'unisono, che si scontrano per desiderio, per passione, ma che non dovrebbero restare nello stesso posto. Creerebbero follie e illusioni.

«Tuo padre è un brav'uomo. Sono molto contento di averlo conosciuto.»

Ania riprende in mano il pennello per portare a termine il nostro lavoro, io la imito iniziando a tracciare delle linee verticali sul muro per pitturare come si deve.

Devo rendere più definito il colore, solo così si percepirà che abbiamo lavorato sul serio.

«Sì, mi ha raccontato del vostro incontro a un convegno, giusto?» Cerca di saperne di più, restandomi accanto.

In questo momento sta dipingendo la parete con attenzione, e il mio istinto mi consiglia di trattenermi, tuttavia continuo a parlare.

Provo a farmi forza e a non sfiorarle il braccio. Non voglio che si crei di nuovo la situazione di prima: noi due attratti dal rumore dei nostri cuori.

Non posso legarmi come vorrei, non in quel modo... ne soffrirebbe. Soffriremmo entrambi...
Se scoprisse la verità, inizierebbe a odiarmi, come hanno fatto *tutti*.
Il suo cuore non merita la sofferenza.
Mi sembra così pura, così sensibile, le farei soltanto del male.
«Sì, ci siamo conosciuti a un convegno. Pensavo fosse un professore, invece seguiva il corso per dei crediti extra. Abbiamo parlato per tutti i tre giorni, più di lavoro che di altro, e mi ha lasciato il suo numero per ogni evenienza.»
Interrompo il discorso pensando alle altre parole da dirle. Non voglio raccontarle perché sono andato via dalla mia città, né altro.
Ogni volta fa del suo meglio per comprendermi, forse perché tiene all'amicizia che si è creata tra di noi, ma ancora non mi sento pronto a confidarmi con lei e non so se mai lo sarò.
Mi vengono in mente mille motivi per non rivelarle ciò che ha stravolto la mia vita, fortunatamente la domanda successiva di Ania mi fa dimenticare i brutti pensieri.
«Vi siete sentiti altre volte? Prima che ti trasferissi da noi?»
Ho conosciuto Alberto dopo il periodo più brutto della mia vita.
Avevo appena finito di andare da uno psicologo, anche se era già trascorso molto tempo dalla fine della mia felicità.
I miei genitori avevano scelto il miglior specialista e io li avevo accontentati.
Non ho avuto altra scelta, ma la terapia non ebbe un effetto positivo su di me, perché invece di aprirmi e di farmi liberare da tutto ciò che mi attanagliava lo stomaco e mi faceva impazzire, mi sono chiuso ancora di più, scoprendo che colore avesse la profonda oscurità.
Ho abbandonato la cura qualche tempo dopo e durante l'incontro con Alberto mi sentivo uno schifo.
Il signor Ferrer ha capito subito che non stavo bene, ma non è stato invadente.
«Qualche volta tramite messaggi», aggiungo, smettendo di pensare a quei momenti.
Non mi giro a guardarla, né tanto meno lei si volta a osservare il mio sguardo perso nel rimasuglio di quei ricordi lontani.
Continuiamo a dipingere e questa volta provo a riportare il discorso su di lei.
«Che rapporto hai, invece, con tua mamma?» Immergo il pennello nella vernice fresca.
Si gira e, inconsapevole di trovarmi vicino al secchiello, compie lo stesso movimento. I nostri pennelli, così come i nostri occhi, si incrociano,

ma questo momento risulta essere più intenso di quello di prima.

Non riusciamo a proseguire il lavoro. Restiamo fermi, intenti a scambiarci sguardi incandescenti.

Mi sento nervoso, non so perché, ma più la guardo più dei pensieri strani serpeggiano nella mia mente.

Pensieri inappropriati, impudichi, che mai avrei pensato di fare su di lei.

In questo momento, la mia mente sta riproducendo una scena molto intima: io e Ania distesi sul pavimento, sporchi di vernice.

Io sopra e lei sotto. Lei che mi guarda un po' impaurita, ma anche maliziosa, io che non vedo l'ora di assaporare quelle labbra così gonfie...

La mia mano sfrega la stoffa della maglietta, per poter sentire il calore del suo corpo e la mia bocca...

Rimango sbalordito dalla mia immaginazione, scuoto la testa e depenno quelle sporche fantasie che mai si avvereranno.

«Con mia mamma ho un bellissimo rapporto.»

Ha ricominciato a raccontarmi di lei. Grazie a Dio.

Ignoro il silenzio di prima e le rispondo come se non fossimo appena stati attratti dai nostri sguardi.

«Più che con Alberto?» Chiedo, rischiando di invadere la sua privacy.

In realtà, non dovrei farle questo tipo di domande, perché lei potrebbe farle a me, ma sono curioso di conoscerla di più.

Le chiederò anche se tra lei e Timo sia mai scattato qualcosa. O tra lei e Carlos.

Mi sembrano molto uniti, tutti e tre, e al solo pensiero potrei impazzire.

L'altra sera mi ha rivelato che non ha mai avuto una relazione seria e sono rimasto sbalordito visto il suo dannato fascino.

Che sia ancora casta e pura? Nei miei occhi lampeggia una scintilla di curiosità.

Quanto vorrei chiederglielo... quanto vorrei scoprirlo io stesso...

Sono un gentleman, per questo non potrò scoprirlo, ma se non lo fossi stato non mi sarei mai fatto scappare una bellezza del genere.

Per di più, le mie dita sarebbero davvero curiose di poter conoscere quella parte tanto intima di Ania.

Mi riscuoto per svegliarmi dalle fantasie.

«In realtà con entrambi ho un ottimo rapporto e anche se mi controllano tanto so che lo fanno perché mi vogliono bene», aggiunge discreta.

Chissà a cosa si riferiva Alberto quando mi ha parlato di Ania e del suo periodo negativo. Vorrei chiederglielo, ma rimango ad ascoltarla.

Le presterei attenzione per ore, senza stancarmi mai...

Mi piace quando parla, quando muove quelle labbra, quando arriccia il naso e quando si morde l'interno della guancia a causa del suo imbarazzo...

Ho notato piacevolmente che compie questi gesti e inoltre, per me, non ha nessun difetto.

Comunque, qualunque cosa le sia successa è affar suo, non mio, perché poi anche il mio passato diventerebbe un suo problema e non andrà così.

Tra noi due non potrà mai superarsi la fase del: "*raccontami quello che ti è successo*".

Anche se c'è stata una volta in cui ho pensato che con lei avrei potuto agire diversamente, mi sbagliavo.

Il dolore che provo deve appartenere solo a me.

Non posso pretendere che qualcuna ne abbia anche solo un pezzetto.

Sarebbe da egoisti far soffrire gli altri.

Termina di ridefinire la facciata e, una volta appoggiato il pennello sopra il secchio, si stiracchia.

Anche io ho terminato la prima, adesso ne mancano due e ci vorrà un'altra ora, ma poi la camera sarà quasi ultimata.

Dobbiamo semplicemente pulire il pavimento e riordinare tutti i mobili, sarà una passeggiata in confronto.

* * *

«Siamo stati bravi. Abbiamo ridipinto tutto», mi soffermo sul nostro lavoro e lei annuisce, fiera di come abbiamo pitturato.

D'un tratto cambia argomento.

«Sei stanco? Ti sei sforzato troppo?»

Le lancio un'occhiata perché mi ha appena dato una bella scusa per troncare questa vicinanza che mi sta distruggendo; devo restare da solo per riflettere.

Anche se farò la parte dello stronzo che non l'aiuterà a completare l'opera, ho deciso: devo andarmene per qualche minuto.

Devo ritornare a respirare.

«Sì, non mi sento granché. Ho bisogno di una doccia fredda.»

Sgrana gli occhi.

«Così mi fai preoccupare, Raziel. Cosa hai?»

«Nulla, devo solo rigenerarmi un po'. Ti dispiace se ci vediamo dopo?»

Ania annuisce.

«Assolutamente. Vai, ci penso io a mettere in ordine. Dopo andiamo a mangiare. D'accordo?» Cerca di non mostrarsi in ansia.

Mi sento proprio un coglione perché la conosco e sarà in pensiero per me.

«Grazie! Ci vediamo dopo. Se ho bisogno ti chiamo. Stai tranquilla, d'accordo?»

Sembra crucciata, ma annuisce, permettendomi di andare via. Vorrei ringraziarla per non essersi arrabbiata.

Senza rendermene conto mi sporgo in avanti, le afferro il viso con entrambe le mani e mi avvicino superando ogni limite imposto.

Per quanto desideri poter stravolgere ogni cosa, lascio semplicemente un leggero bacio sulla sua fronte ma, quando le mie labbra la sfiorano, il cuore inizia a martellarmi nel petto.

Devo frenare i miei impulsi, non possono essere così lesti e spediti.

Vorrei accarezzare ogni angolo del suo corpo e la sto scrutando come se non avessi visto mai un sole così bello, devo riprendermi.

Sento delle vibrazioni potenti, incontrollabili, irrefrenabili, però dovranno essere placate immediatamente.

Dio, Ania... cosa ti farei se potessi liberarmi da tutto ciò che mi rende così irrecuperabile...

Ma siamo nella vita reale, non nella fantasia, e non tutto si può avere, non tutto può avverarsi.

Non come succede in quelle storie d'amore che ama tanto leggere.

La mia vita è un oceano invalicabile, dove ogni giorno annego in una vastità di colpe.

Non ho superato il mio dolore e vivo rassegnandomi al fatto che non incontrerò più la felicità.

Potrei abbandonare questo senso di angoscia, eppure non me ne do pace, perché quest'ultima non mi spetta.

Abbandono questi lancinanti momenti di perfida agonia e mi rivolgo alla dolce ragazza, anche se secondo me sta aspettando *altro...*

«Se hai bisogno chiamami anche tu.»

Ania mi sorride timidamente. «A dopo, Raziel.»

«A dopo, Ania.»

Esco dalla stanza come una pantera inferocita.

Devo mantenere la calma, non posso lasciare che i miei ormoni vincano.

Mi chiudo in bagno, mi tolgo da dosso la maglietta sudata e slaccio i pantaloni.

Una volta che ogni vestito è caduto sul pavimento e mi ha lasciato nudo, appoggio i palmi delle mani sul lavabo e abbasso la testa.

La cascata di capelli che ricopre la mia nuca mi scivola sulla fronte fino a dare un velo di tristezza ai miei occhi stanchi e pensierosi.

«Maledizione!» Sbotto con voce rauca, ma in realtà vorrei sfogarmi con un grido che farebbe tremare tutto.

Mi sono avvicinato troppo. Troppo. Non dovrà succedere mai più.

Non dovrò più oltrepassare lo spazio che mi sono imposto dalla prima volta che l'ho incontrata.

È bella da mozzare il fiato, ma non è mia e mai lo sarà. Non dovrà accadere un'altra volta.

Inviperito, sposto lo sguardo verso lo specchio e scruto la mia figura consumata.

Sembro quasi sul punto di crollare.

Non è solo per Ania che mi sento così, in questo viaggio sono successe tante cose che mi hanno fatto pensare al passato.

Forse non sarei dovuto partire con lei, forse avrei dovuto studiare davvero per l'esame.

Mi scosto con furia dal lavandino e spalanco la tenda della doccia.

Entro senza far rumore e apro il rubinetto per far scorrere il getto d'acqua su di me.

Voglio che fuoriesca veementemente perché ne necessito all'istante.

L'acqua è fredda, ma non m'importa. Ho bisogno di non pensare.

Insapono il mio corpo, il mio viso, i miei capelli e rimango a fissare il fondo della doccia e le mattonelle bianche, fredde come la mia anima.

Ho sbagliato ad avvicinarmi a lei. Sbaglio sempre tutto e mi condanno per il mio comportamento.

Nessuno deve starmi vicino.

Sbatto i palmi delle mani sul muro per punire il gesto che ho commesso.

Non dovevo guardarla in quel modo, non avrei dovuto farle intendere qualcosa con quel semplice e profondo gesto.

Io non posso lasciarmi andare.

Non così, non con lei.

Le nostre labbra non dovranno collidere più, neanche per errore.

Ancora confuso su ciò che è appena successo con Ania, mi porto la mano sul petto e sotto il getto d'acqua fredda obbligo me stesso a non doverla più guardare in quel modo e a non dover più immaginare le sue labbra sulle mie.

20
Sweety

Ania

È trascorsa una settimana da quando io e Raziel siamo tornati, e durante il viaggio di ritorno per lui qualcosa è cambiato.
Non abbiamo parlato molto e mi è sembrato che avesse voglia di tornare immediatamente a casa per non sprecare altro tempo in mia compagnia.
    Che si sia pentito di quell'avvicinamento che c'è stato tra di noi?
    Penso che, entrambi, abbiamo vissuto qualcosa. Un attimo speciale e potente, soprattutto quando ci siamo sfiorati e mangiati di sguardi.
    In quell'istante ho sentito le mie gambe tremare e il mio cuore fare capriole, ma lui?
    Cos'ha provato Raziel?
    Vorrei tanto chiederglielo, per tutta la settimana non ho fatto altro che pensare a quel momento, però non si è più avvicinato a me.
    Durante questi giorni è stato evasivo, sfuggente. È uscito parecchie volte con Gaston e la sua combriccola, stranamente, mentre io sono rimasta a casa.
    Ho capito che sta cercando in tutti i modi di evitarmi, sta sempre fuori e non mi coinvolge più tanto.
    Ha qualcosa che non va?
    Non sembra contento di essere partito con me.
    È vero, abbiamo avuto i nostri alti e bassi durante il viaggio, ma pensavo che li avessimo risolti, invece è diventato ancora più taciturno nei miei confronti.
    Sono da più di un'ora rintanata in biblioteca, e lo sto pensando ripetutamente come una scema invece di studiare per il primo esame del semestre.
    Sono da sola e la concentrazione di prima è andata a farsi benedire.
    Raziel è di continuo nella mia mente, non riesco a smettere di pensarlo. Ho voglia di confidarmi con Carlos; è stato sempre presente nella mia vita, anche Timo, ma con Carlos ho un rapporto diverso, molto fraterno.
    Distratta dai miei pensieri, afferro il cellulare e gli inoltro un messag-

gio.

> **Ania:** Mi raggiungi? Sono in biblioteca.

Per quanto riguarda Gaston, da quando sono tornata, non mi ha più infastidita ed è stato un bene.

Non mi va proprio di deluderlo e di illuderlo, penso che se ne sia fatto una ragione.

Tra di noi non è scattata la scintilla, almeno da parte mia, e non mi pento di non averlo baciato quella sera.

Non bramavo dalla voglia di sfiorare le sue labbra, soprattutto quando i miei occhi hanno osservato la stanza di Raziel e la luce accesa.

Ecco, ho di nuovo Raziel nei miei pensieri.

Non riesco a farne a meno…

> **Carlos:** Non mi va di studiare in biblioteca. Mi soffoca quel posto.

Stringo la matita tra le mani perché Carlos deve raggiungermi subito. Non ho proprio voglia di studiare, devo confidare i miei pensieri a qualcuno: devo raccontare quello che è successo.

Forse ho frainteso tutto: magari quelle sensazioni le ho provate solo io, magari Raziel ha pensato ad altro mentre mi guardava negli occhi.

Sì, sicuramente è stato frutto della mia fantasia… ma allora, quando mi ha afferrato i lembi della maglietta o si è avvicinato a un centimetro dalla mia bocca e mi ha sussurrato quella frase?

Se non fosse stato per mio padre, forse, avremmo *potuto*…

Mi interrompo e avvampo all'idea di Raziel sopra di me.

> **Ania:** Ti prego, è urgente. Ovviamente andremo a mangiare il tuo dolce preferito e non staremo in biblioteca.

Con questa frase lo convincerò.

Conosco Carlos come le mie tasche ed è proprio con quelle parole, infatti, che ricevo la sua conferma.

Mi precipito fuori dalla biblioteca.

Da quando siamo tornati, l'aria è più frizzante.
Con ansia aspetto Carlos vicino l'ingresso e appena lo vedo arrivare in macchina, gioisco.
Lo rincorro e mi catapulto sul sedile anteriore.
Mi saluta calorosamente con due baci sulla guancia e lo abbraccio perché mi è mancato molto.
«Siamo sdolcinati oggi, come mai?» Domanda, ironico.
«Sono sempre affettuosa» ammetto, con un sorrisetto sincero.
Carlos sorride, dandomi ragione.
Lo fisso per qualche istante: questa mattina indossa un maglione di cashmere scuro, molto pregiato e costoso. I pantaloni sono lunghi, ma non larghi.
I capelli sono tirati tutti all'indietro e le labbra sono più piene.
A colpirmi è il suo sguardo: è felice, spensierato, ha gli occhi sorridenti.
«Tutto bene?» Gli rivolgo l'attenzione e mi affretto ad allacciare la cintura di sicurezza.
Il mio amico mi lancia un'occhiata divertita e fa spallucce, senza rispondere alla mia domanda.
Nel frattempo tamburella le dita sullo sterzo e abbassa il volume della radio.
«Perché hai abbassato? La canzone mi piace», contraddico la sua scelta e provo a rialzare il volume, ma con un gesto automatico me lo impedisce.
«Abbiamo cose più importanti, oggi, della musica. Allora… cosa devi raccontarmi? Sono tutto orecchie!»
«Appena ci sediamo ti dirò tutto», prometto, senza perdermi in altri miei assurdi pensieri.
Carlos sbuffa e bofonchia.
«Non puoi anticiparmi proprio nulla?»
Sogghigno divertita nel tenerlo sulle spine.
«No. Voglio mettermi comoda.»
«Ma almeno un piccolo spoiler?» Continua, con gli occhi spalancati.
Scuoto la testa e non lo assecondo. Gli racconterò tutto appena arriveremo e ci gusteremo la nostra cioccolata calda preferita.
«Siamo quasi arrivati, suvvia, non insistere.»
Cerco di sviare il discorso, ma il suo sopracciglio si inarca inaspettatamente facendomi capire che prima o poi dovrò spifferare ogni cosa.
D'altronde ho chiamato Carlos proprio per confidarmi, ma di cosa precisamente? Non lo so neanche io!
La mia mente sta vaneggiando senza un motivo o forse sono io a non capire realmente cosa succede nel mio ingarbugliato cuore.
Non mi sono mai sentita così stordita.

Le mie gambe tremano quando ricordo me e Raziel in quel modo...

Quella sua maniera di guardarmi mi è rimasta incastrata dentro, non riesco ad allontanarla.

Lo immagino sfiorarmi la mano, sorridermi e osservare costantemente e con interesse la mia bocca.

Per non parlare dei suoi occhi, che spesso sono illuminati da un lampo grigio e brillante che sa di tempesta.

È solo quando Carlos mi riporta sul pianeta terra, schioccando le sue dita davanti alla mia faccia, che mi volto e torno alla realtà.

«Siamo arrivati, Ania. Ma cos'hai oggi? Devo preoccuparmi?»

Deglutisco il groppo in gola e scuoto la testa.

Deve preoccuparsi?

Con delicatezza anticipo la mossa del mio amico: scendo dalla macchina e lo aspetto vicino l'ingresso del pub.

Carlos mi raggiunge e mi prende a braccetto, poi ci incamminiamo all'interno del locale.

Ho voglia di strafogarmi di dolci, ne ho proprio bisogno.

Dopo aver sorpassato il tappetino di benvenuto, la porta cigola e ci sentiamo subito a nostro agio.

«Il nostro locale preferito!» Esclama con un gridolino.

«Non potevo deludere le tue aspettative, giusto?» Faccio l'occhiolino e sorride di gioia.

Mi abbraccia.

«*You are the best, baby!*» La sua pronuncia inglese mi diverte parecchio e continuo ad accoccolarmi tra le sue braccia.

Il mio amico indica un tavolo per due, in fondo la sala.

Il locale non pullula di gente.

È un luogo di ritrovo piccolo, molto grazioso e accogliente, con un bancone proprio di fronte l'entrata principale e vari tavoli sparsi alle estremità.

Siamo ancora a inizio ottobre e tra qualche mese sarà Natale. Anche se a Buenos Aires festeggiamo questa ricorrenza in modo diverso, durante la stagione primaverile, mi piace parlare di questa festività, perciò, prima di raccontare i miei problemi di cuore, chiedo qualcosa sui futuri programmi natalizi di Carlos.

Adora questa festa perché lui e la sua numerosa famiglia sono molto uniti e ogni anno festeggiano alla grande.

«Cosa farai quest'anno per Natale?» Domando con disinvoltura.

«Miguel tornerà a casa dagli Stati Uniti e così passeremo la giornata natalizia con lui e Rose, la sua compagna americana. Poi ci faranno compagnia tutte e quattro le nonne e i nonni. Mio zio Gonzalo invece verrà per il pranzo e faremo una grigliata.»

Il mio migliore amico mi scruta con un sorriso bellissimo che mi scalda l'animo.

Incrocio le braccia sul tavolo e inizio a giocherellare con la manica del mio maglioncino di cotone.

«La famiglia Ferrer cosa farà invece?»

«Ancora non lo sappiamo.»

Un colpo di tosse ci fa sollevare lo sguardo, e un cameriere tutto sorridente compare ai nostri occhi.

«Cosa vi porto ragazzi?»

«Un alfajor farcito al cioccolato», ordino.

Carlos mi asseconda.

«Ci vai giù pesante oggi?» Sogghigno appena noto ciò che ordina.

Inarca un sopracciglio, ma non è infastidito.

«Devo gustarmi più cibo per ascoltarti, perché ho come l'impressione che ciò che hai da raccontarmi non sarà breve, vero, *flor*?»

Mi mordicchio il labbro inferiore e annuisco, poi, sospirando, mi accascio contro lo schienale della sedia e inizio a torturare una ciocca di capelli.

Siamo seduti da qualche minuto e nel giro di poco tempo dal nostro arrivo il locale si è riempito di gente.

Carlos ridacchia vedendo la mia espressione imbronciata.

«Su, dai, stavo scherzando! Ma adesso, signorina, è arrivato il momento di sputare il rospo.»

Ha ragione, non posso far passare altro tempo e sento davvero l'urgenza di confidarmi con qualcuno su quello che è successo tra me e Raziel.

Perché l'incontro dei nostri sguardi è stato molto, molto intenso e reale...

Al solo ricordo il cuore batte un colpo contro il petto, e sussulto quando lo sento.

«È complicato da spiegare, anzi, non so neanche perché te ne stia parlando.»

Istintivamente assume la posizione da perfetto ascoltatore.

«Ania, ti conosco da troppo tempo, pensi che non l'abbia già capito?»

Lo guardo disorientata e faccio spallucce.

«Sei andata a letto con Raziel! Finalmente hai fatto l'amore per la prima volta!»

Rossa di vergogna lo zittisco con la mano sulle labbra e mi avvicino al suo orecchio.

«Non è vero! Non ho fatto l'amore, che vai a pensare?»

Carlos mi riserva un'occhiata confusa.

«Oh, scusami. Che figuraccia, però Raziel è il fulcro del discorso che vuoi fare. Lo leggo nei tuoi occhi. Tremi anche solo quando pronunci il suo nome.»

Mi raddrizzo, vedendo che alcune persone hanno osservato il mio gesto, e mi riaccomodo senza dar sospetto.

Il cameriere arriva e ci consegna il dolce; dopo averlo ringraziato, lo assaggiamo.

Rimango esterrefatta.

«È buonissimo!» Esclamo estasiata.

«Non cambiare discorso, Ania. Non abbiamo tutto il giorno, stasera ho un appuntamento.»

Quando mi rivela la sua novità sorrido di gioia.

«Un appuntamento? E con chi?»

Scuote il cucchiaino davanti i miei occhi e capisco che non ha nessuna intenzione di spostare l'attenzione su di lui.

«Carlos! Dai... sono curiosa. Non mi racconti mai nulla dei tuoi appuntamenti», metto il broncio e lui sogghigna.

«Con una ragazza... nessuna di importante per adesso, e ora parla», dopo avermi rivelato, senza troppi dettagli, con chi dovrà vedersi, mi minaccia con la posata.

Sbuffo capricciosamente, ma devo confidarmi, altrimenti il cuore non smetterà di palpitare contro il mio petto.

«Carlos, non lo sa nessuno. Mi sto confidando con te perché mi fido. D'accordo?»

Il mio amico annuisce serio e per un attimo smette di gustare il dolce, ascoltandomi con attenzione.

«Io e Raziel siamo andati nella mia casa di villeggiatura la scorsa settimana e, non lo so, c'è stato un momento in cui... in cui...»

Ho il cuore in gola, mi viene difficile rivelare la sensazione che ho provato in quell'attimo di pura eccitazione.

In questo momento sento le farfalle svolazzare nello stomaco e il petto pulsare irregolarmente.

«In cui?»

Devo farmi forza. È Carlos! Lui mi capirà più di chiunque altro.

Prendo un bel respiro e rivelo quelle parole...

«In cui ci siamo guardati con... *ardore*.»

Che imbarazzo!

Forse questo momento dovevo tenerlo per me... maledizione a me e alla mia lingua lunga.

Carlos appoggia i gomiti sul tavolo e mi guarda con dolcezza.

«Cos'hai provato in quel momento?»

È una domanda difficilissima, ma al tempo stesso troppo facile.

Facile perché potrei esprimermi benissimo con un: "niente"; difficile perché in teoria ho paura di rivelare quello che provo e che ancora non ho confidato del tutto a me stessa.

Prima di ammettere qualcosa di cui potrei magari pentirmi, devo fare quattro chiacchere con il mio cuore.

«Non lo so... so solo che mi fa piacere averlo a casa, mi fa piacere che sia mio ospite, ma da quando siamo tornati mi sta evitando. Cioè, non so se proprio mi stia scansando per quel piccolo contatto che c'è stato tra noi oppure perché è veramente impegnato con l'esame. Fatto sta che qualcosa è cambiato!» Sbotto, infastidita più che mai.

Alzo gli occhi al cielo perché in questo momento vorrei prendere a schiaffi la bellissima faccia di Raziel.

Carlos assottiglia lo sguardo e inizia a pensare a come aiutarmi.

«Quando deve sostenere l'esame?»

«Tra qualche giorno, non lo so con esattezza», proferisco.

Raziel non mi ha rivelato il giorno in cui terrà l'esame, anche se mi farebbe piacere saperlo per poterlo aiutare, ma magari non vuole avermi tra i piedi. Mi ha detto semplicemente che è un esame importante...

Per un attimo rabbrividisco.

Cosa mi sta succedendo? Questa confusione e il fatto di non sapere cosa provi realmente è un calvario.

Mi porto le dita sulle labbra e le accarezzo per pulirle dalle briciole di cioccolato.

Subito afferro il tovagliolo e mi asciugo le dita con accuratezza.

«Dovresti studiare i suoi atteggiamenti dopo l'esame. Magari lui è così, magari quando studia si isola...»

In effetti Carlos ha ragione e mi sto facendo delle paranoie inutili.

Non penso che Raziel abbia smesso di parlarmi per quel contatto, forse è stanco, stressato. Dopo l'esame tornerà come prima. Lo spero, almeno.

«Ma, Ania...»

«Sì?» Alzo lo sguardo sul volto del mio amico così premuroso nei miei confronti.

«Dovresti fare una cosa durante questi giorni...»

«Cosa?» Chiedo, cercando di capire quello che sta per dire.

«Devi parlare con te stessa e ascoltare la risposta del tuo cuore», rivela sinceramente.

Lo guardo.

Ecco, questo è uno dei motivi per cui gli voglio un mondo di bene e per cui non potrei fare a meno di lui: Carlos ha sempre maledettamente ragione.

«Lo so... ma non è facile», aggiungo spontaneamente.

Carlos mi afferra le mani e le stringe alle sue.

«Devi farlo, altrimenti non capirai mai cosa provi sul serio per questo ragazzo. È tutto nuovo per te. Non sei mai stata innamorata...»

La verità che mi rivela a voce alta non mi stordisce. Non so cosa sia l'amore, ma voglio scoprirlo e forse Raziel mi aiuterà. Forse lui sarà il primo che mi farà capire il significato struggente dell'amore.

«Già...»

«Non avere paura della risposta del tuo cuore, sarà di sicuro una grande emozione.»

La sua frase mi scalda e prova a darmi coraggio.

«Hai ragione, Carlos. Devo trovare un modo per parlare al mio cuore...»

Carlos sorride, poi riconcentra la sua attenzione al dolce, mentre io penso solo ed esclusivamente al fatto che dovrò parlare con me stessa al più presto possibile.

21
Mal d'amore

Ania

*C*aro diario,
non ti scrivo da un po' di tempo, ma c'è una novità che ha riempito la mia routine.

Hai presente quando qualcosa nella tua vita cambia all'improvviso?
Io sì.

Tempo fa ho avuto una sensazione strana, una sensazione che non mi ha fatto dormire bene. Quando mi sono svegliata e ho iniziato a vivere la mia giornata, ho capito che la mia quotidianità sarebbe stata stravolta da due occhi pregiati.

Infatti, a casa è arrivata una persona che non mi sarei mai aspettata di dover ospitare.

Ecco perché oggi ti parlo di Raziel Herman.

Raziel è indescrivibile: non incarna l'aspetto del cattivo ragazzo, di quello che leggiamo spesso nelle storie d'amore e che ci fa invaghire della non perfezione.

Lui è il bravo ragazzo dalla voce sexy e dai tratti delicati.

Mi ricorda il mare calmo e il suo fondale unico e romantico.

Mi ricorda i sogni tranquilli, non gli incubi da cui dover scappare e urlare.

Mi ricorda la felicità, invece della tristezza.

Mi ricorda tutto ciò che di positivo possiamo trovare in questo mondo.

Mio papà gli ha dato il permesso di stare da noi per un tempo indefinito e, io e Raziel, andiamo d'accordo.

All'inizio siamo partiti con il piede sbagliato, è vero, ma si è scusato immediatamente mettendo da parte l'orgoglio.

Lui non sa cosa mi sia successo in passato, ma è davvero premuroso con me, e paziente.

Il suo sorriso è un insieme di mille soli.

Il suo fascino curato e invidiato è qualcosa di inspiegabile.

A ogni passo che avanza, il suo profumo si disperde e m'incanta.

La sua voce riecheggia nell'aria e mi accarezza dolcemente il cuore.
Sussulto a ogni sua singola parola, a ogni suo sguardo, a ogni sorriso beffardo.
E il suo tocco...
... quel leggero contatto che mi ha scottato la pelle di brividi meravigliosi, mi rende vulnerabile.
È per questo che ti sto scrivendo, caro diario... per parlarti di ciò che ho scoperto da poco.
È inutile che continui a negarlo perché la verità verrà fuori, non si può nascondere per sempre.
Devo dirlo, devo ammetterlo a me stessa.
È difficile, ma ci devo riuscire.
Da quando ho sùbito quello che ho sùbito, difficilmente mi sono affezionata a qualcuno eppure, oggi, è successo.
Dio solo sa come mi sento.
L'altro giorno, con Raziel siamo andati nella mia casa di villeggiatura e, per una sorta d'ironia del destino, i nostri sguardi si sono incrociati più del dovuto...
Il mio cuore ha battuto tanto contro il mio petto, perché il suo sguardo mi ha infuocato.
Sono rimasta ferma, immobile, e ho sperato in qualcosa che però non è accaduto.
Mi vergogno quasi a dirlo, ma ho creduto fino all'ultimo che Raziel mi baciasse.
Che mi avrebbe avvolto il viso con le sue grandi mani e che mi avrebbe fatto scorgere la bellezza dell'amore.
Non ho mai provato l'estasi, eppure quel giorno mi è sembrata vicina. Mi sono sentita viva solo con uno sguardo.
Può uno sguardo risultare più potente di qualsiasi altro contatto? Possiamo vivere di passione e tentazione? Al solo ricordo di me e Raziel insieme mi tremano le gambe.
Ho le guance calde e la fronte imperlata di sudore.
Tutta colpa sua, e lui sicuramente non ricambia.
Io credo che...
Oddio, diario, non riesco a dirlo.
Sembro una bambina in lotta con i suoi sentimenti, ma devo ammetterlo a voce alta... anzi, per iscritto, perché già così è complicato.

Mi faccio forza, tiro su col naso e sospendo la scrittura per un secondo.
Faccio fatica a incidere su carta quello che penso da qualche tempo, eppure non ho altra scelta.

E se qualcuno dovesse leggere queste righe?

Forse scrivere sul diario potrebbe rivelarsi pericoloso, ma è l'unico modo che ho per *confidarmi*.

Cerco di rilassare i muscoli tesi del mio collo e mi stiracchio. Stordita da tutti questi sentimenti, mi alzo dalla sedia per ricercare la concentrazione e inizio a camminare avanti e indietro nella stanza totalmente avvolta dalla penombra.

Subito dopo cena mi sono rintanata in camera mia. Ovviamente Raziel non ha cenato con noi e non so neanche dove sia.

Questo suo comportamento mi sta turbando parecchio.

Non è che ho sbagliato in qualcosa? Magari ho esagerato nel guardarlo in quel modo?

Sbuffo più volte, nervosa. Ho le mani sudaticce e il cuore in subbuglio. Nonostante non sia in forma, decido di risedermi per portare a termine il lavoro che mi sono prefissata di compiere.

Riprendo la penna e la rigiro tra le dita.

Automaticamente mi mordo il labbro, mentre alcuni capelli ricadono sulla mia guancia.

A un certo punto, il suono di un messaggio mi deconcentra del tutto.

Apro la chat e rimango sbalordita quando leggo il testo.

> **Carlos:** Sono al pub e indovina chi c'è in bella compagnia?

Qualche secondo dopo, sul display lampeggia una foto. Mi affretto a guardarla e mi mordo il labbro inferiore quando scorgo Raziel seduto vicino a Elsa.

Rimango a bocca aperta. Deglutisco a fatica. Sul momento sono tentata di mandare un messaggio a Gaston per chiedergli di venirmi a prendere, ma non è giusto illuderlo. Solo che... la vicinanza tra Raziel ed Elsa ha suscitato in me una reazione *inaspettata*.

Dopo questo pensiero decido di non mandare nessun messaggio a Gaston, ma rispondo a Carlos e la sua replica non tarda ad arrivare.

> **Carlos:** Non sapevi che sarebbe uscito? In effetti, perché non sei qui con lui? Gli hai per caso detto quello che hai riferito a me l'altro giorno?

Alzo gli occhi al cielo.

Certo che no... non direi mai a Raziel quello che sto provando a scrivere da più di un'ora sul mio diario segreto.

Tra l'altro mi è passata pure la voglia, perché mentre lui è fuori a divertirsi con quella Elsa, io sono qui a confessare ciò che provo e non è normale.

Assolutamente no.

> **Ania:** No a entrambe le domande.

La risposta di Carlos non arriva e così mi riconcentro su ciò che devo scrivere.

So che è semplice, ma sicuramente dopo averlo scritto mi sentirò meglio. Devo solo... devo solo marchiare queste pagine di inchiostro.

Però non ci riesco.

Qualcosa blocca il flusso dei miei pensieri: che sia la rabbia per ciò che ho appena visto?

In questo momento vorrei tanto andare da Raziel e dirgliene di tutti i colori, ma non posso.

Non ho il diritto di comportarmi così con lui. Non posso mostrarmi gelosa.

Dopo un po' suonano alla porta, scatto in piedi per vedere chi possa essere a quest'ora.

I miei sono fuori per una delle loro tante cene di lavoro, così mi copro con la vestaglia e vado ad aprire.

Assonnata e con i capelli in disordine, spalanco gli occhi e rimango incredula quando mi ritrovo Carlos e Timo davanti con dei sorrisoni stampati sulle proprie facce.

«Non eravate al pub?» Automaticamente i miei occhi cadono sui messaggi ricevuti da loro.

«Senza di te che divertimento c'è? Carlos ha detto che stai poco bene, cosa ti senti?»

Timo si avvicina premuroso e mi sfiora la fronte con le labbra per sentire se scotto.

Ovviamente non sa che il mio malessere è un mal d'amore.

«Sto bene. Carlos esagera sempre», mento, non voglio fare preoccupare i miei amici.

Specialmente Timo, starebbe in apprensione tutto il tempo.

«Disturbiamo?» Pronunciano in coro.

Scuoto la testa. Mi aspettavo che ci fosse anche Merien, evidentemente questa sera non sarà dei nostri, però espongo la mia curiosità ad alta voce.

«Merien?»

«Merien non c'è. È rimasta a casa a studiare.»

Li invito a entrare e, come se fossero abituati a frequentare la dimora dei Ferrer, tolgono i cappotti e li poggiano sull'attaccapanni accanto alla porta.

«È da parecchio tempo che non metto piede in questa casa», constata Timo e lo seguo con lo sguardo dandogli ragione.

Sta controllando se ci sia qualcosa di diverso dall'ultima volta in cui è entrato, ma non abbiamo apportato nessuna modifica e si rassesta.

Disinvolti si accomodano sul divano, mentre io mi reco in cucina per prendere due birre fresche.

Appena ritorno e gliele porgo mi ringraziano.

Improvvisamente Timo si stravacca sul divano, sorseggia la birra e inizia a spettegolare.

«Raziel era con Elsa, Gaston e company al pub. Perché non sei andata con lui?»

Guardo Timo perché è chiaro che non è al corrente del messaggio privato che mi ha inviato Carlos e faccio finta di non sapere.

«Ah, non lo sapevo. Non me l'ha detto. Ultimamente parliamo *poco*.»

Enfatizzo l'aggettivo ed entrambi si lanciano un'occhiata torva.

Carlos sembra essere dalla mia parte e anche lui rimane in silenzio, per non destare sospetti. Gliene sono grata.

«Come mai?»

Scrollo le spalle.

Non mi va di dire a Timo che Raziel è distaccato nei miei confronti, anche perché può essere solo una mia impressione.

Magari ha semplicemente avuto la testa all'esame, poi tornerà a darmi conto e a non ignorarmi.

In realtà non ci credo neanche io, perché in questo momento si trova in compagnia di Elsa e dovrebbe studiare.

Sbuffo e i miei amici se ne accorgono.

Cercano di tirarmi su il morale con un altro discorso e iniziano a raccontarmi di come Timo ci stia provando spudoratamente con Merien.

«E lei? Ricambia?» Allontano Raziel dalla mia mente e inizio a chiacchierare con i miei amici.

Timo si passa una mano tra i capelli e assume quell'aria da "sono sexy, è ovvio che ricambia".

Quando proferisce simili parole, Carlos gli lancia un cuscino.

«Sei troppo sicuro di te, caro mio.» Carlos scoppia in una risata sincera, mentre Timo gli scaglia un altro cuscino.

L'altro mio amico lo afferra in tempo, senza farsi colpire in faccia e lo guarda con aria di sfida.

Subito il suo sguardo saetta verso di me, e io inarco un sopracciglio.

«Mi sa che Timo vuole la guerra, Carlos!»

Timo scuote la testa, ma purtroppo non succede quello che sospettava.

Infatti, Carlos e io, contemporaneamente, iniziamo a scaraventare tutti i cuscini su di lui e ci gettiamo addosso alla sua figura.

Timo cerca di ribellarsi, ma noi siamo in due e siamo in vantaggio.

Giochiamo con i cuscini e i ricordi di quando eravamo più giovani riaffiorano nella mia mente.

Non era un periodo positivo della mia vita, ma i miei amici mi hanno sempre trasmesso allegria.

Continuiamo così fino a quando non sentiamo la serratura scattare.

In quel momento ci alziamo e ci raddrizziamo

Proprio quando ci sediamo composti sul divano, come se niente fosse successo, i miei genitori varcano la soglia con delle risate che riecheggiano nell'aria.

Mamma è avvinghiata a papà e lo sta baciando sulle labbra, mentre lui ride divertito.

Si accorgono solo qualche istante dopo della nostra presenza e quando ci vedono papà si ricompone, aggiustandosi la camicia sgualcita.

«Ragazzi, buonasera! Come mai da queste parti?»

Papà si avvicina e gli stringe la mano come segno di saluto.

Mamma, imbarazzata come un'adolescente alla prima cotta, si sistema lo chignon e solo dopo saluta i miei amici con un bacio sulla guancia.

«Ciao ragazzi, che piacere vedervi», si schiarisce la gola.

«Signori Ferrer, buonasera! Siamo venuti a far compagnia ad Ania. Non le andava di uscire e le abbiamo fatto una sorpresa.»

Timo è molto imbarazzato.

La presenza di papà lo mette in soggezione.

«Avete fatto benissimo. Ma non credete sia un po' tardi, adesso?»

Guardo papà in maniera torva.

«Papà, non abbiamo più sedici anni», ribatto.

Mamma lo afferra per un braccio e con sguardo comprensivo cerca di assecondarmi.

«D'accordo, ma non fate troppo tardi, okay?»

Carlos e Timo annuiscono, poi salutano mio padre che si avvia con mamma verso la camera da letto. Appena ritorniamo a essere soli, tutti e tre ci guardiamo negli occhi e scoppiamo a ridere.

I miei amici sono unici, è inutile.

Sanno sempre come farmi tornare il buon umore.»

***

È quasi mezzanotte e Carlos e Timo sono ancora seduti sul divano.
Stiamo guardando un film romantico scelto da Carlos.
I miei si saranno addormentati e Timo sembra star morendo di sonno. Sbadiglia in continuazione, mentre Carlos gli lancia occhiatacce.
«Come fai a sbadigliare in un momento del genere?»
«Questo film è noioso. Ho acconsentito solo per Ania, ma dopo aver finito i popcorn ho perso la concentrazione», ammette Timo, con un sorrisino sghembo.
Sghignazzo, mentre Carlos alza gli occhi al cielo e mette pausa.
«Non capisci nulla di romanticismo. Povera Merien...» esprime con ironia, ma Timo sembra non aver afferrato il suo sarcasmo.
«Cosa c'entra Merien, adesso?» Lo fissa negli occhi, in attesa di una risposta.
Mi sembra di essere tornati indietro nel tempo, a quando i miei amici da piccoli litigavano per le ragazzine da dover conquistare.
Carlos corruga la fronte, però evita di rispondere perché capisce di non dover interferire.
Sospira: «Lasciamo perdere questo argomento...»
Si stiracchia e proprio quando la sua mano sfiora la mia guancia, il rumore della serratura mi fa saltare il cuore in gola perché so chi sta per varcare la soglia.
Non mi giro e cerco di concentrarmi sul film che stiamo vedendo. Invece, Carlos e Timo si voltano e quando dei passi avanzano, si alzano dal divano.
«Ciao Raziel!»
È tornato!
Per un'assurda ragione, il mio cuore inizia a fare capriole senza senso. Cerco di rasserenarmi, di respirare piano, soprattutto trovo la forza di potermi girare per non destar sospetti.
Stranamente vedo Raziel impalato a fissarmi.
Nei suoi occhi scorgo una luce particolare, ma non riesco a salutarlo perché mi sento tradita.
Ovviamente non dovrei provare queste emozioni, però è anche vero che avrebbe potuto chiedermi di andare con lui.
Quando guardo i capelli scompigliati e la carnagione più chiara del solito, ho una fitta al cuore.

È bellissimo, e vorrei tornare di nuovo a qualche giorno fa per potergli parlare apertamente...

Rivolgo lo sguardo ai miei amici, specie quando Raziel si schiarisce la gola e li saluta. A me, invece, rivolge un semplice cenno.

«State vedendo un film?» Annuiscono entrambi e Raziel accenna un sorriso.

Il suo comportamento mi sta irritando. Mi ignora, è palese.

Non permetto ai due di rispondere: la mia voce seria riecheggia intorno a noi.

«Tu hai trascorso bene la serata?»

Inizio a parlare come una ragazza gelosa, come se lui avesse dovuto includermi nella sua uscita. Percepisce dell'astio nelle mie parole.

Nessun sorrisino spunta sul suo viso, anzi mi risponde normalmente, e ciò mi irrita ancora di più.

«Abbastanza bene, grazie», ammette.

Sembra come se non fossimo mai stati nella mia casa di villeggiatura, come se quel lieve contatto non sia mai avvenuto.

Un groppo mi si forma in gola e provo una sensazione alquanto sgradevole. Non riesco a parlare, a rispondergli. Lo fisso e basta.

«Vado a letto ragazzi, non fate troppo tardi.» La sua finta premurosità nei loro confronti mi irrita ancora di più. Inoltre sta andando in camera sua senza parlarmi. O è bravo a fingere oppure veramente per lui non è successo nulla in quell'angolo di paradiso.

A pensarci bene, c'è stato solo un lieve contatto... un lieve, leggerissimo, contatto.

Ma comunque non avrebbe motivo di trattarmi con questa assurda freddezza.

Mi riscuoto dai miei pensieri e annuisco alla sua esclamazione, mentre lui si avvia verso la sua stanza.

Appena lo vedo raggiungere il fondo del corridoio, mi ricordo della porta della mia camera aperta e del diario in bella vista sulla scrivania.

Senza curarmi della presenza dei miei due amici, parto in quarta e inizio a correre per cercare di superare Raziel.

Carlos e Timo bisbigliano il mio nome, ma non mi volto verso di loro.

Non ho tempo da perdere perché se lui dovesse vedere il diario sarei davvero nei guai.

Come se mi avesse letto nel pensiero, Raziel si volta e sgrana gli occhi. Non mi ha mai visto correre in questo modo.

Sto facendo troppo rumore, ma non m'importa dei miei genitori: devo proteggere i miei sentimenti.

Lui non dovrà mai leggere il mio diario. Perché l'ho lasciato sul tavolo?

È un oggetto intimo, prezioso, personale.
Mi mordo il labbro e lo sorpasso senza guardarlo negli occhi.
Raziel mi richiama: «Ania?» La sua voce è rauca, cavernosa.
«Non ora Raziel», mi affretto a raggiungere la mia stanza
Per un istante ho pensato di fermarmi e di guardarlo negli occhi, perché mi ha chiamata in un modo troppo profondo, ma non lo faccio.
Mi insegue e mi rincorre come se fossi la sua preda.
Quando raggiungo la mia stanza, respiro di sollievo.
Come immaginavo la porta è aperta e il diario si intravede immediatamente.
Con il cuore in gola sto per entrare, ma Raziel mi afferra per il braccio.
«Perché stai correndo così?» I suoi occhi brillano di curiosità e scaturiscono dentro di me una sensazione che solo ora riesco finalmente a decifrare: mi fanno mancare il fiato.
Provo a rispondergli, devo evitare che lui veda il diario. Magari dopo riuscirò a scrivere, ma per il momento devo impedire che i suoi occhi cadano su quelle pagine macchiate di inchiostro e di sentimenti, di emozioni e contraddizioni.
Mi scanso dalla sua presa e lo guardo amareggiata.
«Non è una cosa che ti riguarda e non preoccuparti per me.» Sbotto acidamente, come se gli avessi appena scaraventato uno secchio d'acqua gelida in faccia.
Non ho voglia di parlare con lui. Stasera non mi ha invitato e non sono tenuta a dirgli ciò che sta attraversando il mio cuore.
Anche se lui ne è il protagonista principale, non lo saprà mai.
Corruga la fronte e lascia perdere, non aggiunge altro. Infila le mani dentro le tasche dei jeans e abbassa lo sguardo.
Il suo silenzio mi addolora ancora di più, però non si volta e non percorre il lungo corridoio per raggiungere la sua stanza.
Rimane fermo, davanti a me.
Scrollo le spalle delusa dal suo silenzio e, senza rispondergli, mi avvicino alla porta della stanza.
All'improvviso i suoi piedi mi raggiungono e mi sfiorano le scarpe: mi fermo un'altra volta.
Allunga un braccio e mi afferra la mano, ma io non posso guardarlo negli occhi. Non ora. Sarebbe la fine per il mio povero cuore... ne soffrirebbe ancora di più.
Decido di non voltarmi e consapevolmente, per la prima volta da quando è mio ospite, non gli do la buonanotte. Avanzo di qualche passo, sciogliendo la sua presa sulla mia mano, e lui rimane indietro. Quando capisco che non mi raggiungerà, vado in camera mia e gli chiudo la porta

in faccia.

Al diavolo la sua premurosità...

Non ho bisogno che si preoccupi per me, perché lui si è appena divertito con Elsa e mi ha lasciata da sola dopo che abbiamo trascorso un fine settimana insieme.

Mi sento scossa e percepisco il bisogno di scrivere sul mio diario, così mando un messaggio ai miei due amici.

> **Ania:** Scusatemi ragazzi, andate pure a casa, ho bisogno di dormire.

> **Carlos:** Va bene. Ci vediamo domani, flor, buonanotte. Per qualsiasi cosa sai che puoi chiamare i rinforzi.

Ringrazio Carlos perché mi capisce all'istante e rispondo con una faccina sorridente.

Silenziosamente e con delicatezza, accarezzo le pagine del mio diario che conterranno ciò che ho sepolto nel cuore.

Accendo l'abatjour sulla scrivania, di colpo la stanza si illumina di una luce soffusa e i miei occhi si spalancano, pronti a pizzicare di nostalgia e di confusione.

Mi sento come uno di quei poeti che in passato hanno scritto sotto il lume di una candela.

Rileggo con attenzione le ultime parole che ho vergato d'istinto prima che Timo e Carlos mi rallegrassero la serata.

La mia pelle si riempie di brividi e mi porto una mano sul cuore.

Sento il mio organo che batte incessantemente, ma con forza e coraggio, nel buio della notte; voglio continuare a scrivere i miei pensieri, i miei sentimenti.

Finalmente la punta della penna scivola tra le righe della pagina e macchia il quaderno di quelle riflessioni che solo il mio cuore conosce.

Nel suo sguardo annego
Al suo tocco mi sciolgo
Al suo sorriso riaffioro e brillo,
ma a causa di ciò il mio cuore è colmo,
colmo d'amore.

Senza volerlo sento un leggero tremolio alle mani e smetto di scrivere.

Sospiro più volte rileggendo quelle parole che sono uscite di getto dal mio cuore e mi sento meglio; poi, piano, mi alzo dalla sedia e mi dirigo verso la finestra socchiusa.

Un leggero venticello mi scompiglia i capelli e osservo la luna in alto nel cielo con incanto.

Forse Raziel, in questo momento, starà facendo lo stesso, magari stiamo guardando nella stessa direzione, ma ciò non cambia il suo comportamento.

Non sarà facile l'indomani mattina guardarlo negli occhi: mi sentirò strana. Con gesto automatico, mi porto una mano sul cuore e sospiro perché finalmente le mie idee sono chiare, limpide.

Non posso più negarlo e, anche se non è il finale che speravo, come spesso accade nei film, mi va bene così.

Per la prima volta ho capito quando il mio cuore ha iniziato a battere sul serio.

Per la prima volta mi sono innamorata.

Raziel

Io e Ania non ci rivolgiamo parola da quando si è rinchiusa in camera sua.

Tra l'altro, ieri ho dato l'esame e non so se lei è stata messa al corrente del mio ottimo voto dai suoi genitori, tuttavia, non mi ha fatto ancora le congratulazioni.

In realtà, la giustifico perché la colpa della sua indifferenza è solo mia: mi sono distaccato volutamente, soprattutto a causa di quel contatto che ci ha reso intimi.

Quel giorno, quando abbiamo avuto quel momento intenso e bruciante, dentro ai suoi occhi ho visto un barlume di speranza per la mia anima, anche se non potrà mai essere rischiarata del tutto.

Ho visto la pace che poteva donarmi e mi sono spaventato.

Come un codardo mi sono ritirato e chiuso in me stesso perché la mia punizione è una: devo continuare a sentire dentro tutto questo peso che mi logora da anni.

Questa mattina il sole è sorto già da un po' e ho deciso di sgranchirmi le gambe e di controllare il respiro correndo nella via principale.

Ho bisogno di sfogarmi, di pensare, e in realtà ho capito che mi sono comportato veramente da immaturo.

L'ho allontanata per paura, ma quando ho compreso il suo dispiacere, l'altra sera, mi sono sentito uno schifo.

Come se non bastasse, non l'ho invitata a uscire con me e il gruppo di Gaston, solo perché non volevo che quest'ultimo vedesse il mio sguardo su di lei e iniziasse a fare mille domande.

Ania penserà che non me ne freghi niente e che sia il classico stronzo.

Sicuramente qualcuno dei suoi amichetti gli avrà raccontato di Elsa: di come quella piovra mi è stata accanto tutta la sera e di come io, di conseguenza, non l'ho allontanata.

Sapevo che c'erano Timo e Carlos al locale e, da una parte, volevo farla ingelosire.

Quando sono rientrato, dalla sua espressione corrucciata ho intuito subito la sua freddezza.

Nonostante io mi sforzi e mi allontani da lei, mi manca: mi manca parlarle, scherzare con lei, perciò ho deciso di chiederle scusa e di non ignorarla più.

Cercherò di non cadere in tentazione, di non guardarle quelle labbra stuzzicanti, perché posso rispettarla anche standole vicino come *amico*.

Anche se sono assorto nei miei pensieri, guardo l'ora: sono quasi le nove del mattino e Alberto mi starà aspettando per la nostra domenica sportiva.

Ania non parteciperà alla giornata tra uomini, perché andrà con Paula a fare di shopping. Da una parte mi dispiace, perché avrei voluto che venissero anche loro e che Ania mi tenesse compagnia, ma dall'altra è meglio.

Decido di smettere di correre e torno indietro ma, dopo qualche passo, un cespuglio spoglio, con al centro una margherita bianca, mi colpisce.

Tutto sudato mi avvicino e osservo delicatamente il fiore solitario, con meraviglia.

Non ho mai guardato a lungo un fiore eppure, in questo momento, penso ad Ania. Lo raccolgo perché ho voglia di regalarglielo.

Qualche secondo più tardi mi ritrovo a correre verso casa.

Raggiungo in tempo la villetta, pulisco per bene le scarpe imbrattate di fango e apro la porta con la copia delle chiavi che Alberto ha fatto realizzare appositamente per me.

In casa mi accoglie un silenzio bizzarro e comprendo che Alberto e Paula non si sono ancora svegliati.

Ispeziono meglio e sposto lo sguardo verso la cucina.

Un rumore insolito cattura la mia attenzione.

Penso di capire di chi si tratti, e mi avvicino. Quando raggiungo la soglia della stanza, noto una schiena ormai familiare.

Ania è seduta a capotavola e mi dà le spalle.

Questa mattina indossa un maglioncino di cashmere rosa, molto semplice e caldo.
I capelli le ricadono lisci sopra le spalle.
È immersa nei suoi pensieri e, senza notarmi, continua a far girare il cucchiaino nella tazza.
Il suo sguardo è perso nel vuoto, ma sorrido quando mi accorgo che il mento è appoggiato sul palmo della mano.
È proprio distratta e assorta in una fantasia tutta sua, non si è neanche accorta della mia presenza. Che sia annoiata? Gioco questo punto a mio favore.
Come se non avessimo mai discusso, entro fischiettando e, quando sobbalza, le sorrido sarcasticamente.
«Siamo pensierose, oggi?»
Alla mia domanda sbuffa infastidita come una bambina capricciosa. Forse non vuole la mia compagnia, ma le farò cambiare idea.
«Non ti riguarda», il suo tono è monocorde, non mi lancia neanche un'occhiata.
Non mi guarda proprio.
È ancora arrabbiata con me, ma come biasimarla? Anche io al suo posto avrei ignorato me stesso.
Con gesto veloce e spavaldo, mi avvicino, e questa volta mi carica un'occhiata irritata.
«Cosa fai?» Smette subito di girare il cucchiaio e guarda la piccola margherita sbucare dalle mie mani.
«Ti regalo un fiore e mi siedo accanto a te», le rivolgo un sorriso ammiccante e sbuffa, decisamente incupita.
«Lo vedo», continua acidamente.
«Sei tu che mi hai chiesto cosa stessi facendo», ribatto con una voce per nulla piatta, anzi piena di sentimento.
Alza gli occhi al cielo, striscia la sedia all'indietro e si alza per non starmi accanto. Non afferra neanche la margherita, ma subito la agguanto per il braccio e la osservo intensamente.
La raggiungo di scatto e boccheggia a causa della mia corporatura massiccia.
Deglutisce il groppo in gola mentre atteggio un sorriso e le accosto la margherita proprio sull'orecchio sinistro, delicatamente, senza farle male.
Noto con estremo piacere che i suoi lineamenti cesellati nei minimi particolari mi colpiscono sempre di più, come la prima volta che l'ho vista.
Ai miei occhi, è di una bellezza disarmante, sembra proprio una bambola di porcellana, creata con cura e precisione. È perfetta, per non parlare della sua espressività.

Per un attimo contraggo la mascella perché ho paura che possa andare via. «Ania... non andartene. L'ho capito che sei arrabbiata con *me*.»

Ho compreso il suo atteggiamento, ma non voglio la sua indifferenza.

Lascia andare uno sbuffo ancora più sgomenta e incrocia le braccia al petto.

«Non sono io quella che si è allontanata senza un valido motivo...» inizia senza muovere un passo e rimane ferma di fronte a me. Fa bene a rivelarmi i suoi pensieri, io al suo posto avrei dato di matto.

«Sono stato impegnato per l'esame. Quando studio mi chiudo spesso in me stesso, ma è andato bene.»

Cerco di salvarmi con questa scusa anche se non ci crede abbastanza.

«Non la pensavi così l'altra sera, quando ti sei divertito con *Elsa* e Gaston, vero?» Marca il nome della ragazza in questione e non riesco a trattenermi: alzo un angolo delle mie labbra all'insù.

«Mi hanno invitato all'ultimo minuto e non ho potuto rifiutare. Elsa si è unita all'improvviso e mi è stata addosso tutta la sera», ammetto indignato, perché ricordo ancora quanto la sua voce sia stata irritante e acuta per tutto il tempo.

Ania sposta lo sguardo verso la finestra e non proferisce parola.

Provo a respirarle addosso tutta la mia sincerità. Il suo esile ma formoso corpicino sobbalza al mio respiro.

«Ti prego, perdonami... non ignorarmi. Non... lo sopporterei.» La guardo in viso cercando una sua risposta. Una risposta che potrebbe di nuovo emozionarmi.

Senza riuscire a trattenermi e rischiando di essere allontanato, le accarezzo volutamente l'incavo del collo. Voglio che capisca e accetti le mie scuse. Non la allontanerò più, ma perché desidero sempre sfiorare la sua pelle?

Le sfugge un gemito sottile e provo a non impazzire del tutto. Ci stiamo riavvicinando di nuovo... ma starle così vicino mi fa sentire vivo. Le mie emozioni si intensificano automaticamente e non riesco a discostarmi.

All'improvviso, cogliendomi di sorpresa, si risiede, e abbassa lo sguardo sulla tazza ancora piena per non osservarmi negli occhi.

Respiro. Respiro perché avrei potuto baciarla...

Noto che il silenzio si protrae più a lungo del previsto e lo interrompo.

Dimenticando il momento precedente e il suo lieve gemito provocato dal mio tocco, chino il capo e inizio a parlare: senza esitazione mi esce una frase del tutto onesta.

«Ania? *Sono sincero...* non ignorarmi», la guardo da sotto le ciglia scure.

Lei mi osserva inarcando le sopracciglia. Rimugina ancora sulla risposta da darmi, però finalmente si arrende e mi risponde.

«Okay», dice completamente convinta.

«Okay?» Mi sbalordisco dalla rapidità del suo perdono.

«Sì, basta che non lo fai più», espone con tono dispotico e un po' imbronciato.

«Fare *cosa*, di preciso?» Questa volta la mia voce è profonda, rauca, perché sono pronto ad ascoltare le sue parole con precisione.

Ania mi rivolge i suoi bellissimi occhi e per me, il pianeta intero potrebbe esplodere in questo esatto momento.

Non la guardo teneramente, anzi, nel mio sguardo percepisco fin troppo desiderio... un desiderio irrefrenabile e irraggiungibile che farebbe scoppiare il caos più totale.

Poco prima avrei voluto baciarla, adesso invece vorrei spogliarla e possederla.

Scuoto la testa per questi pensieri inappropriati e Ania deglutisce lentamente, forse perché si sente in imbarazzo sotto il mio sguardo bramoso all'inverosimile.

Non riesco a non fissarla. Il suo modo di parlare, il suo modo di guardare, mi toglie il respiro.

Non riesco a spiegare questo impulso che mi spinge sempre di più ad avvicinarmi a lei.

Più cerco di starle lontano, più il mio desiderio si amplifica e tutte le mie buone intenzioni vacillano.

Da quel giorno, da quando ci siamo guardati in quel modo, da quando l'ho afferrata per i lembi della maglietta, qualcosa dentro di me è cambiato, e io so cosa, ma cerco di frenare questo impulso...

Sto aspettando le sue parole e quando le odo posso affermare con determinazione che la sua risposta mi piace.

«Non allontanarti più, *Raziel*», la sua voce è delicata, morbida e mi scalda l'animo.

Dio, quanto è bella!

È mille volte più bella delle meraviglie del mondo.

«Allora facciamo pace?»

Acconsente e ci guardiamo per un tempo che mi sembra infinito. La mia mano sta per raggiungere la sua guancia.

Ho bisogno di sfiorare la sua pelle. Di nuovo.

Lei è così innocente, così pura, ma mi ricordo che è il mio frutto proibito.

Mi ostino ad allontanarla dal mio cuore per una ragione ben precisa, anche se potrei averla davvero e sentirmi felice per la prima volta dopo tanto tempo.

La scruto con una brama insolita, fino a quando la voce di Alberto ci raggiunge. Ania si ritrae e di scatto la imito.

«Oh, ragazzi, buongiorno», la voce sveglia e pimpante del padrone di casa arriva chiara alle mie orecchie.

«Buongiorno Alberto», mi schiarisco la gola perché per poco non vedeva la mia mano sfiorare la pelle della sua unica e preziosa figlia.

Come se fossimo amici di vecchia data, mi dà una pacca sulla spalla e sorride.

«Pronto per questa domenica, Raziel?»

«Certo, devo solo andare a darmi una rinfrescata, poi possiamo avviarci.»

Alberto mi sorride e, così, dopo aver lanciato uno sguardo di complicità ad Ania, mi dirigo in camera mia.

Proprio in quel momento mi arriva un messaggio. Non ho il coraggio di vederlo, ma devo leggere.

È da un po' che non mi arrivano messaggi o chiamate e, in tutta onestà, mi sono quasi dimenticato della mia città e di quello che è successo.

Dico *quasi* perché in realtà lo voglio credere, ma non è vero.

Mi chiudo in bagno e recupero il cellulare.

Il display è illuminato e una notifica lampeggia sullo schermo per invogliarmi a leggerla.

Stringo il cellulare, che il più delle volte rovina le nostre vite.

> Dovresti tornare.

Sbotto in una risata amara.

Io *dovrei* tornare? Non adesso. Non ci penso proprio. Visualizzo e non rispondo.

Ho lottato tanto per mantenere questo mio silenzio e resterò in disparte fino a quando lo vorrò, fino a quando mi sembrerà giusto, fino a quando io non starò bene.

Il silenzio è l'unica arma che mi tiene al sicuro.

Anche se a volte vorrei urlare e rivelare al mondo ogni singola cosa, devo tacere.

Il silenzio non porta guai.

Spesso, la verità è l'incubo peggiore di ognuno di noi.

Con foga mi slaccio l'elastico dei pantaloni e li getto sul freddo pavimento del bagno. Sfilo la felpa e scompiglio i miei capelli, poi lancio il cellulare sui miei indumenti e mi affretto a lavarmi.

Ho bisogno di vivere qualcosa di nuovo per annullare i vecchi pensieri che rendono marcio il mio stato d'animo complesso.

22
Prigioniera del passato

Ania

La mattinata è stata lunga, mamma mi ha costretta ad andare anche dal parrucchiere.
Non l'ho contraddetta e il nostro amato hair stylist ha fatto i salti di gioia quando ci ha viste. Infatti, senza lasciarmi decidere e solo perché ci fidiamo ciecamente del suo lavoro, ha scurito i miei capelli più del solito.

Quando termina e mi guardo allo specchio, rimango sbalordita dalla bravura di quest'uomo.

Scuoto i miei capelli mossi e voluminosi, contentissima.

Ha ricreato delle onde per dargli una forma diversa e il risultato è ottimo.

Era da tempo che non mi prendevo cura di me stessa: la mamma ha fatto bene a costringermi.

Mi sa che da oggi li asciugherò sempre così. Sorrido e ringrazio Gary per averci reso belle, anche in un giorno festivo: difatti il suo è un salone esclusivo aperto anche la domenica.

Uscendo riceviamo una telefonata da papà per un invito a pranzo fuori.

Abbiamo accettato immediatamente, ma da quando siamo salite in macchina, il mio cuore non ha smesso di palpitare neanche un attimo.

Sono nervosa e conosco il motivo: sto per incontrare Raziel e, per la prima volta, pranzeremo fuori con mamma e papà... quasi come se fossimo una famiglia.

Ma noi non siamo una famiglia.

Lui non è mio fratello, non è mio cugino, tantomeno un parente lontano.

Lui è Raziel, il ragazzo che ha rapito il mio cuore.

«Va tutto bene, tesoro?»

La mamma è al volante, ma la musica di sottofondo non la distrae né dalla guida, né dalla mia totale disattenzione.

«Sì, perché?» Mento, occhieggiando sugli alberi che stiamo superando.

«Non so... sei strana, oggi. Qualche problema con lo studio?»

Scuoto la testa perché lo studio va molto bene. Ho superato l'esame e con Timo, Carlos e Merien ci divertiamo.

«No, mamma, va tutto bene, sul serio.»

Intorno a noi non c'è tensione, ma all'improvviso mi rivela una domanda che mi fa irrigidire.

«Ti senti... ti senti bene anche su quell'altro fronte?»

So a cosa si riferisce, so che sta parlando del passato e di *quello che mi è successo*.

Scruto un velo di tristezza nel suo sguardo e capisco quanto ancora le faccia male guardare indietro.

«Sì, mamma, sto bene. Non preoccuparti.»

Smetto di pensare al passato e mi riconcentro sul presente. Tra poco rivedrò Raziel e il mio cuore sta palpitando senza sosta.

Appena trova posteggio, mamma si slaccia la cintura e, prima che possa scendere dalla macchina, mi abbraccia spontaneamente.

Ricambio il gesto con tanto amore e nascondo il mio viso tra i suoi capelli. Questi momenti con mamma rimangono sempre i miei preferiti.

«Oh, bambina mia. Sono sempre in pensiero per te, lo sai. Se c'è qualcosa che non va, qualsiasi cosa, puoi contare su di me, okay?»

«Mamma...» qualche lacrima cerca di fuoriuscire dai miei occhi, ma la trattengo perché non voglio che papà e Raziel si accorgano del mio pianto.

Lei si scosta dal mio viso e, con gli occhi lucidi, mi accarezza i capelli aspettando una risposta.

Sospiro per non pensare al passato, ma è giusto che la tranquillizzi. Non deve più allarmarsi così tanto per me.

«Lo so che ci sei sempre. Grazie, ma sto bene, sul serio.»

Alla mia rivelazione respira di sollievo, soprattutto di felicità, che per troppo tempo non ha potuto provare per colpa mia.

«Okay.»

Si asciuga gli occhi con un fazzolettino e, dopo aver sistemato i capelli, decide di scendere e di raggiungere i due uomini che ci stanno aspettando.

«Mamma...»

Quando ci troviamo con i piedi fuori la macchina, la richiamo e si gira come se non avesse pianto.

«Sì, tesoro, dimmi.»

Faccio spallucce e mi passo una mano tra i capelli, quello che sto per dire le piacerà sicuramente.

«Volevo solo dirti che ti voglio bene.»

Con gesto automatico si porta le mani davanti alla bocca e singhiozza.

La raggiungo e l'abbraccio un'altra volta. Non ci abbracciavamo da tanto tempo, ma desidero trasmetterle tutto il mio affetto. Non voglio che mi veda scostante e distante. Siamo una famiglia, e loro ci sono sempre stati.

Il gesto affettuoso che ci scambiamo davanti a vari passanti termina qualche istante dopo.

«Ora però andiamo, che papà e Raziel ci stanno aspettando. Non piangere di nuovo, d'accordo?»

Sorride.

A dir la verità sorridiamo entrambe, felici di aver trascorso una mattinata insieme, ricca di sentimenti, di emozioni forti, di parole, di risate e di lacrime.

Una mattinata che riesco a passare solamente con lei, perché è unica.

Tutte le mamme lo sono, ma lei è *speciale*, forte, determinata, coraggiosa al massimo.

Lei è la *mia* mamma: colei che mi ha consolata e tenuto la mano, che ha sussurrato parole rimaste impresse nella mente, colei che non mi ha lasciata da sola neanche per un attimo.

Lei per me c'è sempre stata, anche quando ho lasciato la mia vita sprofondare nel buio più totale.

Anche quando mi sono sentita prigioniera di un labirinto senza via d'uscita.

***

«Oh, ecco le mie donne!» Papà si avvicina con un sorriso raggiante. Immediatamente abbraccia la mamma e la guarda con quell'amore profondo e raro che le dona ogni giorno.

«Ciao amore.»

La mamma ricambia con un bacio unico, mentre i miei occhi si soffermano imbarazzati su Raziel che si è accorto di me e si trova poco più distante da noi.

Indugio un po' prima di andare da lui a salutarlo.

Stamattina abbiamo fatto pace, ma ancora non riesco a credere di aver ammesso a me stessa quello che provo per lui.

Sono dei sentimenti nuovi, che non mi è mai capitato di provare e, ora, non so neanche come comportarmi.

Ho paura che lui capisca qualcosa e non voglio che si allontani un'altra volta, perciò, devo essere semplicemente me stessa e andargli incontro come se non avessi scritto sul diario quelle potenti e struggenti parole.

Devo riuscirci anche se mi fa battere il cuore e perdere il respiro.

Aspetto l'abbraccio di papà e dopo averlo salutato mi dirigo da Raziel.

Ci sorridiamo a vicenda, sono consapevole di star navigando nelle vie ignote di uno strano sentimento che a volte confonde le idee.

«Com'è andata la mattina? Che avete fatto?» Domando, mordendomi il labbro inferiore per non risultare impacciata.

Raziel si porta una mano sul petto e allunga all'insù gli angoli delle labbra. Mi guarda gongolante e piego la testa di lato per cercare di capire meglio.

«Ania... davanti a te hai il nuovo campione di Polo Sport!» Annuncia papà, raggiungendoci.

Inarco un sopracciglio e corrugo la fronte, stupita da questa notizia.

Chi se lo sarebbe mai aspettato? Il Polo Sport è un gioco di squadra tipico del nostro Paese, in cui due squadre, composte da due giocatori a testa, in sella ai cavalli e muniti di stecche di bambù, combattono tra di loro.

«In che senso?» Non so se mio papà stia dicendo la verità, e lo guardo negli occhi per comprendere il senso della sua affermazione.

Raziel si batte la mano sul petto ed esulta compiaciuto.

«Significa che la fortuna del principiante è stata dalla mia parte, signorina *Ania*.»

Mi chiama con quell'appellativo e divento rossa in faccia, ma cerco di contenermi per non risultare una bambina alla sua prima cotta.

Con gesto spontaneo, mi alza il mento e mi guarda attentamente, facendomi comprendere che dice sul serio e che non sta bleffando.

«Oh, Raziel caro. Hai tante qualità nascoste!»

Mamma inizia a adularlo e la cosa mi fa ridere e imbarazzare allo stesso tempo.

Forse, inizialmente, mi avrebbe infastidito, ma adesso no... adesso ho imparato a conoscerlo bene.

Lo guardo negli occhi e scorgo un autentico sorriso.

Sta per rispondere, ma papà interrompe la conversazione.

«Ne parliamo seduti davanti a un buon piatto di pesce? Andiamo, il tavolo è prenotato...» papà poggia la mano sulla spalla della mamma e la invita a entrare nel locale.

«Davvero hai vinto?» Chiedo a bassa voce e i suoi occhi mi sorridono.

«Sì, davvero.»

«Contro chi?» Continuo curiosa, mentre raggiungiamo il tavolo prenotato.

Il cameriere ci fa accomodare e quando Raziel si siede occupo il posto di fronte a lui, anche perché non ho altra scelta.

«Allora, stavamo dicendo?» Mamma non perde altro tempo e riprende il discorso, rivolgendosi al diretto interessato.

«Stavamo dicendo che ho vinto grazie alla fortuna del principiante!»

Mamma sorride e batte le mani, orgogliosa del nostro ospite, mentre papà ride di gusto, fiero di aver portato Raziel in uno dei suoi posti preferiti.

«Contro chi hai vinto, Raziel?» Continua la mamma, non avendo sentito la mia domanda precedente.

Sta per rispondere, ma papà lo precede.

«Oh, tesoro, ha vinto contro Rolf Vibur. Ti ricordi di Rolf?» Questa volta si rivolge a me. Annuisco perché non posso non ricordarmi di Rolf Vibur. È il figlio del famoso imprenditore Guest Vibur, unico suo erede, e molto affascinante.

Ha provato a invitarmi a cena qualche volta, soprattutto durante gli incontri tra le nostre famiglie, ma ho sempre declinato l'offerta perché non mi è mai interessato sul serio.

«Certo che mi ricordo di Rolf. Davvero l'hai battuto, Raziel?» Sono ancora più sconcertata.

Rolf è molto bravo e non oso immaginare come si sia sentito quando Raziel l'ha sconfitto.

Raziel annuisce lusingato, poi l'argomento della sua vittoria decade.

«Okay, basta parlare di partite. Perché non discutiamo della cena che abbiamo in mente di organizzare?»

Questa volta io e Raziel ci guardiamo perché non abbiamo partecipato a nessuna discussione precedente che includesse una cena.

«Una cena?» Inarco il sopracciglio.

Papà e mamma annuiscono e mi chiedo se abbiano già pianificato proprio tutto o se mi stiano chiedendo il permesso di poter organizzare questa serata.

«Sì, tesoro. Papà e io vorremmo organizzarla.»

«Che tipo di cena?» Mi agito e Raziel sembra accorgersi del mio stato d'animo irrequieto. Strofino entrambi i palmi delle mani e mi accorgo di essere sudata.

I miei genitori esitano prima di parlare e si guardano più a lungo del solito.

«Una cena di lavoro, tesoro. Con tutti i colleghi di papà e i loro figli. Amici che non ospitiamo a casa da qualche *anno*.»

Le mie spalle si irrigidiscono tutto d'un tratto e la mia gola diventa arida. Bevo un sorso di vino.

Di fronte a me Raziel non è indifferente, anzi mi sta scrutando per capire il motivo del nervosismo.

Ma come faccio a non essere in ansia? Dopotutto loro avevano giurato di non organizzarle più dopo quello che è successo, o almeno di non invitarmi e di ricreare feste al di fuori della nostra casa.

Come mai hanno cambiato idea?

Ho un nodo in gola dopo la loro rivelazione, ma ecco che i miei pensieri precipitano perché ripenso agli anni passati, a quello che ho dovuto subire, e a come sono riuscita ad andare avanti.

Non è vero che è tutto alle spalle... i ricordi sono ancora lì, il bruciore lo sento addosso, vivo. Come prima.

Papà comincia a guardarmi in modo scettico; forse ha capito di aver toccato un tasto dolente e che non doveva farmi quella proposta.

Lo sguardo di mamma guizza tra me e lui, subito dopo però mi prende per mano: «Se non sei d'accordo con questa nostra scelta puoi dirlo tranquillamente, tesoro.»

Come faccio a dirgli di no? Come faccio a intrappolarli un'altra volta nel mio passato? Per loro è tutto a posto. Per loro siamo andati avanti.

Provo un senso di vuoto e mi cingo la vita con un braccio.

Grazie a un tempismo perfetto, il cameriere subentra nella conversazione e chiede se siamo pronti per ordinare.

Papà dice di sì e ordina per tutti noi.

Quando il cameriere si rintana dietro la cucina, mi porto una ciocca di capelli dietro le orecchie, e sento gli occhi bruciarmi.

Non piangerò davanti a loro, soprattutto non lo farò davanti a Raziel, anche perché è da tempo che le lacrime non invadano il mio viso, che non lo rigano e che non lo rovinano. So di certo che quando tornerò a casa mi sentirò male a causa di tutto il dolore che sto riprovando, ma ora voglio cercare di contenermi.

Ancora una volta mi sento prigioniera del passato.

Anche se sono forte, anche se è andato tutto bene, non riesco a non pensare a quello che ho dovuto sopportare.

Mi guardo intorno, poi decido di rispondere alla domanda dei miei senza tirarmi indietro.

D'altronde sono coraggiosa, lo sono sempre stata, cosa potrà mai succedere a una cena con mille invitati e mille occhi puntati su di me?

Potrebbe accadere di tutto... persino ricevere delle domande...

Allungo la mano per afferrare di nuovo il bicchiere e dopo aver bevuto un altro sorso, chiudo gli occhi e sospiro prima di rispondere.

«No, va bene. Mi sembra un'ottima idea. Avete fatto bene a pensare di organizzare una cena in memoria dei vecchi tempi.»

Mamma e papà sorridono e sembrano sollevati, mentre Raziel mi guarda accigliato.

Che abbia capito qualcosa?

Non sono stata del tutto sincera, spero che non mi chieda il perché.

Qualche minuto dopo il cameriere compare con le pietanze e papà lo

ringrazia.
Nel frattempo mamma comincia a parlare della festa.
«Vorremo farla a novembre, invitare un bel po' di persone.»
«Tra cui anche i Vibur», annuncia estasiato papà.
Quel cognome coglie di sorpresa Raziel.
«Anche Rolf?»
«Certamente. È un ragazzo in gamba, Raziel, sono sicuro che andrete d'accordo. Ha sempre adorato la compagnia di Ania e gli farà piacere rivederla. Da piccoli partecipavano spesso alle nostre cene di lavoro. Si sono persi di vista negli ultimi anni, ma secondo me questa cena sarebbe una buona idea per riallacciare i rapporti. Vero tesoro?»
Per poco l'acqua non mi va di traverso.
Istantaneamente sento uno strano piacere perché Raziel sta cercando di capire se tra me e Rolf ci sia mai stato qualcosa, ma eravamo davvero piccoli e anche se i miei, come poco tempo prima ho spiegato a Raziel, cercavano di coinvolgermi nelle loro cene e farmi conoscere qualche ragazzo, non è mai successo nulla, anche perché poi... improvvisamente... si sono susseguiti altri problemi che mi hanno riguardata in prima persona.
Smetto di pensare al passato e cerco di capire come poter rispondere.
Trovo le parole giuste e le spiffero senza ripensamenti.
«È un ragazzo molto in gamba, intelligente e *simpatico*», okay, ho esagerato, ma papà sorride fiero della mia risposta.
«Dovrei conoscerlo meglio, allora. Soprattutto vista la descrizione di Ania. Rolf sembrerebbe un ragazzo intelligente, simpatico e in *gamba*.»
Raziel tiene il gioco, ripetendo esattamente le mie stesse parole mentre assaggia il vino scelto da papà.
Abbasso gli occhi sul piatto.
«Esattamente, ed è anche un ragazzo alla mano. Non è sempre scorbutico come oggi.»
Papà cerca di fargli capire quanto sia in gamba Rolf e lui gli si rivolge con disinvoltura.
«Magari diventeremo amici, sempre se non mi porterà rancore per averlo stracciato», ammicca verso di me, convinto e baldanzoso, e papà e mamma ridono spensierati.
Mi lascio contagiare e rido insieme a loro.
Meno male che c'è Raziel...
È unico e mi fa mancare il fiato.
«Bene. Allora è confermato. Ania, tesoro, appena sarà tutto deciso potresti aiutarmi con gli inviti? Magari crearne qualcuno di carino.» Annuisco e lei mi sorride beata di poter soprattutto passare altro tempo con me.
«Alberto, Paula, siete proprio voi?»

A un certo punto una voce alquanto familiare proferisce i nomi dei miei genitori dietro le nostre spalle e, un secondo dopo, entrambi si alzano per cortesia.

Quando mi volto, per vedere se ho indovinato chi sia colei che ha interrotto il nostro pranzo di famiglia, rimango immobile e sussulto.

23
Quanto può far male

Ania

«Margaret Acosta! Non ci posso credere, che piacere rivederti.»
La mamma va incontro alla signora di fronte a noi.
L'ho riconosciuta all'istante. È lei: Margaret Acosta, una delle più importanti imprenditrici della nostra città.

Ha aperto una catena di alberghi ed è sempre in giro per il mondo, ma la cosa più sconcertante è che è stata la migliore amica di papà.

A causa degli impegni lavorativi, o forse perché papà ha ritenuto opportuno allontanarsi da lei, si sono persi di vista.

Mi metto ad analizzarla.

Il look di Margaret non mi sorprende perché è sempre stata così: elegante e raffinata, come l'ultima volta che l'ho vista, ovvero quattro anni fa.

Indossa una mantella verde all'ultima moda e i capelli scuri, più corti del passato, sono stati spazzolati di recente dal parrucchiere. Dai lobi pendono un paio di orecchini molto luminosi e sfoggia con vanità una borsa griffata dell'ultima collezione.

Mamma la squadra dalla testa ai piedi. Io, intanto, distolgo lo sguardo e rimango seduta con Raziel che mi fissa per cercare di capire qualcosa.

Mi soffermo a lungo su di lui, cercando di nascondermi dalla signora che ha intenzionalmente interrotto il pranzo di famiglia.

E poi perché Raziel è bellissimo, ma evito di pensarci.

Non è il momento.

«Che piacevole sorpresa rivederti, *Paula*.»

In un attimo, la voce di Margaret è rivolta alla mamma, e abbassa i suoi occhiali da sole alla ricerca dello sguardo di papà. Quando lo incontra, il sorriso le si allarga più del dovuto.

Afferro il menù e lo posiziono proprio davanti la mia faccia, sperando di rendermi invisibile.

«Alberto!» Esclama Margaret, con un sorriso cordiale.

Gli va incontro e lo abbraccia come se questi quattro anni di assenza non siano esistiti.

Papà ricambia il gesto con moderazione. «Come stai, Margaret? Sei ritornata a Buenos Aires?» Le chiede, probabilmente ripensando ai loro anni insieme.

Lo percepisco dal tono di voce con cui le si è rivolto e mamma capisce quanto la vecchia amica sia mancata a papà.

«Sì, ma non definitivamente. Mi fermo per delle pratiche burocratiche.»

«Spero nulla di grave», proferisce la mamma preoccupata.

La signora Acosta le sorride dolcemente. «Solo un divorzio improvviso», dichiara, consapevole della propria situazione.

Papà spalanca la bocca, incredulo e ignaro di questa notizia.

«Robert ti ha lasciata?» Risponde sbalordito.

«Oh, no! Io ho lasciato lui, caro», rettifica la signora Acosta.

«Come mai?»

Mia madre si intromette prima che papà esponga la stessa domanda.

Margaret volge lo sguardo all'esterno del locale, rimanendo pensierosa.

Prende fiato e risponde senza rimorsi.

«Robert è stato assente nella mia vita. Non mi è stato mai vicino. Andava sempre contro le mie idee. Mi sono realizzata da sola e sono arrivata alla conclusione più giusta scegliendo il divorzio. Se non si è complici in una relazione è come se si fosse soli.»

La frase mi colpisce così tanto da farmi alzare lo sguardo e abbassare il menù.

Anche Raziel rimane impressionato, ma non comprende il motivo del mio silenzio.

«Voi siete sempre stati complici, per questo vi completate», aggiunge Margaret, rivolgendosi a mamma e a papà.

Lui porta una mano sulla spalla di mamma e la stringe a sé.

«Sì. Sono stato fortunato a trovare la mia complice», abbranca la mamma in un gesto pieno d'amore e lei poggia una mano sul suo petto.

La signora Acosta sorride alle parole del suo ex migliore amico ma, a un certo punto, le squilla il cellulare.

«Scusatemi, datemi un minuto e torno da voi.»

Dopo aver raccolto il cellulare si dirige verso l'ingresso, mentre i miei bofonchiano qualcosa del tipo *"è cambiata"*, *"mi dispiace per il suo divorzio"*, poi, una frase che proviene da papà mi fa sgranare gli occhi.

«Perché non la invitiamo alla cena che stiamo organizzando? Le farebbe piacere!»

Faccio per ribattere, ma non riesco a dire di no ai miei.

Eppure, dovevo aspettarmi una richiesta del genere.

È normale che papà voglia invitare Margaret Acosta alla cena. D'altronde, come lei, ci saranno altre persone alla festa e non posso più sottrarmi.

Ho promesso ai miei che li aiuterò e che possono organizzare la serata. Non sarà così disastrosa. Sarà soltanto una cena...

La signora Acosta ritorna tra noi e si scusa per la chiamata improvvisa.

«Margaret, avrei sicuramente mandato l'invito...» papà comincia a parlare, però Margaret lo interrompe.

«Per cosa?» Domanda, con una lampante curiosità.

«Con Paula abbiamo pensato di organizzare una cena, verso metà novembre. Ancora non abbiamo detto nulla a nessuno, ma visto che ci siamo incontrati, saresti la benvenuta. Ovviamente, ti manderò l'invito con il giorno e l'ora programmata.»

Margaret rimane colpita da quella proposta. Che non se lo aspettasse? Roteo gli occhi.

I Ferrer sono conosciuti in città non solo per la notorietà di papà, ma anche per le innumerevoli feste che hanno sempre organizzato... almeno fino a quando non è successo quello che è successo.

«Grazie, Alberto, però non sei obbligato a invitarmi. Lo sai... lo sappiamo tutti e due che non ci sentiamo da anni.»

«Per questo sarebbe opportuno che tu accettassi l'invito, Margaret. È una cena tra amici, con musica e champagne. Una di quelle cene che piacciono a te. Poi, chissà, magari davanti a un bicchiere potremmo parlare di vari argomenti. Che ne dici?»

Mamma li guarda, per nulla dubbiosa, anzi, forse spera dentro di sé che Margaret Acosta accetti l'invito.

Non è mai stata gelosa e ho sempre invidiato la sua sicurezza.

«Quando riceverò l'invito, sarò lieta di comunicare la mia risposta.»

Papà smette di implorarla e annuisce, acconsentendo alle sue parole.

A un certo punto, Margaret guarda oltre la spalla del suo ex migliore amico e si accorge di me...

No, aspetta!

Lei non sta guardando me, ma... Raziel, che incontra il suo sguardo.

«E lui chi sarebbe?» Margaret indica indiscretamente il ragazzo seduto davanti a me.

Papà si volta verso Raziel, girandosi così del tutto e mettendomi in mostra.

«Oh, ma c'è anche la piccola Ania!»

Prima di alzarmi e andarla a salutare, Raziel mi precede.

Avrà compreso il mio nervosismo e quindi sta facendo il galantuomo come sempre, venendomi incontro e aiutandomi.

«Buongiorno, sono Raziel Herman, piacere di fare la sua conoscenza.»
Le si avvicina prendendo l'iniziativa e le porge la mano come un vero gentleman.

Arrossisco per il modo in cui si comporta ed è questo che mi piace di lui: la sua gentilezza, la sua premurosità nei miei confronti e nei confronti di tutti.

Anche se a volte è ambiguo e misterioso, lui si prende cura di me.

«Che bel giovanotto. Piacere, Raziel, sono Margaret Acosta. Come hai potuto dedurre durante la conversazione avvenuta, sono una vecchia amica dei Ferrer.»

Margaret mantiene lo sguardo fisso su colui che ha catturato la sua attenzione.

«Sembri un giovanotto elegante, a modo. Da dove vieni?»

Come fa a essere così apprezzato da tutti?

Raziel inizia a raccontare le sue origini, spiegando che si è trasferito qui per motivi personali. «Il signor Ferrer mi sta aiutando molto. Qualche tempo fa ho sentito l'incessante bisogno di andare via dalla mia città e lui è stato così gentile da trovarmi un appoggio.»

La signora rimane sbigottita. «Oh, quindi abiti dai Ferrer?»

Papà sta per intervenire, ma Raziel non si imbarazza e parla con semplicità.

«Sì e devo dire che... mi trovo *molto* bene.»

Sottolinea l'aggettivo *molto* e, proprio in quel momento, lancia uno sguardo d'intesa verso di me.

M'imbarazzo così tanto che cerco di mantenere saldo il mio autocontrollo in modo tale da non far insospettire nessuno, tantomeno Margaret.

«Mi fa piacere Raziel, e cosa studi?»

Questa volta è papà a rispondere al posto di Raziel.

«Studia giurisprudenza. Raziel vuole diventare un avvocato, proprio come Ania.»

È in quel momento che lo sguardo della signora si posa su di me e mi scruta.

Con un interesse particolare esamina i miei lunghi capelli scuri, i miei occhi per nulla cambiati e le mie labbra dello stesso colore di un tempo...

... solo una cosa è cambiata e lei lo sa.

Margaret lo sa bene. Come lo sa lei, lo sanno gli altri con i quali, prima o poi, dovrò relazionarmi di nuovo.

Solo Raziel non conosce il mio passato e la curiosità lo sta divorando.

«*Ania...*» la voce di Margaret è calma, cordiale, solo un po' malinconica.

Deglutisco il groppo in gola e la saluto con coraggio.

Devo pur ripartire in qualche modo, e se Margaret è stata la prima persona a tornare nella mia vita, allora comincio da lei.

«Che piacere rivederti!» Fa un passo avanti e la sua mano si allunga con cautela verso la mia guancia.

Sta per regalarmi un gesto dolce, sincero, amichevole, ma io spero di non farle pena.

«Signora Acosta! È un piacere rivederla anche per me.»

«Ania... dopo tutti questi anni mi dai ancora del lei? Chiamami Margaret, ti prego, e anche tu, Raziel, non darmi del lei.»

Raziel acconsente e le sorride, allo stesso tempo si accosta a me proprio per complicità.

«Senz'altro, *Margaret*.»

La signora rivolge a papà quello sguardo che sapevo avrei ritrovato una volta tornata, veramente, nel mondo esterno.

«Alberto... mi dispiace tanto per quello che avete passato.»

No, no, no... ti prego, Margaret, fermati. Non parlare, non dire nulla, non così, non in questo modo.

Non voglio che Raziel sappia.

Mi mordo il labbro per paura, ma sento addosso lo sguardo del mio gentleman, preoccupato e confuso.

Non voglio che Raziel cambi il suo modo di guardarmi.

Non voglio che scopra quello che mi è successo.

La maggior parte delle persone conosce il mio passato, ma di lui mi *vergogno*.

L'atmosfera intorno a noi diventa tesa e intensa. Ho come la sensazione di non riuscire a respirare e che il passato mi stia facendo soffocare.

Non sono per nulla rilassata, ma Margaret non può saperlo.

Pensa che ormai sia tutto risolto, tutto gettato alle spalle.

Non può comprendere la mia sofferenza.

Papà è consapevole di quanto io odi parlare di ciò che è accaduto e cerca in qualche modo di sviare il discorso.

«Grazie ma...»

Margaret continua a essere sfrontata e rivolge a me tutta la sua attenzione.

«Deve essere stato pesante, non è vero, Ania?»

Vado via, scappo e non torno più.

In realtà, potrei non assecondare la presunzione di questa donna, ma c'è Raziel che mi blocca perché capisco che è intenzionato a sapere di più e, anche se non voglio che lui scopra qualcosa, non riesco ad andare via.

Ad allontanarmi da lì.

Lo sguardo di questa donna è di nuovo puntato su di me: non vuole mollare.

Non so se sia dispiaciuta veramente oppure voglia capire quello che ho passato, tuttavia, la giornata sarebbe stata più bella se lei non fosse comparsa misteriosamente tra di noi.

«Tesoro, non sei tenuta a rispondere», proprio in quell'istante, la mamma mi conforta con una mano sulla spalla.

Mi irrigidisco e rispondo a tono.

«Non preoccuparti, mamma», riposiziono lo sguardo sulla signora di fronte.

La guardo negli occhi per farle comprendere che non ho timore e che non sto pensando a tutto quello che ho provato anni prima.

D'altro canto, lei è intenzionata a non cedere e a sapere come sto.

Magari lo fa per dialogare con me, ma pronunciando quelle parole è stata alquanto irrispettosa nei *miei* confronti.

Forse, però, il destino mi ha voluto aiutare prima della festa. Mi ha voluto dare forza per cercare di non sentirmi inadeguata durante la futura serata che mi aspetta.

Anche se vorrei tornare a casa, anche se vorrei che tutto questo finisca, rimango con i piedi saldi a terra.

Raddrizzo la schiena e, dopo essermi guardata intorno, dopo aver scrutato i miei e Raziel, per nulla indifferente, rispondo.

«Sì. È stato orribile.»

Ho parlato senza balbettare, senza smorzare la mia voce e sono contenta.

Da una parte mi sento sollevata, anche se dall'altra ho il pianto in gola.

Mi sento soffocare.

Con malinconia e con uno sguardo colmo di paura, guardo sia il paesaggio verdeggiante sia gli edifici stagliati in lontananza e sospiro principalmente a causa di vari ricordi spiacevoli.

Inizio a ricordare le urla disperate della mamma, la sofferenza che papà ha provato appena è arrivato a casa, il mio respiro affannoso, il sole che era appena tramontato e il mondo che stava finendo davanti ai miei occhi quasi spenti.

Anche se, in tutti questi anni, ho cercato di sorridere di nuovo, di vivere senza pensare, i ricordi sono sempre stati lì e, in un modo o nell'altro, durante certe notti mi hanno frantumata.

Ho cercato di essere forte da sola, di non crollare, di non perdermi nel buio e di trovare la luce.

Ci ho provato.

Ho cercato di sorridere e di non piangere.

Mi sono messa in gioco pur di vivere un'esistenza diversa, ma adesso mi sento ancora intrappolata nel mio passato e so che i ricordi non svaniranno mai. Quello che ho provato e che ho vissuto non potrò mai dimenticarlo, anche se devo andare avanti.

È tutto finito, mi ripeto.

È tutto finito. Il dolore non tornerà più, la paura non mi soffocherà ancora... sto bene, grazie al cielo è andato tutto bene.

L'ansia non mi attanaglierà lo stomaco.

Proprio per questo devo andare avanti, non potrò per sempre far finta di essere felice se non divento amica con il mio passato.

Io devo essere davvero felice.

«Mi spiace», sussurra con voce flebile.

Un secondo dopo si avvicina a me e mi abbraccia.

Un abbraccio che forse non avrei mai voluto ricevere...

«Mi dispiace di non esserti stata vicino, Ania! Mi dispiace sul serio.»

Sono ancorata al suo petto, ma il mio sguardo osserva mamma che piange di nascosto e che si scosta le lacrime naturalmente, senza destare sospetti.

Adesso mi sento davvero male e ho bisogno di stare da sola.

Tutto questo, anche se mi ha portato coraggio, mi ha destabilizzato, e necessito di tranquillità.

Raziel non dice nulla, mi scosta semplicemente dalle braccia di Margaret e con delicatezza mi appoggia al suo petto.

Rimango sbigottita di quel gesto, però il suo braccio mi avvolge a sé e mi sento sicura, protetta.

Margaret si ritrae e guarda papà.

«Vuoi unirti a noi?» Le propone, e io guardo papà strabuzzando gli occhi.

Come può avverglielo proposto?

Sta quasi per mancarmi l'aria, mi sento soffocare, così, decido di parlare una volta per tutte.

«Io ho bisogno di tornare a casa. Non mi sento molto bene», ammetto a voce bassa.

Margaret sposta di nuovo lo sguardo su di me, sentendosi probabilmente in colpa per aver tirato fuori quel discorso, mentre papà si allarma.

«Okay, Ania, allora torniamo a casa...»

«Non si preoccupi, signor Ferrer. Ad Ania ci penso io. Voi restate pure con la signora Acosta.»

Mamma annuisce e capisce perfettamente che in questo momento Raziel ha ragione: ho bisogno di rilassarmi e di non essere assillata da altre domande.

«Sì, Raziel, sarebbe un'ottima idea.»

Papà gli porge le chiavi della macchina, mentre io rimango in silenzio a fissare tutti.

Quando Raziel scosta il braccio dal mio petto e afferra le chiavi, mi raddrizzo e con coraggio saluto Margaret.

«Arrivederci, signora Acosta! Buon proseguimento.»

Mi giro dalla parte opposta, mi rivesto, e con passo svelto mi dirigo fuori dal ristorante.

Durante la camminata non lo guardo perché potrei scoppiare a piangere da un momento all'altro.

Adesso è arrivato il momento di sfogarmi e ciò potrà avverarsi solo quando raggiungerò la mia camera.

Troviamo la macchina e mi siedo senza comunicare con Raziel; lui comprende il mio silenzio e guida verso casa, anche se a volte mi lancia delle occhiate nascoste.

Vorrebbe chiedermi qualcosa, lo percepisco, ma è meglio non parlarne.

Fortunatamente, Margaret non ha rivelato altro, ed è stato un bene per tutti.

Lungo il tragitto regna la quiete, dentro di me una tempesta carica di lampi e tuoni turba il mio cuore.

Qualche minuto dopo, Raziel accosta la macchina davanti il garage.

Tutto a un tratto, mentre è distratto dallo slacciarsi la cintura, apro la portiera della macchina, mi precipito fuori e corro verso casa.

Appena compio quel gesto, si accorge della mia corsa verso l'unico rifugio possibile, ed esce dalla macchina sbattendo la portiera per venirmi in contro.

Sento il rumore, sussulto, ma non mi fermo, anzi, cerco le chiavi di casa nella mia borsa e quando le trovo apro la porta prima che possa raggiungermi.

Stranamente, la fortuna è dalla mia parte e, stringendo più forte il mazzo di chiavi tra le mani, mi dirigo in camera mia. Prima di rintanarmi e piangere a dirotto, sento la voce profonda di Raziel chiamarmi.

«Ania!» Urla dietro di me, preoccupato e allarmato.

«Ania, fermati!» Continua, ma non gli do ascolto.

Ho bisogno di stare da sola. Sto impazzendo.

Nessuno può impedirmi di scappare da tutto e di rifugiarmi nel mio mondo. Per un po' ho bisogno di dimenticare ogni cosa.

So che sono stata fortunata, ma per me non è stata una cosa facile, e anche se ho avuto persone che mi sono state accanto nel momento peggiore della mia vita, non riesco a lasciarmi andare.

Ti prego Raziel, capiscimi.

Sussurro quelle parole a me stessa, sperando che lui possa udirle nel profondo e lasciarmi da sola.

Per ora non ho bisogno di nessuno se non di me stessa.

Non gli rispondo e, agitata più che mai, varco la soglia della mia camera e chiudo a chiave.

Raziel non fa in tempo a raggiungermi e rimane dietro la porta, sperando, in un modo o nell'altro, di poter consolare il mio cuore.

24
Conflitti interiori

Raziel

Per tutto il pomeriggio mi sono imposto di lasciarla da sola, e sono andato in salotto per non impazzire. D'un tratto il mio telefono squilla.

Sono titubante perché non voglio vedere chi è che mi sta chiamando, ma potrebbe essere urgente.

Afferro contrariato il cellulare e quando leggo sul display il nome di Carlos rispondo.

«Carlos?»

«Ehi Raziel, come va?»

«Tutto bene, tu?» Chiedo, cercando di capire il motivo di questa improvvisa telefonata.

«Sì, tutto bene, ma ti ho chiamato per sapere di Ania.»

«Cosa vuoi sapere?»

«È tutto il giorno che non mi risponde al cellulare. Non visualizza i messaggi e non è mai successo che si comportasse in questo modo. Per caso ti ha riferito qualcosa in particolare?»

Un silenzio abbastanza strano piomba sulla nostra telefonata, perché comincio a pensare alla frase di Carlos.

Ti ha riferito qualcosa in particolare?

Carlos sicuramente è a conoscenza di ciò che io non so, ma non sarà facile convincerlo a parlare.

È un suo amico stretto e le vuole bene. Non la tradirebbe mai, comunque devo provarci lo stesso. Devo capire perché Ania si è chiusa in questo modo e non vuole parlare con nessuno.

«Cosa avrebbe dovuto dirmi, Carlos?»

Lo incito a svelarmi qualcosa in più con un tono di voce diverso dal solito, evasivo, e lui, come immaginavo, si schiarisce la gola e temporeggia.

«No, no, niente. Dicevo così per dire... l'hai vista? Dov'è stata oggi?»

Carlos non mi convince per niente, solo che continuo a rispondere al suo interrogatorio per non farlo preoccupare.

«Siamo andati a pranzo fuori con i suoi e poi siamo tornati a casa... Carlos, credo che ti scriverà lei stessa quando potrà.»

Il suo amico sospira dall'altra parte della cornetta, davvero preoccupato.

Ha capito che qualcosa non va nella sua amica, ma non voglio mettermi in mezzo. Se Ania vorrà lo cercherà da sola, quando si sentirà di parlare.

«Ehi...» lo richiamo e lui risponde a stento. Cerco di tranquillizzarlo. Non voglio che si allarmi inutilmente.

«Sì?»

«Lo sa!» Esclamo senza giri di parole, per confortarlo un po'.

«Cosa?» Chiede, con voce spaesata.

«Che le vuoi bene, Carlos. Lo sa che ci tieni. Lo sa che sei veramente il suo migliore amico.»

«Allora perché non mi chiama? L'altro giorno abbiamo parlato e oggi... è sparita e mi sono preoccupato.»

«Ha bisogno di stare un po' da sola. Appena la vedrò, le dirò che mi hai chiesto di lei, d'accordo?»

Come previsto, lo sento singhiozzare: è in ansia come me e vorrebbe sapere di più.

«Non le è successo nulla di grave, vero, Raziel? Me lo diresti?»

Come mai si preoccupa così tanto? Devo sbrigarmi ad andare da Ania. Devo raggiungerla, devo parlarle. Devo conoscere la verità.

Forse è arrivato il momento.

«Certo che te lo direi, Carlos, ma adesso devo proprio chiudere.»

«Okay. D'accordo, scusami se ti ho trattenuto e assillato con le mie paranoie.»

Scuoto la testa e finalmente accendo l'interruttore.

«Non mi hai assillato per niente. Stai sereno. Anzi, ti va se qualche sera di queste ci prendiamo una birra?»

Lo sento sospirare di felicità perché ho capito immediatamente che non è solo preoccupato per Ania, ma che dei pensieri lo tormentano.

È affranto da qualcosa e un amico in più non gli farebbe male.

«Certo. Mi farebbe piacere! Ci aggiorniamo allora... e Raziel?»

«Sì?» Domando prima di aprire la porta.

«Di' ad Ania che deve obbligatoriamente rispondermi, sennò non riuscirò a fare sonni tranquilli e sarà colpa sua», cerca di essere ironico. Alle sue parole sorrido e scuoto la testa ancora una volta.

«D'accordo. Adesso vado. Ciao Carlos!»

«A presto Raziel!»

***

Per qualche ora sono rimasto in camera mia. Ania non è uscita dalla sua stanza e non ho voluto disturbarla. Anche i signori Ferrer hanno cercato di non tempestarla di scuse e domande e hanno fatto la scelta giusta. Dopo qualche ora, li rincontro in corridoio pronti a riuscire di nuovo.

«Raziel, meno male che sei qui. Pensavamo fossi fuori.»

La signora Paula ha gli occhi malinconici e un sorriso triste, mentre Alberto mi guarda in procinto di chiedermi qualcosa.

«No, sono rimasto in camera. È successo qualcosa ad Ania?»

Con tutto me stesso spero di no, anche perché la chiamata precedente di Carlos mi ha già fatto venire alcune paranoie.

Alberto scuote leggermente la testa, la signora Paula lo guarda preoccupata e davvero abbattuta.

Sospiro di sollievo quando entrambi confermano che non è successo nulla di grave.

Mi rivolgo di nuovo ai signori.

«State uscendo?» Corrugo la fronte.

«Sì, ma torneremo presto, d'accordo?»

Annuisco, con dispiacere noto che la signora Paula è molto allarmata, lo intuisco soprattutto dal timbro di voce con cui proferisce quelle parole.

«Cerca di confortarla, Raziel. Ania non sta tanto bene oggi.» È Alberto questa volta a parlarmi e la signora sospira per trattenere il pianto in gola.

«Certo, ma…»

Alberto si avvicina, appoggia una mano sulla mia spalla e mi guarda serioso.

«Ha bisogno di te, ora più che mai. Abbiamo cercato di parlarle, però si è rifiutata di confidarsi con noi. Provaci tu, ti prego.»

«Si è rintanata in camera sua per le parole che ha detto la signora Acosta?» Domando schietto e sincero.

Ho bisogno di capirci qualcosa prima di parlare con Ania, perché non voglio essere invasivo, non voglio che si senta giudicata inutilmente.

«Sì. Noi forse potevamo evitare di invitare la signora Acosta a pranzo e alla festa, ma non la vedevo da anni e mi era sembrato un gesto doveroso da vecchio amico.»

Assottiglio lo sguardo per cercare di capire, però il signor Ferrer non è chiaro con le parole. Non mi riferisce di preciso come stanno le cose.

Dalla discussione che hanno avuto stamattina con la signora Acosta, avevo già dedotto che non si vedevano da anni. Forse hanno litigato o semplicemente si sono allontanati, non ho capito altro.

«Non so di preciso cosa sia successo tra voi e la signora Acosta e non sono nessuno per mettermi in mezzo, ma starò vicino ad Ania! Questa è una promessa.»

Il signor Ferrer picchietta fiero la sua mano sulla mia spalla e afferra il lungo cappottone scuro.

«Grazie, Raziel. Ora vai da lei. Parlale. Cerca di farla rasserenare un po'.»

«E informala che noi torneremo presto», si affretta a suggerirmi la mamma della ragazza.

«Andate tranquillamente al vostro impegno. Quando tornerete, troverete Ania fuori da quella stanza.»

Alberto mi sorride, fiero del coraggio che ho nell'aiutare sua figlia.

Ma chi non lo farebbe?

Quando sono stato male io, mi sono chiuso in me stesso. Mi sono ritrovato da solo e al buio.

Alcuni ricordi cominciano ad apparire nella mia mente e, appena i signori Ferrer escono da casa, mi lascio sconfiggere da loro ancora un'altra volta.

«Dottore, come sta?» Sentivo la voce di mamma, ansiosa più che mai, dalla camera in cui ero imprigionato.

«Non bene, signora Herman, ma deve essere forte. Suo figlio è in buone mani e se prenderà i farmaci antidepressivi, moderatamente, la depressione rallenterà.»

Mamma singhiozzava, mentre Estrella la sorreggeva per non farla sprofondare definitivamente.

«Non sarebbe dovuto succedere tutto questo. Lui non ha colpe, ma si ostina a non capire e soffre interiormente.»

«Signora...» la voce del dottore era calma. «Suo figlio non ha nulla che non si possa curare. È uscito dal coma, ha già sconfitto la morte in passato, ma adesso tutto dipende da lui. Esce da un periodo buio e incomprensibile. Nessuno di noi sa cosa stia provando, ma lo aiuteremo. Le cure serviranno a farlo uscire da questo stato di conflitto interiore.»

«Può tornare a casa, quindi?»

«Certo. Basta solo che sia controllato e che lo portiate qui almeno una volta ogni due settimane. D'accordo?»

«D'accordo, dottore. Grazie mille.»

Il ricordo di quando soffrivo di depressione scompare dalla mia mente e torno a respirare.

I miei pensieri si ricompongono e si indirizzano verso l'unica persona che in questo momento ha bisogno del mio aiuto.

A passo svelto, mi dirigo verso la camera di Ania e, quando dallo spiraglio scorgo la luce accesa, sospiro di sollievo.

Non busso perché non mi aprirebbe mai se sapesse che sono qui fuori ad aspettarla.

Controllo se la porta è chiusa a chiave, ma in realtà è aperta e quando la spalanco mi rendo conto di avere appena invaso la sua privacy.

Appena sente il rumore dei miei passi, si gira all'improvviso e sobbalza per la mia presenza.

Quando i suoi occhi incontrano i miei mi manca il respiro perché noto subito che indossa semplicemente biancheria intima di pizzo nero.

Dilato le palpebre perché è stupenda.

Ania

«Raziel hai l'orrendo vizio di non bussare mai! Che diamine, mi sto vestendo», sbotto acida alla sua comparsa.

«Lo vedo», mi squadra dalla testa ai piedi senza aggiungere commenti inopportuni, ma nei suoi occhi scruto una scintilla ingestibile.

«Bene, allora esci. Devo finire di prepararmi», continuo e lo istigo in maniera arrogante e con sguardo tagliente a fare come richiesto.

«Perché, stai uscendo?» Si appoggia allo stipite della porta in modo sfrontato.

Fortunatamente sono riuscita a coprirmi con entrambe le braccia prima che lui potesse vedere più del dovuto.

Mi imbarazza avere il suo sguardo addosso. Mi brucia ogni centimetro del corpo e soffro perché non si avvicinerà più come l'altro giorno.

Contemplo la sua bellezza che spesso mi fa venire il batticuore e rispondo con schiettezza.

«Sì. Sto andando a divertirmi», ammicco un sorriso fintissimo e mi avvicino all'armadio per recuperare la maglietta che indosserò.

Come immaginavo corruga la fronte, incredulo per le parole che ho rivelato ad alta voce senza farmi troppi scrupoli.

Lascio che mi guardi mentre gli volto le spalle.

«Ah, sì? E con chi? Se posso sapere.»

In realtà non ho chiamato nessun amico, ma questo Raziel non lo sa. Oggi voglio stare da sola. Oggi più che mai ho bisogno di bere e di allontanarmi dal passato che non mi sta lasciando in pace.

Dato che non devo dargli troppe spiegazioni, decido di mentirgli.

«Ho pensato di chiedere a Gaston di venire con me. Sarà divertente.

Sai... io e lui, da soli, sbronzi e molto *vicini*.»

Lo provoco di proposito, e girandomi verso di lui osservo con piacere un muscolo guizzargli sul mento. La mia rivelazione ha funzionato: si è irrigidito parecchio e sorrido di nascosto.

Contenta della reazione che ha suscitato la mia bugia, raccolgo una maglietta piena di paillettes colorate, come se fosse già Capodanno, e do nuovamente le spalle a Raziel. Recupero una minigonna e indosso tutto in fretta.

Scompiglio i capelli e, quando sono pronta, il mio ospite mi squadra accigliato.

«A quanto sembra Capodanno è arrivato in anticipo.» Apostrofa con tono ruvido. Lo lascio perdere e faccio spallucce, ma mi redarguisce una seconda volta utilizzando un'occhiata truce e per nulla divertita.

Mi disinteresso del suo rimprovero e gli rispondo come una bambina scontrosa.

«Non mi importa. Io adesso andrò a divertirmi, anche se prima dovrò truccarmi.»

Mi ritrovo di nuovo lo specchio di fronte e afferro un rossetto che non ho mai messo. Un rossetto forte, rosso sgargiante. Un rossetto che permetterà a chiunque di guardare le mie labbra.

«Questo dovrebbe andare bene. Ti piace? Riuscirò a provocare Gaston, secondo te?»

Mi fingo abbastanza convinta del mio look, curiosa di sapere la sua opinione.

Non so perché mi stia comportando in modo così sfacciato e infantile, ma ho bisogno di non pensare a niente, almeno per una volta.

Raziel mi esamina con precisione, come se non bastasse non ha lo sguardo che avrei sperato di ottenere.

Non sembra interessato a me, anzi, dal suo modo di fissarmi intuisco il suo disgusto.

Meno male che non mi sono dichiarata, meno male che ascolto sempre il mio cuore. Penso tra me e me.

A Raziel non piaccio, i suoi occhi parlano per lui.

«Ania...» sta per avvicinarsi e con fretta afferro la borsetta perché voglio uscire da quella stanza.

«Non dire nulla ai miei, Raziel. Voglio andare a divertirmi e lo farò.»

«Ania...» la sua voce è calma, troppo profonda. Mi fa venire i brividi.

Per non parlare dei suoi passi che mi hanno raggiunto con prudenza, senza essere invasivi.

Lui è un gentleman e sa come comportarsi in situazioni del genere, mentre io mi sto rendendo ridicola.

Con sfrontatezza e con inganno inizio a camminare e lo supero. Spavaldo, mi afferra per il braccio e mi avvicina al suo petto.

Ritrovo il suo viso a un palmo dal mio e riesco a pensare semplicemente al suo buon odore. Vorrei baciarlo...

«Non andrai a divertirti, stasera... non lo sopporterei... non permettermi di immaginarti vicino ad altre *persone*», sussurra appoggiando il suo naso rettilineo sull'incavo del mio collo e sgrano gli occhi per l'incredulità.

Spalanco le palpebre, ma lui non può vedermi.

Come... come mai ha detto una frase del genere? Vuole farmi andare fuori di testa?

«Chi saresti per evitarmi di uscire?» Rispondo imparziale, cercando di dimenticare le ultime parole che risuonano come una supplica d'amore nella mia mente.

Ma lui non è innamorato di me. Non prova i miei stessi sentimenti... altrimenti l'altro giorno non si sarebbe scostato.

Questa sua preghiera ha fatto tremare di piacere la parte più intima del mio corpo.

Già, Raziel, chi saresti? Un amico, un ospite? Qualcosa di più?

«Colui che ti aiuterà e ti starà vicino, perché in questo momento non sei lucida e non ti perderò di vista neanche un secondo.»

Il suo improvviso anelito mi stuzzica e deglutisco il groppo in gola per non impazzire ancora di più. Mi è sembrato che ansimasse... che il mio profumo lo avesse stordito.

Non riesco a muovermi, ad avanzare verso quella porta, non ora che sono tra le sue braccia.

Se non ci fosse stato Raziel magari sarei riuscita nel mio intento, solo che ora c'è lui e non mi lascerà in pace. Mi armo di coraggio e allontano, a malincuore, il suo corpo dal mio.

«Lasciami, Raziel. Voglio uscire!» Cerco di ribellarmi alla sua presunzione di tenermi qui con lui e quando sembro avere la meglio, si precipita davanti la porta, gira la chiave e la nasconde dentro la tasca destra dei pantaloni.

«Cosa stai facendo? Questo è un sequestro di persona!» Urlo, anche se so che i miei sono usciti e nessuno potrà sentire le mie grida.

Fa spallucce, come se non gli importasse nulla di quello che ho detto, e incrocia divertito le braccia sul petto: «Pensala come vuoi, ma tu, da qui, non esci.»

Indispettita prendo il cellulare e digito il numero di Gaston.

«Chi stai chiamando?» Il suo cipiglio severo prova a redarguirmi e a farmi cambiare idea.

«Gaston. Magari lui mi verrà a salvare da *te*...» lo rimbecco con sfacciataggine.

Raziel, veloce come una pantera, mi raggiunge e mi strappa il telefono dalle mani.

Fortunatamente Gaston non ha risposto alla chiamata e lui riaggancia prima che sia troppo tardi.

«Non c'è bisogno di chiamare Gaston. Non è il tuo eroe, non deve salvarti da me, *Ania*.»

Questa volta il mio nome pronunciato da lui vibra intorno a me e dentro il mio cuore. Impacciata indietreggio e vado a sbattere contro la spalliera del letto.

«E cosa dovrei fare, secondo te? Sentiamo», cerco una risposta, magari nel suo sguardo.

Raziel non mi sfiora, mi guarda e basta.

E io in realtà rivorrei la sua bocca sul mio collo...

«Innanzitutto, dovresti respirare profondamente e tranquillizzarti. Sei troppo agitata.»

Forse ha ragione! Dovrei accettare il suo consiglio.

Ho bisogno di calmarmi. Sono stata nervosa per tutto il pomeriggio e non sono state piacevoli le emozioni che ho provato. Non lo ascolto immediatamente, però dopo qualche secondo provo a concentrarmi e respiro come mi ha suggerito di fare.

Questa giornata è stata tremenda e non mi sono sentita appagata, neanche dopo un bel bagno caldo.

La visita improvvisa della signora Acosta mi ha spiazzata tanto.

Non mi aspettavo di rivedere l'ex migliore amica di mio padre così presto, eppure è successo.

«È vero», dico spontaneamente. Inarca un sopracciglio e piega la testa di lato per ascoltare ogni mia parola.

«Oggi... oggi ho esagerato, adesso va meglio.»

Le mie parole non lo convincono del tutto e scuote la testa.

«Non mi sembra, visto il rossetto che hai indossato e che ancora non hai tolto.»

«Cos'ha il mio rossetto che non va?» Strabuzzo gli occhi e metto il broncio.

«Non hai mai messo un colore così vivace. Tu sei bella soprattutto senza trucco, *Ania*.»

Questa rivelazione mi fa arrossire e, involontariamente, lancio un'occhiata al cassetto della scrivania dove tengo un oggetto prezioso: il diario in cui ho confessato di provare qualcosa per questo ragazzo speciale.

«Cosa stai guardando?» Chiede di soppiatto, avendomi osservata attentamente.

«Nulla! Un punto impreciso della stanza», mento. Non è ancora giunto il momento di rivelargli quello che provo.

Sono ancora convinta che per lui sia soltanto un'amica. Raziel annuisce, mi prende la mano e mi avvicina verso il letto.

Lo guardo sbigottita perché dentro di me il mio cuore sta facendo mille capriole e non smette di palpitare contro il mio petto.

La sua espressione diventa tenera.

«*Cosa...*» non termino la frase perché mi precede con un tono di voce più dolce del solito.

«Sediamoci qua», consiglia amabilmente.

Mi accomodo sopra il morbido materasso, mentre lui occupa lo spazio finale non troppo distante da dove sono seduta.

Per un istante mi sento immatura perché sono truccata come una scema, con un rossetto che non ho mai messo e con una maglietta che non ho mai usato.

Grazie allo specchio di fronte a me, riesco a scorgere la mia bizzarra volgarità.

Con gesto automatico, afferro il pacco di salviettine struccanti che tengo sul comodino e lo apro.

Raziel scruta con interesse ogni mio singolo movimento, senza interferire.

Sono state le sue parole a farmi detestare ancora di più questo rossetto e decido di toglierlo dalle labbra.

Strofino la salviettina e la tinta scompare definitivamente.

Mi osservo allo specchio senza alzarmi dal letto e, con sollievo, mi vedo più pulita, più naturale.

Toglierò più tardi l'eyeliner nero con cui ho cercato di abbellire i miei occhi, perché adesso sarei capace di sporcarmi tutta e di creare un pasticcio sul mio viso.

«Va meglio?»

Guardo Raziel che mi rivolge un altro dei suoi sorrisi da batticuore.

«Sì. Adesso...sei più tu.»

Abbasso gli occhi e sorrido timidamente.

Le sue parole mi fanno dimenticare l'orrendo pomeriggio che ho passato.

«Se vuoi possiamo vedere un film o andare di sotto a mangiare schifezze... come preferisci. Non ti imprigionerò qui dentro, basta solo che... non scappi da me! Tra poco, tra l'altro, torneranno i tuoi...» le sue parole mi colpiscono ancora una volta.

Come fa a essere così *maturo*?

In realtà non ho più voglia di uscire e di andarmi a ubriacare: il suo arrivo nella mia stanza mi ha fatto cambiare idea.

Qualche secondo di silenzio interrompe la nostra conversazione.

A parlare per noi sono i nostri battiti, che sento vivi più che mai.

Gli rispondo con coraggio.

«Possiamo... *parlare*.» Suggerisco sincera e determinata.

Appena proferisco quelle parole noto il suo lampante interesse.

«Sul serio?» Reclina la testa verso il basso per attendere la mia conferma e mi guarda da sotto le ciglia scure.

Nel momento successivo affermo un sincero sì e i suoi angoli della bocca si allargano piano, disinvolti.

Ricambio il lieve sorriso, portandomi delicatamente una ciocca di capelli dietro l'orecchio.

All'improvviso ripenso a come mi sono comportata con i miei genitori prima che andassero via: mi hanno implorato di confidarmi e di uscire da questa stanza, ma non li ho accontentati.

Loro sanno tutto, sanno come mi sento e hanno capito perché sono scappata a casa dopo l'incontro con la signora Acosta. Fortunatamente non mi hanno impedito di andarmene ma, allo stesso tempo, ho capito che non potrò sviare per sempre il discorso.

«Ania, a cosa stai pensando?»

Il mio sguardo è completamente perso nel vuoto e Raziel mi lancia quella domanda per consolarmi.

Ormai gli ho detto di voler parlare e così farò.

Forse è arrivato il momento di raccontagli quello che è accaduto e come sono stata per tanto tempo.

Sospiro più volte prima di emettere altro, poi con determinazione espongo quelle parole per non farmi più male.

«A come mi sono sentita per tanti anni, *Raziel*.»

I suoi occhi sono implacabili, non ha uno sguardo pietoso, anzi, mi sta scrutando nel profondo come se mi stesse guardando dentro l'anima.

Con gesto improvviso, afferra la mia mano e la stringe tra le sue. «Puoi parlare con me. Puoi fidarti.»

Lo guardo intensamente perché sono pronta a rivelargli quello che ho vissuto, quello che ho provato per tanti anni della mia vita.

«Vuoi parlarmi guardandomi negli occhi?»

La domanda inconsueta che rivolge mi fa piegare la testa di lato. «In che senso?»

Per un attimo sorride e aggrotto la fronte.

«Perché se ti imbarazza o se pensi di dover piangere mentre mi racconti tutto, possiamo fare una cosa.»

Gli rivolgo un'espressione incomprensibile e inarco un sopracciglio: davvero non riesco a capire quello che vuole propormi.

Sorride e si alza dal letto per avvicinarsi alla spalliera principale, dove sono sparpagliati i vari cuscini pieni e colorati.

«Posso sedermi qui?»

Indica il posto in cui di solito dormo e annuisco, perché non mi dà fastidio.

Raziel si distende sopra il copriletto e allarga le gambe. Appena si stravacca, il suo gesto mi fa importporare il viso.

«Adesso vieni qui. Siediti in mezzo alle mie gambe.»

Quel suo gesto mi fa alludere a qualcosa di piacevolmente volgare, ma ho capito che non lo sta facendo con quella intenzione.

Tuttavia, non lo raggiungo come avrebbe fatto qualsiasi altra ragazza estasiata dal suo fascino.

Una risata rauca fuoriesce dalle sue labbra.

«Forse hai ragione... forse in questo modo verrebbe complicato... *parlare con me.*»

Oddio, Raziel! Cosa sta dicendo?

Perché non sta zitto e mi ascolta semplicemente?

Queste sue parole mi stanno confondendo e il mio cuore è già in subbuglio perché lui non è mai esplicito.

Non mi rivela quello che pensa o che magari *sente* per me.

Non riesco a capirlo, ma non posso neanche stargli lontana, così mi faccio forza e mi avvicino.

«No... no io... lascia perdere, arrivo.»

Non lo guardo allibita e cerco di non fargli comprendere nulla. Con estrema attenzione mi affianco a lui.

È in questo preciso momento che mi guarda e picchietta il palmo della mano sul materasso, facendomi cenno di accomodarmi *in mezzo a lui*.

«Sono un ragazzo gentile! Lo sai... dovresti conoscermi.»

Il mio sguardo diventa interrogativo, ma i suoi occhi riescono a rasserenarmi.

Lancio un'occhiata fugace tra le sue gambe e mi mordo l'interno della guancia.

Quando mi sorride decido di non comportarmi come una bambina e comincio a prendere posto.

«Hai fatto la scelta giusta», ammicca verso di me, anche se resta fermo, immobile, non allunga nessuna mano per venirmi incontro.

Lascia che sia io a sistemarmi come ritengo opportuno e, questa sua gentilezza, mi stupisce sempre di più.

Appena mi avvicino tra le sue gambe, il mio cuore saltella come un pazzo e bussa contro il mio petto. Vorrei farlo placare, ma la vicinanza di Raziel è troppa... non mi permette di respirare.

Quando raggiungo il materasso e appoggio il gluteo troppo vicino alle sue cosce, arrossisco.

Fortunatamente Raziel non può vedermi e questo è un bene, altrimenti sarebbe stato un problema.

Devo farmi forza e raccontargli di me, del mio passato e di nient'altro. L'argomento di oggi sarà solo questo.

«Sei comoda oppure...»

«Sono comoda», riferisco frettolosamente la risposta e lo sento sogghignare.

«Okay.»

«Perché mi hai proposto di sederci così?»

Mi sa che ho parlato troppo perché, a un certo punto, la sua mano scosta i miei capelli sull'altra parte del collo e mille brividi si propagano lungo la mia schiena.

La sua bocca si avvicina al mio orecchio e le sue parole, dritte e sincere, mi sussurrano la risposta.

In quel momento, sento le foglie degli alberi lottare contro il lieve venticello, l'erba sfrusciare e ogni tipo di suono proveniente da fuori, ma non mi distraggo da quella scena perché sono impaziente di udire la sua risposta.

«Perché so quanto possa essere complicato dover raccontare qualcosa di personale a qualcuno, Ania. In questo modo potrai sentirti libera di avere gli occhi lucidi, di guardare verso il basso o un punto impreciso della stanza. In questo modo, potrai pensare anche di essere sola. L'ho fatto per te, perché non voglio obbligarti a raccontarmi quello che ti è successo... vorrei che tu questo lo sappia, ma desidererei anche cercare di capire qualcosa in più per starti vicino. Voglio aiutarti, non vederti triste. Mi fa male il cuore vederti chiusa in te stessa, perciò ti aiuterò. Ti farò sorridere.»

Alcune lacrime iniziano a inumidirmi gli occhi e le caccio indietro prima che possano varcare il mio viso.

Queste parole mi hanno letteralmente scossa.

Lui mi fa sentire diversa, più forte, più coraggiosa.

Lui mi protegge, soprattutto tra le sue braccia.

«Mi sa che è arrivato il momento, Raziel.»

Sospiro una volta per tutte. Dopo aver trattenuto l'aria, la butto fuori e parlo di nuovo.

«È arrivato il momento di rivelarti la verità. Ho deciso. Stasera saprai tutto. Stasera mi conoscerai veramente.»

25
Con il cuore in gola

Ania

Sei anni prima

Il mondo ha sempre avuto varie sfumature per me, non è mai stato monocromatico.
Questa metafora mi ha sempre permesso di sorridere alla vita e di credere ogni singolo giorno in qualcosa di bello, di speciale.
In qualcosa che profumi di magia.
Fino a quel giorno...
Fino a quando sono piombata davanti quell'edificio freddo, spoglio, per nulla accogliente.
Dal primo istante, quelle mura di marmo e quel cancello grigio che dava accesso a quel posto triste, quasi privo di vita, hanno fatto sorgere in me gli incubi più spaventosi.
Incubi dai quali non sono riuscita a sfuggire neanche con il passare degli anni...
Incubi velati, che mi hanno impedito di sognare qualcosa di meraviglioso.
Da quando ho varcato quel cancello, quell'edificio ha atterrito il mio sguardo e mi ha reso debole di fronte al nemico.
«Andrà tutto bene, tesoro... non rimarrai qui dentro a lungo», la voce confortevole di mamma riecheggia nell'aria circostante.
Mentre ci incamminiamo verso l'entrata, adocchio i fiori del giardino: appaiono appassiti, malinconici, come se stessero piangendo insieme alle anime tormentate e inferme dei pazienti.
Mi sembra di trovarmi davanti a due scelte: andare avanti o tornare indietro?
La decisione più sensata sarebbe quella di intraprendere il cammino. Di percorrere il sentiero cosparso di spine e di lacrime che immagino si trovi davanti a me, in questo momento.
Ma non ci riesco.

Mi farò male, lo sento... ma se tornassi indietro? Se non combattessi? Se diventassi debole? Se imboccassi la strada della semplicità?
Non si può tornare indietro nel tempo e cambiare tutto, purtroppo. Non si può far finta di nulla. Non posso guardare il cielo e gioire, perché oggi non sarò allegra.
Mi volto per un istante, senza farmi accorgere da mia madre, e immagino con la mente la strada dietro di me, larga e alberata, con tanti germogli bianchi ad accogliermi.
Sarebbe la via della fuga... non affronterei la realtà, ma non è la strada giusta.
Rabbrividisco e mi stringo con le braccia, come se un vento gelido si fosse abbattuto su di me, cogliendomi di sorpresa.
In realtà, questa mattina, il tempo è luminoso, ma i raggi del sole non riescono a scaldarmi come da abitudine.
Sembrano pugnalarmi alle spalle.
«Lo so, lo spero, però l'altro giorno è stato terribile, davvero spaventoso. Non è la prima volta che ho questi disturbi, mamma, e lo scorso mese è successo di peggio...»
Lei mi guarda, cercando di nascondere la sua ansia; questo succede perché è preoccupata tanto quanto me, forse anche di più.
Mi prende la mano per rassicurarmi e mi dà coraggio nel momento in cui varchiamo la soglia dell'ospedale.
«Questo dottore è molto in gamba. È un cardiologo attento e paziente. Papà ha cercato il migliore per te.»
Annuisco e continuo a esplorare l'ambiente intorno.
Prima di entrare, smetto di osservare i fiori e lancio un'occhiata a qualche signore anziano che passeggia a braccetto con delle infermiere.
Il mio sguardo saetta fino a quando non fisso un ragazzino dai corti capelli rossi, taciturno e con gli occhi spenti di vita.
Mi mordo l'interno della guancia quando noto la madre avvicinarsi a lui e sussurrargli delle parole all'orecchio.
Il ragazzo tira su col naso e annuisce, poi cerca di alzarsi in piedi, ma il suo equilibrio è instabile, così si aggrappa alla madre e io rabbrividisco.
Mamma si accorge della mia preoccupazione e mi avvicina ancora di più a sé.
«Andiamo tesoro... siamo già in ritardo.»
Sento all'istante il comune odore di ospedale e cerco di chiudere le narici; tutto è inutile perché più mi addentro, più l'odore diventa forte e nauseante.
Arriccio il naso per il fastidio che provo e seguo la mamma fino a quando non si ferma davanti a una porta bianca. Guardo infastidita

l'unica insegna metallica che ci permette di capire di essere nel posto giusto: "Dott. Orazio Golf. Cardiologo".

«*Entriamo?*»

Provo a prolungare il tempo. Scuoto la testa, mentre la mamma sorride fiduciosa.

«*Abbi fede, Ania.*»

Abbozzo un sorriso tirato, per nulla sincero, e cerco di fare del mio meglio, cerco di accontentarla.

«*D'accordo, andiamo*», *il mio respiro è stentato.*

Bussiamo alla porta e quando l'assistente del dottore ci invita a entrare, guardo disinteressata l'interno dell'ufficio.

Rimango perplessa sulla soglia, specialmente quando la mamma si presenta al dottor Golf: un uomo sulla cinquantina, brizzolato e con un fascino tutto suo.

Dopo avergli parlato a bassa voce, il dottore si schiarisce la gola e si avvicina alla mia figura, tirando su le maniche del camice bianco per presentarsi.

«*Ciao, tu devi essere Ania, giusto?*»

Annuisco silenziosamente e intuisce al volo la mia preoccupazione.

«*Stai tranquilla. Oggi non sarà negativa la nostra chiacchierata, almeno spero.*»

Lo afferma con fredda ironia e con un ghigno sul viso che fa sorridere solo la sua assistente.

Mi incupisco e guardo la mora dal seno prosperoso che adesso è intenta a leggere una cartella clinica e ci sta ignorando.

Il medico capisce di aver urtato la mia sensibilità, così si passa una mano sulla nuca e si presenta come si deve.

«*Piacere, sono il dottor Golf. Se ti hanno mandato da me, vuol dire che ho un'ottima reputazione e non devo perderla con il mio scarso e freddo umorismo. Perdonami.*»

Il dottor Golf mi sorride e addolcisce i suoi grandi occhi azzurri.

Adesso sembra un'altra persona rispetto a qualche secondo prima: più alla mano e meno stronzo, e queste sue scuse mi fanno spuntare un leggero sorriso.

Il medico lo nota con felicità e, finalmente, mi fa accomodare su una delle sedie in pelle di fronte la sua scrivania.

Aspetta che mamma imiti il mio gesto, successivamente si sistema il camice, indossa un paio di occhiali da vista e riporta l'attenzione su di noi.

«*Dunque, Ania, come mai sei qui?*»

In effetti non lo so neanche io...

«*Non lo so dottore, per questo ho bisogno di lei. Ultimamente non mi sento in forma.*»

Il medico lancia uno sguardo a mia madre, che sta in silenzio perché vuole che io mi metta a mio agio con lui.

Ha intuito la mia timidezza, ma i dottori dovrebbero essere dei confidenti, e così devo lasciarmi andare e dirgli tutto quello che mi è capitato in questi ultimi tempi.

Dopo avermi regalato un sorriso intimidatorio, il dottore abbassa lo sguardo sulla cartella che gli ha consegnato la mamma.

Rimane qualche secondo a consultarla approfonditamente, poi si riconcentra su di me.

«*Allora, dalla cartella ho constatato che alcuni valori non rientrano nella norma: sei svenuta un paio di volte negli ultimi tempi. Non hai mai capito di essere stanca o affaticata prima che si presentasse l'episodio?*»

Mi mordo il labbro inferiore e lo riguardo.

«*In realtà, durante il mio allenamento di nuoto, qualche volta, mi sono sentita fiacca e debilitata, ma l'ho sempre collegato al fatto che mi alleno quattro volte alla settimana. Poi però la stanchezza si è fatta sentire anche solo salendo qualche rampa di scale o magari facendo tragitti più brevi e meno faticosi. Mi sono sentita diversa, più debole, fino a quando non è arrivato il primo episodio di svenimento.*

Lì per lì non ci siamo allarmati perché abbiamo pensato che potesse trattarsi di un calo di pressione.

Alcuni giorni fa, però, ho iniziato ad avere una strana tachicardia anche quando facevo pochi passi e, dopo un secondo episodio, siamo andati al pronto soccorso.»

«*Bisognerà fare degli accertamenti, Ania. Prendiamo un appuntamento e ci ritroviamo qui venerdì mattina alle undici?*»

Non avevo altra scelta se non quella di annuire e acconsentire alla richiesta del dottore che mi avrebbe visitata fra qualche giorno.

***

Avevo fatto tutti gli accertamenti richiesti, tra cui: l'elettrocardiogramma, l'eco-cardio, l'eco-doppler e altri esami del sangue; per i risultati non è trascorso troppo.

Mamma è stata con me tutto il tempo e quando il medico ha avuto gli esiti, il suo sguardo non mi ha tranquillizzato per niente.

«*Cosa c'è che non va, dottore? Non mi menta, la prego.*»

Il dottore, cautamente, osserva prima la mamma poi me: la sua paziente.

«Ania, dai risultati sembra esserci una malformazione cardiaca.»

In un attimo la mamma si porta le mani alla bocca per trattenere il respiro.

«In... in che senso?» Balbetto, con il cuore in gola

Sento che posso esplodere da un momento all'altro perché il mio cuore è vivo, ma agitato allo stesso tempo.

Ho una malformazione cardiaca, com'è possibile?

Allora perché sento battere il mio cuore?

Quando il cuore batte significa che sta bene, che è veramente vivo. Che posso sorridere, piangere, arrabbiarmi.

Mi tiro il labbro inferiore con i denti e stringo le mani sulle ginocchia per mantenere la calma, anche se il medico ha già intuito il mio nervosismo e mi prende la mano.

«Dobbiamo fare degli esami più dettagliati per stabilire ciò che provoca i tuoi attacchi. Ci vediamo lunedì per altri accertamenti. Per il momento cerca di stare a riposo e di non affaticarti.»

«E lo sport?» Butto lì quel primo pensiero.

«Lo sport dovrà aspettare, Ania. La salute è più importante.»

Sbarro gli occhi, del tutto impressionata da questa rivelazione, ma mi obbligo ad ascoltare i consigli di persone più esperte.

«D'accordo, certo, la salute è più importante.»

Il dottore appoggia la penna sulla scrivania, osservando ancora la mia cartella clinica.

Davanti a lui, io e mia mamma non proferiamo parola.

Vorrei andare a casa, vorrei buttarmi a letto e dormire fino a quando quest'incubo non sarà finito, ma non posso e il fine settimana sarà estenuante per la lunga attesa.

Percepisco lo sguardo di mamma addosso, però non la osservo. Non ho proprio voglia di alzare gli occhi e di farle pietà perché, in questo momento, alcune lacrime stanno per inondare i miei occhi.

Lacrime amare, confuse, inspiegabili.

Lacrime mai consumate prima.

Con coraggio, quando il dottor Golf parla di nuovo, rivolgo a lui la mia totale attenzione.

«Stai tranquilla, Ania, pensiamo positivamente.»

«Ma lei ha già idea di cosa potrebbe trattarsi nello specifico?» La domanda allarmata di mia madre fa saettare lo sguardo del dottore.

Esita un attimo prima di rispondere, forse per non sbagliare con le parole.

«Non voglio farvi preoccupare inutilmente.»

«*Ha parlato di una malformazione cardiaca*», mamma si impunta, facendomi stringere le mani sopra le ginocchia.
Non riesco a respirare... per me è tutto così assurdo.
«*Sì, signora, ma ci sono moltissime malformazioni cardiache e non tutte sono a rischio. Alcune possono essere tenute sotto controllo.*»
Mamma sospira più volte, agitandosi, il suo petto si gonfia e sgonfia di continuo.
Mi pento di non aver preso sin da subito in considerazione i miei svenimenti.
Ho sempre pensato a un calo di pressione, evidentemente mi sono sbagliata.
Maledizione a me e al mio intuito.
Strofino con forza le nocche sui jeans, ma nessuno in quella stanza se ne accorge, ed è un bene.
Il dottore sta cercando di rassicurarci.
Oggi non riuscirò a dormire, non riuscirò a respirare bene, non riuscirò a vedere il mondo come l'ho sempre visto: colorato.
Se potessi mi lascerei torturare piuttosto che pensare a quale problema abbia il mio cuore.
Finalmente, mi accorgo delle pareti spoglie e bianche, del computer portatile e della stampante sul mobile accanto.
Tutto è in perfetto ordine e sul tavolo si nota solo la mia cartella clinica.
Il mio respiro sembra morire di colpo: ho una cartella clinica personalizzata!
Non voglio crederci.
Quando terminiamo la conversazione, fingo di stare bene e di essere più serena.
Ovviamente mamma mi conosce e non ci crede, perciò appoggia la sua mano sulla mia per dirmi che sarà sempre con me e che non mi lascerà sola.
Chiudo un secondo gli occhi e mi tengo stretta a lei come supporto morale.
«*Non preoccupatevi. Lunedì sapremo tutto.*»
Il medico ci congeda con un sorriso disinvolto ed io ricambio con una stretta di mano, per nulla sicura come la sua.
Per rassicurarmi non mi ha detto "fai sogni tranquilli", non mi ha detto "vai a divertirti".
È rimasto in silenzio, con quel sorriso che non promette nulla di buono, perché il medico ha già capito quello che ho, anche se non l'ha voluto rivelare per non allarmarmi prima della certezza.

Io, però, a lunedì non voglio arrivarci, perché molto probabilmente dovrò far scomparire per sempre il sorriso dal mio volto.

***

La verità mi è piombata addosso come una secchiata d'acqua gelida, più fredda di un iceberg.
Come un treno veloce in procinto di schiantarsi. Come un martello impazzito e rumoroso.
Questa mattina ho studiato il silenzio di mamma e la sua espressione tra le righe di quel foglio bianco.
Lo stesso foglio bianco che conosco a memoria perché siamo già a martedì.
Lunedì è stato il giorno dell'amara verità: una verità che mi ha spezzato il cuore, letteralmente.
Papà le sta tenendo la mano, ma alla mia presenza si asciuga gli occhi con la manica del maglione e si gira verso la finestra.
Non so com'è potuto accadere.
Non so come ci siamo ritrovati in questa situazione.
Però è successo e il passato non si può cambiare.
Per quanto abbia voglia di strappare quei fogli rigati di nero, non posso farlo, e i miei pensieri devono assestarsi immediatamente.
Raddrizzo la schiena per affrontare l'argomento con i miei genitori.
Sono rimasti in silenzio per un giorno e mezzo, anzi, più che in silenzio, sono stati per tutto il tempo pensierosi, con lo sguardo vacillante e con il cuore palpitante.
Io, invece, sono stata rannicchiata sul letto di camera mia e non sono uscita, fino ad ora.
Non sono neanche andata a scuola.
Le mie amiche mi hanno mandato dei messaggi. Timo e Carlos pure, ma non ho risposto a nessuno.
Morirò.
Questo è stato il mio pensiero quando ho letto i referti e quando il cardiologo ha esposto il problema che ha il mio cuore.
La verità è questa: ho una cardiopatia congenita che per tutti questi anni è stata asintomatica.
Soltanto ora, ha deciso di volermi far soffrire.
Soltanto ora si è manifestata e ha infastidito il mio cuore.
Come volevasi dimostrare e come avevo ben intuito, non è una cardiopatia semplice, è molto grave.

Il medico è stato chiaro: ho bisogno di un trattamento chirurgico.
Il mio cuore dovrà essere sostituito, dovrò subire un trapianto, e al solo pensiero mi sento morire.
Il mio cuore batte ogni giorno.
Grazie al mio cuore sorrido, corro, nuoto, mi tengo in forma.
Grazie al mio cuore mi innamoro.
Non voglio cambiare il mio cuore, perché deve andare per forza così?
Non vi è un modo per impedire tutto questo?
«Tesoro... come stai?»
Faccio la forte, faccio finta di sapermi sorreggere e di non stare precipitando in un baratro senza via d'uscita.
La voce di mamma è ovattata, mentre papà non si gira.
Vorrei tanto andare da lui e abbracciarlo: dirgli che andrà tutto bene e che non dovrà preoccuparsi per me, ma lo conosco e, adesso, per colpa mia, la notte non dormirà serenamente.
Anche la mamma nota la mia espressione preoccupata, così cerca di farlo ritornare tra di noi.
In questo momento è come se fossimo solo io e lei, perché papà è del tutto assente.
«Alberto... c'è Ania qui con noi.»
Papà, mi hai visto?
Hai visto che sono entrata oppure la tua mente annebbiata ti ha portato altrove, al giorno in cui forse morirò?
Vorrei esporgli tutte queste domande, solo che non ci riesco. Mi limito a deglutire il groppo in gola.
«Potrebbe morire. Se non troviamo in pochi mesi un donatore compatibile, nostra figlia potrebbe morire.»
Papà stringe le mani e rivolge gli occhi spenti verso il fondo del lavello.
Sto per piangere, ma devo resistere. Devo mantenere la lucidità.
Ho già versato tante lacrime, posso aspettare ancora un altro po' prima di ricominciare.
Per il momento, la priorità va ai miei genitori. Devo essere forte per loro.
«Alberto. Non siamo soli. Ania è qui con noi», *ripete mamma scandendo per bene le parole, ma papà non si gira.*
Forse non vuole guardarmi.
Forse teme di scoprire la paura nei miei occhi.
La voce di mamma non lo fa sobbalzare, non gli fa cambiare idea, perciò prendo coraggio e mi avvicino alla sua figura.
Mi avvicino con un passo lento e silenzioso e, quando mi ritrovo dietro di lui, allargo decisa le mie braccia e lo avvolgo in un gesto caloroso.

Gli regalo un abbraccio di quelli che spesso ci scambiamo, perché ci vogliamo bene.

Non posso sentire la sua pelle, è tutta ricoperta di strati di lana, ma le sue mani sono fredde e non perché sta toccando il marmo della cucina.

La mamma si ammutolisce di colpo e decide di non raggiungerci.

È seduta sulla sedia di legno che di solito occupa papà. Ha le gambe accavallate e le tempie che le pulsano.

Poco prima, quando sono entrata in cucina, ho notato che tremava e mi sono sentita in colpa.

Sì, mi sento in colpa per come stanno soffrendo i miei genitori.

Non meritavano che la loro figlia si ammalasse di cuore: non mi hanno fatto mai mancare nulla, sono stati sempre speciali e, adesso, stanno soffrendo per me.

Non voglio ricompensare il loro aiuto con la mia malattia, avrei tanto voluto renderli orgogliosi di me.

Il solo pensiero di averli delusi mi rattrista e abbraccio papà per fargli capire quanto mi dispiaccia.

Finalmente sposta le mani e afferra la mia presa, senza girarsi.

Ci abbracciamo stretti e amareggiati.

Lui con la fronte abbassata e imperlata di sudore, io con la guancia sulla sua schiena e con il cuore che batterà ancora per poco.

Sento singhiozzare la mamma e il cuore si spezza un'altra volta.

«Papà, andrà tutto bene.»

Stringe le mie braccia con le sue grandi mani.

Quelle mani che da piccola mi hanno protetta e aiutata, che mi hanno insegnato tante cose e mi hanno consolata nei momenti di difficoltà con delle carezze.

Lo sento singhiozzare e alla fine esplode in un pianto liberatorio.

Anche se ha gli occhi colmi di lacrime, si gira per guardarmi intensamente.

«Mi dispiace, Ania. Non volevo scoppiare così, ma mi sembra tutto così ingiusto. Mia figlia sta male e io non posso fare niente se non aspettare.»

«Papà non fare così. Ti prego. Non è colpa vostra.»

I suoi occhi sono pieni di dolore. Non l'ho mai visto così affranto.

«Non morirai, Ania. Tu non morirai. Faremo di tutto pur di farti vivere.»

«Papà... non esiste nessuna certezza, il destino deciderà per me. Dobbiamo solo aspettare e sperare.»

Cerco di consolarlo e di farlo ragionare, ma lui non crede che il fato abbia già pianificato tutta la mia vita.

«Troveremo il donatore compatibile, tesoro. Lo troveremo.»

È in questo momento che la mamma decide di alzarsi e di incamminarsi verso di noi.
Per un attimo ci guarda con gli occhi lucidi e il rossetto ormai sbafato, poi, afferra le nostre mani e pronuncia i suoi pensieri ad alta voce.
«Siamo una famiglia. Ci prenderemo cura di te. Non sei e non sarai mai sola, mia dolce Ania.»
Quello che è appena successo a mio padre capita a me.
Piango, singhiozzando.
Piango, abbracciata ai miei genitori.
Piango per la rabbia incommensurata che sto provando dentro di me.
Piango perché il destino è stato crudele.
Perché qualcuno lassù, in un modo o nell'altro, mi sta punendo senza un motivo.
Non sono mai stata cattiva, perché devo avere inflitta questa punizione?
Piango senza fermarmi.
Piango fino a quando il crepuscolo, alla stessa ora di sempre, rattrista la città e fa scomparire il sole di un giorno ormai trascorso...

26
Nella malinconia dei tuoi ricordi

Ania

«Ecco», rivelo con un sospiro. «Questa è la mia storia e adesso potrai anche capire il perché io non sia mai stata con nessuno», continuo, con tono commosso e malinconico. «Mi... mi vergogno della mia cicatrice.»

Il solo ricordo di quei giorni riesce ancora ad affliggere il mio animo sensibile.

Cerco di allontanare la lacrima che vuole rigarmi il viso, perché Raziel non mi vedrà piangere: anche se mi ha dato il permesso di farlo, di lasciarmi consolare da lui, non andrà così.

Con forza, sospendo le mie parole per ascoltare ciò che ha da dire.

Sicuramente la mia storia lo avrà scosso, l'ho sentito irrigidirsi, magari non si aspettava tutto questo, ma è così.

È così mio caro Raziel, sono stata male, ma ora sono guarita. Ho un nuovo cuore, anche se a volte sto male e non riesco a scrollarmi di dosso il mio passato.

Vorrei girarmi e guardarlo in faccia, però ho paura di vedere la sua espressione. Proverà pietà.

Il suo sguardo sarà spalancato, dispiaciuto, compassionevole, forse vorrebbe persino accarezzarmi i capelli per consolarmi, anche se spero che non lo faccia.

Spero che non mi dica una delle solite frasi indulgenti come, ad esempio, quella che mi ha riferito la signora Acosta: «Deve essere stato terribile, mi dispiace non poter esserti stata accanto.»

Quella frase mi ha destabilizzato non tanto perché me l'ha esposta lei, ma per la compassione che ha provato nei miei riguardi.

«Raziel? Sei ancora qui con me?»

Mi mordo il labbro inferiore e, con gesto automatico, gli accarezzo il braccio con cui mi sta tenendo stretta.

È in questo preciso istante che la sua mano si allontana da me e il suo corpo si discosta dal mio.

Mi sento improvvisamente vuota e fredda senza il suo calore. Cosa sta facendo? Se ne sta andando?

Mi sembra di precipitare in un burrone e di non riuscire a trovare il modo di aggrapparmi da nessuna parte.

In realtà sono sul mio letto, ma è come se sotto di me non ci fosse nessun materasso a sorreggermi.

Mi sto sentendo davvero male e il mio cuore sta battendo come se fosse impazzito, come se volesse esplodere definitivamente.

Vorrei richiamare il suo nome, vorrei fermarlo per il braccio, ma non mi volto.

Se sta andando via lascerò che varchi quella soglia, non lo rincorrerò, anche se dopo piangerò.

In quell'istante però qualcosa cambia e la sua voce, dolcemente, sussurra il mio nome.

«*Ania?*»

Appena sollevo lo sguardo mi accorgo che si è alzato dal letto, si è posizionato accanto a me e sta guardando proprio i miei occhi scombussolati e in procinto di piangere.

Osservo le mie mani tremanti.

La sua mano non mi accarezza la guancia e il suo sguardo è più austero rispetto a prima, quando mi ha consigliato di raccontargli tutto.

«Ania... guardami ancora, ti prego...»

Ho paura... ho paura di guardarlo, ho paura di quello che potrà dirmi con la sua voce provocante, sensuale.

Ho paura di poterlo perdere anche se tra noi non c'è mai stato nulla.

Ho paura di tutto in questo momento, anche di un nuovo giorno.

Mi faccio forza e mi volto verso di lui: il suo sguardo mi blocca il respiro.

Come si fa a respirare con tanta bellezza che ti illumina gli occhi inconsapevolmente?

Ringrazio ogni giorno di non aver mai obiettato all'arrivo di Raziel, altrimenti, a quest'ora, non l'avrei mai conosciuto.

E mi sarei persa tanto.

«Alzati, ti prego! Vieni qui...»

Indica un punto esatto di fronte a lui e penso a una cosa sola: se mi alzo, i nostri visi si troveranno a un centimetro di distanza e ci sarà la possibilità che i nostri nasi si sfiorino.

«Non... non te ne vuoi andare?» Questa domanda sorge spontanea dalle mie labbra, ma la mia voce è incrinata.

Forse è stata la paura stessa a parlare per me, senza chiedermi il permesso.

L'espressione di Raziel si addolcisce di nuovo, forse per farmi sentire a mio agio o forse perché ha capito che ho pensato subito al peggio.

Con delicatezza mi porge la mano. La afferro per sorreggermi con totale naturalezza, come se fosse la cosa più facile del mondo.

Appena ci troviamo a una ristretta vicinanza, nessuno di noi dice niente. Ci guardiamo e basta.

Lui mi scruta con attenzione.

In questo momento vorrei essere nella sua mente per scoprire i suoi pensieri e per conoscerlo meglio.

Ancora a distanza di mesi non si è totalmente aperto con me, mentre io, oggi, ho abbattuto questo muro tra di noi.

Mi sono confidata una volta per tutte.

Lo guardo facendo trascorrere altri secondi del nostro tempo.

«Non vai via?» Pronuncio di nuovo con un tono malinconico per sentire la sua voce.

Sta rimanendo troppo tempo in silenzio e questa attesa è snervante.

Scuote la testa in maniera decisa e mi regala uno dei suoi sorrisi che mi sono mancati tantissimo.

«Perché dovrei andarmene, *Ania*?» La sua voce profonda mi fa vacillare, ma resto in piedi. Vicino a lui.

«Perché ti ho rivelato la verità. Perché adesso sai tutto», singulto.

Raziel si avvicina e, anche se mi sento tremendamente attratta da lui, non mi sbilancio.

«Proprio per questo non me ne vado. Voglio stare qui, con te.»

Sussurra la verità con un soffio sul mio collo e mi ravvia una ciocca di capelli dietro l'orecchio.

Prendo un bel respiro profondo perché rimango incredula alle sue meravigliose parole che mi hanno fatto emozionare.

Raziel è incredibile, riesce a sorprendermi ogni giorno di più. La sua galanteria lo rende semplicemente diverso.

«Ti ringrazio, ma...»

«Ma?»

Glielo devo dire. Voglio dirgli che non ho bisogno della sua pietà.

Sicuramente starà restando con me perché mi vede vulnerabile, fragile, pronta a crollare da un momento all'altro poiché il passato è tornato a sconvolgere il mio presente.

«Non c'è bisogno che resti con me, Raziel. Non per compassione.»

Al suono delle mie parole, rimane immobile e mi fissa sconcertato.

Passa qualche minuto, poi il tono della sua voce diventa più austero.

«Credi che io provi pietà per quello che hai passato e perché sei stata operata? Se pensi così non hai proprio capito niente di me.»

Credo di avere esagerato, ma rimane fermo al suo posto, non gira le gambe per svignarsela e uscire dalla mia camera.

Lui resta qui, nella mia stanza, anche se si sente ferito dalle frasi che gli ho detto.

A un tratto, altre parole sgorgano dalle sue labbra. Parole che mi scaldano l'anima.

«Io rimango con te perché voglio poterti consolare. Nessuno da solo può riuscire a sconfiggere il proprio passato. Ognuno di noi ha bisogno di un'àncora di salvezza a cui aggrapparsi e il destino mi ha mandato da te. Sarò il tuo scoglio se me lo permetterai. Lo scoglio su cui potrai fare affidamento, perché credimi, e fidati di me, non ti lascerò annegare nella malinconia dei tuoi ricordi.»

Sbatto più volte le palpebre e conservo dentro il mio cuore ciò che ha rivelato.

«Vorrei essere anche io la tua àncora di salvezza. Vorrei poter sapere di più su di te. Perché non mi permetti di conoscere ciò che ti affligge?»

Lo guardo attentamente, sperando in una sua risposta.

Inutile negarlo... ha un fascino incredibile. A volte persino pericoloso, da cui devo mettermi in guardia per non cadere in tentazione, però non ci riesco. È più forte di me. Ci sono giorni in cui il suo sguardo tagliente e profondo mi osserva con un interesse sfacciato e mi folgora, mi infiamma, mi infervora anche in altre parti più intime. Giorni in cui mi ignora, mi rende invisibile ai suoi occhi... eppure ho fiducia in lui. Ma cosa nasconde nel suo animo tormentato?

Con delicatezza e senza chiedergli il permesso, gli poggio la mano sul cuore e lui la stringe con la sua.

«Perché per ora voglio maneggiare con cura le tue ferite. Non voglio che ti scheggi ancora di più. Il vetro può rompersi, ma non il tuo cuore. Il tuo cuore nuovo deve sopravvivere alle tempeste, deve riuscire a illuminarsi e a non imbrunirsi. Non ne ha motivo. Ed io, *Ania*, ti aiuterò a superare le tue paure. Ti aiuterò a non pensare più al passato.»

Non mi sposto, ma piego la testa di lato e lo guardo.

Sta stringendo la mia mano contro il suo petto, mentre il mio cuore nuovo sta battendo all'impazzata per le parole che ha rivelato Raziel ad alta voce.

E lui... pensa ancora al suo passato? Vorrei tanto chiederglielo, ma non mi dirà nulla. Reprimo l'istinto di domandargli dei suoi tormenti, soprattutto perché la sua sincerità e schiettezza mi hanno fatto vibrare ogni singola parte del mio corpo.

Vorrei baciarlo, vorrei rivelargli tutto ciò che provo per lui da quando è arrivato a Buenos Aires, ma mi trattengo perché voglio sapere cos'ha in mente di fare.

«In che modo mi aiuterai a superare le mie paure?»

Raziel mi fissa con dolcezza e mi risponde schiettamente.

«Permettimi di... accarezzarla», la sua richiesta è spontanea.

Strabuzzo gli occhi, incredula e agitata allo stesso tempo.

«C... cosa?» Una confusione scompiglia i miei pensieri.

Per un attimo cerco di pensare lucidamente e riesco a capire a cosa si sta riferendo.

Voglio comunque esserne certa: «Non starai mica parlando della...»

«Sì. Sto parlando della cicatrice, *Ania*. Vorrei vederla, se non ti dispiace.»

«Io non penso sia una buona idea», socchiudo gli occhi, e in quel momento mi afferra entrambe le mani e le porta alle sue labbra.

Il mio cuore balza in gola quando i suoi occhi si avvicinano ai miei.

Mi manca il respiro.

Mi sta guardando con un'intensità unica, potrebbe persino ricambiare i miei sentimenti.

Non ci siamo mai avvicinati così tanto...

Nella mia casa di villeggiatura c'è stato semplicemente un piccolo contatto, ma adesso le mie nocche sono attaccate alle sue labbra.

Un pensiero si fa strada nella mia mente: io e lui siamo due anime rivestite di spine, destinate a soffrire sotto i raggi del sole, ma insieme, se solo lo volessimo, potremmo salvarci e iniziare una passionale danza di baci.

Proprio in questo momento potremmo salvarci entrambi e non annegare nella malinconia dei nostri ricordi.

I suoi occhi stanno guardando me, solo me.

L'aria intorno a noi diventa più concentrata. Non è il tempo a interessarmi perché le mani di Raziel mi stanno infuocando tutta.

Brividi si propagano in ogni parte della schiena e lì sotto scorgo un lieve piacere.

Dio mio, Raziel, che effetto mi fai?

«Ania... ti prego», pronuncia, sperando di farmi cambiare idea.

«Pensi che così potrò superare la mia paura?» Provo a non pensare alle mie nocche accostate alle sue labbra.

«Non sei mai stata con nessuno per questo motivo, vero?» Mi chiede, all'improvviso.

«Prima ero troppo piccola per avere dei rapporti, poi è subentrato l'intervento e sì... è come hai detto tu.»

Reclino la testa verso il basso per la vergogna e mi ammutolisco.

Raziel non lascia andare le mie mani, ma con quella libera afferra il

mio mento per costringermi a guardarlo negli occhi.
In quegli occhi in cui spesso ci vedo l'amore.
«Allora dobbiamo partire proprio da qui. Devi permettermi di vederla. Non devi nasconderla. Sarà bella quanto te.»
Sarà bella quanto te...
Arrossisco e mille pensieri malsani mi si accavallano nella mente e nel... *cuore.*
«Ti sembrerà strano, ma da quando mi sono operata ho cercato in tutti i modi di nasconderla.»
«Sei stata stupida. Hai perso tanti bei momenti in questo modo.»
Annuisco, perché solo grazie alle sue parole mi sto rendendo conto che avrei potuto fregarmene e comportarmi in modo diverso.
Potevo mostrare la cicatrice agli altri senza vergogna, ma non sarei stata io. Avrei indossato una maschera e non sarebbe stato da me.
Non ho vissuto davvero e ho esagerato.
È vero... ognuno soffre e affronta le situazioni a modo suo, ma è arrivato il momento di cambiare e di accettare il mio cuore una volta per tutte
Lo guardo negli occhi.
«Lo so! Forse hai ragione tu...»
«Ania, ascolta! Non voglio obbligarti, ma penso che ti farebbe bene mostrarla a qualcuno. Per questo vorrei che tu la mostrassi a... *me.*»
Sobbalzo perché per questo qualcuno provo qualcosa di immensurabile e mi agito quando mi guarda negli occhi.
Proprio come sta facendo ora... proprio come *fai* ora.
Parlo di te, di te che sei piombato nella mia monotona routine e l'hai stravolta con i tuoi modi di fare, con le tue frasi filosofiche e con i tuoi sguardi.
Parlo di te che sorridi poco anche se dovresti farlo più spesso.
Parlo di te che ti sei preso subito cura di me, mi hai sempre protetta.
Parlo di te che adesso vuoi farmi sconfiggere la mia vergogna più grande.
Parlo di te di cui ho scritto sul mio diario segreto.
Parlo di te, Raziel.
Parlo proprio di te.
Il suo sguardo brilla di un'intensità particolare e sono sicura che il mio abbia una luminosità affine e incancellabile.
«Lo so che non vuoi obbligarmi, ma forse hai ragione. Devo mostrarla a qualcuno e, quel qualcuno, vorrei che fossi tu.»
Resta in silenzio, sorpreso dalla mia rivelazione, e quando un sorriso spunta sul suo volto, mi tranquillizzo perché capisco quanto gli faccia piacere la mia decisione.

«Vuoi... vuoi spogliarmi tu?» All'improvviso mi rendo conto di averglielo chiesto senza timore.

Raziel abbassa la testa in avanti e appoggia la sua fronte alla mia.

Respiro il suo profumo perdendo quasi la lucidità, ma lui mi sta sorreggendo con le sue mani e questo per me non può essere che un bene.

Restiamo in silenzio per un po'.

I minuti scorrono, sento il ticchettio dell'orologio appeso alla parete, con tutta me stessa non voglio interrompere questo momento.

Non ci riesco, anche se fremo dalla voglia di sapere la sua risposta.

A un certo punto, mi sento avvampare per la forte vergogna che sto provando.

«Sarebbe un onore per me», riferisce con la sua voce baritonale e profonda.

Il cuore continua a impazzire contro il mio petto. Se non fosse imprigionato nello sterno, potrebbe anche scappare per i salti di gioia che sta facendo.

Raziel scosta la sua fronte dalla mia e mi guarda negli occhi.

«Non avere paura... non con me, okay?»

«Non faresti nulla contro il mio consenso...» lo prendo in giro per smorzare quell'imbarazzo che si è creato tra di noi.

«Sono un ragazzo di altri tempi, ricordi? Non sfiorerei mai una ragazza solo per gioco.»

Mi sorride e io continuo a pensare che non stia facendo tutto questo per amicizia.

Chi si comporterebbe così per amicizia?

Timo e Carlos non mi hanno mai chiesto di vedere la mia cicatrice, non mi hanno mai supportata in questo modo.

Raziel sì.

Rimango a fissarlo ancora a lungo, fino a quando si schiarisce la gola e alza le mie braccia verso l'alto per cercare di sfilare via la maglietta elegante.

«È il momento?» Domando a denti stretti.

Raziel annuisce in silenzio. Prima di scrollarmi da dosso l'indumento, compie un gesto improvviso.

Inizia ad accarezzarmi entrambe le braccia e la sensazione che provo è a dir poco meravigliosa.

Continuiamo a guardarci perdutamente negli occhi.

Rimango colpita da come il suo tocco possa essere così potente, di come possa risultare così forte da farmi provare scariche immense di piacere.

Gli occhi verdi di Raziel mi scrutano con attenzione facendomi tratte-

nere il respiro ancora più del dovuto.
Inizia a sollevare lentamente la maglia.
La mia mente proietta scene del tutto diverse... scene in cui il protagonista è sempre lui che però non sta alzando la maglietta per vedere la cicatrice, ma per assaggiare il mio corpo.
Nei miei pensieri glielo lascio fare. Nei miei pensieri lui può farmi ciò che vuole. Ha il permesso anche di prendersi il mio cuore.
A un tratto, quando il mio indumento scivola per terra, ritorno alla realtà e lo guardo imbarazzata.
Fortunatamente porto il reggiseno e non sono del tutto esposta a lui, ma le mie forme sembrano stupirlo e sgrana gli occhi.
Immediatamente contempla tutto il mio corpo, anche se indosso ancora i pantaloni.
Vorrei che mi togliesse anche quelli, ma so che non si può.
Non vuole.
Neanche per una notte e via... neanche per farmi provare un piacere momentaneo.
L'ha appena detto. Non sfiorerebbe una ragazza per gioco.
Nemmeno io sarei capace di lasciarmi andare così spudoratamente.
Sono troppo pudica per commettere un atto del genere e me ne pentirei se poi Raziel non starebbe con me, perciò evito di pensarci.
La sua presenza, però, è troppo bella e mi imbarazza da morire.
«Dio, sei stupenda.»
Sgrano gli occhi, nonostante la sua voce continui a rassicurarmi. «Non devi scappare da me e neanche dal mio sguardo.»
Con gesto spedito sposto i capelli che mi ricadono lisci sul lato destro e annuisco.
«Okay», ormai sono esposta, definitivamente, a lui.
Quando Raziel la osserva, gli passa delicatamente le mani sopra.
La cicatrice è rettilinea, si è un po' sbiadita nel corso degli anni.
Il bruciore è scomparso e ne sono grata perché provavo una sensazione tremenda.
«Ti infastidisce che io la tocchi?»
Scuoto la testa perché mi piace il modo in cui la sta accarezzando. Piano, dolcemente, senza pressione.
Una volta sfiorato il punto finale con il dito, risale un'altra volta, per poi riscendere di nuovo.
Compie quei movimenti per almeno quattro volte e io impazzisco perché voglio di più.
Lo vorrei dentro di me. Potrei afferrarlo e baciarlo.
Forse non si scosterebbe, ma se invece scappasse lontano dal mio

cuore?

Non potrei sopportare la sua perdita.

Ormai provo affetto verso di lui e non voglio che scompaia dalla mia vita.

Quando se ne andrà da Buenos Aires e tornerà dalla sua famiglia, resteremo in contatto... ma non voglio perderlo per un gesto improvviso e immaturo da parte mia.

Non farò nulla.

«No, non mi infastidisce il tuo tocco», deglutisco il groppo in gola e lui sorride dolcemente.

«Visto? Non è stato poi così difficile» ammette, appena termina di accarezzarla.

Mi guardo allo specchio.

«È vero... ho perso troppo tempo.»

«Puoi sempre recuperarlo, basta solo che non ti chiudi più in te stessa per colpa *sua*.»

Indica la cicatrice, questa volta senza sfiorarla, e sorrido veramente.

«Grazie, Raziel. Mi hai fatto stare bene! Per un po' ho dimenticato tutto e credo di poter riuscire a superare il mio passato grazie al tuo aiuto.»

Uno strano tipo di calore si propaga dentro di me quando il suo sguardo inchioda il mio.

«Te l'ho detto, Ania. Non sei una ragazza che ha bisogno di soffrire. Hai dei genitori che ti amano, degli amici che farebbero di tutto pur di passare delle giornate con te e poi...»

«Poi?» Chiedo con una speranza unica.

Mi avvicino a lui, senza indossare la maglietta, e non indietreggia, né scosta il mio corpo con la mano.

Rimane fermo, al suo posto.

«Poi hai... hai tante altre persone che ti circondano», dichiara.

Tipo te, Raziel?

Ti prego... ho bisogno di un indizio, così magari potrò rivelargli qualcosa.

Ho bisogno di capire se anche lui prova gli stessi sentimenti per me.

«Certo... hai ragione», continuo sperando di sentirgli dire qualcosa. Ma invano, perché non dichiara nulla. Rimane in silenzio a contemplarmi.

All'improvviso spezza la magia che poco prima si era creata tra di noi.

«Forse è meglio che adesso ti rivesta. I tuoi staranno per tornare e non vorrei che pensassero male.»

Questa frase mi rammarica, ma faccio come mi chiede.

A un tratto sentiamo il rumore della serratura.

I miei sono tornati.

È stato un bene che mi sia rivestita, adesso potrò andare da loro e spiegargli il motivo per il quale ho reagito in modo infantile.

Non voglio recitare la parte della bambina immatura che soffre ancora per l'operazione e che impedirà ai genitori di organizzare una festa.

Voglio affrontargli.

Dirò loro che per un attimo mi sono sentita prigioniera del passato, ma che adesso sto meglio e che parteciperò con piacere al ricevimento.

Se qualcuno mi chiederà dell'operazione risponderò che l'ho superata grazie alla mia forza, ai medici in gamba e a tutto l'amore che mi donano mamma e papà ogni giorno.

Devo comportarmi da persona matura, dovrò fargli comprendere che da oggi in poi il passato per me può restare sepolto.

Da oggi in poi vedrò il mio cuore sotto un altro punto di vista.

Da oggi in poi lo accetterò senza pensare a quello che avevo un tempo.

Tutto questo grazie al conforto di Raziel, che adesso si trova a un passo dalla porta...

«Vuoi andare da loro?»

Mi armo di coraggio.

«Sì. È arrivato il momento di dirgli che il nuovo cuore non sarà più un peso per me. Da adesso vivrò sul serio.»

Raziel mi sorride e mano nella mano andiamo dai miei genitori.

27
Non è tempo di morire

Raziel

Un semplice tocco è in grado di cambiare i pensieri: può infiammarli, smorzarli o confonderli.
In questo momento, i miei pensieri hanno seguito la terza opzione per colpa di un gesto che non avrei mai dovuto fare.

L'ho *toccata*.

Per dei secondi che mi sono sembrati infiniti, le mie mani sono scivolate sulla pelle liscia di Ania. Ho accarezzato il suo corpo e quello che ho provato è stato intenso. Non avrei mai pensato che si sarebbe fatta accarezzare da *me*.

Dalle mie mani che non hanno più sfiorato il corpo di una donna da quella volta...

Per un attimo osservo i palmi e stringo le palpebre per non rievocare altri incresciosi ricordi.

Non è il momento di rimembrare come un forsennato quei giorni ormai remoti e distanti da questa mia nuova vita.

Non posso permettere al passato di riaffiorare e di colpire il punto più debole del mio cuore. Non può imprigionare l'organo che batte dentro di me in uno scrigno maledetto che riassorbirebbe la mia energia fino ad assimilarla del tutto solo per farmi crollare.

La verità e che non so più cosa pensare, ma cerco di combattere ciò che mi affligge e mi rende vulnerabile.

Conosco benissimo il motivo per il quale non riesco a essere felice e mi punisco perché non posso fare altrimenti. Sono costretto all'infelicità eterna finché i miei giorni non finiranno, finché i miei occhi non si chiuderanno per sempre in un sonno profondo fatto di silenzio e di pace.

Solo con la morte potrei provare un po' di sollievo, ma non è la soluzione migliore. Non è tempo di morire. È ancora troppo presto.

Il mio passato non si può cambiare però temo che, prima o poi, possa venir fuori. Se mai succederà, Ania non mi guarderà più come ha fatto finora e non mi reputerà un bravo ragazzo.

In realtà, sono mai stato un bravo ragazzo? Forse con lei sì, ma...

Basta, sono stanco. Non voglio rievocare quei ricordi agghiaccianti che si tramutano in ombre quando l'oscurità diventa la protagonista delle mie notti. Non posso sopportare questo tormento. Non ora che finalmente ho aiutato la dolce e fragile ragazza che si era smarrita in una via cosparsa di aghi appuntiti.

Mentre cammino mano nella mano insieme a lei per raggiungere i suoi genitori, con sguardo fiero, la osservo. È determinata a compiere il passo più importante della sua vita: andare avanti e dimenticare il passato. Lei adesso può farlo, io no. Sono costretto a soffrire e a non perdonarmi. Mi sento come se qualcuno mi avesse rinchiuso in una tomba.

La mia mente riproduce quella scena, ma nella realtà non mi trovo sottoterra, non sono ricoperto di ragnatele che mi imprigionano le mani, le braccia, tutto il corpo e mi stringono per non farmi più vedere la luce del sole.

Sono vivo e sto camminando insieme alla ragazza più bella che abbia mai incontrato. Devo smetterla di immaginare quel posto lugubre che mi fa solo pensare al peggio.

Riconcentro la mia attenzione su colei che poco prima ho consolato e stretto tra le mie braccia. Ania non è rimasta indifferente al mio tocco: che provi qualcosa per me?

I suoi capelli sciolti ondeggiano sulle spalle, il passo è spedito. Quando la signora Paula si accorge della sua presenza si commuove e corre ad abbracciarla.

Alberto raggiunge la moglie con uno sguardo raggiante e, con un dolce gesto, accarezza i capelli della figlia.

Stavolta rimango in disparte, vicino al divano su cui io e Ania ci siamo seduti tante volte e contemplo silenziosamente l'unione di quella famiglia che mi ha accolto senza conoscermi.

All'improvviso, i ricordi della mia famiglia si insinuano nella mente e iniziano a creare in me uno spiacevole disordine.

Ogni tanto sembra come se i miei familiari siano davanti a me, ma quando stringo gli occhi l'immagine sbiadisce, scappa via, si rintana lontano. Proprio per scacciare mia madre, mio padre e mia sorella stringo le palpebre e quando le riapro un'altra scena mi rallegra.

In questo momento, Alberto mi sta sorridendo e mi sta ringraziando con un cenno del capo per aver fatto ragionare Ania.

Ricambio con lo stesso sorriso, ma dentro di me sto bruciando vivo.

Brucio per come sono andate le cose con la mia famiglia e vorrei strapparmi il cuore dal petto per quello che è successo a causa *mia*. Brucio per ciò che mi ha sconvolto l'esistenza.

Con un rancore che non sono mai riuscito a domare a causa di tutto quello che ho passato, mi avvicino e mi sbalordisco quando provo di nuovo l'impulso di dover consolare Ania e di doverla *guardare*.

Guardarla come prima.
Guardarla intensamente.
Guardarla come se fosse la cosa più preziosa al mondo.

Un'espressione confusa modifica il mio sguardo, ma né Alberto né Paula se ne accorgono, ed è un bene.

Sono concentrati sulla loro *bambina* e non devono darmi attenzioni che non merito.

Incrocio le braccia al petto e Ania si ricorda di non essere sola. Si svincola dall'abbraccio della mamma, si asciuga le lacrime che l'hanno resa donna e mi lancia un'occhiata per ringraziarmi.

«Grazie a Raziel ho compreso di non dover più essere triste per quello che mi è successo.»

«Tesoro...» la signora Paula continua ad accarezzarle i capelli, ma lei interrompe le parole di sua madre.

«No mamma, lasciami finire, ti prego.»

Paula annuisce e Alberto permette alla figlia di continuare il discorso.

«Voglio che spediate gli inviti per la festa, perché parteciperò. Fino ad oggi ho fatto finta di aver superato l'intervento e che la cicatrice non mi abbia mai dato alcun fastidio, ma ho mentito per tanto tempo. Non l'ho mai confidato per non farvi preoccupare. Mi sono sempre vista diversa, ho sempre temuto il giudizio degli altri, le domande, le occhiate. Oggi, ad esempio, con la signora Acosta mi sono sentita rinchiusa di nuovo nel passato. Non mi ha giudicata, non mi ha umiliata, ma quella domanda mi ha fatto ricordare tutto quello che ho passato.

Però ho capito che non devo vergognarmi. Ho sempre saputo che è stato un dono ricevere questo nuovo cuore e da oggi lo apprezzerò davvero. Sono contenta che non mi avete lasciata morire, lì su quel lettino d'ospedale, quando lo chiesi. Sono contenta che avete lottato per me e che siate riusciti a trovare un donatore compatibile. Non vi ho mai ringraziato abbastanza, ma avete fatto tanto, e solo oggi me ne sono resa conto.

Solo oggi ho capito l'importanza di quello che mi è successo perché, finalmente, dopo tanto tempo, mi sento di nuovo me stessa. Non m'importa più della cicatrice. Quando capiterà l'occasione, la mostrerò, non la nasconderò più. E gli incubi che di solito faccio scompariranno, piano piano. Cercherò di sognare e di vivere le cose belle della vita, perché per quelle brutte non abbiamo tempo.»

Delle lacrime di gioia iniziano a inondare il viso della signora Paula.

Quando il pianto prende il sopravvento, Alberto si avvicina alla moglie.

La stringe tra le sue braccia e cerca di consolarla, mentre Ania le tiene stretta la mano.

«Scusatemi, ma sono così felice», singhiozza la signora Paula liberandosi definitivamente dell'infelicità della figlia. D'ora in poi sarà serena e non si rintanerà più nella malinconia dei suoi ricordi.

Adesso, Ania è libera di poter vivere e gustare i sapori del mondo, senza quelle lacrime amare che ha versato in tutti questi anni.

La risata di Alberto fa spuntare un sorriso sincero sul volto di Paula.

Ania si rallegra e io scuoto la testa, soddisfatto di come si siano confidati e di come stiano proteggendo la figlia.

«Scusami Raziel... non volevo farmi vedere fragile, ma mia figlia ha detto delle parole stupende e mi sono commossa.»

Ania mi osserva con la coda dell'occhio, un po' imbarazzata.

Sorrido a tutti e tre perché in teoria ho sempre sognato una scena così con la mia famiglia, anche se non succederà mai.

I miei non mi abbracceranno mai come i signori Ferrer hanno fatto con Ania. *I miei non...*

Loro non faranno niente di tutto questo.

All'improvviso decido di prendere una boccata d'aria e di uscire un attimo.

«Tutto bene, Raziel?»

Stavo per avviarmi alla porta, quando la voce di Ania mi ferma.

«Sì, ho solo bisogno di andare a prendere una boccata d'aria.»

«Vuoi che ti faccia compagnia? Ti senti bene?» Le sue domande sono allarmate, ma cerco di rassicurarla.

«Non preoccuparti. Tornerò tra dieci minuti.»

Ania mi guarda scettica, mentre i Ferrer non aggiungono altro.

Appena esco e mi ritrovo con i piedi sull'asfalto umido, mi piego in due e inspiro pienamente l'aria che dentro quella casa mi è mancata per un'istante.

Rialzo il busto e inclino la testa all'indietro per osservare il cielo plumbeo e del tutto povero di stelle.

Sembra un enorme abisso oscuro che non si trova sopra la mia testa, ma sotto ai miei piedi.

A volte il cielo mi mette soggezione. Soltanto quando è ricco di quei piccoli diamanti splendenti mi rianima.

Oggi rispecchia proprio i miei sentimenti: mi sento solo, solo come non mai e, per la prima volta dopo mesi di pernottamento qui dai Ferrer, sento la mancanza della mia famiglia.

Quando abbasso lo sguardo verso il terreno, deduco che non ha piovuto, ma dentro di me i tuoni stanno facendo scoppiare la mia anima.

Sono tormentato e non so cosa fare.

Gli incubi non mi lasciano respirare, mi sento soffocare ogni giorno sempre di più, l'ansia aumenta, il pensiero di dover tornare nella mia città mi terrorizza; porto le mani sul mio viso per non impazzire.

Per calmarmi, appoggio la schiena contro la facciata esterna della casa dei Ferrer e cerco di riprendere fiato.

Ho solo bisogno di stare da solo e di pensare lucidamente per un po' di tempo.

Ciò che mi serve è quella pace che dentro di me non riesco a far riemergere.

Sembro uno di quei bravi ragazzi che non deludono mai nessuno, in realtà, nella mia vita ho disilluso tutti e nessuno pensa più a me.

Nessuno mi sta vicino, perché l'ho deciso io.

Ho lasciato tutto dietro le mie spalle e ho chiuso il portone, sperando di poter avere un futuro più roseo e di poter camminare su un sentiero meno tortuoso.

Mi sono sbagliato: il portone non si è mai chiuso. Neanche una volta.

L'anima è sempre arrabbiata. A volte penso che voglia prendermi a pugni per farmi comprendere che sto sbagliando e che mi sto comportando da codardo per come affronto la situazione, ma non ho avuto altra scelta.

Cosa staranno facendo?

Magari pensano che sia cambiato, che stia *meglio*. Ma non è così... neanche il tempo è riuscito a curarmi.

Anche se sto iniziando a provare qualcosa per Ania, neanche lei potrà salvarmi.

Ripenso alla sua confessione. Non mi aspettavo che avesse il cuore di un'altra persona all'interno del suo corpo, ma non c'è niente di male.

Lei se n'è vergognata per troppi anni, e invece è stata fortunata.

È riuscita a poter vivere di nuovo, mentre il mio cuore è morto da tanto tempo e non potrò mai rivivere come una volta.

Stringo i pugni in preda al nervosismo. Non riesco a calmarmi, sento che sto per avere di nuovo un attacco di panico... non li ho da parecchi mesi, ma ora... ora sta succedendo di nuovo.

Le mani iniziano a sudare, la gola diventa arida, e ho come l'impressione di soffocare.

Mi sto sentendo male.

Ho bisogno d'aiuto, ma anche se provassi a gridare non ci riuscirei.

Vampate di calore mi impediscono di pensare lucidamente.

Non di nuovo, non di nuovo, non di nuovo.

Non riesco a vedere.

La vista si appanna e la mente inizia a fare brutti scherzi: ritorno al passato, a quella notte, a quando è successo tutto, e mi sento soffocare ancora di più, come se mi stessi strozzando.

Quando arriva il momento in cui non riesco più a distinguere la realtà dall'immaginazione, una mano mi afferra per non farmi cadere nel baratro della disperazione.

L'attacco continua ancora: ansimo come se non avessi afferrato la mia àncora di salvezza.

È solo nel preciso istante in cui una voce mi chiama, che i miei pensieri si interrompono e torno a respirare.

Come se non fosse successo niente...

Appena spalanco gli occhi e la trovo davanti a me, cerco con tutto me stesso di non perdere la pazienza.

«Cosa ci fai, tu, qui?» Tuono con disprezzo una volta che la mia vista è tornata normale.

«Te l'ho scritto nei messaggi, *Raziele*... ero preoccupata per te e sono venuta fin qui per vedere come stavi.»

Sfortunatamente la voce che sento non è di Ania, ma di una persona che ho voluto evitare e che non mi lascia in pace: si tratta di Cecilia, la mia ex migliore amica.

Mi guardo intorno, stranito dal fatto che lei sia davvero qui, davanti casa dei Ferrer.

Ho paura che Ania e Cecilia possano rivedersi.

Infatti, hanno avuto la sfortuna di conoscersi quando siamo andati nella casa di villeggiatura dei Ferrer, perché sono sgattaiolato via dalla stanza e sono andato in quel pub per cercare di allontanarla da me. Sì, allontanarla, perché quella sera Cecilia non smetteva di mandarmi messaggi. Mi aveva trovato. Era venuta in quel posto per parlarmi e così, sono dovuto uscire di nascosto per evitare di mettere in mezzo Ania.

Quella sera ha cercato in tutti i modi di parlarmi e convincermi a tornare, ma non c'è riuscita.

Ania ci ha scoperto e il mio cuore ha perso un battito, perché non avrei mai desiderato che pensasse qualcosa di sbagliato.

Quella sera avevo bisogno solo di bere, però i miei piani sono stati calpestati da due occhi che non avrei mai voluto rincontrare.

Quando metto a fuoco capisco che Cecilia si trova proprio nel vialetto dei Ferrer: strabuzzo gli occhi. Ania non deve assolutamente capire che io e lei ci conosciamo davvero. Mi chiederebbe cose che non possono essere svelate e che devono restare per sempre avvolte nell'ombra.

Non deve immischiarsi con il mio passato e con le persone che ne fanno parte.

Se per mia sfortuna uscisse dalla porta, finirebbe molto male: questa

volta non saprei cosa inventarmi.
«Cecilia te ne devi andare. Adesso.»
Le sbraito contro quelle parole maleducate e la strattono per un braccio.
Cecilia, la ragazza dai corti capelli scuri, mi osserva con i suoi occhioni da gatta e mi imprigiona contro il muro.
«Non me ne vado, Raziele. Non ora che ti ho trovato. Pensavi di poterti nascondere tanto a lungo?» Chiede, sconvolta e delusa dal mio comportamento.
«Come mi hai trovato?»
«Non è stato difficile... quasi tutti qui conoscono il bravo ragazzo che abita dai Ferrer», rivela, con una punta di ironia.
Alzo gli occhi al cielo.
«Non intendevo quello...»
Cecilia inarca un sopracciglio.
«Non è stato difficile, ho fatto delle ricerche e ho pensato a lungo. Diciamo che ti conosco troppo bene. Ti è sempre piaciuta Recoleta come città, ma non capisco come tu abbia fatto a farti ospitare dai Ferrer. Li conoscevi già?»
Mi rivolge un sorrisino sghembo.
«Che stronza! Non sono fatti tuoi.» Sbotto, infastidito dalla sua presenza. «Sono andato via per non sentirvi più. Per non vedervi più. Va' Cecilia, mi stai rompendo i coglioni. Te l'ho già detto di lasciarmi in pace. E d'altronde avresti dovuto capirlo anche dalla nostra recente conversazione che non ti volevo tra i piedi. Altrimenti ti avrei rivelato il mio *nascondiglio*.»
La mia ex migliore amica sembra non voler sentire ragioni, e mi rimbecca, testarda.
«Non me ne vado, Raziele! Hai bisogno di aiuto e dovresti tornare...»
La guardo negli occhi per farle intuire di non aver proprio bisogno di lei, né di nessuno di *loro*...
«Vattene via. Non voglio la vostra pietà», le ringhio contro e sussulta come se facesse fatica a riconoscermi.
«Raz... non è qui il tuo mondo. Ti prego, torna... abbiamo bisogno di te. Ti vogliamo con noi.»
Sbotto in una risata amara e la redarguisco con parole pungenti.
«Avete bisogno di me? Sentiamo... chi avrebbe bisogno di me? Jov? Yago? Estrella? Oppure tu?» La guardo con ripugnanza e sembra comprendere il mio cambiamento perché rimpicciolisce lo sguardo.
Si scosta dal mio corpo.
Che strana la vita... sono uscito per rilassarmi e invece il passato è tornato, come sempre, a corrodermi.

«Devi calmarti, *Raziele*... questo tuo stato d'animo non ti fa ragionare bene.»

«Basta! Non chiamarmi in questo modo.»

«È il tuo nome. Ti fai chiamare Raziel, ma il tuo vero nome è Raziele», sbotta acida.

La incenerisco con lo sguardo.

«Non torno da voi...» l'amaro con cui rivelo quelle parole mi punge la lingua.

Cecilia incrocia le braccia al petto, irritata dal mio modo infantile di risponderle. Sembra però che il mio tono di voce non l'abbia scoraggiata.

«È per lei che non vuoi tornare? È per Ania?» Indica la porta dei Ferrer come se li conoscesse da sempre.

A quella domanda, la situazione si capovolge.

Afferro la mia ex amica per un braccio e la sbatto al muro.

La mia rabbia inizia ad aumentare sempre di più e gli occhi diventano irosi, pronti a gridarle contro quanto abbia detestato il fatto che mi è stata distante quando invece avevo bisogno di lei.

Evito di far ricadere il discorso sul passato e mi limito a difendere Ania.

«Non la devi nominare. Sono stato chiaro?»

«Ti ha fatto il lavaggio del cervello? È stata lei a ridurti così?» Lo sguardo di Cecilia si atterrisce.

Continua a infastidirmi, nonostante sia pronto a esplodere del tutto.

«Ti ho detto che lei non sa niente e mai dovrà sapere.»

«Ti sei innamorato!»

Dilato lo sguardo. Non ho mai ammesso i sentimenti che provo per Ania, a nessuno, neanche al mio cuore. Eppure, Cecilia con un solo sguardo, li ha compresi.

Ha capito tutto. Ha capito quanto Ania conti per me.

«Non è importante. Non potrò mai essere felice.»

«Raziele... ma ti senti? Non è da te parlare così.»

La guardo ancora, ma in lei non riesco più a vedere l'amica di una volta che stava al mio fianco e mi aiutava in tutto.

Adesso vedo un'altra Cecilia, irriconoscibile. Più matura, pronta a condurmi con lei in quel sentiero che non voglio più intraprendere.

«Non siamo più quelli di una volta, Cecilia. Mettitelo bene in testa... da quel giorno è cambiato tutto.»

«Io sono qui per aiutarti.»

Cerca di afferrarmi con dolcezza l'altro braccio, ma scanso il contatto con gesto rapido e violento.

Percepisce la mia freddezza e torna al suo posto.

«Non sei qui per aiutarmi, ma per farmi cambiare idea, e io non tornerò.

Devo pensare a stare bene. Devo almeno provarci.»

«Sei un egoista di...» prova a strillare quelle parole ad alta voce, ma riesco a impedirlo perché le serro le labbra con la mano.

«Stai zitta! Proprio tu non devi parlare, ma su una cosa hai ragione. In questo sporco mondo sono e sarò sempre da solo.» Cecilia ha gli occhi lucidi e questa sua strana debolezza mi aiuta a essere più autoritario.

Mi avvicino ancora di più, arrabbiato e frustrato.

Non esporrò tutto il dolore che provo da anni, però almeno posso finalmente gettarle addosso le parole che non ho mai detto.

«Ho patito le pene dell'inferno da solo e continuerò a vagare per la mia strada come un'anima tormentata a cui hanno strappato il cuore. Però, tu, adesso... devi tornare da dove sei venuta e non assillarmi più.»

Espongo quelle frasi a bassa voce, ma le assimila come se avessi gridato.

Spalanca gli occhi e si arrende.

La strattono e mi sorpassa.

«Spero che tu riesca a sopravvivere lontano da noi e dalla tua famiglia...»

Guardo il muro di fronte a me e rispondo alle sue parole per non darle spazio.

«Sto molto meglio senza di voi. Purtroppo, l'ho capito troppo tardi, ma questa lontananza mi ha fatto comprendere tante cose che prima i miei occhi si rifiutavano di vedere.»

«Non siamo mai stati contro di te...»

«Sì, lo siete stati.»

Cecilia sgrana gli occhi, cercando di capirne di più. Le sue parole non mi faranno cambiare idea e quando si volta e mi tocca la spalla come segno d'amicizia, la scosto ancora una volta.

«Rispetta la mia decisione e rivela agli altri che non tornerò per sprofondare di nuovo nell'abisso in cui sono rimasto intrappolato per tanto tempo.»

Con le lacrime agli occhi, Cecilia abbassa lo sguardo sull'asfalto.

«Come desideri... addio, Raziele.»

«Addio, Cecilia. Non tornare più.»

La mia ex migliore amica si volta e mi dà le spalle, nascondendomi le future lacrime che verserà una volta lontano da me.

«Non tornerò...»

Le sue parole fluttuano nell'aria e io le percepisco a stento perché cerco, immediatamente, di dimenticarle.

28
Il vero amore

Ania

La settimana successiva si rivela caotica e movimentata.
Papà sta lavorando tantissimo, mentre la mamma sta dedicando ogni minuto libero all'organizzazione della festa per cercare di rendere ogni cosa unica nel suo genere. Io, invece, nel tempo libero creo bigliettini originali ed eleganti da spedire agli invitati. La mamma non vede l'ora di rivedere tutti gli amici che, a causa più mia che loro, non hanno più invitato.

Per tanti anni sono stata egoista, ho pensato solo a come mi fossi sentita quando avrei visto tutti gli ospiti e a come avrei risposto alle loro continue domande sull'intervento, non a come si sentissero i miei, ma adesso sono più forte e non sarà così spiacevole rincontrare tutti quanti.

Se mi chiederanno come ho trascorso il post operazione sarò sincera, soprattutto perché al mio fianco ci sarà Raziel e non sarò sola.

Dopo essermi confidata con lui, ho deciso che non mi isolerò dal mondo e che vivrò la vita al massimo per non soffrire di nessun rimpianto.

L'esistenza è troppo breve per vivere di rimorsi, sensi di colpa e dolore, non voglio più chiudermi e abbandonarmi all'oscurità.

Voglio sorridere veramente, non per finta, non voglio più indossare la maschera che per tanti anni ho mostrato ai miei genitori per non farli preoccupare.

Da quando ho rivelato la verità mi sento viva e pronta a gioire insieme a loro. Abbiamo tanti momenti da condividere insieme, non ha senso ostacolare il mio futuro per quello che ho passato.

Sono viva. Conta soltanto questo.

«Vedrai che sarà tutto perfetto, mamma. Gli inviti sono quasi pronti, il menù è completo, le preparazioni saranno eleganti e raffinate. Dai sempre il meglio di te, papà resterà sbalordito», cerco di rassicurarla anche se sono sfinita. Da un paio d'ore la sto aiutando con la lista del cibo, con l'allestimento, con la disposizione degli invitati.

«Ho rivisto il menù e abbiamo inserito tutto. Non manca assolutamente nulla, mentre con gli inviti sto ultimando le scritte», confermo, mentre il mio occhio cade sul foglio vergato a penna appoggiato con cura proprio sul tavolo della cucina.

La mamma ha chiesto espressamente il mio aiuto anche per passare un po' di tempo con me ma, adesso, ho bisogno di una pausa.

«Sì, hai ragione. Abbiamo fatto proprio un buon lavoro in questi giorni. Grazie tesoro per avermi aiutata. Da sola sarei esplosa.»

Mi abbraccia e mi ringrazia con un bacio sulla guancia. Le sorrido perché anche a me è piaciuto trascorrere del tempo con lei.

«Mi ha fatto piacere aiutarti, mamma. Papà tornerà tardi, oggi?»

Con cura sistema lo chignon e risponde: «Sì. Ha troppo lavoro ultimamente da sbrigare in ufficio.»

Sbadiglio, poi occheggio alla lista infinita di cose che dovremmo comprare prima della festa, scritte con la calligrafia di mamma, e sorrido. Appena leggo *costolette* il mio cuore mi solletica e il ricordo di Raziel torna nella mente come un lampo.

Ripenso a quando l'ho portato per la prima volta a mangiare costolette e a quando, sempre la stessa sera, abbiamo assaggiato le crepes più buone della città.

Sembra essere passato così tanto tempo, invece sono trascorsi solo due mesi da quando lui è giunto a Buenos Aires.

Molte volte stento a credere come il mio cuore abbia avuto la forza di iniziare a battere di nuovo grazie a lui, ma il sentimento che provo per questo ragazzo, che ha sconvolto le mie giornate come per effetto di un incantesimo, è indescrivibile.

Quando penso a lui avvampo, mi si illumina lo sguardo e sogno in grande. Credo che sia stato mandato in casa mia per volere del destino.

Di recente, le mie notti non sono più ricoperte di ragnatele e scarafaggi, ma risultano romantiche e passionali. Spesso e volentieri sogno tranquillità, spensieratezza e amore.

Sono così felice che potrei persino rivelare a mamma i miei sentimenti per il bel ragazzo che abita in casa nostra, ma non so come potrebbe reagire e, per il momento, non mi sembra il caso.

Ha troppe faccende da sbrigare, forse si preoccuperebbe. Magari, presa dal nervosismo, lo caccerebbe di casa e non è ciò che desidero per il ragazzo che mi ha stregata. Inoltre, non oso immaginare come potrebbe comportarsi papà se venisse a sapere della mia infatuazione. Sicuramente non permetterebbe mai a Raziel di vivere sotto il mio stesso tetto, perché starebbe giorno e notte a controllarci come se fossimo ancora dei bambini.

Lui è iperprotettivo nei miei confronti, ma dovrebbe anche capire che ormai ho una certa età...

È vero, vorrebbero che mi fidanzassi, ma poi resterebbero accanto a me per tutto il tempo. Conosco fin troppo bene i miei genitori.

Inoltre, io e mamma, non siamo mai entrate in confidenza, non abbiamo mai avuto quel tipo di rapporto. Non le ho mai rivelato il mio primo bacio, ma sa che sono vergine.

Questo lo sanno persino Timo e Carlos, perché la mia inesperienza è palese.

Come se mi avessero letto nel pensiero, arriva un messaggio da parte dei miei amici.

> **Carlos:** Cosa fa, signorina? Usciamo, che è da parecchio che non ci riuniamo tutti e tre?

In effetti è vero.

Dopo l'incontro con la signora Acosta non sono più uscita con Timo e Carlos.

Anche loro mi hanno rivolto poche attenzioni: si trovano spesso in compagnia di Merien e dovrebbero spiegarmi giusto un paio di cosette.

Indugio prima di rispondere con la conferma definitiva, perché chiedo alla mamma se per lei va bene che mi assenti per qualche ora.

«Certo tesoro, abbiamo finito, non preoccuparti. Va' a divertirti con i tuoi amici.» Dice sistemando i fiori sul davanzale della finestra con dolcezza.

La ringrazio e scrivo la conferma a Timo, estasiata di poterli finalmente rivedere in tranquillità. Proprio quando premo il tasto invio, una voce sensuale mi fa tremare il cuore e mordere le labbra.

«Dove andrete?»

Trasalisco, alzo lo sguardo e trovo Raziel appoggiato allo stipite della porta.

Le sue iridi romantiche mi incontrano. Imbarazzata dalla sua presenza dirigo lo sguardo verso il basso. Lui non se ne accorge perché lancia un segno di saluto alla padrona di casa o forse fa finta di non notare il mio strano disagio che non riesco a controllare dopo i nostri intensi contatti fisici che abbiamo avuto di recente.

Mentre si salutano, mi soffermo a pensare al tono compassato con cui Raziel ha pronunciato la domanda e appena rialzo gli occhi su di lui mi viene in mente di disdire l'appuntamento.

Mi è venuta voglia di trascorrere il resto della mia giornata con lui, vorrei sentire le sue mani callose sul mio petto, vorrei che mi accarezzasse di nuovo come quando siamo rimasti soli in camera mia.

Questa volta non gli farei toccare la mia cicatrice, non gli farei studiare i miei tormenti, perché quelli si sono affievoliti.

Questa volta desidererei ben altro e, anche se non è da me pensare a queste cose, so quale compito avrebbero le sue mani sul mio *corpo*: quello di farmi stare bene.

Immagini del tutto sconnesse con la dolcezza si impossessano dei miei pensieri e la figura di Raziel, sopra il mio corpo nudo, mi distrae dalla realtà.

Mi sento turbata da queste fantasie e riabbasso lo sguardo sul parquet. Con voce flebile rispondo alla sua domanda senza impigliarmi in altre parole, cercando di mantenere un adeguato comportamento.

«Faremo un giro in centro. Tu?» Mi schiarisco la voce e riesco a dire solo questo perché continuo a evitare il suo sguardo.

Non potrò scappare da lui per sempre, non è quello che desidero, ma quando mi guarda mi sento sedotta.

Mamma sembra non accorgersi del mio impaccio, ed è un bene. Non vorrei farle capire troppo.

Aspetto la risposta di Raziel e nel frattempo osservo il vaso ricco di rose sul davanzale della finestra. Provo a guardare quell'angolatura per vari secondi. Ovviamente il mio intento fallisce: appena risponde catturo il suo sguardo senza più vergognarmi.

«Più tardi uscirò con Gaston e gli altri... *sai*...» Raziel si ferma un istante, indeciso se continuare a parlare oppure no.

Lo incalzo a dirmi di più e sembra che la sicurezza sia ritornata in me: «Cosa dovrei sapere?»

Scaltro, continua la frase: «Ancora, Gaston, chiede di te.»

Sussulto, ma lui mi guarda in modo insolente perché si sta divertendo a mettermi in imbarazzo davanti a mia madre. A quella rivelazione spontanea, e del tutto fuori luogo, lei sgrana gli occhi, smette di sistemare le varie liste sparpagliate sulla tavola, e riconcentra l'attenzione su di noi.

«Chi sarebbe questo Gaston, tesoro?»

Raziel sogghigna, e penso proprio che l'abbia nominato per udire la mia risposta.

«Oh, è quel ragazzo con cui sono uscita un po' di tempo fa, mamma. Ti ricordi? Siamo solo buoni amici.»

Mamma alza gli occhi al cielo, poi con dolcezza mi accarezza la guancia, abbastanza dispiaciuta per questa mia frigidità.

«Oh, tesoro. Certo che lo ricordo, ma quando ti lascerai andare? Hai bisogno di qualcuno al tuo fianco che ti coccoli e che ti faccia sentire al sicuro. Ormai non sei più una bambina, ed è giusto che inizi a vivere le tue esperienze.»

Messa in difficoltà anche da lei, tracanno dell'acqua e lancio un'occhia-

ta a Raziel: intuisco che si sta divertendo parecchio anche se sta trattenendo il suo solito sorrisetto sfacciato.
La mia ipotesi è corretta. Si sta prendendo gioco di me. A ogni modo, non riesco ad avercela con lui per aver parlato di Gaston davanti alla mamma, e gli rivolgo uno sguardo insolito.
«Mi lascerò andare solo quando l'amore vero busserà al mio cuore, mamma.»
Improvvisamente, inizio a immaginare il mio futuro con qualcuno che mi prenda per mano e mi conduca all'altare e il volto di Raziel si fa spazio tra i miei pensieri. La sua mano, nella mia fantasia, afferra la mia per portarmi in un posto cosparso di fiori bianchi.
Persa nella mia più remota illusione non mi accorgo che hanno suonato alla porta e la mamma alza le sopracciglia con incredulità.
«Chi sarà mai?»
Si avvia all'ingresso, Raziel decide di non seguirla. Con mia sorpresa si avvicina e mi sussurra delle parole. «Forse sarà l'amore dei tuoi sogni?»
Un sorrisino felino spunta sul suo viso e gli occhi indugiano sulle mie labbra screpolate, fissandole per dei secondi che sembrano infiniti.
L'aria intorno a noi inizia a diventare tesa e le mie mani cominciano a sudare come se fossimo avvolti da un caldo afoso.
Raziel è troppo vicino e quando mi guarda in questo modo enigmatico smetto persino di respirare.
Non capisco come riesca a incatenarmi con quello sguardo così profondo e sensuale.
Comprendo solo dopo qualche istante che sta accarezzando la mia spalla e lo sta facendo come se stesse cercando disperatamente un contatto fisico. Mi sta sfiorando in maniera impercettibile, ma il mio cuore sente il suo calore e sta esultando contro il mio petto a causa dell'inconsueta eccitazione.
Cerco di non pensare al suo improvviso gesto e provo a guardare oltre la sua spalla, però è così complicato. *Mi tremano le ginocchia.*
Deglutisco il groppo in gola, poi decido di rispondergli.
«Perché hai iniziato a parlare di Gaston?» Provo a smorzare il mio nervosismo ponendogli quella domanda con un filo di voce.
Gli alberi interrati nel giardino esterno si agitano al vento, come il mio cuore.
Raziel non smette di studiare la profondità dei miei occhi, forse vuole riuscire a leggerci dentro tutti i sentimenti che sto provando in questo momento, ma non risponde alla mia domanda: cambia argomento.
«Cosa c'è Ania... ti sto mettendo a disagio con la mia carezza?» Soffia quella provocazione al mio orecchio e la sua barba incolta mi solletica il

collo.

L'ha detto sul serio? Spalanco le palpebre e istintivamente mi irrigidisco. Da una parte sarebbe opportuno darmela a gambe, dato che mi trovo in una strana situazione, dall'altra desidero tanto sorreggermi a lui. Anche se i miei pensieri vorrebbero fare tutt'altro, evito di sfiorarlo con le mani. Se lo toccassi, potrei impazzire definitivamente e non riuscirei a controllarmi. Credo di avere le guance arrossate: provo a frenare la mia emozione ma, come sospettavo, risulta impossibile.

Che abbia captato il mio interesse verso di lui? Forse sì, perché mi sta sfiorando con la sua mano e non ha la minima intenzione di abbandonare questo contatto. Il suo tocco mi fa contrarre la schiena.

Non scappo, non ho voglia di allontanarlo, resterei in questo modo per sempre. I suoi occhi mi stanno rapendo di nuovo in una delle mie più malsane fantasie. Sono delle potentissime calamite che mi attirano e che mi consumano ogni volta che li incontro.

Vorrei prendere l'iniziativa, ma se si allontanasse? Non reggerei un suo rifiuto, magari mi sta vezzeggiando per amicizia. D'altronde siamo molto intimi, però in queste circostanze Raziel mi manda in confusione.

Magari mi sto sbagliando. Anzi, sicuramente non prova ciò che sento io ma, a volte, ho come l'impressione che mi cerchi anche nei posti in cui non ci sono.

Vorrei tanto chiedergli se è tutta una mia supposizione, però mi trattengo, perché non ci riesco. La paura di perderlo è più forte.

La sua barba ispida sfiora di nuovo la mia guancia e la sensazione di piacere mi colpisce prepotentemente, come se desiderasse invogliarmi alla passione e spingermi contro di lui. Devo calmarmi.

Devo riuscire a contenermi e a non impazzire. Devo darmi una regolata. Non deve accorgersi di come batte impetuoso il mio cuore contro il petto a causa della sua strabiliante avvenenza.

Sarebbe la fine.

Non voglio che le cose tra di noi cambino, stiamo così bene in questo modo. Dopo che siamo tornati dal viaggio si è distaccato all'improvviso, e io mi sono sentita persa senza di lui. Mi ha tenuto il muso per un paio di giorni, anche se poi abbiamo rifatto la pace. È stata una bruttissima esperienza e preferisco averlo come amico che non averlo proprio.

Devo restare lucida.

«*Io...*» provo a essere più determinata e a trasformare quella parola in una frase di senso compiuto.

«Tu cosa, *Ania*?» Aggrotta la fronte, la sua voce è un sussurro ricco di musica e profumi. Vedendomi in posizione di svantaggio mi rivolge una leggera ilarità che mi distrae ancora di più.

Non so cosa dire. Il suo profumo mi stordisce e il suo sguardo mi confonde.

«Cosa significa...» provo a essere più precisa e a completare la frase, ma mi trema la voce.

Sento una inconsueta tensione intorno a noi, sarà perché ancora la sua carezza mi sta infiammando.

«Tutto bene? Ti vedo in gran difficoltà...» pronuncia in modo beffardo: sta facendo lo spiritoso, e io non riesco a rispondergli a tono.

Quando provo a ribattere, sento la voce dei miei amici in lontananza. Raziel si acciglia, io taccio all'istante.

Diventiamo subito coscienti del fatto di non essere più soli.

«Me lo dirai dopo...» interrompe il nostro contatto e si allontana.

Nel momento esatto in cui mi abbandona il mio cuore si rattrista. Provo un vuoto indescrivibile, sento già la sua mancanza, perché sono rari i momenti in cui si avvicina così tanto. Poi scappa. Fugge via come una pantera avvolta nell'ombra. Si rinchiude nel suo labirinto infinito e pieno di ostacoli, e non mi lascia entrare.

Ho provato in tutti i modi a scoprire qualcosa di più su di lui, ma sembra davvero impossibile penetrare nel suo mondo.

Certe volte credo che mi stia tagliando fuori da qualcosa di troppo grande. Non riesco a capirlo, ma sono sicura che Raziel non sia del tutto sereno con sé stesso.

Questi pensieri mi frullano in testa da un po' di tempo. Il giorno in cui ha visto la mia cicatrice è stato premuroso, dolce, stranamente un po' passionale, poi siamo andati dai miei genitori e il suo sguardo si è rabbuiato di colpo.

Ha cambiato umore. Credo che abbia pensato a qualcosa del suo passato, qualcosa per cui ha deciso di abbandonare la sua vecchia vita.

Quello stesso giorno è uscito di casa ed è tornato turbato, irrequieto. Non mi ha rivelato altro, ma l'ho visto sconvolto, come se un fantasma del suo passato lo avesse spaventato.

Non ho avuto il coraggio di chiedergli il motivo del suo inaspettato cambio di umore perché si è rinchiuso in camera senza darmi la buonanotte.

Durante la settimana seguente, invece, mi ha sorpreso, ha ripreso il controllo ed è stato sereno. Non ha più proferito nulla riguardo al suo attimo di nervosismo. Né io ho insistito, ma cosa gli succede? Vorrei tanto aiutarlo, però quando si avvicina e mi guarda in questo modo tutti i problemi intorno a noi sembrano eclissarsi e mi dimentico di chiedergli cosa lo rende pensieroso.

Il suo fascino mi persuade, non posso più farne a meno. Ormai sono innamorata di lui, mi sciolgo al suono della sua voce e mi inebrio del suo profumo. È inutile negarlo. Lo sognerò tutte le notti perché nella realtà non potrò mai averlo. E penserò a lui e alla sua gentilezza, alle sue dolci attenzioni.

Questo ragazzo mi ha ammaliata del tutto.

«Oh, ragazzi, buonasera. Quanto tempo, come state?»

La voce della mamma accoglie i miei amici in casa.

Mi ridesto dai miei pensieri, occhieggio verso l'atrio e dietro le spalle di Raziel incrocio le sagome di Timo e Carlos.

Hanno fatto presto ad arrivare.

«Salve, signora Ferrer, tutto bene, lei come sta?»

Parlano all'unisono e mamma li fa accomodare in casa con un sorriso amichevole.

«Tutto bene. Prego entrate, Ania e Raziel sono in cucina...»

Al suono di quel connubio di nomi, gli angoli delle labbra di Raziel formano un sorriso particolare.

Le mie guance si infiammano, ma mi raddrizzo. Timo e Carlos compaiono in cucina, chiacchierando con mia madre.

Li saluto, contenta di rivederli.

«Siete arrivati presto.»

Timo mi abbraccia affettuosamente, io ricambio il gesto. Poi mi bacia sulla guancia e mi scosta i capelli dietro l'orecchio. Mi sono mancati tantissimo.

«Sei sempre bellissima, Ania.»

Quando proferisce quel complimento non arrossisco e non lo ammonisco, ma sento lo sguardo di Raziel ardere come fuoco sul mio corpo.

Lo scruto con la coda dell'occhio e se ne accorge.

Anche se siamo circondati da persone, non si allontana dalla sua postazione, addirittura continua a fissarmi come se volesse un mio abbraccio.

Il cuore si ribalta al solo pensiero che Raziel abbia bisogno d'affetto.

E se Raziel avesse bisogno di qualcuna al proprio fianco? Magari non ha mai avuto nessuna ragazza...

Nonostante il suo sguardo mi mandi in fibrillazione, non posso distrarmi.

Quando sarò da sola, sotto le coperte nella mia stanza, potrò pensarlo di nascosto e magari scriverò questi pensieri perversi sul mio diario segreto.

Dopo aver salutato Timo è il turno di Carlos, che mi bacia sulla guancia.

«Vorremmo passare del tempo insieme alla nostra amichetta. Solo noi tre. Sei d'accordo, Ania, vero?» Carlos propone quell'idea senza curarsi della presenza di Raziel, poi si volta verso di lui con un sorriso sfacciato.

«Scusami Raz, non è per te, ma ultimamente la nostra dolce e stupenda Ania trascorre troppo tempo in tua compagnia. Possiamo rapirla per qualche ora o ti sentirai smarrito senza di lei?»

Mamma osserva confusa la scena e io tiro una leggera gomitata a Carlos, che sobbalza.

Il mio amico fa finta di nulla e mi lancia uno sguardo confuso. Tempo fa gli ho fatto capire che il mio cuore pensa costantemente a Raziel...

Possibile che abbia proferito quella domanda ironica senza ricordarsi della mia confidenza personale? Oppure lo ha fatto di proposito per mettere alla prova i sentimenti del mio Raziel?

«Nessun problema, Carlos. Ania è tutta vostra, ma solo per qualche ora. Non approfittarti troppo della mia gentilezza», ribatte con un sorrisino compiaciuto.

Mi guardo intorno disorientata e capisco che gli occhi del mio ospite si posano su di me. Nel suo sguardo incontro qualche venatura più chiara che mi lascia senza fiato.

«Oh, non preoccuparti, tornerà a casa sana e salva. Mi sei mancata *flor*. Timo ha ragione, sei bellissima. Dovremmo trovarti un fidanzato.» Carlos mi avvicina a sé e mi abbraccia da dietro. Non lo allontano e ricambio il gesto con naturalezza. Forse lo sta facendo appositamente per aiutarmi a capire di più...

In quel momento, le mie lunghe ciglia non si abbassano e incontro Raziel: sta sorseggiando il caffè, però nei suoi occhi compare una scintilla particolare.

«Sai che spero...» cerco di rispondere a Carlos, ma una voce interrompe la mia frase.

«*Nel vero amore...*» mormora Raziel al posto mio come se mi avesse letto nella mente.

Carlos mi rivolge un'occhiata ambigua, mentre la mamma sogghigna. La mia espressione invece è sconcertata. Sembra che Raziel mi conosca fin troppo bene.

«Parlavamo proprio di questo poco fa, ma la mia bambina troverà presto il vero amore. Ne sono sicura.» Interviene la mamma.

Tengo gli occhi fissi su Raziel. Le sue parole mi hanno sorpresa.

Mi sento avvampare. E se anche lui aspettasse il vero amore? Forse dovrei provare sul serio a parlargli quando riprenderemo il discorso di prima.

Quella strana idea mi passa per la mente, ma l'accantono perché non ho proprio il coraggio di dichiararmi a lui.

«Lo troverà di sicuro, sempre che non l'abbia già trovato e ci nasconda qualcosa.»

Carlos continua con i suoi discorsi, e Raziel sembra colpito e incuriosito.

«Carlos...» faccio per zittirlo, ma mamma interviene.

«Ragazzi vi fermerete per cena?»

Raziel inarca un sopracciglio verso Timo e Carlos.

«Ci dispiace, signora Ferrer, abbiamo un altro impegno per stasera, ma grazie per l'invito. Adesso dovremmo andare. Ci ha fatto piacere rivederla. Porga i nostri saluti anche a suo marito.»

Mamma annuisce e ricambia il saluto dei miei amici.

«Ciao Raziel. Ania tornerà presto, non preoccuparti», Timo ammicca e mi prende a braccetto.

Osservo il mio amico incredula più che mai. Ma che problema hanno oggi?

Sono entrambi abbastanza esaltati... non li sto riconoscendo.

Carlos ride alla battuta, e io li guardo ancora più stranita.

Raziel non dice nulla, sogghigna semplicemente e ci lascia andare.

Prima di uscire di casa, saluto mamma e lancio un ultimo sguardo al ragazzo di cui sono innamorata, che ricambia con un gesto di mano.

Vorrei tanto che venisse con noi, ma è giusto che stia per conto suo. Magari ha bisogno di rilassarsi.

«Buon divertimento», mi saluta, d'un tratto gli arriva un messaggio e solleva l'angolo della bocca all'insù. Perché sta sorridendo?

«Oh, a quanto pare ci sarà anche Elsa oggi pomeriggio insieme a Gaston», proferisce a voce alta.

Appena sento quel nome, udito raramente nell'ultimo periodo, mi fermo. Raziel abbassa le folte ciglia e risponde al messaggio che gli è appena arrivato.

Spero che il destinatario non sia Elsa. Non la tollero proprio.

Non è successo nulla tra loro due, ma gli gironzola sempre intorno, soprattutto dopo che siamo tornati dal viaggio.

«Oh! Ho capito, beh divertiti insieme ad Elsa, ma di' a Gaston che gli mando i miei saluti. Anzi no, gli manderò un messaggio più tardi», cerco di punzecchiarlo. Nello stesso momento piega la testa di lato e comincia a guardarmi in modo risoluto. Deglutisco il groppo in gola.

Ho un tantino esagerato, però Gaston è l'unico modo che ho per scoprire se Raziel è geloso di me oppure è tutto frutto della mia immaginazione.

Mamma ci saluta di nuovo e si rintana in bagno, mentre io e lui continuiamo a lanciarci sguardi incomprensibili.

Non so proprio a cosa stia pensando, ma non resterò ancora a lungo a fissarlo. Gli terrò testa, non cadrò in tentazione.

Se prova davvero qualcosa per me, sarà lui a dover compiere il primo passo, altrimenti me ne farò una ragione. Carlos mi rivolge la parola. «Andiamo *flor*?»
Annuisco e mi lascio trasportare dai miei amici.
Quando saliamo in macchina provo a dimenticarmi di Elsa e del pomeriggio che trascorrerà con Raziel al posto mio.
Solo che... ho paura di una cosa: se proverà a baciarlo? E se Raziel si lasciasse baciare da lei?
Cosa succederebbe?

29
Pazzo di te

Ania

Io, Timo e Carlos abbiamo scelto uno dei pub più rinomati e caotici della città.
Da quando ci siamo seduti non abbiamo fatto altro che parlare di quanto lo studio in questo periodo ci stia massacrando.

Il pomeriggio è molto tranquillo, sto bene in compagnia dei miei migliori amici, anche se in mente ho mille pensieri… tra cui Raziel. Sta per uscire con Gaston, ma prima che andassimo via mi ha rivelato che insieme a loro ci sarebbe stata anche Elsa.

Con la sorella di Gaston non abbiamo un buon rapporto, ma a quanto pare a Raziel fa piacere la sua presenza. Che sia davvero simpatica?

Mentre sorseggio la cioccolata fumante, penso a loro due insieme e mi distraggo dalla discussione che sta avvenendo tra Timo e Carlos.

Non ricordo neanche il motivo del loro battibecco, fino a quando Timo non mi richiama.

«Terra chiama Ania… sei ancora tra di noi?» Sventola la mano davanti il mio volto pensieroso ed io mi ricompongo, sperando di non sembrare troppo distratta.

«Sì, scusatemi, stavo pensando agli esami imminenti…» aggiungo con tono cadenzato.

Carlos inarca un sopracciglio: non crede a una sola parola di quello che ho detto, perché sa benissimo dove sono volati i miei pensieri.

Continua a giocare con la cannuccia rigirandola tra le dita all'interno della sua bevanda calda e mi guarda un po' obliquo. Timo, invece, fa spallucce, e continua il discorso di prima.

«Secondo te chi ha ragione tra me e Carlos?»

In tutta onestà non ho compreso il motivo del loro litigio e cerco di salvarmi aggrappandomi a qualcos'altro.

«Mmh… rimango neutrale, altrimenti finirò per farvi litigare ancora di più.»

Carlos e Timo sbuffano contemporaneamente, poi però scoppiano a ridere e la questione per cui hanno discusso si dissolve nel nulla.

Continuiamo a parlare del più e del meno e cominciamo a citare vecchi ricordi. Adesso sì che li riconosco e questa volta li ascolto con attenzione, cercando di non perdermi di nuovo.

In quel momento, la porta del locale cigola e l'aria tiepida invade lo spazio circostante.

Il gruppo che entra mi fa sobbalzare.

Faccio sbattere più volte le mie palpebre quando incontro Gaston. È entrato nel pub con la sua solita spavalderia e il suo charme, ma non è quello il motivo per il quale sono turbata.

Il mio cuore inizia a fare strane capriole perché insieme a lui e alla sua ciurma c'è Raziel.

Sapevo che sarebbe uscito con loro, ma non riesco a comprendere come mai il destino l'abbia condotto da me.

Abbasso lo sguardo gratificata, ma imbarazzata allo stesso tempo da quello strano incontro casuale e Carlos sembra accorgersene. Fortunatamente non proferisce parola.

«Oh, guarda. Che casualità... c'è Gaston. Ti gironzola sempre intorno, vero?»

Lancio uno sguardo a Timo per fargli capire di non dire scempiaggini.

«Con Gaston siamo solo amici, lo sai. Abbiamo chiarito. E poi non sapeva che fossi qui. È stata semplicemente una coincidenza.»

«La nostra dolce Ania ha ragione, l'ha *friendzonato* e lui non l'ha disturbata più», interviene Carlos per spalleggiarmi come sempre.

Timo inarca il sopracciglio, poi raccatta il cellulare e risponde a dei messaggi.

D'un tratto anche Carlos sposta l'attenzione e smette di guardare verso gli altri per rivolgersi a Timo.

«È Merien?» Con la sua vociona curiosa si intrufola tra Timo e il misterioso mittente, mentre spezzetta il tovagliolino che ha tra le mani.

Intravedo uno strano tipo di nervosismo nello sguardo del mio amico, ma attendo la risposta di Timo, che scuote la testa.

«No...»

Carlos lo guarda in modo strano, io invece non riesco a capire di cosa stiano parlando con esattezza e cerco di mettermi in mezzo per comprendere di più.

«A proposito, dov'è Merien? Perché non è venuta con noi?» Domando in tono sobrio per mascherare la mia curiosità.

Poco dopo il cellulare di Timo lampeggia di nuovo e leggo il nome di Merien sul display.

Allora Timo sta messaggiando davvero con Merien? Come mai ha mentito a Carlos? Fortunatamente quest'ultimo non riesce a vederlo perché ha lo sguardo perso da un'altra parte.

Qualcosa non torna. Non mi convincono questi due.

E Merien? Cosa starà combinando?

Guardo Timo con la fronte aggrottata, ma in quel preciso istante Raziel incontra il mio sguardo: ho un tuffo al cuore e mi eclisso dal mondo.

Si è accorto di me e mi lancia un leggero sorriso di incredulità come a volermi dire: "*anche tu qui*?", ma proprio quando la nostra collisione diventa più intensa, la porta si apre di nuovo ed entra Elsa.

Il tuffo al cuore si trasforma in una instabile preoccupazione.

Mi mordo il labbro e cerco di non guardarla. Lei nota la mia presenza e fa un cenno a Gaston, indicando il tavolo a cui siamo seduti.

Suo fratello si volta di scatto verso di me e lo sguardo di Raziel diventa tenebroso, come se delle ombre danzassero pericolosamente intorno ai suoi seducenti occhi.

Riporto l'attenzione sui miei amici facendo finta di non aver visto nessuno dall'altra parte del locale.

«Merien è andata fuori città con i suoi, hanno deciso di fare un viaggetto per stare tutti insieme.»

«Ho capito ma...» sto per continuare la frase quando una voce mi interrompe.

«Oh, guarda che coincidenza! Certo che il destino mi porta sempre da te, *Ania*.»

Molto lentamente volto la testa di lato e trovo Gaston di fronte a me, con un sorriso davvero raggiante. Il tono che mi rivolge non è presuntuoso, non è arrogante, si rivela dolce e ironico.

Non mi alzo subito dalla sedia, e rimango sconcertata quando si avvicina alla mia guancia per salutarmi con un bacio.

In quel frangente, Elsa si appropinqua a noi salutando svogliatamente Timo e Carlos, che ricambiano alla stessa maniera.

Raziel sorpassa alcuni tavoli e raggiunge il suo gruppetto di amici. Il mio cuore inizia a battere rumorosamente contro il petto e le gambe per poco non vacillano alla sua presenza.

Cerco di non guardarlo negli occhi, altrimenti potrei svenire. Intraprendo una conversazione con il ragazzo che mi ha salutato amichevolmente.

«Ciao Gaston. Come stai?»

Il mio ex corteggiatore questo pomeriggio indossa un maglione di cashmere rosso e dei pantaloni marroni che non stonano per niente con i suoi occhi blu.

Raziel invece sembra proprio un Dio greco. La mia opinione sulla sua

avvenenza, dalla prima volta che l'ho visto, non è cambiata per niente.
«Tutto bene, voi come state? Pensavo ti unissi a noi, ma Raziel mi ha detto che eri già impegnata con i tuoi amici.»
Gaston si rivolge a Timo e Carlos che lo salutano e rispondono tranquillamente, mentre Raziel continua a guardarmi in silenzio.
«Sì, come vedi siamo un po' impegnati...»
Gaston mi sorride e, incurante degli sguardi altrui, mi sposta una ciocca di capelli dietro l'orecchio.
Sento Carlos emettere un verso di stupore, mentre Raziel... Raziel rimane taciturno e calmo, come se il gesto affettuoso di Gaston non gli desse fastidio.
Ma d'altronde non prova nulla per me. Siamo solo amici. Devo smetterla di invertire i miei pensieri e di credere altro. Mi sto illudendo.
Proprio quando Gaston termina di giocare con la ciocca, Elsa si accosta al mio coinquilino e gli domanda con una vocina fastidiosa: «Andiamo a occupare il tavolo, Raziel?»
Gaston guarda la sorella in modo strano: forse non vuole andare insieme a loro... forse vorrebbe restare insieme a me.
Raziel non proferisce nulla, ma le lancia uno sguardo incomprensibile. Al suo gesto mi mordo il labbro inferiore perché detesto quando posa i suoi occhi su Elsa.
«Sì, forse è meglio che andiate. Io, Timo e Ania oggi vorremmo trascorrere un pomeriggio confidenziale», Carlos viene in mio soccorso e precede la risposta di Raziel, senza troppi giri di parole.
Dall'espressione di quest'ultimo intuisco che non è contento di dover seguire Elsa, magari vorrebbe scrollarsela di dosso.
«Oh, confidenze in arrivo? Chi dei due è innamorato di Ania?» Alla schiettezza di Gaston, Raziel dilata lo sguardo e i miei due amici si imbarazzano.
Questo è troppo. Come si permette Gaston di dire una cosa del genere? Non me l'aspettavo, ma d'altronde lui è così. Non cambierà mai.
«*Gaston*...» lo incito e lui sorride maliziosamente.
«Ops! Tasto dolente...» con ironia unisce le mani a mo' di preghiera e sogghigna. «Vi chiedo perdono, ma in ogni amicizia c'è sempre qualcuno che si innamora della propria amica/o! Tu che ne pensi Raziel, può nascere l'amore da un'amicizia?»
Improvvisamente sposta l'attenzione verso il mio ospite e, ritto di fronte a me, lo guarda in maniera diretta. L'interesse di Gaston è lampante. Non vede l'ora di scoprire la risposta e, da una parte, anche io.
Perché ha iniziato questo discorso?
Sta cercando di farmi capire che non smetterà mai di lottare per me e

che c'è rimasto male per il mio rifiuto?

«Gaston dobbiamo accomodarci al tavolo, non possiamo perderci in chiacchiere inutili, andiamo?» Elsa picchietta il piede per terra e cerca di interrompere la poca diplomazia del fratello.

Quest'ultimo la osserva, poi passa ai miei amici, a me e infine a Raziel, che non ha ancora risposto alla domanda.

Si beffa del silenzio del mio ospite.

«Hai ragione, Elsa. Andiamo. I tre ragazzi devono confidarsi e da quanto ho dedotto, purtroppo, non si uniranno a noi. Alla prossima, Ania.»

Gaston si riavvicina e mi risaluta con un bacio sulla guancia, ma Alvaro lo tira dal braccio per trascinarlo via, mentre Raziel segue Elsa senza guardarmi.

Fortunatamente il loro tavolo non è vicino al nostro. Respiro di sollievo perché la situazione era diventata insolita. Appena mi rassereno, riposo l'attenzione sui miei amici e Timo rivela la sua opinione.

«Non le va più dietro, eh? Ma se pensa che siamo innamorati di Ania e che ci rifiuterà sicuramente…» Timo lancia uno sguardo accusatorio verso Gaston e pronuncia questa frase disgustato dalla discussione avvenuta. Non lo biasimo. Gaston poteva risparmiarsi di fare quel discorso così ambiguo.

«Lascialo perdere, Timo. Non vale la pena prendersela per lui. È così arrogante. Vorrebbe tutti ai suoi piedi. Con me non ci è riuscito, forse per questo non ha ancora accettato il mio rifiuto», cerco di tranquillizzarlo e gli accarezzo il polso con la mano.

Timo si rasserena e appoggia i gomiti sul tavolo.

Improvvisamente immagino lo sguardo di Raziel puntato su di me, ma non riesco a voltarmi verso di lui.

Nel pub c'è tanta gente, sono pochi i tavoli rimasti liberi.

Eppure, anche se ci sono altri quattro coperti a separarci, lo sento vicino, lo immagino osservare in silenzio la mia schiena ed è una sensazione piacevole, rassicurante; d'altro canto, mi preoccupa tantissimo questo sentimento che provo per lui.

Raziel… che incantesimo mi hai fatto?

Smetto di pensare ai miei sentimenti e mi riconcentro sulla serata.

«Comunque, cambiamo discorso. Mi dite cosa sta succedendo?» I loro occhi straniti puntano il mio viso.

«In che senso?» Timo continua a sorseggiare la bevanda, ormai tiepida, facendo finta di niente.

«Perché avete organizzato questa riunione così *intima*? Dovete dirmi qualcosa di importante?»

Entrambi si guardano titubanti e proprio non li riesco a capire.

«Non è niente, Ania. Davvero. Avevamo solo voglia di stare con te, non possiamo?» Fanno spallucce e cercano di sviare il discorso.

Certo. Anche a me piace trascorrere del tempo con loro, come ai vecchi tempi, ma qualcosa non mi convince. Non indago oltre, farò in modo che siano loro ad aprirsi con me.

«D'accordo.»

Improvvisamente mi distraggo di nuovo quando squilla il telefono.

«Scusatemi ragazzi, è mio padre. Torno subito.»

Sogghignano e mi lasciano andare. Mi precipito fuori per capire di cosa ha bisogno.

«Papà, ciao, è successo qualcosa?»

La chiamata è breve. Voleva solo sapere dove fosse Raziel, perché era uscito di casa senza dire nulla ai miei genitori.

Spiego che ci siamo incontrati per caso e papà non chiede altro.

«Papà... Raziel è grande, non ha bisogno di chiedere il permesso», cerco di farlo ragionare e sembro riuscirci. Mi fa piacere che entrambi abbiano instaurato un bel rapporto, ma papà si preoccupa troppo e deve darsi una regolata sia con me sia con Raziel.

Lo sento sospirare dall'altro lato della cornetta finché non risponde con tono più austero: «Vive in casa nostra, Ania. Ho il diritto di sapere dove va. Per favore, riferiscigliela.»

«Certo, papà.»

Termino la chiamata, ma proprio quando mi volto di scatto per rientrare, sussulto.

Di fronte a me c'è Gaston e mi sta guardando in una maniera diversa, insolita, con una tristezza infinita e con un'espressione trepidante.

L'aria diventa tesa da un momento all'altro e le foglie strisciano sul terreno.

«Gaston, va tutto bene?»

D'un tratto si passa la mano tra i capelli mossi e punta gli occhi sulle mie labbra.

«*No*... non va per niente bene, Ania», espone quelle parole come se mi stesse per bisbigliare una profonda verità e la sua espressione cambia, diventa greve.

«È successo qualcosa? Posso aiutarti in qualche modo?»

Si allontana dall'albero dove era poggiato e mi raggiunge. Appena si avvicina, mi accosto a lui e metto la mano sopra il suo avambraccio.

«Gaston? Con me puoi parlare.»

Mi guarda, permettendomi di intravedere un po' di malinconia.

Spezza il silenzio con una domanda intima.

«I tuoi occhi non riescono proprio a vedere oltre la realtà, vero? Tu non riesci a cogliere le minime sfaccettature che sfiorano la superficie?» Il suo tono ruvido mi graffia le orecchie.

Questa frase mi spiazza e piego la testa di lato per cercare di capire veramente cosa voglia dirmi.

«Io davvero non riesco a...»

Il ragazzo di fronte a me atteggia un sorriso, si avvicina ancora di più e mi sovrasta con la sua altezza.

Non so sfuggirgli, ma non voglio tirarmi indietro.

Voglio ascoltare con attenzione ciò che ha da dirmi e vorrei anche aiutarlo.

Come un fruscio di vento, le sue parole escono lentamente dalle sue labbra, amare e potenti, struggenti e pericolose per il mio cuore, ma sono sincere come nessun'altra dichiarazione.

«Sono innamorato di te dal primo momento in cui ti ho vista alla festa e non ti dimenticherò mai, Ania.»

Istintivamente osservo la mandibola tagliente di Gaston, ma mi affretto a occhieggiare sull'edificio alle sue spalle.

Adesso è tutto chiaro. Gaston ha appena espresso i suoi sentimenti a voce alta. Non si è dimenticato di me.

E ora cosa faccio? Mi mordo il labbro inferiore cercando di non incupirmi. Pensavo che tra me e lui andasse meglio, evidentemente non vuole demordere.

«Gaston mi dispiace io...» provo in tutti i modi a non incrinare la voce, ma è più forte di me. Non ci riesco. Questa situazione mi sta pesando tantissimo.

Non voglio che soffra a causa mia. Per quanto possa essere arrogante è un mio amico e non deve stare male per me.

«Non mi interrompere, Ania.»

Anche se mi costa non intervenire, lo lascio continuare e rimango in silenzio.

«Ho accettato il tuo rifiuto. Non ti sto chiedendo di pensare a noi due come una possibile coppia, un domani, perché me ne sono fatto una ragione. Non sarai mai mia ed io non ho lottato per te, perché ho capito il motivo del tuo rifiuto. Quello che voglio dirti è di non fare la mia stessa fine.»

Rimango immobile, paralizzata.

L'aria tiepida sembra schiaffeggiarmi il viso e sventolarmi in faccia tutta la verità che non ho mai preso in considerazione.

«Gaston, cosa stai cercando di dirmi?»

«Mi sono comportato da arrogante con te. Ho cercato di farti innamorare con la mia prepotenza e non ci sono riuscito...»

«*Gaston...*» cerco di rincuorarlo, ma mi interrompe ancora.
«No. Lasciami terminare, ti prego. Ti ho rincorsa qui fuori perché voglio farti guardare la realtà da un altro punto di vista...»
«Di quale realtà stai parlando? Io te l'ho detto, per te provo solo un semplice affetto...»
Questa volta ridacchia, perché sembra che il rancore del mio rifiuto gli sia scivolato da dosso come una schiuma.
«Lo so che per me provi solo un semplice affetto, infatti sto parlando della tua realtà, *Ania*... anzi della vostra.»
«La nostra?» Corrugo le sopracciglia e scuoto la testa, perché con queste sue frasi misteriose mi sta facendo impazzire.
Con fare gentile, si posiziona dietro la mia spalla e mi invita a guardare il tavolo a cui è seduto Raziel.
«Prima volevo la conferma ma ormai, dopo la domanda che gli ho posto e alla quale non ha risposto, ne sono certo. Vedi quel ragazzo laggiù?»
Sta indicando proprio lui e i miei occhi lo vedono chiaramente.
«Guardalo bene. È pensieroso, assente. Scommetto che in questo momento vorrebbe girarsi verso di noi e maledirmi con un'occhiata gelida. Sai perché, Ania?» Soffia la domanda sul mio collo e mi agito più per la risposta che mi dirà a breve che per altro.
Scuoto la testa e continuo a seguire il suo discorso.
Sento Gaston sorridere malizioso mentre mi sposta con dolcezza i capelli sul lato destro del collo. Lascio che compia quel gesto, senza allontanarmi, perché sto guardando intensamente l'unica persona che non riesco a capire: Raziel.
«Perché?» Proferisco con voce flebile, inghiottita dalla curiosità.
«È semplice: perché è innamorato di te! Ma tu questo lo hai già capito, non è così?»
Questa rivelazione mi lascia interdetta e spalanco gli occhi per le parole che si espandono nel vento come una musica indistinguibile.
«Perché mi stai rivelando a voce alta quello che pensi di Raziel, Gaston? Potresti sbagliarti, lo sai, vero?»
Guardiamo insieme il soggetto della discussione, che forse non vuole girarsi per non accorgersi dei nostri bisbigli. Sta parlando con Alvaro e Boris, mentre Elsa gli accarezza il braccio senza curarsi del fatto che potrebbe infastidirlo.
In questo momento però, la rivelazione di Gaston mi piace da morire e credere che non sia l'unica a pensare che Raziel possa ricambiare il mio stesso sentimento mi rincuora.
«Non mi sbaglio, Ania. Ho fiuto per queste cose. Raziel stravede per te, e te l'ho rivelato perché non voglio che tu faccia la mia stessa fine. Io

non ho potuto averti, ma sii coraggiosa, rivelagli ciò che provi, lui ricambierà sicuramente. Ha solo bisogno di un tuo primo passo, ma è pazzo di te.»

Deglutisco il groppo in gola e mi giro per guardare il mio confidente in faccia.

«Io ti sto facendo soffrire e tu mi aiuti?» Gli sorrido debolmente perché la sua gentilezza mi ha proprio sorpreso.

«Beh, lo faccio perché se mai Raziel dovesse rifiutarti, avrai una spalla robusta su cui piangere e un ragazzo a cui poter dare una seconda possibilità», sogghigna, indicandosi.

Gli sorrido e scuoto la testa, stranita da tutta quella bizzarra situazione. Stranamente, sembriamo amici di vecchia data...

«Scusami se non ho ricambiato i tuoi sentimenti, Gaston. Di sicuro il tuo cuore sarà destinato a un'altra persona, in grado di amarti molto più di me.»

Con gesto automatico mi accarezza la guancia.

La sua mano è così grande e ruvida, ma non mi infastidisce il suo tocco, anzi mi rasserena ed è amichevole.

«Ne dubito. Non ho mai provato niente di così potente, Ania. Sarai una ragazza difficile da dimenticare, ma vorrei che tu fossi felice! Perciò parla con Raziel. Se lo ami veramente, lotta per lui.»

Annuisco, ma non intervengo perché continua a parlare al posto mio con tono compassato.

«Non preoccuparti per i tuoi sentimenti nei miei confronti, non possiamo far cambiare rotta al nostro cuore se è impegnato per un altro amore. Specialmente se si tratta di un amore più grande.»

«Sei davvero così romantico?» Lo prendo in giro e ride di gusto.

«Può darsi, mentre Raziel sembra più un ospite misterioso, non trovi?» Lo indica ancora una volta ed io annuisco.

Gaston non ha tutti i torti. È vero. Raziel è molto misterioso...

«Già...»

Dunque lo ha notato anche lui. Nasconde qualcosa che non vuole rivelare, non vuole aprirsi direttamente con me, ed io ho cercato di non intralciare il suo spazio, ma se voglio esporgli i miei sentimenti dovrò sapere qualcosa in più su Raziel...

Ho deciso di fargli altre domande. Farò in modo che lui capisca che con me può confidarsi! Non andrò da nessuna parte quando mi rivelerà la verità. Gli starò vicino e lo aiuterò.

«Scusami, Gaston, adesso devo rientrare. Timo e Carlos si staranno chiedendo dove sia finita...»

«Certo. Ti ho trattenuta a lungo. Potresti chiedere scusa a entrambi per la mia eccessiva reazione? Non avrei dovuto dire quelle cose. Loro sono i tuoi migliori amici, però desideravo conoscere l'opinione di Raziel e poi, non posso farci niente, i tuoi occhi mi mandano sempre in confusione. Sei speciale, Ania. Buona fortuna con Raziel.»

Arrossisco, ma decido di non prolungare ancora di più la nostra conversazione e lo saluto.

«Grazie Gaston. Ti ho sottovalutato.»

Sorride compiaciuto e mi stringe la mano per rassicurarmi che tutto si risolverà. In questo momento ho bisogno di un abbraccio e, come se mi avesse letto nella mente, mi avvicina a sé e mi guarda intensamente.

Succede tutto troppo in fretta.

Gaston mi abbraccia... no... no non è un abbraccio, ma un bacio.

Gaston mi ha appena dato un bacio casto sulle labbra ed io mi sto lasciando confortare da lui in questo modo anche se non sento le farfalle nello stomaco. Provo solo un leggero fastidio e senso di colpa, perché non è lui che vorrei baciare.

In questo preciso momento un'altra sensazione strana mi attanaglia lo stomaco ed è solo quando lascia la mia bocca che capisco il perché.

Dilato le palpebre, stizzita: Raziel è dietro di noi e ci sta guardando con un'espressione di disgusto e di confusione. Mi sciolgo da Gaston, e mi rendo conto di sentirmi accaldata.

Forse non avrei dovuto accettare il bacio del mio amico.

Indietreggio di qualche passo per allontanarmi da quest'ultimo e deglutisco per paura di una reazione ambigua da parte di entrambi.

«Non ho resistito. Perdonami!» Afferma Gaston con cautela, ignaro di avere il suo amico alle spalle. Raziel mantiene la distanza, non si avvicina, anche se vorrei che mi portasse via da tutto questo gran caos.

Guardo Gaston stordita e non dico una parola. Lui se ne accorge e piega la testa di lato.

«Cosa c'è, Ania? Mi sembri strana...»

Qualche secondo dopo, la voce tagliente di Raziel giunge alle mie orecchie come un'imposizione anziché come una richiesta.

«Andiamo a casa, *Ania*!»

Mi sposto di lato e incrocio lo sguardo di Raziel.

Gli occhi di Gaston sfrecciano sconcertati e increduli verso l'amico e, quando lo incontrano, si fa da parte per lasciarmi passare.

Non pensavo che mi avrebbe baciata, ma non sta prendendo a pugni Raziel, non sta creando una rissa, e ciò per me è rincuorante. Lo ringrazio, senza chiedergli il motivo del bacio, e incido verso Raziel per assecondare la sua imposizione.

«Raziel, non ceni con noi?» Domanda improvvisamente Elsa, che lo ha rincorso fuori dal locale.

Il mio ospite si gira verso la ragazza e rivela la sua scelta con una risposta secca. «No, Elsa. Grazie. Sto tornando a casa.»

«Perché?» Sbuffa.

Dentro di me sono troppo felice che Raziel si sia incupito a causa del bacio tra me e Gaston, perché così non cenerà con Elsa e lei si farà da parte.

E sarà tutto per me...

Appena mi affianco a lui, mi afferra per mano e mi trascina lontano da quel posto, superando Gaston.

Elsa lo richiama, ma nessuno di noi si gira per assecondarla.

Però la presa di Raziel sul mio polso è troppo forte e mi sta facendo male.

Una volta lontano da tutti, decido di fargli capire che mi sta stringendo più del dovuto.

«Raz? Raz mi stai facendo male, allenta, per favore...»

Continua a condurmi verso la macchina imperterrito e silenzioso. Non mi sta ascoltando, è davvero furioso.

Non l'ho mai visto così.

Non mi ha mai afferrato il polso in questo modo.

A causa della sua non risposta perdo la pazienza e sbotto allontanandomi dalla sua stretta: «Raziel... basta, fermati!»

«Mi devo fermare? E perché Ania? Perché così andrai da Gaston e lo bacerai di nuovo? È questo quello che vuoi?»

Rimango basita dalle sue innumerevoli domande piene di gelosia, ma forse è arrivato il momento di dirgli quello che provo per lui.

Magari Raziel oggi mi dirà qualcosa... deve, altrimenti mi condurrà oltre i limiti della pazzia.

Non potrà per sempre scappare da questo filo invisibile che, in un modo o nell'altro, ci unisce.

Mi avvicino e gli afferro le mani. «Cosa stai dicendo, Raziel? Non riesco a capire», ammetto, per non sembrare troppo innamorata.

«Cosa sto dicendo? Vuoi sentire la verità, Ania?»

Raziel si porta una mano tra i capelli, mi allontana e inizia a camminare avanti e indietro, facendomi venire il mal di testa. Mi volta le spalle più volte fino a quando, d'un tratto, si ferma davanti a me e mi guarda intensamente.

Siamo vicinissimi e ho paura di ciò che potrebbe rivelarmi da un momento all'altro. Per di più non riesco a sciogliere il nodo che mi si è creato in gola. Inizio a tremare, anche se provo a rilassarmi.

Fortunatamente l'ansia sembra calmarsi quando dentro i suoi occhi riesco a intravedere qualcosa di profondo e mi perdo per un istante a contemplarli.

È così bello e non rimpiango di essermi innamorata di lui.

Il mio cuore sta per sciogliersi. Se lui si avvicinerà di un altro passo sprofonderò tra le sue braccia e mi farò cullare da lui.

Perché non si confida con me? Perché non mi dice qualcosa in più? Cosa lo blocca?

Il suo cuore per caso piange d'amore?

Non riesco a capirlo e soffro per questo suo stato d'animo tormentato.

Raziel sembra un'anima triste, sola, piena di dolore... vorrei sollevare il suo morale perché detesto vederlo soffrire senza conoscere il vero motivo.

D'un tratto avanza di un passo e, con gesto automatico, appoggia le mani sulle mie spalle: mi intrappola come gli riesce sempre e la sua statura mi sovrasta.

«*Raziel...*» sussurro il suo nome e mi guardo in giro: non c'è nessuno.

Silenzio. Non risponde perché cerca di osservarmi meglio.

D'altro canto, non mi allontano, non faccio un passo indietro, non scappo. Ciò che mi rammarica è che non sfodera nessun sorriso.

Mi sta guardando in modo serio e anche sofferente.

Improvvisamente chiude gli occhi ed emana un sospiro frustrato. Quando li riapre e li posa su di me, faccio un respiro profondo per non intervenire.

Dovrà essere lui a dire qualcosa e finalmente sembra leggermi nel pensiero.

Riesco a sentire di nuovo il suono della sua voce.

«La verità è che mi fa andare fuori di testa il fatto che lui possa baciarti e toccarti tranquillamente, mentre io devo trattenermi. *Sai...*»

Adesso è più spavaldo, agguerrito, pronto a farmi capire. Le sue labbra si avvicinano alla mia bocca e il suo profumo mi manda in tilt.

«È inutile negarlo ancora: ti desidero troppo, Ania. Vedi come ti guardo... percepisci le mie carezze sulla tua pelle. Fanno effetto, vero? Penso di sapere persino quello che ti passa per la mente mentre ti sfioro con le mie dita...»

Deglutisco. Tra poco crollerò. Non riesco a capire più niente. Ho la mente offuscata.

È una dichiarazione d'amore? Non riesco a realizzare tutto quello che mi sta dicendo. Mi desidera troppo, e allora perché non mi ha mai baciata?

Perché sta facendo trascorrere tempo?

So già cosa rispondergli e per questo non mi tiro indietro.

«E allora perché scappi sempre da me, Raziel? Perché fai un passo avanti e cento indietro? Cosa ti trattiene?»

«Non posso dirtelo», rivela con un filo di voce, in conflitto con i demoni che lo tormentano.

«Perché?»

Lo guardo con attenzione, commossa ed eccitata allo stesso tempo da questa strana situazione in cui ci troviamo.

«Ania non insistere. Ti prego», la sua voce continua a essere sottile e paziente. Non è più arrabbiato, forse questa vicinanza lo sta rasserenando. Però io devo sapere. Devo conoscerlo di più.

Non possiamo continuare così. Non possiamo tirarla per le lunghe. Non so quanto riuscirei a frenarmi ancora.

Anche io lo desidero troppo, ma non glielo rivelerò. Almeno fino a quando lui non mi dirà altro, fino a quando non mi dichiarerà i suoi sentimenti apertamente.

Rimango in silenzio e metto il broncio. Incrocio le braccia al petto e volto la testa di lato.

«Voglio sapere una cosa...» continua lui, in modo ostile senza frenare la lingua.

«C-cosa?» Balbetto.

«Tra te e Gaston c'è qualcosa? Ti ha baciata e lo voglio sapere.» Una domanda schietta, colma di una gelosia lampante e irrefrenabile.

Scuoto la testa e ammetto la verità: quando Gaston mi guarda il mio cuore non batte rumorosamente come invece sta succedendo in questo momento.

«Non c'è nulla tra me e Gaston. Mi ha solo dato un bacio, ma non me lo aspettavo. Credimi, non c'è nulla», sussurro con sincerità. Cautamente gli accarezzo la guancia e aspetto di ascoltare altre sue parole.

Raziel inarca il sopracciglio, forse non riesce a credermi.

Storce il naso, cambia espressione e una scintilla diversa compare nei suoi struggenti occhi.

«Meglio, perché tanto di ciò che prova lui non mi importa.»

«Raziel non riesco a capire...»

Senza farmi riprendere del tutto, mi afferra per i fianchi e mi attira a sé, avvicinandomi alle sue labbra carnose.

Mi manca il fiato e lo guardo stordita.

«Forse adesso capirai...»

Dove ci porterà tutto questo?

30
Ruggine e polvere

Ania

«Non posso», sento questo sussurro odioso e vorrei che non fosse mai stato rivelato ad alta voce.
Farebbe parte del mio mondo se solo si lasciasse andare...
Le parole di Raziel risuonano piene di rancore davanti alle mie labbra socchiuse in procinto di essere baciate, ed io rimango spiazzata ancora una volta.

Non può? Non ho mai visto un uomo trattenersi così tanto... mi mordo il labbro inferiore per non pensare al peggio.

Mi ha appena detto che è geloso di me, che vorrebbe andare oltre e all'improvviso si allontana? Perché?

Un fiore non ha paura di sbocciare, di aprire i suoi petali e vivere. Lui, invece, ha paura non solo di avvicinarsi a me... ma anche di andare avanti... ha il terrore, pensa che potrebbe precipitare ancora di più?

«Raziel... cosa ti turba? Perché non puoi avvicinarti a... *me*? Perché mi sfiori e ti trattieni? Ti avvicini e poi indietreggi come se la tua vicinanza potesse farmi male.»

Ho difficoltà nel pronunciare quelle parole, ma voglio scoprire perché si comporta così, e poi vorrei che con me si sentisse al sicuro. Se è davvero geloso come dice dovrebbe dimostrarmelo, invece non si lascia andare e complica ogni cosa.

In questo momento sta stringendo i pugni: prova una rabbia dentro il cuore che non gli permette di ragionare bene.

Sento che ha voglia di baciarmi, di accarezzarmi, però si ostina a non oltrepassare il limite. E questa sua paura mi destabilizza.

«Non mi sento libero di baciarti e di toccarti perché affronto ogni giorno il mio passato e non posso vivere il presente come voglio, non posso fare di testa mia anche se lo vorrei.» Il suo tono di voce non è controllato, è crudo, graffiato da un peccato lontano.

Porto una mano sulla sua guancia e lo guardo negli occhi sperando di ricevere alcune parole in cambio del mio gesto.

Mi volta le spalle per nascondersi dal mio sguardo indulgente.

«Te lo dico ancora una volta... guardami, sono qui, parlami. Raccontami quello che ti è successo. Non è vero che non puoi essere felice. Ogni persona merita una seconda possibilità e tu riuscirai a sconfiggere il tuo passato, anche se è nascosto dentro di te. Riuscirai a vivere felice, devi solo *confidarti*... ed io ascoltarti. Permettimelo, ti prego.»

Di soppiatto mi regala uno dei suoi sguardi cupi e tenebrosi e dai suoi occhi una lacrima di sofferenza scende a rigargli il viso.

Riesce a scacciarla in modo brusco con il pollice, ma quando si rinchiuderà nella sua stanza, molto probabilmente, piangerà, e tutti i colori del mondo intorno a lui scompariranno come se non fossero mai esistiti.

Resterà di nuovo solo e si tortuerà con i suoi ingrovigliati e afflitti pensieri fino a disperarsi del tutto. Fino a guardare il vuoto intorno a sé, a perdersi nella sua più remota memoria e a soffrire in solitudine.

«Nessuno può capirmi, nessuno.»

Le sue parole sono realtà, sono spezzoni crudeli che mi ghiacciano il cuore e mi spiazzano.

Cosa ti è successo, Raziel? Cosa ti tormenta?

Distrattamente osservo il cielo e paragono il grigio delle nuvole alla tristezza di questo bellissimo ragazzo dagli occhi velati e freddi come il vetro. Riprende il discorso e indietreggio fino a sfiorare il tronco di un albero.

Raziel non mi guarda, non riesce a vedere la mia espressione così intensa: le sue iridi sono spente, perse, lontano dai miei occhi e dalla luce fioca del pomeriggio.

Solo quando calpesto una foglia secca si ricorda della mia presenza e, come se fossi la sua preda, si accosta a me e mi imprigiona il viso con entrambe le mani.

«Vuoi sapere perché non posso avvicinarmi a te, *Ania*? Perché non posso toccarti e baciarti? Lo vuoi sapere davvero?»

Il rancore che sgorga dalle sue labbra è immenso, ma i suoi occhi irosi non mi fanno paura e sono pronta ad ascoltarlo.

Annuisco e mi faccio forza.

«Allora ascoltami bene perché non lo ripeterò ancora...»

Obbedisco senza parlare, solo con un cenno di capo, e lui riesce finalmente a pronunciare qualcosa che si avvicina forse alla verità.

Qualcosa che desidero ascoltare sin da quando è arrivato in casa mia come l'ombra misteriosa di cui parla.

«Con te ogni brutto ricordo svanisce. Con te sento che potrei dimenticare tutto quello che è accaduto nella mia vita, ma...»

Il passato sembra voler interrompere il momento, ma lui sfacciato continua a spiegarmi perché noi due non siamo pronti a baciarci sotto le stelle del cielo e a fare l'amore come due innamorati che si desiderano dal primo incontro.

«Hai presente il mare in tempesta? Sono io, Ania. Sono dolore e sofferenza, senso di colpa e tormento. Ruggine e polvere. Sono tutto questo. Non sono poesia, non sono leggerezza. Non sono felicità. Sono un tornado che soffre e che non avrà mai pace. E quando la notte scende e la natura diventa silenziosa, i miei tormenti mi uccidono, lentamente, facendomi scordare persino il tuo bellissimo volto. Io provo a non chiudere gli occhi, a non lasciarmi sopraffare, ma non vinco mai. Non sogno. Mi torturo. Perché è giusto che vada così. Come posso pensare di essere felice se la mia povera anima non me lo permette? Come...» si ferma a riprendere fiato, a respirare, a non farsi inghiottire dall'oscurità che permane in lui anche contro la sua volontà.

Dilato le pupille, colpita dalla sofferenza che lo sta corrodendo ogni giorno di più. Come può un ragazzo soffrire così tanto?

Vorrei abbracciarlo, vorrei consolarlo. Gli getterei le braccia intorno al collo e lo stringerei contro la mia schiena, petto contro petto, cuore contro cuore, ma mi respingerebbe e il mio istinto mi consiglia di non oltrepassare le barriere.

«Raziel, io...»

Non mi lascia continuare la frase perché prova a spaventarmi con altre parole pungenti.

«Il dolore che provo mi consumerà per sempre, Ania. Non c'è posto nel mio cuore per l'amore, non più ormai. È per questo che non posso baciarti, è per questo che mi trattengo. Sei ancora in tempo a scappare... perché quando succederà, non oggi, ma quando accadrà... quando ti racconterò tutto, non avrai la stessa impressione che hai avuto fino ad ora di me», sibila l'ultima frase per poi concludere con un sorriso tirato.

Le sue parole mi gettano nel panico e con forza mi costringo a non tirarmi indietro: non mi sta rivelando nient'altro che la sua paura.

Non possiamo continuare così. Io ho bisogno di sapere. Non riesco più ad essere avvolta da tutto questo mistero.

Determinata più che mai decido di sconfiggere la sua voglia di terrificarmi.

«Raziel... puoi dirmi tutto, lo sai. Non andrò da nessuna parte. Perché non vuoi raccontarmi nulla del tuo passato?»

Le labbra si inclinano verso il basso come se avessi appena sfiorato un tasto dolente in grado di annientare la sua stabilità emotiva.

«Non posso. Non mi sento ancora pronto a parlartene», annaspa esasperato.

Non si volta, non fugge, ma ho come l'impressione che stia vagando nel passato.

Nonostante non dica più niente, pronuncio la mia opinione e rimane a sentirla.

«Invece secondo me dovresti... parlando potresti superare le tue paure, i tuoi incubi e sognare. Ognuno di noi è prigioniero di silenzi e segreti, ma c'è sempre un raggio di sole alla fine del tunnel. Ed io potrei essere il tuo, Raziel. Potrei condurti alla salvezza, se me lo permetterai.»

Le mie parole sembrano rincuorarlo. Questa sensazione dura un attimo perché il suo dolore, il suo essere infelice, continua a vincere.

«Ania tu sei così pura, così delicata. Continuando a chiedermi di più ti spezzerai da sola. Non posso trascinarti con me all'interno dei miei incubi. Assorbirebbero anche te. Perciò scusami, ma ho bisogno di stare un po' da solo. Ti accompagno a casa e poi starò via per un paio d'ore.»

Decido di dire la mia: «Posso venire con te? Non voglio lasciarti solo. Prima del bacio con Gaston andava tutto bene. Eri sereno... poi ci siamo avvicinati in quel modo e ti sei immediatamente sottratto. Non voglio litigare, Raziel, vorrei solo starti accanto e consolarti. Me lo permetti?»

Raziel scuote la testa e la sua risposta mi rattrista.

Confusamente mi accarezza la guancia e la sua barba incolta mi sfiora il naso. Sto per andare in estasi ma, proprio in quel momento, un uccello, in fondo all'orizzonte, tra le striature biancastre del cielo, sbatte le sue ali come se avesse sentito i pensieri di Raziel, la sua paura di legarsi a qualcuno.

«No. Ho davvero bisogno di non impazzire ancora, *Ania*. E tu con i tuoi modi di fare, con le tue labbra, mi confondi. Mi distrai. Ti prego, non insistere. Devo restare lucido.»

Perché Raziel... sono pronta a piangere davanti a lui, a supplicarlo di non cacciarmi via, di non tagliarmi dalla sua vita, ma non riesco a proferire le parole che vorrei, e annuisco.

Solleva un sopracciglio per comprendere la mia espressione e quando vede che lo lascio ricongiungersi alla sua solitudine, mi ringrazia con un triste sorriso.

«D'accordo. Accompagnami a casa...» rivelo scontenta e lui mi sorpassa. I miei pensieri tornano a qualche istante prima, specialmente a quando mi ha afferrata per i fianchi. Rimpiango di non averlo baciato.

Raziel non si lascerà mai andare. Almeno non con me.

Secondo me non gli piaccio abbastanza da poter dimenticare il passato.

Lo guardo raggiungere la macchina e penso a come i giorni passino senza sosta.

A come il tempo si fa beffe di noi, dei nostri momenti. E lui rimane sempre lo stesso, macchiato da un senso di colpa ingombrante che non gli permette di godersi la vita, la felicità.

Dice di non essere poesia, per me potrebbe esserlo. Potrebbe persino far sorridere il mondo con il suo modo di fare, con la sua dirompente gentilezza.

Perché si ostina a vivere nell'ombra e a non ammirare il sole?

In silenzio sale in macchina e aspetta che lo raggiunga, solo che qualcosa mi impedisce di proseguire.

Non voglio assecondarlo del tutto.

Vuole stare solo? Bene... non dovrà riaccompagnarmi a casa.

«Ania? Sali dai...»

Questo tono perentorio.

Mi oppongo con tutta la mia buona forza di volontà.

«Va' da solo, Raziel. Non devi accompagnarmi a casa. Mi farò dare un passaggio da qualcuno.»

Lancio un'occhiata al locale che ci siamo lasciati alle spalle e lui mi imita.

Ha capito che molto probabilmente chiederò a Gaston di darmi un passaggio a casa perché osservo le mani intorno al volante e noto le sue nocche diventare rosse.

«Non farmi arrabbiare, Ania. Sali in macchina.»

«Buona solitudine, Raziel.»

Senza rendermi conto del gesto che compio, chiudo lo sportello e mi volto verso il locale, sperando di ritrovare i miei due amici ancora lì a sorseggiare la cioccolata calda.

Un tonfo vicino mi fa sobbalzare.

Raziel è sceso furioso dalla macchina e mi sta rincorrendo.

È poco distante da me, riesce ad afferrarmi per il polso e a farmi voltare verso di lui.

Improvvisamente l'aria ci scompiglia i capelli, lui non si ferma. Poggia la sua mano sulla mia schiena e mi attira a sé.

Il suo profumo mi stordisce ed i suoi occhi mi incantano perché mi ricordano il riflesso della luna sul mare.

Ci guardiamo per un tempo infinito, io non riesco neanche a deglutire il groppo che mi si è formato in gola.

«Vuoi tornare a casa da sola? Va bene. Non ti costringerò a salire in macchina, perché sei arrabbiata con me e con il mio carattere, ma per favore, non chiedere a Gaston di riaccompagnarti.» La sua voce profonda e gelosa mi permette di rispondere a tono.

«Non riesci ad accettare il fatto che Gaston possa baciarmi, non vuoi che chieda a lui un passaggio, però continui ad allontanarti da me...» ammetto come una bambina capricciosa.

Raziel inarca un sopracciglio e piega la testa di lato per avvertirmi di non continuare la discussione.

«Ascoltami e torna a casa da *sola*, Ania. Solo in questo modo non mi arrabbierò...»

Vorrei protestare, anche se sono stanca dei soliti toni che usiamo per sbraitarci contro parole confuse.

«Ho intenzione di chiedergli un passaggio, ma potrei sempre cambiare idea, venire con te e starti vicino.»

In effetti sarebbe la soluzione migliore, ovviamente lui è cocciuto e non si lascerà corrompere tanto facilmente.

«Non puoi», soffia la risposta sulle mie labbra e un brivido di piacere si propaga lungo tutto il mio corpo.

Sento la sua mano fare pressione sulla mia schiena, come se volesse stringermi ancora di più contro il petto e rimango totalmente affascinata da quel gesto.

I brividi continuano a persistere sulla mia pelle e si fanno più intensi.

Come potrò riuscire a resistergli? Vorrei tanto baciarlo, qui per strada, all'aria aperta...

«Non è che non posso, è che non vuoi.»

Mi rivela un leggero sorriso: «Lasciami in compagnia della mia solitudine. È un'ottima ascoltatrice, lo sai? Con lei riesco a parlare tranquillamente, mentre con *te*, che giochi con la tua bocca così bella e sensuale, confondo i miei pensieri...»

D'un tratto poggia maliziosamente il polpastrello del pollice sul mio labbro inferiore e lo accarezza come se stesse baciando la bocca. A un certo punto lo preme ed io, involontariamente, passo la lingua sul suo pollice...

Sento che ansima eccitato e chiudo gli occhi lasciandomi trasportare da quel lieve contatto che forse non rivivrò più.

Non mi aspettavo un simile gesto, soprattutto all'aperto, e mi infiammo senza vergogna. Chiunque potrebbe vederci, ma lui continua a stringere il mio labbro. Sta cercando di controllare la sua fame animalesca, perché mi desidera.

Dio, Raziel... lasciati andare. Ti prego. Ho bisogno di sentire le tue mani sul mio corpo.

Ti desidero come non ho mai desiderato nessun altro.

Non voglio dover sopprimere i miei sentimenti a causa del tuo rifiuto...

Lo osservo attentamente, con un'espressione ricca di scintille, ma quando le sue mani smettono di lambire la mia bocca provo quasi timore di poterlo perdere. Ho paura che possa condursi da solo verso la pazzia, ma non succederà. Io gli resterò accanto, anche se lui non mi vedrà. Proverò in tutti i modi ad aiutarlo, a sostenerlo.

«Visto come mi distrai? E vorrei fare di più, ti giuro. Ti vorrei avere nuda davanti ai miei occhi, Ania, ma non possiamo.» Si avvicina al mio orecchio e modula le parole per provocarmi un'altra volta.

Cerco di svegliarmi dal magico momento che ho vissuto con lui e rispondo alla sua domanda precedente, senza timore. Per la prima volta con un coraggio tale da sorprendermi.

«Io vorrei spogliarmi per te e tu potresti consolarti in questo modo... toccandomi, baciandomi, potresti stare bene. Il mio calore potrebbe riscaldarti e allontanarti dal gelo. Non dovrebbe essere la solitudine ad ascoltarti perché non può risponderti, Raziel. Dovresti lasciarti andare... sarebbe tutto più facile se ci sfiorassimo davvero, senza paura e incertezze, come due danzatori sicuri della propria passione.»

Un barlume di speranza rischiara le sue bellissime venature verdigne. Raziel continua a guardarmi intensamente: dovrà prendere presto una decisione.

«Ania, non è così facile per me...»

Sta per aggiungere qualcosa quando di colpo una macchina a tutta velocità sfreccia verso di noi e suona il clacson per ridestarci.

Con una sterzata riesce a evitarci, ma io chiudo gli occhi.

Morirei tra le braccia di Raziel, ma ancora è troppo presto. Ho una vita davanti e prima di abbandonarmi alla fine, vorrei almeno baciarlo.

Raziel mi abbraccia per sostenermi ed io mi stringo a lui per evitare di cadere e di tremare.

I miei capelli svolazzano sulla fronte imperlata di sudore, mentre il mio cuore comincia a battere fortissimo.

Dio, una macchina stava per investirci.

«Stai bene?» Sussurra accarezzandomi i capelli.

Riesco a deglutire, nonostante la mia bocca sia arida e secca. Annuisco, scostandomi i capelli dalla fronte. D'un tratto mi guardo intorno e capisco che quella macchina non si è schiantata contro di noi per poco.

Il mio cuore continua a battere all'impazzata e mi tocco il petto per cercare di far rallentare il battito cardiaco. Raziel cerca di capire quanto io sia spaventata, ma quando ricomincio a parlare si tranquillizza.

Non accenna più al discorso di prima, anche se l'eccitazione si trova ancora lì, nei nostri occhi.

Mi schiarisco la gola e parlo per evitare di imbarazzarmi.

«Siamo in mezzo alla strada, è meglio spostarci, altrimenti la prossima volta non saremo così fortunati. Saliamo in macchina.»

Cerco di raggirarlo, ma la sua furbizia intuisce la mia mossa e la stronca.

«Non insistere, ti prego. Non verrai con me.»

Nulla da fare. Non sono riuscita a corromperlo neanche un po'.

«La tua decisione è irremovibile, vero?»

Mi sorride perché mi sto comportando davvero come una bambina.

«Sì.»

Picchietto il piede e metto il broncio, ma smetto di rendermi ridicola costringendolo alla mia compagnia. In quell'esatto momento, sembra sorridermi con gli occhi.

«Non arrabbiarti. Ti prego, e non fare arrabbiare me. D'accordo?»

«Va bene, farò come mi hai chiesto, ma se hai bisogno di qualcosa chiamami, okay?»

Si avvicina alla mia guancia e vi poggia un bacio casto.

Il suo calore mi ubriaca e lasciarlo andare si rivela più complicato del previsto. Quanto vorrei rivelargli a voce alta tutto questo trambusto e dichiarargli apertamente i miei sentimenti.

«La tua comprensione è importante, Ania. Grazie. Aspettami a casa, non tornerò tardi.»

Improvvisamente iniziano a mancarmi i suoi abbracci, le sue dita tra i miei capelli, i suoi respiri irregolari, ma non lo trattengo più.

D'altronde chi ama davvero lascia liberi. È così che si dice, no?

E la libertà è importante.

«A dopo, Raziel.»

«A dopo, Ania.»

Tristemente, ma ancora accaldata per il momento di prima, abbandono la sua mano e si incammina verso la macchina senza voltarsi neanche una volta.

**

Sono stata così distratta dalla conversazione con Raziel da non rendermi conto che Carlos e Timo sono già andati via dal locale. Per di più, anche Gaston ha abbandonato il suo gruppo.

Al tavolo di prima ci sono solamente Elsa e gli amici di Gaston… ma non chiederò alla strega di darmi un passaggio.

Non andremo mai d'accordo io ed Elsa, però non riesco a comprendere il motivo per il quale Gaston sia andato via.

Ripenso al nostro bacio… non è lui che voglio e se lo sto facendo soffrire mi dispiace, ma deve pur comprendere i miei sentimenti.

Sono sicura che quando parleremo risolveremo il malinteso. Gaston è un ragazzo maturo. È stato lui stesso a farmi capire che Raziel è interessato in qualche modo a me... se non fosse stato per il suo discorso, molto probabilmente il ragazzo misterioso che abita in casa mia non mi avrebbe mai detto esplicitamente di essere geloso ed altre parole che hanno infiammato il mio cuore.

Eppure, oggi, Raziel è esploso e finalmente ha rivelato qualcosa alla sottoscritta.

Sono passati mesi dal suo arrivo e non riesco a smettere di essere fra le nuvole e di pensare a lui, a noi.

Chissà come sarà il nostro incontro una volta tornati a casa... mi sembra tutto così surreale. È geloso di me e magari prova qualcosa di più intenso che per il momento non riesce a rivelarmi.

Forse è vero che le storie d'amore possono far sognare a occhi aperti, perché quando sto con lui mi sembra di non vivere nella realtà.

Raziel è il principe azzurro che ho sempre sperato di incontrare, mi imbarazza, e lui lo sa.

È incantevole, ed io continuo a sognarlo... continuo a volerlo a tutti i costi tra le mie braccia. Vorrei che mi cullasse, come quella volta quando ha visto la cicatrice.

Vorrei che mi tenesse per mano e che mi parlasse di racconti felici, non di passati tristi e pericolosi.

Perché io e lui stiamo percorrendo un sentiero tortuoso?

Mi mordo le labbra e cerco di smetterla di pensare ai miei sentimenti, ormai sopraffatti dall'amore.

D'un tratto mi guardo intorno e capisco di essere rimasta sola, perciò decido di rincasare a piedi e di non perdermi in altre assurde utopie.

Il tempo è peggiorato e quando comincio a percorrere la via per tornare a casa, un lampo squarcia il cielo.

Nel giro di pochi istanti inizia a piovere e cerco di trovare una tettoia per ripararmi dall'acquazzone.

Non ho controllato il meteo, e ovviamente il temporale ha deciso di prendersi gioco di me.

Sbuffo e continuo a camminare, infreddolita...

Se fossi andata in macchina con Raziel, a quest'ora avrei evitato la pioggia, ma devo fare sempre di testa mia.

Scuoto il capo dandomi della stupida e inizio a litigare con me stessa perché per una volta avrei potuto non ascoltare il mio orgoglio, salire in macchina con lui e farmi riaccompagnare a casa. Anche se poi dopo non sarebbe rimasto con me.

Mi riscuoto dai pensieri e raggiungo i portici della via principale. Fortunatamente mi riparo dall'acqua, osservando i primi lampioni accendersi durante l'ora del crepuscolo.

Per un istante sorrido e mi sento bene. Questa città è così bella, anche durante un temporale.

Non mi stanca mai, ci vivrei per sempre. Non ho mai progettato di abbandonarla per un'altra metropoli.

È la città in cui sono nata, in cui sto vivendo e in cui mi realizzerò.

Mentre guardo il cielo piangere di tristezza e malinconia, percepisco un senso d'inquietudine per ciò che succederà più in là, ma non devo demordere. Tutto si sistemerà, Raziel, in qualche modo, sarà felice.

Ci penso qualche secondo, dopodiché decido di dover essere ottimista.

Provo a smettere di innervosirmi inutilmente, soprattutto evito di pensare a Raziel quando scorgo due figure poco distanti dal posto in cui mi trovo.

Sono due persone che ho già intravisto, ma non ricordo di preciso dove.

Metto più a fuoco la vista, asciugandomi le palpebre dalle gocce d'acqua che hanno lambito le mie lunghe ciglia scure. Cautamente mi avvicino di più, sperando di sbagliarmi, ma appena la ragazza col caschetto scuro si gira la riconosco.

È Cecilia, la sconosciuta con la quale Raziel ha parlato durante il nostro viaggio.

Cosa ci fa qui?

Che abiti da queste parti? Per di più, il ragazzo con il quale sta dialogando in modo sospetto è lo stesso tizio che si è presentato quella sera: Adelio.

Ricordo bene il suo nome perché è esotico e particolare.

Cosa si staranno dicendo?

So che non è giusto origliare le conversazioni altrui, ma non riesco a girarmi e a tornare a casa. Non dopo aver incontrato questa *Cecilia*...

La scorsa volta non mi ha fatto un'ottima impressione, anzi... dal suo modo di atteggiarsi mi ha fatto capire di conoscere Raziel da molto tempo.

Ovviamente lui ha smentito la mia ipotesi dicendomi di averla incontrata lì per caso.

Ricordo molto bene le sue parole perché quel giorno è sgattaiolato fuori dalla finestra senza dirmi niente ed io sono corsa a cercarlo, con il cuore in gola.

Ma perché dovrebbe mentirmi su Cecilia? Anche se si conoscessero, cosa ci sarebbe di sbagliato?

Provo a collegare qualche pezzo della vita di Raziel. Tutto si rivela inutile, la verità è una sola: non lo conosco bene.

È troppo misterioso.

E se non fosse colui che dice di essere?

Cancello queste insulse idee. Raziel è Raziel e per me non ha difetti. È musica, è magia. È calore. Ogni suo tocco mi scalda l'anima in maniera incredibile.

Quando mi sfiora, la mia vita diventa un sogno.

Parlerei di lui all'infinito e anche se è misterioso so che non mi sta mentendo.

Non avrebbe motivo di nascondermi qualcosa, però perché non si confida?

Perché non mi lascia ascoltare le sue paure, perché non si lascia trasportare dalle emozioni?

Potrei aiutarlo e insieme potremmo diventare una dolce esplosione di colori e coriandoli. Di ghirlande e nuvole.

Potremmo essere pericolo e avventura, amore e dolore.

Potremmo fare di tutto. Insieme, potremmo diventare frammenti di luce e lasciarci trasportare dall'amore.

Un istante dopo riporto l'attenzione sui due sconosciuti perché la voce di Cecilia rieccheggia forte, da sentirla perfettamente.

«Deve esserci una soluzione, Adelio. Lo sai.»

Adelio si passa infuriato una mano tra i capelli e fulmina la ragazza. Si vede che non ne può più di questa discussione. Il suo sguardo è sconvolto.

«Deve decidere da solo. Noi dobbiamo andarcene.»

Deve... a chi si riferisce?

«Lo rivoglio con me. Hai capito? Non può stare qui. Non con... *lei*.»

Sobbalzo perché il tono acido e dispotico con cui Cecilia ha pronunciato quel pronome mi fa venire la pelle d'oca.

Di chi staranno parlando?

«Adesso andiamo, sta piovendo forte. Parliamone a casa.»

Cecilia alza gli occhi al cielo come una bambina capricciosa e quando Adelio la afferra per il braccio scansa la presa.

Si incammina verso il Suv nero posteggiato davanti a un negozio sofisticato, si scosta la frangetta inzuppata d'acqua dalla fronte per formare un leggero ciuffo laterale e sale in macchina.

Adelio accende i fari e illumina la posizione in cui mi trovo io.

Afferro il telefono giusto in tempo e abbasso la nuca per non farmi riconoscere.

Non incontro più lo sguardo dei due tipi, ma percepisco che stanno incedendo verso di me per imboccare la strada d'uscita.

Devo restare calma. Non mi vedranno.

Le mie supposizioni si realizzano quando mi sorpassano senza guardarmi. Fortunatamente non mi hanno riconosciuta.

Adelio sta guardando le varie indicazioni stradali come se non fossero del posto, mentre Cecilia sta smanettando con il cellulare e ha lo sguardo distratto.

Sospiro di sollievo per non essere stata colta a spiare la loro conversazione e conservo il cellulare in borsa, ricordandomi di dover tornare a casa.

Ho già perso troppo tempo qui fuori e non posso aspettare ancora a lungo sotto il portico.

Le strade sono abbastanza buie e la pioggia non cessa di scivolare dal manto rossastro e privo di stelle. Mi inzupperò e mi infreddolirò, ma non ho altra scelta se non quella di fare una bella corsa e raggiungere casa prima che il tempo peggiori.

Mi sbrigo a mettere in atto la mia decisione e inizio a correre, facendo attenzione a non scivolare.

Però le parole *"Non può stare qui con lei"* risuonano nella mia mente come un'eco infinito.

Che si stesse riferendo a Raziel?

Ma la *lei* in questione chi sarebbe?

Non ho mai visto Cecilia da queste parti; sono convinta che provenga da un'altra città.

Dieci minuti dopo depenno dalla mia mente tutti i pensieri che ho fatto durante il tragitto e sullo strano incontro ed entro in casa, infreddolita.

Appena rincaso mamma si precipita ad accogliermi e si allarma quando osserva lo stato dei miei capelli: tutti intrisi d'acqua.

«Tesoro come mai sei tutta zuppa? Non eri con Carlos e Timo?» Si affretta a raggiungermi.

Mi tolgo il cappottone fradicio e lei lo afferra per metterlo a lavare.

Scompare in lavanderia, ma le rispondo come se si trovasse davanti a me.

«Hanno avuto un contrattempo e sono tornata a piedi. Adesso sono po' stanca, vorrei solo riposare.»

Non faccio in tempo ad aggiungere altro che starnutisco. Risbuca dalla lavanderia e mi controlla la temperatura tramite una carezza sulla fronte.

«Io direi che sia il caso di andarti a fare una doccia calda e misurarti la febbre.»

Sto per rimbeccare la decisione di mia madre, ma la figura imponente di papà varca la soglia del salone e mi raggiunge per salutarmi con un abbraccio.

Appena nota la mia condizione, si ferma e mi rivela il suo cipiglio severo.

«Direi che tua madre ha ragione tesoro, ma non eri anche con Raziel? Come mai non siete tornati insieme? E se eri da sola perché non hai chiamato? Sarei venuto a prenderti subito.»

In effetti non mi sento granché. Penso di essermi beccata il raffreddore, però cerco di non allarmare i miei.

Inoltre, ho completamente dimenticato la conversazione telefonica avvenuta precedentemente con papà, nella quale gli avevo precisato che io e Raziel ci eravamo incontrati al locale.

Adesso che scusa potrò inventare per non creare polveroni inutili?

«Papà... Raziel è nostro ospite, però ha anche una sua vita. È libero di fare ciò che vuole, non deve farmi da bodyguard. Ha avuto un imprevisto ed è andato via.» Come immaginavo papà mi ammonisce con il suo solito modo austero.

«Se permetti, tesoro, gli ho dato in prestito una macchina e l'ho accolto in casa... riaccompagnare mia figlia sarebbe il minimo che lui possa fare. Appena tornerà parlerò con lui. Non mi aspettavo un comportamento simile da parte sua. Lasciarti tornare da sola. Cosa gli sta passando per la testa a questo ragazzo?»

Tante cose, papà.
Soffre da morire e tu non lo sai...

Vorrei potergli dire questo, ma mi trattengo perché non mi sembra il caso. Le mie mani iniziano a tremare, per cui le nascondo dentro le piccole tasche dei jeans.

«Raziel non ha fatto nulla di male. Ha ricevuto una chiamata importante ed è dovuto andare da un'altra parte. Ha iniziato a piovere solo dopo che è andato via. Non redarguirlo come al tuo solito, ti prego.»

Papà si spazientisce e si passa una mano tra i capelli.

Guarda la mamma come se volesse avere un aiuto da parte sua e lei scuote la testa per fargli capire di non continuare.

Sospiro e mi porto una ciocca bagnata dietro le orecchie.

«Va' a farti una doccia calda e prendi il termometro.»

Papà mi invita a fare come richiesto e non posso che acconsentire, sperando vivamente che non sgridi Raziel al suo rientro.

Non è stata colpa sua. Voleva accompagnarmi, solo che la mia testardaggine mi ha impedito di salire in macchina con lui.

«D'accordo... vado.»

Lancio uno sguardo d'intesa a mamma e la supplico di far ragionare papà.

Mio padre non cambierà idea neanche ora che gli ho rivelato di non doversi più preoccupare per il mio cuore.

I miei genitori saranno sempre in pensiero per me e non posso vietargli questo comportamento apprensivo.

Ovviamente lo reputo sbagliato perché dovrebbero fidarsi di me e se gli dico che sto bene, che mi sento davvero bene, dovrebbero credermi e rasserenarsi.

Sbuffo spazientita e salgo le scale a due a due in modo tale da dirigermi subito in bagno.

Prima di varcare la soglia tossisco e dei brividi di freddo mi fanno accapponare la pelle.

Spero di non avere la febbre, domani ho una lezione importante che vorrei seguire. Giungo in camera e misurando la temperatura scopro a malincuore che i miei genitori hanno ragione.

Accedo al bagno e riempio la vasca con acqua bollente: quando tutto è pronto mi immergo, anche se i brividi continuano a persistere.

Ho voglia di rivederlo. Con aria trasognante alzo gli occhi al soffitto e mi dispiaccio perché non raggiungeremo mai una direzione insieme, io e lui.

Si sente solo e pensa di non poter amare, ma non sarà mai *solo*, io gli starò accanto, anche se mi impedirà di interagire con le sue sofferenze.

Immagino il momento in cui incontrerò di nuovo i suoi occhi, anche se al solo pensiero mi imbarazzo.

Appena termino di rilassarmi, esco dalla vasca da bagno, asciugo i capelli e scrivo un messaggio a Carlos.

> **Ania:** Raziel mi ha confessato di essere geloso di me.

La risposta del mio migliore amico non tarda ad arrivare.

> **Carlos:** Ti ha baciata?

> **Ania:** Non ancora. Non penso che succederà, almeno non così presto...

Posso quasi intuire lo sbuffo di Carlos dalla risposta che mi arriva.

> **Carlos:** Oh, flor... devo proprio insegnarti tutto? Prendilo e bacialo. Cosa aspetti? Vedrai come non si tratterrà più. Fidati del tuo amico Carlos.

> **Ania:** Raziel è diverso da tutti gli altri e non cerca solo una cosa.

Carlos non è d'accordo con me.

> **Carlos:** Flor, Raziel si scioglierà solamente quando vi bacerete. Solo in quel momento si confiderà con te. Devi essere scaltra. Non rovinerai il vostro rapporto. È troppo preso da te, non ti lascerà andare. Ma deve baciarti... il suo cuore, in fondo, aspetta questo momento dalla prima volta che ti ha vista. Ne sono sicuro. E anche tu.

Non mi lascerà andare? Carlos è così sicuro delle parole che dice, ma se si sbagliasse?
Se dopo il bacio Raziel mi allontanasse?

> **Ania:** Ho paura, Carlos. Non so come comportarmi.

> **Carlos:** Parliamone di presenza domani. È meglio.

> **Ania:** Ok, grazie mille. Ti voglio bene.

> **Carlos:** Ti voglio bene anche io, Flor.

Prima di andare a dormire, mi dirigo verso la scrivania per recuperare il diario segreto.

Aprendo il prezioso taccuino rimango per un istante pensierosa. È dal giorno in cui ho capito di essere innamorata di Raziel che non scrivo e adesso mi è venuta voglia di macchiare altre pagine di frasi dedicate a lui, che colora le mie giornate anche se non lo sa.

Cerco di mettere da parte il raffreddore e la spossatezza degli ultimi minuti, mi siedo sul letto e afferro la penna.

Vado direttamente all'ultima pagina e tolgo il tappo con le labbra per potermi concentrare meglio.

So già cosa memorizzerò in queste righe e così non perdo altro tempo: mi confido.

Raziel... appena mi sveglio il mio primo pensiero sei tu.

La mattina mi alzo con l'intenzione di dirti tante cose, ma quando ti incontro mi tengo tutto dentro per paura di perderti da un momento all'altro. A volte vorrei urlare la verità, sfogarmi, ma poi il silenzio si trasforma in un tappeto di paure e ricopre il mio cuore perché è consapevole del tuo rifiuto. Eppure, dovrei riuscire a rivelarti ciò che provo. In qualche modo, mi hai appena confidato che di me ti importa...

Vorrei farti comprendere i miei sentimenti con un bacio, ma lo rifiuteresti perché oggi non ti sei spinto oltre, oggi qualcosa ti ha impedito di baciarmi.

Non riesci a lasciarti andare e sbagli tantissimo Raziel...

Se solo ti lasciassi accarezzare il cuore...

La maggior parte delle persone riesce a dichiararsi con facilità, perché per noi è così complicato?

Perché la fiamma sembra ardere in maniera così potente appena ci sfioriamo ma poi si affievolisce quando ci allontaniamo? Perché soffro in silenzio e quando ti vedo insieme a un'altra non reagisco per mostrarti quanto tu sia importante?

Oggi mi hai dimostrato la tua gelosia, mi hai anche detto che vorresti di più, che vorresti baciarmi, toccarmi, solo che non puoi, ma tutto questo non mi basta. Non mi basta perché mi confonde troppo. Per poterti rivelare i miei sentimenti ho bisogno della tua sicurezza, però tu temporeggi e io mi tiro indietro.

Credo che ormai tu abbia capito il mio interesse verso di te, ma vedo che non riesci a raggiungere la felicità.

Di cosa è pieno il tuo passato? Di incubi senza identità? Di dolore e sofferenza? Di temporali e acquazzoni? Di rifiuti e sensi di colpa, di ombre selvagge che vagano dentro la tua anima e la lacerano piano piano?

Sei sofferente e vuoi stare da solo a logorarti il cuore, mentre io vorrei aiutarti sul serio. Vorrei sorreggerti e farti danzare sulle onde del mare, come se fosse tutto una magia.

Vorrei poterti far scoprire la bellezza del mondo, perché non è fatto solo di tormenti, ruggine, polvere, oscurità...

È fatto di arcobaleno, di luci colorate, di leggerezza, amore e passione.
E tu imparerai a conoscere tutte queste sfaccettature che per ora ignori...
Prima o poi imparerai a vedere il mondo attraverso un'altra prospettiva.
Io ti aiuterò. Ci sarò sempre con te. Non ti lascerò mai solo.
Ormai è tutto così naturale, nel momento esatto in cui il vento soffia dalla tua parte, i miei sentimenti si intensificano sempre di più, soprattutto quando mi sfiori per sbaglio.
Riuscirò a farti capire che per me non sarai mai un pericolo? Riuscirò a viverti sul serio e non solo nei sogni?
Riusciremo mai a baciarci, io e te? Per ora non possiamo saperlo, ma voglio confessarti un segreto in queste pagine private: nei miei sogni è già successo.
Io e te ci siamo già baciati, ed è stato bellissimo. Sogno costantemente le tue labbra sulle mie, le tue mani ruvide accarezzare ogni singolo centimetro del mio corpo nudo esposto solo ed esclusivamente a te.
Ti sogno sempre e non posso farmene un peccato, perché al cuor non si comanda...
Al cuor non si comanda, Raziel.

Amareggiata mi distendo sul letto e appoggio il diario sulla scrivania, sospirando di felicità.

È inutile cancellare i nostri ricordi. Ho voglia di sognare il suo sorriso.

Non è un peccato dipingere l'amore nei propri sogni e lui è l'unico che riesce a farmi dimenticare le cose brutte che ho subito.

Ha un potere speciale e si ostina a non comprenderlo.

Pensa che possa avere paura. Ma si può avere paura di due occhi così belli?

No... in questo caso la paura non sussisterebbe, perché anche se Raziel è un meraviglioso mistero aggrovigliato di segreti e incubi, non importa. Lui, per me, è fiore che sboccia e luna che canta. È il sorriso del sole.

Imparagonabile a chiunque altro possa regalarmi qualcosa in questo mondo.

Non mi stancherò mai di elogiare la sua bellezza. Mi piace parlare di lui quando sono sola e i miei occhi, in questo preciso momento, sono ricchi d'amore.

Sono felice di poter dormire e avere qualcuno a cui pensare, perché la vita priva di sogni è così triste e buia.

Nessuno dovrebbe vivere con tanta oscurità dentro.

Ognuno di noi dovrebbe avere la sua luce al proprio fianco.

Per la prima volta, dopo tanti anni, sono felice di aver incontrato una persona speciale e riuscirò a tenerla per mano e a trascinarla nel mio mondo.

Ci riuscirò.

Dopo tante immaginazioni e riflessioni, il sonno prende il sopravvento e decido di lasciarmi andare.

Piego la testa sul cuscino e mi immergo in una notte fatata, piena di amore e di sesso. Niente oscurità.

Sogno Raziel nudo sopra di me... che mi stringe a sé e mi penetra fino in fondo. Il piacere sembra così reale. Inconsapevolmente, i sogni riempiono la mia notte e l'odore del sesso mi rigenera del tutto.

Continuo a lasciarmi andare e a provare sensazioni piacevoli nonostante mi trovi all'interno di un sogno, ma è così bello da sembrare vero.

Poi, d'un tratto, sento una mano sfiorarmi la guancia, ma non riesco ad aprire gli occhi e continuo a sognare, sussurrando il nome di Raziel.

Raziel...

E come un'eco infinito ascolto una voce lontana rispondere all'interno dei miei sogni per darmi quella sicurezza che ancora nella realtà non ho ricevuto. Mi rigiro nel letto più volte fino a quando...

«Sono tornato, Ania. Sono qui. Accanto a te.»

Ho come l'impressione che questa voce sia troppo vicina alle mie labbra e una strana felicità invade il mio cuore.

Implodo dentro senza rendermene conto e non ne capisco il motivo.

Mi sembra di impazzire di gioia.

Vorrei svegliarmi, ma sono così stanca. Fino a quando, con lentezza, apro gli occhi assopiti e incontro lo sguardo del mio sogno proibito.

Sembra tutto così sfocato... tutto così irraggiungibile.

«Raziel... ti prego baciami.»

Pronuncio quella frase inconsciamente, sperando, dentro di me, di non star sognando e che davvero Raziel mi stia regalando il bacio della buonanotte sulle labbra...

31
Di tempesta in tempesta

Raziel

Non ho resistito e l'ho baciata dolcemente, mentre nei suoi sogni più intimi pronunciava il mio nome come una sorta di supplica, di desiderio.

L'ho baciata, anche se lei pensa che sia stato soltanto un effimero gesto avvenuto in sogno, ed è meglio così.

Adesso, però, da quando sono rientrato in camera, mi sento un ladro perché le ho sottratto ciò che di più prezioso protegge ogni giorno: il suo diario.

Mi sento uno stronzo, ma ho bisogno di conoscere i suoi pensieri, di sapere se in qualche modo pensa a *me*.

Mi strattono i capelli più volte prima di aprire il taccuino che ho poggiato sul letto.

Sono titubante perché non voglio invadere la privacy di Ania, ovviamente dall'altra parte non resisto e anche se sono un gentleman stavolta ho bisogno di non rispettare le regole.

Contemplo il diario, un oggetto vintage particolare: in pelle goffrata con una pietra preziosa grigia al centro e la chiusura a fibbia.

Proprio quando le mie mani accarezzano il dorso del piccolo oggetto, qualcuno bussa alla porta.

Mi affretto a nascondere il diario sotto il materasso e mi siedo in punta onde evitare sospetti.

«Avanti», pronuncio con autocontrollo.

In silenzio spero che non sia Ania. Non riuscirei a reggere la sua presenza, non ora che ho trovato il coraggio di leggere tra quelle righe...

Accavallo la gamba destra su quella sinistra e appena la persona che ha bussato apre la porta, faccio finta di essere concentrato sulla sua presenza e volto leggermente la testa.

Fortunatamente è Alberto, ma il suo sguardo non preannuncia nulla di buono.

«Raziel... come mai sei rincasato così tardi?»

Rimane sulla soglia; io, invece, mi alzo in piedi per raggiungerlo e inventarmi una decente bugia prima di farmi mandare fuori a calci in culo.

«Ho avuto un imprevisto e sono andato ad aiutare un amico in difficoltà.»

Alberto prova a crederci, nonostante il dubbioso cipiglio tradisca la sua diffidenza.

«E come mai Ania non è tornata con te? Sai che è tornata da sola e, a causa della pioggia, febbricitante?»

Non pensavo che sarebbe tornata da sola. Credevo che chiedesse un passaggio a Carlos. Perché ha fatto di testa sua?

«Alberto, mi dispiace. Io e Ania ci siamo incontrati al pub, ma poi ho dovuto soccorrere un conoscente in difficoltà, e pensavo che lei rientrasse insieme ai suoi di amici.»

Resto in silenzio, davanti a lui, cercando di intuire i pensieri e le future parole di Alberto: a malincuore non ci riesco.

Lui è furioso, lo intuisco dal suo sguardo, dal canto mio poco mi importa, perché adesso sto pensando ad Ania e alle sue condizioni di salute.

Non credevo potesse avere la febbre, poco fa sembrava così serena ed *eccitata...*

Se lo avessi saputo prima, in silenzio e di nascosto, le avrei tenuto compagnia.

Alberto varca la soglia d'ingresso e mette piede nella stanza. Continua a osservarmi in modo burbero e scontroso.

«Ascoltami bene, *Raziel*. Sono un uomo clemente e generoso. Ti ho accolto in casa senza mai farti pressione sul perché te ne sia andato dalla tua città. Ti ho prestato una macchina, ho apprezzato sin da subito la tua amicizia con Ania, ma questo tuo recente menefreghismo nei suoi confronti non lo sto accettando. Sai cos'è successo a mia figlia... sai che mi spaventa saperla da sola. Eppure, non ti è importato di lei. Hai preferito andare dal tuo amico... spero che questo tuo "*amico*" abbia avuto davvero bisogno di te, perché altrimenti...»

Improvvisamente Paula piomba in mezzo alla nostra discussione, pronta a intervenire.

«Alberto, Raziel, cosa sta succedendo? Ania sta riposando, non vorrete svegliarla?»

«Mi scusi signora Ferrer, ma suo marito ha ragione, è colpa mia se vostra figlia si è ammalata, non l'ho riaccompagnata a casa, però è stato per un imprevisto. Non ricapiterà più.»

Paula fulmina Alberto, che non distoglie i suoi occhi ostili dai miei.

Non è mai stato così arrabbiato con me. Siamo sempre andati d'accordo, purtroppo di recente mi sono comportato da perfetto idiota; adesso spero che non sospettino nulla, altrimenti...

«Raziel caro, non devi sentirti in colpa... mio marito esagera. Ania è abbastanza grande da tornare a casa quando e con chi vuole, non c'è bisogno che tu le faccia da autista. Vero, Alberto?»

La voce di Paula risulta pungente verso il marito, che dilata gli occhi, incredulo.

«Andiamo di là, Alberto. Devi calmarti. Ti sei arrabbiato inutilmente. Ricordi cosa ti ha detto Ania prima che Raziel tornasse a casa?»

Alberto continua a guardarla a denti stretti, poi acconsente alla richiesta di sua moglie ed esce dalla stanza senza salutarmi.

È infuriato. Non mi perdonerà tanto facilmente, però Paula ha ragione: Ania è grande, non è più una bambina e adesso sta bene.

Ha un cuore nuovo, non deve essere oppressa in questo modo dall'ansietà del padre.

La mamma di Ania non raggiunge il marito perché rimane a fissarmi a lungo con le braccia incrociate al petto. «Sia io che Ania oggi abbiamo preso le tue difese, ma non potremmo farlo sempre. Alberto è un genitore molto protettivo e teme per la salute della figlia, perciò non contraddirlo e non mettertelo contro. Non sarebbero piacevoli le conseguenze. Intesi?»

Mi sento a disagio per quanto accaduto e tremendamente in colpa con me stesso, perciò, prima che la signora Ferrer esca dalla camera, la richiamo.

«Signora Ferrer...»

Si gira e mi osserva. Il sopracciglio si inarca leggermente.

«Pensavo sul serio che Ania rientrasse con i suoi amici, altrimenti non l'avrei mai lasciata da sola.»

Il sorriso che mi rivolge, come se fossi una persona di cui si fida, mi rincuora.

«Lo so, Raziel. Lo so, proprio per questo cerca di non deludermi.»

Afferro il consiglio, mentre Paula si tocca la collana di perle che le adorna il candido collo. Qualche istante dopo mi saluta con un elegante cenno del capo, chiude la porta e mi lascia solo.

Mi accascio sul letto, pur sapendo che prima o poi dovrò risolvere la questione con Alberto perché non voglio che provi astio nei miei confronti e non voglio soprattutto che mi cacci da casa sua.

Ormai mi sono affezionato.

E poi, Ania confonde continuamente i miei pensieri, i miei sogni, i miei momenti più cupi.

È stupenda e la vorrei tutta per me. La vorrei baciare, la vorrei spogliare e la vorrei stringere così forte da farle urlare il mio nome come se il resto del mondo, a un certo punto, si eclissasse.

Dovrei smetterla di fantasticare su di lei, solo che non riesco a dimenticare le sue labbra morbide e imbronciate che ho appena sfiorato.

Sospiro e mi appiglio a tanti pensieri. Ci conosciamo da mesi, ci desideriamo da mesi, però non la lascerò mai avvicinare a me. Si farebbe del male e soltanto io ed il mio cuore, che soffre costantemente, conosciamo il vero motivo.

È inutile desiderare l'impossibile.

Non sarà mai mia, anche se potrebbe esserlo, ma devo smetterla, smetterla di dirmi che potrebbe essere diverso se le consentissi di sfiorarmi sul serio.

Troppo spesso vorrei non essere incatenato a dei mesti ricordi, perché lei potrebbe essere l'amore.

Dannazione... non posso lasciarmi andare. Sarebbe tutto troppo complesso.

Perché è capitato a me?

L'incontro tra me e Ania ha ingigantito ogni cosa.

Provo a smettere di pensare a lei e mi riconcentro sul diario. Forse, riuscirò per una buona volta a non rimuginare su tutto quello che mi è successo.

Gliel'ho sottratto senza pensarci due volte perché in quel momento ho desiderato sapere di più e adesso, voglio leggere solo qualche pagina: magari non avrà scritto di me e non saprò quello che pensa.

Con gesto automatico sollevo il materasso e recupero l'oggetto.

Mi appresto a chiudere la porta a chiave. Con coraggio, anche se divorato da mille sensi di colpa, apro la prima pagina, poi la seconda, la terza, la quarta... fino a quando non arrivo a una data ben precisa. I miei occhi scovano una scritta piena di romanticismo e immediatamente dilato le pupille.

Il suo sorriso è un insieme di mille soli.

I miei occhi scorrono svelti sulle parole vergate a mano con l'inchiostro.

Raziel è indescrivibile: non incarna l'aspetto del cattivo ragazzo, di quello che leggiamo spesso nelle storie d'amore e che ci fa innamorare.
Lui è il bravo ragazzo dalla voce sexy e dai tratti delicati.
Mi ricorda il mare calmo e il suo fondale unico e romantico.
Mi ricorda i sogni tranquilli, non gli incubi da cui dover scappare e urlare.
Mi ricorda la felicità, invece della tristezza.

Mi impongo di non impazzire, dato che le frasi di Ania sono tutte per me.
Lei mi descrive con poesia...
E anche se sono contento che parli di me in questo modo, mi sento ancora più stronzo.

Nel suo sguardo annego
Al suo tocco mi sciolgo
Al suo sorriso riaffioro
e brillo
ma a causa di ciò il mio cuore è colmo
colmo d'amore.

Mi porto una mano sul petto e sospiro quando capisco che è innamorata.
Ania è veramente innamorata di me. Adesso ne ho la certezza. L'altro giorno ha provato a farmi capire i suoi sentimenti, certo non espressamente, ma le sue parole sono state chiare. E adesso, dopo aver letto queste pagine, ho la prova del suo amore. Un sorriso affiora sulle mie labbra, non riesco a contenerlo. Non ero così importante per qualcuno da tanti anni. Il mio cuore è riuscito a farsi amare di nuovo.
Vorrei andare da lei senza perdere altro tempo, vorrei baciarla. Rivelarle ciò che molto probabilmente provo anche io, perché per me lei è pura armonia e melodia, incanto e ispirazione... però mi blocco.
Se ci fossimo incontrati in altre circostanze, sarebbe andata diversamente.
Chiudo il diario senza contenere la mia rabbia. Con foga, lo scaravento contro la parete e mi accascio per terra, portando la testa in mezzo alle ginocchia.
Trattengo l'urlo per non annegare in questo grandissimo dolore che mi soffoca, che mi imprigiona da tanto.
Improvvisamente, senza vergogna, scoppio a piangere, e in silenzio lascio che delle lacrime righino il mio volto.
I capelli ricadono sulla fronte e li strattono per non impazzire del tutto.
Perché siamo arrivati a questo punto?
Continuo a ripetermi che non doveva andare così...
Io non sono il ragazzo giusto per lei.
Anche se vorrei che fosse la mia salvezza, io annegherò e lei vivrà solo del mio ricordo...

***

L'indomani mattina faccio fatica a parlarle perché ho conservato il taccuino dentro la mia borsa a tracolla e il senso di colpa mi sta divorando sempre di più.

Ieri sera, dopo aver letto i suoi segreti, ho lanciato il diario contro la parete, fortunatamente le pagine non si sono né stropicciate né strappate. È stato un sollievo, perché non avrei saputo come giustificare l'accaduto.

Sono stato un folle a tirarlo in quel modo solo per placarmi.

Passo una mano sulle palpebre, confuso e disorientato da ciò che ho scoperto grazie alle pagine del diario.

Non ho ancora intenzione di restituirglielo: voglio leggere di nuovo quello che ha scritto su di me. Le sue parole mi confortano, mi fanno stare bene. Con loro provo a non pensare al passato... sono una distrazione.

Anche se poi, quando torno alla realtà, soffro in silenzio.

Stiamo per uscire da casa quando la sua voce mi ridesta.

«Terra chiama Raziel...va tutto bene?» Mi rivolge uno sguardo titubante e la tranquillizzo con un mezzo sorriso.

«Sì, va tutto bene.»

Fa qualche passo avanti fino a quando non raggiungiamo la macchina di Alberto.

Appena penso al signor Ferrer volto la testa verso gli alberi che abbelliscono il loro giardino.

Ieri sera è successo ciò che non avrei mai voluto che accadesse: Alberto si è imbestialito a causa del mio comportamento.

Rigiro le chiavi della macchina tra le mie dita; all'improvviso Ania mi blocca e le afferra.

«Se sapessi guidare giuro che prenderei il tuo posto. Sei troppo pensieroso oggi. È successo qualcosa?»

Si piazza di fronte a me e corruga la fronte.

«Tuo padre mi vorrebbe spezzare le gambe.»

«Per quale motivo? Mio papà ti adora, lo sai...»

«Non dopo ieri», confermo e ripenso al nostro momento insieme al pub e a quando è tornata a casa da sola, febbricitante.

Si porta una mano davanti le labbra: che abbia capito tutto?

L'idea che lei abbia potuto sentire il mio bacio mi eccita, ma chiudo un istante gli occhi e mi lascio sfuggire quello che è successo con suo padre. Le racconto ogni singolo avvenimento, ogni parola... tranne il fatto di averla baciata e di averle rubato il diario.

I suoi occhi sono incatenati ai miei e guardano le mie labbra.

Quanto è bella. La bacerei senza pensare alle conseguenze, ma come sempre, mi trattengo.

Ho i miei buoni motivi per non baciarla e per non farle vivere un sogno a occhi aperti.

Un domani mi ringrazierà.

La nostra non sarà mai una storia d'amore come quelle dei romanzi, a lieto fine, perché vivrò per sempre in un limbo fatto di crepe, di rovine, di disastri e di buio.

Non potrò mai essere felice e Ania avrà qualcun altro al suo fianco.

«Ti ha rimproverato? Gli avevo chiesto di non farlo... adesso mi sente!»

Ania sta per tornare in casa, immediatamente mi affretto ad afferrarla per il braccio. Ancora una volta il suo profumo mi stordisce e le sue mani finiscono sul mio petto.

Ci guardiamo per dei secondi che sembrano infiniti e, per mia volontà, non mi allontano da lei.

«Non devi metterti contro di lui. Peggioreresti la situazione. Andiamo a lezione, ti prego.»

Trovo le parole giuste da dirle e riesce a calmarsi, mordendosi il labbro. Non strattona la presa; sono felice che abbia cambiato idea sul tornare indietro.

Mi regala uno sguardo dolce e profondo.

«D'accordo, andiamo a lezione prima che ci ripensi.»

A malincuore ci separiamo e saliamo in macchina. Una volta in strada, Ania appoggia la fronte sul finestrino semi abbassato e respira l'aria fresca del mattino.

Si sentirà meglio? Improvvisamente preoccupato, decido di chiederglielo.

«Non hai più la febbre?»

«È stata mia madre a dirti che sono tornata a casa con la febbre?»

Annuisco, senza mentirle.

«Sì e quando l'ho saputo non riuscivo a crederci. Non dovevi tornare con Carlos o Timo? Lo avevi promesso...» provo a redarguirla, anche se il mio sguardo mi inganna. Non riesco a essere arrabbiato con lei.

È così dolce e ingenua.

Giocherella con le dita. «Sì, ma erano andati via. Non c'era più nessuno al locale. Non ci siamo accorti della loro assenza...»

Ripenso a tutta la nostra conversazione e a come l'ho convinta a non soffrire insieme a me e a lasciarmi consolare dalla mia solitudine.

«Già... adesso come ti senti?» Avrei voglia di accarezzarle la guancia, mi limito a stringere il volante appena risponde.

«Sto bene. È stato solo un colpo di freddo. Non aveva senso saltare una lezione importante.»

Giro il volto verso sinistra e osservo la bellezza della zona per allentare la tensione.

Gli alberi sfrecciano insieme a noi, sembrano inseguirci senza sosta, ma è solo una mia impressione.

«Per il resto... ieri... si, insomma, la tua solitudine è stata un'ottima ascoltatrice?»

La sua frase mi genera un piccolo sorriso e strofino l'indice sul naso per non pensare a quanto stronzo sia stato nel non volerla con me.

«Sì, anche se una parte di me avrebbe voluto averti vicino... lo sai.»

Di sorpresa, le sue guance si imporporano di imbarazzo.

«Siamo arrivati», proferisce intimidita.

Appena posteggio notiamo che i nostri amici sono tutti riuniti davanti gli estesi scalini. L'immenso edificio spicca per la invidiabile bellezza anche in questa giornata uggiosa.

Slaccio la cintura e corrugo la fronte.

Non ho mai visto Carlos, Timo e Merien insieme a Gaston e agli altri, strabuzzo gli occhi.

«Vedi anche tu quello che vedo io?»

Ania si volta verso i ragazzi e sorride incredula.

«Hanno fatto amicizia o mi sono persa qualcosa?»

Scendiamo dalla macchina con disinvoltura e raggiunge i suoi compagni, facendo finta di non aver sentito le mie parole di prima sul fatto di averla voluta insieme a me.

Invece gliele ho dette sul serio.

Avrei voluto davvero la sua compagnia, la scorsa notte, ma dovevo restare da solo e lei mi ha assecondato. Nessun'altra ragazza si sarebbe comportata così, è stata molto comprensiva. L'ammiro per questo.

«Ciao ragazzi, cos'è questo foglio che tenete tutti in mano?»

Ania si avvicina a Carlos e Timo e, invece di salutarli con un bacio, afferra il foglio con un'accentuata curiosità e legge tra le righe proprio mentre mi appropinquo a lei.

«Ciao Raziel... questo è per te.»

Gaston si avvicina e mi porge lo stesso foglio. Lo guardo e annuisco per ringraziarlo.

Io e lui non abbiamo ancora parlato del bacio che ha dato ad Ania, ma forse è arrivato il momento di capire cosa prova per lei.

Vorrei che Ania si interessasse solo a me, anche se non potrò impedirle per sempre di non frequentare altri ragazzi.

È un pensiero contorto, lo so, e mi rendo anche conto di essere un caso complicato.

«Cos'è?» Giro il foglio e leggo la parola *Halloween Party* a caratteri cubitali.

«Siete invitati alla festa di Halloween a casa mia. Questa volta senza infiltrarvi.»

Gaston strizza l'occhio ad Ania e per poco non prendo in considerazione l'idea di abbracciarla davanti a lui, ma freno i miei istinti...

«Gaston! Perché l'hai invitata? Questa mocciosa ti respinge e tu la inviti al party? Non dovresti odiarla?»

Elsa sorpassa gli amici di suo fratello e si ritrova faccia a faccia con lui, i suoi occhi stanno fulminando Ania.

Lei, d'altra parte, la guarda sbalordita.

«Elsa, alle mie feste invito chi voglio!»

Il ragazzo lancia uno sguardo iroso alla sorella, che non demorde e continua: «Se permetti io non la voglio alla nostra festa. La stiamo organizzando insieme, ricordi?»

Questa volta Ania si intromette prima che Gaston riesca a redarguire Elsa a tono.

«Non preoccuparti, Elsa, non verrò alla vostra festa. Non c'è bisogno di scaldarsi così tanto...»

Elsa risponde con un ghigno soddisfatto, però non lascerò che Ania rimanga a casa la sera di Halloween. Faccio per dire qualcosa, ma Carlos mi precede.

«Non rimarrai a casa, *flor*. Il 31 è il tuo compleanno...»

Tutti gli occhi ricadono su di lei.

«Sarà il tuo compleanno il 31 ottobre?» Domando stordito. Non pensavo che il compleanno di Ania fosse proprio la notte di Halloween.

Lei mi rivolge uno sguardo compassionevole, perché non mi ha mai rivelato in realtà la data del suo compleanno. Forse non voleva che lo scoprissi in questo modo... ma ormai è successo.

Sembra quasi imbarazzata.

«Sì...»

«Allora la festa di Halloween diventerà anche la tua festa di compleanno, Ania. Ti piace come idea?»

La voce di Gaston è troppo tranquilla, come se il rifiuto della ragazza che sto guardando con occhi stretti non gli avesse trafitto il cuore.

Il suo comportamento non mi convince.

Elsa si rabbuia all'istante, socchiude gli occhi in due fessure e scoppia. «No, Gaston! No!» Urla.

Carlos, Timo e Merien la guardano, beffandosi della sua immaturità, mentre io non riesco a intervenire perché potrei dire ciò che in realtà dovrei tenere per me.

«Elsa, smettila! Ho deciso così.»

Inviperita sbatte il piede per terra e si allontana. Le sue amiche fidate la seguono cercando di calmarla.

«Non penso sia una buona idea, Gaston, ma grazie per il pensiero.»

Gaston fa dei passi avanti e afferra la mano di Ania.

Carlos guarda nella mia direzione, al tempo stesso, stringo i pugni per non colpire il mio rivale.

Devo contenermi.

Ania è libera di fare ciò che vuole... del resto non stiamo insieme.

Anche se ieri ho sfiorato le sue labbra, non significa che sia la mia ragazza.

Non stiamo insieme.

Continuo a ripetermi quelle tre parole che pesano come un macigno sul mio cuore; osservo i due con una fitta di gelosia che mi sta uccidendo lentamente. Spero che Ania non gli stringa la mano... non resisterei.

«Insisto.»

La sta guardando come se non avesse mai visto niente di più bello, e come dargli torto?

Ania è di una bellezza sconvolgente e in questo momento la sua espressione confusa e disorientata mi sta facendo impazzire e battere il cuore.

Devo andarmene, all'istante. Devo calmarmi e smettere di fissarla, perché altrimenti la porterei lontano da tutti e la inchioderei al mio sguardo. La imprigionerei con un bacio e non la lascerei andare, purtroppo mi costringo a non averla.

Lei ringrazia il ragazzo per la disponibilità. Ed io non ci riesco. Non riesco a stare con loro un minuto di più...

«Ragazzi, io vado a seguire una lezione. Ci vediamo dopo», dico all'improvviso spezzando il loro gioco di sguardi.

Il mio umore cambia nell'esatto momento in cui Ania si volge verso di me perché non pensava che avrei seguito qualche lezione in presenza oggi, e mi chiede con gli occhi cosa mi abbia preso.

«Anche noi dobbiamo andare Ania. È tardi.»

Carlos la trascina via, mentre Gaston le sorride.

«Ci vediamo dopo, Ania», la saluta e lei ricambia.

Non le rivolgo parola e non seguo né lei né i suoi amici, perché faccio finta di frugare nella tracolla per recuperare il cellullare.

Quando Ania, Timo, Carlos e Merien mi sorpassano, respiro.

Sono sembrato uno stronzo, ma non riuscivo proprio a guardarla con Gaston.

Sarei geloso di chiunque le gironzolasse intorno, e so per certo che Gaston non è l'unico a provarci con lei.

L'unica cosa che mi rincuora è che lei si è lasciata andare, in un certo senso, solo con me.

Mi ha dato il permesso di leggerle il cuore.

Prima di entrare nell'edificio, lancio un'occhiata al mio nemico e incrocio il suo sguardo. Gaston sta fumando una sigaretta e prima di raggiungere l'aula, pronuncia il mio nome.

«Ehi, Raziel... dobbiamo parlare», espone queste parole come se fosse una richiesta a cui non posso sottrarmi, come se fosse di primaria importanza discutere di ciò che è successo e di ciò che proviamo entrambi per la stessa ragazza.

«Non abbiamo nulla da dirci, Gaston.»

«Perché non lo ammetti?»

Con tutta la sua dirompente corporatura, mi si piazza davanti e spegne la sigaretta gettandola per terra.

«Cosa dovrei ammettere?» Sicuro di me, cerco di raggiungerlo e, cogliendolo di sorpresa, risultiamo della stessa altezza.

«Che Ania sconvolge i tuoi pensieri...»

Le sue parole mi spiazzano. Da quando Gaston è diventato così romantico?

Trattengo una risata per non ridicolizzarlo e metto subito in chiaro le cose.

«La tattica del romanticismo usala con qualcun'altra, non con me, e neanche con Ania.»

Una risata rauca e amara fuoriesce dalle sue labbra.

Sollevo impercettibilmente gli occhi su di lui e osservo la sua espressione tirata e inquieta.

«Potresti averla, lo sai? Però la allontani per un segreto che saresti tanto curioso di scoprire. Cosa nascondi, Raziel Herman?»

Aggrotto la fronte e rispondo a tono.

«Non ho nessun segreto, Gaston. Vuoi avere Ania tutta per te, non è così? E sei incazzato perché l'altro giorno ti ha rifiutato...» enfatizzo l'ultima parola.

Ormai siamo rivali. Non siamo più amici. Forse non lo siamo mai stati.

«Finché avrà te in mente, non mi vedrà mai con occhi diversi.»

Mi avvicino a lui e questa volta il mio sguardo è temporalesco. Furioso torreggio su di lui.

«Non è te che vuole, e lo sai benissimo.»

Sogghigna ancora una volta. «Non potrai giocare per sempre con i suoi sentimenti, prima o poi si stancherà della tua freddezza. Lei ha bisogno di amare e di amore.»

Sono pronto a ribattere alle sue parole: lui non sa niente di me, di Ania e detta sentenze senza logica.

Non l'ha ancora capito che Ania non è attratta da lui? È di me che scrive, è me che sogna... Gaston non è nei suoi pensieri, ma non sarò di certo io a dirglielo esplicitamente.

Non mi metterò a tu per tu con lui perché da una parte ha ragione: non potrò per sempre giocare con i sentimenti di Ania.

Dovrò decidermi, prima o poi. Non posso far trascorrere troppo tempo...

Gaston mi guarda accigliato e serra gli occhi in due fessure. Spavaldo si avvicina al mio orecchio e sussurra con freddezza delle parole che mi lasciano interdetto.

«Stai attento, Raziel, perché prima o poi scoprirò il tuo segreto e Ania non sarà contenta di averti nella sua stessa casa... come si dice? Uomo avvisato, mezzo salvato?» Strizza l'occhio ed io faccio per contestarlo quando, a causa di una voce, le parole mi muoiono in gola.

«Gaston, la lezione sta iniziando... Raziel tu cosa farai?»

«Oggi la seguo anche io», ammetto.

Gaston gli consiglia di occupare i posti più distanti perché non ha voglia di seguire.

L'amico ritorna dentro e raggiunge Alvaro e Jorge.

Disturbato da Gaston entro senza proferire future minacce.

Vorrebbe scoprire il mio segreto, e come?

Non abbiamo amici in comune, non può aver capito nulla... anche se è un tipo sveglio e astuto, non può sapere niente.

Entro in aula e mi siedo in una fila poco distante da Boris, Alvaro e Jorge, ma prima che cominci la lezione sento il telefono vibrare nella tasca laterale dei jeans.

Lo recupero e quando leggo *quel nome* mi infurio ancora di più.

Esco dall'aula e mi nascondo dietro un angolino riservato, lontano dagli occhi dei miei compagni di corso.

«Cosa vuoi, Cecilia?» Ringhio al telefono contro la persona indesiderata.

«Che accoglienza, *Raziele*... perché ti rivolgi con questo tono pungente? Hai la luna storta oggi?»

Non ho tempo da perdere con lei e i suoi modi di fare.

«Cecilia... perché mi stai chiamando? Non sono stato chiaro l'ultima volta? Non voglio più sentirti.»

«Oh, ma io sì... voglio sentirti, perciò come la mettiamo?»

Cerco di mantenere la calma anche se dei ricordi riaffiorano e provano a distruggere quella poca lucidità che mi è rimasta.

«Cecilia, basta!» Digrigno i denti e bisbiglio quell'esclamazione a bassa voce proprio quando un ragazzo mi passa accanto e mi guarda stordito.

Lo invito con lo sguardo a procedere e raggiunge l'aula senza voltarsi indietro.

Mi impongo comunque di non perdere la concentrazione e di non sbraitare davanti ai miei compagni di corso che stanno entrando per la lezione. Per cui mi giro dalla parte opposta, in modo tale che nessuno possa intuire il mio stato d'animo.

«Devi tornare Raziele... se non torni...»

Inarco il sopracciglio: «Se non torno?» Provo a ribattere alla sua minaccia, ma Cecilia mi precede.

«Farò in modo di farti tornare. Sai che ne ho il coraggio... non puoi stare con *lei*», taglia corto e riaggancia il telefono. Il mio cuore inizia a battere all'impazzata.

Senza pensarci due volte scappo da quel posto e raggiungo la macchina.

Ho bisogno di tornare a casa, ma senza Ania non posso...

Alberto si infurierebbe ancora una volta, perciò andrò da qualche parte a rinfrescarmi le idee e solo alla fine delle lezioni verrò a riprenderla.

Cecilia è pazza, perché non la smette di assillarmi? Non capisce che non tornerò mai da *loro*?

Ormai il mio posto è qui, e non mi farò rovinare da lei.

Adirato e taciturno salgo in macchina e sfreccio da qualche parte. Non inserisco neanche il navigatore perché ho la testa confusa e i pensieri aggrovigliati.

Istintivamente, appena imbocco l'uscita della strada, occhieggio verso il sedile accanto e mi ricordo di aver commesso un errore madornale andandomene di fretta.

Ho dimenticato la tracolla in aula con dentro il diario di Ania.

Lascio perdere tutto il rancore che provo a causa della telefonata che ha sconvolto i miei pensieri. Faccio marcia indietro con il cuore in gola e mi dirigo di nuovo verso l'università. Ho lasciato tutto il mio occorrente sul banco.

Do un colpo di mano sullo sterzo, sfreccio il più possibile e raggiungo l'edificio in pochi minuti. Quando scendo dalla macchina, mi catapulto in aula ed entro senza salutare il professore.

A testa bassa mi dirigo verso il banco di prima e ritrovo la tracolla.

Sospiro di sollievo.

Mi siedo, facendo finta di recuperare il quaderno degli appunti per prestare attenzione alla lezione.

In realtà sto cercando il taccuino di Ania, ma è tutto inutile.

È scomparso. Qualcuno l'ha rubato.

32
Diamanti preziosi

Ania

Oggi è il mio compleanno e ho il cuore in burrasca perché Raziel, l'altra sera, mi ha baciata.

Ho la certezza che non si sia trattato di un sogno perché in questi giorni è stato misterioso, sfuggente. L'altra mattina mi ha raccontato di aver litigato con papà, poi per il resto mi sta evitando. Fa fatica a rimanere nei luoghi in cui ci sono io o in cui si trova anche Gaston. Il suo distacco è lampante.

Che voglia farmi credere di non avermi baciata?

Non può davvero far finta che non sia successo nulla.

Anche se mi ha semplicemente sfiorato, ho sentito le sue labbra lambire le mie e ho persino udito la sua voce che mi rassicurava e mi diceva che era tornato da me.

No... non è stato un sogno. Lo capirei se si trattasse di un fatto non accaduto realmente. Fatico a non poterlo affrontare subito. A non potergli dire che in realtà so quello che ha fatto, ma voglio dargli del tempo, magari sarà lui stesso a dirmi che mi ha baciata e che...

Smetto di pensare a Raziel quando qualcuno bussa alla mia porta.

Devo assolutamente distrarmi un attimo. Oggi è il mio compleanno e voglio godermelo a pieno: anche se non ho mai amato festeggiare, quest'anno è diverso.

Quest'anno c'è lui al mio fianco.

Scuoto la testa, indosso una maglietta e mi affretto ad aprire.

«Mamma... ciao, stavo giusto scendendo a fare colazione...» annuncio.

«Ciao tesoro, auguri di buon compleanno», mamma mi porge un dolce bacio sulla guancia. Improvvisamente si ammutolisce e osserva la mia stanza.

I suoi occhi vigili continuano a ispezionare la camera e sfuggono ai miei, curiosi di capire il perché di quel suo strano comportamento.

«Grazie mamma, ma va tutto bene?»

Inarco un sopracciglio, nel frattempo mia madre si ridesta e mi guarda, ricordandosi di trovarsi di fronte alla festeggiata. Capisco che è un po' tra le nuvole, cosa succede? Solo allora mi accorgo che ha le mani dietro la schiena, e assottiglio lo sguardo in maniera sospetta, però non intervengo. Lascio a lei la parola successiva.

«Stavo controllando la posta stamattina e nella cassetta ho trovato questo pacchetto per te. Qualcuno ti ha fatto un regalo. Qualcuno di misterioso.» Pronuncia con sospetto e curiosità.

«Oh, potrei averlo?»

I suoi occhi mi incrociano con dolcezza. Si schiarisce la gola e mi mostra la piccola scatoletta di velluto nero.

Impiego qualche istante per metabolizzare il tutto, ma forse dovrei aprire il regalo e capire chi lo abbia mandato.

Mamma rimane ferma, pronta a scoprire insieme a me cosa contiene questa piccola scatolina nera, e improvvisamente la guardo.

So che muore dalla curiosità di sapere, ma preferirei aprirlo da sola, così cerco di essere il più schietta possibile. Sperando di non offenderla.

«Ti dispiace se lo apro *in privato*?»

Mamma incurva il sopracciglio senza obiettare. Mi sembra di percepire la sua insistenza nel voler restare, invece esce dalla stanza. Chiude la porta alle sue spalle ed io mi ritrovo da sola con il cuore che sta per esplodere nel petto.

Penso di sapere chi sia il mittente e sorrido dolcemente perché non può essere altrimenti.

L'altro giorno, Raziel, ha scoperto il giorno del mio compleanno, perciò sono sicura che il regalo sia da parte sua.

Fisso la scatolina in maniera dubbiosa per un istante, ma non distolgo lo sguardo perché è davvero così bello aver ricevuto un regalo da lui.

Lui che è così misterioso, sfuggente, impenetrabile. Chissà cosa mi avrà regalato. Il mio sospiro inizia a farsi ansante.

Dovrei aprire la scatolina in modo tale da poterlo ringraziare alla festa di Halloween di stasera, che si terrà a casa di Elsa e Gaston.

Alla fine, ho deciso di partecipare, perché tutti i miei amici, incluso l'organizzatore, hanno insistito.

Non so se sia una buona idea. Elsa non mi sopporta e per lei non sarò la benvenuta, ma non voglio passare il mio compleanno da sola.

E poi è Halloween, una festa che ho sempre adorato.

Smetto di pensare a come andrà la serata, prendo un bel respiro profondo e mi armo di coraggio: apro la scatola.

Dilato le palpebre perché davanti a me si manifesta una preziosissima collanina d'oro con uno charm raffinato ed elegante: un diamante nero.

Dalle mie labbra fuoriesce un verso di stupore: è stupenda, anche se non è il mio genere.

Non indosserei mai una collana con un diamante nero, però potrebbe essere adatta per il tema della serata.

Ho ancora qualche minuto a disposizione prima di raggiungere i miei genitori, e ne approfitto per indossarla e guardarmi allo specchio.

Quando la aggancio al collo noto che il diamante brilla di una luce particolare.

È davvero splendida, dunque mi domando: come dovrò comportarmi adesso?

Dovrei incontrare Raziel e ringraziarlo subito, oppure aspettare di essere con lui alla festa?

Il mio istinto mi suggerisce di attendere l'evento per ringraziarlo come si deve.

Forse, oggi, scioglieremo tutte le nostre paure e ci baceremo. Il nostro legame è troppo intenso e serve il bacio per poterci unire definitivamente.

Il bacio del vero amore per poter sugellare tutto ciò che non siamo in grado di dire a parole.

Trattengo l'emozione con un sospiro e sorrido.

Non riesco davvero a crederci. Sembro una liceale in preda alla sua prima cotta, ma Raziel mi fa questo effetto.

Scuoto la testa e mi riconcentro sulla collana. La sgancio dal collo e la conservo dentro un cassetto.

Più tardi la rindosserò.

In trepida eccitazione, scendo in cucina e vado alla ricerca di mia madre.

Fortunatamente Raziel non è ancora sceso e papà non è nei paraggi.

«Mamma... potrei chiederti un favore?»

Lei si gira prima di poter portare a tavola la torta di compleanno cucinata dalle sue mani fatate.

In cucina c'è un'aria accogliente, calda, che profuma di dolce appena sfornato.

«Certo, tesoro, dimmi.»

Indugio un po' prima di continuare il discorso perché ho paura che Raziel possa scendere da un momento all'altro.

Mi avvicino a lei e sussurro la mia richiesta all'orecchio: «Ehm... potresti non dire a papà e a Raziel che ho ricevuto un regalo, stamattina?»

Mamma tiene salda la teglia, ma mi guarda torva e piega la testa di lato.

«Come mai? Cosa c'era lì dentro, tesoro?»

Mento in maniera spudorata, perché non voglio rovinare il momento in cui dirò a Raziel della collana.

«Che tu ci creda o no, c'era semplicemente un bigliettino d'auguri.»
«E allora perché non dovrei dirlo a tuo padre e a Raziel?»
«È da parte di un mio nuovo amico, mamma, non vorrei che papà pensasse male...»

Seguendo il suo sguardo scettico e pensieroso, deduco che non creda a una sola parola di quello che ho detto, ma da brava mamma mi promette di non rivelare nulla.

Provo a ringraziarla, quando a un certo punto papà spunta sulla porta allegro e pimpante. Non faccio in tempo a spostarmi che mi stritola affettuosamente e mi sussurra all'orecchio i più sinceri auguri.

Mi lascio trasportare dal suo affetto e ricambio l'abbraccio, fino a quando non sento la presenza di Raziel dietro di noi.

Imbarazzata mi allontano da papà e mi ricompongo.

Raziel si trova alle mie spalle e sembra meno sfuggente dei giorni passati...

«Buongiorno a tutti.»

Alla sua presenza, papà si rabbuia e si allontana per bere il caffè. A quanto pare, ancora non hanno fatto pace.

«Buongiorno a te, Raziel...» risponde la mamma, lanciando un'occhiata nella mia direzione.

Arrossisco e mi rivolgo a Raziel, che sorride in maniera unica.

Questa mattina è davvero impudico, da far perdere la testa. Mi fa pensare a cose indecenti che nella mente di una ragazza timida e composta come me non dovrebbero sussistere. Indossa una felpa bianca e un paio di jeans che gli fasciano alla perfezione la vita.

Non intravedo i suoi addominali, ma dallo sport che pratica e dalle rare volte che ho sbirciato mentre usciva dal bagno in accappatoio, ho la conferma che il suo fisico è modellato alla perfezione.

D'un tratto i suoi piedi avanzano di un passo ed io rimango immobile. Pronta ad averlo vicino... pronta a inebriarmi del suo profumo e pronta ad annegare nel suo sguardo.

«Tanti auguri, *Ania.*», si avvicina con estrema sensualità, costringendomi ad alzare lo sguardo su di lui e mi porge un bacio sulla guancia, quasi vicino all'angolo delle labbra.

Non si è accorto che i miei genitori sono qui in cucina?

Rimango inerme, con il mio cuore che palpita d'impazienza. Non riesco più a restare sui miei passi. Lo vorrei con me, lo vorrei baciare. Ringraziarlo per il regalo, ma lui riesce sempre a invadere la mia mente.

È costantemente nei miei pensieri.

Mi manca il fiato, ma cerco di riprendermi per non svenire tra le sue braccia.

Improvvisamente mamma si schiarisce la gola e indica la torta, ricordandoci della sua presenza. «Oggi non avete lezione, giusto?»

«No, non abbiamo lezione, ma stasera siamo stati invitati a una festa di Halloween», mi allontano da lui con passo silenzioso e rispondo con voce pulita, ricordandogli in questo modo della festa.

«Che idea davvero interessante, così festeggerai anche il tuo compleanno?»

«Sì», annuncio emozionata.

D'un tratto papà lancia un'occhiataccia a Raziel. Basta. Sono stufa del suo comportamento. Mi sposto davanti a lui e mi guarda disorientato.

«Papà, potrei parlarti un attimo?» Appena lo nomino comprende che è responsabile di qualcosa.

Senza obiettare, decide di seguirmi di là. I nostri passi raggiungono il salone e quando siamo del tutto lontani dalla mamma e da Raziel, gli parlo in modo diretto.

«L'altra sera hai discusso con Raziel, per caso?»

Papà mi dà le spalle e guarda un punto fisso davanti a sé. È così taciturno. Non lo è mai stato... cosa gli succede?

«Papà?»

«Sì, Ania. L'ho rimproverato perché ti ha lasciato da sola e non si è comportato bene nei miei confronti dopo tutto l'aiuto che gli ho dato», sbotta all'improvviso.

Mi azzardo ad aggiungere delle parole, ma lui continua il discorso senza sosta.

«Non avrebbe dovuto lasciarti da sola.»

«Papà... Raziel si è offerto di accompagnarmi a casa, ma gli ho detto di andare dal suo amico che ne aveva più bisogno. È stato altruista. Non mi ha lasciata da sola. Sono stata io a dirgli di andare.»

Racconto la bugia della scorsa volta per non destare sospetti e sospira frustrato.

Rielabora i fatti e quando comprende che Raziel non ha nessuna colpa, annuisce, restando incerto.

«D'accordo, proverò a perdonarlo, ma se stasera o in qualunque altra circostanza dovesse lasciarti da sola, non entrerà più in questa casa...»

Spalanco gli occhi.

«Cosa? Papà, Raziel non deve farmi da baby-sitter o da autista. Perché lo stai trattando in questo modo? Pensavo andaste d'accordo!»

Rivolge un rapido sguardo alla cucina e appena capisce che mamma e Raziel stanno parlando tra di loro e che non stanno ascoltando, si avvicina e mi guarda negli occhi, preoccupato.

«Perché penso che Raziel nasconda qualcosa, Ania. L'altro giorno l'ho sentito borbottare al telefono e si guardava intorno. Poi ha abbandonato la sua città... non ti sei mai chiesta il motivo? L'ho accolto in casa mia perché pensavo che fosse per un breve periodo di tempo e che presto mi avrebbe rivelato qualcosa, ma sta prolungando la sua permanenza e il suo silenzio. Se non nascondesse nulla non mi sarei insospettito, però l'altro giorno non era tranquillo ed è sempre un estraneo per noi. Non mi sta piacendo la piega che sta iniziando a prendere questa situazione», intavola la conversazione con uno sguardo cupo.

«Vuoi mandarlo via?» Mi acciglio, sperando che mio padre non compia una sciocchezza del genere.

Scuote la testa.

«Non lo so ancora, okay? Dipenderà da lui e dai suoi comportamenti misteriosi. Stai attenta anche tu, e qualsiasi movimento sospetto, chiamami. Non farmi preoccupare, intesi?»

È davvero allarmato.

«Papà, che thriller hai visto di recente?» Cerco di essere ironica per spezzare la tensione.

«Sono serio, Ania. Stai attenta.»

Incrocio le braccia al petto e mi lascio sfuggire un'altra domanda.

«Mamma è al corrente di queste tue paranoie su Raziel?»

Annuisce, ripensando probabilmente a qualche conversazione avvenuta di recente.

«Sì e non mi dà ascolto. Per lei Raziel è un bravissimo ragazzo, un gentleman.»

Sorrido a quella rivelazione perché anche per me il nostro ospite è un gentleman e mamma ne capisce più di papà, ma provo a tranquillizzarlo e a non farlo preoccupare inutilmente.

Mi piace di più quando i due uomini di casa vanno d'accordo, perciò, cercherò in tutti modi di farli riappacificare.

Lo fisso negli occhi e cerco di convincerlo: «D'accordo, papà. Se può farti stare tranquillo, starò attenta.»

Soltanto qualche minuto dopo torniamo in cucina facendo finta di non aver parlato di Raziel Herman.

**

Il mio cellulare sta vibrando senza sosta.

Molte persone mi hanno inviato gli auguri, specialmente Carlos e Timo mi stanno tempestando di messaggi. Tutti i miei amici mi stanno tenendo all'oscuro sul travestimento scelto, così ho deciso anche io di non rivelare l'abito che ho comprato l'altro giorno e di cui mi sono innamorata a prima vista.

Non è un travestimento vero e proprio, però indosserò una maschera e sarò, in qualche modo, irriconoscibile.

Mi volto a guardarlo. L'ho appeso all'armadio e tra pochi minuti lo indosserò.

È lungo, con una sottoveste sottile e particolare, nero come il cielo privo di stelle. Nero come il colore del mare di notte. Nero come un diamante senza brillanti.

Rifletto un momento prima di alzarmi dalla sedia. Stasera farò colpo su Raziel con addosso un abito scuro?

Mi mordo l'interno della guancia e penso a come la mia vita sia cambiata da quando è arrivato.

Raziel mi ha aiutata tanto, se penso a noi come a una possibile coppia mi fermenta il cuore.

Con lui potrei essere finalmente felice e lasciarmi andare.

Con lui farei l'amore per la prima volta senza timore. Mi lascerei accarezzare e baciare. Gli permetterei di prendersi tutto di me, persino di scoprire i miei pensieri su di lui.

Dio, è così... è così intenso desiderare una persona. Come si può impazzire per qualcuno che ancora non si conosce davvero? Come può il cuore battere impetuosamente appena i miei occhi lo incontrano? Come può sembrarmi tutto così magico quando sono con lui?

Continuo a osservare il vestito, anche se il mio sguardo vaga in altri ricordi.

Vorrei andare da lui in questo momento. È nella sua stanza, chissà cosa starà facendo.

Improvvisamente, come se mi avesse letto nel pensiero, Raziel mi scrive un messaggio.

> **Raziel:** Hai mai visto due anime desiderarsi costantemente? Cercarsi con lo sguardo e non trovarsi per paura? Sfiorarsi e non potersi toccare davvero?

Rimango spiazzata. Non mi sarei mai aspettata un simile scritto da parte sua... che si sia finalmente deciso a dichiararmi il suo amore?

Sono rigida, ma ho il cuore che batte a mille.

Mi affretto a rispondergli, anche se l'imbarazzo mi sta facendo avvampare.

> **Ania:** Dovrà essere una tortura per le due povere anime non potersi sfiorare e toccare.

Controllo il cellulare e decido di non sedermi sul letto perché potrei impazzire.

Appena il telefono vibra chiudo gli occhi e respiro prima di leggere il testo che ha scritto.

> **Raziel:** Oh, una crudele, insopportabile tortura. Un tormento eterno che non avrà mai fine.

> **Ania:** E se invece le due anime potessero unirsi?

> **Raziel:** In quale estroso modo potrebbero mai unirsi due anime che si rincorrono perché non possono aversi?

È arrivato il momento. Devo farcela. Ormai entrambi conosciamo i nostri sentimenti... ormai è giusto che io risponda con sincerità.

> **Ania:** Sugellando la loro unione con un bacio in modo tale che potranno per sempre restare avvinghiati l'uno all'altra.

Mi tremano le mani. Ecco. Ho sbagliato, adesso lui... adesso lui non risponderà. L'ho perso per sempre. Ho corso... ho corso troppo.

Maledizione a me e ai miei sentimenti. Dovevo restare calma... stava provando a dirmi qualcosa e io come sempre ho accelerato i tempi.

Una lacrima sta per scendere dai miei occhi, ma la stronco in tempo appena il display lampeggia tra le mie mani.

Raziel ha risposto.

> **Raziel:** Vieni nella mia stanza. Adesso.

Sorrido come una bambina innamorata.

Davvero mi sta chiedendo di raggiungerlo in camera sua? Allora è proprio vero. È proprio successo. L'altra sera mi ha baciata sul serio e stasera potremo unirci e non essere più due anime separate, insicure dei nostri sentimenti.

Infilo le ciabatte ai piedi e avanzo verso la porta, sperando di riuscire a raggiungere la camera di Raziel senza difficoltà.

Poco prima di uscire osservo il comodino e mi emoziono perché non vedo l'ora di vedere il suo sguardo quando cadrà sulla collana che mi ha regalato.

Eccitata esco dalla stanza e mi precipito da lui.

Non mi ha mai chiesto di raggiungerlo in camera. Il mio cuore inizia a martellare contro il petto. Provo a rasserenarmi, anche se è tutto inutile.

Raziel mi fa ammattire. Mi fa provare un turbinio di emozioni incontrollabili... non riesco a pensare lucidamente e impazzirò nel momento esatto in cui lo vedrò con i miei occhi.

A causa di un messaggio interrompo i miei passi.

> **Raziel:** Non odiarmi, ma ho avuto un contrattempo. Ci vediamo tra poco per andare insieme alla festa.

Mi fermo di colpo e mi mordo l'interno della guancia, amareggiata. Mi sembrava troppo bello per essere vero: dove sarà andato?

Mi guardo intorno e in effetti la luce della camera è spenta.

Ma proprio in quel momento mia madre esce dal bagno e mi guarda sconcertata.

«Tesoro, cosa ci fai qui? Ti serve qualcosa?» Domanda, occhieggiando verso la porta della camera di Raziel.

«Oh, no, io stavo... stavo cercando Raziel perché dovevo chiedergli a che ora andavamo alla festa.»

Ho il viso alzato sui suoi occhi e lei mi guarda con fare amoroso.

«È appena uscito. L'ho incrociato poco prima di entrare in bagno, ma ha detto che tornerà presto.»

Mi schiarisco la gola e rispondo a mia madre cercando di svincolarmi da quella conversazione imbarazzante.

«D'accordo. Grazie mamma, allora vado a prepararmi.»
Annuisce e si rintana di nuovo in bagno.

Se Raziel fosse stato in casa, mia madre mi avrebbe visto entrare nella camera del nostro ospite. Non avremo mai un po' di privacy qui...

Allontano la tensione e rilasso le spalle, poi torno nella mia stanza a prepararmi. Non voglio perdere troppo tempo perché è giusto che arrivi puntuale alla festa di compleanno organizzata da Gaston per me.

È stato davvero un pensiero carino da parte sua, spero solo che non mi baci un'altra volta. Ormai credo abbia capito che tra noi due non potrà mai esserci nulla.

Mi dispiace perché in un altro periodo della mia vita, Gaston sarebbe stato il ragazzo perfetto per me, ma adesso c'è Raziel.

È lui il ragazzo giusto per me.

Stasera lo bacerò e chiuderò gli occhi come se stessi vivendo una favola.

Indosseremo le nostre maschere, balleremo insieme, ci sfioreremo e ci guarderemo negli occhi come se le nostre anime si fossero finalmente congiunte. Come se non ci fosse del mistero irrisolto nella sua vita.

Con fervore comincio a sistemarmi.

Manca poco alla grande serata, perciò mi avvicino al comodino dove ho conservato la collana che Raziel mi ha regalato e la indosso.

Stupita mi guardo allo specchio. Non sono solita farmi i complimenti, ma stasera lo devo ammettere: mi sento bella.

Mi sento bella perché sono innamorata e perché voglio ammaliare il mio uomo.

Accarezzo il diamantino scuro.

Questa collana è particolare e ne avrò sempre cura.

Chissà perché ha scelto proprio un diamante nero... stasera gli chiederò anche questo, adesso devo rilassarmi.

Devo cercare di non tremare e di non agitarmi troppo.

Andrà tutto bene.

Questa sera, io e Raziel, finalmente ci baceremo.

33
La padrona della notte

Ania

Scendo le scale con l'abito da sera e mamma si commuove.
«Tesoro, stai benissimo. Hai scelto proprio il vestito perfetto», afferma con voce vellutata.

Si avvicina elegantemente e accarezza la stoffa per apprezzarne la qualità. Continua a sorridermi ed io ricambio perché ha ragione. Stasera mi sento invincibile, mi sento la padrona della serata.

Elsa non riuscirà ad attirare l'attenzione di Raziel perché sarò agguerrita e, soprattutto, molto seducente.

Non ho mai avuto tutta questa forza; eppure, oggi ho voglia di divertirmi, di ballare e di *baciare*.

Io e Raziel abbiamo perso troppo tempo.

L'attrazione che ci ha racchiusi in una bolla d'amore è stata dirompente sin dall'inizio. Nessuno di noi due può negarlo e, anche se lui ha i suoi trascorsi che lo tormentano, con me si sentirà al sicuro.

Non potrà sfuggirmi per sempre, né io potrò stargli lontano ancora per molto.

«Grazie mamma. Comunque, stavo cercando Raziel. Dovremmo andare alla festa. È tornato?»

Lei scuote la testa. «No, non è ancora rincasato.»

Provo a non agitarmi e a non pensare a lui, ma non ci riesco. Dove diavolo si è cacciato? Mi ha chiesto di raggiungerlo nella sua stanza per suggellare il nostro sentimento e poi è andato via senza aspettarmi. Perché si è comportato così? Vorrei davvero riuscire a comprendere tutti i suoi pensieri. Per me sono come dei pezzi di un puzzle incompleto.

Mi ridesto quando d'un tratto papà sbuca in salone.

«Ania, tesoro, sei un incanto con questo abito scuro.»

Si porta una mano tra i capelli brizzolati, poi recupera il cellulare e mi scatta una foto senza permesso.

«Papà, sarò venuta distratta...»

Sogghigna compiaciuto e mi mostra la foto appena scattata. «No. Sei

bellissima. Vai alla festa di quel tuo amico, come si chiama?»
Annuisco e rispondo alla sua domanda.
«Gaston, papà. Si chiama Gaston», gli rinfresco la memoria e lui sorride.
«Questo Gaston mi sta proprio simpatico...»
Inarco un sopracciglio, incredula. So che vorrebbe fare un paragone con Raziel, ma dal mio sguardo decide di non farmi arrabbiare ed evita di metterli a confronto.
«Spero di conoscerlo presto», strizza l'occhio e mamma lo guarda affascinata da tutta questa premurosità verso Gaston.
«Con chi andrai alla festa, tesoro?»
Avverto nell'aria uno strano presentimento. Non so perché, ma temo che Raziel non arrivi puntuale.
«In teoria con Raziel...»
Papà corruga la fronte. «In pratica?»
Mamma interviene e poggia una mano sulla spalla del marito. Nello stesso istante, mi rivolge la sua attenzione con fare premuroso. «Tesoro, Raziel è uscito, vedrai che tra poco rincaserà e andrete alla festa insieme.»
Papà sospira frustrato. «Questo ragazzo mi sta preoccupando sempre di più. Dov'è andato? Perché è così misterioso? Davvero non riesco a capirlo. Prima riuscivamo a dialogare. Da un paio di settimane è taciturno e introverso.»
Ecco. Ha sganciato le sue preoccupazioni su di lui. Era scontato che lo nominasse; in fin dei conti, però, non ha tutti i torti. Subito i miei pensieri si dirottano su Cecilia e Adelio.
Perché questi due ragazzi sono piombati nel mio quartiere?
Valuto qualche idea in silenzio, senza far intendere le mie preoccupazioni, poi ricomincio a parlare.
«Papà, Raziel è sempre stato così e tu sei cambiato nei suoi confronti perché quel giorno sono rientrata da sola. Sei di parte. Non farti paranoie.»
In quel momento, proprio quando decido di difendere Raziel ancora una volta, arriva un suo messaggio.

> **Raziel:** Scusami Ania, ci vediamo alla festa. D'accordo? Ho avuto un contrattempo.

Mi mordo il labbro inferiore. Perché non può darmi un passaggio? Con chi è? Con qualche ragazza? E se si trovasse in compagnia di Cecilia e Adelio?
O, ancora peggio, in compagnia di una ex o di una fidanzata di cui non

ho mai sentito parlare?

Quanto mistero Raziel... quanti segreti, quanti *se*.

«Chi ti scrive?» Chiede papà.

Tengo il cellulare in mano e guardo i miei genitori. Adesso mio padre si arrabbierà ancora di più.

«Raziel ha avuto un imprevisto e ci vedremo direttamente alla festa.»

Sorride, beffandosi di lui.

«Immaginavo. Domani parlerò con questo ragazzo e se non mi dirà il motivo per il quale ha lasciato la sua famiglia...»

Mi acciglio e incrocio le braccia al petto.

«Cosa, papà? Non avrai intenzione di mandarlo via? Non eravate amici? Prova a capirlo, mettiti nei suoi panni», inizio ad alterarmi.

«Ti ha mancato di rispetto, tesoro.» Continua, impuntandosi contro il comportamento di Raziel.

«No, papà. Io gli ho detto che sarei tornata con i miei amici e lui ha aiutato un suo conoscente. Lo vuoi capire oppure no?»

Mamma prova a calmarmi.

«D'accordo, Ania. Non ti agitare. Ti accompagnerà tuo padre alla festa. Hai l'indirizzo?»

Lo recupero e mi avvio verso la porta.

Sono infuriata sia con mio padre, sia con Raziel.

Dovrebbero risolvere questo battibecco e invece sembrano non andare più d'accordo come un tempo.

Papà mi segue e raccoglie le chiavi della macchina.

«Ania, tesoro ascoltami...»

Mi giro verso di lui dopo aver indossato il lungo cappottone nero che, grazie al cielo, copre tutto il vestito.

«Cosa c'è papà? Non voglio più discutere di Raziel.»

Mi abbraccio al cappotto e lui si volta a salutare la mamma che ci guarda appoggiata allo stipite della porta.

Anche se non si trucca costantemente è davvero una donna sensuale, unica, elegante. Ha un modo di fare che invido tanto.

Riesce a non intromettersi quando sa che solo io e papà siamo al centro della discussione. E ci sostiene sempre, senza prendere le difese dell'uno o dell'altro.

«Non discuteremo, Ania, ma ho bisogno seriamente di parlare con Raziel. Prometto di non cacciarlo via, però vorrei sapere qualcosa di più sul suo conto.»

Siamo ancora sul portico e fuori, specialmente nell'ultimo periodo, le temperature sono più fredde.

«Raziel è molto introverso, papà. Non è facile capirlo, ti scongiuro, non essere petulante con lui. Sta provando ad aprirsi con me e...»

«D'accordo, per il momento non gli chiederò nulla. Lascerò a te l'onore di scoprire qualcosa in più, okay? Sperando che tu ci riesca. Adesso andiamo, ti accompagno alla festa.»

Quando pensa lucidamente riesce a capire ogni tipo di situazione e mi appoggia.

La strada che percorriamo non è buia, anzi è abbastanza illuminata. Avrei potuto andarci da sola o chiedere un passaggio a Timo o Carlos, ma i miei genitori non mi hanno dato il tempo.

Provo a rilassarmi e a non pensare a Raziel. Devo riuscirci. Non può far parte sempre dei miei pensieri. Ho altro a cui pensare e stasera voglio divertirmi.

L'ho imposto a me stessa e sarà così. Nessuno distruggerà il mio compleanno.

«Scusami Ania, non volevo rimproverarti o dire quelle cose su Raziel, solo che...» papà comincia una conversazione, ed io mi ricompongo pensando che la casa di Gaston non è molto distante.

«Papà va tutto bene, davvero... non parliamone più.»

Annuisce e guarda dritto verso la lunga strada cosparsa di immensi grattacieli.

Durante il tragitto decide di parlare di altro e comincia a chiedermi di Gaston, delle lezioni e di Carlos e Timo.

A un certo punto gira a destra e imbocca la via della casa di Gaston. Mi affretto a prendere la borsetta e a recuperare il rossetto. Vorrei ripassarlo sulle labbra, ma in presenza di mio padre mi vergogno, così lo conservo dentro la borsa per poterlo mettere dopo e aspetto di poter scendere.

«Siamo arrivati, c'è davvero tanta gente...»

Rimane sbigottito dalle persone in giardino. Gaston ed Elsa hanno organizzato una festa davvero in grande.

Persino io ne sono meravigliata.

«Non mi caccerò nei guai, vedrai. Grazie per il passaggio. Tornerò con Raziel...»

«Lo spero.» Papà risponde in modo arcigno, poi si ricompone per non litigare.

«*Papà...*» lo ammonisco e lui sorride.

«Vai a divertirti, tesoro. Tanti auguri di buon compleanno. Domani festeggeremo insieme.»

Appoggio i tacchi sull'asfalto liscio, sperando di non inciampare.

«Sì. Domani sarò tutta vostra.»

Lo saluto e scendo dalla macchina. Una volta catapultata in strada, papà sfreccia verso casa e proprio in quel momento Carlos, Timo e Merien mi raggiungono.

«Come mai ti ha accompagnata il capitano, *flor*?»

Mi volto sorridente verso di loro e appena noto i loro abiti non mi sbalordisco più di tanto. I miei amici sono travestiti da Superman e da Spiderman. Carlos si toglie la maschera rossa, mi bacia sulla guancia e spalanca i suoi occhioni dolci appena osserva il mio make-up.

«Oh, mio Dio, Ania. Sei splendida. Non vedo l'ora di vedere il tuo vestito! Da cosa sei travestita?»

Faccio per rispondere, ma Merien si intrufola per salutarmi.

Lui sbuffa, invece Timo mi guarda estasiato.

«Stai davvero bene... chissà quale vestito nascondi sotto questo lungo cappottone.»

Non mi imbarazzo per i complimenti dei miei amici, anzi, sono davvero lusingata della loro gentilezza, ma anche Merien questa sera è davvero splendida.

«Wow, Merien... sei travestita da cigno nero?»

Lei fa una giravolta, mostrandomi per intero l'abito con il quale ha stregato i miei amici. Grazie al corpetto nero, senza spalline e stretto, è riuscita a mostrare tutta la sua sensualità. Per non parlare delle fantastiche piume nere decorate sulla parte destra. Anche il tutù in tulle scuro è davvero elegante. I capelli sono raccolti in un classico chignon ed il trucco nero, dark e seducente, le ricopre quasi tutta la parte superiore degli occhi, ma la differenza la fanno le scarpe. Non ha optato per delle semplici ballerine bianche, bensì per dei vertiginosi tacchi a spillo.

«Sì. Ti piace? Ho aggiunto qualche modifica per essere più sexy.»

Annuisco perché è favolosa e fa bene a sentirsi così sicura di sé.

«Tantissimo.»

Merien sorride soddisfatta e si avvicina ai miei amici. Li prende a braccetto, stuzzicandoli a vicenda. Timo brontola qualcosa a bassa voce, mentre Carlos ride alla battuta che non ho sentito a causa di una voce dietro le mie spalle.

«Oh... ecco la festeggiata con i suoi amici.»

Gaston sbuca dall'ingresso e ci raggiunge con sguardo trionfante. Appena vedo il suo travestimento rimango allibita perché ritrae alla perfezione il principe della *Bella e la Bestia*. Lo tengo per me, ma scorgo una certa ironia nel suo abito.

«Gaston indossi il vestito del principe della *Bella e la Bestia*?»

Carlos sogghigna, mentre Merien lo guarda ammaliata e si morde il labbro inferiore perché sta notando tutta la sua sensualità.

Timo osserva lo sguardo della mia amica e le stringe il braccio, mentre Carlos rimane impassibile.

«Già. Questo travestimento mi dona... mentre Elsa ha optato per il vestito di *Elsa* di Frozen.»

La indica e la troviamo un po' più lontana da noi, proprio di fronte la porta di casa. Sta accogliendo gli ospiti e la treccia che ha creato nei suoi capelli mi fa sghignazzare.

«Originale», interviene con sarcasmo Timo, osservando la ragazza.

«È una serata a tema, abbiamo scelto degli abiti *particolari*...» Gaston mi osserva a lungo e il suo sguardo si sofferma sul mio cappotto nero.

«Magari tu sì, ma Elsa...» continua Timo, sorridendo insieme a Merien.

Gaston evita i loro sorrisini, si gira di scatto e continua a fissarmi. Provo un senso di imbarazzo. Rimango comunque calma e non mi innervosisco.

«E tu, festeggiata, da cosa sei travestita?» Domanda con una voce del tutto nuova alle mie orecchie. Più profonda, più sexy.

«Non abbiamo ancora avuto l'onore di vederlo, ma con questo vestito Ania sarà la padrona della notte.»

Carlos interviene venendomi incontro e gliene sono grata perché in realtà il mio travestimento non ha un nome, però mi piace come mi ha soprannominata il mio amico.

L'ho pensato anche io subito dopo averlo indossato.

Questa sera mi sento la padrona della notte e l'oscurità sarà il mio punto di riferimento.

Gaston inarca un sopracciglio e si accarezza il mento con la mano destra per contemplarmi ancora di più.

«Entriamo in casa, così magari potrò ammirare per bene la padrona della notte.»

Strizza l'occhio ed io non brucio come quando mi guarda Raziel, ma lo assecondo e invito ai miei amici a scavalcare la bolgia in giardino per iniziare la serata.

Raziel verrà... ne sono certa.

Gaston si gode la mia entrata, facendomi passare per prima, e appena mi tolgo il soprabito sento un sospiro di approvazione.

«Wow, sei splendida, Ania.»

Lo ringrazio e capisco che si sta guardando intorno... che stia cercando Raziel? Vuole fare qualche battuta sulla sua assenza?

Spero di no. Dopo aver finalmente mostrato il mio lungo abito da padrona della notte, continuo a osservare tra la folla, proprio come fa lui.

Timo e Carlos mi fissano stralunati e Merien strabuzza gli occhi.

«Voglio questo vestito. Dove lo hai comprato? È splendido, particolare, davvero unico.»

Strofino le dita sulla stoffa dell'abito e cerco di non imbarazzarmi troppo per tutte queste domande.

«In una boutique. Vende abiti vintage e appena i miei occhi si sono posati su questo vestito l'hanno scelto senza soffermarsi altrove.»

Gaston si sistema i capelli mentre Carlos continua a farmi i complimenti, però a un tratto una vocina stridula si intromette.

«Gaston... eccoti, e sei in compagnia di...»

Elsa si ferma di fronte a me proprio quando incrocia il mio sguardo. I suoi occhi puntano il mio abito e sbuffa, invidiosa come sempre.

«*Ania*...» la sua voce velenosa pronuncia il mio nome ed io mi contengo per non alzare gli occhi al cielo.

La sorella del proprietario di casa lo prende a braccetto e lo avvicina a sé.

«Non starai con lei tutta la sera, Gaston. Sai che sta per arrivare la mia nuova amica. Voglio fartela conoscere. È così simpatica. Vedrai che ti piacerà...»

Gaston sospira e sorride ad Elsa, anche se è chiaro che vorrebbe scrollarsela di dosso.

Timo e Carlos si schiariscono la voce contemporaneamente e intervengono per cambiare discorso.

«Noi andiamo a bere qualcosa... Ania, ti unisci a noi?»

D'improvviso una musica malinconica riecheggia nell'aria e mi volto verso il ragazzo che sta suonando il pianoforte.

Riconosco la melodia perché è di un'artista che amo ascoltare quando sono triste.

Questo ragazzo ha veramente talento, tant'è che tutti gli ospiti si sono fermati ad ascoltarlo.

Con la sua bravura è riuscito a incuriosirci e a renderci partecipi.

Appena termina l'esibizione il battito di mani si espande nell'aria, ma è proprio in quel momento che alla fine del lungo e profondo corridoio, lontano dal ragazzo che ha smesso di suonare, incontro gli occhi più accesi che abbia mai visto.

Gli occhi di Raziel.

Il mio cuore fa una piccola capriola di eccitazione. Provo a godermi il suo arrivo, in silenzio, senza annunciarlo.

Solo che anche Gaston si è accorto di lui e mi sta fissando con la coda dell'occhio.

Nell'atrio, proprio davanti a tutti gli ospiti, c'è il gentleman oscuro più bello del mondo.

Nonostante il suo travestimento, l'ho riconosciuto subito, e adesso che sta incedendo verso di me, mi sento svenire.

Sto per perdere l'equilibrio: fortunatamente Carlos mi raggiunge con un cocktail in mano.

«Meno male che sono arrivato in tempo. Stavi per svenire...» mi sussurra all'orecchio, mentre guarda l'arrivo di Raziel.

«Contieniti. Sei follemente innamorata di lui, cerca di non impazzire proprio ora. Magari a fine serata raggiungerai l'orgasmo più bello della tua vita.»

Quasi soffoco a quella rivelazione e fulmino il mio amico. Però ha ragione.

Devo contenermi, ma stasera, comunque andrà la serata, bacerò il mio cavaliere oscuro.

Stasera, io e Raziel faremo scintille e illumineremo i nostri cuori.

Annuisco e appena il bel tenebroso ci raggiunge, bevo un sorso del cocktail che mi ha offerto Carlos facendo finta di sorridere e di non pensare a dove sia stato per tutto il pomeriggio.

«Gaston... scusa il ritardo.»

Gaston gli rivolge un sorriso educato, ma so quanto vorrebbe prendermi per mano e trascinarmi lontano dall'ospite che ha appena incantato gli occhi di molte ragazze.

«Raziel, benvenuto. Nessun problema. Fino a qualche secondo fa ero in ottima compagnia.» Ammette, lanciandomi un'occhiata incomprensibile. Deglutisco il groppo in gola, ma resto in silenzio.

Automaticamente Gaston dà una pacca sulla spalla a Raziel e i due si guardano con aria di sfida, come se avessero un segreto da non poter condividere.

Li guardo, sperando che l'ultimo arrivato mi degni delle giuste attenzioni.

Raziel accenna un sorriso, poi il suo sguardo si posa su di me.

Sta per dirmi qualcosa quando, all'improvviso, i suoi occhi saettano sulla collana che indosso.

Istintivamente accarezzo il piccolo ciondolo e sorrido al mio bellissimo cavaliere, ma ancora non lo ringrazio. Lo farò quando saremo soli.

Incede di un passo verso di me e mi osserva. Inizio a bruciare sotto il suo sguardo e a dimenticarmi persino di avere Gaston e Carlos al mio fianco.

Il mio cuore non smette di battere e le mie emozioni si amplificano ancora di più.

«Sei bellissima, Ania, ma dovrei parlarti un momento, in privato. Potresti venire con me?»

Annuisco e porgo il mio cocktail a Carlos.

Il mio amico comprende la mia scelta e si allontana da Gaston, raggiungendo Merien e Timo.

Prima di scomparire con Raziel, mi rivolgo al proprietario di casa.

«Scusami Gaston... torniamo subito.»

Gaston storce il naso, però ci congeda senza fare polemica.

Raziel mi prende la mano, gli rivolge uno sguardo temporalesco e lo sorpassa.

«Si può sapere cos'avete tu e Gaston, stasera?»

Non mi risponde, continua a trascinarmi lontano dalla festa e a stringermi il polso.

Mi sta facendo male.

«Raziel? Perché mi stai stritolando il polso, e dove sei stato tutto il pomeriggio?»

Mi guida fino a raggiungere l'esterno della villa e ci ritroviamo di fronte alla piscina. Proprio nel punto preciso dove pochi mesi prima io e Gaston ci siamo conosciuti.

«Raziel?» Mi impunto e finalmente si gira a guardarmi negli occhi.

Rimane in silenzio per svariati minuti e mi preoccupo perché sta fissando il gioiello che ho al collo.

«Dove hai preso questa collana?» Sbotta improvvisamente, facendomi sobbalzare.

«Dove... dove ho preso questa collana?» Dilato lo sguardo e divento paonazza perché non so cosa rispondere e mille dubbi volano nella mia mente come macchie oscure senza forma.

D'un tratto si allontana da me, dandomi le spalle.

«Raziel... cosa...»

Si volta adirato e si incupisce.

Che cosa gli prende?

Le mie mani afferrano il suo mantello.

«Dove hai preso questa collana, Ania? Rispondimi, sto diventando pazzo...»

«Io... io...»

«Tu cosa? Cosa?» Continua, alterando il tono di voce; nessuno dei presenti ci sta osservando perché sono tutti intenti a festeggiare.

E anche noi avremmo dovuto essere insieme agli altri, non qui fuori a sbraitarci contro parole insensate.

«Io... pensavo che fosse un regalo da parte tua. Stamattina l'ha trovata mia mamma dentro la cassetta della posta e così l'ho indossata perché credevo che ti avrebbe fatto piacere.»

Raziel si passa la mano tra i capelli.

«Non te l'ho regalata io, non ti ho fatto nessun regalo, *Ania*», sbraita.

Spalanco le mie pupille e ne rimango delusa. Com'è possibile? Stamattina era stato così dolce, mi aveva fatto persino gli auguri. D'un tratto la sua voce diventa irriconoscibile e brusca. Il suo sguardo è più ombroso e perso in un ricordo passato.

Non entro nel panico e provo a capirlo, per quanto risulti davvero impossibile.

Sono stanca dei suoi repentini cambi d'umore, però non riuscirà a vincere contro di me. Non mi allontanerà.

«Okay, mi spieghi il motivo per il quale mi stai aggredendo?» Modulo lentamente questa domanda, sperando di ricevere una risposta degna di considerazione, invece continua a guardarmi con occhi irosi.

«Toglitela e dammela.»

Mi porge la mano e indietreggio per paura che possa afferrare la collanina dal collo.

«No. È un regalo che ho ricevuto da qualcuno e adesso voglio scoprire chi l'ha comprata.»

Dilata le narici. A grandi falcate mi raggiunge e torreggia su di me.

«Ania, non farmi spazientire. Dammi questa collana», m'impone di assecondarlo, prontamente mi rifiuto.

«No, Raziel, e dovresti calmarti. Sei troppo agitato. Mi dici dove sei stato oggi pomeriggio e perché ti stai rivolgendo in questo modo?»

«Non sono cazzi tuoi.»

Questa volta, il suo modo brusco richiama l'attenzione di alcuni presenti, specialmente di Gaston che si fa strada tra la folla e ci raggiunge.

«Cosa sta succedendo qui?» Si rivolge al cavaliere mascherato che si sta comportando da incivile e mi afferra per la vita.

«Stai lontano da lei, Gaston. Non toccarla.»

Mi muovo nervosamente sperando che Gaston mi lasci, ma è tutto inutile. Continua a tenermi stretta, mentre io non voglio far spazientire Raziel.

«Raziel...» pronuncio il suo nome con estrema dolcezza, anche se non lo riconosco. Sembra così furioso, geloso, impazzito.

«Dammi la collana, Ania, allontanati da Gaston e torniamo a casa. ORA!»

Scuoto la testa, sperando di vincere contro questa sua assurda austerità.

«No. No e No. Non andrò a casa. È ancora presto. Ed è il mio compleanno, ma a te evidentemente non ti sta importando...»

Le mie parole sembrano ferirlo, anche se in realtà è lui che ha scalfito il mio cuore, oggi.

Perché mi ha abbandonata per tutto il pomeriggio? E perché adesso mi sta urlando contro frasi velenose e piene d'odio?

Raziel si guarda intorno. Ha interrotto la festa e tutti stanno guardando verso di noi.

Complimenti, Raziel... davvero un'ottima performance.

«Fa' come vuoi. Io torno a casa.»

Mi sorpassa e dà una spallata a Gaston, che però non lo ferma.

Io, invece, voglio correrglidietro e chiedergli delucidazioni, di fretta mi allontano e percorro il sentiero sperando di raggiungerlo. Ormai è arrivato dalla parte opposta del giardino.

Cammina troppo veloce, dannazione.

«Raziel... fermati. Ti prego...»

Con rabbia e con poca pazienza si ferma. Proprio in questo preciso momento il mio cuore comincia a battere all'impazzata.

«Cosa vuoi, Ania? Lasciami in pace», strilla altre parole dolorose al vento.

«No. Non ti lascio in pace. Lo vuoi capire o no?»

«Perché?» Il suo sguardo si dilata e ci scorgo dentro il nero più profondo.

Non mi spavento. Ha un motivo per comportarsi così e lo scoprirò, restandogli accanto.

«Perché sei troppo importante per me. Non ti lascerò andare via. Non ti lascerò soffrire da solo.»

Con coraggio, decido di incedere verso di lui, nonostante indossi dei tacchi vertiginosi. Fortunatamente non perdo l'equilibrio e appena mi trovo davanti il suo viso sconvolto, compio la follia più grande di tutte.

Mi alzo sulle punte dei piedi, imprigiono il suo viso tra le mie mani e, anche se mi sta guardando smarrito, lo bacio.

Mi prendo il nostro bacio e le emozioni che inizio a provare mi fanno persino dimenticare il mio nome. La sua lingua esita qualche istante, poi il suo calore si unisce al mio e l'afferra con estremo bisogno.

Contraccambia il mio bacio.

Lo ricambia con rabbia, con rancore, con tanto rimorso, con passione.

D'un tratto, le sue mani mi sfiorano la schiena e la accarezzano come se volessero toccare ogni centimetro del mio corpo, della mia pelle.

Siamo da soli. In questo momento, in giardino, non c'è nessuno. Gaston non ci ha seguiti ed è stato meglio così.

Non avrei sopportato la sua presenza.

Continuiamo ad assaporarci come se non volessimo smettere, come se non ci credessimo neanche noi. Abbiamo aspettato tanto tempo, da adesso sarà tutto diverso.

Stasera Raziel si confiderà con me e insieme supereremo ogni difficoltà.

Il bacio era il pezzo mancante della nostra storia.

Capirò persino i suoi pensieri e mi prenderò cura di lui.

D'un tratto i suoi denti mordono la mia lingua, ma non mi allontano.

Continuo a baciarlo perché vorrei di più.
Quando però le sue mani abbandonano la mia schiena e le sue dita mi strattonano via, capisco che qualcosa non va.
Raziel ha interrotto il bacio.
Appena si allontana da me, abbassa la nuca e si asciuga le labbra con le mani, dimenticando volutamente il bacio che ci siamo scambiati.
Sto per piangere, ma mi trattengo.
Faccio finta di non aver visto questa sua mossa, nonostante i suoi occhi si scontrano furiosi con i miei.
«Dammi la collana», afferma in tono dispotico.
Sono le uniche parole che pronuncia. Il mio respiro è ansante, lui invece ha lo sguardo di un ossesso. Dopo tutto questo, il suo pensiero va alla collana? È il nostro bacio cos'ha significato per lui?
Ho lo stomaco chiuso, ma la bocca piena del suo sapore.
«Raziel... cosa...»
Spalanco gli occhi, incredula e davvero scossa dal suo comportamento.
«Raziel non ti sto riconoscendo più, perché vuoi questa collana? È un regalo e mi appartiene.»
«NON TI APPARTIENE E ADESSO RIDAMMELA!» Urla, graffiando le corde vocali.
«Ma noi... noi ci siamo appena baciati... io, tu, le nostre mani... le nostre lingue... c'era passione tra di noi e...»
Improvvisamente sbotta in una risata arcigna.
«Mi hai baciato tu, *Ania*.»
Sgrano gli occhi e per poco non perdo l'equilibrio. «Cosa? No, io... credevo che tu lo volessi.»
Decido di non mollare e di non comportarmi come una ragazza che è appena stata rifiutata. Con le mani sui fianchi mi appropinquo a lui, furiosa.
Mi sta umiliando e non sta ragionando lucidamente.
«Mi spieghi cosa ti prende? Non vuoi che tenga questa collana, non vuoi che Gaston mi abbracci. Ricambi il mio bacio e mi allontani. In questo periodo sei strano. Diverso. C'è qualcosa che non va? Te l'ho detto l'altra volta e te lo ripeto adesso: con me puoi confidarti. Non ti giudicherò.»
Le sue parole mi feriscono definitivamente: «Ho bisogno di stare da solo e tu, soprattutto con questo bacio, hai confuso ancora di più i miei pensieri. Non volevo baciarti, ma non ho saputo resisterti, però adesso sto parlando seriamente: per un paio di giorni non rivolgermi la parola. Vorrei andarmene da casa tua, ma non saprei dove stare e...»
Non riesco a credere alle mie orecchie e il mio petto si gonfia dalla

paura di poterlo perdere.

No, lui non deve andarsene. Non se ne andrà, perché mi comporterò come vorrà.

Forse ho esagerato. Non avrei dovuto baciarlo. Sono stata frettolosa, il mio cuore non ha saputo resistere... non si può non ascoltare il proprio cuore, giusto?

Quasi soffoco nel sentire questa sua durezza, però ho corso troppo. Ho frainteso, ma non importa, se ha bisogno della mia indifferenza, gli starò lontana.

«Raziel... non andrai da nessuna parte. Non per colpa mia. Non voglio confondere i tuoi pensieri. Non voglio vederti così. Scusami se ti ho dimostrato il mio interesse. Se non ti senti pronto, capirò...»

Raziel non si calma, continua ad ansimare e a passarsi le mani tra i capelli come se volesse tirarli a uno a uno.

«Voglio essere chiaro, Ania. Io non... *non* provo quello che senti tu. Non potremmo mai stare insieme. Mi dispiace se ti ho fatto intendere altro, ma non esisterà nessun noi in futuro. Il mio passato è pieno di oscurità e di rimorsi. Non vivo di sogni, ma di incubi, e non potrò mai essere felice, soprattutto con *te*.»

Il suo sguardo è affranto, pieno di ricordi che gli bruciano le lacrime ed io continuo a guardarlo, incredula, come se tutto questo fosse un incubo e non il giorno del mio compleanno.

Davvero dovrò allontanarmi da lui?

È questo quello che vuole?

Mi mordo il labbro inferiore perché non era in questo modo che avrei voluto trascorrere la festa.

«Okay... allora mi allontanerò, se è questo ciò che desideri.»

Annuisce e il mio cuore si spezza in due.

È bastata una sua sola risposta a farmi implodere dentro.

Cerco di riprendere fiato, ma mi sento in trappola e non riesco a respirare bene.

Eppure, davanti a me c'è Raziel, anche se adesso non sembra più lo stesso ragazzo che mi ha aiutata a superare il mio passato.

Non è più lo stesso ragazzo che ha accarezzato la mia cicatrice e che mi ha rivelato parole dolci e romantiche per rasserenarmi.

Adesso è un'ombra misteriosa che non sa dove rifugiarsi, che non sa dove poter vivere in pace. Che scappa dai mostri invisibili che lo inseguono.

Vorrei che fosse il mio sogno a occhi aperti e non una bestia affranta e solitaria, terrorizzata dal tempo e dal passato.

Singhiozzo e, come immaginavo, si accorge del mio stato d'animo.

Con cautela, senza sbraitarmi contro altre parole cattive e pungenti, si avvicina. Spero che cambi idea e che mi baci per consolarmi; ciò non accade.

La nostra storia non è un film, perché Raziel si sta avvicinando non per spostarmi una ciocca dietro l'orecchio, non per confortarmi, non per abbracciarmi, ma...

... per una cosa che mi lascia del tutto inerme, senza parole.

Senza il mio permesso e con il fiato corto, sgancia la collana dal mio collo e la stringe tra le mani come se fosse di sua proprietà.

«Questa non ti appartiene», sussurra duramente.

Sobbalzo al suo tono dispotico e gliela lascio prendere. I suoi occhi sono freddi come il ghiaccio. Istintivamente porto la mano sul collo e sento il gelo pungermi le clavicole.

«D'accordo. Scusami se l'ho indossata... forse avrei dovuto chiederti il permesso prima...»

Mi interrompe.

«Non importa. Vuol dire che doveva andare così, solo... non pensare più a questa collana. Non avevi il diritto di indossarla e chiunque te l'abbia regalata...»

Improvvisamente stringe i pugni e le sue nocche diventano rosse.

«Chiunque me l'abbia regalata?»

Come al solito non continua la frase e osserva il cielo cupo.

«Mi dispiace per come sono andate le cose tra di noi, Ania. Spero di trovare un posto dove andare, così ti lascerò in pace...»

Trattengo il pianto in gola, le mie labbra stanno tremando. Perché tutto questo fa male?

Magari potessimo semplicemente scegliere di essere felici, ma è così difficile. È così complicato fidarsi di una persona e amarla totalmente.

Come si fa? Come si fa a restare uniti e a non pensare al proprio passato?

Nessuno ci riesce. Neanche noi ci stiamo riuscendo e ci stiamo dividendo.

I miei occhi indugiano sui suoi. Non riesce a guardarmi in faccia, non riesce a regalarmi neanche un misero sguardo.

«Non andartene. Come ti ho detto prima, puoi rimanere. Papà e mamma non sapranno della nostra discussione. Non gli dirò nulla. Fingeremo di andare d'accordo e poi ognuno si rintanerà nelle proprie camere, ma non andartene. Ti prego. Ti lascerò i tuoi spazi, però rimani.»

«La mia presenza ti farebbe solo del male...»

«E se io non potessi vivere senza la tua presenza, invece?»

Mi fissa e risponde alla mia domanda per nulla intimorito, e in maniera austera.

«Non rendere le cose più difficili. Questo pomeriggio, tramite quei messaggi, ho detto cose che non dovevo dire...»

«D'accordo, basta. Non voglio più sentirti dire che non sono importante per te.»

Raziel si zittisce senza aggiungere altro.

«Adesso andrò da qualche parte, non mi va di partecipare alla tua festa di compleanno. Poi ti verrò a prendere e torneremo a casa. Tuo padre è stato chiaro. Vuole che ti faccia d'autista...»

Inizia a beffarsi mio padre e lo guardo in modo scontroso.

«Non è vero e lo sai.»

Scrolla le spalle e abbassa la nuca.

Temo proprio di aver bisogno di ritornare alla festa e di non parlare più con questo strano Raziel.

«Invece sì, ma da domani reciteremo e poi, quando saremo da soli, non ci rivolgeremo la parola e staremo *distanti* l'uno dall'altra.»

Incrocio le braccia al petto, mentre lui continua a sfiorare il diamante scuro.

«Certo. Faremo come desideri. Non preoccuparti. Ti starò lontana.»

«Adesso, renditi partecipe della festa e va' da Gaston. Potrebbe consolarti, dato che abbiamo chiarito che tra noi due non ci sarà nient'altro che una semplice recita.»

Alzo gli occhi al cielo perché questa sua infantilità non riesco davvero a comprenderla.

«Sì, andrò da Gaston e mi divertirò con lui. Ti aspetto sul tardi, Raziel. Non tornare presto perché ho proprio voglia di divertirmi, stasera.»

«Perfetto. Buona serata.»

Fa per girarsi, ma prima di incedere verso la macchina pronuncia il mio nome.

«Ania...»

Lo guardo acciglata e incrocio le braccia al petto.

Stranita, ascolto cosa ha dimenticato di dirmi.

Improvvisamente si pente di avermi richiamato e scuote la testa provocandomi dei brividi di nostalgia, poi fa spallucce, volta le spalle e si allontana.

Il suo corpo si mischia all'oscurità e quando scompare il pianto comincia a prendere il sopravvento. Decido di non accoglierlo e di scacciare le lacrime.

Non devo rovinarmi la serata e, da oggi in poi, io e Raziel staremo lontani.

Non ci sfioreremo, non ci parleremo... lui è cambiato, e sento che la sua vicinanza sarà pericolosa.

Mi appresto a rientrare nella villa, svogliatamente incontro lo sguardo di Gaston sulla porta di casa.

Ha le mani incrociate dietro la schiena e mi sta raggiungendo come se avesse assistito a tutta la scena.

«Ania...»

«Non dire nulla, Gaston. Ti prego.»

Cerco di sorpassarlo e di andare dai miei amici, di cui ho bisogno, ma chiude la porta e mi impedisce di entrare in casa.

«Ho bisogno di dirti una cosa.»

Lo guardo confusa e disorientata, sbuffo spazientita.

«Cosa devi dirmi anche tu? Oggi non mi sto divertendo per niente...» ammetto, con voce smorzata.

«E mi sa che non ti divertirai dopo questa notizia che sto per darti, ma devo farlo, soprattutto ora che hai finalmente aperto gli occhi su Raziel.»

Continuo a non capire e mi acciglio.

«Cosa stai cercando di dirmi, Gaston?»

Da dietro la porta chiusa sento la musica rimbombare e ho solo voglia di divertirmi, non di piangere.

A quello penserò dopo.

Una volta tornata a casa piangerò a dirotto e sarà tutta colpa di Raziel Herman e delle sue illusioni.

Lancio un'occhiata a Gaston per spingerlo a continuare e finalmente decide di sputare il rospo.

«Questo diario è tuo, vero?»

Da dietro la sua schiena spunta il mio diario segreto, e sobbalzo quando lo vedo nelle sue mani.

Lo afferro e lo proteggo con tutta me stessa.

Per fortuna il catenaccio è inserito, però non vedo la chiave.

«Dove lo hai trovato? Credevo di averlo perso a casa mia...»

Gaston storce il naso e scuote la testa.

«No, non l'hai perso. Ti sei sbagliata, l'ho trovato io.»

Rimango di sasso e cerco di mettere insieme i pezzi. È tutto così scollegato e le parole di Gaston non mi stanno aiutando.

«In che senso? Dove lo hai trovato?»

L'organizzatore della festa mi guarda e si avvicina fino a sfiorarmi i tacchi.

Gaston raccoglie qualcosa dalla tasca del mantello, poi mi spiffera la risposta: «L'ho trovato nello zaino di Raziel, e questa è la chiave del tuo diario, giusto?»

34
Un cattivo ragazzo

Ania

Non riesce a dimenticare il passato e a vivere il presente. Raziel non ci riesce.

Sono passate due settimane dalla sera che mi ha respinto: da allora non ci parliamo. Sembra dar confidenza soltanto alla sua solitudine ed io non gli rivolgo parola per assecondarlo. Gaston mi ha avvisata che Raziel ha rubato il mio diario, per non ingigantire la nostra litigata, non l'ho neanche sgridato, ma sono certa che lo abbia letto. Altrimenti perché avrebbe dovuto prenderlo di nascosto?

Quando sarà il momento, mi farò spiegare il motivo per cui l'ha nascosto nella sua camera senza il mio permesso...

Sotto il cielo di Buenos Aires il mio cuore sta piangendo per il suo meschino comportamento.

Perché è così ambiguo e incomprensibile?

Mi ha strappato via dal collo quella collana, ha rivelato che non pensa a me in nessun modo, ma poi va fuori di testa se Gaston si avvicina. Quale problema lo affligge?

Evitarlo fa male al cuore. Far finta di andare d'accordo è peggio.

Forse aveva ragione, forse doveva andare via... magari i miei amici lo avrebbero ospitato dandogli un appoggio temporaneo, ma papà e mamma avrebbero chiesto di lui e si sarebbero stizziti.

Ha deciso di restare qui con me ed ho acconsentito perché in fondo, anche se mi ha trattato male, anche se mi ha urlato contro quelle parole maledette, piene di odio profondo, io ci spero ancora...

Spero in lui, in un suo cambiamento. In un suo interesse nei miei confronti.

Spero in un noi. Non ho immaginato tutto. C'era del feeling tra di noi e una passione incontrollabile. Non può odiarmi davvero. *Lui non...*

Non riesco a finire di pensare perché picchietto il piede per terra, nervosa e agitata.

Questa mattina sto trattenendo le lacrime più del dovuto. Non so più come comportarmi con lui. Quando siamo in compagnia dei miei genitori fingiamo che vada tutto bene, ma la sua richiesta è palese: non mi vuole vedere.

La sua espressione, il suo modo di guardarmi sono diversi. È tutto così doloroso. Fa tremendamente male.

Sono innamorata di lui dalla prima volta che l'ho visto. È passato un po' di tempo prima che lo ammettessi a me stessa, ma ho compreso i miei sentimenti nei suoi confronti. Sono stata coraggiosa e con quello stupido, intenso bacio li ho rivelati sia a me stessa sia a lui...

Però Raziel mi ha respinto.

I suoi pensieri sono indecifrabili e mi confondono. Mi rendono sofferente e vulnerabile, mi distraggono.

Ma non voglio rimuginare ancora, non oggi almeno, perché ci sarà la cena organizzata dai miei genitori.

Gli invitati che hanno dato conferma sono una quarantina e la mamma, questa mattina, è elettrica, indaffarata e furiosa con le governanti.

Io invece non sopporto proprio nessuno in questi giorni. Soprattutto la sua euforia.

Vuole che sia tutto in ordine, tutto perfetto, ma il suo nervosismo mi sta uccidendo.

Sbuco in salotto e la sento strillare con Lucrezia, la signora che si occupa della pulizia della casa.

Sobbalzo perché le sue urla per poco non perforano il mio timpano e serro il mio povero orecchio con un dito.

«Mamma, perché stai urlando in questo modo?»

«Ciao tesoro, oggi evita di stare a casa di mattina. C'è un inferno e voglio che sia tutto in ordine. Perciò vai a studiare fuori, vediti con Timo e Carlos, fai quello che più ti va e torna prima della festa per prepararti. Oh, Raziel, caro, eccoti...»

Non ho proprio sentito i passi di Raziel scendere le scale e quando mi volto, mi irrigidisco all'istante. Sento il suo sguardo tagliente addosso.

«Buongiorno», sussurro con un finto sorrisino, indicandogli la frenesia di mia madre.

«Buongiorno», risponde imitandomi. Aggiunge uno dei suoi migliori sorrisi, che mi ricordano quelli di qualche settimana prima...

Come eravamo...

Ha intenzione di rendersi intollerabile nei miei confronti anche oggi, nonostante ci sia la cena organizzata dai miei genitori?

«A quanto pare mia mamma è indaffarata stamattina...» rivelo guardando il soggetto interessato, intento a sgridare Maria, un'altra delle governanti.

Scuoto la testa per l'assurdo comportamento di mia madre, quando improvvisamente sento la calda voce di Raziel solleticarmi l'orecchio e mille battiti si accentuano.

«Come ti senti? Sei nervosa?» La sua voce è rauca e *bollente*.

Dilato le palpebre, però non riesco a voltarmi verso i suoi occhi magnetici perché lo guarderei con malinconia e lui sta fingendo di interessarsi a *me*.

Scuoto la testa perché non sono più preoccupata. Mi sento molto meglio, anzi, a dir la verità sono curiosa di rincontrare tutti gli ospiti.

«No, non sono nervosa», ammetto con un filo di voce. La sua vicinanza mi fa dimenticare anche come si respira.

Riprendo la concentrazione e provo a non fare il suo gioco. Vuole agitarmi, non ci riuscirà.

«L'unica pecca è che mamma non vuole la mia compagnia durante l'organizzazione.»

Raziel corruga la fronte, un po' turbato dalla mia dichiarazione.

«Ha bisogno di avere casa libera. In poche parole, credo che uscirò, ma tranquillo, non avrei richiesto la tua compagnia.» Mi appresto ad aggiungere l'ultima verità dato che i suoi occhi parlano per lui.

Non ha la minima intenzione di venire con me.

Un urlo di mamma mi riscuote: sta ancora rimproverando Maria perché non ha stirato un centrino di pizzo che dovrebbe abbellire il mobiletto di fronte l'ingresso.

Raziel si schiarisce la gola e mi risponde dopo aver lanciato un sorrisino alla scena avvenuta tra mamma e Maria.

«Non avrei accettato, quindi hai fatto bene, ma dobbiamo recitare, giusto?» Si massaggia la mascella a tratti contratta ed io mi soffermo a pensare al nostro stupido piano.

«Sì. Hai qualche idea geniale in mente?» Lo sbeffeggio con la mia fredda ironia.

Inarca il sopracciglio, evitando di concentrarsi sulla mia acidità.

«Magari diremo a tua madre che andremo a fare una passeggiata, che ne dici?»

I suoi occhi così belli da farmi perdere la cognizione del tempo mi scrutano intensamente.

Inizio a sentire caldo. Mi contengo, non voglio che le mie guance si imporporino di fronte a lui.

«Va bene...» rispondo schietta.

«Ragazzi, allora, che programmi avete per oggi? State uscendo, giusto?» La voce squillante e isterica della mamma ci riporta al presente. Annuiamo, anche se tutti e due sappiamo che non trascorreremo insieme il resto della giornata.

«Sì, mamma. Stiamo per uscire. Non preoccuparti. Andiamo in centro a fare una passeggiata. Raziel, vado a sistemarmi e ti raggiungo», mi fingo interessata.

Lui annuisce e rimane lì, in salone ad aspettarmi.

Decido di calmarmi e di chiamare Carlos. Fortunatamente il mio amico risponde al secondo squillo.

«Pronto?» La sua voce assopita riecheggia dall'altro lato della cornetta.

«Sono in crisi.» Ammetto disperata.

«Ma chi parla?» Domanda, mostrandomi quanto il suo accento inglese sia migliorato.

«Carlos! Smettila, chi vuoi che sia? È la tua migliore amica al telefono ed è in piena crisi!»

«Ehi *flor* stavo scherzando! Che succede?» Lo immagino stiracchiarsi in mezzo alle coperte.

Devo raccontargli tutto. Almeno con qualcuno dovrò pur confidarmi e di Carlos mi fido.

«Ti ricordi quello che è successo alla festa di Halloween, giusto? Quando Raziel mi ha urlato contro parole orrende, mi ha detto che non prova niente per me? Bene... ciò che non sai è che l'ho baciato la stessa sera, ma lui mi ha rifiutato. Adesso stiamo fingendo di andare d'accordo, però in realtà mi odia. Non mi sopporta. Anzi, vorrebbe proprio andarsene da casa mia, solo che non sa dove andare e...»

Sento un rumore dall'altra parte della cornetta e Carlos imprecare di brutto.

«Carlos? Tutto bene?»

«Ho sbattuto la testa alla spalliera del letto. Sto andando a mettermi il ghiaccio... ma fammi capire... lo hai baciato e questo stronzo ti ha rifiutato? Che problemi ha?»

Mi avvio verso la finestra per cercare di respirare meglio e mi affretto a sbarrarla: un'ondata di vento fa oscillare il piccolo lampadario della mia camera.

La giornata non è delle migliori, però non porta pioggia, ed è meglio così.

«Carlos, sono seria! Sto andando in crisi perché stiamo fingendo da due settimane e mi fa ammattire. Non ci riesco. Non riesco a fingere... è più forte di me. Io sono innamorata di lui, lo sai.»

Lo sento mugugnare tra sé e sé, poi, come se fosse stato colpito da un ricordo, mi espone il suo ragionamento.

«Ania, calmati, okay? Ragioniamo insieme. Stasera non avete la cena con i colleghi di lavoro di tuo papà e i vari amici intimi?»

Annuisco. «Sì e mamma non ci vuole tra i piedi stamattina. È indaffarata e se la prende con tutti. Ci ha cacciati praticamente di casa e lui mi ha proposto di uscire solo per finta...»

«Che stronzo. Ma che ha?»

Sbuffo e mi spazientisco.

«Non lo so. Non so perché si stia comportando così. È diverso, Carlos. Non sembra il mio Raziel», ammetto, ripensando ai momenti passati e a quando lui era un gentleman nei miei confronti.

«Lo capisco tesoro, fammi riflettere un secondo.»

«Rifletti velocemente perché devo prepararmi.»

Nel frattempo che il mio amico pensa al ragionamento di Raziel, raccolgo dall'armadio un paio di jeans e un maglioncino non troppo pesante e mi vesto frettolosamente.

«Carlos? Ci sei ancora?»

«Secondo me, Ania... anche se te lo vuole fare credere, Raziel non è cambiato davvero. Andiamo, non può cambiare da un giorno all'altro solo perché hai indossato una stupida collana, tranne se nasconde qualcosa di veramente importante. Il consiglio che posso darti per oggi è questo: prova a passare una giornata con lui, vedi se cambia, vedi se torna quello di un tempo... e scopri cosa nasconde. Solo così potrai mettere insieme i pezzi del puzzle.»

Faccio un respiro molto profondo e mi passo una mano tra i capelli.

Mi osservo allo specchio e vedo che sono perfetti, per nulla arruffati dalla notte insonne che ho trascorso a causa di alcuni ricordi spiacevoli.

L'imbarazzo però si beffa di me e mi fa ammutolire.

«Ania?»

La voce di Raziel risuona dall'altra parte della porta e sobbalzo con il cuore a mille.

«Scusami Carlos, devo riattaccare...» sussurro con un filo di voce, ma il mio amico comprende e termina la conversazione augurandomi buona fortuna.

«Sei pronta?» Raziel continua a chiamarmi e il mio cuore sta veramente martellando contro il petto.

Non ha più bussato alla mia porta dopo la sera in cui abbiamo deciso di allontanarci definitivamente.

«Sì, arrivo.»

Mi spruzzo il profumo, afferro la borsa e lo raggiungo.

Vado quasi a sbattere contro il suo torace, riesco a fermarmi giusto in tempo per non farmi male.

«Tutto bene?» Le sue dita, inaspettatamente, catturano una ciocca di capelli e io tremo al suo tocco.

Ripenso subito al nostro burrascoso bacio, specialmente a quanto mi ha emozionato.

Piangerei davanti a lui in questo momento.

Perché mi hai fatto così male, Raziel? Perché? Perché non capisci che ti amo con tutta me stessa?

Perché non ti lasci andare...

Perché hai deciso di rinunciare a qualcosa che poteva essere speciale?

Lo guardo incantata: il suo dito sta ancora giocando con la mia ciocca ribelle.

Annuisco e deglutisco alla sua domanda, anche se so che non gli importa di come stia.

«Hai il fiatone, come mai?» Pronuncia a bassa voce.

Non devo rendermi debole ai suoi occhi, però solo con la verità potremmo tornare quelli di una volta.

Le bugie, d'altronde, vengono sempre a galla.

«Stavo inciampando», cerco di non essere scossa dalla sua vicinanza.

Allunga un angolo della bocca all'insù e piega la testa di lato. Come se non riuscisse a controllare i suoi movimenti, si avvicina stordendomi e mi inchioda a lui.

Il mio cuore perde un battito dall'emozione.

«I tuoi capelli sono così *lisci*...» afferma in un sibilo profondo, sommesso.

Non riesco a muovere un muscolo. Mi incanta ogni maledettissima volta e questa recita è straziante... lo percepisco che sta recitando.

Provo a respirare e a non soffrire internamente a causa del suo strano comportamento nei miei confronti, ma d'un tratto rimango con gli occhi chiusi perché il suo naso sfiora il mio.

Sento il suo respiro caldo vicinissimo alle mie labbra e mi infervoro tutta.

Voglio baciarlo. Non ho mai desiderato così tanto un uomo. Sta per avvicinarsi alle mie labbra quando il suo mento cambia direzione: si accosta al mio orecchio.

«Vedi che la mia presenza in questa casa non ti fa bene e ti distrae ancora, *Ania*?» Soffia aspro sul mio collo questa straziante verità ed io non posso che darne conferma dentro di me.

Apro gli occhi e indietreggia a causa del mio sguardo tagliente.

Sono così angustiata dalle sue parole, ma non ha ragione, perché io ho bisogno della sua presenza, non della sua assenza.

Solo che... lui è cambiato a causa di quella stupida collana che ho ricevuto in dono.

Non ho più approfondito la ricerca, ma da quel giorno si è allontanato da me. Quell'oggetto ha incrinato la nostra amicizia.

«Non è vero che la tua presenza mi fa male, l'accetto anche se l'ho capito, sai?»

«Cosa avresti capito?» Pronuncia a denti stretti, studiando la mia espressione.

Mi faccio forza.

«Che ti disgusto. Che ti ripugno. La tua espressione parla chiaro. Il mio bacio non ti è piaciuto. Non mi vuoi, me ne sono fatta una ragione ed io non ti starò più tra i piedi, Raziel. Non preoccuparti, solo che oggi, almeno inizialmente…»

Sgrana gli occhi, attento.

Deglutisco il groppo in gola. Vorrei dirgli che lo amo apertamente, ma non ci riesco. Ho paura del suo ennesimo rifiuto.

Cerco di rendermi indifferente alla sua freddezza ed evito di avere un singulto improvviso.

In quel momento, anche la luce fioca del corridoio mi rende nervosa.

Con coraggio, traggo un respiro profondo e completo la frase. Sospiro e, privandomi della sua vicinanza, mi allontano.

«… mi accompagnerai in centro e ognuno andrà per la sua strada. D'altronde è quello che vogliamo entrambi, giusto?» Dispongo la mia idea e annuisce, senza ribaltarla.

Oggi lui non mi prenderà per mano, non mi terrà stretta al suo petto.

Non succederà come spesso accade nelle favole, perché noi non stiamo insieme.

Per quanto misterioso sia, per quanto ancora io non sappia nulla di lui, mi obbligo per il momento a lasciarlo andare.

Non farò neanche come mi ha consigliato Carlos. Non scoprirò la sua verità… non remando contro di lui.

Deve librarsi, solo allora potrà rivelarmi ogni cosa.

Solo allora il sole brillerà su di lui e lo riscalderà.

Solo allora, forse, tornerà da me e si renderà conto di cosa ha fatto.

«Certo. È il desiderio di entrambi», il suo tono secco mi permette di incedere verso il piano di sotto e di credere alle mie parole.

Raziel non mi ama.

Non mi ha mai preso in considerazione… per lui sono stata solo un passatempo.

Trattengo le lacrime e quando raggiungiamo la macchina afferra quel maledetto cellulare per rispondere a un messaggio.

Dove sarà diretto?

Per tutto il tragitto rimango in silenzio, ma di una cosa sono certa: nella sua vita c'è qualcuno più importante di me.

***

«Ania potrei chiederti gli appunti della lezione di diritto, visto che in questi giorni sono stata assente?»

«Timo non te li ha prestati?» Inizio il discorso sperando di arrivare a qualche conclusione, ma Merien mi sorride.

Mi trovo in sua compagnia, in centro, a fare quattro chiacchiere.

«Ultimamente è più disordinato del solito e Carlos non è stato presente a questa lezione, perciò l'unica ad avere gli appunti sei tu!»

«Te li porterò a lezione, d'accordo?» Confermo.

Annuisce e mi sorride benevola. Dopo un po' cambia discorso.

«Posso farti una domanda?»

«Certo.»

«Tra te e Raziel c'è qualcosa?» Spalanco gli occhi, incredula e scossa per quella domanda abbastanza fuori luogo.

Cerco di non diventare paonazza e di comportarmi come se la questione non la riguardasse.

«No! Siamo solo molto amici, perché?»

Merien mi sorride e scuote la testa. «Sarà... a me sembrate molto affiatati», fa l'occhiolino ed il mio sguardo si rivolta automaticamente verso il basso.

Che Carlos le abbia riferito qualcosa? Non penso. Lui non mi tradirebbe mai in questo modo.

Sa quanto tengo ai miei segreti.

«Per caso ti piace?» Le chiedo, ingenuamente, senza pensarci troppo.

Merien mi scruta con serietà e automaticamente scoppia in una risata fragorosa.

«No. Oddio, no! Raziel è un bellissimo ragazzo. L'ho notato subito quando è arrivato a Buenos Aires, ma non è per niente il mio tipo! Non devi preoccuparti di me...»

«Io non devo preoccuparmi di nessuna! Non provo nulla per Raziel.»

Merien piega la testa di lato. Non crede proprio alle mie parole!

«Se è così allora non ti infastidirà il fatto che prima di venire qui l'ho intravisto in compagnia di Elsa.»

Raziel ha deciso di trascorrere la mattinata con Elsa invece che con me?

Un morso mi avvelena il cuore. Lo sento cospargersi di fiele, ma cerco di non farmi vedere infastidita e delusa.

Provo a essere superiore e a non cadere nella trappola del pianto.

D'altronde lui non prova niente per me. Niente.

«No... non mi importa», stringo i denti per non impazzire.

Invece mi importa eccome... vorrei chiedere a Merien dove li ha visti, ma il silenzio vince la battaglia.

«Okay. Scusami, Ania. È tardi e devo rientrare. La prossima volta la chiacchierata sarà più lunga, te lo prometto, e grazie per gli appunti.»

«Certo. Alla prossima!»

Va via ed io non riesco a restare lucida. La notizia di Raziel ed Elsa mi ha sciocccata totalmente.

Rimango ferma, immobile.

Che stupida che sono stata ad aver pensato anche solo per un momento che Raziel potesse provare per me qualcosa di più.

Appena Merien scompare dalla mia vista, alcune lacrime scendono lente dai miei occhi.

Le scaccio via, come se non bastasse ciò non serve a tranquillizzare il mio stato d'animo, letteralmente impazzito.

Perché, Raziel? Cos'ha Elsa più di me?

Forse si vedeva con lei quando non era a casa?

Mi ha tenuta all'oscuro di tutto ed io ho abbandonato una persona fantastica come Gaston perché mi sono innamorata di lui.

Ho sbagliato, ho frainteso ogni cosa.

Anche Carlos e Gaston hanno interpretato male i sentimenti di Raziel nei miei confronti. Per lui ero soltanto una buona amica. Niente di più.

Come una bambina che ha perso il suo giocattolo preferito, in silenzio e con i sentimenti in subbuglio, ritorno a casa.

Fortunatamente mamma è affaccendata così tanto da non accorgersi del mio cattivo umore.

La saluto senza far trapelare nulla, in realtà mi sento spezzata.

«Dove sei stata, tesoro?» Cantilena allegra.

«A passeggiare con una mia amica. Qui come vanno le cose?»

«Bene... e Raziel?»

Dannazione... avevo dimenticato di averle detto che uscivo con lui.

Provo a non risultare una bugiarda di prima categoria. «Ha avuto un imprevisto e così è andato da un'altra parte.»

Mamma mi guarda di sbieco, ma poi prosegue a spiegarmi dell'organizzazione sorridendo.

«Tutto bene. Abbiamo quasi finito, speriamo che piaccia a tuo padre.»

La rassicuro con un dolce bacio sulla guancia, anche se dovrebbe essere lei a consolare me, ma non posso, non posso dirle che mi piace Raziel.

«Vedrai, sarà felice», dichiaro con tono soffice.

Mi giro per dirigermi in camera mia a fare un rigenerante bagno, ma mamma mi richiama.

«Ah, tesoro... ho dimenticato di dirti che stasera ci sarà anche Juan Balzar oltre a Rolf Vibur, non so, magari potresti parlare con loro. Conoscerli meglio, sai, sono molto intelligenti, colti, bravi e sono cambiati tantissimo. Non vedi Rolf da parecchi anni e Juan è diventato davvero attraente», ammicca.

Piego la testa di lato perché capisco dove vuole andare a parare.

L'intenzione dei miei genitori è quella di trovarmi un fidanzato e alle loro cene facevano di tutto pur di farmi incontrare qualcuno, ma nessuno dei pretendenti mi ha mai conquistato.

È vero, Rolf e Juan non sono per niente dei brutti ragazzi, però nel mio cuore adesso c'è inciso un unico nome e anche se non lo avrò mai, non scomparirà facilmente.

Per non deludere la mamma, sorrido e acconsento.

«Parlerò con loro, solo non metterti in testa strane idee. D'accordo? Vediamo come andrà...»

Mamma gioisce e sorride contenta.

«Sono felice che parteciperà anche Juan, ha sempre avuto un debole per te...» continua ad apprezzare Juan e non posso fare a meno di sospirare.

«Mamma... non mettermi in imbarazzo.» La supplico con lo sguardo, in seguito lei si volta e, fiera del suo lavoro, ancheggia in cucina senza darmi ascolto.

«In imbarazzo per cosa?» Una domanda diretta e un fremito improvviso.

D'un tratto le mie gambe iniziano a tremare perché la voce profonda di Raziel si diffonde nell'intera sala.

Sobbalzo alla sua presenza e provo a essere coraggiosa, a non tremar ancora d'amore per lui.

Non merita il mio sentimento, non con questo comportamento.

Non dopo avermi fatto comprendere definitivamente il suo disgusto nei miei confronti. Forse dovrebbe andarsene davvero...

Quest'idea mi balza in mente, ma la tengo per me.

«Perché stasera incontrerò Juan Balzar, figlio di vecchi amici di famiglia. È un ragazzo molto attraente e non vedo l'ora di rivederlo», enuncio baldanzosa, per testare la sua reazione.

Mi volto e lo ritrovo meditabondo, appoggiato al corrimano. Ha le braccia incrociate al petto e un'espressione pienamente incomprensibile. Le sopracciglia arcuate dimostrano la sua enigmaticità.

A cosa starà pensando?

Qualche istante dopo, smette di riflettere e scaltro si avvicina, mi raggiunge. Provo a deglutire il groppo in gola prima che possa far caso alla mia agitazione.

Fortunatamente ci riesco e quando sfiora le mie scarpe rimango ferma e fingo l'indifferenza più totale.

Ci troviamo di nuovo nella stessa posizione di stamattina...

Lui che cerca il mio contatto, io che provo a non guardarlo negli occhi... le nostre mani che tendono a incrociarsi... poi si allontana e si comporta come una pantera feroce.

«I tuoi vogliono trovarti il fidanzatino? Ma lo sanno che sei pazza di me?»

A causa della sua strana presunzione, dilato le pupille; poi questa frase non mi è nuova, l'aveva già usata in passato, anche se l'aveva formulata diversamente. Si sta beffando di me.

«Come scusa? Io non sono pazza di te», rettifico la sua frase, dimostrandomi poco credibile.

Infatti, Raziel assottiglia lo sguardo e comincia a sbeffeggiarmi.

Incrocia le braccia al petto e gonfia i suoi bicipiti. Il mio occhio cade proprio sulle sue braccia e mi mordo l'interno della guancia per trattenere il mio impulso.

«Ah, no? E allora il bacio che mi hai dato disperatamente alla festa l'ho immaginato?»

Mi rivela un'occhiata derisoria, mentre aspetta la mia risposta.

«È stato un errore... non avrei dovuto. Ho imparato dai miei sbagli.»

Sogghigna perché non mi crede.

Spavaldo mi fissa intensamente. Spera di creare ancora più confusione nel mio cuore con quei suoi occhi illegali?

«E stamattina, invece? Non sembravi così indifferente al mio sguardo... mi sbaglio? Eppure, ormai lo sai che mi *disgusti*, non è così?»

Al mio orecchio riproduce lo stesso sinonimo che gli ho rivelato prima di uscire da casa.

Vuole provocarmi o vuole rivelarmi quello che pensa di me?

Assottiglio gli occhi perché non so più come ribattere... ma mi ripugna soprattutto il fatto che lui si sia visto con Elsa. Ovviamente non farò una scenata di gelosia, farò finta di niente.

«Perché continui a confondermi, Raziel?» La mia voce mi tradisce e per poco non trema.

Si avvicina e le sue dita, inaspettatamente, iniziano a sfiorare il solco tra i miei seni, stando lontane dalla cicatrice.

Rimango immobile, con la paura che mia madre possa sbucare da un momento all'altro... e anche perché le mie gambe non riescono a muoversi.

Il mio cuore batte fortissimo. Cosa sta facendo?

Le sue dita mi stanno toccando... anche se vorrei che le sue mani stringessero i miei seni, che mi accarezzassero nei punti più intimi del mio corpo...

La sua voce profonda non aiuta.

«Ti stai eccitando, non è vero?» Si accosta al mio orecchio e con un sorriso canzonatorio e sfacciato continua a ingannarmi, e vorrei maledirlo.

Non mi ha mai parlato con questa arroganza, mai... sembra un altro Raziel. Un Raziel più stronzo... un cattivo ragazzo.

Perché fa così? Caccio indietro le lacrime. Non si mostreranno davanti a lui.

«N... No. Non mi stai eccitando perché stiamo solo recitando.»

Prendo il sopravvento e provo a ribaltare la situazione: cerco di provocarlo con la mia audacia e gli lancio uno sguardo di sfida.

Le sue labbra formano una piega diversa, più obliqua.

Nel profondo spero che neanche lui creda tanto a questa recita e che stia davvero sfiorando la mia pelle.

Che stia davvero cercando di farmi eccitare.

Non desidererei altro che la sua mano tra le mie cosce, pronta a farmi esplodere di desiderio.

«È vero che stiamo recitando, ma so che speri in un mio bacio, *Ania*. Percepisco il tuo volere, è inutile che mi inganni con le tue parole. Per di più, ti do un consiglio: ti conviene continuare a pensare a quel *Gian*, tanto sono sicuro che non ti soddisferà come potrei fare io.»

Rivela un sorriso sfacciato, sicuro della sua bravura.

«Si chiama Juan», ribatto, cercando di non infervorarmi ancora di più.

«Poco importa. Ci vediamo stasera, alla festa. Mi raccomando indossa un vestito che potrà incantarlo, ma scommetto che, anche se poserà i suoi occhi su di te, sarai ancora eccitata dal mio tocco...»

Dopo quelle parole, il cattivo ragazzo si discosta dal mio corpo e si rintana in camera sua.

Mi lascia da sola, con la voglia di averlo lì, proprio in quel punto intimo che pulsa di piacere.

Mi nascondo in camera mia perché non riesco più a resistere.

Per la prima volta, nonostante io sia ancora vergine, mi ritrovo eccitata, accaldata, priva di ogni ragionamento, mi distendo sul mio letto e ansante, con una mano, cerco il punto in cui potrebbe farmi impazzire Raziel. Lo trovo e senza fatica, come se fosse facile nonostante la mia inesperienza, piano, piano, provo a darmi piacere da sola. I miei pensieri si dirottano su di lui, e sulle sue grosse mani su tutto il mio corpo. Dio, è una sensazione così intensa, provo dei brividi di estasi e di meraviglia. Lentamente socchiudo gli occhi e mi accarezzo, immaginando un Raziel che mi sovrasta con il suo corpo massiccio.

Immaginando i suoi occhi su di me, che mi ispezionano accuratamente, mi lascio andare. Le mie dita trovano il punto perfetto e solo dopo vari minuti, esterrefatta, varco la soglia del piacere da sola...

Dopo un respiro affannoso e un gemito puro, sussurro il suo nome e provo un orgasmo inconsueto, nuovo, che non mi dispiace per niente.

35
Quale maschera indossi, Raziel?

Ania

Non mi riconosco più. Da quando ha iniziato a parlarmi in quel modo così perverso e provocante ho perso la lucidità e adesso mi sento agguerrita e accaldata più che mai.

Stasera ho voglia di sedurlo, anche se sono profondamente arrabbiata perché mi ha lasciata insoddisfatta, lì sulle scale... io appoggiata ed eccitata al corrimano e lui che torreggiava su di me, impetuoso, e mi seduceva con il suo modo di fare altalenante...

Senza avere altra scelta, ho provato piacere da sola, pensando esclusivamente a Raziel e alle magie che potrebbero fare le sue mani sul e dentro il mio corpo.

È stata una sensazione particolare, ma con l'aiuto delle sue mani e della sua esperienza sarebbe stato più bello, più emozionante.

Come se non bastasse, è da un'ora che ripenso alle sue ultime parole: *mi raccomando indossa un vestito che potrà incantarlo, ma scommetto che, anche se poserà i suoi occhi su di te, sarai ancora eccitata dal mio tocco.*

Il mio sguardo si accende di vendetta perché stasera ho deciso di giocare e di far cadere Raziel ai miei piedi. Se davvero non mi considera, se davvero sta fingendo e mi ripugna, non mi spoglierà con lo sguardo. I suoi occhi saranno dispersi altrove.

Se è davvero quello che vuole, se davvero mi detesta, allora lo lascerò andare... ma se farà anche solo scivolare il suo sguardo sul mio corpo, non si libererà facilmente di me.

Ho indossato un vestito davvero elegante, non provocante come ha richiesto lui. Non farò la parte della sgualdrina, come vorrebbe, solo per potermi stuzzicare.

Gli terrò testa.

Non cambierò il mio modo di essere per vedere fino a dove si spinge. Lo sedurrò essendo me stessa.

«Tesoro, quando hai comprato questo vestito? Ti sta un incanto», la prima a venirmi incontro è la mamma, lusingandomi, colma di emozione.

Non mi imbarazzo, anche se esagera sempre con i complimenti. Dal canto mio osservo la sua bellezza. Stasera indossa un abito rosso e i capelli sono avvolti nel classico e impeccabile chignon. Il suo profumo mi investe e lo approvo come ogni singola volta.

«Anche tu sei splendida, mamma. Papà dov'è?»

«Sta arrivando.»

Le sorrido e raddrizzo la schiena, cercando di non prendere qualche storta con questi tacchi altissimi. Non li indosso quasi mai, per questa occasione però, voglio essere più slanciata.

«Oh, ecco Raziel!» Mamma spalanca il suo sorriso al suono di quel nome.

Io, invece, ho il cuore che martella e non riesco a girarmi verso il ragazzo che sta per scendere la rampa di scale mostrando a tutti noi la sua immisurabile bellezza.

Perché lui è consapevole di essere bello e mostra la sua avvenenza con sfacciataggine.

Faccio per lanciare un piccolo sbuffo, ma mi trattengo.

Non è il caso di irritarmi. Non ancora. D'altronde oggi litigare con lui è l'ultima cosa che voglio.

«Raziel. Come stai bene in smoking! Sembri un vero gentleman.»

Dato che nessuno di loro può osservare la mia espressione, roteo gli occhi, perché mamma in realtà non conosce i retroscena e ignora il fatto che, sotto sotto, il nostro ospite non è davvero un gentleman.

Per di più forse ha anche mentito in tutti questi mesi. Forse non lo conosciamo davvero... quale maschera indossi, Raziel?

Chi sei veramente?

Sei un principe pronto a salvare la sua principessa o un traditore che pugnala alle spalle?

Sei un ragazzo di altri tempi o un ragazzo senza cuore che ferisce le povere ragazze? Prima le illude e poi le ignora... prima le sfiora con le labbra e poi le allontana senza più guardarle negli occhi.

Chi sei?

Non riesco a voltarmi perché non ce la faccio. È più forte di me. Fa male vederlo così freddo, burbero, scontroso. Fa davvero male non potergli fare dei complimenti per paura di essere redarguita dal suo tono dispotico o sbeffeggiata.

Sembra totalmente un'altra persona, eppure, neanche i miei genitori si sono accorti di questa indifferenza nei miei confronti.

Solo io. Soltanto io ne sono al corrente, perché è me che odia, è me che cerca di ignorare...

Sono io quella da cui scappa.

«Tesoro, guarda com'è elegante Raziel!»

Le sue parole mi colpiscono, soprattutto perché sono consapevole del fatto che Raziel è proprio dietro le mie spalle. Il mio cuore è in continuo fermento a causa della sua presenza.

Il ticchettio dell'orologio mi obbliga a voltarmi. Prendo un bel respiro e assecondo la richiesta di mia mamma, solo per mostrare a Raziel la mia di bellezza e cosa si sta perdendo per i suoi assurdi atteggiamenti.

E lui se ne accorge, soprattutto quando incontra i miei lunghi capelli scuri che drappeggiano sui seni.

Inconsapevole delle mie azioni, mi perdo ad ammirare le sue pagliuzze verdi screziate ed il suo smoking stirato e perfetto. La sua nuca è contornata da folti capelli lisci, che ricadono morbidi e setosi sulla fronte: lo rendono molto affascinante e maturo.

Boccheggio lentamente e una strana idea balugina nella mia mente, pronta a confondermi ancora.

Ci scrutiamo come se desiderassimo cambiare il passato, come se volessimo spogliarci e dimenticarci di ogni segreto nascosto per raggiungere la passione che ci divide, ma qualcuno suona alla porta.

Interrompo il gioco di sguardi e mantengo un portamento più elegante.

«Ecco i primi ospiti! Tesoro, andiamo ad accoglierli.» Papà, appena arrivato, porge il braccio alla mamma e lei lo asseconda.

Un attimo dopo che si avviano alla porta lascio andare un sospiro tirato, ma la voce di Raziel si avvicina e sento dei brividi vagare lungo tutta la mia schiena.

Siamo in disparte rispetto al luogo in cui potrebbero vederci gli ospiti e questo non è un bene... o forse sì?

«*Ania...*» la sua voce cavernosa pronuncia il mio nome.

Percepisco il suo sguardo ardente dietro di me e il mio cuore continua a palpitare.

Un forte desiderio di girarmi e di baciarlo mi invade, però non devo precipitare nella sua trappola. Devo essere agguerrita, oggi mi vendicherò.

«Girati e guardami negli occhi.» D'un tratto, il suo atteggiamento autoritario fa rabbrividire tutti i punti della mia anima.

Per non ascoltare i suoi comandi sfioro delicatamente il collo e provo a farlo impazzire. Non lo sto guardando negli occhi, ma sento che freme e immagino il suo sguardo incuparsi e minacciarmi di fare la brava, di assecondarlo.

«*Ania...* cosa stai facendo? Ti ho chiesto di voltarti, non di accarezzarti il... *collo*», si sforza di non perdere la concentrazione.

Intuisco la sua resistenza e tutto ciò mi diverte. Può mentire a sé stesso, può credere di non volermi, di non provare nulla per me... ma la sua stessa voce non è d'accordo e lo inganna.

Si imprigiona da solo in una gabbia ricca di bugie, consapevole che non andrà così per sempre.

Compiaciuta di aver sentito la sua voce graffiarsi di eccitazione, sposto i capelli sul lato destro per scoprire la clavicola e far espandere nell'aria il mio profumo.

«*Ania...*» Raziel pronuncia il mio nome per la terza volta, cercando di contenersi, e adesso gli concedo il privilegio di guardarmi negli occhi. Mi giro con tutta la mia forza e quando mi ritrovo davanti a lui ripenso a tutti i momenti passati insieme e davvero non concepisco questo suo cambiamento, questo suo rifiuto nei miei confronti.

Appena ci ritroviamo faccia a faccia, ritorna risoluto e sicuro del suo odio verso di me, mi osserva con un sorriso sardonico. Anche se stiamo recitando entrambi, i brividi si intensificano sempre di più. Non mi lasciano in pace.

Mi focalizzo sulla sua camicia bianca di lino e sui pantaloni scuri che indossa insieme alla giacca del medesimo colore.

Inutile negarlo: è fin troppo seducente. Toglierebbe il fiato a chiunque.

Avanza di un passo ed io allungo un angolo della mia bocca all'insù, felice di poterlo avere più vicino.

«Adesso ti sto guardando, Raziel. Cosa c'è? Perché mi hai chiesto di voltarmi verso di te?» Provo a rendermi forte, a non crollare a causa della sua freddezza.

Raziel ridacchia senza lasciarmi in pace, riprendendo il controllo della situazione e tornando arrogante.

«Hai fatto bene a lasciare i capelli *sciolti*... ma non ho potuto fare a meno di notare che alla fine non hai indossato un vestito provocante» biascica, assottigliando le palpebre.

«Come farai a provocare Gian? Secondo me non riuscirai ad accontentarlo fino in fondo», afferma, convinto di potermi alterare.

«Si chiama Juan... non Gian. La pronuncia è diversa e comunque lo incanterò con la mia bellezza, non ho bisogno di un vestito striminzito per catturare la sua attenzione. E poi a te cosa importa?»

Recito anche io e nel suo sguardo scruto un piacere insolito, nuovo, e sento il basso ventre agitarsi.

Sogghigna e piega la testa verso il basso.

«Non mi importa nulla, sono solo *curioso*. Pensi di riuscirci davvero?» Fa un altro passo avanti.

Questa volta non cerca nessun contatto con il mio corpo e quasi mi dispiaccio.

«Allora non dovresti neanche chiedermi cosa succederà con Juan, ma assecondo la tua curiosità e ti dico che riuscirò a provocarlo perché non sarò eccitata dal tuo tocco.»

Spalanca lo sguardo e immediatamente intuisco che accetta la sfida.

«Ne sei proprio sicura? Quindi non penserai a me se lo bacerai?» La sua domanda diretta mi manda in confusione e boccheggio per non perdere del tutto la lucidità.

Sto per rispondergli quando mamma e papà ritornano in mezzo a noi con i primi ospiti. Fortunatamente Raziel si allontana in tempo e nessuno si accorge della nostra intimità.

«Tesoro... ti ricordi della famiglia Diàz? Vorrebbero salutarti, vieni.»

«Vai Ania... va' dalla famiglia Diàz», mi schernisce Raziel a bassa voce, lasciandomi andare.

Roteo gli occhi al cielo e mi avvicino ai miei genitori, accogliendo gli ospiti con la mia cordialità.

«Ania, tesoro. Quanto tempo, e come sei cresciuta. Come stai? Ti sei ripresa?»

Sapevo che gli invitati avrebbero tirato in ballo il mio problema, ma grazie a Raziel sono riuscita a fare amicizia con il mio nuovo cuore e non mi incupisco più quando riportano alla luce il mio passato.

Mamma mi osserva allarmata, però dal mio sorriso si rasserena.

«Va molto meglio, signora Diàz! È stato molto difficile, ma alla fine ho superato tutto.»

«Immagino, tesoro. Sono felice di vederti così radiosa», mi prende la mano e la stringe alla sua per darmi conforto.

Ricambio la stretta, fino a quando qualcun altro suona alla porta. Questa volta a ricevere tutti gli altri ospiti è la governante.

Io e Raziel rimaniamo fermi vicino la porta proprio per dare ospitalità.

La domanda che mi hanno fatto per primi i Diàz stranamente non mi rende vulnerabile. Forse perché, anche se stiamo recitando, ho Raziel al mio fianco.

Anche se non mi sta consolando come quando abbiamo incontrato la signora Acosta, è rimasto vicino a me. Si è presentato cordialmente agli ospiti e ha riposato lo sguardo sul mio profilo.

Sta andando tutto bene e anche quando arriva la signora Acosta, i miei occhi non lacrimano per il dolore che ho provato in passato.

Anzi, la saluto senza rimpianti.

Questa sera, la vecchia amica di papà indossa un vestito verde scuro molto sobrio, per nulla volgare. I capelli sono pettinati alla perfezione e il trucco è leggermente visibile.

«Alberto, Paula, grazie per l'invito. Ania, tesoro. Che piacere rivederti.»

Come pensavo non fa riferimento al mio passato, ma il suo sguardo cade subito sul mio accompagnatore.

«Ciao Raziel.»

Gli sorride e intravedo un interesse particolare.

Margaret non è sola, in casa fa il suo ingresso una ragazza dai lunghi capelli ramati e da un fisico asciutto e formoso al punto giusto.

Rimango ammaliata da tanta bellezza e quando si presenta ai miei genitori, mi sconcerto ancora di più.

Mia madre mi richiama e mi avvicino per gentilezza.

«Ania, tesoro. Lei è la nipote di Margaret. Si chiama Carina.»

La ragazza in questione mi sorride, ma i suoi occhi scuri si ravvivano quando incontrano Raziel proprio accanto a me.

«Ciao Carina. Piacere di conoscerti. Sono Ania», mi presento con dolcezza, cercando di restare impassibile davanti al suo interesse per Raziel.

«Finalmente ci conosciamo. Zia mi ha parlato tanto della famiglia Ferrer.»

Come fa ad avere un tono di voce così morbido, seducente e femminile?

Ho paura ad alzare lo sguardo su Raziel, sicuramente sarà rimasto ammaliato.

«Carina... lui è Raziel. Un amico di Ania.» Margaret lo presenta senza attendere oltre e Carina porge a Raziel la mano.

«Piacere di conoscerti Raziel, mia zia mi ha raccontato del vostro incontro avvenuto l'altro giorno.»

«Il piacere è mio, Carina. Sì, ho avuto modo di conoscere tua zia qualche giorno fa.»

Non li guardo, sposto i miei occhi altrove; per fortuna, in quel momento sul ciglio della porta compaiono i Vibur e mi rincuoro all'istante.

«Oh, ecco i Vibur. Finalmente. Entrate, entrate pure.»

Guest Vibur saluta papà, successivamente si rivolge alla mamma e alla fine mi abbraccia come se non fossero passati anni dal nostro ultimo incontro.

«Ania, sei splendida, proprio come ti ricordavo. Rolf, non stare lì impalato... non ti ricordi di Ania?» La voce simpatica del signor Vibur richiama il figlio. Rolf sbuca dalla porta, sorride a tutti e scavalca l'imbarazzo subentrato subito dopo l'ironia del padre.

Rolf si schiarisce la voce e spegne la sigaretta sul posacenere prima di entrare.

Porge il lungo soprabito scuro alla governante e mi rivolge l'attenzione.

«Ciao Ania, come stai?»

Strabuzzo gli occhi perché è sempre lo stesso longilineo ragazzo del

passato. La sua espressione sorridente e allegra non è cambiata.
«Tutto bene, e tu, Rolf?»
«Benone...» sta per dire qualcosa, ma il padre lo interrompe.
«Oh, abbiamo anche il nostro vincitore. Ciao Raziel! Come stai?»
Gli occhi del signor Vibur si spalancano per lo stupore. Forse non si aspettava di trovarlo ancora qui da noi. Sono trascorse varie settimane dal loro primo incontro, però è stupito e affascinato nel vederlo partecipe della grande cena.
«Molto bene, signor Vibur. Ciao Rolf! Non ti sei più fatto sentire per la nostra sfida.»
Il signor Vibur e mio padre ridacchiano allegramente, mentre Rolf risponde a Raziel con ironia.
«Non l'abbiamo già fatta?» Cerca di schernirlo ed io non intervengo. Non chiedo delucidazioni.
Raziel sorride e gli dà una pacca sulla spalla come se si conoscessero da anni.
In tutto ciò, Margaret e Carina guardano la scena curiose e affascinate. È proprio la prima a interrompere la situazione.
«Ciao Guest. Che piacere rivederti.»
Lui sgrana gli occhi e contempla la bellezza ancora intatta di Margaret nonostante gli anni trascorsi.
«Margaret Acosta? Incantato come se fosse la prima volta», le bacia la mano e lei sorride sfacciatamente.
Lancio uno sguardo alla mamma che sembra molto contenta di come stia andando questa particolare rimpatriata che hanno organizzato.
Carina si presenta sfacciatamente anche a Rolf, che la guarda ammaliato e con uno scintillio particolare.
Tutti stregati da lei... fino a quando...
«E così finalmente rincontro la ragazza più bella che abbia mai visto! Ciao Ania!»
Fino a quando la voce di Juan Beltran pronuncia il mio nome.
Il mio sguardo si focalizza sul fisico asciutto del nuovo arrivato e risale sui riccioli biondi e sui suoi occhi luminosi, di un azzurro mare incredibile.
Rimango incantata perché Juan è cambiato tantissimo.
Mentre Rolf non ha subito un particolare cambiamento nel corso degli anni, Juan sembra un modello e non lo ricordavo così. La mia mente ha un'immagine un po' sfocata del Juan adolescente. Adesso è davvero sexy.
«Ciao Juan... che piacere rivederti.»
Mi bacia la mano e mamma guarda la scena con sguardo trasognato.
Papà la riscuote, poi ci invita a raggiungere il salone, anche se ancora devono arrivare altri ospiti.

Juan mi prende sottobraccio e mi appropinqua a lui.
Lo lascio fare perché sarà la mia vendetta nei confronti di Raziel.
Lusingata di aver fatto colpo su Juan, mi volto verso Raziel e strizzo l'occhio.
Vedremo se sarò ancora eccitata dal tuo tocco, Raziel Herman... o se tu non potrai più fare a meno di me.

**

Io e Juan ci troviamo in giardino, mentre Raziel, Rolf, Carina, Diego e Camilo, altri due ragazzi, sono riuniti in salotto.
Juan mi ha proposto di fare una passeggiata fuori e ho accettato subito, anche perché Raziel ha iniziato a parlare con la nipote della signora Acosta.
Solo quando abbiamo raggiunto il giardino ho sentito il suo sguardo addosso e spero proprio di mettere in atto il mio piano di vendetta qui fuori, seduta con Juan sotto il portico.
Siamo ormai da svariati minuti sul dondolo e Juan mi sta raccontando della sua vita. È uno studente modello. Ha l'età di Raziel e quest'anno si laurea. Sembra così orgoglioso della scelta universitaria che ha intrapreso e non mi stanco di ascoltare i suoi racconti.
Mi affascina.
Ha un modo di raccontare tutto suo.
Non proprio accidentalmente, la sua gamba sfiora la mia coscia e il suo tocco mi fa rabbrividire, ma non di piacere.
Non mi allontano solo perché ho bisogno di vendicarmi di Raziel.
È ancora seduto sul divano e, con mio grande stupore, sta osservando attentamente questa scena. Dal suo sguardo però non riesco a dedurre se sia coinvolto o meno.
Carina lo sta distraendo e la cosa non mi piace per niente.
Ho bisogno di capire se davvero prova disgusto nei miei confronti.
«Hai la cravatta disfatta, posso sistemarla?»
Una scintilla maliziosa balugina nello sguardo blu intenso di Juan. Il ragazzo annuisce compiaciuto e mi dà il permesso di aggiustare la stoffa che si intona perfettamente ai suoi occhi.
Baldanzosa e curiosa di scoprire la gelosia di Raziel, mi avvicino a Juan e con gesto sfacciato gli sistemo la cravatta.
Come immaginavo, i suoi occhi ricadono sulle mie labbra.
Mordo il mio labbro inferiore volontariamente e stento a riconoscermi...

Lo sto provocando con una tranquillità incredibile. Con Raziel è stato difficile, forse perché le mie mani hanno sempre tremato accanto a lui, così come il mio cuore.

Improvvisamente Juan abborda le mie labbra in modo guardingo, evitando di sfiorarle. Prova a parlare con me in maniera spregiudicata e la sua voce si espande nell'aria.

«Sarei così sfacciato se un giorno di questi ti invitassi a cena?»

Rimango interdetta, perché adesso non so proprio cosa rispondere.

Deglutisco il groppo in gola e indietreggio, ma lui mi prende la mano e inizia ad accarezzarla.

Mi sento in trappola.

Da una parte voglio in tutti i modi persuaderlo e far impazzire Raziel, dall'altra Juan non mi fa tremare il cuore.

Vorrei allontanarmi, ma in questo modo risulterei sgarbata e non è da me, così abbasso semplicemente lo sguardo.

«*Allora*?» Soffia altre parole e mi stordisco perché vorrei vedere Raziel osservarmi; invece, se alzassi gli occhi, incontrerei uno sguardo del tutto insignificante per me.

«Sarebbe bello uscire insieme, non trovi? Sento una potente scintilla tra di noi.»

Una potente scintilla?

Forse la percepisce solo lui, perché io ho semplicemente voglia di scoprire cosa sta facendo Raziel.

Osservo dietro le sue spalle. Un leggero senso di dispiacere si propaga dentro di me, perché ho sbagliato tutto.

Raziel non è più seduto sul divano con Carina e non sta osservando la mia scena di vendetta.

Mi detesta proprio. Ha vinto lui.

Delusa e amareggiata odo appena la domanda di Juan.

«Ania? Va tutto bene?»

Mi ridesto e incontro lo sguardo speranzoso del ragazzo che ho di fronte. È inutile provarci ancora... Raziel non mi sta guardando più e non è da me illudere qualcuno, tanto meno un ragazzo così intelligente e fantastico come Juan.

Mi decido a dirgli di no, che non ha senso uscire insieme, ma qualcuno si schiarisce la gola alle mie spalle e sobbalzo.

«*Gian*... sei ricercato dai tuoi genitori. Dovresti rientrare.» È la voce di Raziel a parlare. È fredda, profonda e sensuale. Inimitabile.

È qui, dietro di me. Non riesco a crederci. Un piacere intenso si propaga nel mio basso ventre e senza pensarci due volte convinco Juan a non far attendere i suoi genitori.

Il ragazzo fulmina Raziel con lo sguardo, ma poi acconsente e si alza.
«D'accordo, raggiungimi appena puoi.»
Dopo essersi alzato dal dondolo si accosta alla spalla sinistra di Raziel.
«Spero sia la verità... hai interrotto un momento prezioso, *Raziel*.»
Anche se Juan abbassa il tono di voce, riesco a udire perfettamente le sue parole. Dopodiché assottiglia lo sguardo e Raziel allunga gli angoli delle sue labbra in un sorriso sardonico.

Juan rientra e chiude la porta. Io rimango immobile, senza voltarmi verso colui che è appena venuto in mio soccorso.

Un sorrisino alleggia sul mio volto: a Raziel non sono indifferente. La mia vendetta ha funzionato.

Senza darmi altro tempo di pensare, sento il suo corpo possente dietro la mia schiena e incrocio le gambe per non eccitarmi.

«Povero *Gian*... non sei riuscita proprio a provocarlo... neanche un misero bacio, che peccato», il suo tono è perfido e soddisfatto.

Voglio alzarmi e guardarlo negli occhi, ma le sue mani sulle mie spalle mi impediscono di voltarmi.

Stringo le mie sulle ginocchia e parlo con coraggio.

«Ci sarei riuscita se non fossi intervenuto. Mi ha chiesto di uscire insieme...»

Raziel sogghigna, per nulla sorpreso.

«Anche Gaston una volta ti ha chiesto di uscire insieme e guarda com'è andata a finire... l'hai illuso.»

Adesso è troppo.

Cosa vuole insinuare? Che sono follemente innamorata di lui e che non uscirò mai con nessun altro perché non riesco a dimenticarlo?

Okay. È la verità, ma non può fare così.

Eh, no... non l'avrà vinta.

Mi alzo di scatto e finalmente ci guardiamo negli occhi.

«Bacerò Juan questa sera...» puntualizzo, contraddicendo la sua affermazione precedente, mentendo a me stessa.

È ovvio che non ci riuscirò e non ci proverò.

Sono uscita qui fuori con Juan solo per vedere la reazione di Raziel e l'ho avuta. Adesso è qui, con me.

Raziel piega la testa di lato e sgrana gli occhi, meravigliato dal mio coraggio.

«Mi piace questo tuo nuovo lato, così sfrontato e sicuro, ma non credo che ci riuscirai, perché le tue labbra desiderano le mie, non le sue. I tuoi occhi guardano me, non lui. Il tuo corpo ha bisogno del mio, non del suo. Di' che in realtà stai cercando di provocarmi...» il suo profumo mi stordisce.

Per un attimo non riesco a rispondere e vorrei cedere. Vorrei lasciarmi andare tra le sue braccia e lenire con i miei baci tutte le sue ferite.

Ma non posso, poi tornerà a essere un cattivo ragazzo. È stato chiaro: non ci sarà mai un noi, però perché continua a dire queste cose... perché continua a far tremare il mio cuore?

Da una parte sono stufa. Non è da noi comportarci in questo modo. Questa recita sta durando il più del dovuto.

Eppure, a causa della sua freddezza, non riesco più a spingermi contro il suo petto e a baciarlo. Temo il suo rifiuto, non lo reggerei una seconda volta.

«È inutile che tenti di confondermi con le parole, Raziel. Non ti penso più e non ti sto provocando. Ho compreso il tuo rifiuto nei miei confronti. Non sei costretto a provare qualcosa per me. I sentimenti sono liberi e tu non mi vuoi nella tua vita. Sei stato fin troppo chiaro. Cristallino. Non ti lascerò dire un'altra volta quanto sia inutile la mia provocazione nei tuoi confronti. Non riuscirei a reggere il tuo millesimo rifiuto.»

No. Non doveva andare così. Avrei dovuto avvicinarlo invece di respingerlo, ma la sua arroganza mi confonde e mi innervosisce.

«*Non mi pensi più*... e se facessi questo non scatenerei in te la voglia di fare l'amore con me?»

Si avvicina di nuovo e questa volta la sua mano mi sfiora l'interno coscia.

Sobbalzo incredula e mi guardo intorno perché di nuovo quello strano piacere mi rende inerme davanti a lui.

Fortunatamente non c'è nessuno. Sono tutti dentro a parlare e noi siamo nascosti.

Tuttavia, per la prima volta, ne ho abbastanza della sua incostanza e scaccio la sua mano.

Mi avvicino al suo viso e lo guardo dritto negli occhi.

«No. Non scateni la voglia di fare l'amore con te, Raziel. Non mi piace questo nuovo lato di te. Ascoltami bene. Ho sperato in tutti i modi che tornassi come prima, evidentemente non c'è rimedio. Hai deciso di comportarti in questo modo, di non aprirti, di non accogliermi nella tua vita. Non so perché tu ti sia allontanato di colpo. Se ti ho fatto un torto, indossando quella collana, ti chiedo ancora scusa, ma non merito di essere umiliata in questo modo. Non provocarmi più. Non provare più a fare come hai fatto in questi giorni e ad imbrogliare il mio cuore. Si è già spezzato a causa tua. Non voglio che si sgretoli definitivamente, perciò lasciami stare. Questa volta ti obbligo seriamente a non guardarmi e a non parlarmi. Interrompiamo la recita. Non c'è più bisogno di fare i finti amici. I miei capiranno, e puoi lasciare casa mia. Sei libero di scegliere un altro posto dove poter andare. Io non voglio più avere a che fare con questo Raziel perverso e manipolatore. Non mi piace. Vorrei di nuovo quello di una volta, quello che mi ha consolata, quello che mi ha protetta. Quel Raziel. Non questo. Non un cattivo ragazzo che nasconde il suo più intimo segreto alla persona che farebbe di tutto per lui.»

Non urlo, ma non riesco comunque a controllarmi: la mia rabbia è evidente e dilata lo sguardo. Prova ad avanzare verso di me e indietreggio.

Boccheggio e riprendo fiato.

Si passa una mano sul volto, evidentemente sconfitto e disorientato, il suo silenzio è straziante. Non dice che andrà via. Non mi dice cose che potrebbero peggiorare la situazione.

Rimane immobile, con il fiato corto, sconvolto...

Continuo a guardarlo, sperando in una sua risposta, ma d'improvviso il telefono squilla e quando leggo il nome di Merien sul display mi sbalordisco; a malincuore mi allontano da Raziel.

«Merien? Ciao, come stai?»

«Ania!» La sua voce è preoccupata, sento persino l'affanno dall'altro lato della cornetta.

Intuisco che è successo qualcosa e mi sposto per poter sentire meglio.

«Merien, che succede?» Chiedo, con il cuore in gola.

«Ania! Devi venire subito. Carlos è impazzito. Timo anche. Sono fuori di sé.»

Delle urla incomprensibili riecheggiano dall'altra parte del telefono. Sento dei rumori di sottofondo, schiamazzi e oggetti che si spaccano in mille pezzi.

Sembra ci sia una rissa in corso.

«Cos'è successo?»

«Ania, ti prego! Raggiungici!»

«Dimmi dove vi trovate...»

Merien risponde con il pianto in gola e salvo immediatamente l'indirizzo sul telefono. Qualche istante dopo soprasso Raziel, ma lui mi taglia la strada.

«Ania?» Mi afferra per un braccio, lo strattono e mi reco con affanno e agitazione verso casa.

I suoi passi mi raggiungono.

«Ania... dove stai andando? Cosa sta succedendo? Cosa ti ha detto Merien?»

«Non devo dare conto a te di quello che faccio! Lasciami stare!» Sbraito acida.

Raziel dilata gli occhi con incomprensione. Non si aspettava di certo una reazione così da parte mia.

«Fermati!» Mi agguanta per il polso e mi volta furiosamente verso di lui. Non mi ribello, ma parole crude e nervose fuoriescono dalle mie labbra.

«Devo andare, Raziel! Lasciami subito.»

«Dove devi andare?»

La sua mano, distrattamente, si fa strada sulla mia e lascia perdere il mio polso.

Non penso a un possibile riavvicinamento, non c'è tempo: i miei amici hanno bisogno di me.

Lo allontano e mi precipito dentro.

I miei genitori non devono sapere che sto uscendo di nascosto, perché ci resterebbero male e non voglio rovinare la serata, perciò farò di testa mia.

Raziel continua a seguirmi, in silenzio.

Con scarsa tranquillità serpeggio tra gli invitati e incedo verso la porta secondaria con Raziel alle calcagna.

Una volta soli, mi riagguanta.

«Ania, adesso basta. Dimmi cosa sta succedendo!»

Perdo la pazienza e sbotto rivelando la verità.

«Timo e Carlos hanno bisogno di me. Merien mi ha chiamata agitata, mi ha anche riferito l'indirizzo del pub in cui si trovano, ma... oddio, i miei amici. Raziel, sono i miei amici e non so cosa stia succedendo. Sto impazzendo!»

Sospiro frustrata.

Raziel cerca di essere premuroso.

«Okay, andiamo da loro, ti accompagno io. Non guiderai in questo stato, tra l'altro non hai neanche la patente.» Ha ragione, ma non può venire con me. Mordo l'interno della guancia e scuoto la testa.

«Non possiamo assentarci entrambi, i miei si accorgeranno che...»

«Faremo il più veloce possibile. Adesso andiamo, usciremo dalla porta secondaria.»

Non recupero il soprabito e mi affretto a seguire Raziel sperando che nessuno si accorga della nostra assenza.

Saliamo in macchina e lui sfreccia verso la destinazione segnata.

Il posto in cui si trovano i miei amici è vicino e lo raggiungiamo in brevissimo tempo.

Quando arriviamo, agitata più che mai, scendo dalla macchina e mi precipito verso il locale.

Non sono mai stata in questo posto, ma non mi soffermo né sulla scritta né sulle decorazioni strane incise sui muri esterni.

Con il cuore in gola e con i battiti accelerati scavalco la soglia d'ingresso, però il tempismo sembra essere quello sbagliato.

Timo e Carlos si stanno rimbeccando, tutti gli occhi dei clienti sono puntati su di loro, specialmente quelli sgomenti di Merien.

Osservo la mia amica e mi avvicino.

Sul momento non riesco a capire cosa si stiano dicendo: urlano parole del tutto sconnesse, ma quando Raziel mi si avvicina sento la frase struggente di Carlos.

Con un tremito al cuore rimango immobile e costernata.

Non riesco a credere alle mie orecchie.

«Non puoi scegliere lei invece del nostro amore, Timo. Maledizione, io ti amo!»

36
Voglio entrare nella tua stanza

Ania

Dopo quella rivelazione, Timo è scappato dal locale insieme a Merien, mentre Carlos è andato su tutte le furie; io e Raziel siamo riusciti a riaccompagnarlo a casa.

I genitori del mio amico sono fuori città ed è un bene perché lo avrebbero tempestato di domande.

Durante il tragitto, Carlos è rimasto in silenzio per tutto il tempo, fino a quando non ha rigettato la quantità di alcool che aveva ingerito.

Ci siamo fermati in mezzo alla strada e ha rigurgitato, liberandosi di ciò che gli bloccava il respiro.

Adesso, io e Raziel ci troviamo nella stanza di Carlos e l'abbiamo adagiato sul letto.

Con delicatezza, facendo attenzione a non svegliarlo, gli tolgo le scarpe e lo copro con un plaid che trovo in uno dei tanti cassetti del suo guardaroba.

Appena mi assicuro che sta meglio, Raziel mi fa cenno con il capo di seguirlo e usciamo dalla stanza.

Lo raggiungo in silenzio, senza proferire parola, sia perché sono ancora infastidita dal suo comportamento, sia per come si sono comportati i miei due migliori amici.

Per tanto tempo mi hanno tenuto all'oscuro dei loro sentimenti, perché? Temevano il mio giudizio?

Ho un fortissimo nodo in gola e quando mi ritrovo fuori, sento il dispiacere aumentare sempre di più.

Sto per dire qualcosa, sento il bisogno di parlare perché sto implodendo.

Raziel si trova dietro di me, ma non mi volto, sono profondamente irritata da tutto.

A un certo punto mi porto le mani sulle tempie e mi accascio sul divano di pelle bianca.

«Che stupida che sono stata!» Mi rimprovero per non aver compreso i loro sentimenti.

«Ania... non lo potevi immaginare. Nessuno in realtà si aspettava che Carlos fosse innamorato di Timo e...»

Sta per sedersi accanto a me ma scatto in piedi proprio per non sentire la sua coscia premere sulla mia.

Non voglio nessun contatto con lui in questo momento. Anzi, non lo vorrò neanche in futuro.

Lui è il primo ad avermi deluso in questi giorni.

Raziel sembra proprio indeciso su come comportarsi, alla fine opta per raggiungermi.

La sua mano calda afferra il mio polso e la sua presa mi costringe a guardarlo negli occhi, in quei bellissimi occhi dove mi perdo ogni volta.

«Scusami, non dovrei avvicinarmi così, soprattutto dopo la tua decisione, però...»

«Allontanati, Raziel...» il modo in cui pronuncio il suo nome mi fa battere il cuore, ma il ricordo di ciò che gli ho detto prima ritorna in me e mi dà la forza.

Penso davvero tutte quelle cose?

Gli ho espressamente consigliato di andarsene da casa mia. Mi ascolterà? Oppure resterà al mio fianco? Cosa succederà da ora in poi?

Cosa saremo adesso se non un "*noi*"?

Per un istante lo guardo confusa, arrabbiata, irritata, amareggiata, poi ricomincio a parlare.

«Non è solo per Timo e Carlos se sto così male.» Ammetto, cercando di non innervosirmi ancora di più e di non parlare a voce troppo alta.

Non voglio che Carlos si svegli.

Mi trovo di fronte al ragazzo che credevo di amare e lo sto guardando con austerità.

«Senti, Ania, lo so che tra noi le cose non sono più come prima, e me ne andrò se è questo che vuoi. Ho afferrato il concetto e anche io sono esausto di recitare. Ho rovinato tutto e non posso farci niente.» Si punta un dito contro il petto.

Non può farci niente? Certo che può. Lui è cambiato da un momento all'altro solo per una stupida collana.

Mi mordo le labbra, soppesando per bene le parole che dovrò dirgli in tutta sincerità.

Non voglio che vada via. Non voglio perderlo, ma stiamo litigando ancora.

Desidererei che le cose tra di noi cambiassero, dannazione è così difficile.

Incrocio le braccia al petto e mi accorgo che un lampo gli rabbuia lo

sguardo. È afflitto. Noto il suo discostamento, ma anche la sua angoscia.
Lui è dolore e sofferenza, senso di colpa e tormento, ruggine e polvere.
Queste parole sono rimaste ben impresse nella mente e adesso posso confermarle.

Prima non riuscivo a comprenderle davvero, da tempo ho capito che Raziel è sofferente, vive in uno stato di profonda agonia che non lo lascia respirare.

Vive chiuso in sé, tormentato e afflitto, dentro una bolla trasparente colma di dolore.

Vive in un baratro senza via d'uscita.

Vive nei suoi ricordi lontani e non nel presente come dovrebbe.

Non riuscirò mai a scoprire cosa lo rende così ambiguo, addolorato e crucciato, l'alternativa è straziante perché non riesco più a restare in silenzio.

D'un tratto esplodo e, come una bambina capricciosa e infastidita, lo spintono verso la parete.

Raziel barcolla senza perdere l'equilibrio e mi arrabbio ancora di più. Gli do un'altra spinta e rimane in silenzio.

«È colpa tua se mi sento così! È tutta...» con un altro spintone arretra ancora «colpa...» continuo fino a quando non sbatte contro il muro. «Tua!»

Improvvisamente, afferra i miei polsi e mi guarda imbestialito.

Perdo la parola e le mie labbra si assottigliano di paura.

«Lo so che è colpa mia. Lo so benissimo. Cosa credi, che non lo sappia? Sono diventato un cattivo ragazzo, lo stronzo della situazione, non è così?» Il suo alito sembra una folata di vento gelido. Le sue parole mi fanno vacillare un secondo, ma mi rimetto in sesto.

«No. No, non lo sai perché se veramente avessi tenuto a me non ti saresti comportato in questo modo. Non mi avresti umiliato al mio compleanno. Non mi avresti respinta. Ho sempre pensato che provassi qualcosa per me, ma evidentemente mi sono sbagliata. Mi hai illuso.»

Tutto il mio coraggio prende il sopravvento. Cerco di sgusciare via dalla sua presa, ma mi trattiene.

«Ania, basta! Sono complicato, ma stai ingigantendo la situazione...»

Cerca di essere comprensivo anche se il suo tono è duro e severo.

I suoi occhi mi fanno provare brividi nascosti e il contatto con la sua pelle è così piacevole che vorrei non si staccasse mai, però devo allontanarmi perché potrei soffrire da morire.

«Sto ingigantendo la situazione? Parli sul serio, Raziel? Sei complicato. Sei misterioso. Su questo hai ragione. Ricordo perfettamente le parole che mi hai detto, anche se avrei potuto aiutarti a non distruggerti per i tuoi sensi di colpa. Avrei potuto aiutarti a farti vivere sul serio. La vita è breve, Raziel. Vuoi sprecarla così? Restando un'anima povera e sopraffatta dal dolore?»

Scuote la testa, con gli occhi carichi di rimpianti e sensi di colpa.

«La vita è breve. Hai ragione, ma non puoi. Nessuno può aiutarmi. Io sarò così per sempre, Ania, e tu non potrai provare a maneggiare con cura le mie ferite. Solo io ho potuto farlo con te perché sei pura, sei luce, tu non ci riusciresti. Sarebbe troppo pericoloso lasciarti avvicinare a me. Non avremmo dovuto neanche baciarci. Ed hai ragione. Mi sono comportato da stronzo. Non avrei dovuto sfiorarti e provocarti. Ho peggiorato la situazione. Per questo ti chiedo scusa, non lo farò più. Non ti sfiorerò neanche per sbaglio...»

Una sensazione di vuoto mi invade.

Non mi sfiorerà neanche per sbaglio... ed il suo tocco già mi manca. Con lui sentivo le farfalle nello stomaco, con lui sognavo un cielo che brilla. Con lui vivevo di incanto.

Lo guardo perché le sue provocazioni non mi dispiacevano, ma non possiamo continuare in questo modo.

Cerco di calmarmi, anche se non mi sono liberata del tutto e perciò rivelo cosa mi ha fatto più soffrire.

«Non è solo per le tue provocazioni o per la tua indifferenza nei miei confronti, sono arrabbiata anche per ciò che hai fatto *oggi*, pure se non dovrebbe interessarmi.»

Provo a rendere il mio discorso confuso e ci riesco perché piega la testa di lato per le mie parole incomprensibili.

«Per oggi? Perché?»

È troppo vicino. Raziel è troppo vicino e tutto ciò rende ingestibile la situazione.

«Perché...» deglutisco il groppo in gola mentre lui ripete ancora una volta la mia ultima parola.

«*Perché?*»

Non ho via di scampo. È inutile.

«Perché oggi non solo mi hai detto quelle cose, mi hai provocata e trattata malissimo, per di più hai preferito la compagnia di Elsa alla mia... venire a conoscenza di questo mi ha fatto stare ulteriormente male, Raziel», le parole mi escono dalla bocca senza controllo.

La verità è venuta fuori e il suo sguardo si spalanca incredulo.

Migliaia di pensieri negativi si spargagliano nella mia mente: adesso se ne va, adesso mi lascia sola, adesso mi dice che non ne può più, che non devo essere gelosa se lui esce con Elsa, che devo farmi i fatti miei...

Mi urlerà contro queste parole.

Chiudo gli occhi, inspirando l'aria asfissiante intorno.
Chissà cosa starà pensando, chissà cosa mi dirà tra poco...
«Ho una valida ragione per aver preferito la compagnia di Elsa alla tua e non è ciò che pensi tu, *Ania*. Inoltre, non avrei retto la tua presenza.»
Come da routine attua il suo atteggiamento da stronzo.
Non avrebbe retto la mia presenza?
Tiro su col naso per non piangere.
Siamo punto e a capo.
Non andremo mai d'accordo.
«Non devi darmi nessuna spiegazione... non siamo più amici e...» non so cosa mi prende, ma mi giro per raggiungere qualsiasi altro posto, basta che stia lontano da lui.
La mia idea non risulta possibile perché mi segue a raffica e mi supera, piombando proprio di fronte a me.
Torreggia su di me e parla di nuovo.
«C'è stata una rissa oggi, davanti l'università», rivela con tono compassato, forse per rimediare alle pungenti parole di prima.
Sgrano gli occhi sconcertata.
«Una rissa? Tra chi? Non mi dire che tu...»
«Io non creo risse, Ania. Non è da me prendere a pugni le persone. Non lo farei neanche per amore. Io agisco con le parole.»
Sbuffo perché lui agisce con le parole ingannando le persone... anche se non vuole ammetterlo. Lascio i nostri problemi fuori da questo discorso e mi concentro.
«E allora tra chi è avvenuta la rissa?»
Raziel si passa una mano tra i capelli e sospira.
«Tra Gaston e dei tizi che non frequentano le lezioni.»
«Gaston? E perché avrebbe dovuto fare a botte con questi tipi?»
Mi rivolge un sorriso tirato. «Per Elsa!»
«Elsa? Che le è successo?»
«Alcuni ragazzi le hanno dato della poco di buono e Gaston è andato su tutte le furie. Tiene molto alla sorella.»
Mi meraviglio di Gaston.
Mi calmo e rivelo un leggero sorriso di stupore.
«Perché stai sorridendo?»
Alzo lo sguardo e lo inchiodo al suo.
«Per Gaston! Alla fine, non è poi così stronzo come vuole far credere!»
Raziel fa una risatina sarcastica.
La rabbia dentro di me sembra essere svanita: non ha trascorso la mattinata da solo con Elsa, è andato ad aiutare Gaston.
Merien si sarà sbagliata. Forse li avrà visti insieme, ma sicuramente

con Gaston nei paraggi.
«Posso chiederti come hai fatto a saperlo?» Domanda, con un luccichio curioso.
Questa volta mi mordo il labbro perché vorrei sotterrarmi.
Dovevo tenere la bocca chiusa!
«Oggi ho incontrato Merien e mi ha detto di averti visto con *Elsa*», ammetto, senza troppi giri di parole.
Raziel incrocia le braccia al petto e riflette.
«Dovrà essere stato quando abbiamo accompagnato Gaston a casa e poi l'ho salutata prima di andare via.»
Faccio spallucce.
«D'accordo, non importa, cioè...»
Mi rendo conto di aver esagerato e lui mi mostra un lieve sorriso.
Sembra essere tornato improvvisamente quello di un tempo, quello che ho conosciuto davvero. Quello che mi manca da morire.
«Sicura che non ti... *importi*? Prima non sembrava così.» La sua voce è più suadente e un'improvvisa ondata di calore mi rende vulnerabile.
Raziel si avvicina ancora di più.
«Assolutamente no. Tu piuttosto... perché hai mandato via Juan? Davvero era richiesto dai suoi genitori? Ci stavo provando e...»
«Ti piace *Gian*?» Sbotta irritato, sbagliando il nome di proposito.
Incredula, alzo gli occhi al cielo.
«Non sono affari tuoi.»
Raziel non si calma, anzi continua.
«Non sono affari miei? Però tu puoi redarguirmi o essere incazzata con me se trascorro qualche ora in compagnia di Elsa?»
Rimango inerme, abbiamo ricominciato a litigare.
Da una parte ha ragione. Chi sono io per infastidirmi? Nessuno. Per lui non sono nessuno.
«Non è la stessa cosa...» cerco di salvarmi, ma lui mi prende in giro.
«Non è la stessa cosa, certo», ripete le mie parole.
Questa volta diventa risoluto e gli occhi lampeggiano di una scintilla particolare, che non ho mai visto.
Mi sta mancando il respiro, ma voglio guardare i suoi occhi, vivi più che mai.
«Sei... *gelosa*?»
Improvvisamente i nostri nasi si sfiorano e mi rendo conto di avere il suo sguardo troppo vicino.
«Di' la verità...» sussurra queste parole al mio orecchio e tremo definitivamente.
In un lampo la discussione di prima è svanita.

Il Raziel arrogante è scomparso. Come devo comportarmi adesso? Forse le mie crude parole lo hanno riportato da me?

Mi rivela un sorriso da capogiro.

Tutto intorno a noi scompare: non riesco a pensare più a niente se non a noi due maledettamente vicini, ma allo stesso tempo insopportabilmente divisi.

A malincuore decido di dargliela vinta. Ormai non ha più importanza scappare e tutto ciò che ho detto prima era una bugia.

Non voglio che vada via... non mi importa se ha letto il mio diario... non gliel'ho mai neanche chiesto... non m'importa più di niente. Vorrei solo riavere il mio Raziel.

Non si può sempre giocare a rincorrersi perché il tempo è troppo prezioso per non viverlo insieme.

«E va bene. Sono gelosa, Raziel. Sono gelosa di te, ma ti dirò di più. Ti metterò davanti a una scelta. Dimmi di smettere di provarci con te e lo farò, altrimenti lotterò per averti. Cosa vuoi che faccia, Raziel? Avanti, dimmelo adesso.»

Il suo sguardo si dilata.

Non si aspettava un ultimatum. Non emette nessuna parola, non vuole litigare.

Comprendo che questa volta non urlerà che la mia gelosia è sbagliata, che non devo pensarlo e tante altre assurdità.

Non le urlerà perché è diverso. Qualcosa, stasera, in un lui è cambiata.

Inaspettatamente tutto diventa più intenso.

Il tepore dell'aria e le mie emozioni si intensificano. Per non parlare del mio cuore che si riscalda per la prima volta grazie al tocco di un bacio.

Solo qualche istante dopo realizzo che le mani di Raziel hanno imprigionato il mio volto e le sue labbra hanno incontrato le mie.

Raziel mi sta baciando e vacillo perché sembra tutto così surreale.

Chiudo gli occhi e mi prendo questo bacio che mi spetta.

Il bacio del vero amore.

È un bacio liberatorio, un bacio dato oltre i limiti del tempo. Un bacio che non lascia scampo e cerco di assaporarlo per paura che tutto finisca.

È un bacio che mi infuoca dentro fino a voler desiderare di perdere il controllo.

È un bacio ricco di quell'incanto che vorrei non finisse mai.

La sua lingua gioca violenta con la mia, come se sentisse il disperato bisogno di possedermi per sempre.

Lo sento così coinvolto e quasi mi viene da piangere perché non riesco a crederci.

Allora anche lui prova qualcosa per me?

Vorrei chiederglielo, ma mi lascio trasportare dal nostro momento che renderò indelebile dentro di me.

Improvvisamente, quando mi morde il labbro inferiore mi lascio sfuggire un gemito sconosciuto e mi meraviglio.

Raziel non sogghigna, né abbandona le mie labbra: mi bacia senza sosta.

Anche io non voglio più scostarmi dalle sue, perché se lo facessi tutto mi sembrerebbe un sogno.

Un bellissimo sogno di cui sarei prigioniera e invece voglio vivere la realtà.

All'improvviso, Raziel mi distende sul divano.

Mi lascio condurre da lui, dal suo rude e selvaggio modo che ha di comportarsi con me. Non l'ho mai visto così, eppure questo suo lato nascosto mi piace.

Lo desidero.

Un forte desiderio pulsa tra le mie cosce e il mio petto si gonfia per l'emozione costante che sto provando.

Non pensavo che questa serata prendesse una piega del genere, non con me arrabbiata in quel modo, non con noi due che ci siamo ignorati per tanti giorni, ma è successo l'inverosimile.

Sento il battito del mio cuore accelerato più che mai, tutto questo perché Raziel ha iniziato ad accarezzare dei territori che nessuno ha mai lambito, eccetto me stessa.

Le sue mani grandi e ruvide mi stuzzicano il reggiseno ed emetto un verso di sorpresa che mi fa reclinare la testa all'indietro.

Lo sento gemere e mi eccito, tremando.

Allargo le gambe per incastrarci nel migliore dei modi e Raziel intuisce il mio invito.

Si avvicina e il suo petto questa volta vibra di passione.

«Anche se mi sono comportato da stronzo, voglio che tu continui a guardarmi perché mi fai andare fuori di testa. Non voglio la tua indifferenza, non la sopporterei. Non più. In questi giorni sono stato malissimo. Ho indossato una maschera che non mi piaceva solo per allontanarti, ma non è servito a niente.»

Le sue labbra si avventano di nuovo sulle mie, mi mordono il labbro inferiore e mi stuzzicano per provocarmi dei brividi di piacere.

Inarco il bacino pronta a volere di più.

Voglio di più.

Lo voglio dentro di me.

Quando si distacca, piagnucolo e lo tiro verso di me, guardandolo negli occhi.

«Non preoccuparti. È tutto passato. Adesso sei di nuovo tu.»
Lo guardo con gli occhi sommersi di lacrime e lui le bacia per non farmi piangere.
«Baciami ancora Raziel, perché non siamo mai stati nemici, siamo sempre stati complici.»
Raziel acconsente e divora le mie labbra. Stringe i miei seni con le sue mani, ma sono troppo coperti. Anche lui desidera vedere oltre.
Proprio quando le sue mani decidono di sbarazzarsi del vestito, la suoneria di uno dei nostri cellulari impedisce di continuare questa passionale danza di baci e carezze.
Imprechiamo entrambi, ma mi accorgo all'istante che si tratta del mio cellulare e non riesco a fare altro che spostarmi dal suo possente corpo.
«Scusami, io devo... devo rispondere...» rivelo impacciata e delusa per aver spezzato la magia. Con sguardo spaesato mi affretto a cercare il cellulare dentro la borsa.
Quando lo trovo impallidisco perché a chiamarmi è mio papà.
Cerco di calmarmi, di non avere l'affanno e, dopo aver preso un bel respiro, riesco a rispondere.
«Papà?»
«Ania Ferrer, dove diamine sei?» La sua voce è allarmata, sento il fiatone e il tono austero che assume quando deve redarguirmi.
«Ti sei accorto della mia assenza», proferisco a bassa voce.
«Accorto della tua assenza? Ania, Juan stava quasi per chiamare la polizia. Ci siamo preoccupati tutti. Dove sei?» Sbraita.
Mi mordo il labbro inferiore e guardo Raziel cercando di inventare una scusa plausibile. Lui mi vede in difficoltà, si avvicina e afferra il telefono per parlare con mio padre.
«Signor Ferrer, mi scuso davvero tanto, Ania ha avuto un problema e l'ho accompagnata. Non vi abbiamo detto nulla per non interrompere la serata, ma stavamo per rientrare», il pensiero del mio amico disteso sul suo letto con il cuore a pezzi mi fa ricordare il motivo della mia fuga.
«Non posso lasciare Carlos da solo», rivelo, Raziel non mi ascolta.
«Carlos ha avuto bisogno di lei e adesso siamo a casa sua, purtroppo da solo non può restare», continua Raziel con parsimonia.
Sento la voce di papà rispondere dall'altro lato della cornetta, però non riesco a comprendere a pieno le sue parole.
Raziel annuisce, poi riaggancia.
«Cosa ti ha detto?» Appoggio le mani sui fianchi, intontita.
«Andiamo a controllare Carlos e torniamo a casa. Non possiamo restare qui, sicuramente dormirà tutta la notte.»
«Non posso lasciarlo da solo...»

«Non c'è nessuno che possa venire a stare qui con lui?»

Merien e Timo sono scomparsi. Gaston ed Elsa non lo conoscono e non saprei a chi altro chiedere.

Scuoto la testa, agitata più che mai, ma Raziel trova la soluzione giusta con semplicità.

Si posiziona davanti a me e appoggia entrambe le mani sulle mie spalle.

Mi accendo al suo tocco.

«Facciamo così: lo controlliamo, gli scriviamo un bigliettino e torniamo a casa. Sono le tre di notte, tra poco sorgerà il sole e potrai tornare qui da lui. Non si accorgerà della nostra assenza.»

Senza avere un'altra opzione, acconsento.

Lo ringrazio e mi dirigo a passo svelto da Carlos: sta dormendo profondamente e non ha più vomitato.

La bacinella che gli abbiamo sistemato accanto a letto è vuota e questo mi rincuora.

«Penso che stia meglio di prima.»

Raziel è accanto a me, appoggiato allo stipite della porta.

«Sì. Sta decisamente meglio. Allora andiamo? Alberto non era molto contento della nostra assenza, credo che se ne siano andati tutti», aggiunge.

Mi porto le mani sulla faccia e non mi accascio per terra solo perché ho premura di tornare a casa.

«Mi punirà per tutta la vita o mi ripudierà come figlia.»

Raziel sogghigna: «Non penso. Ti vuole troppo bene, però magari ti isolerà per un po'.»

Sbuffo infastidita, poi, quando arriviamo in salotto, afferro la borsa e guardo Raziel.

Vorrei chiedergli tante cose, vorrei baciarlo ancora, ma nessuno dei due fa riferimento a quello che è successo pochi istanti prima della telefonata e così evito di riprendere il discorso.

Per niente tranquilla, afferro le chiavi di casa di Carlos.

«Gliele restituirò dopo. Non si sa mai abbia bisogno di me all'improvviso.»

«Okay, mandagli un messaggio.»

Frettolosamente scrivo un messaggio al mio amico.

Sento il cellulare squillare nell'altra stanza e capisco che l'ha ricevuto.

Dopodiché usciamo da casa sua e saliamo in macchina senza rivolgerci parola.

L'odore della passione alleggia nell'aria.

***

A casa mia non c'è più nessuno.

Gli ospiti sono andati via tutti e questo mi terrorizza perché l'attenzione di papà sarà tutta incentrata su di me.

Raziel posteggia la macchina vicino lo steccato interno e mi guarda.

Non abbiamo parlato di quello che è successo tra di noi durante il tragitto, ci siamo limitati semplicemente a riflettere interiormente sul bacio.

Istintivamente chino la testa, preoccupata per un'infinità di cose.

Raziel rimane in silenzio fino a quando non sale gli scalini del portico e si gira verso di me. Mi porge la mano come segno di alleanza, di unione.

Il suo sorriso rassicurante mi fa capire che andrà tutto bene e che si risolverà tutto.

Con dolcezza l'afferro e mi avvicino alla porta. Nell'istante stesso in cui entro in casa, papà si alza furibondo dal divano.

«Si può sapere cos'è successo?» Mi urla contro.

Non l'ho mai visto così infuriato, mai.

Volontariamente Raziel mi protegge con la sua possente corporatura e papà si ritrova faccia a faccia con lui.

«Sto rimproverando mia figlia, Raziel. Non metterti in mezzo», sbraita, incollerito e deluso dal mio comportamento.

«Signor Ferrer... al telefono le ho spiegato il perché siamo andati via senza dire nulla. Non volevamo far allarmare i vostri ospiti.»

Mio padre non si rasserena. Ha lo sguardo molto adirato, iroso, mentre mamma è rimasta seduta sul divano e non interviene.

«Papà... Timo e Carlos hanno litigato.»

Il suo sguardo si assottiglia ancora di più.

«Ania... le litigate tra amici succedono spesso. Te ne sei andata senza dirmi nulla. Mi sono sentito malissimo al solo pensiero che ti fosse successo qualcosa! Juan era allarmato...» esclama quasi in lacrime e con voce alterata.

Raziel ruota gli occhi al cielo, mentre mamma ci raggiunge e abbraccia papà per rasserenarlo.

«Pensavo che fossi arrabbiato con me perché avevo rovinato la vostra serata! Io... scusatemi, avrei dovuto avvisare», guardo il pavimento mortificata, ma la voce di papà risuona sincera.

«Pensavi di averci rovinato la serata? Ania, tesoro mio, me ne infischio della cena di stasera. Non averti trovato in casa è stato tremendo. Mille ricordi sono ritornati nella mia mente e...»

So a cosa sta pensando... sta rivivendo la sera in cui sono scappata di casa perché stavo male, perché il dovermi operare non rientrava nel mio futuro e perché non volevo.

Quel giorno è stato Carlos a trovarmi, e quando sono rientrata lo sguardo di mio papà mi ha rattristato così tanto da non commettere più un gesto simile...

Almeno fino a oggi.

«Scusami... davvero scusami, non ho pensato a quel momento...»

Raziel non comprende il nostro discorso perché gli ho raccontato solo di quando sono stata male, non di quando sono scappata per una giornata intera.

Papà sospira, poi, fa il primo passo e mi abbraccia.

Mi stringe forte a sé e ricambio il gesto con tutta la forza che mi è rimasta.

«Ti voglio bene, Ania, e mi preoccupo per te. Lo sai!»

Annuisco anche se il mio viso è nascosto sotto l'incavo del suo collo. La mamma si unisce al nostro abbraccio, poi, inaspettatamente, papà afferra Raziel per il braccio e lo coinvolge.

Lui si avvicina e cautamente ci abbraccia.

Stento a crederci, ma papà ha abbracciato anche Raziel; che abbia cambiato idea su di lui?

La mano del nostro ospite finisce sulla mia spalla e quel tocco mi fa ripensare all'intenso bacio che forse si sarebbe trasformato in altro se non ci avessero interrotto.

Fortunatamente il mio viso è coperto dai capelli e nessuno si accorge del mio rossore.

Appena l'abbraccio si scioglie, sento gli occhi un po' umidi e papà mi guarda con commozione.

«Non piangere però... perché sennò mi commuovo anche io.»

Raziel sogghigna insieme a mamma e, per un momento, mi perdo a guardare ciò che ho davanti.

Mi sto emozionando perché mi reputo fortunata: ho dei genitori fantastici, un nuovo cuore che mi ha dato l'opportunità di vivere davvero, e un ragazzo che mi ha appena baciato, nonostante i vari trascorsi.

Non desidero nient'altro se non tutto l'amore che provo per queste tre persone che mi stanno accanto.

«Non piangerò... promesso.»

«Ma che è successo a Carlos e a Timo?» Domanda mamma, più curiosa di una giornalista.

Per un attimo mi sono dimenticata dei miei amici.

Dovrei mandare un messaggio a Merien e a Timo per vedere dove siano finiti, è anche vero che per non avermi chiesto nulla riguardo a Carlos saranno per i fatti loro chissà in quale posto.

Mi mordo l'interno della guancia per non impazzire. Il comportamento

di Timo non mi è piaciuto per niente.
Carlos gli ha rivelato ciò che prova e lui scappa come se non fosse successo niente e, per giunta, mano nella mano con Merien.
Povero Carlos, tra qualche ora, quando si sveglierà, avrà il cuore a pezzi e io dovrò sostenerlo, sorreggerlo, perché sono sua amica.
E, anche se non mi ha rivelato ciò che prova per Timo, non posso rimproverarlo.
«Hanno litigato... Carlos ha confessato di amare Timo davanti a tutti, ma a quanto pare a Timo piace Merien...»
Papà strabuzza gli occhi, mentre la mamma dichiara i suoi pensieri ad alta voce.
«Ho sempre saputo che Carlos avesse una cotta per Timo.»
Papà la guarda confuso e inarca un sopracciglio: «Io ho sempre sospettato che Timo fosse innamorato di Ania...»
Raziel si schiarisce la gola e interviene, facendoci girare tutti verso di lui.
«A quanto pare non è così, ma la situazione si risolverà...»
Papà sospira. «Chi l'avrebbe mai detto!»
«La serata com'è andata? Si sono preoccupati tutti?»
«Abbastanza... pensavano ti fosse successo qualcosa di grave, ma sono riuscito a tranquillizzarli.»
Proprio in quel momento squilla il cellulare di papà e lui si affretta a rispondere.
«Margaret, ciao! Sì, sono rientrati. Stanno entrambi bene, ringraziando il cielo. Puoi stare serena, grazie per il tuo interessamento... certo, te li saluto. A presto, un bacio e saluta anche Carina.»
Sobbalzo al nome di Carina.
Quando papà riaggancia il telefono, lo guardo abbastanza curiosa.
«Era la signora Acosta?»
Con un cenno di assenso risponde alla mia domanda: «Era in pensiero per voi, adesso si è tranquillizzata. Lei e Carina vi portano i loro saluti.»
Raziel si passa una mano tra i capelli: «Siamo stati incoscienti. Dovevamo avvisare... ci scusi ancora. Ricambi i nostri saluti.»
Decido di chiedere di Juan.
«Juan ha detto qualcosa?»
Questa volta Raziel posa l'attenzione su di me, specialmente sui miei occhi.
«Era preoccupato per te, magari domani potresti mandare un messaggio e scusarti», consiglia papà.
Faccio finta di accontentarlo, ma non penso che gli scriverò.
All'improvviso Raziel occhieggia sull'orologio a pendolo e si schiari-

sce la gola.

«Forse, è meglio andare a dormire?»

Tutti e tre annuiamo perché la stanchezza inizia a farsi sentire.

Do il bacio della buonanotte a mamma e a papà e mi reco al piano di sopra insieme a Raziel.

Io e lui non sappiamo come comportarci, non abbiamo più fatto riferimento al bacio di prima e adesso non riusciamo a parlare.

Senza rendermene conto arriviamo davanti camera mia e chino la testa per non pensare a lui.

D'istinto abbasso la maniglia della porta ma, inaspettatamente, la mano calda di Raziel blocca il mio gesto.

Mi giro di scatto verso di lui.

Ci guardiamo negli occhi per un istante che mi sembra immorale; eppure... non stiamo facendo nulla di male.

Non siamo fratellastri, non siamo cugini, non abbiamo nessun vincolo di sangue... allora perché penso che sia troppo bello per essere vero?

Lo guardo dubbiosa per il suo caloroso tocco e le mie guance si imporporano.

Aspetto che sia lui a parlare per primo e, quando succede, quando la sua voce risuona intorno a me, sento le mie gambe vacillare perché la sua richiesta mi fa mancare il respiro.

«Voglio entrare nella tua stanza. Adesso!»

37
Lenzuola bianche

Ania

L'aria diventa un miscuglio di caldo e freddo. Il mio cuore trema come una candela accesa nel buio e vibra per l'emozione che sto provando. I palmi delle mani sono imperlati di sudore perché l'agitazione sta prendendo il sopravvento.

Non riesco a voltarmi perché ho paura di scoprire l'espressione che caratterizza il suo volto. La immagino cupa, come se una quantità di ombre gli ronzasse intorno.

Da quando siamo entrati nella mia stanza non abbiamo parlato.

Solo i nostri respiri risuonano nell'aria, anche loro sono emozionati quanto noi.

Raziel è entrato nella mia stanza perché ho acconsentito ai suoi ordini per la prima volta.

A essere sincera, non è stato prepotente nei miei confronti, come in passato ha fatto Gaston, ma l'esclamazione di prima mi ha acceso le guance e la parte più intima del corpo.

Abbiamo passato dei giorni orrendi a evitarci, a far finta di odiarci, però dal bacio precedente sembra che qualcosa sia cambiato.

Specialmente in lui.

Proprio per questo ho scelto di farlo entrare nella mia stanza senza indugiare più del dovuto.

Adesso, il mio viso è nascosto grazie alla penombra e lui è in silenzio.

Improvvisamente occhieggio verso le lenzuola ordinate e solo dopo mi concentro su di lui.

Noto che mi sta fissando in maniera perforante. La sua figura imponente è appoggiata alla porta della mia camera. Ha le gambe incrociate e lo sguardo perso su di me. Ed io mi sto infiammando tutta, per di più mi sto sentendo profondamente a disagio... maledizione!

Non mi aspettavo proprio che mi chiedesse di entrare nella mia stanza, con addirittura i miei genitori in casa.

Eppure, è successo.

Eppure, adesso ci troviamo l'uno di fronte l'altro, colti da un desiderio indescrivibile.

«Hai paura?»

Alla sua domanda respiro a stento, ma mi armo di coraggio.

«Di... di cosa?» Farfuglio, più disorientata di prima.

Le gambe iniziano a tremare e mi sorreggo alla scrivania proprio per non fargli accorgere del mio nervosismo.

«Perché sono entrato nel tuo rifugio», la sua voce cavernosa ritorna a farmi scordare il mondo esterno.

Avanza di qualche passo e mi accorgo che in questo momento sembra più selvaggio del solito.

Non ho la forza di respingerlo e rimango immobile, anche perché non posso indietreggiare di più.

«No... non... non ho paura...», balbetto, insicura della mia risposta.

Raziel se ne accorge e mi regala lo sguardo di chi non crede per nulla alle parole appena udite.

Ci guardiamo negli occhi e quando mi sorride la paura svanisce.

«Meglio, perché non devi avere paura, soprattutto di *me*.»

«È che... è che...» mi sento una stupida perché riesco a rendermi ridicola in questo contesto.

«É che, *cosa*?» Sussurra sensualmente, trovandosi a un centimetro di distanza dal mio viso.

«É che mi sembra tutto così strano, questa, questa cosa tra di noi. Prima ci ignoriamo, poi ci baciamo e adesso...» rivelo agitando le braccia intorno al nostro spazio.

A un certo punto mi sfiora la guancia con le nocche della mano. Sobbalzo a quel tocco così delicato, così intimo, così bello.

«Ti sembra strano il fatto che ti voglia sin dalla prima volta che ti ho incontrata?» Mi fissa intensamente e il mio cuore martella contro il petto.

Sgrano gli occhi per l'incredulità.

Se mi sta umiliando un'altra volta giuro che con lui chiudo definitivamente. È così indeciso. Prima mi urla di stargli lontano, mentre adesso mi rivela i suoi sentimenti con sincerità.

«Tu... tu mi vuoi dalla prima volta che mi hai visto? Ma ad Halloween mi hai detto quelle parole pungenti, io non riesco a capirti, Raziel. Sul serio. Sii più specifico perché mi stai facendo ammattire.»

Capisce la mia irritabilità e i suoi capelli indomabili lambiscono la mia fronte.

«Ti voglio da impazzire, Ania. Quando ho incrociato il tuo sguardo in aeroporto dentro di me è scattato qualcosa, che però ho ammesso solo di recente. Perdonami per quello che ti ho detto alla festa. Ho perso proprio la pazienza perché è stato un periodo davvero strano per me... servirebbero mille scuse da parte mia per poter tornare come quelli di prima, ma la verità è che io voglio di più, Ania. Voglio di più per noi. Adesso non posso più farne a meno.»

Deglutisco il groppo in gola, mentre il suo profumo intenso invade la mia stanza.

Potrei svenire da un momento all'altro, non voglio che questo sia un sogno. Voglio che sia la realtà.

Per darne prova, mi faccio forza e gli accarezzo l'ispida barba che ho sempre desiderato sfiorare.

Al mio tocco si rasserena e la sua mano incontra la mia per riscaldarla del tutto.

Il suo calore mi scaturisce dei brividi di piacere lungo il corpo e la sua carezza mi rende più passionale.

«Prima non ti ho baciata per sbaglio, non è stato un errore, lo rifarei mille volte ancora. Ho voglia di baciare ogni singola parte del tuo corpo, Ania, inclusa la cicatrice del tuo cuore. Ho voglia di accarezzarti, di scoprire le parti più intime di te. Ma voglio sapere una cosa...»

Sgrano gli occhi: «Io ti ho già esposto i miei sentimenti, Raziel, e tu inizialmente mi hai allontanato. Non ti sono sembrati sinceri? Cosa vuoi sapere, ancora?»

«Voglio sapere se mi vuoi davvero complicato così come sono. Mi vorresti nelle tue giornate e nel tuo letto?»

I miei occhi si inondano improvvisamente di lacrime che non riesco a contenere.

Quando queste ultime iniziano a rigarmi il viso, è proprio Raziel a scacciarle via con i pollici della sua mano.

«Perché stai piangendo?» Si accosta vicino a me con una leggera preoccupazione.

«Perché ti voglio dal primo momento e mi sembra impossibile che tu ricambi i miei sentimenti. Pensavo che mi odiassi, che mi ripugnassi...»

Raziel scuote la testa.

«Non ti sei mai accorta di come ti guardo? Ad Halloween stavo male con me stesso, non ho scusanti, ma questa nostra lontananza mi ha fatto riflettere su una vita senza di te. Sarebbe deleteria. Potrebbero rinchiudermi persino in manicomio. Non riuscirei a tornare indietro nel tempo, a quando ancora non ti conoscevo. Voglio provare a renderti felice, adesso. Nel nostro presente.»

I singhiozzi si placano e muovo la testa ascoltando la sua verità.

«Io non, non so cosa dire...tu sei stato così diverso in questi giorni...»

Raziel appoggia la sua fronte alla mia e sospira amareggiato: «Guardami...»

Ed io obbedisco.

«Mi reputi sul serio un cattivo ragazzo? Ti sembro davvero un bastardo senza cuore? Dimmelo Ania...devo conoscere i tuoi pensieri.»

Deglutisco il gruppo in gola e mi aggrappo alle sue possenti spalle. Lo guardo intensamente e decido per una volta di lasciarmi tutto alle spalle. Di dimenticarmi del Raziel stronzo, manipolatore ed egoista che ho conosciuto.

Voglio ricordarmi del vecchio Raziel. Voglio ridargli una possibilità.

«Non voglio ricordarti più come un cattivo ragazzo, perché non lo sei. Hai semplicemente indossato una maschera che non ti si addice. Hai voluto spaventarmi e non ci sei riuscito. Adesso, ti pongo una domanda...» mi faccio forza ed espongo le mie parole ad alta voce: «Cosa siamo per te, Raziel?» Graffio la mia gola con quel quesito intriso di sentimento, mentre mi ipnotizza con il suo sguardo.

Il suo naso sfiora il mio e i brividi continuano ad accrescersi.

«Siamo il presente, Ania. Non sappiamo quello che succederà, cosa saremo, cosa diventeremo io e te. Ciò che posso dirti, per il momento è che, io e te, siamo il presente.»

Valuto la sua dichiarazione e il mio cuore schizza di gioia. Ci guardiamo, ascoltando attentamente i battiti dei nostri cuori.

All'unisono formano una perfetta sinfonia, dolce, melodiosa, discreta.

«E adesso, invece, cosa accadrà?»

Alla mia domanda l'atmosfera tra di noi diventa carica di desiderio e ho l'impressione che stia pensando la stessa cosa.

Ho una maledettissima voglia di scoprire i suoi pensieri.

Non sono imperturbabile, per niente. Sono agitata, ma felice delle emozioni che sto provando.

Raziel segue il mio sguardo senza paura e un sorriso di trionfo gli illumina il volto.

«*Ania*...» la sua voce rende piacevole il suono del mio nome e socchiudo gli occhi perché vorrei che lo ripetesse un'altra volta.

Detto da lui sembra più sensuale, unico.

Il cuore mi sta scoppiando, non riesce a placarsi, e più la bocca di Raziel si avvicina alla mia, più pensieri inopportuni si insinuano nella mia mente.

«Siamo abbastanza grandi per giocare a rincorrerci, non credi? Dovremmo smettere di allontanarci solo per evitare di sfiorarci.»

Mi sciolgo a quelle parole e perdo il controllo della situazione, il tono della sua voce mi stordisce.

«*Io* ho paura», ammetto a voce alta i miei timori.

Lui scuote la testa e poggia la sua bocca sul lobo del mio orecchio destro.

«In questo momento anche io ho terribilmente paura, ma sai cosa vorrei?» Le sue labbra modulano con provocazione quella domanda.

Per non barcollare stringo le mani sulla scrivania e mi sorreggo, anche se i brividi che sento lungo il corpo non mi lasciano in pace.

«*N... no...* cosa vorresti?» Balbetto.

«Vorrei stringerti a me, vorrei spogliarti e vorrei vederti felicemente appagata tra le mie braccia. Ti desidero da quando ti ho incontrato, Ania. Sei la mia tentazione. Mi infiammi.»

Non riesco a interpretare a pieno il significato della sua frase perché non mi dà tempo.

Raziel si avventa su di me e le sue labbra si posano sulle mie, più possessive di prima.

Mi bacia con ardore, infiammando il mio cuore.

Con veemenza gli affondo le mani nei capelli mentre lui inizia ad accarezzarmi la coscia, seminuda a causa del vestito che indosso.

Il mio cuore batte come le ali di una libellula. Con naturalezza avvinghio le mie gambe al suo bacino e lui mi alza con tutta la forza che possiede.

Appena mi sorregge le natiche con le mani, emette un gemito gutturale.

Questo bacio è il continuo del precedente che è stato interrotto senza preavviso, con un coinvolgimento maggiore.

Forse perché la rabbia è sparita o forse perché la sua dichiarazione ha addolcito il mio cuore. Non saprei dare con certezza una motivazione, so che qualcosa di potente ha infiammato i nostri cuori.

C'è trasporto, come se fossimo impazienti di scoprirci del tutto.

Raziel mi getta sul letto senza far rumore e mi accarezza i capelli sapendo che la gentilezza lo contraddistingue da tutti gli altri.

Anche se a primo impatto risulta selvaggio, è gentile. Non è il solito arrogante.

Lui è un gentleman.

Il suo bacio diventa più famelico e le sue mani si spostano in maniera più rude sul mio petto che si gonfia e si sgonfia per la miriade di emozioni che sto provando.

Raziel si concentra ad abbassare la spallina che scivola via come se fosse scostata dal suo soffio.

Continua accarezzandomi tutto il corpo, con una passione unica e incontrollabile.

Questa notte sarà magica, resterà nella mia memoria per sempre e voglio ricordare ogni singolo particolare.

Mi concentro sul viso del ragazzo che sta baciando ogni centimetro del mio corpo, totalmente preso dal nostro momento, e lo guardo negli occhi per un istante.

Appena incontra i miei occhi smette di baciarmi e mi sorride.

«Vuoi che mi fermi?»

Scuoto la testa perché non vorrei mai che lui si fermasse, non dopo avermi rivelato i suoi sentimenti.

«Assolutamente no...»

Sorride malizioso e la sua mano mi accarezza la guancia.

«Meglio, perché non vedo l'ora di farti scoprire l'emozione più bella.»

Soltanto lui può avere il potere di farmi provare piacere intenso con una frase romantica.

Sono ancora infastidita dal fatto che indossa la camicia, così decido di superare la mia timidezza e la sbottono.

Raziel si stupisce del mio gesto, ma non mi interrompe.

Mi guarda con un sorriso fiero e mi piace, da morire.

Mi fermo solo per guardarlo negli occhi, ma la sua voce mi stordisce.

«Non ti fermare, ti prego.»

La sua supplica mi rende agguerrita e lo metto nudo davanti ai miei occhi.

Appena la camicia scivola sul pavimento, osservo con ammirazione il torace di Raziel: sembra la perfezione.

Ogni giorno mi domando cosa ci possa essere di sbagliato in lui, perché per me è perfetto.

Eppure, il mio cuore mi suggerisce che i miei pensieri non sono del tutto esatti.

Sul suo petto non intravedo nessuna cicatrice, nessun tatuaggio: è pulito, come se non avesse commesso nessun peccato, nessun crimine, e lo accarezzo per sentire l'ardore della sua pelle.

Gli appoggio il palmo della mano sui pettorali e lui sussulta.

«Continua a toccarmi, ti prego...»

Le mie carezze diventano più passionali e reclina la testa all'indietro, forse per lasciar via tutti i brutti pensieri, per concentrarsi solo su di me, su di noi, sulla nostra prima volta.

«Sto impazzendo...» improvvisamente la sua mano afferra il mio polso e lo blocca.

Ci guardiamo negli occhi e il mio cuore balla di gioia, poi, con un movimento, mi aggrappo al suo collo e lo bacio.

Lui ricambia e mi accarezza infinitamente, senza stancarsi.

Le sue braccia mi reclamano, mi desiderano, sfiorano ogni parte del corpo e tutto ciò fa aumentare la mia eccitazione.

Lo voglio, ma lui si diverte a rendere più stuzzicante la situazione.
Infatti, inizia a baciarmi il ventre, fino a quando scende lì sotto e la mia testa si reclina per non impazzire del tutto.
«*Raziel...*»
«Non preoccuparti, Ania... andrà tutto bene...»
Muoio dalla voglia di scoprire quella sensazione e quando i suoi capelli lambiscono l'interno coscia, capisco che si è già precipitato nella mia parte più intima e la sta assaggiando con tutta la passione che prova.
Inizio a divincolarmi perché il piacere è immenso: gli tiro i capelli proprio per sorreggermi a lui e non urlare.
Nel frattempo che la assapora, i suoi occhi risalgono sui miei con un'espressione folgorante.
Sto quasi per venire, istintivamente si ferma e sorride: gli angoli della sua bocca si alzano pieni di malizia.
«Non verrai così. Sarebbe troppo facile.»
Rimango delusa perché si è interrotto proprio nel momento più bello, ma tutto questo non ferma la nostra voglia di averci.
La mia tensione non si allenta e lo invito con lo sguardo.
Raziel coglie al volo la mia richiesta e prima di accontentarmi le sue mani alzano il mio vestito per togliermelo definitivamente.
«Questo è ingombrante... oscura tutta la tua vera bellezza.»
E proprio dopo queste parole rimane ammaliato, il suo respiro sembra smorzato.
La luce della luna illumina il mio corpo e Raziel lo scruta con un'attenzione particolare: inizia a pulsarmi il punto che fino a poco prima ha *gustato*.
La sua mano scivola sull'interno della coscia e l'accarezza come se quel gesto l'avesse sempre compiuto su di me.
«Sono un gentleman e proprio per questo, anche se non si fa, ho bisogno di chiederti il permesso, *Ania*...»
«Il... il permesso per cosa?»
Il battito del mio cuore è veloce e la sensazione che sto provando è celestiale.
Raziel si sorregge con entrambe le mani e mi fissa dalle folte ciglia.
«Posso entrare dentro di te e farti venire per la prima volta? Voglio farti scoprire il piacere dell'amore, Ania. Non intendo rinunciare a te, ma se per te è ancora presto lo capirò, e me ne andrò in camera mia a torturarmi da solo e...»
«Sta' zitto e baciami!» Esclamo, interrompendolo.
Raziel appoggia la fronte sulla mia e mi guarda.
Il ghigno che compare sul suo viso mi fa comprendere che tra pochi

minuti si sazierà delle mie labbra.

A distanza di secondi succede proprio ciò che ho appena pensato.

Raziel recupera un profilattico senza darmi il tempo di aiutarlo, poi rincontra le mie tumide labbra e mi abbraccia, gonfiando al massimo i bicipiti: mi aggrappo a loro, per cercare di non perdere i sensi per le troppe emozioni.

All'improvviso, dopo aver preso in bocca il mio capezzolo e averlo leccato con destrezza, sento qualcosa di più duro sulla mia parte intima e m'imbarazzo.

Automaticamente nascondo il mio viso sull'incavo del suo collo e continuo ad abbracciarlo e a graffiargli persino la schiena.

Emette un verso gutturale che mi fa impazzire e aprire gli occhi.

«Sto per entrare, Ania, ma se ti faccio male... se senti anche un lieve dolore, dimmelo, d'accordo?»

Le mie guance diventano ancora più rosse e lui mi sorride, irrigidendo le spalle.

Con le sue mani intercetta le mie dita e le stringe per non lasciarmi andare o forse per non farmi sentire dolore.

Appena entra dentro di me, la parte più intima del mio corpo si risveglia grazie alla sua presenza.

Lui trema, io vibro di piacere, non di dolore, e penso che non ci sia niente di più bello di questa emozione.

Raziel continua a baciarmi, come se volesse scomparire dal resto del mondo, come se esistessimo solo noi e nessun altro, e a me va bene così.

Ricambio il bacio con la stessa intensità dimenticandomi del lieve dolore che sto provando in questo momento.

Mi regala varie spinte, leggere, per nulla invasive e un piccolo gemito esce dalle mie labbra.

«*Ania...* mi farai impazzire così», grugnisce al mio orecchio.

«Mmmh...» è l'unico verso che emetto perché non riesco a parlare, sono troppo presa da lui e da queste nuove emozioni.

Mi stanno facendo sentire importante, bellissima e unica.

«Ti faccio male?»

Scuoto la testa e mi bacia. Automaticamente appoggia la sua guancia alla mia e continua a spingere, senza interrompersi.

Io e Raziel siamo uniti.

Non lo sono mai stata con nessuno e di Raziel non so molto, ma non m'importa, perché ora è con me, mi tiene le mani, mi bacia, mi fa sentire a casa, protetta.

Non voglio staccarmi da lui, dalla sua presa possente e vigorosa.

Vorrei stare così per tutta la notte, ma so che non si può.

Proprio mentre penso a queste parole, le spinte di Raziel diventano più selvagge, più irruenti e mi piace, mi piace tantissimo.

Il dolore di prima è svanito e la sua erezione gioca con la mia intimità come se si conoscessero da sempre.

Sorrido al solo pensiero e vengo.

Non ho mai provato questa sensazione, è stato il primo orgasmo, dopo aver provato il piacere da sola.

Lui stringe le mani e ringhia a bassa voce. Si sta trattenendo per non fare rumore, per non farsi sentire, ma anche lui sta per raggiungere l'estasi del piacere.

Con stupore mi accorgo che il piacere è ancora intenso e che forse raggiungerò un secondo orgasmo proprio insieme a lui.

Sto per venire una seconda volta e mi aggrappo alla sua schiena per farglielo capire.

Dal verso che esce dalla sua bocca e dal mio ansimare, capisco di avere ragione.

Io e Raziel siamo venuti insieme, nello stesso momento.

**

Sono la ragazza più felice del mondo. Mi trovo tra le braccia di un uomo meraviglioso e non desidero altro se non tutta la sua assoluta protezione.

«Non riesco ancora a crederci», ascolto la sua voce sincera e appagata.

In questo momento ci troviamo abbracciati e Raziel sta accarezzando i miei lunghi e ingarbugliati capelli. Prima di fare l'amore con lui li avevo lisci e puliti, ora invece sono impregnati di sudore e sembrano voler urlare a tutto il mondo di essere stati spettinati dalle mani più belle.

«A cosa?» Giro il capo e guardo il suo profilo perfetto.

Si volta leggermente verso di me e mi regala uno dei suoi rari sorrisi. «A tutto questo intreccio meraviglioso.»

Spalanco gli occhi e sorrido, felice di aver udito questa verità.

«Sei stato molto bravo», ammetto. Provo a non emozionarmi, ma non ci riesco. Raziel se ne accorge e sogghigna.

«Ho le mie qualità nascoste...» ammicca e lo abbraccio.

«Vorrei tanto scoprirle...» annuso il buon profumo che emana la sua pelle e mi riaccuccio contro il suo petto.

«Ti è piaciuto?» Mi domanda tutto a un tratto.

«Davvero mi stai chiedendo se mi è piaciuto? Raziel, non aspettavo altro dalla prima volta che ti ho visto e non ho sentito dolore».

Mi coccola ed io mi lascio trasportare da questo momento che vorrei non finisse mai.

«Posso farti una domanda?»

Forse non è il momento giusto, forse non dovrei, ma ho bisogno di sapere una cosa...

Raziel acconsente, stringendomi ancora più vicino a sé.

Mi schiarisco la gola e pronuncio le parole successive senza frenarmi.

«Per te... non è stata la prima volta, vero?»

Non ho saputo resistere. Da quando è arrivato a Buenos Aires non faccio altro che pensare se sia stato fidanzato o se abbia qualche relazione in sospeso...

È giusto che io sappia, che cerchi di conoscerlo un po' di più, prima di intraprendere una relazione.

Raziel si passa una mano tra i capelli e le sue labbra formano una piega arcigna.

Sembra che abbia detto qualcosa di sbagliato, perché il suo tono ritorna a essere scontroso.

«No... non è stata la mia prima volta», sento il suo torace irrigidirsi e mi volto a guardarlo negli occhi.

Mi mordo il labbro inferiore, decidendo di continuare la conversazione... forse piano piano riuscirò a scoprire qualcosa in più.

«Lei... lei è ancora importante per te?»

Gli occhi di Raziel scattano verso i miei.

«Non mi va di parlarne, Ania. Scusami. Non adesso almeno. Ti prego, non roviniamo questo nostro momento...»

Cerca di convincermi a non chiedergli di più, ma ascolto il mio istinto e proseguo.

«Io vorrei sapere, Raziel. Mi sono aperta con te, mi sono confidata. Vorrei che tu facessi lo stesso», ammetto, sperando che mi dia la possibilità di conoscerlo meglio.

«Che ore sono?» Chiede di soppiatto, occhieggiando verso la sveglia sul comodino per cambiare discorso.

Sbuffo infastidita, perché vorrei che rispondesse alla mia domanda, ma mi sporgo un po' più in là e lo accontento.

«Sono quasi le cinque del mattino, tra poco i miei si alzeranno...»

Appena pronuncio quelle parole si libera da me, facendomi spostare a gattoni sul letto.

Mi siedo di fronte a lui e aspetto il suo prossimo movimento.

«Mi sa che dovrei tornare in camera...»

«Cosa? Non... non rimani qui con me?»

Mi volta le spalle e stringe i pugni sopra il materasso. Le sue nocche diventano rosse.

«Non sarebbe l'ideale, i tuoi genitori potrebbero vederci», rivela con voce rauca.

Forse l'ho reso irrequieto con quella domanda, ma ha ragione... dovrebbe tornare in camera, anche se lo vorrei dentro le mie lenzuola per il resto della mia vita.

«Hai ragione, forse è il caso che tu vada nella tua stanza... anche se dovremmo parlarne prima o poi», mi mordo il labbro perché si accorge del mio sguardo accigliato.

Ha capito che mi sono infastidita perché non ha risposto alla domanda e ha cercato di cambiare discorso.

Ma dovrà pur rivelarmi qualcosa, anche se non tutta la verità; ho il diritto di sapere, altrimenti è inutile pensare di costruire qualcosa *insieme*.

Improvvisamente si alza a mezzo busto e indossa i boxer. Nella mia mente riaffiora il ricordo di quando li ha tolti per entrare dentro di me.

Divento paonazza, però il fatto che lui non mi dica di più mi fa ristabilizzare subito.

Perché è così scostante quando si parla del suo passato? Cosa sarà successo di misterioso da non potermi rivelare?

Se ha in mente un'altra donna può dirmelo tranquillamente, lo capirei.

«Non è il momento adatto per questo discorso, ti prego...» si alza dal letto e copre con un involucro la bustina del profilattico, poi la getta nel cestino della mia stanza e si allontana da me senza baciarmi.

Lo raggiungo a piedi scalzi e dolcemente gli poggio una mano sulla spalla nuda.

«Okay, ma Raziel... vorrei dirti una cosa.»

Si gira piano e mi guarda confuso, disorientato, come se non si aspettasse qualcosa del genere da parte mia.

«Cosa devi dirmi, *Ania*?»

Mi faccio coraggio e con sincerità rivelo ciò che non posso tacere.

«Le anime come le nostre sono destinate ad amarsi e non a rintanarsi nella solitudine più oscura e pericolosa. Le anime come le nostre dovrebbero ballare insieme, scoprire le meraviglie del mondo, vivere di sogni e speranze. Non dovrebbero soffrire ed essere malinconiche. Non dovrebbero rifugiarsi nei passati dolorosi e imbattibili. Le anime come le nostre dovrebbero avere il coraggio di vivere.»

Il suo silenzio vince sul mio discorso e quando si riveste senza dirmi una parola lo guardo sconcertata. Non mi sembra più il Raziel di poche ore fa, il Raziel che mi ha spogliata e toccata. Il Raziel che mi ha fatto scoprire l'amore.

Sembra essere tornato quello burbero e insolente. Quello che non crede nei sentimenti. Poco fa le sue stesse labbra mi hanno dimostrato passione e dolcezza e non può essere semplicemente attrazione fisica la nostra.

Io e lui proviamo un desiderio indescrivibile di appartenerci, di baciarci, di stare bene insieme, ma qualcosa lo ostacola.

Sta per uscire dalla mia stanza, ma spero che cambi idea, che torni indietro e che venga con me da Carlos. Testarda, non glielo propongo perché riceverei un "no" come risposta.

«Non credere in queste assurde illusioni, Ania. La vita è una giostra, va vissuta, e non sempre si ama davvero, non sempre si riesce a trovare la persona che completi questo sentimento.»

Questa frase mi spezza.

Cosa vuole significare? Sto per piangere, ma mi trattengo. Non ho bisogno che lui capisca quanto male mi facciano le sue parole. Arresto il pianto in gola e abbasso la nuca sulle lenzuola disfatte che sanno di lui. Le stringo con le mani mentre lui raccoglie il cellulare e si volta verso di me.

«Perché fai così? Cos'è cambiato dalla domanda che ti ho posto?» Continuo dubbiosa.

«Cerca di riposare...»

Perché si sta comportando così? Non volevo rattristarlo con quella domanda e mi pento di avergliela posta.

Sono stata una sciocca! Ho rovinato il nostro momento...

Annuisco, ma proprio non riesco a chiedergli scusa... non ne vedo il motivo. Non ho fatto nulla di male, gli ho semplicemente chiesto di saperne di più...

Lui c'è stato per me, mi ha aiutato a superare la mia tristezza, il mio disagio. Mi ha accarezzato la cicatrice, ha visto la mia parte più intima e io non posso aiutarlo?

Non mi sembra corretto, tuttavia lo lascio andare perché non posso costringerlo a restare.

Raziel abbassa la maniglia senza voltarsi ed esce silenziosamente dalla mia stanza, facendo attenzione.

Appena chiude la porta alle sue spalle mi sento sprofondare nel buio più totale e mi appoggio al cuscino, annusando il suo odore.

Mi ha lasciata da sola... ha preferito rintanarsi nel suo mondo invece di confidarsi con me.

Perché fa così?

Vorrei tanto saperlo e questa sensazione di vuoto che provo in questo momento non promette nulla di buono.

Cerco di non fissarmi su questi pensieri e mi sistemo sotto le coperte per dormire qualche ora.

Spero che, una volta svegli, Raziel mi parli apertamente, e che potremmo rifare l'amore come la notte appena trascorsa.
Abbiamo di nuovo litigato?
Mi mordicchio un'unghia e l'ansia mi assale.
Raziel ha lasciato la mia camera incurante del nostro momento intimo.
Mi è sembrato come se l'avesse accantonato, come se quell'istante avesse poco valore.
Mi sento male, malissimo. Ho un macigno sul cuore perché litigare con lui mi rende instabile, irrequieta e mi fa salire il pianto in gola.
Fortunatamente, la notte d'amore che ho trascorso con lui mi ha stremato e riesco ad addormentarmi con il suo odore addosso e con la luce delle stelle sulla schiena nuda.

38
Il *"ti amo"* che gli ho detto

Ania

Mi sveglio incollerita con Raziel e, per questo, decido di dover sgattaiolare da Carlos alle prime luci dell'alba, poche ore dopo essermi addormentata, intorno alle cinque del mattino.

Non voglio parlare con il ragazzo che ha spezzato il mio cuore, non dopo lo strano comportamento che ha assunto ieri sera nei miei confronti per quella domanda.

Non mi pento di aver perso la verginità insieme a lui: sono innamorata ed è stato stupendo, ho amato ogni singolo nostro momento, però non digerisco il suo atteggiamento.

Perché si tiene tutto dentro? Perché non vuole rivelarmi neanche qualche ricordo? Non riesco più a reggerlo. Sono infastidita dal suo cambio repentino di umore, e adesso pretendo di sapere. Abbiamo fatto l'amore per la prima volta ed è stato come un incanto, perciò basta nascondersi.

O mi dirà la verità o sarò costretta a dimenticarmi di lui.

Provo delle sensazioni insolite dentro di me, incomprensibili, e delle volte mi domando perché ho donato il mio cuore a un ragazzo così misterioso, altalenante.

Sembriamo due protagonisti di una storia d'amore impossibile.

Cerco di respirare profondamente e lego i capelli in una bassa treccia per evitare che sfiorino le guance. Appena i miei pensieri si dirottano su Raziel capisco che, a causa di questo ragazzo, ho il cuore intrappolato in un amore senza destinazione. Sento dei crampi allo stomaco e inizio a singhiozzare.

Mi sento bloccata in un limbo senza via d'uscita, ma decido di farmi forza, di respirare a fondo, così raccolgo le chiavi e infilo il giacchetto.

Osservo l'orologio: sono solo le sette del mattino e Carlos starà ancora dormendo; meglio così.

Mi affretto a uscire da casa e asciugo le lacrime. Proprio quando metto piede sul pianerottolo esterno e apro il cancello, qualcuno cattura la mia attenzione. Rasente agli alberi che circondano la mia villa, intravedo la figura slanciata e muscolosa di Gaston.

Cosa ci fa a quest'ora davanti casa mia?

Sbarro gli occhi: non ci vediamo dalla festa di Halloween, da quando mi ha dato il diario... ora che ci penso, non ho più chiesto a Raziel il motivo per il quale abbia rubato la mia privacy e se prima avrei anche lasciato correre, adesso, dopo il suo strano atteggiamento di ieri, ho bisogno di chiarezza...

Gaston è immobile e mi sta fissando da lontano con uno sguardo incomprensibile. Ha i capelli ordinati, perfetti e lisci come li porta spesso.

Sento il dovere di andare da lui, di parlargli. Così accelero e asciugo l'ultima lacrima che sta gocciolando sul mio volto.

Con dispiacere intravedo nei suoi occhi una luce spenta, e mi sento in colpa perché penso di esserne io la causa.

«Ciao, Gaston. Cosa ci fai qui?»

Gaston si irrigidisce, soprattutto quando sistemo la treccia sull'altro lato del collo, ma mi risponde cercando di non alterare il tono di voce.

Ho un brutto presentimento.

«In realtà, volevo vederti», ammette, volitivo.

Rispondo cercando di non provocare dei turbamenti in lui: «Come mai?»

«Volevo sentirti, capire come stavi. Non ci siamo incrociati a lezione, né mi hai più fatto sapere nulla sul... sai... sul *diario*.»

Mi avvicino lentamente e lui non indietreggia. Rimane a osservare i miei passi con una speranza diversa.

Crede ancora in noi e in una possibile riconciliazione? Io non sono innamorata di lui, non provo quello che lui sente per me ed è orrendo non poter ricambiare, lo so.

Lo so perché lo sto provando sulla mia pelle.

Continuo a illudermi che Raziel provi qualcosa per me, ma anche se lui mi ha fatto capire di essere stato bene durante la notte, adesso non sono più tanto sicura che sia la verità.

«È tutto a posto con Raziel, grazie per l'interessamento», cerco di non farlo interferire troppo. Non mi va di raccontargli quello che ho trascorso con lui... non mi va di renderlo partecipe. Lo farebbe soffrire. Conosco Gaston. Mi è stato vicino, mi ha fatto piangere sulla sua spalla e mi ha baciata, adesso non deve più provarci con me.

Si spezzerebbe ancora una volta.

Gaston piega la testa di lato e mi guarda con aria accigliata. «Sul serio?»

Percepisco ogni suo singolo dubbio e gli rispondo diversi secondi dopo.

«Sì, sul serio. Inoltre, Raziel mi ha raccontato della rissa. Come stai?

Ed Elsa?»

Gaston allunga gli angoli delle labbra all'insù con ironia e si avvicina spavaldo.

«La rissa... già... beh, dei tizi hanno insultato mia sorella ed io l'ho difesa. Lui si trovava da quelle parti e ci ha aiutati. Guarda un po', Raziel Herman è anche un eroe», lo sbeffeggia nel peggior modo possibile.

«Non avercela con lui, Gaston», lo incito a far pace con il suo cuore perché, da quello che vedo, è ancora in confusione a causa del mio rifiuto.

La raccomandazione lo impietrisce di colpo, infatti rigetta tutto il suo disprezzo su di me, senza contenersi.

«Non posso non avercela con lui», sbraita senza far caso al silenzio che aleggia intorno a noi. «Che diamine, Ania. Non è possibile, cazzo!»

«Gaston...»

Sobbalzo quando porta una mano davanti per interrompermi. «No, fammi finire. Non riesco a credere che tu lo descriva come un angelo incompreso, come un angelo che soffre per qualcosa di oscuro, come un angelo dallo sguardo enigmatico e seducente. Non riesco a credere che per te lui sia l'amore puro.»

Sbarro gli occhi perché non riesco a crederci. Gaston ha letto il mio diario. Speravo che non cadesse così in basso e invece mi ha delusa.

«Hai letto il mio diario? Come ti sei permesso?» Sbotto.

L'amore lo ha reso così meschino da invadere il mio spazio personale? E se Raziel avesse agito come lui? No... non può essere...

«Ti sorprende che l'abbia letto? Volevo scoprire i tuoi pensieri e, credimi, sono rimasto affranto da come descrivi il tuo principe azzurro, ma anche Raziel avrà letto quelle righe. Non è un santarellino del cazzo come pensi, Ania. Svegliati. Lui è pericoloso. Nasconde qualcosa.»

Trasalisco e mi innervosisco ancora di più.

«Smettila di parlare di lui in questo modo, Gaston. Non avevi il diritto di leggere il mio diario e non hai il diritto di insultare Raziel.»

Gaston allunga gli angoli delle labbra in un sorriso arcigno, poi si strofina nervosamente le dita sulla barba ispida e comprende la verità.

Scuote la testa: «No... non può essere. Ci sei andata a letto? È riuscito ad averti pur dopo tutto quello che ha fatto?» Sbraita incollerito.

Non voglio dirgli che io e Raziel siamo stati insieme, ma il suo sguardo si dilata disgustato dalla piega che sta prendendo il nostro discorso.

Da parte mia non riceve nessuna risposta e dunque continua a pormi domande personali, intime.

«State insieme?» Inarca le sopracciglia, incrociando le braccia al petto.

«Quello che faccio con Raziel non è affar tuo», ammetto, decisa a porre fine a questa inutile discussione.

«Ho capito tutto... non c'è bisogno di continuare questo discorso, Ania. Buona fortuna, con lui... ne avrai bisogno. Ti farà del male, ti spezzerà il cuore. Ti tratterrà di merda... ti...»

«Gaston, voglio chiederti una cortesia», le mie parole stranamente pacate spezzano il suo tono acido, cattivo e ripugnante. Le sue iridi si dilatano ancora una volta.

«Quale cortesia?» Mi fissa con insistenza.

Avanzo di qualche passo e lo raggiungo. In questo momento provo pena per lui, ma sono anche delusa per come si è rivelato.

«Non parlarmi più. Non meriti la mia amicizia dopo aver invaso la mia privacy.»

«Se fossi stato Raziel non mi avresti trattato in questo modo», solleva il capo e i suoi occhi ormai privi di speranza mi deludono definitivamente.

«Mi avresti dato un'altra chance. Forse mi avresti persino supplicato di rimanerti accanto... quando capirai che Raziel non è alla tua altezza sarà troppo tardi, Ania.»

Porto le mani sulle tempie, infastidita dal suo modo di interferire con la mia vita.

«Basta, basta Gaston! Ho provato a essere tua amica ma hai esagerato.»

«Io...» improvvisamente prova a scusarsi, a non chiudere la conversazione, ma sono stanca. Stanca di come si è comportato.

«Mi dispiace per come siano andate le cose tra di noi, però è meglio non parlarci più.»

L'attenzione di Gaston su di me comincia ad affievolirsi e quando abbassa lo sguardo sull'asfalto mi rilasso perché la discussione credo sia giunta al termine.

«D'accordo. Non ti tormenterò più, Ania.»

Sospiro e osservo la sua espressione, triste e desolata. Mi dispiace per lui, ma non riesco ad essere sua amica.

Come se il destino fosse contro di me, sento dei passi pesanti dietro le mie spalle e mi irrigidisco.

«Ciao Gaston! Ho sentito qualcuno pronunciare il mio nome con enfasi... mi cercavi?» Una voce tonante riecheggia nell'aria.

D'istinto indietreggio di un passo. Voglio raggiungere Raziel, ma non abbiamo fatto pace, perciò non voglio peggiorare le cose.

«Ciao Raziel. Hai sentito male. Sono solo venuto a chiarire una cosa con Ania», afferma Gaston con prudenza.

Stringo i pugni. Raziel non ha il diritto di essere geloso di me, soprattutto se non mi racconta della sua prima volta con colei che penso faccia ancora parte della sua vita.

Provo a restare calma e inspiro profondamente.

«Penso che qui la vostra discussione sia terminata o sbaglio? Ania ti ha espressamente chiesto di andartene.»

Inasprisce la voce ed io mi volto per guardarlo in faccia.

«Sì, abbiamo finito, Gaston mi stava salutando.»

Nonostante il sole sia già sorto, gli alberi del viale rendono ombroso il sentiero in cui ci troviamo.

Raziel avanza di un passo, appena l'ombra di un albero gli scivola addosso, incrocia le braccia al petto e rimane a guardarci.

Intasca il cellulare e osserva il sentiero in religioso silenzio.

Gaston mi rivolge la sua attenzione.

«Ci vediamo in giro», disturbato dalla presenza del mio ospite, prende una sigaretta e se ne va senza far trapelare la fine della nostra amicizia.

Ricambio con un gesto fugace.

Appena la sua figura entra in macchina, mi volto verso Raziel, al tempo stesso mi sorpassa senza guardarmi in faccia.

«Non avevo bisogno del tuo intervento», fingo da dietro le spalle.

Raziel sogghigna: «Non avevi bisogno il mio intervento? Gaston ti sta alle calcagna, Ania. Deve capire che la deve smettere. Se lo vedrò un'altra volta vicino a te non sarò clemente con lui. Inoltre, non ha bisogno del tuo sguardo addosso.»

La sua ultima frase mi colpisce, ma non voglio provare illusioni come sempre. Gaston non ha bisogno del mio sguardo addosso, e lui invece? Lui ne ha bisogno?

Vorrei tanto chiederglielo...

«Perché sei arrabbiato con me? Non puoi fare così, non di nuovo. Non dopo ieri. Siamo due persone mature, dovremmo dialogare anziché litigare. Ieri sera dopo... dopo aver fatto l'amore sei andato via ed io...»

La sua ombra si distingue dalla mia sul lungo viale alberato.

«Non ora, Ania», mi avvisa lapidario per tagliare la conversazione.

«Non ora, eh? E allora cosa vorresti fare?» Lo provoco per cercare di farlo ragionare.

Mi raggiunge e la sua figura prestante torreggia su di me. Lo guardo di scatto e inclino la testa di lato aspettando impaziente la sua risposta.

«Allora? Cosa vorresti fare se non dialogare con me?»

Mi osserva senza batter ciglio e d'un tratto si accosta al mio orecchio.

«Vuoi farmi andare fuori di testa, vero? Anche quando ti dico che non è il momento giusto tu insisti, insisti e insisti. Vuoi sempre parlare e fare domande, a volte non appropriate al momento», sussurra per avvilirmi, ma non ci riuscirà. Sostengo il suo sguardo con durezza, senza imbronciarmi. Ormai la nostra recita è finita ed io conosco bene Raziel. Anche se a volte vuole apparire come un cattivo ragazzo, non lo è.

D'altronde non tutti i cattivi ragazzi sono davvero cattivi. Alcuni si travestono di ombre e di segreti per proteggersi dal male, dal pericolo del mondo che incombe su di loro.

Mi rendo conto di trovarmi vicinissima al suo corpo: mi manca il fiato perché lo desidero.

È vero quello che ha insinuato prima: io insisto nel volere dialogare, non può farmene una colpa, è così che si porta avanti una relazione. Con il dialogo. È sbagliato chiudersi e non aprirsi con il proprio partner, evidentemente per lui è difficile comprendere questo concetto.

Lui si classifica come una creatura selvaggia che vaga nell'oscurità, senza meta, senza redenzione... non è così.

Una meta ce l'ha: ha il mio cuore. Potrebbe raggiungerlo senza problemi, potrebbe accarezzarlo, baciarlo, l'ha persino guarito.

«Io insisto perché mi stai vicino, ormai non posso più farne a meno... involontariamente rubi persino l'aria che mi appartiene. Proprio come adesso. Dici di non voler dialogare, che non ti senti pronto, eppure sei ancora qui. E a me sta bene. Io mi riscaldo con la tua presenza. Io sono guarita grazie a te.»

Inarca un sopracciglio e allunga l'angolo delle sue labbra in un sorriso sardonico. Forse il momento in cui mi ha aiutata a fare pace con me stessa gli è tornato in mente.

Mi sfiora il lobo dell'orecchio ed io mi aggrappo alla sua schiena.

Siamo all'aperto, quasi di fronte casa mia, proprio accanto al cancello, eppure sembra non importarcene. Mio papà potrebbe uscire da un momento all'altro oppure i vicini potrebbero osservarci di nascosto.

Deglutisco il groppo in gola, ma non mi dimeno.

Senza che me ne renda conto, la sua lingua inizia a baciarmi il collo e il suo sapore mi fa rinsavire all'improvviso. Non ho bisogno di un altro amore, solo di lui. Io voglio solo lui.

Ripeto queste parole nella mia mente, sono la verità. Non proverò nient'altro per nessun'altro. Solo con lui mi sento viva, speciale.

Solo lui riesce a provocarmi brividi lungo la schiena. Solo con lui sento le farfalle nello stomaco, solo con lui ho raggiunto l'estasi.

Inizia ad accarezzare i punti esatti in cui sento quel sublime piacere e provo a sostenermi il più possibile per non barcollare.

Improvvisamente la sua mano scivola via dai miei jeans, mi afferra una ciocca di capelli e l'attorciglia tra le dita. Il suo sguardo non smette di volere di più, qui fuori, all'aperto, ed io voglio accontentarlo. Voglio fare l'amore con lui appoggiata al cancello di casa mia.

Lo voglio ovunque.

Continua a baciarmi il collo e ad accarezzarmi il solco del seno. Dio.

Non capisco più niente. Mi sento già bagnata.

Cerco le sue labbra e quando i suoi occhi mi incontrano, mi armo di coraggio e lo bacio.

Non si allontana e ricambia con trasporto.

«Ti piace come ti tocco, non è vero, Ania?»

Illuminato dai fiochi raggi del sole il suo sguardo mi eccita d'amore ed annuisco.

«Sì, ma vai più giù...»

Impavida gli afferro la mano e la sposto verso il punto più infuocato. Il suo naso mi sfiora la guancia, soprattutto quando il dito appena spostato comincia a farmi inarcare il bacino e a chiedere di più.

«Sì, così...» reclino la testa all'indietro, senza pensare alle conseguenze.

«Hai iniziato a conoscere il tuo corpo? E quando? Quando non ti ho accontentata e ti ho lasciata da sola in mezzo alla scalinata? Dimmi che è stato in quel momento che hai provato piacere da sola.»

Cerco di concentrarmi sulla risposta, ma non ci riesco e lui sembra beffarsi di me.

Sogghigna, poi allontana la mano perché la avvicina ai suoi pantaloni e comprendo che sta per compiere l'azione che desidero: sta per farmi sua.

«So che vuoi essere presa qui, nonostante abbiamo litigato...conosco il tuo desiderio», sussurra consapevole del mio nudo imbarazzo.

Non gli rispondo, ma le mie guance si imporporano e, per evitare di dire scempiaggini, lo aiuto.

Provo a velocizzare la sua azione, però qualcuno sbatte la porta di casa.

«Ania, Raziel... cosa diamine sta succedendo qui?»

La voce severa di mio padre riecheggia nell'aria e noi cerchiamo di creare una distanza per non farci scoprire.

Raziel batte il palmo della mano sul cancello e impreca.

Si è fatto male, ma appena mi avvento su di lui mi consiglia di essere sua complice.

«Ti ha punto?» Domanda a voce alta mentre mio padre ci raggiunge in vestaglia.

Di scatto e senza farmi accorgere da mio padre, sistemo la cerniera dei jeans e scuoto la testa.

«No, sto bene. Per fortuna sei intervenuto in tempo.»

«Ragazzi!»

Questa volta mio padre ha superato il vialetto e ci ha raggiunto.

«Cosa state facendo qui fuori, a quest'ora?»

I suoi occhi sconvolti saettano da me a Raziel ed io aspetto che quest'ultimo abbia trovato una scusa valida per non finire nei guai.

«Ania stava per essere punta da un'ape, signor Ferrer. Mi sono avventato su di lei in tempo. Sta bene.»

Dilato le pupille, stupendomi della sua eccellente menzogna. D'altronde so bene quando Raziel ami recitare... abbiamo giocato a odiarci per intere settimane.

La sua voce risulta risoluta, senza nessun tremolio. Un attore da Oscar.

Mio papà si guarda intorno, interdetto.

«Come mai ti sei svegliata così presto, tesoro?»

«Sto andando da Carlos. Ti ricordi? Sta male e ha bisogno della sua migliore amica.»

«E tu, Raziel? Vai con lei?»

Guardo il ragazzo e dentro di me spero che dica di sì.

«Non subito, signor Ferrer. Ho bisogno di fare la mia corsa mattutina, dopo la raggiungerò.»

Non credo che seguirà alla lettera ciò che ha appena detto, ma faccio finta di assecondare la sua risposta.

«Non preoccuparti, papà. Ci vediamo dopo.»

Papà si passa una mano tra i capelli e sospira; in quel momento gli squilla il telefono e ci abbandona, lanciandoci uno sguardo indecifrabile.

Non si fida di noi? Che abbia capito qualcosa?

Appena si allontana, la voce bassa e profonda di Raziel risuona vicinissima al mio orecchio.

«Stava per beccarci...»

«Siamo stati imprudenti. Non so cosa mi sia passato in mente.»

Lo sento sghignazzare ma, appena ricambio il sorrisino, diventa serio e silenzioso.

«Raziel dovremmo... dovremmo parlare, lo sai, vero?» Ribadisco a bassa voce.

«Adesso non è il momento. Non qui fuori, non dopo tutto questo casino. Ho bisogno di schiarirmi le idee. La tua domanda di ieri...» si interrompe, forse per non dire cose affrettate.

«La mia domanda?»

Scuote la testa e respira a pieno: «Non insistere, Ania. Parleremo dopo, d'accordo?» Fa per voltarsi, ma lo richiamo.

«Okay, ma dove stai andando di preciso?» La mia domanda basta a farlo fermare.

«Vado a correre», ammette e un istante di silenzio rende imbarazzante il nostro incontro.

Ho un inestricabile nodo in gola, tuttavia la scelta di Raziel è quella giusta. Ha bisogno di sfogarsi, solo così forse potremmo parlare di tutto quanto.

«D'accordo.»

Senza abbassare lo sguardo, Raziel inizia a correre e mi lascia lì, da sola. Sospiro amareggiata e decido di raggiungere la fermata dell'autobus, ma la voce di papà mi fa sobbalzare.

«Ti accompagno da Carlos?»

Scaccio l'imbarazzo sperando che non mi faccia una delle sue solite ramanzine.

«Non preoccuparti papà, prendo l'autobus.»

Annuisce, però non mi lascia andare.

«Ania...» la sua voce austera mi fa alzare gli occhi al cielo.

«Sì?»

«Posso parlarti un attimo?» Propone ed annuisco, perché da una parte voglio ascoltare quello che ha da dirmi.

Papà si passa una mano tra i capelli brizzolati e sospira imbarazzato.

«Voglio sapere una cosa: per caso tra te e Raziel c'è del tenero?»

Non l'ha chiesto davvero! Divento paonazza e mi abbraccio cercando di non dargli motivo di credere a questa sua fissazione.

«No, siamo solo amici. Perché?»

Respira di sollievo e conosco il perché.

«Non mi fido molto di lui, lo sai. Ne abbiamo già parlato. È strano, ambiguo, si chiude in sé e l'altro giorno l'ho visto camminare qui fuori, al buio, da solo.»

«L'hai spiato?»

«No, ovvio che no. Stavo leggendo il giornale e a un certo punto ho sentito un rumore provenire da fuori e mi sono affacciato dalla finestra. Appena ho scostato le tende l'ho visto con la testa rivolta al cielo. Era pensieroso. Cosa succede a Raziel? Hai scoperto qualcosa?»

Scuoto la testa perché, anche se sapessi qualcosa, non lo rivelerei di certo a mio padre.

«No, e papà, stai tranquillo. Tu ti fidavi di Raziel, ricomincia a farlo. Non spiarlo più.»

Papà capisce che non ho proprio voglia di proseguire la conversazione e mi promette di non intromettersi più.

Gli sorrido, poi lo saluto, raggiungo la fermata dell'autobus e mi reco dal mio migliore amico.

Ora più che mai ho bisogno di lui e lui di me.

Poco più tardi raggiungo la sua abitazione, apro delicatamente la porta ed entro.

Occhieggio su un punto preciso e avvampo al ricordo del mio primo bacio con Raziel. Mi mordo il labbro inferiore come se lo avessi davanti ai miei occhi.

Mi tocco lentamente le labbra, perché grazie al gesto di prima ricordo il suo sapore così buono, il suo odore maschile, caratteristico di lui. Rievoco le sue carezze, la sua passione, la sua voglia di conoscere e di baciare ogni singola parte della mia pelle. Il modo in cui i suoi occhi scorrevano dai miei alla cicatrice del mio cuore. Si è trattenuto per tanti mesi e ieri si è lasciato andare, ma poi... tutto si è complicato.

Ha rammentato di nuovo il passato. Un passato che non vuole narrare. E tutto questo è un problema.

Non l'ho mai espresso a voce alta, solo che in realtà, una parte di me ha paura di scoprire la verità su quello che è successo a Raziel.

Cosa gli sarà capitato di così orripilante da mantenere il silenzio?

So che la sua mente è l'unico nascondiglio dove conserva ciò che non può dimenticare eppure, se parlasse con me, potrei essere un sostegno in più e cercherei di liberarlo da ogni rimorso, da ogni paura.

La complicità è la forza dell'amore.

Continuo a ricordare il momento del nostro primo bacio come se mi trovassi in trance e un'intensità di piacere si propaga nel punto carnale dove lui mi ha *baciata*... divento paonazza e sto per accaldarmi, ma la voce di Carlos, impastata dal sonno, mi fa tornare alla realtà.

«Ciao, sei tornata?»

Mi giro e lo ritrovo appoggiato allo stipite della porta con uno sguardo meno consumato della sera precedente.

Questa mattina indossa una felpa e dei pantaloni della tuta.

Carlos è molto più mingherlino di me e la sbronza lo fa sembrare ancora più scarno in viso.

Il suo colorito è più pallido del solito e le lunghe occhiaie mi fanno comprendere che ha dormito molto male e che dei ricordi lo hanno perseguitato durante la notte

Che abbia avuto degli incubi su Timo e Merien?

«Carlos! Come stai?» Mi avvicino al mio amico e lui gira la testa di lato, come se non volesse vedermi, in realtà ha bisogno di me. Lo abbraccio e ricambia immediatamente, cercando di essere forte. Di non piangere per un amore finito.

«Come ti senti?» Non risponde alla mia domanda, ma dopo l'abbraccio mi supera a lunghe falcate per raggiungere la cucina.

Sembra aver smaltito la sbornia della sera precedente perché, anche se barcolla un po', riesce a stare in piedi autonomamente.

«Carlos?»

Apre il frigo e guarda lo scomparto con sguardo vacuo. D'un tratto lo richiude senza prendere nulla. Si avvicina alla credenza e raccoglie una torta di mele che emana un profumo delizioso.

Appoggia il piatto girevole sul tavolo, ne taglia un pezzo e me lo offre.

Decido di accettarlo, non avendo fatto colazione, e mi siedo, ma il suo silenzio è straziante e mi sta uccidendo.

Carlos si accomoda di fronte a me e mangia una fetta in pochissimi bocconi.

La mia, invece, è sul piattino di vetro: ho fame, però voglio scoprire come sta il mio amico. Voglio conoscere il suo stato d'animo e anche tutta la storia perché, lo ammetto, sono rimasta sconvolta.

Perché i miei amici non mi hanno mai detto nulla?

Perché si sono innamorati in segreto?

Non c'è nulla di male... eppure mi hanno tenuta all'oscuro.

«*Carlos*...» allungo la mano per cercare la sua, però la ritrae senza permettermi di consolarlo.

«Anche se mi sono ubriacato, mi ricordo *tutto*.»

Il mio respiro si blocca perché la sua voce è rauca e piena di dolore: starà soffrendo tantissimo.

«Io sono arrivata tardi... mi ha chiamato Merien, dicendomi di correre subito al pub...» sto per continuare, lui mi interrompe di getto. Senza voler ascoltare le altre parole che stavo per dire.

«E l'hai sentito?» Domanda, senza vergogna.

«Timo?» Scuoto la testa, ma dal suo sguardo comprendo che non si riferisce al nostro amico.

«No. Sto parlando del "ti amo" che gli ho detto», risponde freddo, poi, qualche secondo dopo, socchiude gli occhi.

Con gesto rapido aggiro il tavolo e lo abbraccio. Lo abbraccerò ogni secondo se me lo permetterà.

«Anche se sono arrabbiata con te perché non mi hai parlato dei tuoi sentimenti, puoi piangere quanto vuoi. Io sono qui e non ti lascio solo. Puoi sfogarti», provo a confortarlo e lui alza i suoi occhioni su di me.

A un certo punto, Carlos nasconde il viso sul mio petto e si lascia andare.

Inizia a piangere, mi stringe la camicetta e colpisce il tavolo con un pugno.

Cerco di calmarlo e lo sorreggo con entrambe le mani.

Carlos continua a liberarsi dal dolore che lo ha reso fragile e non si ferma.

Piange, singhiozza e mi stringe a lui come se avesse paura che me ne vada. Io, invece, ci sarò sempre per lui. Non andrò da nessuna parte.

È il mio migliore amico e gli voglio bene come un fratello.

«Carlos, sono qui con te. Non me ne vado», gli accarezzo i capelli, all'improvviso si distacca da me e corre in bagno.

Credo che stia per rigurgitare, e lo raggiungo proprio nel momento in cui si libera di tutto.

Mi fermo poco prima della soglia perché non riesco a guardare.

Appena finisce si sorregge con le mani e tira lo sciacquone. Mi avvicino e gli consiglio di lavarsi la faccia.

«Ti farà bene, credimi.»

«Mi avrà fatto male la torta...»

Corrugo la fronte, non è stata la torta, ma la quantità di alcool che ha tracannato ieri.

«Non direi...»

Carlos sogghigna, evita di essere cocciuto, mi ascolta e sciacqua il viso.

Mentre si lava, mi viene in mente di rivelargli della notte d'amore con Raziel e di come mi ha trattato, ma non mi sembra il caso.

Potrei suscitargli ricordi spiacevoli e non voglio farlo stare male ancora di più, perciò mantengo il silenzio.

Con debolezza, decide di accomodarsi sul divano.

Prima di sedermi accanto a lui, recupero una bacinella vuota e gliel'avvicino.

«Non si sa mai...»

«Grazie, *flor*», sogghigna.

Gli sorrido e mi avvicino per fargli compagnia.

«Non devi restare per forza... posso continuare a piangere e a tormentarmi da solo», pronuncia con voce flebile.

«Non se ne parla proprio. Starò qui, e se vuoi dopo potrai venire a casa mia, per pranzo. Ti andrebbe?»

Non mi va di abbandonarlo, almeno non per oggi. Cercherò di stargli vicino e di consolarlo. Come lui ha fatto tante volte con me.

«Sì, mi andrebbe.»

«Prima però andrai a farti una doccia.» Ordino in modo perentorio e sorride.

«Come poterti dire di no?»

Improvvisamente squilla il cellulare e lo afferro come se stessi aspettando una chiamata urgente.

Carlos alza un sopracciglio e mi guarda torvo, piegando la testa di lato.

Sfortunatamente è solo un messaggio da parte di mamma che mi chiede se sono arrivata a casa di Carlos.

Rispondo di sì e che sarà nostro ospite a pranzo, poi poggio il telefono sul mobiletto e mi rivolgo a lui.

«Non era il messaggio che aspettavi, vero?»

Guardo il mio amico e sbuffo, perché ha intuito. Carlos a volte mi spaventa, sembra che riesca a leggere nella mente delle persone.

«Non aspetto nessun messaggio...»

In realtà vorrei che Raziel mi chiamasse o che mi mandasse un messaggio di scuse... solo così avrei voglia di tornare a casa.

«Tesoro... non dobbiamo parlare solo di me. Cosa succede? Sei molto strana e sento il tuo cuore battere da quando sei arrivata.»

Mi mordo l'interno della guancia e volto gli occhi sulla libreria che ricopre quasi tutta la parete del salone.

«Ieri... ecco...» inizio a giocherellare con le dita, ma lui mi suggerisce di andare avanti.

«Ieri?» Cantilena curioso.

«Ieri... ecco... io e Raziel ci siamo baciati!»

Sgrana gli occhi e squittisce: «Davvero? E dove?»

Rivelargli il luogo non era nei miei piani, ma è inutile mentirgli, così indico l'angolo esatto.

«Non ho capito bene...» dice, confuso. Sbatte più volte le palpebre.

Sposto di nuovo il dito nel punto preciso in cui il bacio è avvenuto e spalanca gli occhi.

«Vi siete baciati in casa mia?» Strilla incredulo.

«Tu stavi dormendo e noi... noi stavamo litigando!» Esclamo, completamente disorientata.

«Mentre io stavo male tu e Raziel vi siete baciati, in casa mia.» Carlos non sembra seccato, perché inizia a sogghignare e a prendermi in giro.

Gli tiro un cuscino perché sono davvero a disagio e sbuffo.

«Perché sei così giù, allora? È una cosa bella, no? Finalmente Raziel ha compreso i sentimenti che prova per te. Fatti abbracciare.»

Il mio amico si avvicina, tirandomi verso di sé.

«Carlos...» lo scosto dato che, in realtà, non sono tanto felice. Sospiro e incrocio le gambe sul divano.

«C'è dell'altro, vero?»

Abbasso lo sguardo, facendo cenno di sì e mi irrigidisco un po'.

Sì, c'è tanto altro ancora da raccontare...

«In realtà...» mugugno queste due parole perché non so come rispondergli.

Da una parte sono contraria a rivelargli tutta la verità, ma dall'altra è mio amico e potrebbe consolarmi.

«In realtà?»

Prendo coraggio: «E va bene... siamo andati a letto insieme.»

Carlos mi rivolge uno sguardo che finora non gli ho mai visto. Felice, ma preoccupato allo stesso tempo.

«Sul serio?» Incredulo si accarezza la barba incolta.

Annuisco, ancora più imbarazzata di prima.

«Hai perso la tua verginità, Ania. Non capisco perché tu abbia questa espressione rammaricata», si stravacca sul divano e continua a parlare.

«Dobbiamo festeggiare. Era ora che ti lasciassi andare... e l'ha vista? La cicatrice, intendo...» seguita il mio amico.

«Sono cose personali, Carlos. Ti prego!»

Alza le mani in segno di resa, ma non demorde.

«Voglio sapere tutti i particolari della vostra notte d'amore. Queste cose mi eccitano. È dotato, non è vero?» Nei suoi occhi balena una scintilla di malizia.

«Oddio mio... non l'hai chiesto sul serio.» Copro il mio viso con entrambe le mani.

«Ania... hai appena scoperto che sono gay... con chi meglio di me potresti confidarti?»

Nonostante l'abbia rivelato solo adesso, percepisco che stia pensando a Timo e che non vede l'ora di chiarire con lui, di baciarlo e di risolvere i loro problemi.

Ci riusciranno mai? Perché Timo si è comportato così? Perché è scappato con Merien?

Desidererei fargli tante domande, ma la paura che possa stare male ed esplodere mi spaventa.

È troppo scosso, anche se non lo ammette.

«È stato indescrivibile, Carlos. Lui è unico», a quell'affermazione mi si stringe lo stomaco.

Dove sarà ora? Cosa starà facendo?

Ho troppa voglia di andare da lui e di chiedergli scusa... non voglio litigare.

È vero che sono delusa sul suo essere così riservato, ma non sono più arrabbiata con lui e forse ho esagerato a porgergli quella domanda.

Non so perché sia uscita spontanea dalle mie labbra, ma è successo: può farmene una colpa?

«A cosa stai pensando, signorina?»

Carlos si avvicina e mi lascio cullare dal suo abbraccio.

«Al fatto che dopo aver fatto l'amore abbiamo litigato...»

«Perché?» Mormora incredulo e quasi dispiaciuto.

«Perché gli ho chiesto se fosse stata la sua prima volta. Mi ha risposto di no ed io gli ho domandato impulsivamente se la *lei* in questione è ancora importante per lui.»

«Oh, no!»

All'improvviso capisco che ho sbagliato tutto.

Se solo avessi taciuto, tutto questo non sarebbe successo e lui sarebbe qui con me a consolare Carlos. Non sarebbe andato a correre. Non avrebbe ringhiato ancora una volta contro Gaston.

«È diventato taciturno ed è andato via scosso dalla mia domanda.»

«Non ti ha ancora chiamata?»

«No. L'ho visto stamattina però, quando...» la mia voce si incrina.

«Quando?»

Mi mordo il labbro inferiore.

«Quando ho incontrato Gaston di fronte casa mia.»

Carlos stringe il suo sguardo in due fessure. «Perché Gaston sarebbe venuto a casa tua di mattina presto?»

Giocherello con i lembi della mia camicetta, poi continuo il discorso. È inutile trattenermi. «Per avere una seconda chance con me.»

Carlos emette un verso stupito. «Wow. Non molla il ragazzo. E tu? Gli hai detto della notte focosa che c'è stata tra te e Raziel?»

«Ovvio che no, ma lo ha intuito da solo ed è andato su tutte le furie...»

«Povero Gaston. Non ti dimenticherà facilmente.»

Sospiro demoralizzata e Carlos mi guarda in silenzio.

«Raziel ci ha visti e mi ha fatto notare la sua gelosia, solo che poi è andato a correre. Non mi ha scritto nemmeno un messaggio.»

Carlos comincia a pensare e a cercare di capire il comportamento di Raziel, proprio come me, ma non ci riesce. È troppo enigmatico Raziel Herman. Qualche istante dopo mormora: «Vedrai che chiarirete. Non avete ancora iniziato la vostra relazione... sarà contento di vederti quando tornerai a casa. Ne sono sicuro. Stasera scoperete un'altra volta sotto le vostre lenzuola.»

«Carlos... non essere così scurrile.»

«Cosa c'è di male? La passione tra di voi è lampante, *flor*. Non rinuncerà a te. Non ci riuscirà.»

Un leggero sorriso mi affiora sulle labbra e cerco di pensare che Carlos abbia ragione.

«Mi vado a preparare e torniamo a casa tua, d'accordo? Ho proprio voglia di vedere l'espressione di Raziel appena ti vedrà», rivela in maniera burlesca ed io rispondo di sì, anche se dentro mi sento come un mare in tempesta.

Prima di recarsi in camera sua, mi conforta con un dolce bacio sulla fronte. Ricambio perché senza di lui, senza la nostra amicizia, mi sentirei smarrita. «Andrà tutto bene, Ania...»

«Come fai ad esserne sicuro?» Chiedo, cercando di avere quella speranza in comune con lui.

Carlos mi accarezza i capelli e le parole che mi rivela bastano a farmi tornare un piccolo sorriso.

«Perché altrimenti Raziel dovrà fare i conti con il sottoscritto!»

39
Infiniti segni d'amore

Raziel

Correre al centro è rilassante, oggi in particolare sto riuscendo a osservare i monumenti che circondano la città, sto riuscendo a contemplarne la sontuosa bellezza e le piccole sfaccettature che per tanti mesi non ho notato.

Oggi non piove ed il cielo è limpido, particolare, c'è un sole che riscalda persino l'animo appena sveglio. Potrebbe risultare una di quelle giornate romantiche, dove sarebbe piacevole passeggiare mano nella mano con la propria amata... ma per me non è così.

Non posso prendere per mano Ania e dichiararle il mio amore davanti a tutti, perché ho sempre il passato che non mi lascia in pace.

Questo turbolento e cupo trascorso, costellato da ombre e da segreti, mi spezza in due. Mi travolge e mi rende burbero, scontroso e indeciso.

Vorrei Ania ogni giorno, ma non posso e mi torturo per questo, perché lei ricambia i miei sentimenti.

Come è possibile che l'amore possa rovinarti così? Perché non si può amare e basta invece di far piangere il proprio cuore in silenzio?

Penso al momento di intenso piacere che ho provato con lei sia la sera precedente che poco fa, davanti al cancello di casa sua.

La stavo per scopare lì, all'aperto, senza precauzioni, e lei non mi ha fermato. Ha colto l'attimo del desiderio, lo ha reso nostro. Lei voleva essere presa lì, forse in modo rozzo, bruto.

E non mi sarebbe dispiaciuto. Sarei entrato dentro di lei più volte e avrei sentito i suoi gemiti, il suo respiro caldo, avrei dato di matto proprio perché la desidero ogni secondo che passa; successivamente siamo stati interrotti e se soltanto Alberto fosse uscito qualche minuto dopo mi avrebbe cacciato di casa.

Avrebbe visto sua figlia mezza nuda e le sue gambe intorno al mio bacino.

L'avrebbe vista ansimare e tirarmi i capelli. Avrebbe visto tutto.

Scuoto la testa perché fortunatamente non è successo, però sono stato imprudente. Sono consapevole di quanto la bellezza di Ania mi accechi, mi renda vulnerabile e non posso cadere ancora in tentazione.

Voleva parlare, dialogare, comprendere il motivo del mio distacco e invece poi siamo caduti nella trappola dell'amore.

Ci siamo accarezzati, ci siamo sedotti, ci siamo lasciati alle spalle la nostra discussione, anche se dobbiamo chiarire.

Quando Alberto è intervenuto, ho dovuto aspettare qualche minuto prima che il mio rigonfiamento si sgonfiasse, perché non potevo correre in quel modo e adesso sto cercando di non impazzire.

Da circa mezz'ora sto correndo come un razzo. Con la mia velocità non riesco a sfiorare neanche i passanti, che a volte mi guardano allibiti.

Non so dove sono diretto, tuttavia sento il bisogno di decidere una volta per tutte quello che devo fare con Ania. Non posso trattarla così. Non posso avvicinarla e allontanarla. Non merita questo.

Merita il meglio, ma a pensarla con Gaston, ad esempio, mi viene il voltastomaco.

Non è il tipo adatto a lei. Io sono quello giusto, anche se in veste di uomo complicato e introverso. So che sono un tipo particolare, che ama guardare il mare d'inverno anziché il tramonto d'estate.

Sono geloso e i miei ragionamenti sono contorti perché non ammetto davvero ciò che voglio, ma adesso basta.

Prima che sia troppo tardi devo andare da Ania, baciarla e rivelarle ogni cosa. Rivelarle la verità che ho taciuto per troppo tempo.

Lei può guarirmi. Ha ragione.

Lei può rendermi felice.

«Raziel?»

All'improvviso una voce squillante chiama il mio nome.

È troppo vicina per poterla ignorare, così mi fermo e appena mi giro, i miei occhi incontrano la figura di Elsa, in tenuta sportiva.

Mi stupisce il suo abbigliamento, non pensavo che anche lei corresse. «Elsa? Ciao, cosa ci fai qui?»

Mi guarda sorridente e indica il completino sportivo che indossa, specialmente il top aderente viola che le fa risaltare il seno prosperoso e sicuramente rifatto.

«Quello che stai facendo tu. Mi alleno.»

Balza in avanti con un equilibrio perfetto e mi raggiunge, aggrappandosi al mio braccio.

«Che bello rivederti. Volevo ancora ringraziarti per l'altra volta, quando hai aiutato Gaston con quei tizi.»

Accetto i suoi ringraziamenti, però vorrei allontanarla da me. La sua presa si stringe e quando mi fa voltare verso il grande monumento, perce-

pisco la sua idea.
La mia corsa è appena terminata, perché Elsa non mi lascerà da solo.
«Ti va di fare due passi?»
Non mi va di ignorarla e di essere maleducato, così accetto il suo invito.
«D'accordo.»
Come una cucciola incredula, spalanca i suoi occhioni ed il suo sorriso, e per la prima volta vedo la vera Elsa.
Quella senza maschera.
Quella che ha bisogno di un amico.
«Non hai mai voluto restare da solo con me. Quando quella volta mi hai accompagnata a casa, sei andato via subito. Ti ringrazio per avere accettato, Raziel. Avevo bisogno di parlarti.»
Scalcio una pietruzza in mezzo al marciapiede e la guardo di sbieco.
«Di cosa vorresti parlarmi?»
Elsa improvvisamente muta espressione e si concentra per un attimo sul cellulare. Le è arrivato un messaggio ma non risponde. Lo rintasca e mi porge la sua totale attenzione.
«Tutto ok?» M'intrometto prima che risponda alla mia precedente domanda.
«Sì, soltanto un messaggio da parte di una persona indesiderata», dichiara seria.
Mi fingo interessato all'argomento.
«Qualcuno di spiacevole?»
Rimane in silenzio e questo suo modo di chiudersi in sé per me è nuovo. Di solito parla in continuazione, questa volta è impensierita.
Nel frattempo ci siamo addentrati in uno dei parchi più importanti della zona e noto una certa quiete. È presto, persino i negozi non sono aperti.
Mi guardo attorno, rivelo ad Elsa un leggero sorriso e lei riprende a parlare, cambiando discorso.
«Sai... stamattina ho visto Gaston tornare a casa infuriato. Mi ha incrociata in corridoio perché ero pronta per andare a correre e non mi ha nemmeno salutata. L'hai per caso visto o sentito in queste ore? Sai perché aveva quell'umore?»
Gaston.
Sarà tornato a casa adirato a causa della mia interruzione, ma non può assillare Ania in questo modo. Lei gliel'ha espressamente fatto capire di non volerlo nella sua vita, non come un possibile partner almeno, e lui ancora continua...
Continua a tormentarle il cuore, e ad illudersi.
«In realtà, sì. Stamattina è andato a casa di Ania e le ha parlato.»
Elsa rotea gli occhi al cielo e nel suo sguardo leggo un leggero disgusto

appena pronuncio il nome di Ania.

«Ania, Ania, Ania... sempre lei. Cos'ha di speciale questa ragazza?» Getta acida.

La guardo torvo e si morde il labbro inferiore.

«Scusa... dimenticavo che la conosci anche tu», afferma e questo suo tono non mi piace per niente.

«Elsa, non voglio che parli male di Ania, né in mia presenza, né in mia assenza», punto i miei occhi severi su di lei e, come per non darmela vinta, inarca le labbra in un sorriso sardonico.

«Incredibile il modo in cui tu la difenda.»

«È un problema?»

Sono attento alle domande che pongo a chi mi rivolge le parole, ma questa volta voglio capire in che modo io sia preso da Ania.

Elsa si siede su una panchina e incrocia le gambe.

Rimango retto di fronte a lei, non ho proprio voglia di prolungare la conversazione. Vorrei andare da Ania.

Ho sbagliato a non accompagnarla da Carlos, avrei potuto aiutarla e invece, come un codardo, sono andato via per restare da solo.

«No, ma mi dà molto fastidio.»

Incrocio le braccia al petto, divertito.

«E perché dovrebbe darti fastidio?» La colgo di sorpresa e spalanca lo sguardo.

«Perché c'è sempre lei nei tuoi pensieri, e invece dovrei esserci io. Potrei darti tutto, Raziel, ogni singola parte del mio corpo ogni volta che vuoi.»

Evito di ridere e di osservare in basso perché sarebbe cattiva educazione, ma Elsa è proprio senza freni.

Non mi sto imbarazzando perché una ragazza ha appena espresso di voler fare sesso con me, però io sono abituato alla genuinità di Ania, alla sua riservatezza, al suo modo di baciarmi e incantarmi.

Lei è unica.

«Elsa...»

D'un tratto la ragazza si alza e mi ritrovo il suo dito smaltato di rosa sulle labbra e il suo viso a un centimetro di distanza dal mio.

Sto per indietreggiare, ma lei è più aggressiva e mi bacia.

Le sue labbra che sanno di lecca-lecca alla fragola appiccicoso mi disgustano; mi stringe a sé e inizia a cercare la mia lingua, ma mi scanso.

«No. Elsa, ascolta...»

«Continua a baciarmi, Raziel...»

Si avventa di nuovo sulla mia bocca e questa volta le nostre lingue si intrecciano, però solo per un istante perché la allontano definitivamente.

«Elsa, basta! Tu non... non mi piaci. Non mi interessi», osservo la sua espressione smarrita e delusa.

«Perché lei? Perché ti piace? Cos'ha di speciale che io non ho? Perché nessuno vede del bene in me? Perché non riesco a farmi amare?» Sbotta d'un tratto, annaspando e irrorando il suo viso di lacrime.

Provo quasi pena per lei: solo ora mi accorgo quanto sia desiderosa di affetto.

Un affetto che forse non ha mai avuto.

«Elsa, non dire così.»

Mi avvicino, non invado del tutto il suo spazio perché temo che mi ribaci di nuovo.

«Perché Raziel? Perché i ragazzi mi trattano come se fossi solo una sgualdrina? Anche tu... pensavo che con te potesse essere speciale. Che avresti visto qualcosa di diverso in me, invece non mi guardi neanche.»

«Elsa», amichevolmente le appoggio le mani sulle spalle, «l'amore non è a comando. Non sempre si trova la persona giusta. Non sempre si è ricambiati. È un sentimento strano, prima o poi lo conoscerai davvero.»

Vedo il suo mascara colare dalle folte ciglia e i suoi occhi riempirsi di disperazione.

«Non mi amerà mai nessuno», inizia a singhiozzare e decido di abbracciarla per darle conforto.

Si lascia trasportare dal mio affetto e mi stringe a sé. Le accarezzo i capelli, ma continua a piangere di più.

Non l'ho mai vista così.

«Ehi, ehi... cerca di respirare. Elsa...»

Con gesto automatico si asciuga le lacrime quando alza gli occhi su di me.

«Scusami Raziel... oddio che figura. Scusami, è solo che io sono innamorata di te e sapere che non ricambierai mai mi fa detestare anche questo momento. Non dovresti consolarmi così ed io non dovrei piangere davanti a te.»

Si ricompone, anche se i suoi occhi sono ancora lacrimosi.

«Non devi vergognarti. Troverai qualcuno che ti amerà come sogni da sempre.»

Le sfioro la guancia e il suo sguardo continua a perdersi nel mio.

«Non mi amerai mai, vero, Raziel?» Domanda in un sussurro disperato.

«Mi dispiace, non potrò mai amarti, Elsa. Non siamo fatti per stare insieme.»

Elsa si ridesta e asciuga l'ultima lacrima per tornare a essere la ragazza forte, determinata e arrogante di sempre.

«Sai... quando ti ho visto la prima volta ho detto alle mie amiche che avrei fatto breccia nel cuore del bravo ragazzo. Mi hai incantata, poi ho scoperto che avevi anche un lato misterioso e questo tuo modo di fare mi ha intrigato ancora di più. Ho persino sognato di sposarmi per la prima volta. Non mi era mai successo con nessuno, Raziel. Tu hai riempito il mio cuore di speranza. Spesso sogno a occhi aperti come un'adolescente alla prima cotta. Il mio cuore batte all'impazzata quando ti vedo e mi mordo le unghie per non correre da te e prenderti a braccetto. Ma oggi... oggi ho sentito il bisogno di dirti tutto e di dichiararmi. Non sono così sdolcinata. Non ho mai detto tutte queste parole romantiche. Di solito indosso minigonne e mastico chewing gum, non fantastico sui ragazzi. Con te è stato diverso», fa questo discorso senza timore, senza imbarazzo ed io la guardo con un'attenzione unica.

Mi dispiace non poter ricambiare i suoi sentimenti.

Elsa rimane immobile e nei suoi occhi scorgo un barlume di nostalgia.

«Mi dispiace, Elsa...» ammetto.

«Se solo potessi tornare indietro mi sarei fatta amare da te», afferma ormai rassegnata, ma anche fiera di avermi rivelato i suoi più sinceri sentimenti.

«Non è colpa tua se non sono innamorato di te, Elsa. Sei una ragazza in gamba e straordinaria ma...»

«Ma la magia dell'amore ha unito il tuo cuore a un altro, non al mio.»

Questa frase mi fa sbarrare gli occhi; mi sforzo comunque di dire la mia senza risultare estraniato.

«Andrà tutto bene. Siamo ancora giovani e puoi innamorarti davvero. Pensami come un'infatuazione, non come l'amore della tua vita.»

Esita prima di darmi la sua risposta e guarda la natura intorno a noi. Le foglie autunnali sono aperte e profumano di un nuovo giorno. Respira a fondo, poi si avvicina.

D'un tratto un silenzio inevitabile si imbatte su di noi, repleto di pensieri e sentimenti espressi. Elsa si morde il labbro come se una sensazione strana le pungesse il cuore. In realtà ha capito che stiamo per dirci addio.

«Non possiamo essere amici», mormora per prima ed io sono d'accordo con lei, le do ragione.

«Mi dispiace ancora, Elsa», dico accorato, sperando che un giorno possa perdonare il mio amore non ricambiato.

«È tutto okay, Raziel, però ti chiedo solo una cosa. Fai finta che questa conversazione non sia mai avvenuta, d'accordo? Non voglio che il mio cuore sia debole agli occhi degli altri.»

La guardo, confuso dalla sua decisione, ma acconsento: d'altronde lei è quella che si finge forte e poi si rintana nei suoi sogni a sperare nel vero amore.

«D'accordo. Nessuno saprà mai della nostra conversazione. Adesso, scusami, devo tornare a casa...»

Elsa mi interrompe.

«Ciao Raziel», a testa alta si gira dall'altra parte e comincia a correre.

Rimango a osservarla fino a quando non svolta l'angolo e scompare.

Osservo l'ora.

Sono solo le nove passate, ma ho voglia di andare a casa di Carlos per aiutare Ania, così riprendo a correre per raggiungerli.

Ho capito di aver bisogno di lei nella mia vita.

Sono stato così fortunato ad averla conosciuta, non me la farò strappare via, anche se ancora il passato torreggia su di me e non mi lascia vivere come invece vorrei, ho bisogno di lei. Forse è l'unica in grado di aiutarmi davvero. Forse con Ania potrei davvero riuscire a dimenticare...

Devo dare una possibilità al nostro amore.

Devo provarci anche se...

Smetto di ricordare quella parte della mia vita che vorrei non aver vissuto e mi riconcentro sul presente.

Ho deciso.

Da oggi sistemeremo tutto.

Da oggi io e Ania vivremo la nostra magia d'amore.

Da oggi io e lei potremmo cercare di essere felici insieme.

Da oggi, forse, potrò dimenticare il mio passato e non inabissare più i miei sentimenti.

Ania

«Carlos, tesoro, Ania mi ha raccontato quello che è successo.»

Appena entriamo in casa, la figura snella e slanciata di mia madre si appropinqua al mio amico e lo abbraccia.

Le iridi di Carlos mi osservano, stupefatte dall'affetto di mia madre, ma riescono a trattenere il pianto.

«Grazie signora Ferrer», mormora.

Qualche secondo dopo, la mamma si scosta e gli sussurra un'altra frase di conforto: «Andrà tutto bene, vedrai. Il tuo cuore si rimarginerà.»

«Sarà sicuramente così, signora Ferrer», cerca di scacciare via la tristezza.

«Quindi oggi saremo felici di averti a pranzo con noi.» Gli appoggia una mano sulla spalla e lui non la scosta. Sorride e di buon cuore accetta l'invito che già gli avevo proposto.

«Certamente, signora. Sono qui per questo.»

«Ottimo! Preparo il tuo pasto preferito», esulta mia madre prima di lasciarci soli.

La ringrazio con un'occhiata ilare e per poco mi dimentico di Raziel e del fatto che siamo ancora litigati.

Carlos si accosta al mio fianco e lo solletica.

«Carlos, smettila! Sai che soffro il solletico!»

«Lo so, ma almeno così hai sorriso!»

Osserva i miei capelli scuri e mi fa l'occhiolino.

Percepisco la sua tristezza e proprio per questo oggi voglio rincuorarlo, voglio fargli intuire che qui sarà al sicuro e che i brutti ricordi non rovineranno la nostra giornata.

«Grazie per essere venuto.»

Carlos si acciglia e guarda l'enorme e immenso salone di casa Ferrer, illuminato dalla luce esterna che filtra dalle vetrate. «Non è ancora tornato?»

Mi sforzo di non fantasticare su quello che è successo in questi giorni con Raziel ed incurvo le spalle.

«No, non è ancora rientrato.»

Sospiro e mi avvio verso il divano per chiacchierare con Carlos di Timo e Merien.

Non mi ha ancora raccontato nulla, spero mi dica qualcosa autonomamente.

Carlos si siede sul divano di fronte, incrocia le gambe, spulcia il cellulare e d'un tratto sgrana gli occhi.

«Oh, merda...» impreca a bassa voce, ma riesco a udire perfettamente la sua intonazione sconvolta.

Inarco le sopracciglia e ripeto la sua interiezione: «Oh merda, cosa?»

«Niente», si affretta a dire, però io non me la bevo così e mi alzo dalla mia postazione per raggiungerlo.

«Carlos? Cos'hai visto sui social?»

Carlos blocca il display e intasca il cellulare.

Trae un respiro profondo.

«Ania, credo che...»

D'un tratto mi arriva un messaggio e afferro il telefono: è da parte di Gaston.

«No... non leggere il messaggio, Ania. È un obbligo!»

Non lo ascolto e faccio di testa mia.

Appena leggo il testo, rimango pietrificata e inerme. Non riesco a credere ai miei occhi. Ho un capogiro e per poco non barcollo. Sbatto le ciglia.

«Ania... è lo stesso messaggio che quel bastardo di Gaston ha mandato anche a me, vero?»

Colta da un'ondata improvvisa di gelosia, strofino le dita sul braccio e mi gratto per evitare di impazzire.

Non può essere... non può essere.

«Ania, ti prego, di' qualcosa.»

La supplica di Carlos giunge alle mie orecchie, ma non riesco a dire nulla, neanche a deglutire. Ho il cuore spezzato definitivamente.

Mi viene da vomitare, mi viene da piangere e da frantumare qualsiasi cosa, ma mi trattengo.

«Ania, tesoro...» Carlos proferisce ancora il mio nome, invano.

Sento la porta di casa che viene aperta e quando Raziel entra nella stanza non mi volto a guardarlo negli occhi.

Non ci riesco.

È lui la causa del mio dolore. Con lui vedo l'oscurità fluttuare intorno a me come se volesse soffocarmi. Con lui non sono sempre felice...

I suoi cambi d'umore mi stanno distruggendo di volta in volta.

Non so perché, ma i primi mesi era diverso, adesso invece ho capito.

Raziel non è chi sembra di essere.

Mente... inganna, con le parole e con lo sguardo riesce a persuaderti e a farti credere in qualcosa che magari non esiste.

«Ehi, eccovi. Sono venuto a cercarti a casa di Carlos, ma la sua vicina mi ha detto che siete usciti, perciò...» avverto il suono della voce di Raziel alle mie spalle e stringo le mani perché nel mio corpo, in questo momento, vibrano solo delle emozioni negative.

Lui non mi ama.

Lui non è quello giusto per me.

Lui si diverte a illudermi.

«Carlos? Ania? Va tutto bene?»

Cosa ci fa ancora qui? Perché non va via? Perché si diletta a torturarmi il cuore?

«Vattene, Raziel!» La mia voce incrinata di dolore esplode.

Qualcosa inizia ad agitare il mio stomaco, mi sento strana, confusa, smarrita in un universo senza pace.

E all'improvviso vorrei piangere, perché vedo un futuro dove lui non è con me.

Un mondo senza Raziel.

Un mondo morto d'amore.

«Ania? Cosa stai dicendo?»

I suoi passi si avvicinano, ma nel momento esatto in cui raggiungono il mio spazio, mi volto di scatto, irata.

Lo fulmino e lui indietreggia.

Si rivolge al mio amico, che sa perfettamente il motivo per il quale mi sto comportando in questo modo.

«Carlos, mi spieghi cosa sta succedendo?»

Vorrei pregarlo di dire qualcosa al posto mio e, come se mi avesse letto nel pensiero, la sua voce risuona per soccorrermi.

«Sei un bastardo, Raziel!»

«Modera le parole, Carlos, e sii rispettoso verso di me! Non hai il permesso di darmi del bastardo», lo redarguisce a tono, calcando espressamente la parola volgare che Carlos ha usato contro di lui.

«E tu non hai il diritto di scoparti la mia amica e di ferirla in questo modo!» Sbotta il mio migliore amico, fregandosene della presenza di mia madre in cucina.

Afferro Carlos per il braccio.

«Carlos, c'è mia madre di là... ti prego.»

Provo a placare la sua ira e lui si scusa con uno sguardo: modula il tono di voce.

«Quale modo? Di che cazzo state parlando?» Gli occhi di Raziel cadono sulle mie braccia conserte e sulle labbra tirate.

«Devi andartene, Raziel. Non ho voglia di parlare oggi», lui sgrana gli occhi, incredulo.

«Non andrò da nessuna parte. Dovevamo risolvere il nostro problema, ricordi?»

Rimembra la nostra litigata, ma adesso sono io a non voler chiarire e a mandarlo via.

Raziel si passa una mano sulla nuca, spazientito.

«Ragazzi, che succede? Avevo la musica ad alto volume e a un certo punto ho sentito la voce di Raziel...»

mia madre sbuca all'improvviso ed io alzo gli occhi al cielo.

Fortunatamente non ha sentito la frase di Carlos e ciò mi rincuora.

«Sì, mamma, va tutto bene», borbotto.

«Signora Ferrer, oggi non pranzerò con voi. Ho avuto un imprevisto», la scusa di Carlos mi pietrifica e lo afferro per il braccio.

«Cosa fai? Mi lasci da sola?» Bisbiglio al suo orecchio, mentre mamma corruga la fronte.

«Appena arrivo a casa ti chiamo, non riesco a stare qui senza spaccargli la faccia», sibila, cercando di non far comprendere il labiale a mia madre.

Sospiro affranta, però comprendo la sua decisione e annuisco.

Le sopracciglia di Carlos si inarcano quando punta gli occhi contro Raziel, ma lui non interviene. Rimane in silenzio.

«Stai attenta con lui. Non farti abbindolare, non cadere nella sua trappola. È un cattivo ragazzo, me ne sto accorgendo», mi lascia un bacio sui capelli, poi raccoglie il suo telefono e si dirige verso la porta di casa a grandi falcate.

«Carlos, sei proprio sicuro?» Mamma cerca di trattenerlo, solo che la decisione del mio amico è irremovibile.

«Sì, signora. Mi scuso ancora, sarà per la prossima volta.»

Amareggiata, fa un cenno di assenso e, dopo aver condotto Carlos alla porta, torna in cucina.

Guardo l'orologio e mi affretto ad allontanarmi dalla presenza di Raziel: una presenza negativa per me e per i miei sentimenti.

Lui però, veloce, mi afferra per il braccio e mi trascina in bagno.

Cerco di parlare, ma mi tappa la bocca e chiude la porta a chiave. Non l'ho mai visto così deciso, così disposto a chiarire con me.

Ma il messaggio di prima mi è rimasto stampato in mente...

Faccio per gridare, però lui continua a non lasciarmi andare, così gli mordo il dito e finalmente scosta la sua mano dalle mie labbra.

«Cosa fai? Voglio uscire... fammi uscire!» Ribadisco.

«Stai zitta, Ania. Dobbiamo parlare.»

«Non voglio parlare con te», bofonchio.

«E invece parleremo, e tu non mi guarderai in quel modo», asserisce, dispotico.

«In quale modo ti starei guardando?»

«Come se mi fossi comportato da perfetto bastardo!» Ribatte, riferendosi alla definizione di Carlos.

«Lo sei.»

Raziel inarca un sopracciglio e incrocia le braccia al petto. «Lo sono?»

Il suo sguardo arcigno mi fa acquietare, ma solo per pochi minuti.

«Sì, lo sei...»

Non avanzo verso di lui, anzi mi faccio da parte perché la sua presenza mi fa comunque mancare il fiato.

Rimane davanti alla porta, impedendomi di scappare, di andare via, di lasciarlo solo in balia dei suoi ricordi e di ciò che lo tormenta.

«Cos'è successo? Perché Carlos ha reagito in questo modo?» Domanda e mi lancia un'occhiata vacua per cercare di capire.

«Davvero non lo sai?» Ribatto, perplessa e confusa allo stesso tempo.

«Cazzo Ania, cosa dovrei sapere?» Esplode, annaspando.

«Gaston mi ha inviato una foto molto nitida, dove i soggetti siete tu, Elsa e le vostre labbra unite», sbotto, fissandolo infastidita.

«Mostrami la foto, adesso!»

Trabalzo, però raccolgo tutto il mio coraggio e afferro il cellulare. Gli mostro la foto e resta interdetto.

«Quel figlio di puttana! Ti giuro che questa volta lo prendo a pugni!»

Furibondo fa per girare la chiave, ma la paura che possa fare un gesto azzardato mi spinge a toccargli il braccio e a calmarlo. Raziel si gira verso di me.

«Non commettere qualcosa di illecito che potrebbe farti assimilare altri sensi di colpa», torno a guardarlo e schiude le palpebre, celando all'interno del suo cuore una cupa amarezza.

Si massaggia la barba incolta e sospira frustrato, poi di getto ammette ciò che lo affligge.

«I miei pensieri si dividono in rimpianti che distruggono il mio animo ed effimeri momenti di pace, che lo rendono vivo, e mi rinnego per questo. Dovrei camminare come un'anima infelice per quello che ho fatto, un'anima priva di ogni ricordo.»

Anche se le sue parole, colme di un dolore tangibile, mi toccano nel profondo, non sarò clemente con lui. Anche io ho il cuore spezzato.

«Sono arrabbiata con te, Raziel. Questa volta non ti perdonerò facilmente. Hai baciato Elsa, dopo che noi... dopo che noi stavamo per farlo una seconda volta davanti al cancello di casa mia», appoggio la testa sul muro, esasperata e affranta; lui mi guarda in cagnesco.

All'improvviso si avvicina al mio esile corpo: il suo respiro mi sconvolge.

«Davvero pensi che sia andata in questo modo? Davvero mi credi capace di baciare un'altra ragazza dopo aver assaporato le tue labbra?»

Rimango spiazzata dalle sue parole e sposto le mie iridi sulle sue: all'interno intravedo il dispiacere assoluto.

«Non ne saresti capace...» ammetto a voce bassa.

«Non ne sono capace, Ania. È stata Elsa a baciarmi e Gaston ci stava spiando. Gli spaccherò la faccia appena uscirò di qui. Questo è poco ma sicuro. Vuole rovinare la nostra relazione», risponde deciso.

L'ultima frase mi stordisce e scuoto la testa.

«La nostra relazione?» Domando, come se fosse la parte più importante di tutto il discorso.

Nervosamente stropiccio i lembi della mia camicetta e aspetto la risposta da parte sua.

Non ha mai parlato di relazione, invece adesso ha dichiarato che noi due siamo qualcosa.

«Ania...» la voce di Raziel diventa profonda e i suoi occhi mi fissano implorando perdono. «Non ho baciato Elsa. Devi credermi. Farò in modo che Gaston chiarisca questa situazione, ma credimi. Fidati di me.»

Sospiro e provo a pensare lucidamente. Provo a mettermi nei suoi panni, d'altronde anche io una volta ho ricambiato il bacio di Gaston.

«Elsa mi ha dichiarato i suoi sentimenti», getta di colpo come se stesse leggendo i miei pensieri.

Lo osservo in silenzio.

«Mi ha baciato sperando che ricambiassi, ma le ho parlato di me e di te, di noi. Della nostra fortissima attrazione.»

Incrocio le braccia al petto e cerco di controllare la mia ansia.

«Allora perché l'altra notte sei sgattaiolato via? Perché non sei rimasto con me? Perché la domanda che ti ho posto ti ha sconvolto? Se c'è qualcun'altra nella tua vita, Raziel... io devo saperlo, prima di fidarmi del tuo amore.»

Le sue mani mi scostano una ciocca di capelli all'indietro. Il suo calore si espande in tutto il mio corpo e la parte più sensibile, quella che lui ha lambito la mattina, risveglia il piacere che ormai conosco.

«Sono stato immaturo. Ancora una volta mi sono fatto soggiogare dai sensi di colpa, ma adesso non voglio più vivere nell'ombra. Voglio ricominciare a lasciarmi andare, con te. Non pensare più a quella domanda, non pensare più al mio passato. Ho sofferto, okay? Ho sofferto per amore e ti ho trascinato nel mio dolore, adesso basta. Basta, sono stanco di condannarmi. Ania...» mi prende il viso tra le mani e lo guardo con aria sognante.

Non riesco a non perdonarlo. Finalmente mi sta rivelando qualcosa del suo passato ed io non lo allontanerò per la foto che ho visto: gli crederò.

Ho fiducia in lui.

Anche se prima ho provato dolore, anche se prima ho riversato tutte quelle cattiverie su di lui, mi sono ricreduta.

Ha la magia negli occhi.

«Ania... con te l'amore è di un'altra qualità. È vero. È potente, è struggente.»

Mi bacia con passione. Un istante dopo, mi aggrappo alle sue possenti spalle e ricambio, con la speranza di poter dimenticare ogni cosa e di lasciarmi andare.

Raziel solleva la camicetta e la lancia oltre il water. Non mugugno nulla, cerco solo di togliergli i pantaloni della tuta e di averlo dentro di me per completare ciò che abbiamo lasciato in sospeso stamattina.

«Mi credi?» Sussurra al mio orecchio provocandomi dei brividi di piacere, intensi, lunghi e infiniti.

Annuisco perché gli credo davvero.

«Non voglio nessun'altra, Ania. Voglio solo te che con la tua pazienza sei riuscita ad avvicinarmi al tuo cuore. Che incantesimo mi hai fatto, si può sapere?»

Sogghigno e nascondo il mio volto nell'incavo del suo collo.

Gli accarezzo la barba pungente e quella sensazione mi piace da morire.

«Non ti ho fatto nessun incantesimo, Raziel.»

«Ne sei sicura?»
Nonostante sia intento a parlare, riesce a sfilare la tuta senza difficoltà.
«Ti voglio nuda sopra di me. Ti voglio fare godere.»
Raziel mi sovrasta con il suo corpo allenato ed io continuo a sorreggermi alle sue spalle per non cadere.
Mi sta sbattendo al muro e tutto ciò è una perdizione fantastica.
Chiudo gli occhi per un secondo, poi li riapro e appena lui sfiora le mutandine, mi esce un mugolio disperato.
«Mi piacciono i tuoi gemiti, non ti nascondere», detta con un'autorità che mi fa rabbrividire.
Da quando Raziel è entrato dentro di me non faccio altro che desiderarlo.
«Voglio di più. Questa mattina non mi hai accontentata...» dichiaro a denti stretti e con voce timida.
«Adesso mi avrai dentro di te e non mi allontanerò se prima non verrai.»
Gemo ancora e appena una ciocca dei suoi capelli mi sfiora la guancia, capisco che sta per succedere.
«Non ho il preservativo, ma non verrò dentro, d'accordo? È un problema per te?» Chiede, senza smettere di toccarmi e strizzarmi il seno.
Scuoto la testa, perché mi fido di lui.
«Voglio averti dentro di me senza protezione.»
La mia risposta lo eccita ancora di più, così mi afferra per le natiche e mi tiene stretta a sé.
Prima di concedermi il piacere, prende in bocca un mio capezzolo e ci gioca, ci soffia, lo accarezza.
Ma io voglio di più, così inarco il bacino verso di lui.
«Non ancora...»
Mi sorride ed io mi sciolgo al suo modo di fare.
È unico. Raziel è diverso dai ragazzi che ho incontrato in passato.
I miei capelli gli sfiorano il collo, mentre lui continua a giocare con l'altro seno.
«Basta, Raziel... ti prego, non resisto...»
«Voglio giocare con te, Ania. Perciò non tentare di velocizzare il nostro piacere. Raggiungerai il tuo orgasmo, quando vorrò io.»
Inarco un sopracciglio, stupita dal suo atteggiamento.
«Questo tuo cambio repentino di umore mi confonde... a volte sei un gentleman, altre volte sei così dispotico», aggiungo e lui mi squadra con un sorriso sexy.
«In che modo ti piaccio di più?» Domanda nello stesso momento in cui una delle sue dita entra dentro di me.

Sobbalzo e gemo.
«In entrambi i modi, ma quando sei dispotico mi eccito», rispondo ansimante.
Raziel sogghigna.
«Immaginavo. Invece tu, dolce Ania, da quando hai scoperto il piacere del sesso sei davvero scurrile, alle volte...» rimarca l'ultima parola, facendomi capire quanto il mio gemito gli stia dando soddisfazione.
Improvvisamente mi solleva ancora di più e mi stringe una natica.
Trasalisco e continuo a sorreggermi a lui.
Appena i miei gemiti si accentuano, Raziel smette di giocare con me e senza preavviso spinge il suo membro dentro di me.
Inizio a godere, a reclinare la testa all'indietro, perché il modo in cui facciamo l'amore è meraviglioso.
Lunghi brividi si focalizzano sulla parte più sensibile del mio corpo e vorrei gridare, vorrei urlare il suo nome, ma non siamo soli.
In casa c'è mia madre e tra poco dovremmo raggiungerla per il pranzo.
«Raziel...» sussurro il suo nome con la bocca vicina all'incavo del suo collo.
Lui continua a spingere, a farmi sentire tutta la sua virilità.
Mi sfiora il lobo dell'orecchio e quel gesto mi fa accaldare ancora di più.
«Ti piace, non è vero?» Chiede, per nulla insicuro delle sue abilità.
Continua a lasciarmi baci caldi lungo il collo ed io mi sento in paradiso.
All'improvviso, mi ritrovo nuda ed esposta a lui. I vestiti sono sparsi per tutto il bagno.
«Dimmi che il modo in cui entro dentro di te ti lascia un segno.»
Succhia di nuovo il capezzolo ed io inarco il bacino, soprattutto dopo la sua richiesta.
Cerco di parlare in modo chiaro, senza avere la voce imbarazzata.
«Tu mi lasci infiniti segni d'amore, Raziel», ammetto, con voce flebile e tutta dolorante.
La posizione in cui mi sta prendendo non è comoda, ma non mi lamento. Cerco di resistere e di raggiungere l'estasi insieme a lui.
Un bagliore di piacere rischiara i suoi occhi.
Quando le spinte diventano più intense e profonde, mi aggrappo ai suoi avambracci.
«Raziel...» il mio ansito gli fa stringere lo sguardo.
Stiamo per raggiungere entrambi un orgasmo potente. Io continuo a gemere sottovoce, lui a spingere, a spingere, a spingere per farmi ricordare all'infinito questa nostra passione.
Spinge un'ultima volta e mi sorride quando grido il suo nome, raggiun-

gendo anche lui il piacere.

«Dovevi venire in questo modo. Adesso sono felice di averti fatto provare un altro orgasmo. Il secondo di tanti altri…»

Scendo dalla sua presa, tutta sudata e stordita. Appena mi piego per raccogliere i miei indumenti sento le gambe doloranti e mi mordo il labbro inferiore.

«Ti fa male qualcosa?»

Raziel si appropinqua preoccupato e prova a massaggiarmi una natica.

Accetto il suo contatto caldo e premuroso, ma scuoto la testa.

«No, sto bene. Mi sento benissimo. Il dolore passerà. Sono le prime volte, credo sia normale», ammetto, per nulla in difficoltà.

Lui annuisce e mi aiuta a raccattare i jeans.

Quando me li porge lo ringrazio con uno sguardo intimo.

«Non guardarmi così… di nuovo», ammette, lussurioso.

Quasi mi spavento appena vedo il suo sguardo brillare di malizia.

«Perché?» Rispondo.

«Perché i tuoi occhi mi fanno venire voglia di scoparti, Ania. Abbiamo appena finito e, anche se vorrei, non possiamo ricominciare.»

Mi avvicino a lui e appoggio una mano sul suo corpo allenato, muscoloso e sudato.

«Mi piace questa nostra intesa, ma prima hai parlato di una certa relazione… cosa intendevi?»

Scosto una gocciolina di sudore che mi imperla la fronte e rimango ad ascoltarlo.

Raziel sta per rispondere, quando squilla il suo telefono.

Nel momento in cui legge il nome sul display, aggrotta la fronte e il suo respiro diventa più affannoso.

«Raziel? Chi è? Va tutto bene?»

Sembra in trance e per un attimo evita le mie domande. Preoccupata della sua reazione, lo scuoto e lui nasconde il telefono.

Questo suo gesto non mi piace e piego la testa di lato.

«Raziel?» Ripeto il suo nome, ma è come se per lui non esistessi più.

Si riveste in fretta, ma dimentica la felpa scura per terra, perché esce dal bagno senza dire una parola, con la fronte bassa e gli occhi spalancati.

Va in camera sua, si chiude dentro e si isola dal mondo.

Si rintana di nuovo nella sua solitudine, come se la passione che poco prima ci ha uniti sia scomparsa tra le nuvole.

Con il respiro affannato, raccolgo la sua felpa, sperando di riportargliela, e vado da lui. Busso piano alla sua porta, senza ricevere nessun segnale, perciò decido di tenere con me l'indumento, e mi avvio verso la mia camera, stringendolo al petto.

E se fosse di nuovo qualcuna della sua vecchia vita?
D'un tratto la voce di mia madre mi richiama dal piano di sotto e sobbalzo.
«Ania?»
Non ho ancora raggiunto camera, perciò rispondo evitando di incrinare la mia voce.
«Sì, mamma?»
«Chiama Raziel e scendete. Il pranzo è pronto.»
Scaccio via le lacrime per non piangere.
Per fortuna mia madre non può vedermi.
«Raziel non pranzerà con noi. Ha un impegno.»
«Allora puoi scendere, così pranziamo insieme.»
Assecondo la richiesta di mia madre, ma prima di andare a pranzo conservo la felpa di Raziel nel mio armadio, sperando di potergliela dare appena uscirà da quella stanza...
Sospiro rammaricata e mi avvio al piano di sotto.
Con la schiena ricurva, raggiungo la cucina e mi siedo al solito posto. Proprio in quel momento sentiamo sbattere la porta di casa: Raziel è uscito senza salutare.
Mamma mi guarda torva.
«Cos'è successo? Perché ho come l'impressione che sia arrabbiato?»
Sbircia fuori dalla finestra e riposa lo sguardo su di me.
Scuoto la testa.
«Non è arrabbiato. Ha solo altri impegni», dichiaro, sperando di saper mentire.
Mamma si accomoda accanto a me e mi versa la sua specialità.
Mi lascio viziare e pranzo cercando di non pensare a Raziel, ma il mio cuore sta battendo impetuosamente contro il mio petto.
Ho una brutta sensazione...
Credo che, questa volta, non sarà facile avvicinarmi a lui e al suo passato.

40
Più di cento battiti

Raziel

Disprezzo il mio comportamento; eppure, continuo a compiere sempre i medesimi errori.

Ania si stava fidando di me, mi ha perdonato di nuovo ed io cosa faccio? Non mi presento a pranzo ed esco furibondo da casa dei Ferrer per colpa di una telefonata.

È trascorsa un'ora da quando sono andato in giro e da altrettanto tempo mi sento stordito. Non so più cosa devo fare.

Il passato mi bracca ovunque. È come se fosse un serpente pronto a mordermi e a torturarmi in silenzio... eppure è invisibile. La sua perenne presenza riempie la mia mente di ricordi tormentati e di nuvoloni neri pronti a esplodere in una pioggia torrenziale sul mio cuore.

Spesso accade che i ricordi ci angustiano e ci rendono prigionieri dei nostri peccati.

Perché il mondo non può essere assaporato senza amarezza?

Nella vita bisognerebbe sconfiggere ciò che ci tortura e ballare con ciò che invece ci consola, ci rianima.

Bisognerebbe osservare l'infinito senza sosta.

Bisognerebbe evitare gli incubi e sognare, sia ad occhi aperti che ad occhi chiusi.

Sono stanco di soffrire, stanco di non dormire appagatamene, stanco di vedere tutto nero e di non poter essere felice con *lei*.

Però non ho altra scelta e mi torturo perché è giusto che vada così.

Da quasi un'ora mi trovo seduto su una panchina vicino l'università assorto sui messaggi di mia sorella Estrella.

Li leggo senza sosta per capire come dovrei reagire. Rabbioso strattono i miei capelli con foga.

> Non sto bene.

> Raziele, ti prego.

> È tutto così buio qui. Non ce la faccio più.

> È un continuo litigio.

> Soffoco, mi viene da piangere.

> Mi manca e mi manchi anche tu.

Ne ha inviati una valanga. È profondamente costernata ed io non so cosa devo fare. Mi sento bloccato in un vicolo cieco.

Mentre penso a mia sorella, osservo il paesaggio intorno a me.

Dove sono andato a rintanarmi non c'è anima viva. Il parco è silenzioso, gli alberi sembrano dormienti ma la pace che si potrebbe provare, se non si stesse male con il proprio io, non mi consola.

Da mesi ormai faccio parte della vita di Ania e da altrettanto tempo l'ho illusa perché, in realtà, non siamo destinati a stare insieme.

L'ho sempre saputo.

La verità è solo una... e lei mi odierà quando la scoprirà, tuttavia, non riesco proprio ad immaginarla con un altro; però, in cuor mio capisco che sarebbe la scelta giusta.

Lei è pronta ad amare sul serio, io no, anche se vorrei... vorrei essere felice, vorrei amare. Ma non posso... sono costretto a vivere un'eternità piena di tormento. La mia mente vagheggia su un lago nero in cui vorrei sprofondare per sempre.

Il dolore che mi graffia è intramontabile e vorrei ridurre a brandelli la mia anima se fosse possibile, non merito di vivere.

Nella mia più perfida utopia m'immagino di essere accompagnato dalla morte, che cammina lenta e silenziosa nei boschi, tra le alte farnie, e che raccoglie, con dei guanti invisibili, le anime destinate a raggiungere l'aldilà.

Insieme a lei osserverei tutti i miei peccati e non mi perdonerei. Capita però che, quando mi volto dall'altra parte, gli occhi di Ania rischiarino ciò che di oscuro vedo.

È così bella...

Com'è vivido il suo ricordo in me, il suo sapore sulle mie labbra, il suo sorriso, il suo modo di accarezzarmi...

Provo a non ponderare ciò che è successo in bagno perché tornerei indietro e la bacerei ancora, così mi alzo. Dovrei tornare da lei, spiegarle anche del diario. Non mi ha ancora redarguito su quel discorso, però la conosco e non terrà per sé il rimprovero. Dobbiamo affrontare insieme tante discussioni... dobbiamo parlare per davvero. Anche se prima, in bagno, abbiamo cercato di risolvere il discorso Elsa/Gaston, dovremmo chiarire altre cose. Sono scappato via per colpa di una telefonata e lei ci sarà rimasta male, ma non so davvero come comportarmi adesso.

Stavo per ammettere una possibile relazione tra noi due e mi sono bloccato quando Estrella mi ha chiamato. Lascio sempre che il passato prenda il sopravvento e sbaglio. Di recente pensavo di aver fatto chiarezza con i miei sentimenti, in realtà, dopo questa chiamata, sono ancora più confuso nonostante io provi qualcosa per Ania.

Cosa devo fare?

Qualche secondo dopo, spolvero i pantaloni della tuta che non ho proprio cambiato e decido di avviarmi verso casa dei Ferrer, ma dei passi poco rumorosi strisciano sul sentiero e catturano la mia attenzione.

«Oh, ma guarda che spiacevole incontro... Raziel Herman... qual buon vento ti porta a stare seduto su una panchina e al tempo stesso a stare lontano dalla bella ragazza che dorme sotto il tuo stesso tetto?»

La voce di Gaston risuona nell'aria come una sorta di beffa ed io mi limito a sogghignare.

«Non è il momento Gaston...» digrigno.

«Non è il momento? Di cosa, esattamente, non è il momento, Raziel?» I suoi passi iniziano a farsi più insistenti e ad avvicinarsi a me.

«Di rompermi le palle», ammetto senza un briciolo di rimorso.

«Quanta volgarità, Raziel... dovresti essere felice del nostro incontro. Finalmente siamo soli e possiamo parlare del tuo *segreto*.»

«Vattene, Gaston!» Asserisco a voce alta. La sua insistenza sta risultando pesante. Lui sta risultando petulante.

«Cosa potrà infastidirti?» Continua in tono canzonatorio.

Questa volta lo raggiungo a grandi falcate. Lui non indietreggia, anzi, incrocia le braccia al petto e piega la testa di lato.

«Cosa non ti è chiaro della frase: non voglio parlare con te?» Cerco di mettere in chiaro la situazione, ma la sua cocciutaggine sembra avere la meglio.

«Non mi interessa la tua stupida frase, oggi ti vedo un po'... come dire... *strano*? Stai annegando nei tuoi sensi di colpa che ti torturano, ti distruggono, ti rendono vulnerabile?»

Digrigno i denti per non esplodere del tutto.

«Mi hai spiato per caso?»

«Sei l'ultimo dei miei pensieri», ammette con disgusto, ovviamente non gli credo. Scuoto la testa.

«L'ultimo dei tuoi pensieri? Non direi. Sei venuto fin qui per scoprire il mio segreto e fino a oggi hai fotografato me ed Elsa per far credere qualche assurdità ad Ania», rievoco il momento in cui lui stesso ha scattato la foto e si acciglia, ma non demorde.

Si avvicina spavaldo e mi guarda come a volermi sfidare.

«Ha funzionato? Vi siete *lasciati*?» La sua voglia di separarmi da Ania è così meschina che provo pena per lui.

Potevamo essere amici se solo non si fosse intestardito con i miei segreti.

«No... non ha funzionato, Gaston. Anzi... se proprio vuoi saperlo, abbiamo fatto tutt'altro senza pensare alla tua assurda gelosia.»

Un muscolo di rabbia guizza sulla sua guancia e le mani ricadono lungo i fianchi come se si fosse arreso; in realtà si stringono in due pugni, pronti a schiantarsi su di me.

«Sei un bastardo. Nascondi dei segreti, la tratti male e te la fotti. Perché non te ne vai? Eh? Perché non torni da dove sei venuto...?»

Fa per scagliarsi su di me, lo evito e inciampa sul terreno. Per sua fortuna non cade, riesce a sorreggersi alla panchina.

«Gaston, sono stanco delle tue provocazioni.»

«Io no. Come fai a farti amare da lei? Lei che potrebbe avere un uomo migliore al suo fianco.»

Questa frase mi fa sbottare in una risata.

«E saresti tu l'uomo migliore al suo fianco?»

Colmo di rabbia, grida la risposta. «Sì, sarei io. La amo immensamente.»

Avanza ancora verso di me, pronto a colpirmi di nuovo, ma gli evito di fare la sua ultima figuraccia.

Quando prova a colpirmi, con un tempismo perfetto gli stringo il pugno e lui indietreggia, allarmato, sbarrando gli occhi.

«Dimenticati di noi. Fatti una vita, Gaston. Non rompermi più il cazzo», prorompo volgarmente e lui si acciglia.

«Non posso dimenticarla.»

«Lei non ti vuole... se ti avesse voluto, non mi sarei messo in mezzo. Ma ha scelto me», indico il mio petto e in questo momento mi sento un pezzo di merda perché anche se Ania ha scelto me, soffrirà. Anche se forse chiariremo alcuni malintesi, soffrirà.

Questa volta gli occhi di Gaston diventano lucidi.

«Ho provato a farle aprire gli occhi su di te. All'inizio pensavo di essermene fatto una ragione e le ho consigliato di dichiararsi. Vedevo il modo in cui la guardavi e come lei non guardava me, ma poi… da quando hai preso il suo diario ho capito che nascondevi qualcosa. Cocciuto come sono ho cercato di conoscere i tuoi segreti, ma non ci sono riuscito. Cosa nascondi, Raziel?» Continua a fissarmi con rabbia ed io gli lascio il pugno per non fargli del male.

Non ho mai creato una rissa, non è nella mia indole.

«Non nascondo alcun segreto», sibilo a denti stretti.

Gaston si sistema il cappotto e porta indietro i capelli con gesto automatico, poi, poggiatosi accanto a un albero, emette una risata secca. «Menti. Hai un segreto che non permetti ad Ania di conoscere.»

È così angosciato, farebbe di tutto pur di smascherare il mio passato.

«E quella collana… il modo in cui l'hai trattata alla festa di Halloween… c'è qualcosa, ci deve essere qualcosa che nascondi», continua e mi sta innervosendo.

Si è fatto tardi e la voglia di prolungare questa patetica e frivola conversazione è passata.

«Devo andare.»

D'un tratto mi blocca il passaggio e mi spintona.

«No. Devi dirmelo, Raziel. Dimmelo.»

«Gaston, basta. Ti stai rendendo ridicolo.»

Improvvisamente vedo che la sua mano destra si nasconde dentro la grande tasca del cappotto scuro e mi acciglio quando preme qualcosa.

«Cos'hai lì dentro? Cosa tieni nascosto?»

Nel parco scende un silenzio incomprensibile e Gaston mi fulmina con lo sguardo.

«Nulla che ti riguardi.»

«Oh, io credo proprio che tu abbia qualcosa che mi riguardi, invece. Cos'hai nella tasca, Gaston?»

Mi avvento su di lui e con arroganza gli strappo l'aggeggio che ha tenuto nascosto fino a quel momento.

Appena lo afferro sgrano gli occhi: è un registratore.

«Hai registrato tutta la conversazione? Cosa cercavi di ottenere, brutto stronzo, eh? Qualche segreto da rivelare?»

«Ridammelo», cerca invano di recuperare l'apparecchio, ma prendo la cassetta, la intasco, e glielo lancio vuoto, senza nessuna prova.

«Eccolo. La prossima volta non ti permettere mai più, coglione.»

Lo spintono e mi volto per andare via.

Da dietro le spalle sento un'ultima volta la sua voce sopraffatta di sfida.

«Ania non sarà mai tua, Raziel. Quando ti conoscerà per davvero, rimpiangerà di essersi innamorata di te.»

Rimpiangerà di essersi innamorata di te.

Queste parole mi tormentano per tutto il tragitto, fino a quando percorro il vialetto dei Ferrer e mi premo il petto perché Gaston ha ragione.

Ania rimpiangerà di essersi innamorata di me.

Ania soffrirà. Ania starà male, non posso andare da lei.

Quando scoprirà la verità rimpiangerà di avermi amato e di avermi voluto tra le sue braccia.

Per me lei è argento puro, in modo incantevole mi ammanta e mi seduce. Senza chiedermi il permesso è riuscita, poco alla volta, a dipingere il mio cuore e a colorarlo di passione, di piacere. Tutto le è concesso, persino amarmi fino all'ultimo dei miei giorni... ma non è giusto. Questa nostra passione sarà effimera. Non è corretto che la inganni ancora. Il mio cuore è totalmente afflitto e sommerso, e anche se a volte è lunatico, anche se a volte la vorrebbe senza esitazioni e senza pensare al passato, poi se ne pente... in realtà vuole altro...

Il mio cuore non è ancora guarito e difficilmente si rimarginerà per il dolore che prova, quindi devo pensare al suo bene.

Quando saprà le si spezzerà il cuore ed io non potrò consolarla: rammaricato e pensieroso entro di nascosto in casa. Per fortuna in salotto non c'è nessuno. Decido di avviarmi in camera mia, in silenzio, senza far sentire il rumore dei miei passi.

E quando chiudo la porta alle mie spalle, prendo una decisione.

È la scelta giusta, ripeto tra me e me, sperando di non sbagliare ancora una volta.

Ania

Sono passate ore da quando Raziel è uscito irato da casa mia e per non pensare a lui sono stata tutto il pomeriggio in giro per svagarmi, ma questa sua lontananza mi sta allarmando.

Dopo essere rincasata ho scoperto che i miei genitori sono andati al teatro, perciò, per non trascorrere la serata da sola, ho chiamato Carlos, che da bravo amico è piombato subito da me. Adesso ci troviamo entrambi seduti sul divano ad aspettare il ritorno di Raziel.

«La smetti di torturare quelle povere unghie?» Carlos mi lancia una frecciatina e sbuffo, agitata.

«Non riesco a smettere. Sono nervosa. Non ha nemmeno risposto al mio messaggio. E se fosse da Elsa?» Domando, ricordando la foto che Gaston mi ha inviato da perfetto bastardo.

Carlos scuote la testa.

«Non credo. Poco fa lo avrei preso a cazzotti, ma dopo il tuo racconto ho capito che Raziel tiene davvero a te e che Elsa l'ha baciato proprio per fare il gioco di Gaston. Si sono messi d'accordo per rovinarvi la relazione.»

Abbasso lo sguardo sul pavimento e mi stravacco sul divano ancora di più. Sono così agitata che mi si è chiuso persino lo stomaco.

«Vuoi vedere qualche film mentre lo aspettiamo? Se fai così viene l'ansia anche a me», propone Carlos afferrando un cestino di pop-corn riscaldato al microonde.

«No. Non starei attenta. Se vuoi puoi andare a casa, Carlos. Non devi per forza restare qui con me.»

Carlos si appropinqua a me e mi cinge con il suo abbraccio.

«Sei la mia migliore amica e ti starò accanto ogni momento in cui avrai bisogno di me.»

Sorrido e gli porgo un bacio sulla guancia.

Improvvisamente il mio cellulare squilla e sobbalzo perché spero si tratti di Raziel; invece, leggo il nome di Merien sul display e lo silenzio prima che Carlos possa leggerlo.

Appena volta lo sguardo verso di me, mi domanda il nome del mittente.

«È mio padre, torno subito», rispondo lapidaria, alzandomi dal divano.

Il telefono continua a squillare e dopo aver raggiunto il bagno, pigio sul tasto verde e mi affretto a conoscere il motivo di questa chiamata.

«Merien... ciao.» Non posso nascondere di essere irritata nel sentirla, ma voglio sapere di più su quello che è successo tra Merien e Timo, e se lei mi ha chiamata ci sarà una valida spiegazione.

Ma perché non ha telefonato prima?

«Ciao Ania... non dovrei neanche contattarti. Timo si infurierebbe, però volevo sapere una cosa importante: come sta Carlos?»

Perché Timo si infastidirebbe?

Aggrotto le sopracciglia e mi viene in mente che Timo non è mai stato un sincero amico, tuttavia, cerco di non affrettare la situazione e di mantenere la calma.

Sento il respiro smorzato di Merien dall'altro lato della cornetta, aspetta la mia risposta.

Se si fosse trovata davanti a me, le avrei apostrofato parole pungenti o forse neanche le avrei risposto, ma non c'è, ed è in pensiero per Carlos.

«Carlos è stato male tutta la notte, adesso si è ripreso, *diciamo*. Gli sto vicino... quello che dovreste fare anche tu e Timo. A proposito... si può sapere perché non mi risponde ai messaggi e perché è andato via in quel modo, insieme a te, dal locale?»

Merien sospira ed evita di risponde, sicuramente per nascondere la verità.

C'è qualcosa che non mi convince.

«Merien... dimmi cosa è successo!» Sbraito, cercando di non farmi sentire da Carlos. È più forte di me, questa storia sta iniziando a darmi sui nervi.

«*Ania*... io e Timo stiamo insieme, ma per un anno e mezzo lui e Carlos hanno avuto una storia», ammette d'un tratto e assume un tono di voce più basso.

Mi sento sprofondare... in che senso?

Un anno e mezzo? E non me ne sono mai accorta?

Com'è potuto succedere...

«Ne sei sicura?»

«Sì. Timo mi ha raccontato tutto, solo che da quando mi ha conosciuto ha smesso di provare dei sentimenti verso Carlos, ci siamo innamorati. Non farcene una colpa, Ania. Poteva succedere a chiunque. Tra qualche giorno, Timo cercherà di parlare con lui, per il momento siamo lontani e stiamo trascorrendo del tempo insieme.»

«State partendo?» Le chiedo sconcertata.

«Sì... stiamo per imbarcarci, torneremo tra una settimana...»

Per un attimo guardo il lavabo di fronte a me. Adesso come lo rivelerò a Carlos? Avrà bisogno di tutto il mio sostegno.

Soffrirà, il suo cuore si spezzerà, ma lui è forte, temerario, indistruttibile. Si riprenderà. Conosco il mio migliore amico.

«Posso dirlo a Carlos? Che state partendo?»

Merien sta per rispondermi, quando in lontananza odo la voce di Timo richiamarla.

La mia amica emette un sospiro affranto.

«Scusa Ania... devo andare. Sì, diglielo e ti prego, stagli vicino. Al rientro gli spiegheremo tutto... ah, Ania...» Merien interrompe il discorso assumendo un tono leggermente diverso. Forse più incredulo e stupito.

«Sì?»

«Raziel sta partendo, per caso?»

«Partendo? No, perché?» Domando, lanciando un'occhiata verso lo specchio.

«Mi è sembrato di averlo intravisto salire su un taxi, mentre andavamo verso l'aeroporto, ma non ci siamo fermati, perciò non ne sono tanto sicura. Mi sarò sbagliata; devo andare Ania... ciao...»

Faccio per chiederle qualcosa però interrompe la comunicazione di botto e mi lascia sola con mille pensieri che si fanno strada nella mia mente.

Non può essere che abbia visto Raziel in una stazione di servizio... lui starà tornando a casa da me, per risolvere il nostro battibecco. Rientrerà con un fiore in mano, faremo la pace e ci divertiremo sotto le lenzuola, come la scorsa notte.

Sarà così.

Deglutisco il groppo in gola e, agitata più che mai, apro la porta e vado alla ricerca di Carlos. Il salone è deserto e in cucina non c'è.

«Carlos? Dove sei?» La mia preoccupazione aumenta.

Provo a uscire fuori a cercarlo in giardino, non lo trovo neanche lì, così vado a controllare in camera mia.

Niente.

«Carlos?»

Mi sto allarmando, è impossibile che abbia sentito la conversazione tra me e Merien. Ho parlato a bassa voce e sono stata prudente, ma allora dove diamine si è cacciato?

Perché non mi risponde?

«Carlos?»

A un certo punto, dopo aver vagato invano, mi ritrovo a un passo dalla porta della camera di Raziel. Mi accorgo che è socchiusa. Che Raziel sia tornato? Il cuore inizia ad agitarsi.

Spero di sì, spero di vedere i suoi occhi e di sentire il suono della sua voce. Spero di poterlo consolare e dirgli che andrà tutto bene.

Non so chi l'abbia chiamato, ma non m'importa più. Quando si sentirà pronto mi rivelerà tutto. Per il momento ho solo voglia di fare l'amore con lui e di stringerlo tra le mie braccia.

Il brivido dell'emozione si intensifica sempre di più.

La sua assenza mi ha rattristata, perciò non voglio litigare. Accapigliarsi non fa bene ai nostri cuori che dovrebbero soltanto essere colmi d'amore.

Radiosa spalanco la porta e rimango immobile quando davanti a me noto una strana aria di inquietudine.

Con mia sorpresa, il letto è perfettamente in ordine, la camera avvolta nel buio, l'odore fresco di Raziel alleggia nell'aria come se fosse accanto a me.

Quando varco la soglia sobbalzo.

Carlos è di spalle e sta guardando la scrivania di fronte ai suoi occhi.

«Carlos... cosa ci fai qui? Ti ho cercato dappertutto. Per caso, Raziel è tornato?» Occhieggio intorno e cerco di non impazzire. Dove può essere?

Eppure, il suo profumo è così intenso, così fresco, così vivo. Sembra proprio che lui sia stato qui...

Lentamente mi avvio verso il mio amico per cercare di nascondere l'irrequietezza del mio stato d'animo e poggio una mano sulla sua spalla.

«Carlos? Perché non mi rispondi? Cosa c'è?»

Lo sento sospirare aspramente, e per dei secondi non dice una parola. È solo dopo essersi passato una mano tra i capelli con nervosismo che comincia a raccontarmi il motivo del suo turbamento.

«Ania, perdonami, ma lui non tornava e volevo capire, perciò l'ho chiamato e mi ha risposto.»

Sgrano gli occhi incredula e osservo il mio amico.

«Ti ha risposto?» Chiedo, sperando di aver capito male, ma mi sorprende e annuisce.

«Sì e mi ha dato un compito, quel bastardo.»

Non riesco proprio a capire e la voce graffiata di Carlos non mi piace per niente.

«Quale compito?»

«È un codardo e un pezzo di merda, Ania. Mi ha chiesto di darti questo...» è totalmente infuriato.

Il suo timbro di voce alta mi fa comprendere quanto in questo momento disprezzi Raziel. Non riesce neanche a guardarmi negli occhi.

Mi mordo il labbro inferiore per non singhiozzare.

Tra le sue dita compare un piccolo post-it bianco.

«È semplicemente un post-it.» Inizio a deglutire a fatica, e il mio amico mi dichiara la verità.

«Non è un semplice post-it, Ania. È da parte di Raziel, per te!»

«Per me?» Cerco di non farmi prendere dal panico e ripenso alla notte d'amore che abbiamo trascorso insieme.

È stata così bella, così vera, così passionale. Ripenso alle sue mani che scivolano sul mio corpo, che accarezzano ogni parte della mia pelle. Ricordo la sua voce sussurrarmi frasi del tutto sconnesse con la realtà. Ricordo i suoi baci morbidi, le sue mani che si stringono alle mie, che mi invitano a dargli fiducia.

Ricordo ogni minimo particolare delle volte in cui sono stata con lui.

Però perché Raziel non è in casa? Perché Merien mi ha detto di averlo intravisto su un taxi? Perché Carlos tiene in mano questo biglietto?

Perché il mio cuore sta per piangere?

Appena il mio amico me lo porge sussulto, perché vorrei non avere in mano questo misero foglietto.

«*Tieni...*»

«Carlos... cosa c'è scritto?»

Scuote la testa senza dirmi la verità. È scosso e si reca verso la porta per lasciarmi sola.

Prima di uscire, rivela le uniche parole che riesce a proferire con il groppo in gola: «Ti aspetto di là. Avrai bisogno di me.»

Non riesco a capire, con le mani tremanti mi affretto a girare il post-it e a leggere quelle poche frasi che sono state scritte per me con una calligrafia elegante e sconosciuta.

Per ogni mio senso di colpa,
perdo più di cento battiti, Ania.
Sono come una spina, a volte pungo con le parole e sanguino all'interno del mio cuore, anche se nessuno lo vede.
E non voglio che tu faccia parte del mio mondo proprio per questo.
Perdonami.
È stata la cosa più bella che potesse capitarmi conoscerti, ma devo andarmene.
E tu devi dimenticarti di me. Devi costringerti a non amarmi.
Non riesco a restare qui.
I miei sensi di colpa non lo permettono.
Addio.

Lacrime amare solcano il mio viso e mi rendono vulnerabile.

Il pianto comincia a farmi respirare a stento, e ad avere giramenti di testa.

Frastornata e con il viso consumato dalla sofferenza, mi reco da Carlos, che mi aspetta in salotto.

Lo guardo da lontano e lui comprende tutto.

Adesso ho bisogno del mio amico, come lui ha bisogno di me.

Questo post-it ha spezzato il mio cuore in mille pezzi.

Non riesco a crederci. Raziel è andato via... mi ha abbandonata. Non mi ha messo in primo piano. Si è lasciato sopraffare dai sensi di colpa. Ha fatto vincere l'oscurità.

Aveva ragione: è un ragazzo tormentato. Dunque, Merien lo ha visto davvero, com'è potuto succedere? Non mi ha avvisato, non mi ha salutato... è scomparso.

Mi ha lasciata da sola, affranta.

Non è vero che siamo due anime unite, non è vero che sconfiggeremo insieme l'oscurità che lo tormenta.

Non è vero niente di tutto quello che mi ha promesso.

Confusa, arrabbiata, triste e con l'affanno piango sulla spalla del mio amico.

Mi lascio andare e stringo la sua maglietta, ma non trovo nessun conforto.

Mi sento davvero a terra e non so se riuscirò mai a scoprire la verità su di lui e sul perché sia andato via, però una domanda sorge nella mia mente: come mai Raziel non riesce ad amare e ad andare avanti?

Seconda Parte

*Una storia d'amore può rinascere
dopo un addio?
Una storia d'amore può vivere
d'incanto e passione?*

41
Mai più petali di un fiore

Ania

Un mese dopo

Certe persone non hanno la forza ed il coraggio di percorrere il sentiero dell'amore; dunque, si rintanano in un oceano agitato di dolore per arginare le proprie paure e i sensi di colpa senza vivere davvero nel mondo esterno.

Alcune di loro non riescono a essere appagate perché pensano che ormai la felicità sia irraggiungibile, una sfera sconnessa dalla loro anima, un desiderio inesistente.

Preferirebbero soffrire anziché sconfiggere ciò che li rende affranti e disillusi.

Per loro la strada più facile da intraprendere è quella della fuga e scappano, irrazionalmente si dileguano nel nulla, diventando dei fantasmi nel cuore di qualcuno.

Fino a che punto sei disposto a bruciare per un amore che non ti è concesso vivere davvero?

Come si può sopravvivere quando il sentimento che si provava per una determinata persona diventa d'un tratto illusione e smarrimento?

Come si eludono gli incubi e le tempeste che naufragano nel proprio cuore?

Come riusciresti a confortarlo, se è ornato di spine pericolose pur sapendo che non diventeranno mai più petali di un fiore?

Non si può sconfiggere il dolore che si prova a causa di un amore ormai scivolato via... si potrà solamente alleviare col passare del tempo, ma se è stato, con tutta sincerità, potente e struggente, neanche un altro amore sarà in grado di sostituirlo.

Neanche un altro amore riuscirebbe a farti dimenticare quello che hai provato con lui. Il vero amore non si può obliare.

Che inganno verrebbe fatto alla nostra memoria altrimenti?

Non si può cancellare una persona dalla nostra mente, soprattutto se

l'hai amata con tutto te stesso.
   Infatti, io non ci riesco. Raziel se n'è andato da un mese e non è più tornato.
   Da quel giorno, non ho più ricevuto nessun messaggio da parte sua: il silenzio più totale, un silenzio che tormenta il mio cuore e che non mi fa respirare bene. Un silenzio che è peggio di un rumore assordante. Un silenzio che rende le mie lacrime amare anche quando fuori c'è il sole.
   Un silenzio che fa troppo male, che brucia il petto, l'anima. Piango in continuazione, soprattutto quando mi rintano e trovo conforto nella mia solitudine.
   Hai visto, Raziel? Adesso anche io e la solitudine camminiamo insieme, mano nella mano, come due vecchie amiche. Mi ascolta e mi rapisce con sé per non farmi scivolare nel baratro più totale.
   E tu dove sei in tutto questo?
   Sei andato via senza dirmi niente... e tutte le parole che mi hai detto, illudendomi, non valgono più. Mi hai lasciata da sola senza un valido motivo. Dovrei detestarti. Ti disprezzo in realtà, ma mi manchi.
   Mi manchi così tanto. Ricomincio a piangere se mi concentro su tutte le carezze che ci siamo fatti, su tutti i baci che ci siamo dati e su tutte le parole che ci siamo detti.
   Sei insostituibile per me, ma anche insostenibile perché potevamo vincere insieme, potevamo riuscire a raggiungere la vetta della felicità senza dover allontanarci. Tu, invece, hai preferito aggrapparti ai tuoi sensi di colpa e mettermi da parte. Hai preferito essere ancora una volta ruggine e polvere.
   Conciata come uno straccio, tiro su col naso e mi faccio forza. Da un mese non mi riconosco più, ma non voglio indebolirmi a causa sua. Anche se ho il cuore spezzato, anche se i miei sentimenti sono tristi, non posso permettergli di rovinare la mia vita.
   Mi ha deluso tantissimo.
   Raziel non è davvero chi dice di essere... indossa mille maschere e non l'ho mai conosciuto realmente. Ormai ne sono sicura, lui ha mentito. Mi ha ingannata da quando è arrivato e ancora non ho capito perché si sia preso gioco di me, pur essendo a conoscenza di tutto il mio trascorso.
   Ha sempre recitato. Prima ha finto di essere un bravo ragazzo, poi uno stronzo senza sentimenti, e poi ha ripetuto tutto... come se questo suo piano avesse un filo logico da seguire, fino a lasciarmi da sola.
   Fino a farmi inabissare nella mia disperazione.
   Dopo il suo irresponsabile comportamento ho dovuto avvertire i miei genitori e sono sembrati sconvolti quando gli ho detto di aver trovato il biglietto. Non l'hanno letto; papà ha provato comunque a rintracciarlo, ma

è stato inutile.

Non ha risposto neanche a lui e ieri, quando ho provato a chiamarlo per la millesima volta, ho quasi avuto un mancamento perché il telefono è risultato spento.

Ha spento il cellulare e ha voluto tagliare tutti i ponti con noi, con la famiglia che l'ha accolto in casa, che l'ha protetto, che l'ha aiutato.

Immaturamente ci siamo fidati di lui, pensavamo fosse un ragazzo sincero, in tutta onestà ci siamo sbagliati.

Io penso che si sia preso gioco di noi, ma papà crede ci sia sotto qualcos'altro.

Nel corso dei giorni, abbiamo parlato solo una volta di lui, poi li ho obbligati a non chiedermi più niente e hanno assecondato la mia richiesta.

Anche se mi ripeto di non pensarlo sempre, nella mia mente si ripercuote l'immagine di noi due avvinghiati, come due innamorati perduti nel loro intimo momento.

Abbiamo fatto l'amore, mi sono fatta suggestionare dai suoi occhi bramosi di malizia e poi mi ha abbandonata con un misero post-it in cui mi spiegava che non riesce ad andare avanti. Che si sente come una spina e che non può amarmi. Che perde più di cento battiti per ogni senso di colpa che prova.

Però quando mi aveva accarezzato in quel modo mi sembrava diverso...

Come se tutte le sue incertezze fossero crollate da un momento all'altro.

Come se si fosse liberato dai mille pesi che lo tormentano da anni.

Evidentemente ho sbagliato e la mia passione, la mia dolcezza, non lo hanno aiutato.

Gli ho dato fiducia, gli ho dato tutto... e lui mi ha voltato le spalle senza dialogare con me. Ha di nuovo fatto di testa sua.

Si è chiuso in sé e mi ha tagliato fuori dal suo mondo colmo di incertezze e paure.

Ed io mi sento malissimo, perché la sua mancanza è una tortura maledetta che sta lacerando sempre di più il mio cuore.

L'altro giorno, Carlos mi ha chiesto come mi sentivo ed io senza troppi giri di parole gli ho rivolto uno sguardo vacuo.

«Vuota», ho riferito, straziata nel punto più profondo della mia anima.
«Perché?»
«Perché lui non è più con me», continuavo a dire guardando un punto fisso, come se non riuscissi più a muovermi e a sentire i rumori del mondo.

Ogni giorno che passa il vuoto che provo aumenta e non so se riuscirò ad amare di nuovo.

Davanti agli altri provo a essere forte, in realtà sono distrutta.

In questo momento mi trovo da sola in camera mia. Con quel briciolo di energia che ancora mi rimane, arrotolo le maniche della maglietta sugli avambracci e mi riconcentro su tutto ciò che è successo nell'ultimo periodo ai miei amici. Timo e Merien sono rientrati dal loro viaggio già da qualche settimana e hanno parlato con Carlos.

Lui ha compreso i sentimenti di Timo nei confronti della ragazza, solo che non è riuscito a perdonarlo e adesso non si vedono quasi più.

Io e Carlos ci siamo uniti molto ultimamente e passiamo tanto tempo insieme. Purtroppo oggi non ci vedremo perché sto sistemando le valigie.

Sto per partire anche io e cambiare aria. Sono stanca di stare qui, dove ogni posto mi ricorda lui ed è difficile fare finta di nulla.

La nostra passione, almeno per me, era dirompente. Incendiava persino i nostri animi nei punti più nascosti.

Mentre getto una maglietta rossa, insignificante e natalizia, dentro la valigia, qualcuno bussa alla porta.

«Avanti.»

Mamma sbuca con la sua testolina riccia e mi sorride con gentilezza.

«Serve una mano con le valigie, tesoro?»

Scuoto la testa perché è arrivata tardi. Ho già sistemato tutto.

«Ho quasi finito, grazie.»

Si avvicina lo stesso e, con la sua dimestichezza, mi aiuta a piegare gli ultimi indumenti.

«Una mano in più non fa mai male a nessuno.» Rivela e allungo un angolo delle labbra all'insù perché ha ragione.

«Già...» ammetto, sospirando debolmente.

«Vedrai, ci rilasseremo queste due settimane dalla nonna», pronuncia con enfasi.

Mi sento ancora a pezzi per l'addio di Raziel, ma non posso restare segregata a casa.

Non le ho rivelato di aver fatto l'amore con il ragazzo che credevo essere perfetto, perché non voglio che lo ricordi diversamente dal modo in cui si è fatto conoscere.

Lui è un bastardo solo per me.

In più, la mamma ha deciso di risolvere la questione in sospeso con la nonna: è da parecchi anni che non si parlano perché hanno litigato, però questo Natale hanno deciso di chiarire.

Per questo stiamo andando da lei, in una cittadina non molto distante.

Sono felice che abbia deciso così, perché è stata male per questa lontananza, e finalmente ora potrà riabbracciare sua madre.

Papà non ha obiettato e ha sostenuto la sua decisione, nonostante la nonna l'abbia incolpato parecchie volte di averla fatta allontanare da lei.

Ammetto che sono abbastanza nervosa, dato che non vedo la nonna da tantissimi anni.

Sicuramente mamma vorrà vedere anche sua sorella e così sarò costretta a incontrare Daina e Guadalupe: le mie cugine, nonché sorelle gemelle. Avevo tredici anni l'ultima volta che le vidi, un anno prima dell'intervento, e da allora non ho più sentito nessuno...

Ho perso totalmente i rapporti dopo aver saputo della mia malattia e adesso mi sento un'estranea a tornare lì e a rivederli tutti quanti.

La cittadina in cui stiamo andando la ricordo a stento, persino i nomi degli amici con cui giocavo da piccola non mi vengono in mente.

«Ne sono sicura e poi così rivedrò Daina e Guadalupe», rivelo con sincerità, rispondendo alla sua affermazione.

Mamma mi abbraccia e sogghigna, come se comprendesse a pieno il mio nervosismo.

«La nonna è contenta. Al telefono mi ha chiesto di te e non vede l'ora di riabbracciarti. Ania... mi dispiace per averti tenuto lontano da loro, non è stato facile neanche per me, credimi. Poi è subentrato anche il tuo intervento e le cose sono peggiorate ancora di più, però, adesso, la nonna non sta molto bene e ha bisogno di compagnia, di conforto, e io sono sua figlia. Devo mettere da parte il male che mi ha fatto.»

Indugio un po', tuttavia la comprendo. Mamma ha sofferto tanto.

«Ti hanno preso in giro, mamma, più volte... è normale che ti sia allontanata da loro.»

«Basta parlare del passato, tesoro. Non mi va.»

Annuisco e appoggio la sua scelta senza ribattere.

«Abbiamo superato tante cose... vedrai, staremo meglio», ammette con una malinconia che vela il suo sguardo.

«Sì, lo penso anche io.»

Mi regala un bacio sulla guancia; prima di allontanarsi mi porge un'altra domanda.

«Come sta Carlos?»

Faccio spallucce mentre sistemo proprio l'ultimo paio di jeans in valigia, poi la chiudo e le rispondo.

«Sta superando la situazione. È forte e troverà sicuramente qualcuno che lo amerà e lo metterà al primo posto.»

È la verità. Il mio amico ha un carattere davvero singolare. Nel periodo peggiore della sua vita mi è stato vicino e ha pensato più a me che a lui. Forse per non dare troppo peso alla sua situazione sentimentale; comunque, si è comportato da vero amico.

Ci siamo sostenuti a vicenda.

«E tu, come stai?»

All'improvviso cerco di capire il perché di questa domanda.

«Io...» esalo, evitando di guardare la profondità dei suoi occhi.

La mamma piega la testa e sorride per potermi confortare.

«Stai davvero bene, Ania?» Domanda, preoccupata.

«In che senso, mamma? Perché mi stai facendo questa domanda?» Gonfio il petto svariate volte.

«Per Raziel... ho capito che tieni molto a lui, tesoro... volevo sapere come stavi.»

No. Non adesso... non di nuovo. Voglio evitare di pensare a lui. Ho innalzato un muro all'interno del mio cuore, un muro che mi permette di non pensarlo troppo spesso.

Non voglio più sentirlo nominare. Mi fa troppo male il suo nome, perché mi ricorderei dei suoi baci, delle sue carezze, dei suoi modi gentili ed unici nel fare l'amore con me.

Cerco di non piangere e di trattenere le lacrime che vogliono fuggire dai miei occhi.

«Ha fatto la sua scelta, ma io sto bene», fingo con un sorriso tirato sulle labbra.

D'un tratto mi impongo di fissare la valigia di fronte a me.

Mamma si siede sul letto e mi guarda dal basso verso l'alto.

«Okay, ma se n'è andato così, senza salutarci. Papà non ha apprezzato il modo in cui è sparito dalle nostre vite.»

Sospiro frustrata: «È stato maleducato da parte sua non salutarvi, non ha spiegato neanche a me il motivo. È andato via e basta. Io sto bene, fine della discussione», taglio corto.

«Ne sei sicura? Non è che ti sei innamorata di lui?»

La domanda è schietta ed io non so cosa provo per Raziel. Non lo so più.

È stata anche colpa mia se ha deciso di andarsene, tuttavia è stato immaturo.

Non ha voluto affrontare la situazione e mi ha lasciato uno stupido biglietino, che ancora non ho strappato per paura di perdere l'unica cosa che mi è rimasta di lui.

Spero proprio di non doverlo più vedere, altrimenti non riuscirei a guardarlo negli occhi: mi ha inciso nel cuore un dolore immenso, irreparabile.

Un dolore che non avrà mai fine, soprattutto durante le notti più burrascose.

«No, mamma! Non sono innamorata di lui», lo rivelo con una sicurezza tale che ci credo persino io, anche se il mio cuore sa che non è la verità.

«Siete pronte?» Papà bussa alla porta richiamandoci e mamma si alza dal letto per raggiungerlo.

«Sì... hai chiuso tutta la casa?»

Sento che dialogano e mi affretto a racimolare le ultime cianfrusaglie.

Appena sono pronta, abbasso la veneziana e porto fuori la mia valigia.

Incontro papà in mezzo al corridoio e lo saluto con un bacio sulla guancia.

«Avete preso tutto? Non si torna indietro, se non fra due settimane...» comunica allegro.

«Sì, per me possiamo andare» riferisco, senza guardare indietro.

Non ho voglia di incrociare con lo sguardo la camera in cui ha dormito Raziel per molti mesi.

Voglio lasciarmi tutto alle spalle.

Non lo vedrò più.

Non lo avrò più dentro di me.

Lui ha deciso così ed io non posso raggiungere il suo cuore senza il suo permesso.

Lui non mi consente di conoscere i suoi tormenti ed io rispetterò la decisione senza più assillarlo con le mie domande.

***

Durante il viaggio sono stata in lotta con i miei pensieri. Mi sono rannicchiata contro lo schienale del sedile e ho pensato ancora una volta al motivo per cui Raziel è andato via. Non devo darmi la colpa per la sua partenza. Non è colpa mia se ha deciso di andarsene senza consultarmi. Devo reagire e cercare di non farmi sopraffare da questi inutili pensieri, perché tanto non saprò mai la risposta.

Dopo un tragitto di quasi un'ora, papà svolta l'angolo e apro gli occhi.

La casa della nonna si trova alla fine di una viuzza che ricordo a stento, eppure mi è familiare.

Le enormi querce costellano il bosco circostante, la luce del sole filtra tra i rami degli alberi senza oscurare il passaggio.

Appena scendo dalla macchina scorgo in lontananza una figura bassina e minuta, con i capelli grigi legati in una bassa treccia spettinata, che ci sorride con gioia.

«Paula!» Mamma corre ad abbracciare la nonna, lasciando da parte tutti i problemi familiari che hanno avuto negli anni e che le hanno divise.

Io guardo papà, intimidita e anche commossa.

«Tutto bene, tesoro?» Chiede, mentre solleva le valigie dal portabagagli per trascinarle dentro casa.

Faccio spallucce e lo aiuto.

«Sì, tutto okay», ammetto, agitata più che mai.

Papà mi sorride dolcemente e indica la nonna che adesso ha smesso di parlare con la mamma e mi sta guardando da lontano con gli occhi lucidi.

«Sarà curiosa di parlarti. Va' da lei.»

Decido di raggiungerle e incedo malferma verso di lei.

La mamma e la nonna sono davvero molto simili. I tratti delicati, le guance e persino il sorriso.

«Ciao Ania, ti ricordi di me?» Resta in attesa della mia conferma.

«Ciao nonna, ti ricordo più giovane, ma è bellissimo rivederti!»

Nonna sogghigna, mentre mamma sta iniziando a piangere.

«Posso abbracciarti?» Mi chiede, cogliendomi di sorpresa, con un tono del tutto affettuoso.

Annuisco e mi lascio cullare da un calore che mi è mancato per tanto tempo.

La stringo forte a me e annuso il fresco profumo di campagna.

«Suvvia basta con i lacrimoni ragazze, entriamo, è ora di farvi fare il giro della casa.»

Nonna ci accoglie in casa sua e ci mostra la piccola villetta in cui ha vissuto anche la mamma da adolescente.

«Ricordi ancora la tua camera, Paula?» Continua la nonna, con gentilezza.

La mamma si avvia verso la sua stanza invitandoci a seguirla. La nonna mi regala un sorriso affettuoso ed io ricambio, imbarazzata.

Mentre attraverso il piccolo atrio centrale, mi accorgo delle infinite foto sul davanzale di legno.

La mamma è presente in quasi tutte, insieme alla zia.

Sembravano così felici a quei tempi... da quando hanno litigato le cose sono cambiate e i loro rapporti si sono raffreddati.

Spero solo che in questi giorni possano riconciliarsi davvero.

«Guarda Ania... questa era la mia divisa da cheerleader. Oddio, ricordo perfettamente quei giorni, come se fosse ieri. Mi piaceva il ragazzo più popolare della scuola», rivela mamma con una sottile linea di nostalgia.

«Davvero? E come si chiama?»

«Eccolo qui...»

La nonna si intromette e afferra la fotografia dell'ultimo anno di liceo dove la mamma sorrideva raggiante.

«Dean Blone, un bel ragazzone. Alto, moro, occhi color del mare. Tua mamma ha sempre avuto ottimi gusti, solo che alla fine ha scelto tuo padre», ironizza nonna ed entrambe sogghigniamo.

D'un tratto, l'arrivo di papà ci fa sussultare, soprattutto quando si schiarisce la gola.

«Quindi io non sarei un uomo affascinante, all'altezza di sua figlia?»

La nonna fa una smorfia amichevole e papà avanza di qualche passo per abbracciare la mamma.

«Oh, che sciocco che sei Alberto. La risposta la conosci già perché alla fine hai conquistato il cuore di mia figlia Paula.»

«Meno male...» aggiunge, dando un bacio a sua moglie.

Mamma ricambia, poi continua a mostrarmi qualche suo oggetto personale, fino a quando non apre un portagioie ed estrae un braccialetto antiquato con un pendente a forma di lettera A.

«Alberto, guarda... ti ricordi questo braccialetto? Oddio...» commossa si porta le mani davanti le labbra.

«Lo comprai durante il nostro primo anno di fidanzamento. Ho scelto la lettera A proprio per ricordarmi costantemente a chi appartenessi.»

Papà dilata le pupille, sorpreso.

Tocca il braccialetto d'argento e annuisce.

«Sì, lo ricordo. Rimasi alquanto sorpreso quanto te lo vidi addosso, ma compiaciuto.»

Mamma stringe il bracciale tra le sue mani e noto che mille ricordi le affiorano in mente. Rimane a guardarlo per vari secondi, fino a quando non sospira.

Nonna si commuove, mentre io mi avvicino per guardare meglio quel prezioso gioiello.

Per un istante mi ritorna in mente la collana che ho ricevuto in regalo il giorno del mio compleanno e che Raziel mi ha strappato dal collo la notte di Halloween.

Trattengo le lacrime per non piangere, perché non devo dargli così importanza. Anche se non ho più scoperto nulla, mi incupisco lo stesso, ma ormai non lo saprò più. È passato... e se la persona del passato non fa più parte del presente, ciò che lo riguarda non ha più valenza.

«Tesoro ti piace? Se vuoi puoi tenerlo tu. Ti starà benissimo al polso e ha persino l'iniziale del tuo nome.»

Osservo la mamma con gratitudine. In realtà, il braccialetto è pregiato e davvero particolare. Sfioro delicatamente il pendente in argento e annuisco.

«Se per te va bene lo accetto volentieri. È davvero molto bello.»

«Sì, voglio che lo tenga tu, Ania. Sei la nostra unica figlia e ti amiamo tantissimo. Siamo fortunati che tutto sia andato bene.»

Papà mi accarezza la nuca, poi con attenzione mi aggancia il braccialetto al polso e lo guarda.

Nel frattempo, la nonna mi si avvicina.

«Mi dispiace di non esserti stata vicina in quegli anni, tesoro, durante la tua malattia. Io e la mamma avevamo litigato e abbiamo perso i contatti. Sono stata un'ingrata perché non le ho più chiesto come stesse la sua bambina. Potrai mai perdonare il mio egoismo e darmi una possibilità? Vorrei recuperare il rapporto che ho perso anche con te.»

È vero, la nonna si era già allontanata prima dell'intervento e successivamente mamma non l'ha tenuta aggiornata e né lei né gli zii le hanno più chiesto di me.

Anche quando sono guarita non mi hanno fatto visita, ma riesco a comprendere il loro comportamento. Non sapevano come affrontare mamma e papà e hanno preferito allontanarsi.

Attentamente osservo la mia famiglia tutta riunita e mi appiglio alla felicità che posso avere insieme a loro, senza pensare ad altro.

«Certo che ti perdono, nonna. Adesso sono guarita, sto bene. Non disperarti per ciò che è capitato in passato. Nel presente possiamo essere più forti, possiamo lottare e andare avanti e possiamo rendere tutto più bello.»

La nonna mi abbraccia e per una volta rimembro quella bambina piccola che si divertiva a correre e a giocare.

Quella bambina che amava guardare l'arcobaleno, i fiori appena sbocciati e le giornate senza nuvole.

Quella bambina che non aveva ancora sofferto.

E provo a tornare in quel modo, specialmente perché sono guarita.

***

Dopo aver sistemato le valigie e trascorso il pomeriggio tra i vari ricordi, mamma e nonna mi hanno consigliato di andare in centro per fare un po' di spesa per la cena di stasera. Gli zii e le mie cugine ceneranno con noi e così la mamma vuole che sia tutto perfetto.

Ho cercato in tutti i modi di non acconsentire alla loro richiesta, ma non ci sono riuscita, così un taxi è venuto a prendermi e adesso mi trovo al centro della cittadina dove è cresciuta la mamma.

Mi soffermo a guardare la piazza, sperando di ricordare alcuni momenti vissuti nell'infanzia e proprio in quell'attimo un ragazzo in bici quasi mi arriva addosso.

Perdo l'equilibrio ma non cado. Ahimè, però, prendo una storta.

«Stai più attenta!» Urla distratto il ragazzo, continuando a pedalare verso la via più affollata, la via del centro.

«Io?» Sbraito, solo che ormai è troppo lontano e non ricevo risposta da parte sua.

Sbuffo, perché la storta che ho preso non mi aiuterà di certo a raggiungere piacevolmente il supermercato.

Cerco di camminare senza farmi notare dalla gente ma, a un tratto, un altro ragazzo si ferma a fianco a me.

«Ehi, va tutto bene? Ti sei fatta male?» Appena alzo lo sguardo e incontro i suoi occhi, spalanco la bocca e scuoto la testa perché non sono sicura che sia...

Che sia...

Ma anche lui mi sta guardando dubbioso e con la fronte corrucciata.

«Ania Ferrer?» La sua voce è molto più matura di come la ricordavo.

Sì, è lui... è sicuramente lui.

Non può essere altrimenti.

Mi meraviglio e porto le mani davanti le labbra per lo stupore.

«*Yago*... Yago Dartaz?»

Il ragazzo premuroso spalanca il suo sorriso e annuisce. D'un tratto, come se non fosse passato così tanto tempo, mi abbraccia.

Rimango senza parole, ma mi irrigidisco perché non pensavo di ricevere tanta accoglienza.

«Ania! Santo cielo, quanti anni sono passati dall'ultima volta che ci siamo visti?»

«Yago! Potresti... farmi respirare un po'?» Chiedo sarcasticamente.

Yago sogghigna, si scosta e si sistema i capelli, mortificato dal gesto improvviso.

«Scusami è che... è che... ho chiesto un sacco di volte alle tue cugine di te, sei scomparsa misteriosamente, anche sui social non ti ho mai trovata...»

«Ho uno pseudonimo, per questo non sei riuscito a trovarmi» rivelo, con uno stretto sorriso, sperando che non mi chieda quale nomignolo abbia scelto per nascondermi.

«Come sei diventata bella ... ancora non riesco a crederci.»

Arrossisco al complimento di Yago.

«Ma ti sei fatta male?» Cambia argomento e controlla se c'è qualcosa che non va. In realtà avrei bisogno di qualcuno che mi accompagnasse al supermercato e sto per rivelargli che a causa di un maleducato ho preso una storta al piede, però un tizio lo richiama.

«Ehi, Yago... allora, vieni o no?»

Quando mi volto, rivedo il ragazzo che era sulla bicicletta.

Lui incrocia i nostri sguardi e rimane immobile. Quasi come se non si aspettasse di vedermi lì, a parlare con il suo amico.

«Non vedi che sto parlando? È maleducazione interrompere.»

Yago si rivolge a me: «Scusami Ania. Allora... ti sei fatta male?»

Abbasso lo sguardo e osservo il piede.

In realtà la storta sembra non essere grave, ma quel tizio non mi ha neanche chiesto scusa e adesso si trova di fronte a me, perciò, decido di fargli fare una bruttissima figura.

«Già... hai ragione. È proprio un maleducato il tuo amico.»

«Scusami?» Domanda il ragazzo lontano con un tono sorpreso.

Questa volta ci raggiunge e i suoi occhi mi scrutano come se ci fossimo già incontrati in un tempo lontano.

In realtà, di lui non mi ricordo, non penso di conoscerlo.

«Sei il ragazzo che mi è quasi venuto addosso con la bici, che mi ha fatto prendere una storta e non ha chiesto scusa. Non è essere maleducati?»

Assottiglia lo sguardo e fa per dire qualcosa, quando un'altra ragazza ci raggiunge.

«Ehi, cosa sta succedendo qui?» Parla la ragazza dai capelli ramati, molto carina e vivace, avvicinandosi all'ultimo arrivato, ma il tizio la guarda in cagnesco. La osservo con estrema curiosità e lei mi sorride sfacciatamente.

«Chiedilo a questa prepotente...»

«Jov, che ti prende? Ania è appena tornata in questa città dopo anni di assenza e tu ti rivolgi in questo modo? Chiedile scusa e basta...»

Jov si mette sulla difensiva e ribatte alle parole di Yago.

«Andavo di fretta... lei era in mezzo alla strada con la testa per aria», comincia, come se volesse intraprendere una discussione.

Mi impunto e lo guardo dritto negli occhi.

«Stavo cercando il supermercato. Tu invece correvi con la bicicletta. È un centro abitato, avresti potuto farmi male sul serio...»

Jov sbuffa e rotea gli occhi al cielo, mentre Yago cerca di risolvere la questione.

«D'accordo ragazzi, basta. Che ne dite di una tregua?»

Entrambi incrociamo le braccia al petto, poi però, per non avere problemi, annuiamo e proviamo a presentarci come delle persone civili.

«Va bene... sono Ania, piacere di conoscerti...»

Lui, totalmente scontento di come Yago abbia risolto la situazione, mi porge la mano con pesantezza.

«Sono Jov Cras, il piacere non è mio», proferisce, col broncio.

Yago fulmina l'amico, che arriccia il naso e si discosta da me.

Imito il suo comportamento, disgustata da tanta maleducazione, e rivolgo lo sguardo verso la ragazza che gli sta accanto.

«Io sono...»

Proprio in quel momento, prima che la ragazza possa rivelarmi il suo nome, le mie pupille si dilatano.

Credo di avere un mancamento, ma non riesco neanche a svenire.

Rimango lucida, ho le guance in fiamme, il cuore alle stelle e una confusione pazzesca.

«Va tutto bene? *Ania...?*» La voce di Yago mi parla, però la sento lontana, perché l'unica cosa che riesco a vedere, a pochi metri da me, è una sagoma.

Una sagoma che conosco a memoria e che non potrei mai dimenticare.

A bassa voce, pronuncio quel nome tra me e me, con profonda delusione e rabbia.

Quel nome che mi ha spezzato il cuore.

È il nome di quella persona che amo tanto e che ora non riesco più a guardare negli occhi.

È lui...

È proprio lui.

«*Raziel...*»

Cosa ci fa qui?

42
Ricordi rumorosi

Raziel

Un mese prima

Sono un bugiardo, e anche questa bugia mi punirà fino alla fine dei miei giorni.
In realtà non provengo da Madrid, ho mentito.
Ho mentito su tante cose.
Non sono un bravo ragazzo, non sono il gentleman che ho fatto credere di essere, ma per tutte le mie menzogne, ho un valido motivo.
Ho un motivo che mi sta torturando sempre di più e per il quale sono dovuto andare via.
Ho lasciato Ania da sola perché non può continuare a soffrire a causa mia e questo distacco non me lo perdonerò, ma dovevo andarmene.
Era arrivato il momento di lasciare la casa dei Ferrer e fare ritorno nella mia dimora. Dovevo farlo, anche se partire in questo modo ha spezzato il cuore a entrambi.
Incupito, strizzo gli occhi e tamburello le dita sulle ginocchia perché potrei perdere la lucidità da un momento all'altro.
Ripenso alla prima notte d'amore trascorsa con lei: era così bella, così seducente, sexy, che non ho resistito.
Mi sono autoinvitato nella sua stanza e con sguardo famelico l'ho baciata e l'ho resa felice. Le ho fatto conoscere il piacere del sesso.
Non potrò mai dimenticare la sua espressione appagata appena è terminata la nostra passione. Non potrò mai scordarmi il suo respiro e il suo roseo seno così perfetto. Non potrò mai dimenticare i suoi turgidi capezzoli di cui vorrei appropriarmi ancora.
Non potrò mai ignorarla, eppure, lei mi starà già odiando.
In seguito alla foto del bacio con Elsa, abbiamo fatto per l'ennesima volta pace, ma mi sono comportato da emerito stronzo e l'ho lasciata perché sono scappato di nuovo.
Non le ho dato nessuna spiegazione, sono fuggito via.

Sicuramente, Carlos le avrà consegnato il post-it di addio, in cui le ho confessato che non potremmo mai stare insieme e che per i miei sensi di colpa perdo più di cento battiti. Parlo dei cento battiti della mia sofferenza.

Come avrà reagito Ania?

Immagino la sua espressione sconvolta e i suoi occhi lucidi. Dio, che stronzo che sono stato, ma non sarò mai felice, mai.

Devo farmene una ragione. Ho fatto bene a lasciarla andare, lei deve essere serena, non dovrà mai scoprire il mio senso di colpa più grande.

Sospiro profondamente, cerco di cancellare il suo sguardo da ogni mio ricordo e ritorno al presente.

In realtà, la mia vera città dista un'ora dal quartiere di Recoleta, dove abitano i Ferrer.

Appena varco il confine con l'insegna di benvenuto, dico al tassista di raggiungere velocemente casa mia.

È da mesi che non vedo i miei genitori, ma i numerosi messaggi e l'ultima chiamata di mia sorella mi hanno fatto prendere una decisione.

Quando arrivo, lascio il denaro dovuto, esco dall'auto e mi avvio con l'affanno verso la villetta che appartiene alla mia famiglia.

La spaziosa casa si innalza davanti ai miei occhi. È immensa ed elegante, tanto che quando mi sono trovato dai Ferrer ho fatto finta di stupirmi della vistosità della loro villa...

Ho finto di non aver mai fatto parte di questo mondo, di non essere danaroso. Fortunatamente, Ania non si è mai insospettita sulle mie condizioni economiche. Non mi ha mai chiesto nulla a riguardo, ma mi sono comunque sentito un verme.

Con tremolio frugo nella tasca dei jeans alla ricerca delle chiavi di casa. Quando le trovo, le afferro e apro la porta.

Rimango immobile appena l'atrio luminoso e spazioso compare davanti ai miei occhi e prendo un respiro profondo: *bentornato a casa, Raziele*.

Mi do il benvenuto ironicamente e osservo ogni singolo mobilio che appartiene alla mia famiglia. Non è cambiato nulla.

Nessun mobile è stato messo fuori posto. Persino i fiori finti che tanto ama mia madre, sono sempre gli stessi.

D'un tratto la voce di quest'ultima riecheggia intorno a me e mi sembra di essere tornato indietro nel tempo. Quando ancora non avevo rovinato il nostro rapporto.

«Chi è?»

La figura snella della signora Herman appare in salotto in tutta la sua eleganza e quando incrocia il mio sguardo, trattiene il respiro.

«Raziele? Sei proprio tu?» Con commozione porta le mani sul viso e singhiozza.

Le mie braccia cadono a penzoloni lungo i fianchi, per un attimo il battito del mio cuore accelera e indugio. Non so come comportarmi, cosa dire, cosa fare. Rimango immobile a pensare a tutto quello che ho passato, ma anche a tutto quello che succederà da ora in poi.

Continuo a guardarla. Istintivamente metto da parte tutta la delusione, la rabbia, la sofferenza che ho provato negli anni passati e corro da lei.

Ora più che mai sento il bisogno di abbracciarla e stringerla a me: mi è mancata tantissimo.

D'altronde è sempre mia madre.

«*Raziele*... oh, figlio mio!»

«Mamma. Sono tornato, sono di nuovo qui, stai tranquilla», continuo a stringerla con le mie braccia e lei si lascia vezzeggiare dall'affetto che le sto mostrando dopo mesi di silenzio.

Mi affretto a guardarla e con rammarico noto che si è trascurata parecchio.

I capelli scuri, corti sulla clavicola, sono più trasandati, più spenti, rispetto all'ultima volta in cui l'ho vista. Non sono pieni e caldi come un tempo.

La collana di perle, che portava spesso intorno al collo, adesso è sparita e mi chiedo che fine abbia fatto.

Gli occhi verdi, affini ai miei, sono contornati da lunghe occhiaie e le guance sembrano più sciupate.

La scruto con attenzione: mi rendo conto che è dimagrita parecchio.

«Mamma, stai mangiando?»

Prontamente si asciuga le lacrime, senza curarsi del trucco colato sugli zigomi.

«Non ho molto appetito», ammette con voce sommersa dalla sofferenza, osservando la porta della camera da letto.

«Per... per papà, non è così?» Porgo quella domanda e lei lo ammette, evitando di mentirmi.

Ho fatto bene a decidere di rincasare. Mia madre è a pezzi. A stento si regge in piedi e non va bene. Tra l'altro è per mio padre che ho deciso di far ritorno: anche se lui non se lo merita, non posso lasciarlo solo adesso che... adesso che sta per morire.

«Come sta?»

«Ha una polmonite acuta... non sopravviverà ancora a lungo, tesoro. È un soggetto debole e a rischio, anche per i due infarti che ha avuto in passato...»

Rivelo la mia espressione contrita, pentita, addolorata. «Posso vederlo?»

Improvvisamente, un urlo di gioia si intromette nella conversazione e una voce pronuncia il mio nome.

«Raziele! Oddio, sei davvero tu?»

Mia sorella Estrella, bella ed elegante come sempre, si lancia su di me e mi avvolge con il suo calore, mentre la mamma si avvia verso la camera di papà.

«Estrella, ciao.» La abbraccio e le accarezzo i lunghi capelli ramati, liscissimi.

Quando abbandona quel gesto impulsivo, mi affretto a guardarla negli occhi.

«Come sei diverso...» afferma, con un'estrema curiosità.

«Diverso?» Pronuncio spaesato e incrociando le braccia sul petto.

Estrella annuisce e il suo sorriso si allarga più del dovuto.

Non la vedevo ridere da tanto tempo; eppure, è sempre la mia bellissima sorellina.

«Sì, hai una strana luminosità...» piega la testa di lato, per comprendere la mia ambigua espressione, o luminosità, come ha appena esposto, ma poi mamma ritorna in salotto e ci interrompe.

«Raziele... se vuoi salutarlo, papà è sveglio.»

D'un tratto sono titubante: devo andare da lui oppure no? Sono tornato perché Estrella mi ha comunicato la malattia di mio padre, ma come mi tratterrà appena varcherò la soglia di quella stanza? Mi farà rimpiangere di aver ascoltato il mio cuore?

Da una parte sono tentato di andare via, di scappare ancora. Di tornare da Ania... ovviamente neanche da lei posso fare ritorno. Non mi perdonerà, il mio cuore lo sente. L'altro giorno, quando ho deciso di abbandonare i Ferrer, ero più determinato: la mia decisione è stata istantanea ed ho messo da parte tutti i miei sensi di colpa.

Ora non posso tirarmi indietro.

Non posso evitare di incontrare un'altra volta gli occhi di mio padre.

Non farò lo stesso errore due volte: non scapperò per colpa del mio passato.

Con un respiro profondo decido di avanzare di qualche passo per raggiungere la stanza matrimoniale.

Trattenendo il respiro, abbasso la maniglia e apro la porta.

Appena i miei occhi incontrano la figura esile e malata di mio padre, distesa sul letto e immobile, il mio cuore comincia a soffrire.

Come si è potuto ridurre così nel giro di poche settimane? Perché questa malattia lo sta portando via?

«Papà...» mi faccio avanti, cercando di non fargli sentire tutto il mio dispiacere.

L'ultima volta ci siamo lasciati male, anche se sono andato via di casa per altri motivi.

I miei genitori non hanno compreso il mio dolore, e sono scappato.

«Il ritorno del figlio che è fuggito. Hai finito tutti i tuoi averi, *Raziele*?» La voce roca di papà risuona debole e infastidita dalla mia presenza e la mamma alza gli occhi al cielo.

Forse si aspettava un'accoglienza diversa; al contrario suo, avevo pensato a quest'ipotesi e i miei sentimenti non si spezzeranno ancora per colpa dell'arroganza di mio padre.

«Sono tornato per te, papà. Che tu ci creda o no», ammetto, temerario.

Papà sbotta in una risata amara e improvvisamente la tosse torna a renderlo senza fiato.

Scuoto la testa e mi avvicino al letto per aggiustargli il cuscino dietro la schiena.

«Non ti affaticare. Per favore. Non è il momento…»

«Non avremo più altri momenti, *Raziele*. Sto morendo!» Esclama con severità, mentre scaglia contro di me un'occhiata delusa e amareggiata.

«Non dire così…»

«Per tutti questi mesi te ne sei fregato. Sei andato via e ci hai lasciati soli. Non ti è importato di nulla, neanche della sofferenza di tua madre. Guarda come si è ridotta. Pensava di averti perso per sempre.»

Con la poca forza rimastagli, punta il dito contro la donna che ha amato per tutta la sua vita, ma non mi giro.

So che mamma è dietro di me, magari sta anche piangendo e non voglio vederla affranta per colpa mia.

«Ti abbiamo aiutato, che tu ci creda o no. Pensavamo ti fossi ripreso, e invece? Ci abbandoni di punto in bianco senza dire nulla?»

Quando la sua voce sbraita contro di me, cerco di fare appello a tutte le mie forze per non perdere l'autocontrollo e gridare.

Le mie spalle si irrigidiscono, la mia mascella si contrae, così come tutto il resto dei muscoli.

Sapevo che non sarebbe stato facile il mio ritorno.

È vero, loro mi hanno aiutato… dopo quello che è successo hanno fatto di tutto per farmi tornare come prima, ma i sensi di colpa hanno vinto e mi hanno distrutto.

Sto per rispondere, quando la sua voce mi interrompe.

«E adesso torni per vedermi morire? Che figlio sei, se non un disgraziato senza sentimenti?» Accusa delirando.

«*Ludovic*…» la mamma cerca di intromettersi, ma papà la incita con lo sguardo a restarne fuori.

In questo momento mi volto verso la donna che mi ha messo al mondo e cerco, il più che posso, di tranquillizzarla con gli occhi, facendole capire che non andrò più via.

Devo chiedere scusa.

Non mi libereranno dai rimorsi e dai rimpianti, ma devo fare le mie scuse, soprattutto a mio padre.

Anche se in passato si è comportato da perfetto coglione, ostacolando quasi sempre i miei desideri e i miei studi, non posso comportarmi male con lui fino a quando non esalerà l'ultimo respiro.

Sono orgoglioso e testardo, però non fino a questo punto.

«Hai ragione, papà. Non so perché ho reagito in quel modo, ho perso il senno e non volevo farvi soffrire a causa della mia depressione.»

Papà mi guarda e mamma comincia a singhiozzare.

Estrella entra in camera e cerca di calmarla. La rassicura con tutto il suo conforto, ma la mamma non riesce a smettere di irrorare il suo bellissimo volto.

«Non potevo sopportare oltre e sono scappato. Sono stato un codardo, è vero, però cerca di metterti nei miei panni. Cosa avresti fatto se tutti fossero stati contro di te? Cosa avresti fatto?» Altero il tono di voce e non lo modero, anche se dovrei perché l'affanno ritorna più potente che mai a colpire il mio petto.

«Avrei reagito. Avrei avuto le palle di chiedere scusa e sarei andato avanti con la mia vita, ma sarei rimasto! Tu non hai avuto coraggio!» La sua voce è distaccata e sembra lontano mille miglia da me.

Avrei dovuto chiedere *scusa... scusa... scusa...*

Potrei afferrargli la mano e accarezzargliela, ma rimango immobile, perché ha ragione.

Sono stato un codardo.

Sono scappato.

«Evidentemente non mi sono comportato da *uomo*, però adesso sono qui per riparare ai miei errori, anche con persone che non se lo meritano...» recrimino, ripensando a tutto ciò che è successo.

Con persone che non se lo meritano mi riferisco agli amici che mi hanno abbandonato quando ho avuto più bisogno di loro.

Che mi hanno incolpato, che mi hanno fatto impazzire ancora di più.

Guardo oltre la finestra di fronte: il tempo si è incupito, proprio come il mio animo e un ricordo spiacevole torna a sbeffarsi di me.

«Lui dovrebbe andarsene da qui. Non merita di restare in questa città», era Jov che parlava di me.

Mi trovavo nascosto dietro a un muro: stavo udendo e spiando, in uno straziante silenzio la discussione dei miei tre amici, incolleriti e sconvolti.

«Dovrebbe, però è qui ed è vivo», ammise con voce flebile Cecilia.
Come poteva essere anche lei contro di me? Come?
Io non ricordavo molto... avevo la memoria annebbiata, eppure qualcosa era successo.
«Non ha altra scelta... quando starà meglio dovrà andarsene, oppure ci avrà tutti contro», continuò Jov contraendo la mascella.
Aveva uno sguardo furioso, se mi avesse visto avrebbe sicuramente creato una rissa.
«Jov calmati. Raziele è comunque un nostro amico», Yago cercò di difendermi, l'unico forse tra tutti e tre.
Jov spalancò le pupille e lo incenerì con lo sguardo.
«Nostro amico? Ma ti senti? Sei sempre dalla sua parte. Lo sai quello che è successo, vero? Merita di andarsene... anzi meriterebbe di morire», scaraventò un pugno sul muro dell'ospedale, colmo d'ira, e Cecilia lo fermò prima che potesse rompersi qualcosa.
Alcuni infermieri si voltarono di scatto, ma non interferirono.
«Jov, devi darti una regolata», lo redarguì severamente.
«Come faccio? Quel giorno io ero lì, lo stavo aspettando e lui...»
«Lui stava vendendo da te. Stava andando a salvarla.»
Jov deglutì il groppo in gola e si portò una mano tra i capelli.
«Quel giorno non l'ho trovata. Non so neanche dove sia in questo momento e non mi risponde al cellulare», continuò a parlare ed io sapevo chi fosse il soggetto in questione.
Mia sorella Estrella.
«Sarà sconvolta anche lei, lasciale un po' di spazio», continuò Yago.
«Come faccio? Appena usciremo da qui si scatenerà il putiferio», proseguì.
«Raziele si è risvegliato da poco tempo, magari adesso ci darà una valida spiegazione... magari lui non stava davvero...»
«Non lo difendere adesso, cazzo. Non sarò dalla sua parte. Sappiatelo», stroncò Jov e Cecilia indietreggiò allarmata.
Yago rimaneva in silenzio.
«Ormai è andata come è andata», aggiunse, sperando di far ragionare almeno uno dei due.
Jov ringhiò contro di lui, evitando di compiere un gesto azzardato di cui si sarebbe pentito successivamente.
D'un tratto gli arrivò un messaggio.
«Chi ti scrive?» Chiese Cecilia.
Lui la guardò in cagnesco, ma rispose.
«Estrella. Finalmente mi ha risposto. Mi ha detto che è a casa.»
Cecilia e Yago liberarono un sospiro di sollievo.

«Avrà bisogno di te», *Yago si appropinquò a Jov e lui annuì.*
«Sì. Andrò da lei oggi stesso.»
«Ma...» Cecilia intervenne contrariata. *«Dovresti riposare. Sei stanco e...»*
«Riposare? Dopo quello che è successo tu mi parli di riposo? Che cazzo di risposta mi dai?» Sbottò nuovamente Jov.
«Ma che ti prende? Ti stavo dando semplicemente un consiglio, idiota del cazzo.»
Cecilia iniziò a spazientirsi e Jov torreggiò su di lei, con uno sguardo colmo di ira.
«Idiota del cazzo? Sul serio? Hai già dimenticato la nostra conversazione davanti quella stanza d'ospedale? Sai già come la penso.» Provò ad analizzare la situazione, ma non ci riuscì.
«Non l'ho dimenticata...sei stato disgustosamente sincero, ma non la penso come te.»
Li vidi lanciarsi occhiate di fuoco, occhiate di paura, di rimorso.
Cecilia incrociò le braccia al petto e ridusse a due fessure i suoi occhi quasi colmi di lacrime.
Jov sbottò in una risata amara, riponendo l'attenzione su di lui.
Yago provò a calmarlo e quando lui si rassestò, decise di porre fine a quella assurda conversazione.
«Basta, torno a casa.»
Cecilia gli prese la mano.
«No, Jov... aspetta...»
Al tempo stesso, lui strattonò la presa con foga e la guardò furioso negli occhi. Qualcosa baluginava nel suo sguardo spento. Un lampo di nostalgia, forse, di disperazione... di colpa.
Nonostante fosse rammaricato per qualcosa, le sue parole resero l'aria più artica e lo sguardo di Cecilia sgomento.
«Non avresti dovuto baciarmi. Lo sai, vero?»
La frase che le rivelò a bassa voce umiliò la mia ex amica che reagì scappando via.

Ritorno al presente con un colpo al cuore. Papà sposta lo sguardo sulla sagoma della mamma e afferma qualcosa a bassa voce per non farsi udire dalle uniche due donne della famiglia.
«Rimarrai o partirai di nuovo?»
Il groppo in gola non mi impedisce di rispondergli.
Penso che sia più deluso dal mio comportamento che angustiato e arrabbiato, non riesco a decifrarlo.
Eppure non abbiamo mai avuto un rapporto confidenziale...

«Rimarrò... non andrò più via, papà! Resto qui, con voi», ammetto esplicitamente senza ripensamenti.

***

Un mese dopo

Quella voce riuscirei a riconoscerla anche a distanza di anni.

Appartiene alla donna a cui ho spezzato il cuore, alla donna che ho capito di amare ma che non potrò più avere: Ania Ferrer.

Appena la intravedo cerco di mascherarmi e di diventare indifferente: lei non deve sapere.

«Come hai potuto?» Il suo tono carico di odio colpisce i miei timpani, ma quando le sue mani mi spintonano verso il vuoto decido di reagire.

«Ania... cosa ci fai qui?» Onestamente sono sorpreso di vederla di fronte a me, tuttavia cerco di adottare quel tipo di freddezza che ci ha tenuto divisi prima di avvinghiare i nostri corpi.

Alla mia domanda poco accogliente, abbozza un sorriso disgustato. «Cosa ci faccio qui? Davvero, Raziel? È tutto quello che hai da dirmi dopo un mese di silenzio?»

Si copre la bocca con le mani, quasi per trattenere tutte le aspre parole che vorrebbe gridarmi contro.

Cerco di non perdere il controllo e occhieggio verso Cecilia, la mia ex migliore amica, ovvero la ragazza che Ania ha avuto modo di conoscere quando eravamo in vacanza.

Proprio appena sposto lo sguardo su di lei, Ania si accorge della persona accanto a me e spalanca gli occhi, incredula.

«Lei è... lei è...»

Non riesce a crederci, nonostante sia basita comprende all'istante che ho mentito anche su Cecilia.

Cecilia non ci guarda perplessa, anzi è divertita, e si avvicina per raggiungerla.

L'espressione di Ania si incupisce ancora di più e delle ombre oscure velano la luminosità dei suoi occhi.

Quando Cecilia inizia a parlare, provo un brivido in tutto il corpo.

Non dovevano andare così le cose...

Ania non avrebbe dovuto conoscere nessuno di loro.

«Sono Cecilia, la ragazza che hai incontrato quando tu e Raziele siete andati in vacanza. Che piacere rivederti, *Ania*.»

Raziele! Odio quando mi chiamano in questo modo...

Al suono di quel nome per intero Ania inarca un sopracciglio, però da donna matura evita di chiedere delucidazioni a riguardo.

La mia ex migliore amica lascia scorrere il suo sguardo sul corpo perfetto della donna che ho stretto tra le braccia.

Stringo i pugni, cercando di contenere la voglia che ho di spaccare la faccia a tutti e di portare Ania lontano da questo posto.

Non doveva andare così...

«Perché è qui con te, Raziel?» Questa volta Ania è amareggiata. Sicuramente starà soffrendo sempre a causa mia. Un sorriso furbo spunta sul volto di Cecilia.

«Scommetto che Raziele non ti ha detto nulla, vero?»

Improvvisamente *gli altri* si avvicinano a noi, specialmente mia sorella Estrella.

«Cosa sta succedendo, Raziele? Conosci questa ragazza?» La sua voce supera la domanda di Cecilia.

I nostri sguardi si incrociano e annuisco, senza smentire la verità.

Non ho bisogno di mentire su Ania.

«Sì, la conosco», ammetto.

«Oh!» Adesso tutti gli occhi sono rivolti su di lei, che sembra estraniata dal mondo perché sta osservando il bastardo sottoscritto che l'ha trattata malissimo, che le ha trafitto il cuore con la menzogna.

Ora, però, non ho la forza di dirle la verità, non così, non con tutti loro che ci circondano.

«Così mi hai mentito per tutto questo tempo, *vero?*»

Provo una sensazione strana dentro di me, come se qualcosa mi stesse immobilizzando. Non voglio proseguire questa conversazione, né tanto meno ho voglia di restare qui con loro.

Fulmino Cecilia con lo sguardo, ma lei sembra divertirsi di questa incomprensione e interviene di nuovo.

«Oh, tesoro, a Raziele piace il gioco del silenzio. È bravo soprattutto a tenersi le cose dentro. Te ne sei accorta, non è vero?»

Cecilia continua a provocarla, ma questa volta mi intrometto.

«Adesso basta! Ania, vieni con me. Dobbiamo parlare, ma da soli! Voi fatevi indietro, cazzo!»

Strillo contro tutti i miei amici, che indietreggiano di un passo senza proferire parola.

Estrella è vicina a Jov; evito di dire ciò che penso.

Il mio migliore amico si è fidanzato con mia sorella prima di tutto quello che è successo, ma adesso non so cosa siano. Che stiano insieme oppure no, non posso impedire questa unione.

Primo, perché non sono un fratello possessivo; secondo, perché non farei nulla per mettermi contro l'unica ragazza che mi ha sopportato in tutti questi mesi, nonostante i miei modi scorbutici e infantili.

Faccio per afferrare la mano di Ania, che però la scaccia via.

Il mio sguardo cerca quello della mia ex complice, ma niente... sembra smarrita, lontana dal nostro mondo, persa in un ricordo forse troppo struggente.

È come se l'avessi persa per sempre.

Ti ho persa, Ania?

«Ania... ti prego. Dobbiamo parlarne!»

Improvvisamente, mi affibbia uno schiaffo, lì, davanti a tutti, senza nessuna pietà; con occhi infuocati urla:

«Non abbiamo più nulla da dirci *noi*! Devi sparire dalla mia vita. Devi lasciarmi stare. Mi hai fatto male, Raziel. Un male indescrivibile. Ancora quando mi tocco il cuore lo sento agitato per colpa tua. Mi hai letteralmente distrutto. Non credevo fossi capace di spezzare il mio cuore; eppure, è successo e non ti perdonerò mai più. Sono stufa dei tuoi sotterfugi e allibita di come tu mi abbia ingannata più volte.»

A quelle parole mi paralizzo e la lascio correre via, fino a quando la voce di Yago la richiama, ma lei non si gira.

Sta scappando, si sta allontanando da me... proprio ora che avrei voluto dirle qualcosa in più.

Proprio ora che non voglio più nascondermi.

Senza rendermene conto lascio tutti lì, a bocca aperta, e la rincorro. Con un nodo in gola, la afferro per il braccio.

«Ania... ti prego, ascoltami», dico, trafelato.

Lei non si gira, non mi dà soddisfazione e guarda un punto fisso in una città diversa rispetto a quella in cui ci siamo conosciuti.

Una città che sembra priva d'amore, di rispetto. Una città dove io e lei non stiamo insieme. Dove sembriamo due anime divise, lontane, incompatibili.

Quante cose sono cambiate in questo periodo... persino il cielo sembra diverso. Sembriamo così estranei e la colpa è solo mia.

Anche la sua pelle è più fredda al mio tatto.

Incollerita e con due occhi che piangono, rigetta ancora una volta tutto il suo odio verso di me.

«Sei il più gran bastardo che io abbia mai conosciuto. Lasciami andare o mi metto a urlare ancora più forte. Lasciami andare, Raziel... adesso!»

Mi avvicino, sperando di non farla scappare.

«Noi... dobbiamo parlare.»

«Hai avuto mesi a disposizione per parlare con me, adesso voglio solo cancellarti da ogni mio ricordo, dal mio presente e dal mio futuro. Il nostro non esiste più. Non riesco neanche a guardarti negli occhi, Raziel. Quando lo faccio mi viene da piangere.»

«Ania...» i miei occhi sono lucidi, tanto quanto i suoi.

Voglio abbracciarla, consolarla dal male che le ho fatto, ma gliene farei ancora di più e mi detesto per questo.

«Basta», dice e sento la sua debolezza.

Istintivamente, senza rifletterci, mi affretto ad avvicinarmi a lei, però non si fa toccare. Disprezza persino il mio tocco...

Deglutisco il groppo in gola e, anche se mi viene così difficile non poterla sfiorare per consolarla, le parlo apertamente.

«Capisco come ti senti, ma se dovessi cambiare idea... io sono disposto a parlare con te. Una volta per tutte.»

Mi lancia un'ultima occhiata ed io mi convinco di non insistere. Automaticamente, si volta e mi abbandona sul ciglio della strada.

Va via da me, perché i suoi occhi hanno smesso di guardarmi e perché, forse, il suo cuore ha smesso di amarmi.

Amareggiato, con le spalle ricurve, ritorno dagli altri e sospiro frustrato.

«Come la conosci?» Chiedo a Yago, mentre gli sguardi dei miei amici sono posati su di me.

Siamo tutti insieme, proprio come una volta, ma non so se sarò in grado di accettare le loro scuse.

Da quando sono arrivato, hanno cercato di farsi perdonare per come si sono comportati nei miei confronti ed io non ho ancora espresso la mia risposta ad alta voce.

«Chi?» Yago sembra evasivo, forse non ha compreso a chi mi stia rivolgendo.

«Ad Ania... hai pronunciato il suo nome come se la conoscessi da tempo...» ammetto, geloso.

«Veramente ci conosciamo da quando siamo piccoli.»

Sgrano gli occhi.

«Da quando siete piccoli? Che stai dicendo, Yago?»

«Aspetta... non dirmi che quella ragazza è la cugina di Diana e Guadalupe. La cugina che non vedono da tanti anni?» Questa volta a parlare è Cecilia, che sembra sconvolta tanto quanto me.

Yago annuisce, tuttavia io non riesco a seguire la conversazione dei miei amici perché li ho conosciuti quando erano più grandi dell'anno che stanno ricordando. Li ho conosciuti il primo anno di liceo.

«Sì, è lei.»

Jov spalanca la bocca. «Wow. Non pensavo. Certo che sono stato proprio un villano a trattarla in quel modo.»

«Perché?» Domanda Estrella, abbastanza curiosa.

«Perché le sono andato addosso con la bici e non mi sono scusato. Ecco perché stavamo discutendo prima che incontrasse Raziele!»

Estrella mi rivolge un'occhiata indecifrabile.

«Cecilia come la conosce?» Si intromette Yago, osservandola. «Lei non ci conosceva ancora.»

Cecilia solleva leggermente un angolo delle labbra e risponde all'amico.

«Ho avuto il piacere di incontrarla quando sono andata in vacanza con Adelio.»

I miei occhi si incupiscono ancora di più.

Non ho proprio voglia di ricordare quella serata, per un attimo stavo rovinando il viaggio che aveva programmato Ania.

Fortunatamente ho recitato bene e le ho mentito solo per non farla soffrire.

Le ho detto che non conoscevo Cecilia e che c'eravamo incontrati per puro caso. Invece lei stava cercando in tutti i modi di farmi tornare in città.

Ovviamente non c'è riuscita, fino a quando mia sorella non mi ha rivelato di papà e sono tornato di mia spontanea volontà.

In realtà non sono andato via solo per la notizia di mio padre...

... anche la domanda che Ania mi ha posto dopo la nostra prima volta insieme mi ha scosso. Per di più, quando facevo l'amore con lei mi sentivo tremendamente in colpa e dopo averci riflettuto per bene, ho fatto la scelta che consideravo più consona alla mia posizione. Le ho lasciato un misero post-it perché pensavo che non l'avrei mai più rivista.

Inoltre, lei stessa sa che provengo da *Madrid*, perché ho mentito anche sulle mie origini...

Quando sono scappato da qui, quando ho abbandonato tutta la mia famiglia, mi sono rifugiato a Madrid, dove ho davvero partecipato a un convegno che mi interessava.

A quel convegno ho conosciuto Alberto Ferrer e solo più tardi ho deciso di appoggiarmi a lui e di contattarlo. Era l'unico che potesse aiutarmi. L'unico che non sapeva nulla della mia storia. Adesso non so se mai mi perdonerà, mi rendo conto di averla fatta grossa.

Lancio un'occhiata stanca a Cecilia e a tutti gli altri.

In questo momento ho solo bisogno di andare nella mia dependance e di dormire fino a quando non recupererò le forze.

«Sentite, devo tornare a casa, però vi chiedo un'unica cortesia.»

Punto il dito su Yago nonostante le mie parole siano rivolte a tutti.

«Non dite niente ad Ania. Lei non deve sapere, per ora, quello che è successo in passato. Sarò io a raccontarle la verità. Se le direte qualcosa, questa volta non sarò clemente: non vi perdonerò.»

«È una minaccia?» Domanda Cecilia incrociando le braccia al petto.
Mi volto verso di lei e la raggiungo fino a sfiorarle il naso con il mio.
«È un avvertimento, Cecilia. Smettila di avvelenare le persone con le tue parole. Non se lo meritano! Detto questo, vi saluto...»
«Okay, ragazzi. Calmi. Non diremo nulla ad Ania, Raziele. Hai la nostra parola», Yago si intromette, mentre Jov rotea gli occhi al cielo.
«Come sempre bugie su bugie», bofonchia quest'ultimo.
Estrella gli dà una gomitata per farlo tacere ed io, senza dare il tempo di aggiungere altro, mi dirigo verso il posto in cui potrò nascondermi ancora.
Perché indietro non posso più tornare...

***

Molto tempo prima

«Cazzo ragazzi abbiamo appena iniziato il nostro secondo anno di liceo, dovremmo pur divertirci. Giusto? Chi vuole organizzare una festa indimenticabile stasera?»
Jov era su di giri.
Era trascorsa solo una settimana dal rientro a scuola e aveva bisogno di sclerare e di ubriacarsi. Non era un tipo molto pacato, il più delle volte andava oltre le regole e si intestardiva. Aveva una casa immensa. Una casa dove spesso restava da solo e dove creava feste inimitabili. A scuola erano arrivate nuove ragazze, ma ancora non avevamo avuto modo di poter dialogare con loro.
«Ehi allora... chi vorresti invitare, Yago? La rossa, oppure la ragazza dalle trecce castane con quel piercing all'ombelico? Oddio quanto mi ispira...» diede una pacca sulla spalla a Yago e lui sogghignò.
«Sei il solito pervertito. Sei ancora al liceo... non oso immaginare come diventerai quando andremo all'università.»
«Perso e totalmente bastardo», ammisi, avvicinandomi ai miei due amici.
Jov si accasciò sulla sedia e sorrise alla mia battuta.
«Ho già detto ai miei che stasera darò una festa. Loro sono fuori città e mi hanno dato il permesso.»
Inarcai il sopracciglio e mi sedetti accanto a lui, osservandolo confuso.
«Davvero gli hai chiesto il permesso?»
Yago rimase insieme a me a guardarlo divertito, fino a quando Jov scoppiò a ridere a squarciagola.
«Mi credete davvero capace di chiedere il permesso ai miei? Ovvio che

no, ma stasera... mi scoperò una di loro. Devo solo scegliere. Tu che mi consigli, Raziele?»
D'un tratto in aula entrò lei... una delle ragazze più belle che avessi mai visto.
Non sapevo ancora il suo nome, era la prima volta che la incrociavo.
Non faceva parte della mia classe, ma la sua amica sì, quella con il piercing.
«Raziele? Sei ancora qui con noi o ti sei imbambolato?» Jov mi prese in giro ed io gli affibbiai una pacca dietro la nuca.
«Uh, la bionda ti ha colpito? Ho un'idea...»
Jov si alzò dal banco e richiamò la tizia con le lunghe trecce scure.
«Ehi bellezza... stasera hai da fare?»
Lei lo guardò divertita e la sua amica, la bionda che aveva fatto breccia nel mio cuore, mi rivolse uno sguardo del tutto enigmatico.
«No, perché?»
«Do una festa a casa mia. Non puoi mancare... e porta anche la tua amica. È invitata.»
«Quanto sei gentile, grazie», lo derisero, ma Jov continuò a ghignare.
«Vi aspetto. Questo è l'invito, bellezze.»
Tornò da noi pimpante, mentre Yago si accomodò nel posto davanti per prestare attenzione alla lezione.
«Non sai rimorchiare per nulla, caro Jov...»
L'arrivo di Cecilia ci fece sorridere. Lei era con noi già dal primo anno di liceo e ancora non conosceva le nuove ragazze.
«Perché non parli con loro? Potresti diventarci amica», consigliò Jov beatamente, mentre Cecilia si sedeva accanto a lui.
«Io sono amica con tutte e dirò a tutte di stare lontano da te», lo punzecchiò e lui le rivolse una smorfia antipatica.
«Perché in realtà mi vorresti tutto per te, vero, occhi da gatta?»
Cecilia si sistemò i capelli e sbatté le lunghe ciglia per ammaliare Jov con la sua seducente bellezza.
«Se ti volessi, saresti già finito nel mio letto, ma non sei il mio tipo, baby. I'm sorry.»
Jov la scrutò dalla testa ai piedi e sogghignò. «Non tutto dipende da ciò che vuoi tu, Cecils, ricordalo.»
La chiamava Cecils e lei si infastidiva ogni volta che lui pronunciava quel nomignolo.
Almeno a me sembrava così...
D'un tratto, davanti a loro si sedette un altro ragazzo e si presentò con il nome di Manuel.
Invitò pure lui alla festa.

E quella sera ci sballammo davvero.

«Allora ditemi, chi è il re della festa?»
Urlò Jov al microfono della consolle mentre la musica a palla rimbombava nell'immenso atrio offuscato da luci colorate.
Il dj sorrise alla sua domanda e lo lasciò delirare perché per quanto lo pagava era il minimo.
«Jov Cras, Jov Cras», gli invitati iniziarono a lusingarlo e a renderlo il protagonista della serata e così Jov continuò a bere.
«È ubriaco fradicio», constatai con Yago, mentre quest'ultimo sorseggiava un'anonima birra.
«Già... sarà sicuramente successo qualcosa con i suoi per ridursi così. Domani ci darà delle spiegazioni.»
Avevo conosciuto i miei compagni di classe proprio il primo anno di liceo, ma con Jov e Yago si era istaurato un rapporto confidenziale, molto amichevole.
Ci raccontavamo quasi tutto.
«Ehi, ragazzi eccovi.»
L'arrivo di Manuel non ci sorprese e quando lo vedemmo con due birre in mano capimmo quanto fosse perso.
«Sei ubriaco anche tu?» Domandò Yago a Manuel, guardandolo dritto negli occhi.
Manuel si sbellicò dalle risate.
«Oh, dai... è la festa di Jov Cras, amigo. Non si può non perdere il controllo.»
E astutamente trasportò i miei amici a ballare con lui. Jov si scolò tutta la quinta bottiglia di birra e cominciò a gridare sopra la musica.
Li vidi mischiarsi nella bolgia, mentre io rimasi lì, fermo a osservare i miei amici divertirsi, fino a quando...
Fino a quando in quella pista non scrutai due occhi blu notte che brillavano come delle stelle del cielo.
Mi feci coraggio e mi intrufolai nella confusione, senza andare dai miei amici perché la mia priorità era lei, conoscere il suo nome.
Conoscere il suono della sua voce...
E conoscere magari anche il tocco delle sue mani.
Appena raggiunsi il centro della sala da ballo, immenso quanto una vera e propria discoteca, lei si accorse della mia presenza.
Indossava un completino bianco con una scollatura appariscente e stava giocherellando con la cannuccia di un cocktail.
Non mi sorrise come fece la sua amica, ma mi guardò così intensamente che mi tolse il respiro.

Cecilia non era con loro... stava parlando con altre nostre compagne di classe ed in quel momento la evitai prima che potesse rovinarmi l'attimo.

Volevo andare da quella ragazza, raggiungerla, ballarci, però delle mani l'avvolsero e un corpo si incastrò al suo senza chiederle il permesso.

Lei non si girò per vedere chi la stesse disturbando, continuava a guardare me, mentre il tipo dietro iniziava a strusciarsi per farla divertire.

Da stupido rimasi fermo e lei, allora, diede una chance al tipo muscoloso dagli occhi scuri.

Si girò e cominciò a ballare sul serio con lui.

Quando le mani del tipo iniziarono a esplorare delle parti troppo intime, mi avventai in mezzo a loro.

«Che cazzo vuoi, amico? Abbiamo da fare, non vedi?» *Parlò il ragazzo che continuava a divertirsi al posto mio.*

Lei sghignazzò e tracannò tutto il cocktail.

«È mia sorella, coglione, lasciala andare.»

Il ragazzo dai grandi muscoli la guardò, poi la lasciò per non avere problemi con me e andò via.

«Come ti sei permesso?» *Mi disse, nascondendo il suo bellissimo e delicatissimo volto dietro il bicchiere di plastica.*

Okay, forse non avrei dovuto interrompere il loro ballo, non avrei voluto conoscerla in questo modo, ma la gelosia mi aveva stregato, perciò la portai lontano dalla pista da ballo.

La ragazza mi seguì senza ribellarsi e quando fummo in giardino mi guardò basita.

«Perché hai interrotto il mio divertimento?» *Domandò a un centimetro del mio viso.*

«Quello lì voleva solo scoparti.»

«E allora? Mi piaceva. Chi sei tu? Il controllore della serata?»

La fulminai con lo sguardo e lei scoppiò a ridere.

«Quanti cocktail hai bevuto?»

Non fece in tempo a rispondermi perché la sua amica ci colse di sorpresa e la abbracciò da dietro.

«Eccoti finalmente... dov'eri finita? Vieni con me... balliamo qui.»

Le ragazze iniziarono a ballare tra di loro mentre io mi sentivo beato tra le donne, poi ad un tratto, l'amica dalle lunghe trecce scivolò in piscina e tirò anche lei.

Caddero entrambe e risero a squarciagola.

«Vieni anche tu, bel ragazzo?»

Mi invitarono a unirmi a loro, ma da gentleman provai a fare ragionarle e a tirarle fuori da lì.

«Dovreste uscire, prima che altre persone imitino la vostra idea.»

«Che rompichiappe che sei...» ammise la ragazza che mi aveva seguita.

Inarcai il sopracciglio e sorrisi.

«Rompi che?»

Si avvicinò maliziosa al bordo piscina e mi scrutò negli occhi. Lentamente scandì l'aggettivo con il quale mi aveva chiamato: «Rompichiappe.»

«Rompiballe vorrai dire... dai, esci dall'acqua.»

Provai ad aiutarla, ma la sua amica mi precedette e saltò sul bordo, rendendosi conto di avere tutti i vestiti zuppi d'acqua.

«Che cazzo, devo cambiarmi.»

Senza aspettarmi, andò dentro e salì al piano di sopra. Non la raggiunsi perché comunque faceva di testa sua e poi perché avevo un'altra ragazza a cui prestare tutta la mia attenzione.

L'amica se la sarebbe cavata.

Dalle vetrate notai inoltre che Yago la seguì per prestarle soccorso e mi tranquillizzai. Lui non era tanto sbronzo e ne fui grato.

«Gema è entrata da sola e...»

«La tua amica starà bene. Il mio amico l'aiuterà», la rassicurai e la biondina si morse il labbro carnoso.

Mi eccitò all'istante, ma cercai di calmarmi perché dovevo aiutarla a farla uscire da lì.

Le tesi la mano e questa volta l'afferrò.

Quando ci toccammo, sentii il brivido dell'emozione e qualcosa di strano nel mio cuore, mentre i suoi occhi lampeggiarono di curiosità.

Saltò su e si ritrovò a un centimetro dalla mia bocca.

«Mi chiamo Brenda.»

Il suo nome risuonò intorno all'aria circostante.

«Io sono Raziele», rivelai, con il fiato corto.

«Non siamo nella stessa classe, vero?» continuò senza allontanarsi da me.

Le osservai il vestito tutto zuppo e per poco non ebbi l'istinto di scoparla lì, sul bordo piscina, ma non lo feci.

Eravamo nel bel mezzo di una festa e c'eravamo appena conosciuti.

Non ero un villano, ero un gentleman.

«Lo so. Sei la ragazza nuova della classe di fianco, però Gema è una mia compagna di classe.»

Brenda e provò a sistemarsi il vestito fradicio.

«Sì. Lei è una tua nuova compagna di classe. Che fortunata. Ha preso la classe migliore», rivelò dispiaciuta.

«*Passata un po' la sbronza?*»
Scosse la testa e strizzò i capelli.
«*Mi sa che devo vomitare.*»
«*Adesso?*» *Chiesi, preoccupandomi per lei.*
«*Mmm...*» *annuì e non feci in tempo a portarla in un posto più appartato che rigurgitò ciò che aveva bevuto.*
«*Merda, Jov si incazzerà di brutto!*»
Mi tappai il naso per non impazzire a causa della puzza di vomito e lei inarcò un sopracciglio.
«*Chi è Jov?*»
«*Il proprietario della festa...*»
«*Oh!*»
Non si ricordava quasi nulla.
«*Stai meglio?*»
Mi affrettai a coprirla con la mia giacca e lei apprezzò il mio gesto.
«*Sì, sto meglio... queste feste di inizio anno sono una minaccia al mio stato di salute. Dovrebbero essere vietate.*»
Sorridemmo entrambi perché sarebbe stato impossibile impedire a Jov di organizzare altre feste.
Appena si sentì meglio, decise di doversi cambiare.
«*Ho un vestito di ricambio, mi accompagneresti in qualche camera e faresti da guardia prima che qualcuno mi veda?*»
Acconsentii alla sua richiesta di aiuto ed entrammo.
Fortunatamente non ci vide nessuno e non mi scontrai con i miei amici, tanto meno con quello con cui Brenda aveva ballato all'inizio della serata.
«*Seguimi...*»
Lei recuperò la sua borsa e mi seguì in silenzio, come se fosse una fuga notturna.
Quando la indirizzai verso la stanza degli ospiti, mi guardò curiosa e affascinata dalla mia sicurezza.
«*Conosci molto bene questo Jov?*» *Proferì entrando nella stanza.*
La seguii e rimasi a fare da guardia come richiesto.
«*Sì... ci siamo conosciuti l'anno scorso, ma da allora siamo inseparabili. Perché non ti ho mai vista prima dell'altro giorno?*» *Le chiesi.*
Brenda si tolse il vestito zuppo e provai a non guardarla, ci provai sul serio, ma il suo corpo mi stregò a tal punto da non poter più scostare i miei occhi dalle sue sinuose e perfette curve.
«*Andavo in un'altra scuola, poi ho cambiato perché non mi trovavo bene*», *ammise, scrutando il mio sguardo.*
Sogghignò ed io rimasi fermo come un imbecille.
«*Ti piace quello che vedi?*» *Proruppe istintivamente.*

Mi riscossi e le risposi: «Non è mai un peccato ammettere la verità, giusto?»

Brenda rimase in silenzio, affascinata dalla mia frase e non avvolse il suo corpo.

Non raccolse il vestito di ricambio, non si nascose nel bagno per rivestirsi, fece ciò che non mi sarei mai aspettato.

Si adagiò sul letto in cui spesso e volentieri dormivo quando Jov mi ospitava a casa sua e la guardai disorientato.

«Perché non lo scopriamo insieme se è un peccato o meno quanto sia giusto ammettere la verità?»

Automaticamente chiusi a chiave la porta e smisi di fare da guardia.

Come una pantera affamata, mi avvicinai al letto e rimasi davanti la dea della bellezza.

Brenda iniziò ad accarezzare il suo corpo e nel frattempo mi guardava, curiosa di scoprire come avrei reso la serata indimenticabile.

«Siamo degli sconosciuti», ammisi a denti stretti.

Lei ridacchiò e reclinò la testa all'indietro, mostrandomi l'incavo del suo collo.

Dio, quanto era bella.

I capelli bagnati iniziarono a drappeggiare sui suoi seni, esposti totalmente a me. Non indossava il reggiseno, ma ciò non mi stupì.

«Solo per poco, da domani ci vedremo spesso nei corridoi della scuola», rivelò sicura di ciò che voleva.

«Non voglio approfittarmi di te», specificai, sperando che mi capisse.

«Non sono più ubriaca.»

Avanzai di un passo e poggiai i palmi delle mani sul materasso, sorreggendomi con gli avambracci.

Quando mi avvicinai a lei, quasi sobbalzò.

«Ne sei sicura?»

«Sto letteralmente bruciando lì sotto. Ho bisogno di essere toccata e voglio che a farlo sia tu.»

«Vuoi essere toccata da me?»

Mi appropinquai al suo orecchio e lei gemette appena lambii la sua pelle con le mie dita.

«Sì, da te...»

D'un tratto la situazione si capovolse e quando Brenda si mise a cavalcioni su di me, iniziai a leccarle i turgidi capezzoli.

Cominciò a gemere...

E quei gemiti furono i primi di una lunga serie...

I ricordi di Brenda cominciarono a torturare la mia mente fino a quando non mi addormentai e il volto di Ania comparve nei miei sogni per farmi riprendere aria.

Per farmi respirare come prima.

E nel silenzio della notte sussurrai più volte il nome della ragazza che da qualche mese provava a salvarmi dall'abisso dei miei tormenti...

Ania...
Ania...
Ania...

43
È tutto troppo complicato

Ania

Corro via, delusa e amareggiata da quello che ho scoperto.
In realtà non ho le idee chiare, ma a quanto pare Raziel abita qui, non è di Madrid e conosce Cecilia.

Ho appreso queste notizie durante il nostro incontro, che tra parentesi mi ha sconvolta, e ho cercato di mettermi un attimo nei suoi panni, però non è stato facile.

Raziel mi ha spezzato il cuore: è scomparso per un mese intero e il suo silenzio è stato opprimente.

Non mi sarei mai aspettata un simile comportamento da uno come lui.

È vero, non sempre ha assunto un atteggiamento da gentleman, da bravo ragazzo, da persona comprensiva, ma arrivare a mentirmi fino a questo punto... è proprio da bugiardi.

Lui è un gran bugiardo.

Anche se ancora sento le sue mani su tutto il mio corpo che mi stuzzicano e mi bramano, cerco di dimenticarmi delle scene in cui ci mangiavamo di baci: devo essere onesta con me stessa e farmi entrare in testa che non si merita la mia comprensione.

Dopo un mese di silenzio ha persino la faccia tosta di fermarmi e di chiedermi di parlare... roba da matti. Cosa pretende? Che lo perdoni? Non se ne parla proprio.

Per colpa sua sono stata malissimo.

In questo momento sto camminando con la testa china e le braccia incrociate sul petto, sono furiosa.

Sono arrabbiata con lui, con mio padre che gli ha dato il permesso di essere ospite a casa nostra, con il destino che me l'ha fatto incontrare.

A quest'ora la mia vita sarebbe rimasta uguale a prima: avrei svolto la solita routine e non avrei sprecato così tante lacrime per un ragazzo che non se le merita.

Mi strattono un attimo i capelli perché sento davvero di dovermi sfogare in qualche modo e rimango ferma, prima di raggiungere i miei parenti.

Faccio dei respiri profondi. Non voglio che i miei mi vedano turbata, né tanto meno che la nonna si preoccupi.

Non mi conosce bene e vorrei iniziare a istaurare un rapporto con lei senza raccontarle delle mie recenti delusioni.

Dopo aver cercato di liberare i miei polmoni da tutta la rabbia repressa, mi avvicino e apro il piccolo cancelletto in ferro per raggiungere la casa che ci ospiterà per due settimane.

Appena sorpasso il marciapiede lastricato in pietra, noto una macchina nuova posteggiata accanto a quella di papà.

Corro sotto il portico e suono il campanello.

Ad accogliermi in casa è una ragazza, molto affascinante, con dei lunghi capelli ramati e con gli occhi molto simili a quelli del mare estivo.

«Ania?» Domanda sorpresa.

Senza rispondere alla domanda, piego la testa di lato, corrugando le folte sopracciglia.

«Guadalupe o Diana?» Cerco di indovinare perché sono sicura che si tratti di una delle mie due cugine.

«Diana! Guadalupe è in cucina... ti stavamo aspettando per il pranzo. Hai fatto un po' tardi e... non sei passata al supermercato?»

Gli occhi di Diana osservano le mie mani vuote.

In effetti, sono stata presa in contropiede e non ho più pensato al dover fare la spesa, ma ho i miei buoni motivi.

«Ecco... beh, mi sono persa. Non ho trovato il supermercato», mento, sperando di risultare un'ottima attrice, proprio come Raziel.

Diana sembra non crederci e mi guarda con aria scettica.

«Davvero? Non era poi così difficile raggiungere il centro del paese.»

Faccio spallucce ed entro in casa, evitando di rimanere altri minuti fuori il pianerottolo.

Mia cugina chiude la porta e segue i miei passi.

«Evidentemente non ho un buon senso dell'orientamento», ribatto, avviandomi nella sala da pranzo dove vedrò, dopo tanto tempo, gli altri miei familiari.

«Tesoro eccoti...» mamma si alza per aiutarmi, ma appena vede le mie mani prive di buste, mi scruta con attenzione.

«Ania dice di essersi persa e di non aver trovato il supermercato. Prepariamo la pasta?» Consiglia Diana e dopo aver lanciato una strana battutina su di me si avvia verso i fornelli per iniziare a cucinare.

La nonna annuisce, mentre mia zia Camila si alza dalla sedia e mi accoglie con affetto.

Noto immediatamente la strabiliante somiglianza con Diana: i suoi occhi azzurri sono affini a quelli della figlia e a quelli del nonno, che non c'è più.

I capelli scuri della zia sono corti sulle spalle, e la sua eleganza mi lascia sbalordita.

Ha il portamento simile a quello della mamma, si nota lontano un miglio che sono sorelle.

«Ania, che bello rivederti. Come sei cresciuta!»

Zia Camila mi abbraccia spontaneamente ed io ricambio il gesto con estrema naturalezza.

Anche mia cugina Guadalupe si affretta a salutarmi.

«Ciao zia, ciao Guadalupe. Come state?» Chiedo, felice di rivederle.

Stranamente metto da parte la rabbia che provo per Raziel, perché in questo momento mi interessa solo della mia famiglia che non vedo da tanti anni.

«Tutto bene. Sei cambiata tantissimo e sei molto bella», rivela la zia, mentre mi accarezza una ciocca di capelli.

Abbozzo un sorriso imbarazzato e, quando lo zio Enzo si alza per salutarmi, gli sorrido.

«Ciao zio, che piacere rivederti!»

«Ciao tesoro. Siamo felici che siate tornati qui.»

Il suo è un abbraccio meno ospitale rispetto a quello della zia, ma gli uomini sono sempre poco calorosi.

«Anche a me ha fatto piacere che la mamma abbia deciso di passare le vacanze di Natale tutti insieme.»

«Era ora... così potremmo conoscerci meglio», a parlare è Guadalupe, che mi rivolge un sorriso davvero dolce e premuroso.

Sorrido, poi mi avvio verso Diana per darle una mano.

Sono emozionata e allo stesso tempo intimorita, perché è come se fossero degli estranei per me, ma non vedo l'ora di conoscerli e di trascorrere insieme queste vacanze, cercando di dimenticare colui che ha fatto del male al mio cuore.

Provo a mandare via l'immagine di Raziel dalla mia mente, solo... come si fa quando una persona ti è stata vicina? Quando ti ha sostenuta, quando ti ha sorretto mentre precipitavi nell'abisso più oscuro... come si fa? Come si fa a cancellare ogni cosa?

«Va tutto bene, tesoro?» La voce della mamma risuona bassa vicino al mio orecchio nel momento in cui sistemo i tovaglioli a tavola.

«Sì, mamma. Tutto bene», mento perché in realtà, anche se ci provo ad allontanare i ricordi, Raziel non vuole andare via... non mi lascia in pace.

Rimane come un chiodo fisso, con i suoi occhi che bruciano su ogni parte del mio corpo.

La mamma studia la mia espressione, e il mio silenzio le consiglia di aiutare Diana con la pasta; appena è pronta ci accomodiamo a tavola. Pranziamo tutti insieme proprio come una vera famiglia.

***

Il pranzo trascorre veloce e con serenità.
Gli zii sembrano simpatici e le risate di certo non mancano.
«Ti ricordi quella volta, in viaggio, in cui siamo cadute nel fiume, Paula? È stato divertente...» rimembra d'istinto la zia e mamma sogghigna.
«Certo, come potrei dimenticarmene. Tu eri in lacrime, ma ti ho consolata immediatamente quando siamo uscite dall'acqua.»
«Come siete cadute nel fiume?» Chiede Guadalupe, curiosa.
«Eravamo così goffe io e tua zia...» racconta mamma, ridendo di gioia.
Zia le tiene la mano e quel gesto mi sembra proprio da vere sorelle, mi commuove e mi rincuora allo stesso tempo.
«Quell'anno le piaceva un ragazzo in viaggio e quando lo vide inciampò e cadde nel fiume trascinando anche me. Vostra madre era così maldestra.»
Guadalupe sorrise mentre Diana rotea gli occhi al cielo.
«Ecco da chi hai preso, sorellina...» la prende in giro e Guadalupe fa una smorfia.
Notando quella scena scopro che la mamma è a proprio agio. L'astio che è subentrato in questi anni, tra le due sorelle e la nonna, sembra essere svanito nel giro di pochi abbracci, sorrisi e ricordi.
Mi fa piacere vederla più serena.
Si merita di risolvere con la sua famiglia, anche se non sempre le situazioni sono del tutto gestibili.
Come la mia ad esempio...
Anche se Raziel mi ha chiesto di parlargli in privato, non voglio.
Non so perché io abbia tanta paura di affrontarlo.
Forse perché non desidero scoprire davvero la verità, oppure perché ho paura di sentirmi dire che non prova per me quello che sento io per lui?
Ma se non sentisse gli stessi sentimenti, le stesse emozioni, le stesse vibrazioni, non sarebbe venuto a letto con me... non mi avrebbe mai guardata in quel modo.
Mille ipotesi spuntano irruentemente nella mia testa e non mi lasciano in pace.
So che continuerà così se non risolverò questa situazione, ma anche se volessi andare da lui ci sarebbe un problema.

Non so dove abita.

È vero... potrei chiedere a Yago, tuttavia non voglio che lui scopra qualcosa su ciò che è successo tra me e Raziel.

Così, abbasso lo sguardo sul piatto e cerco di pensare a cosa dover fare davvero.

Dovrei parlare con Raziel o lasciar perdere?

E se scoprissi delle cose tremende su di lui?

Se la verità mi spaventasse, come dovrò comportarmi?

Sono sempre stata disposta ad ascoltarlo, a farlo sfogare, ma non ha mai voluto, e adesso sembra che io mi stia tirando indietro.

Ho il cuore che batte rumorosamente contro il petto e per poco non mi estraneo dal pranzo di famiglia. Proprio per non destare sospetti, decido di alzarmi dalla sedia e di fare una telefonata. In quel momento gli occhi dei miei parenti si puntano su di me.

«Va tutto bene, Ania?» La voce della nonna sembra tremolante. La tranquillizzo, scusandomi con i presenti.

«Sì, scusatemi, ma ho ricordato di dover fare una telefonata urgente. Torno subito.»

Papà non sembra tanto contento del mio comportamento, così mi affretto a sguiciare via da quella stanza per telefonare al mio migliore amico.

Qualche squillo più tardi, la voce di Carlos mi rassicura all'istante.

È incredibile come mi manchi, spero davvero che lui stia meglio rispetto all'ultima volta che l'ho visto.

Ha parlato con Timo e si sono detti addio definitivamente.

Deve essere stato terribile per lui lasciare la persona che ha amato per tanti anni. Quando gli ho rivelato che sarei partita per Natale, mi ha rassicurato sul fatto che dovevo assolutamente andare e che lui stava decisamente meglio.

«Flor, come va?»

«Ehi, Carlos. Ti disturbo?» Mi accerto che stia bene per non rivelare subito il motivo della chiamata.

«Non disturbi mai, tesoro. Dovresti saperlo. Com'è andato l'arrivo? Che impressione ti ha fatto la nonna?» Come al solito, Carlos inizia a tempestarmi di domande e rispondo per renderlo contento.

«Il viaggio è stato tranquillo e la nonna sembra una gran bella persona.»

Il silenzio piomba su di noi e sento Carlos sospirare dall'altro lato della cornetta.

Lo immagino passarsi la mano sui folti capelli o stringere le palpebre per scoprire di più sui miei pensieri.

«Come mai non mi sembri felice? Cos'è successo?»

Avrà capito che qualcosa non va dal mio tono di voce e con la sua dolcezza cerca di farmi confidare con lui.

«In realtà... è successa una cosa», mi mordo l'interno della guancia per non impazzire.

«Immaginavo... cosa riguarda?» Inizia ad allarmarsi.

Se mi fossi trovata di fronte a lui sarei scoppiata in lacrime e mi avrebbe abbracciata, com'è successo quella volta... quando ho trovato quel maledetto bigliettino.

«Si tratta di Raziel...» fortunatamente la mia voce non rimbomba nella stanza perché espongo quelle parole a bassa voce.

«Ti ha chiamato?»

Chiudo le palpebre e sospiro profondamente.

Parlare di Raziel non è facile per niente, ma di Carlos posso fidarmi. D'altronde è l'unico che sa quello che è successo tra di noi.

Mi siedo sulla poltrona di pelle che si trova nella stanza in cui mi sono nascosta e rivelo tutto.

«In realtà... è qui», ammetto debolmente.

Rimango per un istante immersa nel momento in cui ho rivisto Raziel, però quando la voce di Carlos parla alle mie orecchie ritorno alla realtà.

«In che senso è qui? È qui dove, Ania?» Sembra scosso dalla mia rivelazione.

«È qui... nella cittadina dove abita mia nonna», dichiaro, stando ancora più male.

Volevo dimenticarlo, invece tutto questo trambusto rende le cose ancora più difficili.

«Non ti seguo, flor. Sii più chiara.»

Il mio respiro non si placa per niente, mi alzo dalla sedia e rimango in silenzio per qualche minuto.

«Raziel abita qui o almeno credo, non lo so, ma l'ho incontrato...»

«Come non lo sai? Perché? Non avete parlato?»

Gioco con il lembo della maglietta.

«Beh... in realtà, quando l'ho visto, l'ho sgridato, anche perché era in compagnia di una ragazza che ho conosciuto quando siamo andati nella mia casa di villeggiatura e quindi... non ci ho visto più e... ho fatto una scenata! Poi lui mi ha chiesto di parlare da soli, in privato, e incollerita sono andata via... e adesso sono indecisa se andare da lui e sapere di più oppure evitarlo per sempre.»

Carlos sospira.

«Oh, wow! Certo che se Raziel abita lì, ha mentito alla grande. Non proviene da Madrid?»

Deglutisco in fretta per rispondere.

«In teoria, è quello che ci ha detto...»

«Senti Ania, so che per ora magari sei scossa e turbata, ma secondo me è arrivato il momento e dovresti davvero parlare con lui. Finalmente potrai scoprire la verità e se nasconde qualcosa lo capirai... quale occasione migliore di questa?»

«Il problema è che non so dove abita», rivelo, combattuta.

Parlare con Carlos mi sta facendo cambiare idea.

Forse ha ragione, forse dovrei andare da Raziel e farmi dire tutta la verità adesso che è disposto a rivelare ogni cosa.

«È tutto troppo complicato», mi porto la mano sul viso, cercando di calmarmi.

Anche se le mie emozioni sono in subbuglio e il mio cuore sta facendo i capricci, devo mantenere la calma.

«Niente è complicato. Io ho affrontato Timo e Merien, ricordi?»

Guardo un punto fisso della stanza e mi mangiucchio un'unghia. Sì, il mio migliore amico è stato coraggioso, un valoroso cavaliere che ha lottato fino alla fine.

«Tu sei più coraggioso di me. Quanto vorrei che fossi qui con me, Carlos!» Sospiro, rammaricata.

«Tu sei coraggiosa, Ania. Hai affrontato un intervento, un passato che non riuscivi a dimenticare. Sei andata avanti. Sai perché ti chiamo flor? Perché sei un fiore magnifico, colorato, che profuma di vita.»

Mi commuovo e mi asciugo le lacrime che stanno scivolando lente dai miei occhi.

«Oh, Carlos...non mi hai mai rivelato il significato del mio soprannome e adesso vorrei abbracciarti.»

Carlos sogghigna. «Sono un romanticone, lo sai, ma non preoccuparti, ci vedremo presto, Ania. Adesso rimboccati le maniche e vai da Raziel...»

Non sarà per niente facile.

«D'accordo, ci proverò.»

«Mi ha fatto veramente bene sentirti, scrivimi spesso.»

Annuisco, poi lo saluto e riagganciamo.

I tintinnii delle posate mi fanno dedurre che il pranzo non è ancora del tutto finito.

Mi sento a disagio all'idea di dover chiedere a mia nonna se conosce la famiglia Herman, ma chi meglio di lei?

Ovviamente i miei resteranno sconvolti quando sapranno che Raziel è qui, non ho altra scelta e devo farlo.

Ora o mai più.

Torno in salone con una certa fretta, li raggiungo quasi con l'affanno.

«Cosa succede, Ania?»

«Dovrei chiedere una cosa alla nonna... e, papà, credo che forse resterai un po' scioccato.»

Mi avvicino alla nonna e papà mi scruta attentamente senza proferire parola.

«Cosa devi dirmi, cara?» La sua voce è colma di interesse, con dolcezza mi prende le mani e il suo tocco rassicurante mi tranquillizza.

«Nonna... per caso conosci gli Herman?»

I miei zii strabuzzano gli occhi, mentre mamma e papà si guardano con un'espressione indecifrabile.

«Gli Herman? Chi non li conosce! Ludovic Herman è il sindaco... come mai questa domanda, Ania?» Questa volta è lo zio a parlare, più per curiosità che per interrompere la mia conversazione con la nonna.

Mi mordo il labbro.

Non pensavo che il padre di Raziel fosse il sindaco di una cittadina... a quest'ora avrei chiesto privatamente alla nonna dove abitasse.

«Stai parlando di Raziel, *Ania*?» La voce severa di papà mi fa scattare verso di lui.

Annuisco, ma nessuno dei parenti riesce a capire cosa stia succedendo.

Solo io, papà e la mamma conosciamo la verità, e mentre la nonna mi guarda con un'espressione dubbiosa, mi accarezzo il braccio per il nervosismo e rimango in silenzio.

«Tesoro, perché stai parlando di Raziel?» Questa volta la mamma mi permette di rivelare ad alta voce quello che so.

«Ho incontrato Raziel mentre mi recavo al centro della città e, da quello che ha affermato lo zio, deduco che abiti qui.»

Lo zio annuisce e appoggia sul tavolo il calice di vino.

«Certo, abitano qui, perché? Come conoscete Raziele Herman? È da un po' che non lo vediamo in giro. È tornato?»

«Allora non ti sei persa per il centro?» Domanda Diana con tono acido, ma nessuno le dà conto e papà sposta l'attenzione sullo zio.

«Evidentemente sì...» pronuncia a denti stretti.

«Sapete per caso dove risiedono? Ho bisogno di parlare con lui!»

Mamma mi accarezza la mano come segno di conforto. Forse ha capito tante cose durante questo mese, ma non mi va di spifferare tutto ora.

Capisce il mio nervosismo e non dice niente.

«Abitano in una via non troppo distante dal centro... tieni. Col navigatore non sarà difficile trovarla!»

Zio Enzo mi porge un bigliettino con sopra riportato l'indirizzo della casa di Raziel e il cuore fa una capriola contro il mio petto.

Mi sento mancare l'aria.

Lo rivedrò e forse scoprirò la verità.

Cosa mi ha nascosto per tutto questo tempo, Raziel? Chi è veramente?

Perché mi ha mentito sulle sue origini?

Mille domande affollano la mia mente, ma ringrazio lo zio e nascondo il bigliettino nella tasca dei jeans.

«Devo andare da lui, papà. Ci deve delle spiegazioni...»

Papà non è molto convinto del mio piano e incrocia le braccia al petto, poi, prova a voler capire anche lui e mi dà il consenso.

«Quali spiegazioni?» La zia Camila è curiosa, allo stesso tempo faccio spallucce e indico i miei genitori.

«Vi racconteranno tutto loro. Io adesso devo andare...»

Do un dolce bacio alla nonna e mi dirigo verso l'ingresso, ma la mamma mi richiama e mi raggiunge.

«Ania... va tutto bene, tesoro? Ti vedo sconvolta e non vorrei che stessi male. Non sei stata bene in questo ultimo periodo e ti stavi riprendendo solo adesso... so che non vuoi dirmi nulla, ma...»

La interrompo.

«Mamma, devo solo parlare con Raziel e poi starò definitivamente bene. D'accordo?»

Lei acconsente e mi porge un bacio sulla guancia.

«Fai attenzione e se ti dovessi perdere, chiama, d'accordo?»

La tranquillizzo e coraggiosa più che mai, mi avvio verso la mia destinazione.

So che appena rivedrò Raziel il cuore mi balzerà in gola, però devo restare lucida.

Devo dirgli esattamente quello che penso e devo sapere con precisione cosa mi ha nascosto per tutto questo tempo.

Magari non è il classico cattivo ragazzo, ma papà aveva ragione, perché comunque ci ha nascosto qualcosa.

Dei segreti ostacolano la sua felicità ed io devo sapere.

Ho il diritto di comprendere cosa gli sta rovinando la vita e perché non possiamo essere felici insieme.

Mentre rifletto su tutto ciò che è successo nel corso di questi mesi, cerco anche di ponderare quello che gli dirò una volta che lo avrò davanti a me.

Affretto il passo e raggiungo l'autobus che si è appena accostato alla fermata.

Salgo e sprofondo sulla sedia vuota proprio vicino la porta.

Osservo il paesaggio intorno con poca attenzione, qualche minuto dopo superiamo l'aperta campagna e abbandoniamo i grandi campi dove spesso si intravedono enormi fieni. Raggiungiamo l'ingresso della città, mi raddrizzo.

Non voglio sbagliare, così, dopo aver superato la piazza centrale mi affretto a scendere, l'aria fresca mi punzecchia la pelle.

Mi stringo nel giubbotto per non sentire freddo.
Senza perdere altro tempo prendo il cellulare e inserisco la via.
Il navigatore mi consiglia di girare a destra proprio come mi ha riferito l'autista a cui ho chiesto indicazioni e così svolto l'angolo.
Continuo a camminare, ma è solo qualche minuto dopo aver sorpassato una strada alberata, per nulla ristretta, che giungo a destinazione.
Le mie gambe iniziano a tremare, l'ansia mi assale di nuovo.
Con lo sguardo ammiro l'enorme villa del sindaco Herman e mi meraviglio che Raziel abiti qui.
Si è sempre stupito della nostra ricchezza, ma da quello che noto non se la passa per niente male: che abbia recitato anche quella parte?
Mi mordo l'interno della guancia per la rabbia che provo in questo momento.
«Ania?»
Una voce alle mie spalle mi coglie di sorpresa.
Appena mi giro, la sorella di Raziel mi sorride amichevolmente.
«Ciao, non volevo spaventarti. Ti serve qualcosa?» Mi domanda gentilmente, mentre raggiunge l'elegante cancello.
«In realtà cercavo Raziel», ammetto senza tirarmi indietro, con le mani che mi tremano di un'emozione indescrivibile.
Forse è un bene che abbia incontrato sua sorella, così se lui non è in casa posso svignarmela senza problemi.
I miei desideri, però, non si avverano e poi non posso essere così codarda.
Devo affrontare la realtà.
«Sei fortunata, è in casa.»
«Mi... mi potresti ricordare il tuo nome?» Chiedo, cercando di non sembrare del tutto imbarazzata e ansiosa.
La sorella spalanca uno dei suoi sorrisi, ricordandomi una certa somiglianza con Raziel.
«Sono Estrella», si presenta cordialmente, facendomi cenno di entrare.
«Seguimi», mi fa strada ed io non posso indietreggiare.
La seguo e ci inoltriamo nell'immenso giardino: ciò che mi stupisce, oltre alla grandezza della villa, con le facciate color mattone e la piscina colma d'acqua e molto curata, è la seconda casetta che si trova al di là di un'enorme quercia.
È molto più piccola rispetto alla villa principale, ma sembra accogliente.
Un lampione si trova proprio all'esterno, rasente la facciata sinistra.
«Raziel è dentro la dependance», mi avvisa Estrella. «Mi sa che avrete tanto di cui parlare. Io adesso devo riuscire: mamma e papà sono in casa,

non vi disturberanno.»

Estrella punta i suoi bellissimi occhi su di me ed io non posso fare almeno di ringraziarla per la disponibilità con cui mi ha accolta.

Non è da tutte le sorelle comportarsi così, eppure lei sembra essere dalla mia parte.

«Grazie! Sei davvero molto gentile.»

«Figurati.» Ride, ma subito una graziosa suoneria spagnola ci distrae dai ringraziamenti. «Oh, scusa... devo rispondere.»

Annuisco senza farle perdere altro tempo.

Estrella si rintana in casa e mi lascia da sola con tutta la mia forza di volontà.

Devo parlare con Raziel.

Devo farmi coraggio.

Le mie dita affusolate accarezzano i capelli sciolti che ricadono lisci oltre la mia spalla, poi, i miei piedi incedono verso la dependance che ha indicato Estrella.

Perché Raziel vive da solo?

Questa è un'altra domanda che dovrò porgli.

Oddio, Raziel... cos'hai combinato? Perché il mio cuore sta battendo contro il mio petto e non si assesta?

Mi avvicino e, ormai prossima alla visita, lancio un'occhiata oltre il grande albero per assicurarmi che non ci sia davvero nessuno.

Senza indietreggiare o indugiare ancora, riesco a sporgermi di più e pigio il dito sul campanello; il rumore riecheggia nell'aria.

Come se mi aspettasse da tanto tempo, la figura dirompente di Raziel si materializza davanti i miei occhi ed io rimango immobile per qualche istante di troppo.

È bellissimo.

Ed il mio cuore sta battendo come se lo vedessi per la prima volta, come se fosse un incontro del tutto casuale, invece, è stato proprio il destino a riportarmi da lui.

«Finalmente hai fatto la scelta giusta. Ti stavo aspettando.» Proferisce la sua voce cavernosa che mi giunge dentro il cuore e che mi è mancata da morire.

44
Non nasconderti più

Ania

«**H**o fatto la scelta giusta?» Sbotto e inizio a imbestialirmi per la sua presunzione.

Entro nella dependance senza guardarmi intorno perché sono intenta a scagliarmi contro di lui e a incolparlo di tutto.

«Sei uno stronzo...» sbraito, fuori di me.

Resta in silenzio e il suo atteggiamento mi coglie di sorpresa, perciò continuo a insultarlo.

«Sei come tutti gli altri ragazzi che ho incontrato...»

Mi guarda, piegando la testa di lato, ma non proferisce parola.

Il suo comportamento mi sta irritando, eppure avvampo dentro di me per il modo in cui mi guarda.

È dannatamente bello. È affascinante anche in certe situazioni.

«Sei imperdonabile...»

Sto per continuare a lanciargli qualche altro insulto, anche se la sua voce baritonale mi fa sussultare.

«Hai finito?»

Adesso sono io che rimango immobile, mentre lui avanza di un passo con la schiena dritta e il portamento impettito. Mi afferra per i polsi ed io sento la testa martellarmi. Provo a ribellarmi e a strattonarlo, senza riuscirci.

Sono scossa da tutto quello che sta succedendo e dal fatto di essermi trovata Raziel nella cittadina in cui abita la nonna.

Pensavo di non rivederlo mai più e invece sono qui, davanti a lui, a cercare ancora una volta di comprendere il suo meschino comportamento. Di capirlo, di aiutarlo, e magari anche di perdonarlo, però prima voglio gridargli tutto l'odio che ho provato in questi trenta giorni in cui lui mi ha abbandonata.

«No!» Strillo. «No, che non ho finito.»

«Allora continua... prego... voglio sapere tutto quello che hai da dire.»

Fa lo spiritoso e la piega sardonica che compare sulle sue labbra spera di rendermi meno furiosa, solo che si sbaglia perché altre parole fuoriescono dalla mia bocca.

«Sei un vigliacco! Sei scappato! Senza dirmi niente...»

La sua piega beffarda svanisce in fretta e sento un brivido infastidirmi la schiena. Abbandona la sua presa e mi parla.

«Ania...»

«NO! Fammi finire...» lo incito a non proferire altro, ma lui avanza ancora, ancora e ancora...quando mi rendo conto che è davvero troppo vicino, allungo il braccio per impedire al suo petto di sfiorare il mio.

Non riuscirei a parlare attraverso un contatto fisico... attraverso il suo respiro sul mio collo.

La sua vicinanza mi distrae e in questo momento devo restare lucida e dirgli tutto.

Mi rendo conto di avere i palmi delle mani sudate mentre Raziel mi sta squadrando dalla testa ai piedi, sperando in qualcosa di diverso.

«Sei scappato, Raziel. Da me. Potevi dirmi tutto, invece hai preferito farmi soffrire! Cosa mi nascondi?»

Un miscuglio di emozioni si fonde dentro di me, tanto da non farmi respirare come si deve.

Mi sento esplodere, vorrei che parlasse, che mi dicesse qualcosa.

Invece rimane lì, ritto, a fissarmi in quel modo che mi ha stregata fin dall'inizio...

«Pensi che sia stato facile per me?» Ribatte, come se si sentisse stranamente in colpa.

La sua voce si propaga nell'aria mentre emetto un respiro spazientito.

I suoi occhi verdi mi stanno scrutando attentamente, ma al loro interno leggo un'infinita rabbia.

Cerco di tenergli testa e di non perdere la pazienza.

Tengo le braccia conserte e non ho la minima intenzione di cambiare portamento.

«Non so come sia stato per te, visto che non ti sei mai confidato con me.»

Frustrato, si porta una mano tra i folti capelli e il mio cuore perde un battito.

«Non so da dove iniziare...» sussurra ed io stringo gli occhi perché non riesco a crederci. *Non sa da dove iniziare...*

Oggi noi parleremo, oggi lui deve dirmi la verità.

Sono stanca dei sotterfugi. Stanca.

«Non so, magari dal bigliettino con il quale mi hai abbandonata?» Suggerisco acida, tanto da fargli inarcare un sopracciglio.

«Ania... ci sono tante cose, tante cose che non sai e che...» continua ad arrampicarsi sugli specchi, ne ho abbastanza delle sue insicurezze.

Questa volta scoppio e gridando mi porto entrambe le mani sul viso.

«Oddio, Raziel, basta! Basta! Dimmi qualcosa... qualsiasi cosa, non rovinare sempre tutto, dannazione! Perché sei scappato? Ti giuro che se oggi non mi dirai qualcosa, me ne andrò e tra noi sarà finita per sempre», sbraito.

Sembra davvero afflitto e improvvisamente le sue braccia cadono lungo i fianchi e la sua voce spezzata mi stordisce il cuore.

Un silenzio per nulla piacevole si abbatte su di noi, fino a quando delle parole mi rendono la persona più orribile sulla faccia della terra.

«Mio padre è malato.»

Rimango impietrita e quasi senza fiato di fronte a quella straziante verità.

Adesso mi sento una persona che non gli è stata vicina, e anche ragazzina gelosa... che ha rovinato la sua prima volta inutilmente. Che non ha aiutato il ragazzo che ama. Una ragazzina che ha solamente provato ad amare.

Ma come potevo saperlo? Lui non mi ha mai confidato nulla... è sempre stato evasivo, enigmatico, misterioso.

Non smetto di osservarlo, anzi, tutta la rabbia di prima sembra essere svanita e mi avvicino perché ho voglia di abbracciarlo.

«Tuo padre è... malato?» Chiedo, quasi col pianto in gola.

«Sì, è malato.» Ammette sconfortato.

Mi porto le mani davanti la bocca e spalanco gli occhi. Sono sconvolta da tutto questo. Non pensavo che suo padre potesse essere malato...

Perché non mi ha mai detto nulla?

«Oddio, io... io non lo sapevo, mi dispiace, io...»

Raziel mi segue con lo sguardo.

Le mie gambe non smettono di avanzare verso di lui e quando lo raggiungono, le sue braccia si allargano per accogliermi nel suo petto in un gesto consolatorio.

E non desidero nient'altro.

«Perché non me l'hai detto?» Cerco di comprendere il suo silenzio, quasi in procinto di piangere.

La mano di Raziel questa volta accarezza i miei capelli e mi trascina in un labirinto di emozioni che già conosco e che non vorrei perdere.

«L'ho scoperto il giorno in cui Elsa mi ha baciato. Non sapevo come comportarmi, Ania, e ho scelto la via più semplice, ma la peggiore. Ti ho abbandonata... inoltre, qui sono pochi a sapere della sua malattia. I miei sono molto riservati.»

Ecco, adesso capisco anche il motivo per il quale i miei parenti non ne erano a conoscenza.

Pensavo ci fosse sotto qualcos'altro, tipo una ragazza ricomparsa dal suo passato, invece Raziel se n'è andato per suo padre.

Come posso avercela con lui? Forse anche io avrei reagito allo stesso modo...

Mi scosto dalla sua presa e lo guardo negli occhi.

«Se me l'avessi detto non ti avrei impedito di tornare in città... però non capisco perché tu mi abbia mentito anche sulle tue origini.»

Questa è una cosa che continua a non tornare.

Raziel sospira.

«Perché non volevo che qualcuno dei miei amici mi intercettasse. Avevo bisogno di cambiare aria, di evadere per un po'. Comunque, è stato inutile... Cecilia mi ha trovato...»

Cecilia!

Eccola... adesso voglio anche sapere di lei. Abbiamo tanto di cui parlare.

«Chi è realmente Cecilia?» Domando.

Riesco a vedere perfettamente la sua voglia di richiudersi in sé e di non aprirsi, ma deve cercare di superare la barriera del silenzio.

Solo così potremmo davvero essere un "noi".

«Raziel, ti prego, parlami! Non nasconderti più.»

Improvvisamente si volta verso il grazioso caminetto in pietra e appoggia la mano sulla mensola.

Inclina il capo verso il basso e osserva il parquet.

Raggiungo il camino e provo a consolarlo appoggiando la mia mano sulla sua spalla.

«*Raziel*...»

Sento il suo petto gonfiarsi per le varie emozioni che sta provando in questo momento, fino a quando si rasserena e decide di regalarmi un briciolo di verità.

«Cecilia è una mia vecchia amica. Tempo fa abbiamo litigato e, quando sono andato via da qui, ha cercato in tutti i modi di rintracciarmi. Ho cambiato numero, quindi non riusciva a mettersi in contatto con me, fino a quando un giorno mi ha trovato. Da lì ha scoperto che mi trovavo nella città della tua casa di villeggiatura, ed è arrivata insieme ad Adelio, un suo vecchio amico. Quella sera sono uscito dalla finestra perché dovevo incontrarmi con lei. Dovevo dirle di lasciarmi stare. Non ti volevo coinvolgere, Ania. Per di più mia madre mi aveva anche telefonato e la conversazione non era stata delle migliori... il resto lo sai.»

Ecco perché Cecilia lo guardava con quello sguardo e perché Raziel cercava in tutti i modi di divincolarsi da lei.

Ma Cecilia è innamorata di lui? C'è mai stato del tenero tra di loro?
Non riesco a porgli quelle domande perché lo vedo davvero troppo addolorato...
«Va tutto bene, Raziel. Non sono arrabbiata...»
La testa è ancora rivolta verso il basso, improvvisamente la alza verso di me.
«Davvero?»
Quando annuisco decide di riguardarmi con quegli occhi che mi mandano in paradiso ogni volta che li incontro.
Mi tornano in mente le sue mani sul mio corpo e il suo tatto a tratti selvaggio, a tratti paziente e meraviglioso...
Avrei tanto bisogno di lui, ora più che mai, nella mia vita.
«Grazie per essere venuta a cercarmi. Dovevamo parlare.»
Annuisco, dandogli ragione.
«Lo so, è che sono rimasta scioccata quando ti ho visto qui, dopo un mese di silenzio...»
«Ti avrei cercata, Ania. Stavo impazzendo, lo avrei fatto quando le acque si sarebbero calmate e ti avrei spiegato tutto.»
Provo a fidarmi delle sue parole. D'altronde non possono farmi altro male, giusto?
Abbozzo un sorriso e gli accarezzo dolcemente la guancia con le mie mani calde.
Lui sposta la sua mano sulla mia e mi ipnotizza ancora una volta.
«Cos'ha tuo padre?» Forse non dovrei chiederglielo, ma mi preoccupo e vorrei sapere di più...
«Poco fa ho incontrato tua sorella e mi ha detto che i tuoi genitori sono in casa, anche se ha mantenuto la privacy», ammetto, ripensando alle parole di Estrella.
«È tanto malato. Mio padre è allettato ormai... con la badante che si prende cura di lui. Estrella non ci passa molto tempo. Anche loro hanno dei trascorsi, però fa quel che può.»
Accorata, provo a comprendere i drammi della famiglia Herman.
«Mi dispiace... non deve essere facile per niente.»
Raziel scuote la testa, poi rivela: «Mio padre ha una polmonite acuta. Non gli resta molto tempo.»
Porto le mani davanti la bocca per lo sconforto.
«Oddio. Non pensavo che stesse per...»
Raziel sembra indifferente, sicuramente sta cercando di contenersi, di non mostrarsi debole ai miei occhi.
«Va tutto bene, Ania. Ti prego, non soffrire anche tu.»
Mi sto commuovendo e deglutisco il groppo in gola. Come fa a essere

così forte?

Al posto suo sarei crollata.

Se i miei genitori fossero malati non riuscirei ad andare avanti.

Mi ammalerei con loro, lui invece è forte, lotta...

«Ti starò vicino, non me ne andrò. Starò qui con te, solo... non nasconderti più, d'accordo? Non scappare. Non allontanarmi.»

Proferisco quelle parole con una sincerità così unica che sono stupita persino io.

Raziel mi accarezza la guancia e questa volta il suo tocco riscalda il mio cuore.

«Non scappo più. Grazie per essere tornata, grazie per darmi un'altra possibilità...»

In quel minuto di silenzio i nostri ricordi fanno da leva principale e il mio cuore ribatte un'altra volta, emozionato più che mai.

So che dovrei essere triste per ciò che sta passando Raziel, però quando i suoi occhi entrano in collisione con i miei non riesco a capire più nulla.

D'altro canto, non smette di fissarmi neanche per un istante e questo suo sguardo intenso amplifica i miei sentimenti.

Fisso la sua mano e decido di afferrargliela.

Mi guarda con una certa malizia: «Ti sono mancato?»

«Mi sei mancato», dichiaro, mostrandogli apertamente quello che provo.

«E ti è mancato anche qualcos'altro?» Proferisce con la sua voce seducente.

Il mio stomaco si contorce tutto, per non parlare del mio cuore che fa continue capriole e non si ferma.

«Potrebbe essermi mancato anche qualcos'altro...» rivelo, cercando di non dargliela vinta.

Raziel inarca un sopracciglio e sogghigna. «Potrebbe?»

«Potrebbe...» ricalco, ma lui mi afferra per la vita e mi sussurra qualcosa di provocante.

«Sai, Ania... mi è mancato entrare dentro di te...» continua e il calore della sua pelle mi fa sentire al sicuro.

Raziel si avvicina alle mie labbra e non posso fare altro che spostare i miei occhi su quelle preziose perle che mi stanno implorando di baciarlo.

Appena il suo sguardo viene nascosto dalle lunghe ciglia, senza perdere altro tempo, mi alzo in punta di piedi ed eccitata più che mai raggiungo le sue labbra in modo famelico.

Subito dopo averle lambite, ogni pensiero irruento svanisce e tutto sembra intensificarsi.

Le mani di Raziel mi cercano, mi avvicinano al suo petto e, anche se

mi stringono, a me sta bene così.
Non voglio che mi lascino andare.
Non desidero nient'altro che stare con lui in questo modo.
Il bacio che ci scambiamo è potente ed è stato richiesto dai nostri cuori attraverso un sussurro d'amore e una dichiarazione provocante.
Non siamo riusciti a sottrarci a questa disperata pretesa, è stato più forte di noi e abbiamo messo da parte ogni altra emozione negativa per sentirci vivi in questo modo.
Le sue mani continuano a salire sui miei fianchi, ad accarezzarli, a farmi rabbrividire ed io non riesco a scostarmi da lui.
Non voglio allontanarmi e non lo farò.
Abbiamo già fatto l'amore e adesso non mi vergogno più di niente, anzi sono impaziente, e vorrei che le sue mani mi strappassero da dosso tutti gli inutili indumenti che ricoprono il mio corpo.
Anche se forse è sbagliato, anche se forse non dovremmo continuare a cercarci così disperatamente, voglio farlo.
Perché sbagliare può condurti su una strada diversa.
Non tutto magari sarà sempre perfetto, ma tra le sue braccia mi sento al sicuro.
Cosa ci potrà mai essere di ingiusto, in tutto questo?
Mi abbandono al tocco di Raziel e mi lascio stringere la schiena ancora più forte.
Nello stesso momento gli strattono i capelli e ci adagiamo sul divano che prima non avevo minimamente notato.
«Sei scomoda?» Sussurra ansiosamente al mio orecchio.
Scuoto la testa, anche se tremo un po'.
«Vuoi andare in camera mia?»
Annuisco senza farglielo ripetere una seconda volta.
«Forse sarebbe meglio...»
Raziel sogghigna e con la sua possente forza mi prende in braccio e mi porta in camera sua.
Mi accorgo di quanto il suo letto sia grande e comodo.
Le lenzuola sono perfettamente ordinate, anche se adesso verranno disfatte dai nostri corpi intrecciati.
«Adesso va molto meglio, vero?» Sorride mentre mi porge questa domanda.
Annuisco, ma non riesco a guardarlo negli occhi perché con un movimento automatico Raziel mi solleva la maglietta ed io alzo le mani, lasciandolo libero di compiere ciò che vuole.
Appena l'indumento scivola via dal letto, imito lo stesso gesto e gli sbottono la camicia, guardandolo intensamente negli occhi.

Lo sento irrigidirsi e ansimare.

Al mio tocco reclina la testa all'indietro e geme di piacere, nonostante stia accarezzando semplicemente il petto.

Può essere così meraviglioso tutto questo?

La camicia scompare e volutamente incontro il suo addome scolpito. Mi avvicino e gli accarezzo il petto.

Raziel fa un cenno di assenso e la sua mano mi vezzeggia.

Con le mie dita percorro ogni centimetro del suo corpo per conoscerlo meglio.

I miei occhi non smettono di guardare la meraviglia che ho di fronte.

«Voglio continuare a baciarti», pronuncia in maniera dispotica.

Desidero la stessa identica cosa e la vorrei per sempre, per il resto della mia vita.

Le sue labbra cercano le mie disperatamente, come se ogni altra necessità in questo mondo non contasse più.

Come se il suo fabbisogno fossi soltanto io.

Un'onda di piacere invade tutto il mio corpo quando la mano di Raziel mi denuda dalle mie mutandine.

Non copro la parte intima perché mi piace farmi guardare da lui.

Ho aspettato un mese prima di poterlo riavere e non mi nasconderò ai suoi occhi.

Due perle così preziose che avrebbero persino il potere di far tremare tutti i pianeti dell'universo.

Raziel si stacca dalle mie labbra per gustare il sapore della mia pelle.

«Hai una pelle così liscia e sensuale e un odore così buono...» sussurra, facendomi provare mille sfarfallii all'interno del mio cuore.

Ansimo e inarco il bacino.

Proprio in quel momento la sua mano accarezza l'ombelico, mentre le sue labbra mordono un capezzolo.

«Oddio...» reclino la testa all'indietro perché il suo tocco è così potente che riesce a infuocare ogni fibra del mio corpo.

«Ti piace?» Chiede, portando i suoi occhi sui miei.

Ho il groppo in gola e non riesco a rispondere, specialmente quando l'altra sua mano stringe il seno libero per appropriarsene.

Resto immobile, come se tutto fosse pericolosamente magico e da un momento all'altro potesse finire.

Improvvisamente sento la sua erezione contro la mia parte intima e inizio a impazzire.

«*Raz*... ti prego, non ce la faccio più». Piagnucolo esasperata e con la voglia di averlo dentro di me.

«Voglio baciarti ovunque, però prima devi sapere una cosa.» Si ferma un'istante.

«Cosa devo sapere?»

D'un tratto il suo sorriso si allarga e le sue dita scivolano su una ciocca dei miei capelli. Con l'altra mano cerca di sorreggersi. «Devi sapere che per te ho infranto tutte le promesse fatte in passato al mio io egoista quando non volevo amare più. Vorrei poterti promettere che andrà tutto bene, Ania, ma per ora posso solo assecondare la tua richiesta.»

Senza comprendere bene le sue parole, lo bacio perché ho quasi raggiunto l'estasi e non voglio riprecipitare sulla terra senza prima appagarmi.

Raziel si procura un profilattico ed entra dentro di me con delle spinte che mi fanno inarcare più volte il bacino, ma non ho paura.

Non mi fa male, almeno non come la prima volta, ed il piacere interno si intensifica ancora di più.

Mi aggrappo alla sua schiena, lo graffio per fargli sentire che la sua forza mi piace e lui unisce le sue mani alle mie, anche se a volte sfiora il solco dei miei seni per darmi più piacere.

Continuiamo questa danza dell'amore per tutto il tempo che abbiamo a disposizione.

Non ci stanchiamo facilmente e quando mi chiede di cambiare posizione lo assecondo e ricominciamo, come se fossimo su una ruota e stessimo osservando un bellissimo panorama.

Io e Raziel, insieme, siamo qualcosa di inspiegabile.

Ho sbollito la rabbia di prima e adesso mi sento un'altra persona, pronta a viaggiare insieme a lui.

Pronta ad abbandonarmi, a sconfiggere ogni ostacolo che subentrerà tra di noi.

L'amore che proviamo l'uno per l'altro riuscirà a superare ogni segreto che racchiude le nostre vite in incubi pericolosi.

Io e Raziel siamo come due candele: ci accendiamo appena ci tocchiamo, ma non ci spegniamo fin quando non vogliamo.

Siamo opposti, è vero, ma siamo attratti dai nostri corpi, dalla bellezza interiore della nostra anima e non può esserci niente di più bello.

Improvvisamente, presi da un turbine di emozioni, veniamo insieme. Il suo profumo entra nelle mie narici ed imprimo il suo ricordo nella mia mente per non dimenticarlo mai. Nello stesso identico momento, ovvero quando mi stringe a sé, sorrido perché mi rendo conto di star vivendo l'Amore in prima persona.

Quell'amore che profuma di vaniglia o di cioccolato. Quell'amore che ha i colori più belli dell'arcobaleno. Quell'amore a cui ogni principessa crede solo nelle favole e invece non è così. Quell'amore magico, caldo, passionale, unico.

Appena mi scosto da lui, Raziel mi afferra e mi riabbraccia. Stranamente ci appisoliamo per qualche minuto, anche se tra le sue braccia continuo a provare piacere. Ripenso alle sue mani che hanno fatto ammattire la mia sensibilità. Durante il nostro momento di passione, mi è venuto in mente di fare a lui cose che non ho mai fatto finora a nessun ragazzo... cose che però ho voglia di provare. Così, anche se lui sta sonnecchiando, mi avvicino cautamente al suo membro e inizio a stuzzicarlo.

Raziel geme dolcemente, fino a quando non stropiccia gli occhi e mi guarda disorientato.

Sono felice che si sia svegliato, perciò lo guardo maliziosamente e senza doverglielo chiedere, senza averne mai abbastanza, decido di renderlo felice in un altro modo: mi avvicino alla sua erezione.

«Cosa fai... perché?»

«Shhh... non parlare Raziel... fatti consolare come si deve...»

Alla mia esclamazione rimane sbigottito, ma acconsente e mi guarda con quelle iridi mozzafiato che ricordano la primavera e l'autunno insieme. Il desiderio di renderlo felice, di fargli dimenticare tutto tranne me, aumenta sempre di più e così sorrido quando porta la testa sul cuscino e si prepara al piacere intenso.

Prima di abbassarmi e raggiungere il glande, osservo il mio uomo in tutta la sua naturale bellezza.

Ha i capelli scompigliati e intrisi di sudore. È una meraviglia. Non riesco ancora a credere che stiamo provando a lasciare la solitudine lontana dalle nostre vite e a cercare di creare complicità tra di noi.

Raziel si sta lasciando andare. Finalmente mi ha rivelato la verità. Mi ha detto tutto e adesso mi sento libera di poter andare oltre con lui.

Come la prima volta, ma molto di più.

Mentre continuo ad accarezzarglielo, la sua voce rauca riecheggia nell'aria che sa di sesso.

«Non voglio dirti parole dolci, in questo momento Ania.»

«Perché?» Domando, scaltra, colma di lussuria. Un luccichio lampeggia nei suoi occhi ed io comprendo tutto. So a cosa sta alludendo, conosco già la sua risposta, ma voglio sentirglielo dire; anche se in questo contesto risulterebbe volgare non mi importa.

«Perché adesso ho una voglia matta di venirti in bocca.»

A quella rivelazione mi affretto a farlo impazzire di piacere.

Sfioro le labbra del mio innamorato, dopodiché afferro il suo membro e do inizio al gioco.

«Bene, perché io voglio farti ricordare questo momento per sempre. Sarà il primo di tanti altri...»

45
Tutta colpa mia

Raziel

Ania ha preso in mano il mio membro e lo sta accarezzando con tutta la sua delicatezza, nei suoi occhi intravedo brillare la lussuria.

Le piacerà, eccome se le piacerà, anche se ancora non l'ha messo in bocca.

Voglio aspettare che si senta a suo agio, non voglio obbligarla a fare nulla contro la sua volontà, infatti, le prendo l'altra mano e la guardo negli occhi. In quello sguardo in cui mi smarrisco ogni volta. Quello sguardo che mi ha salvato dall'oscurità.

Quello sguardo che ha creduto in me. Lei ha creduto in me con tutta la sua volontà. La sua luce risplende nelle mie tenebre e prova ad allontanarle sempre di più.

E piano, piano, ci sta riuscendo.

Il suo amore per me è più forte di qualsiasi cosa, persino di una rosa avvelenata ed io non riuscirò mai a ringraziarla come si deve...

«Mi piaci così spavalda, Ania.» Alle mie parole non diventa tesa, trattiene un sorrisetto, e quando allunga gli angoli delle sue labbra capisco che è determinata e molto vogliosa.

Non si arrenderà, tra poco mi farà provare un piacere intenso ed io non vedo l'ora di sentire la sua lingua e di provocarla ancora di più. Di farla bagnare e di farla godere più di prima.

Amo sentirla godere.

Amo i gemiti che emette quando sto per farla venire.

La guardo con la bocca dischiusa, volto il viso verso la finestra e per un attimo osservo la mia vita, il mio futuro con Ania.

Io e lei mano nella mano, con un anello al dito... sarebbe davvero un finale perfetto. Succederà mai?

Ania interrompe i miei pensieri perché lo prende in bocca e finalmente inizia a giocare e a farmi provare un piacere immenso.

«Adesso ti farò eccitare...» sussurra queste parole vicino al mio membro, le sue iridi incontrano le mie e si illuminano grazie alla luce dell'amore.

«Va bene, piccola, fai tutto ciò che vuoi. Accomodati!»

Allargo le cosce e risveglia il mio piacere. Sospirando di eccitazione, torno ad appoggiarmi e a lasciarmi vezzeggiare dalle sue mani e dalle sue labbra che cercano di conoscere il mio glande.

Spronata, inizia ad assaggiarlo con la sua deliziosa bocca.

La sua lingua lo sfiora con accuratezza e mi stupisco dalla sua innata bravura.

Non mi guarda più come prima, adesso è totalmente concentrata, ed io penso solo al fatto che non voglio più venirle in bocca, perché la vorrei di nuovo.

Per il momento la lascio divertire.

Sembra una bambina felice con il suo nuovo giocattolino in mano e lo sta esplorando con una curiosità unica, da lasciarmi senza fiato.

Appena alza gli occhi su di me, le sorrido per rassicurarla che è tutto perfetto, che non sta sbagliando niente e che non mi fa male.

«Vado bene così?» Domanda inesperta, staccando la sua bocca dal mio membro e facendomi lamentare.

«Sì, non ti fermare...»

«Sai che non mi fermerò, voglio farti perdere la testa e farti godere», proferisce, accaldata.

La guardo e vorrei anche dirle che così, in questa posizione, è talmente sexy che farebbe perdere la testa a chiunque, ma mi trattengo.

D'altronde deve fare perdere la testa soltanto a me.

Improvvisamente afferro i suoi capelli e glieli tiro, mentre è intenta a succhiarlo come si deve.

«Tu mi fai già perdere la testa», ammetto in uno stato di profondo godimento. Non si acciglia e continua a darmi quel piacere che non ho mai provato in modo così *intenso*.

«Dio, Ania... non voglio esplodere così, anche se già prima sono venuto, voglio di nuovo entrarti dentro. Basta... fermati.»

«Perché? Non volevi venirmi in bocca?»

La sua richiesta allettante mi invita a riflettere per un solo istante.

Continuo a fissarla, poi le lancio un'occhiata maliziosa.

«Vorrei tesoro, ma esplodere dentro di te è molto meglio», riferisco del tutto serio.

Diventa paonazza ed io mi perdo totalmente nelle mie fantasie più perverse, le accarezzo la coscia e la sua reazione istintiva mi coglie impreparato. Sogghigno quando non si ritrae dal mio tocco.

«Voglio riprodurre la scena di prima. Mi piace l'immagine di noi due avvinghiati l'uno all'altra che torturiamo la nostra passione prima di raggiungere il piacere.»

Acconsente con aria innocente, e mi guarda con attenzione.

Io la osservo e mi avvicino con calma, senza fretta.

Per dei secondi che sembrano infiniti, ci guardiamo senza sosta. Le nostre labbra si sfiorano e i nostri occhi anche. Impulsivo, mi avvento su di lei.

La sua bocca è così morbida, così perfetta, che non smetto di baciarla.

Il bacio che ci scambiamo è passionale, irruento, come se fosse una lotta contro il tempo.

Forse abbiamo paura che tutto questo piacere possa terminare da un momento all'altro, ma non lo riveliamo a voce alta perché siamo felici così.

Sono così estasiato nell'averla tra le braccia.

L'ho fatta soffrire e non pensavo che mi perdonasse così facilmente... invece, da persona matura, ha messo da parte la rabbia che provava nei miei confronti e mi ha perdonato. Mi ha ascoltato e mi ha compreso. Ha sempre voluto aiutarmi, ed io il più delle volte l'ho esclusa per non farla soffrire. Adesso siamo di nuovo insieme, la verità, però, è che non sono stato del tutto sincero con lei.

Il motivo per il quale sono tornato è la malattia di mio padre, è vero, ma c'è dell'altro... c'è tanto altro che non posso rivelarle.

Anche se questi pensieri maledetti, infiniti come il tempo, mi tormentano in ogni momento, mi lascio andare e afferro Ania per i fianchi, mettendola a cavalcioni su di me.

Da questa prospettiva è ancora più affascinante.

I capelli drappeggiano sciolti lungo la schiena, e ha dei rivoli di sudore sulla fronte, ma mi eccito ancora di più guardando il suo seno sodo e perfetto.

Le accarezzo entrambi i seni con le mani, poi mi avvicino e afferro un capezzolo con la bocca, tanto per gustarlo a mio piacimento.

Lo mordo e con i denti lo tiro per renderla contenta.

Ha un sapore così buono, la leccherei per tutto il tempo di questo mondo.

Ania si lascia sfuggire dei gemiti di piacere, soprattutto quando strofino le mie dita sul suo pube per farla bagnare.

Ansima senza sosta ed io sono tentato di non farle capire più niente, ma risulterei troppo selvaggio.

Improvvisamente, la sposto dalle mie ginocchia. Prima di andare via dalla sua città sono entrato dentro di lei, nel bagno di casa sua... allora non ho usato il preservativo e lei non è stata contraria. Poco fa però l'ho usato e questa volta, anche se non vorrei interrompere questo momento di passione, glielo richiedo da vero gentleman.

«Vuoi che recupero un altro preservativo per sicurezza o ti fidi di me come l'altra volta?»

Mi guarda titubante ed io non so se questo suo modo di osservarmi sia per la domanda che le ho posto. Si fida di me oppure ormai ho perso la stima?

«Non prenderlo...voglio sentirti libero dentro di me.»

Blocca le mie intenzioni e accarezza la mia mano. Non resisto più, così, accecato di passione, mi avvento su di lei.

La bacio per una quantità infinita di secondi e, quando la riguardo negli occhi, le sorrido.

Poi, senza preavviso le entro dentro con una spinta profonda e lei si aggrappa alla mia schiena, non mi lascia andare...

È così bello riaverla di nuovo.

Pensavo che questo momento non si creasse più tra di noi e invece mi sbagliavo.

Oggi è la seconda volta che entro in lei.

«Più forte...» implora sottovoce come se si vergognasse.

«Oggi acconsentirò ogni tua richiesta perversa, tesoro», le palpo il sedere e le strizzo un seno, malizioso e pronto a continuare, lei geme.

«Sei un...» prova a dire una frase, ma la interrompo perché mi piace vederla in estasi. Quando non capisce niente perché pensa solo a me e al piacere che le faccio provare.

«Un fottuto selvaggio che ti sta scopando per bene?» Ringhio a denti stretti, per farla bagnare ancora di più.

«Sì...» mugola.

Strabuzza gli occhi e nello stesso momento alcune ciocche ricoprono il suo viso. Infastidito dalla loro presenza, gliele scosto, poi quando le do altre spinte, lei continua a dare sfogo alla sua voglia d'amore.

La confidenza intima che abbiamo creato è qualcosa di stupendo.

«Ti piace quando ti scopo così, vero?» Le chiedo, mentre mi godo la sua galoppata su di me.

«Sta' zitto, Raziel. Continua a scoparmi perché mi sei mancato terribilmente.»

Le prendo le mani e le stringo alle mie, soprattutto quando inizia a regalarmi ondate di piacere.

Siamo in perfetta sintonia ed Ania sembra ormai conoscere bene il modo di farmi impazzire.

È più sciolta di prima e questo è un ottimo segnale, perché sta facendo tutto con estrema naturalezza.

Mi piace da morire.

Non voglio che questo momento finisca, vorrei restare dentro di lei per tutta l'eternità.

Ogni singolo istante della nostra vita non è perenne, è effimero... bisogna solo imprimerlo nella mente e ricordarlo fin quando si può.

Io, però, di Ania mi ricorderò per sempre.

Qualsiasi cosa accadrà in futuro, lei sarà speciale per me e non la dimenticherò mai.

Sono consapevole che forse qualcosa non andrà per il verso giusto... potrebbe arrabbiarsi se un domani scoprisse del mio passato.

Smetto di pensarci e cerco di godermi lo spettacolo più entusiasmante della mia vita: lei che mi cavalca come se non avesse mai fatto niente di più bello.

In effetti, sono il primo che le sta facendo provare tutto questo piacere ed è stupendo come solo io possa farla sentire così: accaldata, bagnata, soprattutto felice.

Felice.

Voglio sapere se lo è, così glielo domando.

«Sei felice, Ania?»

La mia domanda la spiazza per un attimo, ma il suo sorriso mi tranquillizza e mi dà più grinta. Continua a muoversi, a lasciarsi andare.

«La felicità non è per tutti, raramente si insinua nelle menti più complicate e le nostre lo sono.»

«Guardami e lasciati andare. Dimentica le tue paure, urla di piacere, solo così scoprirai come la felicità imploderà dentro di te. Adesso, grida il mio nome e vieni per me.»

Ania si perde nelle mie parole e mi guarda di sbieco. Prima che possa aggiungere un'altra frase la bacio e continua a muoversi facendomi godere come non mai.

Tutto comincia a essere più movimentato, persino il mio ansimare.

Il mio membro inizia a impazzire perché non riesce più a contenersi, ma è proprio quando lei appoggia il suo petto contro il mio e quando la sua bocca morde la mia, che non ci vedo più e mi copro gli occhi con le mani.

Sto per venire.

Sto per impazzire insieme a lei, perché sento che è pronta a sfogarsi.

Non parliamo, non diciamo nulla.

Mi limito semplicemente a tirarle i capelli e a farle reclinare la testa all'indietro per baciarle il collo scoperto.

Sto perdendo la ragione.

«Sì, così, così...» sussurro, in procinto di esplodere dentro di lei.

Dopo vari minuti riesco a raggiungere l'apice con un urlo strozzato.

Anche Ania grida di felicità e il mio cuore batte come impazzito.

Si accascia contro il mio petto, sfinita ma entusiasta, ed io accarezzo la sua schiena nuda per farle provare ancora dei piccoli brividi di piacere.

Restiamo in silenzio per un po', ascoltando semplicemente i battiti dei nostri cuori che pulsano all'unisono, come una melodia completa.

Il calore piacevole della sua pelle mi scalda e al tempo stesso scioglie le mie paure, i miei ricordi ed i miei sensi di colpa. Il suo sorriso è meglio di qualsiasi altra forma di felicità. Con lei dimentico le ombre, il passato e gli incubi senza fine. Con lei è tutto diverso e ormai non riesco a lasciarla andare.

Consapevole di starle mentendo, ovvero di non averle rivelato la parte più oscura del mio passato, la stringo in un abbraccio che non ho mai regalato a nessuno.

Il suo pollice mi accarezza il labbro inferiore ed io bacio il polpastrello come se le stessi donando non solo tutto il mio amore ma qualcosa in più.

Qualcosa di più profondo.

«Fare l'amore con te mi dà un senso di sollievo che sembra persino irreale alle volte. Mi estranea dal mondo, dagli incubi, dal passato. Grazie per essere la mia ancora di salvezza.»

La sua mano inizia a tremare di felicità e la stringo di più per farle comprendere il vero valore di queste mie parole.

Una lacrima scende dai suoi bellissimi occhi innamorati ed io l'asciugo, perché lei non deve piangere.

«Ah... c'è un'altra cosa che devo dirti», continuo, sorprendendola.

Mi osserva con attenzione, e anche se mi distrae le rivelo a bassa voce le parole che voglio dirle da quando l'ho rincontrata qui.

«Sono matto d'amore, Ania», sibilo, con voce velata.

Le sorrido, poi le mie palpebre si accostano e sprofondo in un sonno dove l'unica protagonista è proprio la ragazza che sto abbracciando nella realtà.

***

Non dormo per tanto tempo, perché la voglia di cingere Ania e di tenerla stretta tra le mie braccia è davvero forte, da non riuscire a rilassarmi. Apro gli occhi con estrema lentezza e sposto la mano sul cuscino alla ricerca della ragazza più bella, ma scopro che l'altra metà del mio letto è vuota.

Strabuzzo gli occhi e sollevo la schiena per accertarmi che Ania sia in camera mia, tuttavia non c'è nessuna traccia di lei.

Scombussolato dalla sua sparizione, riappoggio la testa sul cuscino e

mi passo la mano tra i capelli con il fiato corto.
Se n'è andata?
No, non può essere, ma per sfogo tiro un pugno sul cuscino e mi incupisco.
Appena osservo il sole ormai tramontato, deduco che è quasi ora di cena e la mia supposizione viene confermata quando occhieggio verso il cellulare.
Trovo vari messaggi da parte di Jov e Yago. Entrambi reclamano la mia presenza e mi invitano di raggiungerli al pub, ma non rispondo.
Non ho proprio tempo da perdere con loro, non ora che con Ania sembra tutto risolto.
Prima che possa infilarmi i boxer ed alzarmi dal letto, guardo con un sorriso tirato a un altro messaggio, questa volta da parte di Cecilia.

> **Cecilia:** Non ci raggiungi?

Sul serio?
Lancio il telefono sul letto e, infastidito più che mai, raccolgo i boxer vicino la sedia di pelle e li infilo.
Provo a non pensare negativamente e che non mi abbia abbandonato, perché non ne vedo il motivo. Sarà sicuramente andata a casa sua e tornerà, perciò, decido di non pensare al peggio.
Afferro poi i pantaloni che qualche ora prima Ania ha sbottonato…
I miei ricordi ripercorrono con naturalezza e senza fottuta delicatezza il momento di passione che ho condiviso con lei.
Rivedo il preciso istante in cui le ho sfilato via la maglietta, in cui le ho palpato le natiche con tutta la mia forza e in cui le ho preso i seni in bocca.
Come le ho riferito prima di addormentarmi, sto diventando matto d'amore e non mi dispiace per niente.
Un sorriso sardonico compare sul mio volto e compiaciuto mi fiondo in bagno per rendermi presentabile.
Mi lavo i denti e sistemo i capelli del tutto scompigliati dalle sue mani…
Il ricordo del suo profumo mi distrugge ancora una volta… c'è il suo odore in tutto il mio corpo e non vedo l'ora di rivederla.
Ma dov'è?
Con fretta termino di farmi bello per lei, infilo le scarpe e mi dirigo in cucina.
All'improvviso sento un tonfo e indietreggio di alcuni passi per raggiungere la stanza dalla quale proviene quel suono.

Con lentezza giungo sulla soglia di una camera in cui lei non dovrebbe entrare. Sperando di aver sentito male, apro la porta, ma appena la vedo inginocchiata per terra, mi allarmo.

«Ania? Cosa... cosa ci fai qui? Pensavo fossi andata via...»

Delle sensazioni spiacevoli si propagano dentro di me.

Vorrei tanto avvicinarmi, cercare di capire se sta bene, ma i miei piedi non procedono verso di lei e rimangono immobili, perché ho paura di vedere la realtà con i miei stessi occhi.

Intravedo il vecchio baule e comprendo lo stato d'animo di Ania e il perché della sua rigidità, specialmente quando abbassa il capo, come se fosse di nuovo delusa da me. Ho un groppo in gola: mi avvicino e le poggio una mano sulla spalla, che scosta veementemente senza attendere altri secondi.

«Ania, ti prego non fare così...»

Quando si alza e indugia prima di dirmi qualcosa, indietreggio e rimango ad aspettare una sua risposta. Ha lo sguardo incattivito, disgustato. Non è più l'Ania di prima, di quando abbiamo fatto l'amore. È diversa. È arrabbiata. Con me. Solo con me perché la colpa è mia, ma questa volta non me ne vado anche se tra poco litigheremo.

In realtà, avrei dovuto trovare un altro nascondiglio per quell'oggetto pericoloso.

In realtà non avrei dovuto nascondere lì quella collana. La collana che ha rovinato il nostro rapporto. La collana che mi ha cambiato all'improvviso.

La collana che le ho sottratto alla serata di Halloween.

Quella collana maledetta...

Perché lei l'ha appena trovata.

«Ania, ti prego, di' qualcosa... dobbiamo parlare», proferisco, a bassa voce per non spaventarla.

A malincuore, so che la collana è il problema meno rilevante, perché all'interno del baule ho conservato un altro ricordo... e spero solo di essere arrivato in tempo, altrimenti dovrei davvero raccontarle tutto. Tutto quello che fino ad ora sono riuscito a tacere e a celare nella mia solitudine.

D'un tratto mette un braccio intorno alla vita e si gira verso di me.

Ha il viso irrorato di lacrime e mi si sta spezzando il cuore vederla ridotta in quello stato.

È tutta colpa mia. È sempre colpa mia. Faccio del male anche a chi non lo merita. Uccido a parole i cuori più deboli. Li scalfisco fino a spezzarli e a farmi odiare. E adesso, Ania mi odierà...

«Ania, ascoltami, questa volta devi ascoltarmi sul serio... questa *collana*... non è come sembra.»

La mia risposta non serve a farla ragionare, non serve a farmi guardare come prima. Ormai non mi crederà più. Le ho mentito troppe volte...

«Perché Raziel... perché?» Con il pianto in gola supplica la verità.

«Sto per spiegarti tutto, ma...»

Prima che possa continuare, smette di fissarmi e mi mostra altro, ciò che temevo: un foglio di carta sgualcito; nell'altra mano tiene la collana come se volesse riappropriarsene.

Appena sposto gli occhi sugli oggetti, il passato ritorna a farsi spazio nella mia danneggiata mente, fino a quando la sua voce rauca e piena di dolore parla con me.

«Che valore ha questa collana per te e perché conservi *questa* lettera, Raziel? Tu... tu lo *sapevi*?» Il suo tono straziato riecheggia nell'aria tesa intorno a noi.

Sembra bruciare di dolore e di disperazione.

Non abbassa lo sguardo sulla lettera stropicciata, ma ha le iridi lucide puntate su di me, infastidite da quel segreto che mi logora da anni. Seguo il suo sguardo e mi perdo nel presente. L'ho delusa di nuovo.

Rimango a guardarla con la paura immensa di poterla perdere per sempre; e quest'ultima domanda mi coglie impreparato.

Cosa dovrei sapere?

Cosa sa Ania di questa lettera?

Perché sembra tenere di più alla lettera che alla collana?

Cosa sta succedendo davvero?

Riusciremo a capire ogni cosa e lasciarci tutto il dolore alle spalle?

«In che senso perché conservo questa lettera?»

46
Il baule dei ricordi

Ania

Le mie parole riecheggiano nella stanza dove ci troviamo io e Raziel. La sua possente figura è immobile di fronte a me, stordita. Non si avvicina, non avanza per aiutarmi, per sorreggermi, per abbracciarmi, ma senza volerlo i miei occhi catturano i suoi e una fitta al cuore mi ricorda i momenti in cui con lui ho assaporato la felicità.

Sprofondo in quei ricordi e la nostalgia prende il sopravvento, però non riesco a non pensare alla lettera.

Raziel sembra non comprendere la mia frustrazione, ma io non gli credo. Lui sa qualcosa, l'ha sempre saputo e mi ha mentito.

Mi ha ingannata su tutto.

Non riesco a crederci... mi viene da piangere, mi sento male, non riesco a guardarlo a lungo in quegli occhi che mi hanno sempre fatto battere il cuore.

Non riesco a ragionare come si deve. È come se stessi perdendo il senno di ogni cosa. Non riesco a capire quello che sta succedendo davvero, non dopo tutto quello che abbiamo passato nelle ultime ore.

Questa situazione mi sta sfuggendo di mano, ma devo conoscere totalmente la verità, altrimenti potrei impazzire sul serio.

Continuo a guardare il corpo di Raziel, e dei flashback della nostra passione mi tornano in mente come se volessero distrarmi, ma non gli permetterò di farmi ancora più male. Scaccio quei pensieri una volta per tutte.

«Ti credevo dalla mia parte...» proferisco con voce chiara, tanto da fargli inarcare un sopracciglio all'insù.

«Perché hai frugato nel mio baule dei ricordi?» Domanda all'improvviso; ciò che più mi stordisce è il modo pacato con il quale ha esposto la domanda.

«Il baule dei ricordi?» Chiedo, acidamente.

Lancio un'occhiata al bauletto di legno di mango, inciso quasi sicuramente a mano, situato proprio dietro le mie spalle.

La cerchiatura che ho aperto è in metallo, e l'effetto che crea è di ruggine scura.

In effetti non dovevo aprirlo, ma ha attirato la mia attenzione e non ho potuto farne a meno perché, anche se Raziel mi ha raccontato di suo padre, qualcosa non mi quadrava.

Con testardaggine ho voluto indagare un po'...

«Mi ha incuriosito e l'ho aperto. Non pensavo tenessi dei *segreti*, lì dentro...» ammetto, senza fare la vittima.

«Avrebbe potuto esserci di tutto. Non avresti dovuto aprirlo», afferma con voce piatta.

Il suo sguardo è infastidito e ombroso, ma stavolta quella arrabbiata sono io.

«Invece sì e guarda cos'ho trovato... *la* lettera e la collana che qualcuno mi ha regalato per il mio compleanno», inizio ad alterare il tono di voce e lo guardo truce, ferita nell'animo più profondo.

Raziel non risponde e allunga il suo braccio per riavere la lettera indietro. Con mio stupore non punta gli occhi sulla collana. Si sofferma solo sulla lettera.

Indietreggio di un passo.

Quel suo gesto mi ricorda quando ad Halloween mi ha sfilato la collana di diamante dal collo, riprendendosela con forza.

Impulsivamente sta ripetendo lo stesso movimento.

«Non è tua questa lettera! Non è tua e non te la restituirò» ammetto, sconvolta il doppio di prima.

«Perché ti importa di questa lettera? Che ne sai che non è mia?» Inizia ad avvicinarsi e non riesco a scappare perché vado a sbattere contro il muro e le sue mani mi imprigionano.

«Lo so e basta...»

«Ania... dammela», sussurra lentamente, con un pizzico di minaccia.

«Non era per te!» Ammetto, con voce ovattata.

«Se lo permetti, questo fallo decidere a me», mormora.

Scuoto la testa, non riesco a crederci che stia succedendo davvero.

«Raziel... perché conservi questa lettera?»

Improvvisamente delle nuove lacrime mi ingannano e invadono i miei occhi, rendendoli più lucidi del solito.

Raziel si accorge della mia debolezza e scaccia le lacrime con entrambi i pollici.

«Perché stai piangendo? Mi spieghi cosa ti importa di questa lettera, senza litigare?»

Mi guardo attorno e scuoto la testa.

Non posso evitare un litigio con lui, mi ha mentito un sacco di volte e questa ne è davvero la prova.

È la fine.

Si dice che l'amore possa essere un sentimento colmo di cicatrici rimarginate, ma se le menzogne non finiscono non si può amare davvero.

Le ferite si cicatrizzano con il tempo solo se i segreti si fanno da parte.

Io e Raziel non possiamo permetterci di stare male più di quanto abbiamo già sofferto, anche se vogliamo stare insieme.

Ci dovrebbe essere fiducia in una coppia, ma io non riesco a credere in lui e, al tempo stesso, nel nostro amore.

Spalanco gli occhi e lo guardo.

Voglio parlare perché se non mi dirà nulla, allora lo farò io. Non posso più tacere.

«Perché mi hai mentito ancora una volta, Raziel!» Sbotto, decisa.

I suoi occhi si schiudono, in cerca della verità straziante che sto per rivelare.

Per me è l'ultima che gli ho nascosto... per lui non so... penso abbia ancora tanto altro mistero irrisolto che si porta dietro.

«Che stai dicendo? Su cos'altro ti avrei mentito?»

Questa volta indietreggia e mi lascia respirare.

Riafferro la lettera che ho piegato in quattro e nascosto dentro la tasca della felpa per non fargliela afferrare e la apro.

Osserva con attenzione ogni mio movimento e deglutisce.

«L'hai letta?» Domanda, con un filo di voce straziante.

Annuisco. Certo che l'ho letta: ho riconosciuto subito la sigla iniziale sulla busta.

«Sì, ma solo perché sapevo già chi l'avesse scritta!»

«Ania non riesco a capire...»

Non è vero.

Lui sa tutto, sta solo recitando.

Sta facendo finta.

Come sempre.

«Raziel, smettila. Questa lettera... questa lettera l'ho scritta io, ma era indirizzata alla famiglia del mio donatore. Non riesco proprio a capire perché ce l'abbia tu! Un membro della tua famiglia è morto per caso? Mi avete donato voi il cuore? Tu mi conoscevi già? Hai fatto delle ricerche e sei venuto a casa mia solo per conoscermi? E mio padre lo sapeva? Vi siete messi d'accordo?» Ansimo quelle domande tutte in una volta e lui sgrana gli occhi, inebetito.

«Ania che cazzo stai dicendo!» Urla ed io sobbalzo, senza indietreggiare.

«Sto dicendo che ho scritto questa lettera anonima per ringraziare la famiglia del mio donatore. Non conosci chi ti dona gli organi, ma sentivo il bisogno di scrivere dei ringraziamenti e il centro donazioni l'ha spedita. Ma poi a distanza di poco tempo sei arrivato tu e... oddio è tutto collegato. Avrai fatto qualche ricerca o qualcuno non ha rispettato la privacy professionale e ti ha detto il mio nome. Oppure mio papà ti aveva confessato il mio problema già prima che te ne parlassi e così hai ricollegato tutto... oddio, mi sto sentendo male. Mi sta mancando il respiro.»

La testa inizia a martellarmi insistentemente e il fiato diventa più affannoso, tanto da farmi quasi soffocare.

Ho bisogno di aria.

Devo andarmene da qui.

Non voglio più vedere Raziel.

Non voglio più avere nulla a che fare con lui.

Mi ha sempre mentito.

«Ania, Ania, calmati! Ti prego!»

Raziel cerca di rabbonirmi, di sostenermi, ma ho bisogno di andarmene.

«Allontanati da me... mi hai ingannata. Mi hai usata solo per conoscere chi possedeva il cuore di colui o colei che hai perso... tu non mi vuoi. Non mi hai mai voluta. Oddio... non riesco a crederci.»

«Ania che cazzo stai dicendo? Stai proferendo delle assurdità...» dichiara, cercando di non mostrarmi la sua ira. Prova a restare calmo, forse per compensare la mia agitazione, però è tutto inutile.

Non gli permetto di finire la frase perché raccolgo la mia borsa e incedo spedita verso la porta. Non mi volto indietro. Non ne ho il coraggio. Ho bisogno di stare da sola, questa volta con la mia solitudine potrò confidarmi e urlare tutto il dolore che provo.

«Ania! Ania!» Strilla il mio nome esasperato e mi rincorre.

«Ania, maledizione, fermati!» La sua voce continua a cercarmi disperatamente, come un richiamo senza fine, come una supplica.

Appena mi afferra il polso, scatto.

«NO!» Mi volto verso di lui e delle parole crude e amare fuoriescono dalle mie labbra.

«Mi fai schifo, Raziel! Mi hai delusa profondamente! Chissà quante cose mi nascondi ancora... non posso più soffrire per te. Mi hai nascosto la verità più profonda, una verità che non ti perdonerò mai. Come hai potuto? Mi hai persino... mi hai accarezzato la cicatrice, mi hai consolata pur sapendo tutto. Non riesco a crederci. Non voglio amare un bugiardo come te.» Graffio l'ultima parola e lacrime di dolore e di dispiacere invadono il mio viso, ma questa volta lui non potrà più scacciarle via.

Non si avvicinerà più a me. È finita.

Ormai è veramente finita.

Tra noi due non ci sarà più niente.

«Ania... *cosa*... non mi stai permettendo di spiegare, di dire niente...»
«Non dovrai più spiegarmi niente, Raziel. Tra di noi è finita. Ti cancellerò per sempre dai miei ricordi, tieniti stretto quel tuo baule... non ti rimarrà più niente di me.»
Con quelle parole mi affretto ad allontanarmi dalla dependance e fuggo via, senza girarmi, senza tornare indietro, senza perdonarlo.
Questa volta, il mio cuore è veramente distrutto in mille pezzi.

***

Digito con il respiro affannato il numero del mio amico, mentre percorro la via alberata e stretta dove si trovano le villette limitrofe.
Riesco a raggiungere la piazza del centro e percorro a grandi falcate il marciapiede sperando di non perdere l'autobus.
Nel frattempo, la voce di Carlos mi raggiunge.
«Pronto, flor? Come stai?»
L'orologio del campanile suona alle mie spalle e batte le venti. Ho perso troppo tempo a casa di Raziel.
Rispondo al mio amico: «Oddio, Carlos! Non sai cos'è successo...»
«Flor? Sento il tuo respiro affannoso... non è una bella cosa. Che succede?»
Cerco di farmi forza e provo a non agitarmi più del dovuto.
Contemplo per un istante le bellezze della cittadina: se mi fossi trovata in una situazione diversa, forse avrei potuto girare per la città e divertirmi, ma Raziel mi ha spezzato il cuore e non ho proprio voglia di sorridere.
Non in questo momento.
Con evidente sforzo rispondo al mio amico, allo stesso tempo faccio una smorfia di disgusto.
«Ho scoperto una cosa terribile», annaspo in cerca di conforto anche se nessuno può aiutarmi.
Carlos sospira. «Oddio! Devo preoccuparmi, vero?»
Un attimo di silenzio mi impedisce di parlare fino a quando rivelo tutto quello che ho scoperto al mio migliore amico.
Quanto lo vorrei qui vicino a me!
«Carlos... Raziel... ha... ha la mia lettera!»
Sospiro malinconicamente, però appena il mio amico risponde, gli presto attenzione.
«*Quella* lettera?»
I miei occhi continuano a scrutare, con aria abbattuta, il paesaggio di fronte.

«Sì, Carlos. Quella lettera!»

«Com'è possibile? Sei collegata a lui in qualche modo?»

«Penso abbia perso un parente... un fratello, una sorella, e mi ha nascosto la verità, Carlos. Sarà venuto a stare da me per conoscermi. Mi ha preso in giro!»

Noto alcuni passanti girare per la città: nessuno fortunatamente si siede accanto a me ad aspettare l'autobus che mi condurrà dai miei parenti.

È da qualche minuto che aspetto, ma va bene così.

Ho bisogno di recuperare un po' di forza prima di affrontare mio papà, perché sono sicura che lui sa qualcosa.

«Sei proprio sicura di quello che pensi? Magari non è andata proprio così...» pronuncia Carlos in modo riflessivo.

Questa volta mi limito a guardare le strisce gialle sull'asfalto e sospiro.

Non può essere diversamente. Tutto combacia alla perfezione.

«Certo, Carlos. Ne sono sicura e sono ancora più convinta che mio padre sappia qualcosa», sbotto, determinata dalla mia supposizione.

«Cosa ti ha detto Raziel? Cosa si è inventato per farti ricadere nelle sue grinfie?»

Esordisco la risposta senza pensarci troppo a lungo: «Non gli ho dato il tempo di spiegare, veramente. Non ho voluto ascoltarlo e sono scappata via dopo avergli detto che tra di noi è finita», fingo di concentrarmi sulle macchine che sfrecciano sulla strada secondaria, ma i miei pensieri sono dirottati su Raziel.

«Cos'hai intenzione di fare, adesso?»

A un certo punto, l'autobus si ferma proprio di fronte a me e quando alzo lo sguardo deduco che sia quello che mi porterà a casa.

Stringo la borsa al petto e salgo prima che l'autista riparta.

Velocemente mi accomodo su uno dei sedili.

Continuo a parlare al mio migliore amico, ma con una voce più bassa del solito.

«Intanto sto tornando a casa e affronterò papà. Per il resto non lo so, ma non ho più intenzione di vedere Raziel.»

Mi interrompo un secondo, respiro di nuovo e continuo: «Mi ha fatto troppo male, Carlos. Mi ha spezzato il cuore. Questa volta davvero!»

«Tesoro...» sussurra Carlos dall'altro lato della cornetta, «tu sei follemente innamorata di lui, magari dovresti ascoltare la sua storia...»

Scuoto il capo parecchie volte: «No. Ha avuto tantissime occasioni per raccontarmi la sua storia e si è sempre rintanato nella solitudine. Adesso sono stanca. Ho già preso la mia decisione.»

«Ma avrà una spiegazione valida per tutto questo impiccio...» insiste e per un momento penso che abbia ragione, ma è il mio cuore a non voler più avere niente a che fare con Raziel.

«Sono categorica, Carlos. Non cambierò idea. Lui sta soffrendo, è vero... suo padre è malato, però non può continuare a prendersi gioco di me», tuono gelida.

«Okay... la decisione è tua, *flor*», risponde, non trovando nient'altro da aggiungere.

Lo ringrazio e lo saluto.

Carlos riaggancia ed io mi accorgo di essere già arrivata a casa.

Infuriata mi reco ad affrontare papà.

***

Gli zii, la nonna, Diana e Guadalupe, mamma e papà, stanno conversando allegramente intorno al tavolo della cucina.

Sembrano davvero una famiglia riunita, peccato che appena mi sfogherò contro papà tutta questa calma verrà spazzata via.

La nonna si accorge del mio ritorno e mi lancia un'occhiata come a dirmi: "va tutto bene, tesoro?"

Vorrei risponderle a tono con la verità, ma non è lei la colpevole di tutto.

«Tesoro, sei tornata», la mamma si volta verso di me e mi raggiunge.

«Allora... com'è andata? Hai trovato Raziel? Avete chiarito?»

La guardo e mille dubbi affollano la mia mente: e se anche lei sapesse? E se mi avessero mentito entrambi?

Questi pensieri non mi consolano affatto, devo cercare di non impazzire prima del previsto, ma quando papà si alza per venirmi incontro, con gesto rapido indietreggio.

Entrambi si accorgono che qualcosa non va e inarcano un sopracciglio.

Perspicaci!

«Va tutto bene, Ania?» Sibila papà.

Non riesco a crederci.

Ho gli occhi che mi bruciano, non voglio pensare che mio padre mi abbia ingannato davvero.

Non potrei reggerlo.

«In realtà no...» rispondo prontamente e con tono amaro.

«Che succede, tesoro?» La mamma è preoccupata. Mi porge il suo supporto, sperando di saperne di più. Mi guarda afflitta.

«Forse papà potrebbe illuminarmi», mi affretto ad aggiungere, indicando l'uomo che mi ha cresciuta amorevolmente e che mi ha protetto in tutti questi anni.

«Papà?» La mamma volta lo sguardo verso il marito.

«Cosa significa questa sceneggiata, Ania?» Papà si altera e avanza di qualche passo per raggiungermi e guardarmi negli occhi.

Sembra confuso e deluso, però fino a quando non saprò la verità non mi farò impietosire.

«Come mai hai ospitato Raziel in casa nostra?» Getto lì questa domanda con tono aspro.

Assume un'espressione coinvolta e tace per qualche secondo.

«Te l'ho detto. Raziel ha avuto bisogno di un appoggio e l'ho accolto in casa. Qual è il problema? Vuoi farmene una colpa?»

Questa volta gonfia il tono di voce, ma non mi spaventa.

«Sì, perché stai mentendo! Hai fatto di tutto per farmi credere che lui nascondeva qualcosa e invece lo facevi anche tu», ammetto in maniera scomposta.

Non mi sono mai rivolta a papà in questo modo, ma devo sapere la verità.

A costo di dover chiudere anche con lui.

«Ania... non giungere a conclusioni affrettate. Non ti riconosco, cosa ti prende?» Mamma sembra non capirmi, mentre papà mi osserva con uno sguardo obliquo.

«Ho trovato una lettera a casa di Raziel, papà!» Gli sbatto in faccia la verità, anche se lui continua a non collegare i fatti; la mamma sgrana gli occhi.

«Quella lettera?» Chiede sconvolta. Le rivolgo un'occhiata torva e annuisco.

«Sì. Quella lettera... la lettera che ho scritto in anonimato alla famiglia dei miei donatori.»

Papà sbianca, come se si stesse sentendo male.

«Come mai ce l'aveva Raziel?» Domanda, cercando di far chiarezza sulla situazione.

Giro la testa di lato e il mio sguardo ricade sulla nonna.

Ha gli occhi tristi, sembra che non abbia proprio voglia di ascoltare la nostra discussione.

«Andiamo nello studio del nonno. Parliamone lì.»

Supero i miei genitori e raggiungo la stanza.

Varco la soglia e un quadro appeso proprio al centro della parete rossastra colpisce la mia attenzione.

È un ritratto in cui i protagonisti sono la nonna e il nonno, intimi in un abbraccio coinvolgente.

Trattengo le lacrime, sposto lo sguardo e mi volto verso i miei genitori, che mi hanno raggiunto.

«Credo che un parente stretto di Raziel sia deceduto e che gli Herman ne abbiano donato il cuore... casualmente è capitato a me. Raziel avrà ricevuto la lettera e avrà fatto delle ricerche. È risalito a me, poi ti ha conosciuto, magari ti avrà detto tutto e tu l'hai ospitato in casa nostra per farci conoscere. È così, vero, papà?» Cerco di non esplodere del tutto.

Papà mi guarda con gli occhi sbarrati e con un'espressione incredula, poi avanza verso di me con una certa cautela.

«Mi reputi una persona capace di fare una cosa del genere, soprattutto a mia figlia?»

La mamma socchiude la porta dello studio, decidendo di rimanere in disparte e di non intralciare la nostra conversazione.

«Non so più cosa pensare, papà. Raziel mi ha mentito su tante cose e questa è l'unica versione che combacia.»

Sono convinta delle mie parole e le rivelo sempre più pessimista.

Mio papà mi guarda amareggiato, ed espira tutta l'aria che aveva trattenuto prima.

«L'unica cosa che posso dirti, figlia mia, è che mi dispiace che Raziel si sia comportato male nei tuoi confronti, ma io non sapevo assolutamente nulla della lettera. Né la mamma mi ha mai rivelato che tu l'avessi spedita...»

Questa volta mamma avanza di un passo.

«È vero, Ania. Papà non sapeva nulla della lettera che hai scritto...»

«Ma magari Raziel te ne ha parlato in passato e hai accettato il fatto che volesse conoscermi!»

Angosciato, papà mi fissa e inizia a riflettere...

Conosco quello sguardo, perciò, resto in attesa.

«Non darmi la colpa senza avere delle prove ben precise, Ania. Sono tuo padre, non un ragazzo qualunque a cui addossare tutto!» Ruggisce.

Questa volta non si trattiene.

Speravo che parlasse con ponderazione, invece è sbottato anche lui e questo suo modo di intervenire sta facendo sorgere dei dubbi sulla mia ipotesi.

Mi faccio avanti e rispondo a mio padre, senza mettere il broncio.

«Non ho nessuna prova, hai ragione. Ma non può esserci altra soluzione!» Sbotto.

«Raziel cosa ti ha detto?» Mi fissa con uno sguardo colmo di rabbia.

«Non mi ha detto nulla... non gli ho lasciato il tempo di spiegare», ammetto, del tutto disorientata.

«Quindi hai solo provato a indovinare, non è così?»

Mamma incrocia le braccia al petto e scuote la testa.

Sicuramente non riesce a credere a quello che sta succedendo...

«Proprio così», rispondo acidamente senza rimpianti.

In mezzo a noi il silenzio trionfa per qualche istante, poi la questione ricomincia.

«Io non avrei reagito in questo modo. Avrei ascoltato Raziel e solo con qualche prova avrei accusato i miei genitori. In questo modo hai peggiorato la situazione. Io non c'entro nulla con questa storia, ho conosciuto Raziel al convegno e l'ho ospitato in casa mia per fare una buona azione. Successivamente me ne sono pentito perché mi è sembrato misterioso, come se nascondesse dei segreti. E lo sai anche tu, visto che ne abbiamo parlato. Adesso... non perderò un altro minuto del mio tempo qui dentro facendomi accusare da mia figlia ingiustamente. Perciò... pensa quello che vuoi! Ti avviso: non venire a piangere sulla mia spalla quando capirai di aver sbagliato.»

Non riesco a credere alle parole crudeli di mio padre, d'altronde l'ho incolpato in modo avventato.

Mi mordo il labbro inferiore, e non lo raggiungo quando decide di lasciare l'ufficio del nonno.

Mamma lo segue a raffica e cerca di farlo calmare.

Li sento discutere e alzo gli occhi al cielo, specialmente quando odo la voce dello zio inserirsi nei loro discorsi.

Papà sembrava deluso dalla mia accusa, ma è l'unica ipotesi fattibile e non ho proprio voglia di ascoltare la versione di Raziel.

Quante altre volte ancora si arrampicherà sugli specchi e nasconderà la verità?

47
Il passato che distrugge i sogni

Raziel

Quattro anni prima

«*Sto uscendo.*» *Comunicai ai miei poco prima di recarmi a scuola. Mamma comparve in tutto il suo splendore e mi sistemò i capelli.*
«*Questo ciuffo ribelle farà impazzire un sacco di ragazze, lo sai?*»
Alzai gli occhi al cielo, sapevo bene dove voleva andare a parare.
Ero un tipo introverso, molto taciturno, e mi confidavo poco con i miei genitori, specialmente sulla mia vita privata.
«*Mamma, smettila...*»
Le porsi un dolce bacio sulla guancia e l'abbracciai.
«*Torno per cena, non aspettatemi per pranzo.*»
Stava per ribattere alla mia decisione, poi però mi lasciò andare senza aggiungere altro.
Salutai papà, che se ne stava seduto sulla sedia a leggere il quotidiano, raccolsi tutto l'occorrente e andai ad aprire la porta.
«*Raz... ehi, aspettami!*» *La voce dolce e soave di mia sorella Estrella mi raggiunse e sorrisi quando la incontrai sulle scale.*
«*Ti serve un passaggio?*» *Le chiesi.*
Sapevo che si recava a scuola con una sua amica, non pensavo che volesse venire con me.
«*Sì... vai prima da Yago e gli altri, vero?*» *S'intromise curiosa.*
«*Esatto.*»
«*Okay. Ci saranno anche Cecilia e Brenda...*» *dichiarò a voce alta, e non riuscii a risultare impassibile a ciò che aveva appena esposto.*
La guardai, poi le consigliai di sbrigarsi e di raggiungermi, perché andavo di fretta.
Mia sorella è più piccola di me di due anni, ma avevo capito perché spesso si univa al mio gruppo.
Le piaceva qualcuno dei miei amici e quasi sicuramente questo qualcuno era Jov.

Uscimmo e ci recammo verso la mia nuova macchina: avevo preso la patente da poco, ma sapevo guidare davvero bene e mia sorella si fidava di me, ma si incupì di punto in bianco.

«Va tutto bene?» Cercai di scoprire il motivo del suo malumore, da fratello maggiore.

Mi puntò contro uno sguardo insicuro, poi annuì senza farmi preoccupare.

Non le chiesi nient'altro e scoccai un'occhiata per vedere se qualcuno dei nostri amici fosse già arrivato.

Il luogo nel quale ci riunivamo spesso non era molto grande, però era abbastanza accogliente.

Quasi ogni mattina, ci ritrovavamo nel giardino della scuola tutti insieme per discutere del più e del meno.

Quel giorno, appena arrivai in compagnia di mia sorella, mi accorsi immediatamente di Cecilia, Brenda e Gema che parlottavano tra di loro.

Cecilia, a quei tempi, portava i capelli lunghi fino alle spalle, scuri e senza frangetta.

Brenda, invece, era stupenda: la ragazza più bella che avessi mai visto.

I lunghi capelli biondi le incorniciavano il viso e dei lineamenti delicati la rendevano un angelo sceso dal cielo.

Gli occhi azzurri erano limpidi e trasparenti: mi piaceva guardarla. Ammirarla.

Estrella andò verso le due amiche e le salutò con simpatia.

Quando si accorsero della mia presenza, Cecilia fu la prima a raggiungermi e a darmi un bacio sulla guancia.

«Buongiorno... come va?» Domandò pimpante.

«Una meraviglia e tu?»

Cecilia stava per rispondere, ma Brenda interruppe la conversazione e si posizionò accanto a me.

«Hai l'interrogazione alla prima ora, Raziele?» Eravamo all'ultimo anno di liceo e quella mattina dovevo essere interrogato. Sarebbe stato l'ultimo giorno di scuola prima delle vacanze natalizie.

Guardai Brenda e annusai distratto il suo buon profumo al cocco.

«Sì», ammisi con risolutezza.

Lo sguardo di Cecilia saettava da me all'amica, ma appena Brenda mi afferrò il polso, lei incurvò gli angoli delle labbra in una smorfia.

«Vieni... ti faccio qualche domanda in privato. Scusaci Cecilia... ci vediamo dopo.»

Brenda sogghignò e mi trascinò via dagli altri con un sorrisino compiaciuto sulle labbra.

***

Non appena ci fummo appartati in un angolino più isolato, Brenda mi sbatté al muro e mi guardò negli occhi.
«Mi sei mancato», ammise, accarezzandomi la guancia.
L'afferrai per i fianchi e la strinsi a me.
Il mio organo genitale si gonfiò e di questo non ne fu colpita, sapeva l'effetto che mi suscitava.
«Lui mi riconosce immediatamente...» *sussurrò quella provocazione volendo da me qualcosa in più.*
Io e Brenda avevamo una relazione e tutti ne erano a conoscenza, ma a noi piaceva giocare così.
Spesso ci nascondevamo dagli sguardi altrui e ci ritagliavamo dei piccoli spazi per passare del tempo insieme.
«Lui è sempre pronto per te...» *iniziai a baciarla senza sosta e sperai che quel momento non finisse mai ma, all'improvviso, si staccò dalle mie labbra e mi baciò il collo.*
«Devo dirti una cosa...» *rivelò con voce ovattata.*
Gemetti ai suoi baci e reclinai la testa all'indietro senza ben comprendere il significato delle sue parole.
«Cosa?» *Mi lasciai andare al suo tocco e per qualche minuto, fino a quando...*
«Lazaro tornerà tra qualche giorno...»
Appena sentii quel nome, la scostai dal mio collo e la guardai torvo.
«Lazaro?» *Proruppi rauco e infastidito.*
Nei suoi occhi lampeggiava ancora lo sguardo di malizia che poco prima mi aveva coinvolto passionalmente, ma adesso non mi importava più.
Non dopo aver sentito quel nome.
«Sì... torna per le vacanze di Natale... sai... studia fuori, ma ha deciso di fare una sorpresa a mamma e a papà...»
Sentivo che un grosso ostacolo si stava intrufolando in mezzo a noi...
«Fino a quando resterà?» *Domandai con una smorfia di disprezzo verso quella persona.*
Brenda indugiò e si accarezzò i capelli prima di darmi la risposta.
«Brenda...» *la spronai e mi guardò di nuovo negli occhi.*
«Parte dopo Capodanno, perciò... non potremmo andare insieme alla festa, perché devo andarci con lui.»
La allontanai dal mio corpo e feci un gesto di stizza.
«Raz... ti prego. Sai com'è mio fratello. È possessivo e si infurierebbe

se mi vedesse con te. Non siete in ottimi rapporti!»

La verità mi fece male al petto e le diedi le spalle proprio perché non riuscivo a parlarle quando pronunciava quel nome...

Ma prima o poi avremmo dovuto affrontare quel discorso, così presi un bel respiro profondo e le dissi tutto quello che pensavo.

«Sarà sempre così, non è vero? Farai tutto quello che vuole lui per non deluderlo, o meglio ancora per non allontanarlo dalla tua vita!» Esclamai, quasi ferito dalla risposta che sapevo sarebbe arrivata.

Brenda si accigliò e mi guardò con un piglio minaccioso.

«Certo. È mio fratello e gli voglio bene. Non voglio avere problemi con lui», ribadì.

«Però puoi allontanare me dalla tua vita, no? Alla fine per te sono semplicemente un burattino.» Sbottai irritato.

«Non ti sto allontanando per sempre, solo per queste due settimane...»

Non riuscivo a crederci.

Ogni volta era sempre la stessa storia.

Quando Lazaro Castan tornava, Brenda mi ignorava.

«Questo perché tieni più a lui che a me!» Ribattei acidamente, non me ne pentii.

«Cosa vuoi insinuare con questa frase, Raziele?»

Mi fissava con le braccia conserte.

Voleva una risposta, e subito.

Ed io la risposta l'avevo da troppo tempo, solo che non avevo mai trovato il coraggio di dirgliela.

«Lo sai... Brenda. Lo sai anche tu!» Alterai il mio tono di voce senza ripensamenti, senza avere paura. Doveva ammetterlo anche lei.

«Cosa?» Si avvicinò spavalda e mi fulminò.

«Lazaro è innamorato di te... e forse anche tu! Cosa mi dici? È così?»

Sgranò gli occhi e schiuse le labbra per potermi urlare contro quello che si teneva dentro da troppo tempo.

«Sei un'idiota. Non capisci che lo faccio per noi, per te. Che cerco di proteggerti da Lazaro? È ossessivo e non voglio metterti in pericolo, ma tu cosa pensi? Che tra me e lui ci sia del sentimento? Sei impazzito, Raziele? Oddio!»

Brenda iniziò a muoversi nervosamente avanti e indietro, ma non riuscivo a calmarla, ad avvicinarmi, perché la gelosia mi stava accecando vivo.

«Io penso quello che penso ed ho ragione. Ci metterei la mano sul fuoco.»

Le mie parole, dirette, la colpirono nel profondo, tanto che si girò verso di me e mi spintonò nuovamente contro il muro.

Mi puntò un dito sul petto e parlò senza pentirsene.
«Vaffanculo Raziele. Vaffanculo!»
Brenda si allontanò e un vuoto invase il mio cuore perché dentro di me sapevo che forse sarebbe stata la fine della nostra relazione.
Ma io l'amavo con tutte le mie forze e non l'avrei lasciata andare.

***

La sera di Capodanno era arrivata ed io avevo deciso di non andare alla festa che aveva organizzato Jov nella sua villa, perché ci sarebbe stato anche Lazaro Castan.
Lazaro ed io non avevamo mai avuto un ottimo rapporto, è vero. Diciamo che non era stata amicizia a prima vista, la nostra.
Per di più, nessuno dei due sentiva il bisogno di essere amico dell'altro.
Ci odiavamo per vari motivi; uno dei tanti riguardava mio padre: era diventato sindaco al posto del signor Castan
Da allora, i Castan si erano sentiti inferiori a noi Herman, anche se non avevamo mai mostrato nessuna minaccia nei loro confronti.
Un altro motivo per il quale tra me e Lazaro non correva buon sangue era Brenda.
Lazaro era molto protettivo nei confronti della sorella e non aveva mai accettato il fatto che fosse ormai grande e indipendente.
Non era a conoscenza del nostro rapporto, nessuno di noi glielo aveva mai detto, ci avrebbe ostacolato.
In passato non avevo mai voluto che Brenda soffrisse, per questo l'avevo sempre assecondata sul silenzio verso Lazaro.
Adesso, però, con il suo ritorno, non potevamo più stare insieme e non mi andava bene.
In fin dei conti eravamo delle persone mature e dovevamo cercare di parlare, invece di odiarci per tutta la vita.
Proprio mentre facevo le mie riflessioni, suonarono al campanello.
In casa non c'era nessuno, e il silenzio riuscì a spezzarsi.
Mamma e papà erano fuori a cena, Estrella era ad una festa con delle amiche di scuola.
Mi alzai controvoglia e mi recai alla porta.
L'aprii senza chiedere chi fosse e quando trovai Brenda davanti ai miei occhi, rimasi incantato.
Quella sera era più bella di un cigno bianco: il vestito con le paillettes argentate la rendeva luminosa come una rarissima stella, e poi, era così

corto che mille pensieri perversi serpeggiarono nella mia mente.
Un turbine di emozioni mi sconvolse il cuore.
Avrei voluto baciarla immediatamente, tanto nessuno ci avrebbe visto e sarebbe stato divertente.
«Cosa vuoi?» La rabbia che ancora provavo per le discussioni che avevamo avuto in quelle lunghe settimane, prese il sopravvento.
«Che bell'accoglienza... se ti disturbo vado via», il suo tono brusco mi fece riscuotere e la guardai negli occhi.
Non volevo che andasse via, ma non desideravo litigare ancora una volta.
Stavo già di merda, un'altra litigata non l'avrei retta.
«No, prego, accomodati», la invitai a varcare la soglia con ironia, e lei mi sorpassò facendo comunque caso al tono con il quale lo dissi.
Era provocatorio, a tratti anche irritante.
Lo avrei detestato anche io.
«Ti stai avvinazzando da solo?» Osservò la bottiglia di vino sul pavimento.
«Veramente ho solo bevuto un bicchiere, però se vuoi usufruire...» indicai la bottiglia e scosse la testa.
«Non voglio bere.»
«E allora perché sei qui? Non dovresti essere alla festa con Lazaro?» Pronunciai quel nome con un tremendo fastidio alla gola e al cuore e roteò gli occhi.
«Sei patetico, Raziele. Te ne rendi conto oppure no?»
Attaccai le labbra aride al bicchiere di vino e sorseggiai ancora fino a quando non terminai tutto il liquido dolciastro.
La fissavo senza dirle nulla; eppure, c'erano mille cose che avrei voluto farle sapere.
Il suo odore al cocco invase le mie narici e rimasi quasi infatuato, perché non pensavo ad altro che a lei sopra di me.
Perché dovevamo litigare sempre?
Perché non potevamo godere e godere tutta la notte?
Perché il nostro amore non poteva essere più potente di qualsiasi altro ostacolo?
Lei non guardava nella mia direzione, era imbarazzata, forse aveva bisogno di un mio tocco per ritrovare la sua sicurezza.
La scrutai prepotentemente perché volevo che mi guardasse e che mi implorasse di spogliarla lì e di fare l'amore.
Al diavolo i nostri problemi, farlo avrebbe distrutto le nostre barriere e bastava mettere da parte lo stupido orgoglio che la bloccava.
«Cosa sei venuta a fare, Brenda?» Chiesi diretto e sfacciato, avan-

zando di qualche passo.

Non indietreggiò, rimase ferma dove si trovava, ma finalmente puntò i suoi occhi nei miei.

«Volevo convincerti a venire alla festa di Jov... siamo tutti lì e...»

«Con Lazaro alle calcagna e facendo finta che non provi niente per me? No, grazie! Non ci tengo», fui sincero e imbronciò le labbra.

«Siete due bambini, ma tu sei peggio di lui», mi puntò un dito contro e riuscì a toccarmi il petto perché mi ero avvicinato moltissimo.

Se mi fossi spostato in avanti, le nostre labbra si sarebbero sfiorate e poi l'avrei afferrata e l'avrei fatta mia.

Depennai quei momenti dalla mia mente perché se avessimo fatto pace si sarebbero avverati tra non molto, ed io non vedevo l'ora.

Da una parte mi piaceva farla arrabbiare, si imbronciava e diventava una bambina capricciosa che voleva avere ragione a tutti i costi.

E quando l'accontentavo non si staccava più.

Avrei voluto sempre che le cose restassero così tra me e Brenda... purtroppo era difficile, e noi litigavamo spesso.

Erano sempre stati litigi banali, tranne quelli di queste ultime settimane.

«Io?» Sbottai in una risata amara e la guardai dritto negli occhi.

«Sì, tu!»

«Sai che non sono io il problema... ma Lazaro.»

Brenda girò la testa verso il divano del salone per evitare di incrociare il mio sguardo.

«Brenda... lo sai... è il tuo fratellastro! È innamorato di te.»

Sembrò innervosirsi ancora di più, forse sapeva che avevo ragione.

Lazaro e lei non erano fratelli di sangue, bensì fratellastri, e anche se avevano vissuto insieme da quando erano stati in culla, questo non cambiava la situazione.

Lui provava qualcosa di forte per lei, lo suggeriva il mio cuore.

«Anche se fosse così, i suoi sentimenti per me non cambierebbero le cose tra noi», dichiarò con voce alterata.

«Ah no? Certo che le cambiano... lui non ti lascerebbe mai in pace!» Esclamai, per nulla titubante delle mie parole.

«Sei fissato con questa storia. Lazaro non è innamorato di me, smettila di focalizzarti su delle cose senza senso», sbottò acidamente.

«E allora perché è geloso di chiunque ti giri intorno? Me lo spieghi?»

Brenda si appoggiò alla porta.

Questa volta aveva perso la calma, si era spazientita, ma non era la sola.

La guardai in cagnesco e feci per continuare, quando improvvisamente

il mio telefono squillò, interrompendo la conversazione.
Risposi cercando di non guardarla.
Era nervosa e stava osservando il camino spento alle mie spalle con le braccia incrociate al petto, al contempo giocherellava con i suoi grossi anelli.
Non aveva pianto, lei non era il tipo da lasciarsi andare, non piangeva quasi mai.
Era forte e cazzuta, amava affrontare le situazioni e non si tirava mai indietro, infatti, era venuta da me per cercare di farmi ragionare...
... Lazaro, invece, mi mandava fuori di testa.
Appena risposi alla chiamata si calmò e ascoltò la conversazione.
«Pronto Niki, dimmi...»
La voce di una amica di mia sorella Estrella riecheggiò dall'altro lato della cornetta.
«Raziele...» era affannata, quasi allarmata.
«Niki... come mai mi stai telefonando?» Chiesi un secondo dopo averla sentita agitata.
«Scusami Raziele, non vorrei disturbarti, ma... ecco...» le sue parole erano esitanti.
«Niki? Va tutto bene?»
Mi preoccupai in attesa di una sua risposta e lanciai un'occhiata a Brenda, che stava cercando di ascoltare la conversazione.
Appena Niki rivelò il motivo della telefonata, la mia espressione mutò e raggelò nel giro di pochi secondi.
Irrigidii la mascella, mentre Brenda piegò la testa di lato.
«Non preoccuparti Niki, arrivo subito... dimmi dove vi trovate!» Strinsi il telefono tra le mani e mi affrettai a fare un segnale a Brenda. Mi capì al volo e scrisse l'indirizzo sul suo telefono.
Riaprii gli occhi, precedentemente chiusi per concentrarmi.
«Raziele... cos'è successo?» La voce di Brenda mi riscosse e ritornai alla realtà.
Le mie dita si allungarono e afferrarono la sua mano.
«Devo andare da mia sorella. È ubriaca e sembra essere totalmente fuori di sé. Vediamoci dopo, d'accordo?»
Nel momento esatto in cui i miei occhi incrociarono quei pozzi infiniti di stelle, fui travolto da emozioni fortissime. Quasi mi mancò il fiato, non volevo lasciarla lì, ma mia sorella aveva bisogno di me.
«Io vengo con te, così magari possiamo continuare a litigare in macchina», Brenda alzò il mento e i miei muscoli, tesi più che mai, si rasserenarono di colpo.
«No. Torna alla festa. Lazaro sarà in pensiero per te...»

Scosse la testa, cocciuta.

«Lazaro sa che non sarei andata alla festa senza di te. Gli ho parlato di noi, Raziele.» Lo disse con sincerità.

Se non fosse stato per la situazione di mia sorella, avrei preso le sue labbra e l'avrei baciata.

Le mie dita fremevano dalla voglia di accarezzarla, ma mi contenni.

Dischiusi le labbra e continuai a guardarla con un'espressione di incredulità.

Mi sembrava così strano che avesse deciso di affrontare Lazaro... perché non mi aveva messo al corrente della scelta che aveva preso?

È vero, avevamo litigato, ma potevo aiutarla.

Potevamo dirglielo insieme.

«Cosa? Gli hai detto di noi?» Sperai di aver sentito bene.

Annuì e rimase in silenzio, ad aspettare una mia qualsiasi mossa, ma non l'assecondai.

«E lui?» Chiesi, dandole le spalle.

Avanzai verso l'attaccapanni e afferrai il giubbotto.

«Lui non è contento, ma se ne farà una ragione...»

Sorrisi, anche se non potevo continuare a stare lì. Dovevo raggiungere mia sorella e una volta recuperate le chiavi della macchina, le feci cenno di raggiungermi.

«Okay... vieni con me, però quando arriveremo in discoteca resterai in macchina. Non voglio metterti nei guai. Intesi?»

Acconsentì e mi raggiunse senza perdere altro tempo.

Fuori non faceva molto freddo e ringraziai il cielo di non aver tracannato tutta quella bottiglia di vino.

A quest'ora non sarei stato in grado di guidare.

Rimasi in silenzio mentre andavo verso la discoteca che si trovava in città.

Dopo qualche istante il mio telefono squillò di nuovo.

Brenda occhieggiò verso il display: era Niki.

«È Niki... cosa faccio?» Stava per rispondere quando anticipai la sua mossa e parlai al posto suo.

Mi guardò torva perché voleva aiutarmi in qualche modo ed io non glielo avevo permesso.

«Niki? Cos'è successo?»

«Raz... ho perso di vista Estrella. Era con quei cinque ragazzi e adesso non so dove sia. Oddio... e se le stessero facendo qualcosa? Lei è totalmente ubriaca. Ti prego, raggiungimi il più velocemente possibile!»

Diedi ascolto alla voce ansimante di Niki e accelerai come non avevo mai fatto.

Appena chiusi la conversazione, Brenda iniziò ad alterare il tono di voce.

«Raziele, calmati! Non correre così, stiamo arrivando!»

Non le diedi ascolto: mancavano solo pochi minuti prima di poter raggiungere mia sorella ed io ero agitato.

L'aria all'interno dell'abitacolo mi stava soffocando, così abbassai il finestrino e cercai di calmarmi, di tranquillizzarmi.

Ma non ci riuscivo.

Avevo bisogno di sentire la voce di Niki un'altra volta.

Volevo capire se avesse trovato Estrella, se stesse bene, perché se quei maledetti l'avessero anche solo sfiorata con un dito, avrei staccato la testa a tutti i quanti.

Nessuno escluso.

Non avrei avuto pietà.

E a mia sorella avrei fatto un bel discorsetto; come mai si era ubriacata così tanto?

Un pensiero più realistico mi passò in mente: aveva litigato con Jov, per caso?

«Chiama Jov!» *Esclamai quelle parole con tono dispotico, e Brenda corrugò la fronte.*

«Come mai?» *Volle sapere, ma sbraitai contro di lei.*

«Chiamalo e basta!» *Urlai.*

Non proferì altre parole e digitò il numero. Appena la voce di Jov rispose, le strattonai il cellulare dalle mani e parlai con il mio amico.

«Brutto stronzo... ti fai mia sorella e la tratti pure di merda?» *Sbottai definitivamente.*

Lo sguardo mi ricadde sul volante, ero davvero infuriato.

«Che cazzo dici, amico, stai bene?»

«Testa di cazzo, Estrella è ubriaca e sto andando a recuperarla perché dei tizi ci stanno provando con lei. Te ne importa almeno qualcosa o te la scopi e basta? Perché non siete insieme, stasera?»

Brenda mi lanciò un'occhiata furiosa, stavo davvero esagerando con le parole e non me ne rendevo conto perché la rabbia stava vincendo su tutto.

«Che cosa? E come sai cosa c'è tra di noi?» *sbottò dall'altra parte della cornetta.*

«Ho provato a indovinare», *ammisi, stringendo le mani sul volante.*

«In effetti abbiamo una storia, e abbiamo litigato, amico del cazzo che non sei altro! Grazie per il tuo supporto!»

Questa volta fu Jov a urlarmi contro quell'amara verità.

«E perché non me l'hai mai detto? E perché l'hai lasciata andare da

sola?» Strillai ancora una volta.
Jov non parlò subito, ma solo qualche secondo dopo mi riferì qualcosa che non sapevo.
«Volevamo dirtelo. La nostra storia è iniziata da poco tempo poi però lei ha visto una scena...»
Brenda guardò fuori dal finestrino e indugiai sulla sua espressione.
Che sapesse qualcosa?
Dopo glielo avrei chiesto espressamente.
«Cosa ha visto?»
«Ieri... Cecilia mi ha baciato ed Estrella ha pensato subito al peggio. Così è andata su tutte le furie. Non so perché Cecilia abbia provato a baciarmi, ovviamente l'ho rifiutata. Io sono innamorato di tua sorella, Raziele, solo che lei non vuole sentire ragioni. Dimmi però dove sei, perché voglio spaccare la faccia quei pezzi di merda che ci stanno provando con lei.»
Jov era davvero innamorato di mia sorella. Ero incredulo: appena tornati a casa mi avrebbero dovuto raccontare tutto.
«Ti mando la posizione.»
«Arrivo subito.»
Continuai a correre in quella stradina del tutto isolata, ma quando mi girai verso Brenda per darle il mio telefono, la vidi con lo sguardo perso davanti la strada. D'un tratto delle grida riecheggiarono all'interno del veicolo e dei fari mi accecarono, tanto da non poter vedere più nulla.
Tanto da perdere il controllo. Tanto da restare prigionieri in una strada senza via d'uscita.
Il mondo scomparve davanti ai nostri occhi e il buio ci avvolse del tutto.

48
Fa tanto male

Ania

Non ho chiuso occhio tutta la notte.
Dopo aver litigato con mamma e papà mi sono rintanata in camera mia e non ne sono ancora uscita.

Sto male perché non so cosa stia succedendo intorno a me. Mi sembra che manchino dei tasselli importanti per poter rimettere tutto a posto: qualcosa mi sfugge, qualcosa che può incastrare tutto.

Diana ha bussato alla mia porta, ma ho fatto finta di dormire: in realtà stavo piangendo.

Perché siamo arrivati a questo punto?

Come è degenerato tutto così velocemente?

Un mese prima avevo pensato di aver finalmente trovato l'amore della mia vita e invece... tutto si è complicato.

Porto le mani sul mio viso e sospiro di malinconia, di tristezza, di rabbia, di tutte le emozioni negative che si possano provare in una sola volta.

Fa male, fa tanto male.

Ho il cuore piccolo, piccolo, il respiro affannoso, gli occhi lucidi, la testa che mi scoppia, la voglia di scappare e andare lontano, ma non posso.

Occhieggio verso il cellulare: ho una miriade di messaggi da parte di Carlos e uno da parte di Merien, mentre di Raziel nessuna traccia.

Dopo la sfuriata sono tornata in lacrime a casa di nonna e ho discusso con papà perché lo ritengo colpevole per aver accolto Raziel nonostante lui sapeva chi fossi.

Magari sto sbagliando, magari sono giunta a conclusioni affrettate, ma coincide tutto e non riesco a cambiare idea.

Il sole è sorto e non faccio altro che osservare il soffitto bianco della camera in cui mi trovo.

Non riesco ad alzarmi definitivamente e ad andare di là, davanti a tutti, perché non ho la forza di affrontare papà.

Proprio non ci riesco.

Ho male al petto e mi sento soffocare, vorrei semplicemente fare una lunga passeggiata in solitudine e pensare.

Manca un giorno a Natale, ma quest'anno non ci sarà un'aria serena e tutto per colpa di Raziel.

Al solo pensiero le mie guance si infiammano per la rabbia.

In quel momento, mi accorgo di un rumore dietro la porta e rimango immobile.

Sono dei passi che si stanno avvicinando sempre di più, poi il silenzio ritorna a darmi fastidio.

Faccio uno sbadiglio e mi vesto, cercando di non pensare al peggio.

Oggi non parlerò con nessuno, tanto meno con papà.

Vorrei sgattaiolare dalla finestra, solo che la nonna si potrebbe risentire e così decido di evitare questa via di fuga e di essere matura.

Dopo essermi vestita, mi osservo allo specchio e guardo la mia espressione stressata.

Ho cercato di stiracchiarmi, di fare stretching mattutino, però non è servito a niente.

Devo farmi forza, uscire dalla camera e salutare gli altri.

Anche se vorrei restare tutto il giorno a letto, non posso. Tanto prima o poi dovrò affrontare i miei genitori. Malinconicamente accarezzo il braccialetto che mi ha donato mamma e sospiro. Andrà tutto bene, ripeto a me stessa, cercando di convincermi.

Con coraggio, afferro il giacchino e la borsa e mi reco in salone.

Come immaginavo sono tutti riuniti in cucina a fare colazione, ma non tira una bella aria.

Nonna sta parlando con papà, lui ha lo sguardo fisso sulla tazzina da caffè e sembra disperato.

Mio zio gli sta accanto come se lo stesse consolando e mamma è appoggiata al lavello, però non parla.

Quando si accorge della mia presenza, le lancio un cenno e mi rivolgo a tutti.

«Io sto uscendo...»

Papà mi sta ignorando e il nodo che si è formato in gola diventa più stretto.

«Non torni a pranzo?» La nonna mi rivolge uno sguardo compassionevole e non riesco a dirgli di no. Inoltre, tutti mi stanno osservando, eccetto mio padre.

«Non lo so... penso di sì. Ti farò sapere nonna, d'accordo?»

«Dove vai?» Chiede Guadalupe curiosa, con in mano un biscotto alla nutella.

«In giro. Faccio una passeggiata.»

«Vuoi che veniamo con te?» Questa volta Diana cerca di fare l'amica, però rifiuto la sua compagnia perché non ne ho voglia.

È davvero premurosa, ma ho bisogno di schiarirmi le idee e della compagnia non aiuterebbe.

Scuoto la testa e la ringrazio lo stesso.

«Ciao...» saluto tutti, specialmente la mamma che mi guarda dispiaciuta.

Ce l'ha con me! Ottimo!

Raccolgo le ultime cose ed esco di fretta da casa di nonna.

Senza osservarmi intorno mi reco alla fermata dell'autobus più vicina: dista dieci minuti a piedi, ma almeno mi sgranchisco le gambe facendo quattro passi all'aria aperta.

Ho lo sguardo fisso sull'asfalto roccioso e il cuore ancora in gola.

Non sono calma e non ho proprio voglia di leggere i messaggi che mi sono arrivati da parte di Carlos e di Merien.

Per cui continuo a lasciare il telefono sul fondo della borsa e le mani nelle tasche dei jeans.

Ho i pensieri che diventano sempre più tristi, ricordi che mi fanno emozionare e intristire.

Non sarà facile dimenticarmi di Raziel, lo so già, ma devo riuscirci.

Per me, per il mio bene, per il mio cuore.

Dopo aver tirato qualche sassolino contro la strada, alzo lo sguardo e mi ritrovo davanti la fermata dell'autobus.

In giro non c'è anima viva, ma non è presto e sicuramente in centro ci sarà più vita.

Tiro su col naso per cercare di non piangere e appena arriva l'autobus salgo e raggiungo un sedile in fondo.

Non è gremito di gente ed è un bene, così posso accomodarmi dove preferisco.

Sento il mio stomaco brontolare e deduco di aver bisogno di un caffè e di un croissant.

Farò qualche giro dove non sono ancora stata e magari prenderò del sole.

C'è una bellissima giornata e non sarebbe una cattiva idea.

Come compagnia ho portato gli auricolari per ascoltare un po' di musica e rilassarmi.

Non desidero nient'altro che questo, ma mentre viaggio con la mia fantasia, non mi rendo conto di essere quasi arrivata.

Qualche minuto più tardi, un localino cattura la mia attenzione. Mi viene subito l'acquolina in bocca e decido di entrare per accaparrarmi una deliziosa colazione.

Il locale non è molto dispersivo all'interno e quando varco la soglia mi rendo conto di quanto sia grazioso lo stile americano con cui è arredato.

Il bancone è proprio davanti la porta e il cartello appeso all'esterno indica l'apertura con la scritta inglese *"Open"*.

Ad attirare subito la mia attenzione sono le ciambelle ricoperte di glassa di ogni tipo; lo stomaco continua a stuzzicarmi.

Porto la mano sul ventre e mi prendo una ciambella e il caffè, ma all'improvviso una voce familiare mi obbliga a voltare la testa di lato.

Rimango scioccata quando alla mia destra vedo la ragazza che ha rovinato in parte la mia relazione con Raziel: Cecilia.

Alzo gli occhi al cielo, al tempo stesso mi soffermo sul ragazzo che le sta parlando in modo molto intimo.

Non l'ho mai visto da quando sono arrivata qui, neanche quando sono stata in compagnia di Jov e Yago.

Chi sarà mai?

Cecilia mi riconosce e sposta la frangetta di lato.

Come ragazza è molto attraente, per di più ha uno sguardo furbo e molto persuasivo.

Mi mordo il labbro inferiore, infine decido di non avvicinarmi ai due ragazzi perché modifico il mio ordine chiedendo una colazione da portare via.

Voglio andarmene da qui, sento lo sguardo di Cecilia addosso e la cosa non mi piace per niente.

Ringrazio il cielo quando il barista mi porge l'ordinazione. Con fretta pago e mi dirigo verso l'uscita del locale, ma come prevedevo la voce di Cecilia mi insegue.

«*Ania...*»

Sospiro e mi giro lentamente. Non posso scappare, non da lei almeno... gliela darei vinta.

Appena mi volto e la trovo di fronte a me, mi rivolge un sorrisino difficile da interpretare.

«Cecilia», pronuncio il suo nome alquanto infastidita.

Ma chi non lo sarebbe?

È vero, non abbiamo mai avuto l'occasione di parlare da sole, però non posso farci niente se lei non mi piace.

Cecilia mi guarda e sogghigna vedendomi in allerta.

«Come stai?»

Come mai mi chiede come sto?

«Cosa ti importa di come sto?» Sbotto infatti maleducata.

«Raziele mi ha chiamata... e mi ha raccontato tutto.»

«Wow! Non ha perso tempo a farsi consolare...» batto le mani molto delusa dal comportamento di Raziel, e Cecilia piega la testa di lato e ricomincia a parlare appena percepisce che ho frainteso le sue parole.

«Mi sa che non hai capito...»

La fisso ancora un po', poi la interrompo di nuovo.

«Io penso di aver capito tutto invece...»

Improvvisamente, il ragazzo di prima ci raggiunge e mette una mano sulla spalla di Cecilia.

«Ciao!» Mi saluta cordialmente, ma il suo sguardo riesce a intimidirmi.

Ammetto che è davvero un bellissimo ragazzo, però non è quello con cui ho visto Cecilia la prima volta durante la mia vacanza con Raziel.

Non è Adelio.

Il suo viso è davvero attraente, ha dei tratti mascolini e degli occhi che brillano tantissimo: sono blu notte e la sua carnagione è olivastra.

I capelli scuri sono acconciati in una coda di cavallo e nascosti sotto un cappellino sportivo. Il suo fisico è molto impostato, possente, sexy da morire...

Smetto di fissarlo e lui sposta l'attenzione sulla borsa di Cecilia e le rivolge un cenno strano.

Lei annuisce.

«Ciao.» Ricambio educatamente.

«Sono Lazaro... piacere di conoscerti», mi porge la mano in maniera molto garbata ed io ricambio la stretta.

Le sue mani al tatto non sono umide, anzi, sembrano molto pulite e fresche.

Non provo fastidio quando stringe la presa, ma appena ci sfioriamo, Cecilia si schiarisce la gola e riparla.

«Non è come pensi, Ania. Tra me e Raziele non c'è mai stato niente e mai ci sarà qualcosa...» racconta, senza il minimo imbarazzo.

Inarco pesantemente il sopracciglio ed il mio sorriso si incrina.

«In che senso?»

La ragazza apre la borsa e ciò che noto sono le sue lunghe unghie smaltate di rosa, molto curate.

La guardo acciglitata, ma appena estrae un foglio sgrano gli occhi.

«Ieri sera Raziele mi ha chiamata in preda al panico. Era agitato, nervoso e sono andata da lui. Mi ha raccontato della vostra litigata, anche se non è stato molto chiaro su alcune cose. Totalmente afflitto mi ha dato questa... la lettera che hai scritto *tu*.»

Fisso la lettera senza proferire parola, sono molto sorpresa e agitata da ciò che potrebbe dire Cecilia a riguardo.

Lazaro sta stringendo la mano sulla sua spalla, quel gesto mi sembra un incentivo in più per incoraggiarla.

Non afferro la lettera che tiene in mano, non ci riesco. Non solo Raziel mi ha mentito, per di più ha consegnato la lettera a Cecilia, quindi, lei sa o meglio avrà capito che il mittente sono io.

Vorrei urlarle contro qualcosa pur di liberarmi da tutto ciò che mi sta rendendo il cuore in poltiglia, ma cerco di mantenere la calma.

Incrocio le braccia al petto e le faccio capire con lo sguardo di continuare.

Si schiarisce la gola, anche se esita un istante prima di soddisfare la mia richiesta.

«*Ania*... Raziele non ti ha mai mentito e noi possiamo dirti il perché, ma poi dovrà essere lui a raccontarti il seguito e tu dovrai restare ad ascoltarlo, se davvero ci tieni.»

Continuo a osservare la diplomazia con la quale mi sta parlando.

Se fossi stata in lei, molto probabilmente, non avrei mantenuto questa calma.

Lazaro è ancora vicino a noi e non interferisce con le parole della sua amica. Solo qualche volta sbircia verso di me.

Forse cerca di studiare la mia espressione o ciò che dirò appena lei smetterà di parlare, tuttavia, evito il suo sguardo e mi riconcentro su Cecilia.

«Cosa sapete?» Le mie labbra si muovono da sole e la voce è ancora brusca, quasi irriconoscibile.

Di solito non parlo in questo modo, ma sono davvero infuriata e stanca.

«Nessun parente stretto di Raziele ti ha donato il cuore, *Ania*...»

Li osservo sbigottita, provando a restare lucida.

«In che senso?» Chiedo.

«Quello che sta cercando di dire Cecilia è che... tu... hai spedito la lettera... a me.» La voce nervosa di Lazaro mi fa saettare lo sguardo su di lui e le mie pupille tremano per ciò che ho udito.

«Ho spedito la lettera a te? Non riesco a capire... non...» mi gira forte la testa e mi passo una mano tra i capelli per cercare di calmarmi.

Sospiro tante volte, sembra che il mondo stia girando al contrario.

Non mi accascio per terra, non perdo i sensi, anche se il battito del cuore accelera.

Non mi sento male, non ho neanche un attacco di panico, però non riesco a credere alle parole di Lazaro.

Perché mi ha detto tutto questo?

Cerco di ragionarci un istante, sembra tutto annebbiato, confuso, in disordine.

Adesso, il puzzle che ho costruito l'altra sera a casa di Raziel non ha senso. Mi sembra come se i pezzi si siano scollati all'improvviso e tutto stia andato a rotoli.

Devo respirare e stare tranquilla.

Non posso perdere il controllo proprio ora.

«Scusatemi... non... non riesco a capire», ammetto titubante.

«Va tutto bene, Ania? Stai male? Vuoi sederti?» La voce di Cecilia risulta stranamente affabile e la guardo proprio per capire se sia davvero preoccupata per me.

«No, sto bene. Voglio solo capire... qual è il tuo ruolo, Lazaro, in questa storia?»

Ho bisogno della verità.

Nient'altro che la verità.

Alzo lo sguardo verso gli occhi blu di Lazaro e lui sospira.

«Glielo dico io...» sussurra a Cecilia e lei acconsente, senza ribattere.

Con prudenza, Lazaro si avvicina e nel medesimo istante in cui mi guarda un lampo di nostalgia rabbuia il color ceruleo dei suoi occhi.

Cerca di avere coraggio, noto che è chiaramente in difficoltà.

Forse non sa come scegliere le parole giuste da dirmi, eppure, non si tira indietro.

«Quello che sto per rivelarti potrebbe farti male, Ania, ma è giusto che tu sappia...»

«Lazaro, smettila di girarci intorno e dimmi la verità!» Sbotto.

Il ragazzo prende un respiro profondo, poi con forza continua e proferisce la verità che arriva dritta al mio petto.

«Tu... tu hai il cuore di mia sorella. Hai il cuore di Brenda.»

Brenda? Chi è Brenda? Perché nessuno mi ha mai parlato di lei? E perché Raziel ha tenuto nascosta la lettera anche se non gli apparteneva davvero?

Mi gratto la guancia, confusa e disorientata più che mai, continuando a guardare Lazaro. È proprio in quel momento che mi sento senza forze e svengo.

Svengo perché mi sembra l'unica soluzione possibile per potermi allontanare, anche solo per un secondo, da questa storia ingarbugliata.

49
Le vie intrise di peccato

Raziel

Sono infuriato con me stesso e con tutto quello che è successo da quella notte in poi.

Da quando ho litigato con Ania e da quando ha trovato quella lettera, i ricordi su Brenda, sul nostro amore e su quell'incidente non mi hanno più lasciato libero. Anzi, mi stanno inseguendo sempre di più.

Si divertono a prendermi in giro e a farmi stare uno schifo.

Non mi sono mai perdonato per quello che è successo quella sera e i sensi di colpa continuano a squarciare la mia anima e a renderla sempre più oscura.

Non riuscirò mai a trovare la retta via, perché il sentiero che percorro è fatto solo di aghi appuntiti e schegge di vetro, affilate come lame di coltelli.

Viaggio nelle vie intrise di peccato, di ostacoli e di delirio... preferirei una pace interiore che in me, però, non vedrà mai la luce. Dovrei essere abituato e i miei occhi sperano il cambiamento più grande, quello di poter guardare oltre il buio della tempesta.

Confido nella potenza della mia anima e nell'oblio dei miei incubi, sognando una salvezza estranea al peccato... solo che non succederà mai.

Non avrò mai pace perché il ricordo di Brenda e dell'ultimo sorriso che mi ha rivolto mi perseguiteranno per sempre.

Stringo la coperta sotto le mie mani, come se la stessi distruggendo, e mi rigiro nel letto.

È tutto il giorno che non mi alzo, che non mi lavo, che non mangio e che sono chiuso nella mia dependance.

Mamma ed Estrella hanno bussato svariate volte alla mia porta, senza ottenere nessun risultato.

L'unica che è riuscita a entrare è stata Cecilia, perché l'ho chiamata io.

Dopo aver litigato con Ania, dopo che è scappata in quel modo, volevo strappare quella lettera, ma non potevo, così ho chiamato la mia ex migliore amica per darla al diretto interessato.

Lei non ha esitato e l'ha portata via con sé, rassicurandomi sul fatto che l'avrebbe consegnata a Lazaro: il fratellastro di Brenda.

Inoltre, le ho chiesto un ultimo favore: dire ad Ania che il suo cuore è di Brenda e non di un mio parente. Solo così lei potrebbe capire di aver frainteso, che non le ho mai mentito.

È stato il destino a farci incontrare.

Dopodiché non ho risposto neanche a un messaggio da parte di Cecilia, non le ho chiesto se avesse consegnato la lettera a Lazaro, né se avesse visto Ania.

Mi sono rintanato nella mia dependance, ho chiuso tutto e sono rimasto avvolto nel buio più totale.

Sto male, davvero male.

Mia mamma avrà chiamato anche il mio vecchio psicologo, perché ho trovato il suo numero tra le chiamate perse, ma non ho intenzione di parlare con lui.

Questo dolore, nonostante le varie terapie, non se ne andrà mai.

Mi sento in colpa.

Brenda è morta per colpa mia e per una mia stupida distrazione.

Non mi capacito del perché io sia vivo e lei non ci sia più.

Non lo ritengo giusto, ma la vita ha scelto così, a discapito di ciò che avrei desiderato io.

Dovevo essere io a morire, non lei.

Ho accettato che mi accompagnasse per recuperare mia sorella e invece le è toccata una sorte tremenda: la morte l'ha portata via con sé e non l'ho potuta neanche salutare. L'ha trascinata nel vento... come a volerla consegnare ad una nuvola oscura.

Al ricordo di quella notte porto il cuscino sul mio viso e lo schiaccio, come se volessi soffocarmi, ma non lo faccio.

Non ho il coraggio e cerco di respirare prima di poter commettere una pazzia che distruggerebbe la mia famiglia.

Devo cercare di alzarmi, di lavarmi, di rendermi presentabile. Poi dovrò andare da mio padre per vedere come sta.

In questo momento, la sua malattia è più importante e dovrei stargli accanto. Non dovrei allontanarmi come faccio sempre.

Intontito e con forza, scollo le coperte dal mio corpo e mi alzo dal letto.

Mi dirigo direttamente in bagno per una doccia.

Lascio via i fastidiosi pensieri per qualche minuto e mi concentro solo su Ania.

Chissà cosa starà facendo?

Adesso mi odierà così tanto che cercare di farla ricredere di me, di noi, sarà complicatissimo.

Avrei un desiderio irrefrenabile di baciarla, di abbracciarla, di stringerla a me, ma quella sera non mi ha ascoltato.

È scappata via, scossa dalla lettera che ha trovato dentro quel baule. E come darle torto? Anche io avrei fatto come lei, ma mi crederà mai?

Non ho colpe per quella lettera... Lazaro l'ha consegnata a Cecilia perché non voleva tenerla a casa, non voleva sapere nulla di quello che avesse scritto il mittente misterioso su sua sorella, sull'operazione e tutto il resto. Cecilia, al tempo stesso, l'ha data a me, perché potessi sentire in questo modo Brenda più vicino.

Ma non è servito a niente, anche perché non ho mai letto quello che ha scritto Ania.

Non ho mai avuto il coraggio di aprirla: non è mai stata mia quella lettera e non ho voluto invadere la privacy della famiglia Castan.

Ania pensa che io l'abbia letta, si sbaglia.

Finisco di sciacquarmi e mi rivesto; improvvisamente il telefono squilla.

Questa volta decido di osservare il nome che lampeggia sul display e mi stupisco quando lo leggo.

Increspo gli angoli delle mie labbra, mi affretto a raccogliere il cellulare e rispondo.

«Carlos! Che piacere sentirti. Stai per darmi ancora del bastardo? Come stai?» Chiedo, con tono neutro.

«Questa volta sto per darti dello stronzo. Come vuoi che stia, Raziel, sapendo che la mia migliore amica sta di merda a causa di uno stronzo?» Sputa velenose parole contro di me e cerco di non dare in escandescenze.

La voce stizzita di Carlos riecheggia: «Allora? Perché l'hai ingannata, Raziel? Lei si fidava di te.»

Le accuse rivelate da Carlos sono una pugnalata al petto e fanno male, molto male.

«Non sai quello che è successo!» Scandisco per bene la mia difesa in modo tale che la colga pienamente.

«So quello che mi ha rivelato la mia amica e sai una cosa, Raziel? Non sta bene per niente! Le hai spezzato il cuore due volte. La prima quanto te ne sei andato e hai lasciato quel misero bigliettino, la seconda ora. Fortuna che ci sono sempre per lei, che la consolo, perché da sola non riuscirebbe a reggere tutto questo dolore che le hai innescato.»

«Carlos... fammi parlare. Quella lettera non l'ho mai letta e non è mia.» Rivelo, una volta per tutte.

Al diavolo le menzogne e tutti i segreti nascosti, adesso è il momento di dire tutto. Non posso più nascondermi, non se voglio Ania tutta per me.

Non posso perderla. Ho bisogno di averla nella mia vita. Mi ha cambiato, mi ha reso un uomo migliore. Non posso lasciarmi torturare dal passato.

Non posso più...

Abbasso leggermente la testa e fisso un punto davanti a me.

«In che senso non è tua? Ania sostiene che tu hai perso un parente stretto e che lei ne possieda il cuore. Cosa stai dicendo, Raziel?» Carlos inizia a parlare a raffica, ma lo blocco con altre rivelazioni.

«Lei non mi ha lasciato spiegare. È scappata con la convinzione che la sua idea fosse sensata, ma si sbaglia. È vero, conosco la persona che le ha donato il cuore, solo che non è un mio parente e non sapevo queste cose quando sono andato dai Ferrer. Ho scoperto che era stata Ania la scrittrice misteriosa della lettera l'altro giorno, insieme a lei.»

Carlos sembra confuso.

«E di chi è, allora, il cuore?»

Sospiro, frustrato al massimo livello.

Parlerò con Carlos, gli rivelerò tutto sperando che Cecilia abbia trovato Ania e le abbia detto di Brenda, anche se poi non dovrà sapere il resto.

Sarò io a dirle chi è stata Brenda per me, un tempo. Sarò io a dirle il continuo della storia.

«Della ragazza che ho amato.»

Un silenzio agghiacciante mi fa rabbrividire e il sospiro smorzato di Carlos mi fa deglutire il groppo in gola.

«Oddio, Raziel... scusami... io... forse dovresti cercare Ania e...» prova in tutti i modi a darmi dei consigli, ma lo interrompo.

«Una mia amica dirà ad Ania della lettera, visto che non vuole né vedermi né sentirmi... solo se vorrà le racconterò il resto.»

Sospiro ancora una volta.

«Ora la chiamo e le dico che ha frainteso tutto con la sua stupida cocciutaggine.»

Per la prima volta, il tono di Carlos mi fa sorridere, ma decido di non metterlo in mezzo.

«No, ti ringrazio, non voglio coinvolgerti. Inoltre... ti prego, Carlos. Non dirle nulla di quello che ti ho appena rivelato, non per il momento almeno, d'accordo?»

«Raziel... Ania è la mia migliore amica e se le nascondessi una cosa del genere non mi parlerebbe per il resto della sua vita, però comprendo anche la tua scelta, e asseconderò il tuo silenzio, solo per qualche giorno, intesi?»

Annuisco, d'altronde Carlos non terrà chiusa la bocca a lungo. Lo conosco.

«D'accordo. Grazie mille, Carlos.»

Carlos prova a tranquillizzarmi e, prima di troncare la chiamata, pronuncia il mio nome.

«Raziel?»

Resto in ascolto e decido di mostrargli tutta la mia attenzione.

«Mi dispiace... per quello che hai passato. Non so cosa si prova a perdere la persona di cui si è innamorati, ma so cosa significhi non essere ricambiati. Perciò una piccola parte di me ti capisce benissimo. Scusami se ti ho attaccato all'inizio, però sai... Ania è...»

«La tua amica... lo so, Carlos. È fortunata ad avere un amico come te... posso chiederti una cosa?»

«Sì... certo, dimmi!»

«Com'è finita con Timo? Sai con Ania... quella sera siamo arrivati al locale e tu hai dichiarato i tuoi sentimenti ai quattro venti e mi chiedevo se...»

«Ania non ti ha raccontato nulla?» Domanda, un po' dispiaciuto e con voce incrinata.

«Veramente da quando mi ha ritrovato non abbiamo fatto altro che litigare. Una volta abbiamo fatto l'amore, ma dopo ha scoperto della lettera e il resto lo sai...» non riesco a bloccare la verità sul fatto di aver fatto l'amore con lei e il suo amico sogghigna, infine, conferma: «Sì, risparmiami i dettagli perché il resto lo so», sospira e riprende a parlare come se fossimo amici di vecchia data.

«Timo mi ha spezzato il cuore, Raziel. Per tutto l'anno abbiamo vissuto una travagliata storia d'amore e poi mi ha lasciato per una ragazza. Soprattutto, mi ha preso in giro. Mi ha tradito e non lo perdonerò mai.»

La voce di Carlos è nostalgica, addolorata, così non chiedo altro.

Decido di non fargli rivivere quei ricordi perché non fanno bene al cuore, anzi lo distruggono.

«Mi dispiace, Carlos!»

«Grazie Raziel... tornerai mai qui da noi?»

Faccio spallucce, ma Carlos non può vedermi, così rispondo sinceramente.

«Non lo so. Per il momento devo restare qui, con la mia famiglia... mio padre non sta bene. Col tempo si vedrà.»

«D'accordo, e mi dispiace anche per tuo padre. Ti terrò informato su quello che mi dirà Ania.» Conferma, da amico premuroso.

«Okay. Grazie per la chiamata. Ciao Carlos. Stammi bene.»

«Anche tu, Raziel. Spero di vederti presto.»

Lo saluto anche se, in realtà, non sto per niente bene e un altro ricordo di Brenda Castan ritorna a farmi arrabbiare ancora di più.

Il giorno prima di Capodanno

Ero andato al pub dove ci riunivamo spesso e da lontano avevo appena visto mia sorella Estrella parlare con la sua amica Niki.
Le stavo osservando per non perderle di vista quando d'un tratto Cecilia mi prese a braccetto e mi sorrise.
«Dov'è Brenda?» Domandò curiosa, guardandosi intorno.
«Non lo so», continuai a tracannare la birra che avevo preso qualche minuto prima per cercare di rilassarmi, ma la domanda della mia amica non mi aiutò.
«Uh, litigi in vista per l'arrivo del bel fratellastro?»
Lazaro era già arrivato in città il giorno prima di Natale, ma, fortunatamente, non lo avevo visto in giro. Speravo con tutto me stesso che neanche oggi ci saremmo scontrati.
Corrugai la fronte e lei ridacchiò, spavalda.
Conoscevo Cecilia, a volte faceva delle battute sia per divertimento sia per disturbarci.
«Suvvia, Raziele... Lazaro andrà via presto.»
«Stai scherzando?» Sicuramente non si rendeva conto di cosa significasse sopportare la gelosia di Lazaro e non poter stare con Brenda.
Sbuffai e mi scostai dalla sua vicinanza.
Lei roteò gli occhi e mi afferrò di nuovo. «Non mettere il broncio. Brenda ti ama, lo sai. Non gliene frega niente di Lazaro.»
«Smettila di parlare a voce alta, potrebbe essere nei paraggi ed entrare da un momento all'altro. Sai che viene spesso qui», la obbligai a tacere, lapidario; Cecilia parlava troppo.
Con dimestichezza si sistemò i capelli e abbassò il tono di voce.
«D'accordo... allora ti parlerò all'orecchio.»
«Cecilia... sono stanco, nervoso e incazzato. Non mi assillare.»
Improvvisamente nel locale entrarono Jov e Yago e quando i due ci notarono, vidi Cecilia guardarsi le punte dei piedi, come se fosse per la prima volta intimidita.
Inarcai il sopracciglio ma non feci in tempo a chiederle qualcosa perché all'istante scrutai Jov andare da mia sorella e, mia sorella, al tempo stesso, scappare da lui insieme alla sua amica.
Cosa stava succedendo?
Cercai di andare da Estrella, però Cecilia mi trattenne.
«No... ehm... volevo chiederti una cosa.»
Qualcosa non mi quadrava. Cecilia iniziò ad agitarsi, ma si schiarì la gola e si appropinquò a me ancora di più.
«Dimmi», esposi, consenziente.

«*Che intenzioni hai con Brenda? Verrai alla festa di Capodanno oppure no?*»

Scossi la testa e continuai a cercare Estrella, era sparita dalla mia vista e anche Jov, mentre Yago si stava avvicinando a noi.

«*Non lo so se verrò... non credo.*»

«*Come? Ma...*»

«*Ciao ragazzi*», spostai lo sguardo sul mio amico che ci salutò pimpante e quando vide l'espressione contrariata di Cecilia, indagò cautamente.

«*Cosa succede?*»

Cecilia iniziò a dare di matto e a darmi dello stupido.

«*Raziele è uno stupido.*»

«*Questa non è una novità*», confermò Yago, ironico, ma quando lo fulminai indietreggiò di un passo e si mise sulla difensiva.

«*Ti stavo prendendo per il culo, Raziele. Che cazzo ti prende?*»

«*È nervoso per Lazaro.*»

Yago spalancò gli occhi, ignaro della novità. «*Che dici, davvero?*»

«*Sì... e i due piccioncini non possono farsi vedere insieme*», cantilenò Cecilia, come se la mia storia d'amore con Brenda fosse sulla bocca di tutti.

«*Ti ho detto di smetterla, Cecilia. Mi stai infastidendo. Non hai altro da fare, oggi?*»

Era chiaro che non la sopportassi in quel momento. Perché doveva rompermi le scatole?

«*Ed è anche irascibile... non gli si può parlare. Io sono stanca di stare qui con lui a vederlo frignare, è il tuo turno, Yago.*»

«*Brava... va' via*», la istigai ad andarsene e lei ricambiò con una smorfia.

«*Dove vai?*» Continuò Yago, lei non rispose e proseguì verso l'uscita ancheggiando.

«*Perché l'hai trattata così?*» Il mio amico riprese a non darmi tregua.

«*Ti ci metti pure tu? Volete lasciarmi stare? Ho le palle scazzate.*»

«*Brenda ti innervosisce così tanto, eh? Sei proprio innamorato, fratello.*»

Non potei fare a meno di allungare gli angoli delle labbra all'insù e Yago mi strinse una mano sulla spalla.

«*È bello vederti così, prima di lei non davi conto a nessuna ragazza. Non sei mai stato un tipo da una botta e via, almeno Brenda è riuscita a toglierti la verginità*», la sincerità di Yago è sempre stata il suo punto forte e questa volta gli diedi una cozzata.

«*Stronzo. Ciò che tu non sai, mio caro libertino Yago, è che non c'è *un'età precisa per fare l'amore»*, ammisi francamente.

È vero, prima di Brenda ero vergine, ma non me ne vergognavo. Le ragazze mi veneravano, vedevano in me un ragazzo di altri tempi ed avevano ragione; io ero un galantuomo, difatti non riuscivo ad andare a letto con la prima che mi guardava.

«Che poeta il nostro Raziele...»

«Tu invece sei sempre un bastardo. Spezzi i cuori delle ragazzine. Non pensi sia ora di smetterla?»

Yago scrollò le spalle.

«Io e Jov ci divertiamo durante le serate. Non abbiamo una ragazza fissa e ancora siamo giovani. Per mettere la testa a posto ci vorranno almeno altri dieci anni», *constatò, sincero.*

«Addirittura. Chissà chi sarà la fortunata...»

Fece spallucce e sogghignammo entrambi.

L'arrivo di Yago mi mise di buon umore, tant'è che andai a richiedere un'altra birra e il mio amico mi accompagnò.

Quando chiedemmo alla barista due birre, lei ci fece l'occhiolino e ci rivolse uno sguardo pieno di lussuria.

Ovviamente non ricambiai, mentre Yago sì.

«Lei sarà la prossima di questa notte», *riferì consapevole della sua successiva vittoria, ed io ridacchiai.*

«Non conosci neanche il suo nome...»

«Ehi biondina», *la richiamò e lei fu subito da noi, con un sorriso a trentadue denti.*

«Sì?»

Gli occhi scuri della ragazza scrutarono il mio amico dalla testa ai piedi e quando si morse il labbro compresi che Yago aveva ragione: stanotte quella ragazza sarebbe andata a letto con lui.

«Il tuo nome?»

«Morena», *rivelò, ammaliata.*

«Morena... a che ora smonti dal lavoro?»

La barista osservò il grande orologio appeso alla parete e rivelò la risposta.

«Tornerai con me, ti darò un passaggio a casa.»

Annuì e dopo averci servito diede ascolto alle altre ordinazioni.

Yago voltò lo sguardo verso di me e spalancò il suo perfetto sorriso: «Cosa ti avevo detto?»

Ridacchiai e scossi la testa, continuando a bere, fino a quando Yago non mi richiamò e indicò la porta.

Dall'ingresso erano appena entrati Lazaro e Brenda, allegri e sorridenti.

Lazaro era cambiato tantissimo dall'ultima volta che lo avevo visto. Il suo fisico era più impostato e i suoi capelli erano più lunghi, avvolti in un codino.

I suoi occhi blu attirarono le ragazze del locale.

Lazaro Castan, un tempo, era stato il ragazzo più popolare del nostro quartiere, oltre me, del resto.

«Adesso cosa farai?» Sussurrò Yago al mio orecchio.

Scrollai le spalle perché non avevo la minima intenzione di andare da Brenda e di salutare quel bastardo del suo fratellastro, ma quando Lazaro incontrò il mio sguardo e abbrancò Brenda con la sua mano, impazzii.

Feci per alzarmi dalla sedia, ma il mio amico mi fermò in tempo.

«Non fare cazzate, Raziele. Ricordati che tu non crei risse.»

«Come si permette ad abbracciarla? Non deve toccarla», ringhiai in preda a una furia deleteria.

«Calmati. Su... andiamo via.»

«E dargliela vinta? Col cazzo.»

Evitai di restare come un coglione seduto lì, su quello sgabello, e mi avviai dai due, con passo spavaldo.

Al mio arrivo, Brenda sussultò.

«Oh, Raziele Herman... non sei cambiato per niente dall'ultima volta che ti ho visto. Ti sei allenato poco, ultimamente?» L'ironia di Lazaro non mi sorprese.

«Ultimamente sono stato impegnato a fare altro», risposi, guardando Brenda e volendo dichiarare ad alta voce il mio amore per lei.

Lei, d'altro canto, rimase in ascolto, non proferì nulla, non mi salutò neanche.

D'un tratto, vide Estrella e la sua amica Niki e sospirò di sollievo.

«Ci sono Estrella e Niki, vado da loro...»

Al nome di mia sorella mi rincuorai perché era tornata, ma dove si era cacciata? In tutto ciò, anche Jov ricomparve e andò dritto da Yago a osservare la scena teatrale che stavo intrattenendo con l'ospite indesiderato.

Brenda si dileguò e raggiunse mia sorella, invece, io, rimasi a fissare Lazaro, fino a quando uno dei suoi amici, un certo Peter, non lo richiamò.

«Ehi, Lazaro... vieni a bere qualcosa con noi, cazzone. È da un anno che non ti fai vedere.»

Lazaro mi rivolse un sorrisino compiaciuto e mi salutò senza aggiungere altro.

Rimasi a guardarlo andare via e strinsi i pugni per non creare risse.

Non era il momento.

Jov e Yago mi raggiunsero e mi offrirono un'altra birra.

Era già la terza.

«Ho bisogno di tornare a casa. Non posso vederla qui, così... con lui che le guarda il culo quando è girata e parla con mia sorella.»

«Che bastardo. Come fa Brenda a non accorgersi di niente?»

Non sapevo in verità se lei non si accorgesse davvero di niente o facesse solo finta di non vedere la realtà, eppure l'infatuazione di Lazaro verso la sorellastra era palese.

Tutt'ora le stava fissando il sedere, mentre Peter gli stava raccontando qualcosa.

Avrei tanto voluto tirargli un cazzotto.

«Devo andarmene, altrimenti...»

«Andiamo via.»

I miei amici mi trascinarono lontano da Brenda e dal suo profumo che mi stava distruggendo lentamente.

Prima di abbandonare il posto, mi voltai un'ultima volta verso di lei e quando incrociai il suo sguardo, mi sentii di nuovo in trappola.

Era così bella, così seducente.

Si era accorta che stavo andando via e mi stava guardando in un modo...

Appena fui fuori dal locale, mi arrivò un messaggio e quando lessi quelle parole rimasi stordito perché mai lei mi aveva rivelato i suoi sentimenti.

Mai.

> **Brenda:** Io amo solo te, ricordalo, sempre.

Cosa avrei dovuto risponderle?

Anche io l'amavo e lei lo sapeva... lo sapeva benissimo. Avrei dato qualunque cosa per lei e per il nostro amore, persino prendermela con Lazaro.

Lei però me lo impediva.

Non risposi, andai con i miei amici e tornai a casa. Quando fui solo provai a non rimuginare sulla mia storia d'amore con Brenda.

Provai a lasciare libero il mio spazio.

Questo ricordo è indelebile, riguarda l'arrivo di Lazaro, la mia gelosia nei confronti di Brenda e il primo "ti amo" che lei mi ha rivelato prima della sua dipartita.

Non l'ho rimembrato prima solo perché altri ricordi hanno invaso la mia mente, distruggendo il mio cuore per la millesima volta, e poi perché l'arrivo di Ania ha scombussolato tutto.

Ha dato precedenza ad altri momenti che ho vissuto con Brenda, tra cui il giorno di Capodanno... quel maledetto giorno in cui lei è morta.

Quando ripenso a Brenda e all'amore che provo ancora per lei, tutto ciò che ho vissuto con Ania si confonde, diventa ingestibile.

Non riesco a conoscere fino a fondo ciò che sento per la ragazza che ha stravolto il mio presente. Tengo molto ad Ania, ho ammesso persino di voler intraprendere una relazione insieme a lei, ma non ce la faccio a lasciare andare Brenda...

È dentro di me.

I suoi occhi mi fanno ancora impazzire... tuttavia, le volte in cui ho fatto l'amore con Ania, lei non è comparsa nei miei pensieri.

Non mi ha ostacolato.

Soltanto durante la prima nostra notte d'amore è tornata nella mia mente, quando Ania mi ha posto quella fatidica domanda chiedendomi se qualcuno fosse importante per me.

Lì, per tutta la notte, gli occhi di Brenda hanno preso il posto di quelli di Ania, li hanno sostituiti e mi sono sentito persino in colpa. Ho abbandonato Ania in camera sua, l'ho lasciata dormire da sola, tuttavia, lei è stata così buona da volermi perdonare un'altra volta.

Nonostante ciò, sono sicuro di una cosa: quando Ania scoprirà di Brenda, non sarà più così accomodante.

Mi detesterà.

E non mi sopporterà quando scoprirà che nel mio cuore non c'è posto solo per lei, ancora...

50
Come quando eravamo piccoli?

Raziel

Ho raccolto le chiavi di casa per andare dai miei genitori.
Ho bisogno di vedere papà, mamma ed Estrella. Non so perché, da quando sono tornato mia sorella è abbastanza sospetta e non mi racconta più ciò che succede nella sua vita.

Un tempo eravamo molto in confidenza, d'improvviso le cose sono cambiate.

Sento un nodo strano nello stomaco, non ho neanche fatto colazione, ma non ho tempo.

Devo chiedere scusa a papà per come mi sono comportato. L'altra volta, quando abbiamo parlato, non sono stato diretto e sincero, e lui ha immediatamente ripreso ad accusarmi.

Così sono rimasto in silenzio e ho assorbito tutte le sue parole.

Mi ha paragonato a un figlio crudele, ciò che non sa è che non lo sono.

Non sono scappato per divertirmi, semmai per ritrovare la pace interiore che era ormai perduta.

La mia infelicità ed il mio senso di colpa hanno sempre preso il sopravvento in tutto, e a causa loro ho abbandonato anche chi mi vuole bene.

Adesso basta.

Non ho bisogno di prendermela con i miei genitori. Loro mi hanno aiutato a farmi stare bene, hanno creduto in me: sono stato io ad allontanarli dalla mia vita.

Appena esco dalla dependance mi guardo un po' in giro e il sole mi riscalda la pelle.

Fuori c'è una bellissima giornata, ma a colpirmi è una macchina lussuosa posteggiata nel nostro vialetto.

Abbiamo ospiti?

Non perdo altro tempo e mi precipito in casa, senza bussare.

Faccio una sorpresa alla mamma: ultimamente è più trascurata, spero che da adesso in poi riesca a stare meglio.

So che la malattia di papà non l'aiuta, però non può lasciarsi distruggere in questo modo.

Le parlerò e cercherò di farla ragionare.

Quando mi ritrovo nell'atrio luminoso di casa mia, mi guardo attorno.

Tutto è in ordine, pulito e sistemato e l'odore di incenso mi fa ricordare vecchi momenti.

Non vedo nessuno, ma sento delle voci provenire dalla stanza di papà.

Faccio per chiudere la porta; l'arrivo di mamma mi fa sobbalzare.

«Tesoro...» il primo istinto che ha è quello di abbracciarmi e non mi tiro indietro.

Ieri ha cercato di sollevarmi il morale almeno un paio di volte ed io l'ho cacciata perché non volevo parlare con nessuno. Adesso, quando la guardo, la vedo appagata per avermi di nuovo tra le sue braccia.

«Hai deciso di lottare?» Chiede, al contempo non le rispondo.

Le accarezzo la guancia e piega la testa di lato, lasciandosi trasportare dal mio gesto d'affetto.

Sono molto più alto di mia madre, però lei non ha mai avuto difficoltà a incrociare il mio sguardo, perché una mamma sa guardare sempre un figlio, anche oltre l'apparenza.

«Sì. Ho anche deciso di chiedervi scusa. Non avrei dovuto reagire in quel modo, mamma... ma la situazione con Brenda era diventata estenuante e stavo malissimo dentro di me. Ho sentito il bisogno di andarmene per un po' di tempo. Forse non potrai mai comprendere la mia scelta, eppure, se adesso sto un po' meglio, lo devo a una ragazza. Se non fossi andato via, non l'avrei mai incontrata e magari la mia vita sarebbe finita prima del previsto», dichiaro in tutta sincerità, parlandole per la prima volta di Ania, e mia madre mi scruta con profondi occhi.

Faccio un lungo respiro e lei si commuove, le scorgo una lacrima e da figlio premuroso la caccio via dai suoi occhi e l'abbraccio ancora.

«Adesso sto meglio mamma... non preoccuparti!»

«Mi dispiace tesoro... mi dispiace per tutto quello che hai passato, per la morte di Brenda...»

Il suo sguardo è comprensivo e mi inchioda senza prepotenza.

«Non parliamone, non oggi almeno, anche perché vorrei sapere una cosa: di chi è la macchina posteggiata qui fuori?» Cerco di interrompere il momento nostalgico per non farla rammaricare ancora di più.

Il suo sguardo saetta da me alla macchina che si intravede in lontananza oltre la finestra.

Tira su col naso e si rassetta per evitare che qualcun altro veda i suoi occhi tumidi e arrossati.

«Abbiamo un ospite... vieni, ti accompagno da papà...» si schiarisce la gola e smette di rimembrare vecchi momenti del passato.

Un ospite?

Mi trascina con sé per mano fino a quando non raggiungiamo la stanza di papà.

Realizzo solo ora che Estrella non è in casa.

Sicuramente sarà fuori, ma non domando di lei perché voglio prima scoprire da chi mi stia portando mamma.

«Posso entrare?» Domando cauto e lei bussa come segno di rispetto prima di darmi il permesso.

Papà è sempre stato un uomo di altri tempi, proprio come me (in questo ho preso da lui) e il rispetto conta molto.

Appena la mamma apre la porta, papà volge il capo verso di me e mi saluta con un cenno, ma quello su cui mi soffermo è la figura dell'uomo che sta accanto a lui.

Sgrano gli occhi perché non riesco davvero a credere che *lui* sia qui.

«Zio Yosef!» Sussulto. Non vedo mio zio da almeno una decina di anni: ha sempre portato problemi nella nostra famiglia, però i miei non mi hanno mai rivelato il motivo per il quale si è allontanato.

È il fratello di mio padre, tuttavia si differenziano di quattro anni. Lo zio è più grande, e ha sempre cercato di vivere una bella vita, anziché lottare e creare qualcosa di suo.

Papà è diverso: ha provato a coinvolgerlo nelle sue attività, ma l'altro si è sempre tirato indietro. Come mai adesso è qui? Cosa sta succedendo?

Gli occhi scuri di zio Yosef sono puntati su di me e mi scrutano con sorpresa. È un uomo affascinante, con i capelli corti, un fisico di chi ha sempre praticato sport, e uno sguardo scaltro, a volte anche menefreghista.

«Raziele? Mi avevano detto che eri tornato, però vederti in carne ed ossa fa un certo effetto, nipote.» I suoi occhi lampeggiano di curiosità.

Sogghigno indispettito, da gentiluomo mi avvicino per stringergli la mano e accoglierlo in casa mia.

«Anche il tuo ritorno mi sembra una novità! Qual buon vento ti porta dalle nostre parti? Qualche affare da sbrigare?» Incrocio le braccia al petto e papà mi fulmina con lo sguardo.

«In realtà...» lo zio ridacchia e cautamente si accarezza la barba incolta; un anello antico spicca tra le dita. «Mi ha chiamato tuo padre.»

Rivolgo lo sguardo verso papà e lui annuisce.

«Come mai?» Indiscretamente punto gli occhi aguzzi su zio Yosef.

Quando ero più piccolo, zio Yosef mi faceva divertire spesso: si inventava giochi nuovi e gli piaceva passare del tempo con me ed Estrella, ma poi è cambiato anche con noi. Ci ha allontanati, e non ci ha più neanche chiamato per i nostri compleanni. È andato via dalla famiglia... forse, quando sono sparito, papà mi avrà paragonato a lui.

Al fratello che ha abbandonato la famiglia...

«Yosef... potresti lasciarmi da solo con mio figlio qualche minuto?»

Lo zio acconsente e lancia uno sguardo alla figura dietro di me: la mamma.

Lei lo invita a seguirlo e lui attraversa la stanza, senza contestare la decisione di papà.

«D'accordo. È arrivato il momento padre e figlio!» Mi dà una pacca sulla spalla e mi guarda in modo rapace, mentre io rivelo un'occhiata tagliente.

«Grazie, zio Yosef, cordiale da parte tua.»

Ammicca, con nonchalance segue la mamma e scompaiono dalla nostra vista.

***

Papà mi invita a sedermi sulla sedia accanto al letto e lo accontento.

Non lo contraddico perché abbiamo tanto di cui parlare, così mi accomodo e appoggio la schiena senza lasciarmi andare del tutto.

Ho i muscoli del collo tesi e rigidi per la discussione che, sono sicuro, affronterò tra non molto.

«Non ti saresti mai aspettato l'arrivo di Yosef, vero?» Interviene subito papà.

Guardo oltre la finestra e l'albero di fronte risveglia strani ricordi.

Momenti di quando ero piccolo, di quando la mia vita era diversa.

«Sinceramente no!» Esclamo seccamente facendo scorrere lo sguardo da mio padre alla stanza che ci circonda, piena di foto intime, di lui e mamma.

Lui sbatte le palpebre e si massaggia gli occhi socchiusi per la stanchezza.

«C'è un motivo per il quale l'ho chiamato.» Papà cerca di sistemarsi il cuscino dietro la schiena, lo aiuto subito per non farlo sforzare.

Mi ringrazia con un cenno di gratitudine, poi tossisce e con un filo di voce riesce a chiedermi un bicchiere d'acqua. Mi avvicino al comodino e glielo porgo, aiutandolo a mandare giù.

«Va meglio? Forse ti sei affaticato troppo... possiamo parlare domani», pronuncio.

Mi afferra la mano e scuote la testa.

«Chiudi la finestra, per favore. Fa freddo.»

Prima di ascoltare ciò che ha da dirmi, chiudo la finestra, per evitare di fargli prendere colpi d'aria.

Papà solleva lo sguardo su di me e mi scruta, per nulla scuro in volto.

Non è arrabbiato come la prima volta che ci siamo visti, e questo mi rincuora.

«Non riesco a parlare a lungo, Raziele, ma sono felice che tu abbia messo da parte la tua rabbia e sia tornato.»

«A tal proposito...» mi schiarisco la gola. Mi armo di coraggio. Non riceverò mai delle scuse da parte sua, devo mettere da parte l'orgoglio. «Voglio chiederti scusa, papà. Ho riflettuto sulle parole che mi hai rivelato l'altra sera, e avevi ragione. Sono stato un codardo, ma non so davvero come avresti reagito se ti fossi trovato al mio posto. Ognuno si comporta come crede, però io dovevo andarmene, altrimenti Brenda non sarebbe mai scomparsa dai miei pensieri e i miei sensi di colpa si sarebbero accentuati ancora di più. Mi sarei distrutto lentamente... sarei annegato nel mio stesso dolore», lo ammetto con rammarico e lui mi guarda con aria contrariata.

«E ci sei riuscito? Sei riuscito a mettere da parte i tuoi sensi di colpa? O detesti ancora il tuo io per la morte della ragazza?» La sua domanda è dura.

Abbasso lo sguardo sulle sue mani screpolate e arrossate e stringo i denti.

L'ho superato?

No...non penso di averlo superato, ancora mi tormento ma da quando Ania ha illuminato le mie giornate provo un leggero senso di pace.

Solo che adesso lei non mi parla, non mi vuole vedere, pensa che l'abbia ingannata, e forse il buio mi sta trascinando di nuovo con sé.

Forse tornare qui non è stata una buona idea perché i ricordi di Brenda mi stanno tormentando ancora di più.

Ogni cosa, ogni luogo, mi ricorda lei.

«Non del tutto, ma forse una parte di me l'ha superato, grazie all'aiuto di una ragazza...» sorrido al pensiero di Ania e mio padre se ne accorge.

Non abbiamo mai avuto questo momento confidenziale. Lui è stato quasi sempre assente nella mia vita, non mi ha mai chiesto nulla, neanche che tipo di gusto di gelato mi piacesse.

Ecco perché la sua domanda successiva mi sconvolge.

«Ti sei innamorato di questa ragazza, *Raziele*?» Non la porge con cattiveria, non mi sta invitando a stare lontano da Ania, anzi, nei suoi occhi scorgo una curiosità unica che non ho mai visto prima.

«Non è importante conoscere i miei sentimenti, perché non farà mai parte della mia vita.» Rivelo sincero.

Papà tossisce ancora una volta.

«Pensi ancora a Brenda?» Continua cercando di conoscermi meglio.

È troppo tardi, papà...

Lo sappiamo tutti e due.
Non abbiamo mai passato dei momenti insieme, non tra padre e figlio. Non ti condanno però per questo non ti allontano da me solo perché in passato eri troppo impegnato con la tua carriera.
Hai fatto la tua scelta.
Queste parole le tengo per me... non gliele rivelo, perché non reggerebbe un'atroce verità. Sono le sue parole, d'altra parte, che mi sconvolgono appena le sento.

«Ti perdono, Raziele, perché hai peccato. Tutti sbagliamo ed io sono stato il primo a non essere stato presente nella tua vita. Perciò non ho mai avuto il diritto di trattenerti qui... avrei dovuto essere più comprensivo, ma era un periodo turbolento anche con tua madre e la tua fuga ha fatto precipitare la situazione.»

Gli lancio un'occhiata, ma non afferro la sua mano, non riesco a stringerla alla mia.

Vorrei perdonarlo per la sua perenne assenza, solo che non ci riesco.

So che con mamma le cose non vanno bene come una volta e mi dispiace, ma non posso farci nulla.

Annuisco alle sue parole e inclino il sorriso. Del resto, ha risposto proprio come mi immaginavo. Non ho ricevuto scuse da parte sua. Ha accettato le mie e mi ha perdonato, ma lui non si sente colpevole.

«Possiamo parlare di tuo zio Yosef, adesso?» Domanda come se lo avessi interrotto.

Faccio un respiro profondo e acconsento. Non mi resta nient'altro da fare. Lui non cambierà mai... anzi, ha cercato di avere una conversazione un po' più intima con me.

«Certo... dimmi tutto. D'altronde siamo qui per questo...» dico piccato.

«Raziele... so che a te non è mai importato molto del ruolo di sindaco e che devi laurearti per concludere il tuo percorso di studi. Abbiamo avuto dei dissapori in passato, se ti ricordi, prima della tua partenza, ma io non sto molto bene. La malattia non mi permetterà di tornare al lavoro e non voglio che quel ruolo possa cadere nelle mani sbagliate.»

Rimango in silenzio perché ricordo perfettamente quanto papà tenga al titolo di sindaco.

«La mia carica finirà tra due anni, ma qualcuno dovrà pur sostituirmi in tempi brevi e... dato che tu sei sempre stato contrario, ho deciso di chiederlo a Yosef!»

Resto indifferente alla novità di papà, anzi, non so neanche perché me la stia rivelando, dato che poche volte mi ha preso in considerazione sulle scelte che ha fatto.

Forse mi sta dicendo tutto questo perché pensa di essere sul punto di morte e perché vuole essere a posto con la sua coscienza... ma ha peccato tanto nella vita, e ora questo suo coinvolgermi non cambierà nulla.

«D'accordo. Se Yosef accetta, non lo ostacolerò! Speriamo solo se la cavi...»

Papà sogghigna brevemente: «Gli ho già dato qualche dritta.»

Lo osservo cautamente e i suoi grandi occhi scuri picchiettati da pagliuzze verdi mi rattristano un po'.

«Starà da noi per un periodo di tempo e mi sa che dormirà nella tua stanza. Ti dispiace?»

Scuoto la testa, quella stanza non mi appartiene più.

«Assolutamente no... d'altronde ormai vivo nella dependance.»

Con un gesto volontario, osservo l'ora sul cellulare e mi alzo dalla sedia.

«Vai già via?» Chiede papà e non posso fare altro che dirgli di sì. Non riesco a stare più in questa stanza... e poi, penso che non abbiamo nient'altro da dirci.

«Sì... dovrei prepararmi. Esco con Jov e gli altri... ho una faccenda da risolvere», invento. Indugio prima di recarmi verso la porta e osservo il viso di mio padre sciupato a causa del suo male.

I suoi anni migliori sono spariti... mi dispiace che la malattia lo stia portando via dalla sua stessa vita.

«D'accordo... buona serata. Ciao Raziele...» mi saluta senza ringraziarmi per la chiacchierata, senza chiedermi di ritornare, senza obbligarmi a fargli un altro po' di compagnia.

Il suo orgoglio è così forte che va oltre la sua persona.

«Ciao papà. Ci vediamo più tardi», gli faccio comprendere che, comunque lui si sia comportato e qualunque sia stato il mio comportamento in passato, più tardi tornerò da lui. Questa volta non andrò via.

Esco dalla porta con il cuore più leggero, e mentre avanzo verso il salotto, all'improvviso, sento dei singhiozzi provenire dalla stanza di mia sorella.

Pensavo fosse uscita... che si sia nascosta? Per quale motivo?

Inspiro profondamente, decido di comportarmi da fratello maggiore, e apro la porta.

«Estrella... perché stai piangendo?»

* * *

Estrella è seduta sul letto con le gambe incrociate e il viso abbassato.

Avanzo di un passo senza invadere troppo il suo spazio personale. Alla mia domanda alza gli occhi su di me e nasconde le lacrime che stanno inondando il suo bellissimo viso.

«Estrella? È successo qualcosa?» Riprovo a saperne di più.

Si asciuga con la manica del maglione e scuote la testa.

«No, Raziele. Sto bene.»

La guardo quasi come se volessi rimproverarla per questa bugia, e la contraddico con dolcezza.

«Estrella? Non va bene. Stai piangendo.»

Mia sorella alza gli occhi al cielo, e come una bambina adorabile proferisce delle parole che mi fanno sorridere.

«Sei insopportabile», fa finta di lamentarsi, ma so che è contenta di avermi vicino a lei.

Chiudo la porta per evitare che mamma o Yosef la vedano abbattuta e mi siedo sul suo letto come quando eravamo piccoli.

Tolgo le scarpe, incrocio le gambe e le porgo le mani.

Comprende subito quello che sto facendo e si posiziona proprio di fronte a me, arrendendosi definitivamente.

Mi fissa per qualche secondo, irresoluta, poi afferra le mie mani con le sue e mi rivolge un leggero sorriso.

«Proprio come quando eravamo piccoli?» Si riferisce al gioco che abbiamo creato da bambini per proteggerci da tutto e tutti.

Mi avvicino con il viso e la guardo dritta negli occhi.

«Proprio come quando eravamo piccoli, esattamente! Adesso con me sei al sicuro Estrella e puoi dirmi tutto quello che ti affligge. Mi dispiace di essermene andato e di non essere stato presente nella tua vita... ma non avevo altra scelta. Ho dovuto farlo, capisci?»

Estrella annuisce senza ribattere.

Sembra che mi capisca, che sia dalla mia parte, e le sorrido dolcemente mentre le accarezzo la guancia.

«Sei l'unica che è con me. Papà ha cercato di perdonarmi, ma vedo che porta un po' d'astio nei miei confronti», confido dispiaciuto.

«Papà è così, Raziele. Non è mai stato presente nella nostra vita, ma ha sempre voluto che noi ci fossimo per lui. Non rimanerci male. Hai fatto la tua scelta e nessuno può biasimarti.»

Continuo a osservarla e mi domando: da quanto tempo è diventata così grande e saggia?

«Comunque... non siamo qui per parlare di me, ma di te. Allora... mi dici perché sei triste? Tu e Jov...»

Estrella punta lo sguardo verso la scrivania vuota e capisco di aver toccato un tasto dolente.

«Io e Jov non stiamo più insieme da prima che tu andassi via, Raziele...»

La scruto nervoso: «In che senso? Perché non me l'hai mai detto? So che avete avuto quel litigio a causa di Cecilia, ma pensavo che dopo l'incidente, sai... foste tornati insieme.»

Glielo chiedo sbalordito mentre lei tira su col naso e ricomincia a tremare.

Cerco di tranquillizzarla; se quel bastardo le ha fatto qualcosa dovrà vedersela con me.

«Estrella... Jov ti ha fatto del male?»

Dentro di me so che è impossibile un comportamento del genere da parte di uno dei miei più cari amici e, per questo, aspetto con insistenza la risposta.

«No... assolutamente no. Jov non farebbe mai una cosa del genere.»

Sospiro di sollievo e alzo gli occhi al cielo.

«E allora perché non mi hai detto che vi siete lasciati?» Continuo a chiederglielo perché voglio sapere qualcosa in più.

Estrella sbuffa, ma non si allontana. Sa che dovrà darmi delle risposte.

Si passa una mano tra i capelli e sospira.

«Perché stavi male, Raziele. Avevi perso Brenda, sei entrato in coma per parecchi mesi, poi sei andato dallo psicologo, e non volevo farti stare in pensiero per me.»

Le lancio un'occhiata amorevole, si è sempre preoccupata molto.

«Grazie, però potevi dirmelo.» Biascico senza rimproverarla.

Estrella annuisce e si schiarisce la gola, noto però che è ancora molto nervosa.

«Estrella, ti prego parlami. Non tenerti tutto dentro. Non posso vederti così. Non mi sembri neanche tu. È da quando sono tornato che non fai che evitarmi e a stento mi parli, perciò mi spieghi il perché?»

Alza il capo verso di me e il suo colorito mi fa preoccupare: è pallida più che mai.

«Stai male?» Le chiedo allarmato.

Scuote la testa e inizia a piangere di nuovo. Mi avvicino e l'avvolgo in un abbraccio per consolarla.

«Ehi... Estrella. Qualunque cosa sia la supereremo. Si risolverà, vedrai!»

Si porta una mano sul ventre e inizia a singhiozzare.

«C'è una verità che non ti ho detto, *Raziele*...» la sua voce si incrina, non è molto chiara perché i singhiozzi interrompono la fluidità, ma lei non smette di parlare.

«Non voglio dirtelo... perché poi le cose cambieranno e niente sarà più come prima, però non posso neanche più vivere con questo macigno nel cuore. Ho perso Jov per questo motivo e so che perderò anche te, ma devo parlare.»

«Estrella? Adesso mi stai spaventando. Cosa devi dirmi?»

Sento la mano di mia sorella stringere la mia e non l'allontano. Ha bisogno di avermi vicino e non l'allontanerò.

Non ora. Non ora che è così emotivamente instabile.

«Cos'è successo?»

Fa un bel respiro e finalmente comincia a parlare, senza guardarmi negli occhi.

Non la obbligo ad alzare lo sguardo e resto in silenzio ad ascoltarla.

«È colpa mia se hai perso la persona che amavi», proferisce a bassa voce.

Rimango immobile, con gli occhi dilatati, scombussolato, perché ci deve essere un errore.

«Che significa, Estrella? Spiegami, ti prego.»

Cerco di contenermi, di non gridarle contro, è troppo vulnerabile in questo momento.

«Quella sera hai ricevuto una chiamata dalla mia amica Niki, vero?»

Annuisco, mentre la guardo con gli occhi quasi lucidi.

Vedo che si sta agitando e allo stesso tempo non ha il coraggio di lasciare le mie mani e le stringe sempre di più.

«Sì. Mi ha detto che eri ubriaca e che dei ragazzi ci stavano provando con te. Mi sono messo in macchina insieme a Brenda e ho anche chiamato Jov perché doveva aiutarmi. Perché hai tirato in ballo questa storia, adesso?»

Mi guarda spaventata. A un certo punto, allenta la presa e si alza dal letto per andare verso la finestra.

Non mi avvicino, ma sta prendendo tempo e questo non mi piace.

«Estrella, parlami!» La obbligo a dirmi tutto, a confidarsi con me, il suo unico fratello, colui che la proteggerà sempre e osservo la sua sagoma.

Continua a guardare oltre la finestra e riprende a parlare proprio perché non ce la fa più a tenersi tutto dentro, lo vedo.

«Ha mentito, Raziele. Lei non voleva, l'ho costretta io a fare questo gioco... eri triste e volevo che venissi in discoteca per divertirti e per dimenticarti di Brenda.»

All'improvviso inizia a piangere a dirotto, mentre io rimango in silenzio, sconvolto.

Non riesco a credere a quello che mi sta raccontando, ma adesso è tutto chiaro.

«Che... che cosa stai dicendo, non è vero... tu... tu eri ubriaca. Niki era spaventata e io ho iniziato a correre come un pazzo per venirti a salvare, Estrella. Non mentirmi su questa cosa!» Urlo.

Il suo pianto è dolore puro, eppure non riesco a guardarla negli occhi.

Se è successo davvero come mi ha appena rivelato, sono stato ingannato e ho corso senza un valido motivo. Per di più, Brenda è morta non solo per colpa mia, per la mia irresponsabilità, ma anche per colpa di mia sorella.

Per la sua infantilità.

«Dimmi che non è vero», le chiedo sconfortato.

Questa volta si gira, e vederla piangere non mi provoca dispiacere, anzi, l'indifferenza si fa spazio tra i miei sentimenti.

«Estrella!» Sbatto il pugno sul materasso e lei indietreggia.

«Scusami Raziele... se io non ti avessi chiamato a quest'ora tutto questo non sarebbe successo. Scusami, ti prego...» comincia a gridare, a piangere, a strattonarsi i capelli; mi alzo dal letto e con foga faccio cadere alcuni libri dalla libreria.

Lei sussulta e continua a implorare il mio perdono. Si inginocchia per terra, ma la ignoro.

L'aria diventa più fredda e più tesa e il mio cuore prova di nuovo quel dolore che non ho mai dimenticato.

Negli ultimi tempi si è semplicemente affievolito, non è mai scomparso, e questa nuova verità mi ha turbato ancora di più.

Non mi ha liberato dai sensi di colpa, perché comunque la mia è stata imprudenza, ma se mia sorella non avesse inventato quella pagliacciata, a quest'ora Brenda sarebbe ancora viva.

A quest'ora sarebbe stato tutto diverso.

Non mi sarei allontanato, non avrei perso anni dietro ad esami inutili, non mi avrebbe odiato nessuno per la sua morte.

La mia vita sarebbe stata diversa.

Scaravento qualche altra cianfrusaglia per non perdere la calma su di lei e quando pronuncia il mio nome le urlo contro.

«Basta! Sei una stronza, Estrella! Avresti dovuto dirmelo prima. Brenda è morta anche per colpa tua!»

«Cosa sta succedendo qui?» La voce della mamma riecheggia in mezzo a noi: la sua figura è appena comparsa, preoccupata e allarmata.

Zio Yosef le è accanto e ci guarda accigliato.

«Mi fai schifo, Estrella! Mi fai schifo!» Sbraito, furente.

Non rispondo alla domanda, non sono lucido per niente, ho bisogno di evadere, di sfogarmi.

Deglutisco a fatica per non soffocare, e non mi soffermo a parlare con loro.

Scappo un'altra volta, afferro le chiavi della mia macchina, anche se mia madre sta urlando il mio nome.

«*Raziele*! Non andartene. Raziele, parliamone...»

Le sue parole adesso sono lontane, la rabbia mi sta soffocando.

Sembra come se stessi annegando nella disperazione più totale.

Adesso è tutto chiaro: Estrella si è allontanata da me perché si sentiva in colpa, Jov molto probabilmente lo sapeva e l'ha lasciata per non soffocare insieme a noi. Ma quel bastardo avrebbe potuto dirmelo, invece no.

Nessuno ha fatto nulla per me.

Mi hanno lasciato da solo e non mi hanno aiutato.

Che pezzi di merda!

Altro che amici.

Calcio una pietra con tutta la forza che ho e scaglio un pugno sul vetro della macchina senza curarmene. Il vetro si sbecca e la mia mano si gonfia per la botta causata, ovviamente non m'importa.

Sono fuori di me, sto perdendo il controllo e non ho intenzione di calmarmi.

Apro lo sportello dell'auto anche se la mia mano sanguina.

La mamma esce per venirmi incontro, per cercare di calmare la mia ira. Non è sola, è seguita da Yosef e da Estrella che ha gli occhi lucidi, gonfi e rossi.

Li allontano con una spallata e con la sensazione di rabbia che ormai ha preso il sopravvento salgo in macchina e parto, premendo l'acceleratore. Mi passo furioso la mano colma di sangue sul volto, accorgendomi di quanta verità mi è stata tenuta nascosta.

Non lancio nessuna occhiata alla casa che si intravede da lontano e alle urla che ancora riecheggiano nell'aria. Ho fatto bene a reagire in questo modo. Più che bene. Arrabbiato e preso in giro, mantengo lo sguardo fisso sulla strada che sto percorrendo ad alta velocità.

L'unica cosa che importa in questo momento è correre.

Infatti aumento la velocità, non tanto per inseguire il mio destino, perché ormai non mi appartiene più, bensì per farmi ancora più male.

Merito di non essere felice, merito di soffrire per tutta la vita.

Merito...

Merito di morire.

Adesso.

Sì...

Sto andando incontro alla morte e spero con tutto me stesso che mi accolga a braccia aperte.

51
Una storia da raccontare

Ania

Mi rendo conto di aver ripreso conoscenza; quando schiudo gli occhi mi ritrovo in una casa sconosciuta.

Appena metto a fuoco la vista e mi siedo sul divano in cui mi hanno adagiata, sento delle voci provenire dalla sala più lontana.

Lascio la coperta che mi avvolgeva e raggiungo quel vociare. Quando arrivo sulla soglia trasalisco e rabbrividisco perché cinque teste si voltano verso di me.

I miei piedi si fermano bruscamente e fisso stordita tutti quanti.

In cucina i presenti sono: Cecilia, Jov, Yago, Adelio e Lazaro. Inchiodano lo sguardo su di me poi, irrequieti e del tutto a disagio, si fissano l'un l'altro.

Il mio sguardo si incastra su Lazaro, perché la perdita dei sensi non mi ha cancellato la memoria e ricordo perfettamente le parole che mi ha rivelato prima che cadessi a terra e mi sentissi uno schifo.

Lazaro assottiglia le palpebre senza proferire parola, ma sembra turbato...

Non riesco proprio a capire. È tutto così confuso, assurdo, irreale.

D'un tratto, una domanda attira il mio sguardo.

«Come ti senti, Ania?»

È Yago a rivolgermi la parola per primo, il ragazzo che conosco da quando sono piccola.

Appena sposta lo sguardo da Cecilia a me, noto quanto questa cucina sia immensa, moderna e luminosa.

«Dove mi trovo?» Ribatto, mentre osservo lo stile, che non mi dispiace per niente.

«Oh beh, sei a casa mia.» Rivela l'unica voce che tollero a stento. Corrugo la fronte e inarco un sopracciglio.

«Perché mi hai portata a casa tua, Cecilia?» La interpello, e mi rivolgo troppo scontrosa e acida per i miei gusti, ma non posso farci niente. Poche ore prima lei e Lazaro mi hanno rivelato una verità che ha distrutto ogni mio pensiero contorto.

«Perché dobbiamo parlare.» S'intromette Lazaro mentre Cecilia stava per rispondere alla mia domanda.

Gli lancia un'occhiataccia come per dirgli che forse non è il momento, ma sono d'accordo con lui.

Dobbiamo parlare.

Devo sapere tutto: adesso non ne posso proprio più.

Ho raggiunto il limite.

«Prima io, personalmente, vorrei sapere come si sente Ania...» la premurosità di Yago non mi stupisce più di tanto e un sorriso dolce compare sul mio volto.

«Sto meglio, Yago. Grazie.»

Non mi avvicino al tavolo dove sono riuniti i cinque perché ho deciso di restare in piedi, pronta a scappare se ce ne sarà bisogno.

Risalgo con lo sguardo sulla figura di Lazaro e lo vedo ancora intento a fissarmi.

Non ha smesso di ispezionarmi neanche un attimo: la sua concentrazione quasi mi infastidisce, ma dobbiamo prendere la situazione in mano.

Ha ragione.

«Qualcuno di voi ha avvertito Raziel, per caso?» Stringo gli occhi e formo una fessura, per evitare che lacrime e ricordi brucino le mie iridi.

Iniziano a sudarmi le mani, devo calmare il mio respiro.

«No, nessuno di noi lo ha avvisato del fatto che tu sia svenuta e che sia qui», ammette Jov, sicuramente non contento di questa scelta presa.

«Anche perché tu non vuoi parlargli e lui ci ha chiesto di dirti solo una parte della verità», continua sempre lui, appoggiato allo schienale della sedia.

Mi guarda con un odio strano, come se mi detestasse da sempre.

Cosa gli ho fatto?

I suoi capelli rossi, sotto la luce del neon, raggiungono una tonalità molto calda; tuttavia, dentro sembra avere un animo di ghiaccio.

Non mi ispira fiducia, ma non lo conosco, e non posso giudicarlo.

«Meglio così. Non ho bisogno che venga qui», la mia voce è risoluta e tutti annuiscono, acconsentendo alla mia richiesta di non avvertirlo.

Non riesco ancora a credere che Raziel abbia avuto la mia lettera per tutto questo tempo e che le nostre vite siano state lontane tutti questi anni prima di incrociarsi.

«Vuoi sederti?»

Mi stupisco della gentilezza di Cecilia: effettivamente sono stanca, così decido di sedermi in mezzo a loro e di affrontarli.

Hanno una storia da raccontarmi e voglio sapere tutto.

«Chi comincia?» Lo chiedo con garbo, senza risultare arrogante e scontrosa come all'inizio.

D'altronde sono tutti qui per me, per parlare. Non sono contro di me. Almeno credo...

Lancio uno sguardo a Jov e vedo che ancora mi fissa in modo inquietante.

Questo ragazzo dovrebbe darsi una regolata.

Cos'ha? Ce l'ha con il mondo intero? Odia tutti?

Vorrei tanto saperlo, ma cerco di non chiedere nulla al diretto interessato, non vorrei commettere un errore.

Proprio per questo lo lascio stare e mi concentro sulla storia che ancora non conosco.

Cecilia mi guarda interdetta, poi però prende parola.

«Ti ricordi cosa abbiamo detto prima di svenire?»

«Certo che lo ricordo» pronuncio, provando un miscuglio di emozioni.

Sono agitata, nervosa, triste, arrabbiata, ma anche felice di scoprire finalmente qualcosa in più.

«Allora ricordi bene che tu hai il cuore di mia sorella Brenda», continua senza tatto Lazaro.

Tra le mani tiene un coltellino che rigira con maestria.

Deglutisco il groppo in gola, senza soffermarmi troppo a lungo su di lui.

«Sei un tipo molto schietto, Lazaro, vero?» Domando infastidita.

Non ha avuto un minimo di sensibilità, non ha pensato a come potessi sentirmi.

Sbuffo e alzo gli occhi al cielo molto irritata.

Lui, invece, mi riserva un sorrisino sghembo e si porta una mano tra i capelli.

Questa volta non indossa il cappellino che gli ho visto precedentemente, quando mi trovavo al locale; i suoi capelli però sono sempre legati in una bassa coda.

«Abbastanza, sì», la sua espressione diventa seria e mi mette in soggezione più di quella di Jov.

Non riesco più ad attendere altri minuti. Il tempo è prezioso e nella mia vita stanno succedendo cose strane. Ho bisogno di capire, di comprendere...

Chi è veramente Raziel? Ha indossato troppe maschere... qual è il suo vero volto?

«Okay. Volete spiegarmi cortesemente cosa sta succedendo?»

«Non possiamo dirti tutta la verità. Raziele ci ha chiesto solo di rivelare che hai il cuore di Brenda perché l'abbiamo scoperto tutti da poco. Persino lui. E poi, di farti sapere che non ti ha mai mentito. Tu non hai voluto ascoltarlo e così ha chiesto a noi di intervenire», Cecilia continua al posto di Lazaro ed io la ascolto attentamente.

È davvero una bellissima ragazza, chissà se tra lei e Lazaro c'è qualcosa.

Qualche ora fa, quando li ho visti al locale, sembravano molto intimi.

«D'altronde Raziele è scosso in questo momento...» interviene Yago, difendendolo.

«Come sempre», bofonchia Jov.

Corrugo le sopracciglia perché noto un certo astio nella sua voce.

Lo guardo e lo scruto con attenzione, imitando la sua occhiata inquietante.

Jov mi becca e mi coinvolge con lo stesso sguardo.

Restiamo a fissarci per qualche istante di troppo, fino a quando la voce di Cecilia interrompe questo gioco di sguardi poco piacevole.

Mi riconcentro su di lei.

«Non possiamo dirti altro, Ania, soltanto farti aprire gli occhi. Raziele è un bravo ragazzo e non ti mentirebbe mai.»

So che è un bravo ragazzo, so che non è cattivo e che si è comportato in quel modo solo per tutti i sensi di colpa che prova... nel mio animo lo conosco davvero.

È un ragazzo triste, in lotta con il proprio passato, che ha bisogno di essere amato da me.

Ha bisogno d'amore, non di dolore.

Mi manca... anzi, in realtà mi manca terribilmente. Ogni volta che litighiamo un pezzo del mio cuore si frantuma ed io, invece, lo vorrei tutto intero.

Sono stanca di combattere contro il suo passato, il suo dolore, i suoi tormenti. Ora vorrei solo abbracciarlo.

«Su questo non ne sono poi tanto sicura», ribatto alla fine e nella mia mente ricordo tutte le volte in cui lui si è allontanato, oppure quando è scappato dalla finestra per non rivelarmi la verità. E tutte le volte, in un modo o nell'altro, io l'ho perdonato.

«Cosa vuoi dire?» La ragazza piega la testa di lato e mi fissa, curiosa.

«Ad esempio... quando siamo stati in vacanza mi ha mentito. Ha fatto finta di non conoscerti, solo dopo mi ha spiegato che tu eri lì e che avete parlato.»

Lei annuisce.

«Sì, gli ho chiesto mille volte di tornare, ma lui non ha mai voluto. Ci siamo incontrati anche un'altra volta. Sono venuta nel tuo quartiere, solo che non mi hai vista. Lui mi ha allontanata subito e così me ne sono fatta una ragione. Raziele voleva restare lì, con te, e crearsi una nuova vita. Ma poi i doveri di famiglia l'hanno obbligato a tornare...» Sono inorridita dalle sue parole perché ovviamente non ero a conoscenza di quella volta in cui lei e Raziel si sono visti, di nascosto a me, però ora torna tutto. Ecco perché tempo addietro, fuori dal pub, avevo visto Cecilia e Adelio che parlavano sotto i portici. Erano venuti a Recoleta per Raziel.

Chi mi assicura che tra Cecilia e Raziel non c'è o c'è stato mai veramente nulla?

Ho la testa confusa e annebbiata.

Provo a farmi coraggio, perché questa volta vorrei che fosse lei a dirmi la verità su loro due.

Quando io e Raziel abbiamo fatto l'amore per la prima volta, non gli ho chiesto se fosse Cecilia la ragazza con cui l'aveva già fatto in passato; il momento di sapere è arrivato.

«Tra voi due c'è mai stato qualcosa?»

Una risata divertita fuoriesce dalle sue labbra carnose.

«Assolutamente no! Tra me e lui non c'è mai stato nulla. Te l'ho già detto, se non sbaglio», rivela con molta convinzione.

«Non sembrava così la prima volta che ci siamo incontrate...»

«Oooh...» Yago fa il burlone e Jov gli lancia un colpetto sul collo per farlo tacere. In contemporanea Jov riserva a Cecilia uno sguardo diverso, quasi accusatore.

«Questa è una questione tra donne, idiota!» Esclama Lazaro, sempre con quell'aria da duro.

«Davvero, Ania. Non c'è mai stato niente tra noi... neanche in passato.»

«Chissà come mai...» continua sottovoce Yago. Jov fulmina nuovamente l'amico.

Cecilia non è seduta accanto a me, si trova a capotavola, ma mi sta rassicurando con lo sguardo su ciò che mi ha detto.

Annuisco e pongo fine alla gelosia che mi mangia viva ogni volta che qualcuna si avvicina a Raziel.

«E la collana che mi è arrivata il giorno del mio compleanno di chi è? Sai qualcosa di questa storia?» Istintivamente ricordo la serata di Halloween e non posso fare a meno di chiederle della collana. Forse Raziel le avrà raccontato anche quel particolare che ci ha divisi per tanto tempo.

Cecilia sospira amareggiata e si morde il labbro inferiore. Tutti la guardano.

«Diglielo... avanti», Adelio la incita a intervenire. Mi giro a guardarlo, per un attimo avevo dimenticato la sua presenza. È stato in silenzio tutto il tempo, anche quando Yago ha lanciato quelle battutine.

«E va bene...» la ragazza sbuffa, poi mi rivolge uno sguardo indecifrabile e agitata si accarezza i capelli. Più di una volta, prima di proferire la verità, occhieggia verso Lazaro, ma lui non aggiunge niente. Così, Cecilia mi racconta la sua parte. «La collana è di Brenda. L'ho rubata tempo fa quando ero a casa di Lazaro e ho agito di conseguenza solo per farti allontanare da Raziele. Te l'ho mandata il giorno di Halloween per farti credere che potesse provare qualcosa per te. Lui, vedendo la collana addosso al tuo collo, si sarebbe infuriato e avreste litigato. Infatti, è andata proprio così, Raziele è andato su tutte le furie.»

Sgrano gli occhi.

«Sei stata tu? Hai idea di come mi hai illusa? Hai idea di quello che abbiamo passato per delle settimane a causa di quella collana?» Sbraito a poca distanza da lei.

Qualcuno dei ragazzi fischia per disturbare la conversazione, ma non mi volto a capire chi è stato.

Cecilia alza gli occhi al cielo, come se stessi esagerando, invece ho ragione ad alterarmi così. Come si è permessa? Non avrebbe dovuto mandarmi quella collana e prendersi gioco di me e dei miei sentimenti.

«Non fare la melodrammatica, Ania. Volevo che lui tornasse da noi. Non apparteneva al tuo mondo.»

«Ci hai fatto litigare. Per settimane siamo stati lontani, per settimane abbiamo recitato... lui mi ha detto cose crudeli», confesso, senza più nulla da temere.

Jov e Yago non dicono nulla; cercano di studiare il comportamento del loro amico in religioso silenzio.

«Mi dispiace, Ania. Davvero... io volevo solo il mio migliore amico indietro. Mi mancava da morire.»

«Dai, ragazze. Ormai è passato... non potete metterci una pietra sopra?»

D'un tratto Yago cerca di sdrammatizzare, sperando di chiudere il discorso sulla collana. Dato che sono davvero esausta e non ho più voglia di sentire altro da parte di Cecilia, mi ammutolisco.

Sposto lo sguardo sul fratello di Brenda, seduto accanto a Cecilia, con gli occhi reclinati verso il basso.

In realtà vorrei chiedere a Lazaro come abbia perso sua sorella, ma non lo faccio perché potrei essere indelicata e rievocare brutti ricordi.

Perciò mi limito a rispondere.

«Non penso, ma non mi vendicherò di Cecilia. Non sono pazza e spietata come lei.»

Mi guarda in cagnesco e me ne infischio perché riporto l'attenzione su qualcosa di più importante. «Potete dirmi solo questo? Non potete rivelarmi nient'altro?» Incrocio le braccia al petto e osservo lo sguardo di tutti i presenti.

Rimangono zitti, come per farmi capire che hanno parlato troppo, quando improvvisamene una chiamata ci fa sobbalzare.

È il telefono di Yago che sta squillando e quando legge il nome del mittente, lancia un'occhiataccia a Jov.

«È lei? Dille che non voglio parlarle! Che cazzo!» Sbotta Jov.

«Amico... forse dovresti parlarle. Sta male, ha bisogno di te.» Continua Yago, ma Jov si alza infuriato dalla sedia e abbandona la stanza strattonandosi i capelli.

Cecilia cerca di calmarlo, lui la allontana e si nasconde in salotto, lontano dagli sguardi dei suoi amici, senza dire una parola. Appena Jov scompare, riconcentro la mia attenzione su Yago.

«Devo rispondere.» Annuncia e Lazaro e Cecilia annuiscono.

A un certo punto, sentiamo dei singhiozzii dall'altro lato della cornetta e una voce che grida disperata.

Ognuno di noi guarda allarmato Yago, che si allontana per cercare di avere un po' di privacy.

«Ehi, ehi... calmati, cosa... Estrella calmati!»

Al nome di Estrella scatto in piedi e mi reco indispettita da lui.

«Merda! Stai calma! Sì, ci pensiamo noi!»

Yago avanza a grandi falcate verso la porta d'ingresso, sorpassandomi.

Cecilia è la prima a scattare in avanti e a chiedere all'amico spiegazioni, ma la sorpasso e agguanto Yago per un braccio.

«Cosa succede?» Domando, allargando i miei occhi ormai privi di lacrime.

Yago sospira scosso, poi si stacca dalla mia presa e richiama Jov.

«Jov, Jov!»

L'amico esce dal bagno iroso, ma quando nota Yago, accanto alla porta d'ingresso e totalmente sconvolto, si precipita verso di lui.

«Cosa le è successo? Sta male?» Lo afferra per la felpa, anche se Yago cerca di calmarlo.

«Non si tratta di Estrella!» Sbraita.

Parlano in codice ed io non riesco a capire, tuttavia adesso mi sto alterando anche io, perché Yago sembra che mi stia evitando di proposito.

«Yago! Mi dici cosa sta succedendo? Perché Estrella ti ha chiamato?» Sbotto tutto a un tratto e quando mi giro trovo Cecilia e Lazaro due centimetri dietro di me.

«Lo vorrei sapere anche io!» Esclama Cecilia, arrabbiata.

«Si tratta di Raziele...»

Automaticamente mi avvicino a Yago e spalanco le pupille.

«Sta male? Yago non farmi preoccupare...» dentro di me il cuore sembra essere impazzito.

«Yago!» Questa volta urlo più forte, anche se la mia voce m'inganna perché trema. Yago mi afferra per i polsi.

«Non... non sta bene! Estrella era in lacrime e mi ha detto che Raziele è uscito di corsa e ha preso la macchina. Non sa dove sia diretto, ma non è tranquilla... ha paura che possa commettere una pazzia», dichiara agitato.

Scuoto la testa e mi prendo il volto con entrambe le mani.

Non riesco a capire!

«Gliel'ha detto?» Chiede Jov con una voce baritonale, diversa dal solito, dietro le mie spalle.

Yago fa un rapido cenno di consenso ed io mi domando cosa Raziel abbia saputo.

«Cosa? Cosa avrebbe dovuto sapere, Raziel? Ragazzi non sto capendo più nulla!»

«Non c'è tempo da perdere. Per ora non è il momento di parlarne. Dobbiamo cercarlo. Ania, tu vieni con noi... Lazaro e Cecilia cercheranno in altri posti!» I due si affrettano e Cecilia recupera la borsa con le chiavi di casa.

Si appropinqua a me e mi guarda con un terrore incredibile negli occhi.

È preoccupata per Raziel, forse tanto quanto lo sono io.

«Lo troveremo, Ania. Non preoccuparti. Questa volta non è solo.»

Cerco di farmi forza e caccio indietro le lacrime che vorrebbero prendere il sopravvento perché nel mio cuore sento che lo troveremo prima che possa succedere qualcosa di brutto.

Devo trovarlo.

Raziel è la mia àncora di salvezza, è il sorriso che riempie le mie giornate.

Non posso immaginare una vita senza la sua presenza, sarebbe incompleta e lui, invece, mi completa.

Siamo due anime che si sono ritrovate in mezzo al caos più totale e che si amano, nonostante ancora non abbiamo rivelato i nostri sentimenti apertamente.

Se mi giro riesco a immaginare il suo sorriso ovunque. Se mi addormento riesco a vedere i suoi occhi che mi guardano con un'intensità unica. Se sono triste, sento le sue mani addosso come se mi stessero consolando.

Lui ormai è parte di me, e non voglio lasciarlo andare.

Appena ci ritroveremo chiariremo tutti i malintesi e non ci saranno altri ostacoli a dividerci.

Staremo bene.

Saremo noi e riusciremo a crearci uno spazio dove i nostri baci supereranno le paure, dove le carezze sfioreranno la pelle, dove i sorrisi oscureranno gli incubi.

Saremo io e lui nel nostro piccolo angolo di paradiso.

Abbiamo ancora tante cose da dirci, tante cose da fare, non può andarsene senza includermi.

Non può.

Non glielo permetterò mai.

«Andiamo.» Con passo deciso esco dalla porta e mi dirigo verso una delle due macchine che intravedo posteggiate all'esterno.

Alla mia destra c'è una Ferrari rossa, alla mia sinistra una Mercedes blu.

Mi incammino a caso verso la Ferrari, ma la voce di Lazaro interrompe i miei passi.

«Bellezza… stai andando dalla parte sbagliata.» Afferma, con fredda ironia.

Può essere cinico in un momento come questo?

Yago mi lancia uno sguardo e mi fa comprendere che la sua macchina è la Mercedes blu, così cambio direzione e incedo dall'altra parte.

«Se avete novità, chiamatemi!» Ordina Yago a Lazaro, a Cecilia e ad Adelio.

Entrambi non si comporteranno diversamente, salgono sulla macchina di Lazaro e partono prima di noi.

Io, Yago e Jov facciamo la stessa cosa.

Partiamo alla ricerca di Raziel sperando di trovarlo al più presto.

Sperando che non compia delle scempiaggini irrimediabili.

52
Sfuggire dall'abisso dei ricordi

Raziel

Non merito di essere felice.
Da quando è morta Brenda sono stato prigioniero di un vortice oscuro che non mi ha permesso di capire, di respirare; so di non meritarmi la felicità.

Mia sorella ha appena ammesso di avere colpa in questa vicenda.

All'inizio sono rimasto inerme, fermo, incapace di dire qualcosa, poi mi sono sentito tradito e ho perso la testa.

Per tanti anni mi sono addossato la colpa di tutto e invece, forse, non è stata solo colpa mia se Brenda è morta.

Ormai è andata così e in un modo o nell'altro anche io sono colpevole.

Subito dopo la rivelazione ho iniziato a dare di matto e sono corso via.

Ho recuperato la macchina e adesso mi trovo in un mondo tutto mio, dove mille ricordi stanno riaffiorando nella mia mente per distruggermi definitivamente.

Mi trovavo in palestra. Mi stavo allenando come tutti i pomeriggi, fino a quando le mani di Brenda non sfiorarono il mio torace.
«L'allenamento sta dando i suoi frutti...»
Anche lei si allenava in quel posto e con quei pantaloncini corti emanava sesso da tutti i pori.
Avrei voluto toglierglieli e baciarle ogni singola parte del suo corpo.
«E questi pantaloncini? Non sono troppo corti?»
Scoppiò a ridere e sculettò davanti a me per fronteggiarmi.
«A me piacciono moltissimo. Anche Rick li ha trovati super carini», ammise, salutando l'istruttore da lontano.
Rick sogghignò, ma la lasciò perdere e si diresse da altre ragazze.
Sapeva che io e Brenda avevamo una storia e che fosse off-limits.
«Io non li trovo carini, li trovo provocanti», bisbigliai al suo orecchio.
Brenda sussultò, ma non si voltò a guardarmi negli occhi.
Mi dava la schiena.

Due ragazzi stavano fissando la nostra scena, perciò, infastidito dalla loro presenza, afferrai Brenda e la trascinai nel ripostiglio della palestra.
Buio e piccolo.
«Rick potrebbe insospettirsi...»
«Lo sa, non è la prima volta che scopiamo qui dentro», sbottai, spavaldo, stringendole la vita.
Brenda sospirò eccitata.
«Mi piaci soprattutto quando sei così possessivo e geloso.»
«Ecco perché mi provochi...»
Brenda sorrise e mi lasciò un bacio bollente sul collo.
Anche se ero sudato a lei non importava.
«Mhmm... sei così sudato. Vorrei sudare anche io e fare un giro sulla tua giostra», sussurrò, spogliandomi con gli occhi e mordendomi più volte le labbra.
«Sarà un giro veloce però, dovremmo proseguire in serata», le ricordai e lei ammiccò, senza perdere altro tempo.
Mi tolse la maglietta e dopo aver osservato con acuta attenzione i miei addominali, sfilò via i pantaloni della tuta e mi fece sedere per terra.
Mi accostai all'incavo del suo collo e inspirai il suo, di odore. Buonissimo come sempre.
La accontentai immediatamente. Non persi altro tempo e quando l'accolsi e il mio membro entrò dentro di lei fu una sensazione che mi fece scoppiare il cuore.
Anche se il momento fu effimero, ma intenso, appena venimmo entrambi la strinsi a me e i suoi seni mi infiammarono il petto.
Dio, quanto era bella.
Prima di staccarsi da me, le succhiai un capezzolo e lei gemette divertita.
«Dobbiamo tornare di là, sporcaccione.»
Glielo impedii perché non ne avevo mai abbastanza di lei, dei suoi modi di fare, dei suoi sorrisi.
«Vorrei ripetere il momento...»
Si alzò e mi sculettò in faccia.
«Più tardi. A casa mia o a casa tua?» *Domandò.*
«Potremmo andare nella mia dependance. Non ci abita nessuno e così non daremo troppo nell'occhio.»
Brenda acconsentì e mi rubò un bacio veloce, salato.
«Come mai non ci dormi tu? Avresti più intimità», mi consigliò, da ragazza furba.
Aggrottai le sopracciglia perché in realtà non ci avevo mai pensato.
La dependance era sempre stata vuota. Nessuno l'aveva mai utilizzata.

Era stata un'idea di papà volerla costruire.
«Non sarebbe una cattiva idea.»
Mi rivestii velocemente e quando uscimmo dal ripostiglio, ci ritrovammo Rick davanti che ci sorrise, malizioso.
«Siete sempre voi due... dovrei chiuderlo a chiave.»
«Dai, Rick. Non fare il cattivone», lo schernii e lui sogghignò.
Dopodiché io e Brenda andammo via, tanto ci saremmo rivisti la sera, nella mia dependance.

Brenda mantenne la promessa.
Facemmo l'amore svariate volte e non eravamo mai soddisfatti. La accarezzavo ovunque, mordevo la sua pelle, i suoi seni, mentre lei giocava con il mio membro duro e pronto per lei.
D'un tratto, mentre mi vezzeggiava l'addome, una sua strana supplica mi colse impreparato.
«Dimmi che mi amerai per sempre, Raziele.»
La guardai lusingato da questa pretesa e le riservai uno sguardo insolito, curioso ma anche compiaciuto.
«Come mai questa richiesta così particolare?» Le chiesi, ma lei si rabbuiò, mise il broncio.
«Non mi ami?» Continuò, appoggiandosi su un braccio.
«Non era questa la domanda, Brenda. Lo sai che ti amo da morire», asserii, con una mano attorno ad una ciocca dei suoi capelli.
«E allora... qual è il problema? Non vuoi dirmi che mi amerai per sempre? Ti spaventa il per sempre, Raziele?»
Mi faceva stravedere quando pronunciava il mio nome. La sua voce era sexy da morire. Tutto di lei era così perfetto.
Fu sufficiente guardarla un istante per poter cedere a una delle sue più stravaganti richieste.
Rimasi immobile e la contemplai come se fosse una dea. Era distesa accanto a me, appoggiata su un gomito, mentre con l'altra mano si divertiva ad accarezzare il mio cuscino.
Abbozzai un sorriso che la condizionò.
«Allora?»
Mi sentivo davvero sedotto da lei, innamorato al limite della sincerità. Non avevo mai amato nessuno come lei, adoravo i suoi modi di fare, adulavo il suo corpo e non desideravo guardare un'altra donna se non lei.
Con la sua presenza perdevo il senno e se osavo poggiare lo sguardo sulle sue labbra, quegli stessi pensieri ritornavano a confondermi, pregni di un'incontrollata bramosia.
E lei mi istigava ad agire, a fare diventare realtà ogni mia maliziosa

perversione.

Avanzai d'istinto e il mio torace sfiorò il suo petto. Il lenzuolo scivolò via e la sua nudità mi invogliò a proseguire ciò che avevamo fatto le ore precedenti.

«Dunque, messere Raziele?» Si dilettò dei miei modi da galantuomo ed io sfiorai il suo corpo caldo.

Il mio tocco le scatenò una passione che mi coinvolse.

«Messere?»

«Un tempo era un titolo di dignità», spiegò, nonostante ne conoscessi il significato e sogghignai, pensando a noi in un improbabile tempo passato.

«Mi vedi troppo come un galantuomo di altri tempi.»

«Gentiluomini come te ai giorni nostri sono difficili da trovare. Ed io sono stata fortunata... tu sei il mio gentleman e inoltre...» sorrise maliziosamente e si morse le labbra per farmi perdere la testa.

«Inoltre?»

Per una frazione di secondo, pensai di volerle salire sopra e stuzzicarla in un modo del tutto perverso, tuttavia mi contenni.

«Inoltre, un gentiluomo avrebbe stretto una promessa d'amore con la sua donna amata. Le avrebbe regalato l'amore eterno sia in vita, sia dopo la morte», continuò, con sguardo colmo di sfida.

L'attrazione che nutrivo per lei mi stava convincendo ad accettare. D'altronde, nel riflesso dei suoi occhi intravedevo il nostro futuro insieme.

La risposta che le avrei dato l'avrebbe accontentata di certo, non volevo declinare la sua proposta.

«Una promessa d'amore?» Proseguii, senza allontanarmi.

«Sì», ammise, schietta e lusingata di avere tutta la mia completa attenzione.

Qualcosa accentuò il battito del mio cuore. Silenziosamente stavo sudando e mi toccai la fronte.

«Va tutto bene?» Chiese premurosamente.

«Certo», mi schiarii la gola e cambiai posizione. Poggiai i gomiti sulle ginocchia, ma non chinai la testa. La stanza era offuscata e, per un attimo, indugiai.

Era una decisione ardua da prendere, in cuor mio comunque conoscevo già la risposta. D'un tratto, la sua voce si sovrappose ai miei pensieri.

«Raziele, sto scherzando... dai... non...»

La zittii con un bacio e mi si gonfiò il petto dall'emozione. Lei non mi ricusò, anzi mi strinse a sé.

Affondai il mio viso nell'incavo del suo collo e respirai il suo profumo.

L'aria fresca ci investì e Brenda non si affrettò ad accostare la finestra. Rimase, nuda e perfetta, accoccolata tra le mie braccia.
Appena la guardai negli occhi, osservai la sua vera bellezza e quelle labbra mi stuzzicarono ancora... risposi alla sua richiesta.
«Ti amerò per sempre, Brenda.»
La mia rivelazione la stupì e il suo sorriso si allargò fino al cielo.
«Davvero? Dimmi anche che non vivrai mai senza di me. Anche se un domani dovremmo lasciarci per un motivo. Promettimelo!»
Sorrisi al suo egoismo, ma lei era così: egocentrica e bellissima, da mozzare il fiato.
Le accarezzai la guancia e la guardai negli occhi.
In quegli occhi svegli e pieni di amore.
«Ti prometto che non vivrò senza di te. Che se non saremo felici noi due, non lo sarò con nessun'altra.» Fu un tantino irresponsabile come affermazione, ma sorridemmo entrambi e lei mi rivelò un luccichio di trionfo.
«Adesso sono sicura.»
Piegai la testa di lato: «Di cosa?»
«Del fatto che non mi tradirai mai. Promettimelo, Raziele. Promettimi che mi amerai per sempre. Regala alla tua Brenda un'autentica promessa d'amore.»
Inarcai le sopracciglia e la schernii, pensando che quella promessa, alla fine dei giochi, sarebbe stata importante per me. «E tu cosa regalerai a me, in cambio?»
«Deciderò più avanti cosa regalarti. Ma tu donami questa promessa. Ti prego. Ne ho bisogno.»
«Te lo prometto, Brenda. La mia promessa d'amore per te sarà valida fino alla fine dei miei giorni.»
Divertiti e pieni di passione, ci baciammo e riprendemmo a fare l'amore.

Sbatto il palmo della mano sul volante perché non mi capacito di come io abbia potuto infrangere la promessa, il solo pensiero mi fa stare di merda.

Le avevo promesso amore eterno, ero così sicuro del sentimento che provavo per lei in quel periodo, che infrangerlo mi ha fatto sprofondare ancora di più nei sensi di colpa.

Dopo la sua dipartita, dopo la mia depressione, ho incontrato la luce in fondo al tunnel e mi sono innamorato di Ania, della sua gentilezza, della sua voglia di vivere, del suo sorriso, del suo modo di parlarmi, sfiorarmi.

E Brenda, per tutte le volte che io e Ania abbiamo fatto l'amore, è scomparsa. È scomparsa dalla mia mente ma poi, puntualmente, torna a dirmi che devo amare solo lei e nessun'altra...

Stringo il volante e continuo a correre.

Ho superato di gran lunga il limite di velocità, ma non m'importa perché voglio punirmi.

Punirmi per tutto quello che ho fatto: Brenda è morta per colpa mia, per colpa di mia sorella ed io non merito di vivere.

L'ho anche tradita. Non sono stato solo con lei... un'altra donna ha fatto parte della mia vita e non doveva andare così.

Avevo fatto una promessa d'amore e l'ho infranta. Certo... ho resistito per tanti mesi prima di baciare Ania, prima di assaggiare il suo sapore... solo che la tentazione è stata così potente da non riuscirmi a contenere.

Ci può essere qualcosa di sbagliato nel fare l'amore con una donna che si ritiene importante?

Stringo gli occhi, oscurando per un attimo la vista. La macchina sbanda un istante ma riprendo il controllo, concentrandomi ancora più a fondo. Adesso sono pronto ad andare incontro al mio destino.

Sto percorrendo la stessa strada in cui è morta la ragazza a cui ho giurato amore eterno, perché non desidero altro che raggiungerla.

Merito di chiederle scusa, di dirle che ho infranto la promessa, che l'ho fatto anche per sentirmi vivo una seconda volta.

Ciò non basterebbe, perché Brenda mi odierebbe e non mi perdonerebbe mai.

L'ho delusa.

Come ho potuto spezzare il nostro amore così?

Lacrime amare continuano a rigare il mio viso pallido e sciupato. Le mie urla disperate, intrise di dolore e rabbia, riecheggiano agghiaccianti nell'abitacolo.

Fuori è quasi buio e in questa strada ci sono davvero poche macchine: alcuni guidatori mi hanno pure abbagliato per la velocità con cui li ho sorpassati, ma me ne sbatto i coglioni.

Ho bisogno di correre, soprattutto di morire.

Voglio morire.

Solo con la morte riuscirò a essere sereno e a ritrovare la pace.

I miei sensi di colpa scompariranno del tutto e mi ricongiungerò a Brenda. Saremo felici. Ania se ne farà una ragione. Non può capirmi, nessuno può farlo.

Ho sbagliato a fare l'amore con lei. Dovevo mantenere la promessa. Sono un bugiardo, un traditore. Non sono un gentiluomo.

Non più. Ho indossato talmente tante maschere di recente, che riesco a stento a riconoscermi.

E non posso far finta che Brenda non sia ancora dentro di me, che il suo ricordo sia svanito nel nulla, perché la sogno ogni notte come un incubo.

La immagino rimproverarmi quando faccio qualcosa di sbagliato, quando bacio Ania, o quando la sfioro con gli occhi.

Brenda è un fantasma che vaga nella mia vita.

Non ho mai visto i suoi occhi, ma la sento viva in me e lei non vuole che io sia felice.

D'altronde ha ragione: io non devo essere felice, non per come mi sono comportato.

In questo momento, la immagino seduta accanto a me a disprezzarmi per non averla amata per sempre.

All'improvviso volto lo sguardo colmo di lacrime verso il sedile vuoto.

Non c'è nessuno, sento solo la sua voce risuonare come un canto di sirena nella mia testa.

«*Amami per sempre, Raziele. Ti prego! Non puoi desiderare un'altra donna... è un peccato. E tu non pecchi, mai. Lasciati sfiorare solo da me... ti ricordi le nostre notti d'amore? Incanto e passione...*»

Odo il suono di queste parole che mi fanno sentire un verme.
Perché mi sono dimenticato di lei? Come ho fatto?
Brenda ti prego perdonami... mi sento confuso.
Ania mi ha stregato, non è stata colpa sua.
La colpa è solo mia che non mi sono contenuto. Sono caduto in tentazione e la cosa più grave è che me ne pento solo in parte, perché la vorrei davvero.

La vorrei per sempre e vorrei essere felice e dimenticarmi di quello che è successo.

All'improvviso sferzo un urlo rauco e accelero, lascio una mano dal volante e mi strattono i capelli. Comincio a prendere a pugni lo sterzo e a farmi male.

Devo farmi male.

Un altro ricordo mi tortura con divertimento.

«*Io e te vivremo sempre insieme*», *continuò Brenda, dopo aver finito di fare l'amore, con la voce da bambina.*
La guardai negli occhi e rivissi ogni singolo nostro intenso momento.
«*Come mai hai scelto me?*» *Le chiesi all'improvviso.*
«*Perché noi siamo diversi, Raziele, ci completiamo. Ecco perché ti ho scelto.*»

Si avvicinò alle mie labbra e le assaporò di nuovo.
Mi lasciai andare al suo tocco sublime e la spogliai per farla mia ancora una volta.
«Non ti lascerò mai...»

Inconsciamente mi volto ancora verso il sedile e la sua figura da fantasma è come se fosse proprio accanto a me.
«Mi pensi sempre, continuamente. Questo vuol dire che non c'è Ania nella tua mente. Che non sei innamorato di lei. Lasciati andare, Raziele... arriva in quel punto in cui sono morta e raggiungimi. Vivremo felici. Noi due, lontano dal resto del mondo.»
Non la sfioro, la guardo soltanto lasciando perdere la strada.

«Vieni da me», cantilena.

Indica la strada vuota e buia ed io deglutisco il groppo in gola perché so che ha ragione. Devo raggiungerla. Solo così troverò la pace.
Con la morte.

Ania

Siamo in macchina da svariati minuti e alla guida c'è Yago.
Jov è troppo scosso e ha deciso di sedersi sul sedile posteriore proprio per non dover fare discussioni riguardo Estrella e la chiamata che ha ricevuto da lei
Io, invece, oltre ad avere il cuore a mille per quello che sta succedendo a Raziel, sono anche convinta di dover sapere tutta la verità.
Il silenzio intorno a noi è agghiacciante, si sente solo Yago che sospira affannosamente di continuo. È agitato per il suo amico e lo capisco, ma non ce la faccio più.
«Dovresti accelerare!» Sbotto impulsivamente.
Yago sussulta come se lo avessi sorpreso a fare qualcosa di sbagliato.
Il battito del mio cuore è tumultuoso e quando giro lo sguardo verso la strada buia e quasi isolata, respiro per non impazzire. In questo momento vorrei soltanto scendere dalla macchina e correre da Raziel.
Se solo sapessi dove si trova.
«Sto già andando veloce, Ania. Non voglio morire oggi!» Yago mi punta uno sguardo incollerito ed io metto il broncio, cercando di starmene buona, ma è più forte di me.
Non riesco a mantenere la calma.

«Allora dimmi quello che ha detto Estrella a Raziel...»
Yago sta per aprire bocca, ma le parole di Jov si intromettono per la prima volta da quando siamo saliti in macchina.
«Non dobbiamo dire nulla, Yago. Sarà Raziele a rivelarle tutto e noi gliel'abbiamo promesso.»
Guardo accigliata Jov e Yago stringe i pugni sul volante.
«Sì, ma...»
«Significherebbe raccontarle anche di quello che è successo prima, altrimenti non capirebbe, e non spetta a noi! Taci, cazzo!» Sbraita Jov.
Il silenzio di Yago mi strazia, tuttavia non demordo.
«Prima o poi dovrete dirmi qualcosa. Siamo tutti in pensiero per Raziel, ma questo silenzio non aiuta. Inoltre, dove stiamo cercando, Yago?»
Yago mi lancia un'occhiata titubante, poi si schiarisce la gola e risponde a bassa voce.
«Anche questo non posso dirtelo...» rivela guardando un punto fisso oltre il parabrezza.
«Anche questo non puoi dirmelo? Come? Che cazzo significa?» Impreco davvero infastidita.
«Raziele te l'ha mai detto che parli troppo, Ania?» La voce irritante di Jov arriva a punzecchiare il mio udito e lo fulmino ancora una volta.
«Non sei molto simpatico, sai Jov?» Ribatto scontenta di dover trascorrere altro tempo rinchiusa in questa macchina.
Jov si avvicina alla nostra postazione e si rivolge a Yago, scontroso più che mai.
«Stai andando dove penso io?»
Yago lancia un'occhiata all'amico dallo specchietto retrovisore e annuisce, deglutendo il groppo in gola.
«Questo è troppo!» Esclamo, prendendo il telefono.
«Cosa pensi di fare, saputella?» Jov si rivolge a me e cerca di togliermi il cellulare dalle mani, ma sono più veloce e lo strattono per allontanarlo da me.
«Chiamo Raziel!» Ammetto sfacciata senza pensarci due volte.
Ho già perso troppo tempo e stiamo girando invano; consapevolmente la mano di Yago si posa sulla mia gamba.
«No, Ania. Se sta guidando ed è fuori di sé è meglio non chiamarlo.» Pronuncia con tono più pacato.
Scruto Yago con attenzione e per la prima volta mi fido delle sue parole.
Provo a placare i miei nervi, la mia ansia perenne, e stringo le labbra, poi conservo il cellulare dentro la borsa, mentre Jov si stravacca sul sedile e incrocia le braccia al petto.

Dopo qualche minuto, il telefono di Yago squilla. Anche se è alla guida, risponde.
«Pronto, Cecilia?»
«Non lo abbiamo trovato da nessuna parte, Yago. Abbiamo raggiunto Estrella. È a pezzi e sua mamma ci ha implorato di rimanere, perciò siamo a casa di Raziele. Se avete novità fateci sapere, per favore.» Sento le parole di Cecilia e stringo gli occhi in due fessure.
Yago impreca ed io sobbalzo accanto a lui.
Non riesco a tranquillizzarmi perché il solo pensiero che Raziel stia guidando come un pazzo in una strada pericolosa, mi fa ammattire.
Sono in pensiero per lui, non l'ho mai visto perdere il controllo.
Non è da lui.
«D'accordo. Ci sentiamo dopo.» Yago riaggancia e mi lancia un'occhiata, immediatamente controlla Jov dallo specchietto retrovisore.
«Cosa volevano?» Chiede brusco quest'ultimo.
«Hanno dovuto interrompere la ricerca.» Si porta una mano tra i capelli.
«Come? Perché? Adesso sarà molto più complicato… forse dovremmo chiamare la polizia!»
Yago scuote la testa e rallenta un po'.
Jov si riavvicina a noi e in questo modo riesco a sentire perfettamente il suo respiro affannoso.
«Perché hanno interrotto la ricerca, Yago?» Domanda con risolutezza.
L'amico accanto a me sospira, poi sbircia un'altra volta la schermata spenta del suo cellulare e risponde: «Perché Estrella sta male, Jov… ha bisogno di loro.»
Mentre siamo persi in questa discussione, mi soffermo a pensare che sicuramente Jov ed Estrella hanno vissuto qualcosa di profondo.
Sto per fare una domanda un po' più intima per sapere qualcosa su loro due quando una macchina a tutta velocità ci sorpassa.
Yago riprende in mano lo sterzo e riesce a non andare fuori strada.
«Che coglione…» sbraita Yago. Jov abbassa il finestrino e sgrana gli occhi.
«Cazzo Yago, è la macchina di Raziele. Non riesco a crederci, vuole ripercorrere la stessa strada.»
Mi volto verso Jov e urlo in preda al panico: «Quale strada?»
Non faccio in tempo a finire la frase che Yago inizia ad accelerare senza avvisarmi.
Sbatto la testa sul tettuccio, e mi ricompongo perché la velocità di Yago mi sta spaventando. Però è giusto che vada così veloce. Se vogliamo raggiungere Raziel dobbiamo riuscire a superarlo.
«Cosa facciamo? Come lo fermeremo?» Penso in qualche modo a una

possibile soluzione.

L'espressione di Yago è super concentrata sulla strada, ma fortunatamente ascolta le mie parole.

«Se va dove penso io... allora ci sarebbe un modo per poterlo fermare, anche se è molto rischioso.»

Jov inarca un sopracciglio, mentre io mi tengo allo sportello.

«Quale?» Chiediamo in coro io e Jov.

Yago non distoglie lo sguardo dalla strada per non perdere di vista Raziel che corre davvero a una velocità assurda.

Ho un groppo in gola. Fortunatamente non c'è nessuno in questa stradina solitaria, ma ho paura per lui.

Voglio riabbracciarlo e dirgli che lo amo da morire dalla prima volta che l'ho visto e che non m'importa più della lettera.

Gli direi che vorrei stare per sempre con lui, che lo aiuterò ad affrontare i suoi incubi peggiori.

Gli direi persino che griderei, piangerei e riderei per lui ogni volta, basta che stia con me e che non se ne vada più.

Yago risponde: «Sta percorrendo la strada in cui è avvenuto l'incidente.» Ammette e sgrano gli occhi quasi in procinto di piangere.

«L'incidente? Quale incidente?»

Jov alza gli occhi al cielo.

«Non posso dirti altro, Ania. Cerca di capirmi, ma bloccheremo Raziele. Fidatemi di me!»

«Cazzo Yago... ci farai ammazzare tutti!» Esclama Jov, contrario alla sua scelta.

«Se vuoi mi fermo qui e scendi dalla macchina, Jov. Ma Raziele ha bisogno del nostro aiuto, se non vuoi seguirci sei libero di andartene.»

Yago è proprio determinato nell'aiutare il suo amico e sorrido dentro di me per ringraziarlo e per non essere da sola in questo momento.

«Ovviamente sei libera di scegliere anche tu, Ania. Non voglio metterti in pericolo, però il mio amico ha bisogno di me e non lo lascerò più solo.»

Lo sguardo mi cade sulle mani di Yago che stringono il volante con tutta la forza che ha.

Non ha proprio voglia di mollare ed io starò con lui.

Lo seguirò fino alla fine.

«Secondo te non rischierei la mia vita per l'uomo che amo?» Domando, sicura più che mai dei miei sentimenti.

«Odio il romanticismo...» Jov si intromette e gli lancio un'occhiataccia.

Alza gli occhi al cielo e sbuffa, però, qualcosa mi dice che non ci abbandonerà neanche lui.

«Cosa devo fare, Jov? Mi accosto per farti scendere?» Sbraita a voce alta Yago, per paura di non farcela a raggiungere Raziel.

«Rimango! Adesso guida più veloce e fai ciò che hai in mente di fare.»

Yago accenna un sorriso e si concentra sulla guida.

Io, invece, ringrazio Jov con il labiale e lui mi squadra dalla testa ai piedi, ricambiando solo con un cenno.

So che io e Jov siamo partiti con il piede sbagliato e che non ci stiamo simpatici, ma lui è amico di Raziel e questo suo atteggiamento mi fa capire che tiene alla loro amicizia.

Ansiosa e con il cuore a mille, scruto la strada che sta percorrendo Yago.

«Allora, il piano è questo...»

Yago inizia a coinvolgerci ed io e Jov ascoltiamo attentamente per non sbagliare nulla.

«Ora girerò in una traversa a destra che ci porterà esattamente nel punto in cui comparirà Raziele. Gli taglieremo la strada, ma dovremmo scendere dalla macchina prima che lui ci raggiunga. Potrebbe essere ubriaco e potrebbe anche non fermarsi, perciò è meglio essere prudenti. D'accordo? Fate come vi dico e tutto andrà bene. Se Raziele si fermerà e scenderà dalla sua macchina, lo agguanteremo da dietro e lo porteremo con noi.»

Annuisco perché sembra un ottimo piano.

«Spero che questa follia non ci faccia ammazzare, Yago. Altrimenti ti perseguiterò ovunque sarò, sappilo.»

Yago alza gli occhi al cielo, ma sorride alla battuta ironica dell'amico, poi, grazie all'indicazione di Jov, svolta a destra e comincia a percorrere una stradina che quest'ultimo sembra conoscere bene.

«Come conosci questa strada, Jov?» Domando.

«Storia lunga e complicata... Ania, smetti di fare domande», risponde senza troppi giri di parole ed un silenzio pesante aleggia tra di noi e né io, né Yago aggiungiamo altro.

Anche perché siamo in ansia per il piano.

A un certo punto, Yago sterza bruscamente e si posiziona in mezzo a una strada lunga e totalmente buia, isolata.

Siamo agitati, tutti e tre.

Ho il cuore che sta per scoppiarmi nel petto.

Nessuno sa se Raziel prenderà questa strada o se cambierà destinazione, ma lo aspetteremo.

Se tra qualche minuto non comparirà, allora cambieremo rotta.

Mi mordo il labbro inferiore, sono davvero spaventata.

«Ania... andrà tutto bene. Raziele spunterà da un momento all'altro.»

Yago cerca di tranquillizzarmi, anche se non sono convinta delle sue parole.

Guardo fuori dal finestrino e tremo ancora più di paura.

«Oh sicuro, ma si schianterà contro la macchina e moriremo per colpa sua!» Strilla Jov.

Yago lo fulmina dallo specchietto retrovisore, sta per ringhiargli contro altre parole quando, a un certo punto, un motore in lontananza colpisce la nostra attenzione.

«Cazzo, è lui! Scendiamo dalla macchina. Ora!» Ordina Yago aprendo lo sportello.

«Ci noterà? Accendi i fari», consiglio, con la voce graffiata dalla paura.

Yago fa come gli chiedo, titubante.

Improvvisamente, sia lui sia Jov si lanciano fuori dalla macchina e raggiungono l'altro lato della carreggiata.

Apro lo sportello, ma quando il vento colpisce a pieno la mia faccia, cambio idea.

Faccio una cosa che non avrei mai pensato di fare e che magari Yago e Jov contesteranno, tuttavia non importa.

Devo farlo per Raziel.

Lo amo e farei di tutto per lui.

Sta andando troppo veloce e ci sta quasi per raggiungere.

La macchina si sta avvicinando sempre di più, così, con uno slancio, compio la prima pazzia della mia vita e salgo sul cofano della macchina.

«Ania! Che cazzo stai facendo, scendi!» Strilla Yago in preda al panico.

«Ania! Si farà ammazzare, che problemi ha?» Continua Jov come se non lo sentissi.

«Ania!» La voce di Yago prova a richiamarmi, solo che non mi volto verso i due ragazzi, invece, allargo le braccia e divarico le gambe, sperando di non perdere l'equilibrio.

Raziel mi vedrà.

Raziel dovrà vedermi e si fermerà.

Non si schianterà contro di me.

Non c'è nessun'altra via d'uscita, non può superare la macchina, perciò confido in lui.

Nel nostro amore.

A un certo punto, il rumore del motore diventa fortissimo.

Mi copro il viso con entrambe le mani e prego.

Prego per me e per Raziel.

Per le nostre vite.

53
Un disperato bisogno di noi

Ania

Raziel decelera in tempo, prima di scaraventarsi sulla macchina di Yago.
L'urlo agghiacciante dei suoi amici riecheggia nell'aria, mentre io rimango in silenzio con il respiro affannoso e con le mani sul viso che nascondono il mio sguardo sconvolto.
Sono viva.
Raziel si è fermato.
Lo sapevo.
Sapevo che non sarebbe andato oltre e che sarebbe tornato in sé.
Non ho ancora scostato le mani dal viso perché sto cercando di capire come reagire quando lo vedrò con i miei occhi, ma uno spasmo involontario contrae il muscolo della mia mascella.
Provo a rilassarmi di più. A respirare, a meditare come mi hanno insegnato prima di andare nel panico.
Raziel sbatacchia la portiera dell'auto e urla il mio nome, infuriato e angosciato. Eccolo, e appena sento la sua voce, decido di puntare le mie iridi su di lui. Verso quella figura che incede nel buio della notte come un angelo oscuro.
Vedendomi intatta, una fiamma argentea di speranza si accende nel suo sguardo. Con un balzo salta sul cofano per raggiungermi. Per capire se sto bene. Per vedere se sono davvero davanti a lui o se è tutto un'allucinazione.
«Raziel», rantolo e la mia voce gonfia pronuncia il suo nome.
Con uno sguardo disperato incrocio il suo viso inondato di lacrime, i capelli tutti scarmigliati e la sua aria tormentata.
Sta malissimo. Lentamente, nei suoi occhi, incontro la malinconia e l'illusione della felicità.
Come ogni maledettissima volta il mio respiro si blocca perché la sua presenza riempie l'aria intorno.
Impiega qualche secondo prima di capire che non mi ha fatto del male

e che sono salva, le sue mani si accertano che io stia bene.

Trova conforto nella mia pelle e nel momento esatto in cui mi accarezza, i brividi di paura cessano di esistere. Adesso siamo di nuovo io e lui.

Il buio sembra allontanarsi dal nostro mondo. Sembra lasciarci in pace.

«Ania, cosa... cosa...» pietrificato modula il mio nome, scosso da tutto quello che è successo. Abbandonando l'ansia, che precedentemente mi ha assalita, poggio la mano sul suo petto e cerco di calmare il suo affanno.

Ci guardiamo intensamente negli occhi, provando a dirci tutta la disperata verità. Provando ad amarci per davvero.

Le mie mani iniziano a sudare di felicità, non tremano più, e nei miei occhi brilla la sua vita. Raziel è vivo. Lo abbiamo salvato.

Sento le emozioni e i battiti dei nostri cuori che si intensificano, però non lo avvolgo in un abbraccio. Non vorrei farlo stridere in silenzio, all'interno della sua anima.

Sento che non è pronto a lasciarsi andare, lo vedo disperato e afflitto. Ha bisogno di riguardare la realtà senza essere rincorso dal passato.

Il palmo della mia mano si ferma sul suo cuore e lui lo osserva. Sta per dire qualcosa, per parlarmi, quando la voce di Yago ci raggiunge.

«Scendete tutti e due dal cofano. Adesso!» Apostrofa allarmato.

Raziel mi osserva confuso, ma non ricusa la richiesta del suo amico e balza giù. Lì, davanti a me, mi porge la mano e mi aiuta a raggiungerlo.

Gli rivelo uno sguardo riconoscente e scendo dal cofano, anche perché il piano di Yago è quello di portare Raziel a casa.

«Dobbiamo tornare dagli altri. Ti abbiamo cercato ovunque, Raziele. Cosa ti è saltato in mente? Sei andato fuori di testa? Cecilia e Lazaro sono da tua sorella. Sta delirando.»

Raziel osserva Yago con le palpebre dilatate e sbotta, lanciando un calcio sulla gomma anteriore.

«Non me ne fotte niente. È una stronza!» Ringhia contro l'aria che sta diventando via via più fredda.

Cautamente Jov gli si avvicina e blocca le sue spalle con entrambe le mani. «Raziele, calmati.»

Lui trasalisce come se qualcuno lo avesse imprigionato.

I tre amici si guardano negli occhi e un silenzio straziante si interporre tra di noi, fino a quando Raziel non crolla e scoppia in un pianto liberatorio.

Tutto a un tratto mi rendo conto di quanto abbia bisogno, ora più che mai, di me.

Jov e Yago gli si avvicinano. Cercano di confortarlo, di sorreggerlo, io, invece, rimango immobile, accanto a lui.

Continua a singhiozzare, lasciandosi trasportare dall'agonia ed imprigiona il suo volto con le mani per non farsi vedere, ma io lo vedo, chiaramente.

È un'anima che ha bisogno di essere protetta e consolata. Un'anima che sente l'urgenza di sbocciare nuovamente e osservare il vero colore del cielo.

«Andate via...» la sua voca aspra e rancorosa vibra intorno a noi

«Cosa? Non ti lasciamo da solo, *Raziele*», continua Yago, contestando la richiesta esplicita dell'amico.

Raziel si passa furioso una mano tra i capelli e li guarda ancora più addolorato.

«Voi due dovete andare via. Vi ringrazio di avermi fermato, a quest'ora mi sarei schiantato e sarei precipitato da quel burrone, ma devo rimanere da solo con Ania... ha bisogno di conoscere la verità.»

Il mio cuore palpita. Automaticamente guardo i due ragazzi e li prego con lo sguardo di fare come ha chiesto.

Vuole parlarmi sul serio?

Vuole davvero raccontarmi tutto, questa volta senza più menzogne?

Non riesco a placare la mia agitazione, tuttavia faccio finta di stare bene.

«Tra amici ci si salva la vita, no?» Questa volta è Jov a rispondere.

Raziel scruta l'amico e nei suoi occhi compare una sfumatura più chiara.

«Sì. Tra amici ci si salva la vita. Grazie ragazzi», e li saluta.

Le sue braccia ricadono a penzoloni lungo i fianchi e Yago riprende la parola. «Per qualsiasi cosa chiamateci, okay? Senza la vostra parola, non andremo via.» Fissa più me che Raziel e accetto la sua proposta per rassicurarlo.

«Per qualsiasi cosa vi chiameremo. Davvero.»

«D'accordo. A dopo...»

Yago ci saluta, dopodiché Jov dà una pacca sulla spalla a Raziel e mi guarda. Mi rassicura con uno strano sorriso ed io lo guardo, incrociando le braccia al petto.

Contemporaneamente, Yago torna in macchina. Jov lo segue e ci lasciano sul ciglio della strada.

Del tutto soli, il mio cuore riprende a fremere. Tra poco scoprirò la verità. Tra poco Raziel mi dirà tutto.

Inizio a tremare perché i suoi occhi straziati, una volta rimasti con me, si inchiodano bruscamente ai miei: «Dico, sei impazzita? Cosa ti è saltato in mente?» Mi ammonisce, accigliato.

Torreggia su di me, ma non mi sottraggo alla sua occhiata.

«Cosa è saltato in mente a me? Tu, invece? Cosa stavi per fare? Sei andato fuori di testa... stavi per andare incontro alla morte?» Urlo esasperata quelle parole.

Lui ha il diritto di sentire la mia lacerante disperazione.

Ha il dovere di capire ciò che ho provato in quel momento... quando ha tentato di spezzare la sua vita.

Senza di lui avrei perso il senso di tutto.

Senza di lui sarei stata come una rosa spoglia dei propri petali, sfiorita, brulla, invecchiata ed esposta ad un inverno perenne.

Avrei perso ogni emozione, avrei vissuto solo di sofferenza, apatia e ricordi del suono della sua voce e del tocco della sua pelle.

A quei pensieri mi si accappona la pelle e cerco di pensare alla sua presenza, alla sua vita e a un giardino dorato, colmo di fiori e frutti.

Cerco di pensare ai rumori del mondo, non voglio più ricordare la morte e le cose orrende che la vita a volte ci offre.

Vorrei leggerezza, spensieratezza e freschezza.

È chiedere tanto?

Sento il bisogno di avvicinarmi a lui e lo guardo con occhi colmi di lacrime.

«Non saresti dovuta salire su quel cazzo di cofano, Ania. Potevo ammazzarti!» Continua a sbraitare contro di me e si indica il petto furiosamente, con gesto istintivo.

«Sì, ma non l'hai fatto...» cerco di farlo ragionare e avanzo di qualche passo fino a raggiungerlo.

Le nostre scarpe si sfiorano e il mio cuore batte rumorosamente contro il mio petto. L'adrenalina è altissima ed io ho solo voglia di abbracciarlo e di proteggerlo, di consolarlo.

«Avrei potuto farti male, stanotte, *Ania*. Avrei potuto... ucciderti.»

Indietreggia e mi volta le spalle.

Serro le palpebre per cercare di non piangere davanti a lui. Sento le ciglia umide, ma le lacrime non bagneranno il mio viso. Non ora. Ho semplicemente voglia di un suo bacio... come può essere così difficile abbracciare e baciare una persona?

Ho paura di lasciarmi andare perché temo un suo rifiuto e non potrei sopportarlo un'altra volta.

Un'ondata di vento mi scompiglia i capelli appiccicati sulle guance.

«Raziel...» lo afferro per il braccio perché voglio guardarlo negli occhi e pronuncio il suo nome con un tono soffice, mettendo da parte tutto il dolore che ho provato prima.

«Dobbiamo parlare. Hai mandato via Jov e Yago proprio per questo.»

Affermo dolcemente e senza timore. Il mio timbro di voce è sicuro e determinato, pronto a mettere l'orgoglio da parte e ad ascoltare tutto ciò che c'è da sapere.

Raziel si volta, si passa di nuovo la mano tra i capelli e sospira.

Ha smesso di piangere.

«E se adesso non volessi raccontarti nulla?»

Non distolgo lo sguardo dal suo e mi limito a comprendere la sua domanda.

Piano piano mi avvicino e gli afferro le mani per stringerle alle mie.

Fortunatamente non si allontana, si fa toccare, si fa rasserenare dal mio gesto e questo è un buon segno.

«Non puoi scappare per sempre dalla tormenta, Raziel. Se non dirai mai la verità, il passato continuerà a perseguitarti e ti renderà debole. Tu non vuoi essere debole. Perciò, per una volta, apri il tuo cuore e affidati a me.»

Persisto speranzosa.

«Perché, dopo tutto quello che è successo, sei tornata da me? Perché insisti a scoprire quale segreto nascondo?»

Questa domanda si riferisce a tutto quello che è accaduto tra di noi e al momento in cui ho scoperto della lettera. Non so molto, non so cosa sia successo davvero tra Brenda e Raziel, però ho bisogno di conoscere ogni dettaglio.

Non mi ha mai mentito e sono stata una stupida ad accusarlo ingiustamente.

Se solo lo avessi ascoltato prima magari tutto questo non sarebbe successo, magari Raziel non avrebbe perso il senno.

Lascio andare un sospiro di colpa. Non avrei dovuto reagire in quel modo...

Tesa e con il fiato spezzato rispondo ai suoi tormenti che cercano di allontanarlo da me: «Perché so che non hai colpa, Raziel. Tu non mi hai mentito. Cecilia e Lazaro mi hanno rivelato che la lettera apparteneva a Lazaro perché il mio nuovo cuore è di Brenda.»

Raziel storce il naso e punta l'attenzione verso l'orizzonte.

«Cos'altro sai?» Pronuncia angustiato.

Intravedo la sua mandibola irrigidirsi e ascolto in silenzio il suo dolore torturarlo ancora di più.

Spalanco le labbra per rispondere, anche se è al corrente di ciò che Cecilia mi ha rivelato. Glielo ha dato lui il permesso... è stato lui a fare in modo che i suoi amici mi raccontassero quello che non mi ha detto in tutti questi mesi.

Osserva silenzioso l'asfalto umido.

Mi avvicino alla sua figura, e anche se il suo profumo mi stordisce, appoggio la guancia sulla sua schiena.

E restiamo così per dei secondi infiniti, ringraziando il tempo per questi momenti preziosi.

Spezzo il silenzio: «Non so nient'altro. Mi racconterai tutto tu. So solo che ho il cuore di questa Brenda, che hai litigato con tua sorella e che Estrella è fuori di sé. Raziel, voglio semplicemente conoscere la verità...»

Improvvisamente si volta verso di me e il suo sguardo si incupisce ancora di più.

«Ho paura che te ne andrai dopo la mia rivelazione.»

I miei battiti accelerano per la commozione.

«Io? Io non andrò più via da te. Cos'hai potuto fare di così tremendo per non poter perdonare il tuo cuore? Sei buono, sei un gentleman, io non riesco proprio a capire perché ti ostini a vivere con questi sensi di colpa. Davvero. Tu sei i miei sogni e la mia felicità, Raziel. Non ti lascerò solo.»

Esita un istante, fino a quando il suo sguardo scintilla di incredulità.

Con il cuore in gola, avanza e mi imprigiona il volto con le grandi e callose mani. Delicatamente, attraverso il suo modo gentile, scaccia via le lacrime che stanno rigando le mie guance pallide.

«Ti prometto che ti racconterò tutto, ma adesso ho solo bisogno di te come tu hai un disperato bisogno di noi.»

D'improvviso le sue spalle si rilassano e i nostri cuori cantano d'amore.

Il suo sorriso tinto di eccitazione mi emoziona come la prima volta e non riesco a declinare questa offerta.

È vero. Ho un disperato bisogno di noi e con il suo carisma mi ha convinta all'istante.

«Cosa vorresti fare?» Lo guardo con una dolcezza infinita e mi incanto perché studia la mia espressione. Per nulla titubante osserva le mie labbra e so che dei pensieri perversi compaiono nella sua mente.

«Voglio *averti* qui...» mi rivolge il sorriso più radioso del mondo.

«Qui?» Chiedo allibita dalla sua richiesta, allo stesso tempo eccitata e vogliosa.

«Sì. Sul cofano della mia macchina...»

«Raziel, e se ci vedesse qualcuno?» Mormoro a bassa voce.

Si guarda intorno e sogghigna perché la mia frase lo diverte.

«È una strada sbarrata, Ania. Se non mi avessi fermato mi sarei schiantato e sarei precipitato da quel burrone. *Allora...*»

Quando si avvicina e mi soffia sul collo quasi svengo perché mi è mancato da impazzire. Lo osservo esterrefatta.

Ho bisogno di lui, di noi, più di quanto immaginavo.

E voglio fare l'amore sul cofano, come mi ha proposto.

Voglio assecondarlo in tutto oggi.

Voglio sfiorare la sua pelle, mordicchiarlo nei punti più nascosti.

«La proposta non mi dispiace per niente.»

Per me, Raziel è il ragazzo più affascinante del mondo e con questa sua aria, con tutti i suoi tormenti, mi intriga di più.

Lo guardo da sotto le ciglia e lui solleva un angolo delle labbra come per dirmi di aver fatto la scelta giusta.

«Brava ragazza...» volontariamente la sua mano sfiora l'incavo del mio collo e quando con la sua lingua traccia tutta la linea incurvata, mi emoziono a tal punto che una lacrima ricomincia a scendere dai miei occhi.

Raziel se ne accorge e mi guarda.

«Perché stai piangendo?»

Mi schiarisco la gola e cerco di non imbarazzarmi davanti a lui. Non ne ho bisogno. Lui ormai mi conosce, sa tutto di me e tra poco io saprò ogni cosa del suo passato.

Come se fosse il vento a trasportarmi verso di lui, mi rifugio contro il suo petto.

«In questo mese, soprattutto oggi, ho avuto paura di perderti, Raziel. Non fare mai più una cosa del genere, ti prego.»

Singhiozzo sulla sua maglietta e la stringo tra le mie mani. Il suo mutismo però non mi consola, così lo riguardo sperando che abbia compreso il mio dolore.

Nei miei occhi scorge tutta la più profonda disperazione.

«Non compirai più un gesto azzardato come questo, vero?» Replico, ansiosa.

Raziel si abbassa e dopo aver chinato la testa, mi scruta con tenerezza.

«Non lo farò più, Ania. Te lo prometto e ti rivelerò tutto.»

Provo a pensare che stia dicendo la verità. Che non commetterà più una follia del genere e ci credo.

Protende la mano verso di me ed io la afferro per sentirmi al sicuro.

«Fidati di me, davvero, però, adesso, ti prego... fatti *volere*. Ho bisogno di te e del tuo corpo. Ho bisogno di accarezzare la tua pelle. Ho bisogno di toccarti, di fare l'amore.» D'un tratto tutto il pianto di prima muore e le lacrime smettono di bagnarmi la pelle.

Un fuoco si accende dentro di me e mi lascio andare.

«Sono tua, Raziel. Abbracciami, baciami, stringimi a te. Basta che non mi lasci più. Non sono in grado di immaginare un mondo senza il tuo sorriso e senza la tua presenza.»

Con impeto si avventa sulle mie labbra e le rapisce in un bacio passionale, troppo ardente per i nostri cuori che sobbalzano all'unisono e si catapultano come se stessero impazzendo.

Le sue mani cercano disperatamente il mio corpo e quando trovano i

fianchi li stringono e mi issano sul cofano.
Lo voglio qui e adesso.
Come se avesse ascoltato i miei pensieri, mi adagia sul cofano e comincia a baciare tutto il mio corpo. Assaggia ogni centimetro della mia pelle con impeto, con ardore, con impazienza. La sua presa è forte, perché adesso più che mai ha bisogno di sfogarsi dentro di me.
Ed io reclino la testa all'indietro perché sto per impazzire.
In questo momento, sto dimenticando tutto quello che è successo nelle ultime ventiquattro ore.
Credo che anche Raziel stia tentando di offuscare ogni senso di colpa e di mettere da parte la sua disperazione. Magari avrà imprigionato i demoni e i resti del proprio passato in un luogo inaccessibile, però non li proteggerà a lungo. Prima o poi, infatti, grazie al mio aiuto, oblierà i sensi di colpa. Non servirà nessun luogo immaginario, perché la sua forza sarà il nostro amore.
Con calma e con il passare del tempo, dimenticherà i brutti ricordi e tutto quello che sta ostacolando la nostra felicità.
Raziel mi afferra un seno e lo stuzzica con la lingua. Lo lecca fino a quando non decide di prendere l'altro. Lo stringe nella sua mano e ci gioca, come piace a lui.
«Sono perfetti, cazzo. Tu sei perfetta.»
Mugugno qualcosa di incomprensibile e sorride. A volte la sua improvvisa volgarità mi sconvolge, ma allo stesso tempo mi affascina.
Raziel è unico, riesce sempre a sorprendermi con i suoi modi di fare. Quando vuole sa essere dolce, paziente, un gentiluomo... ma la notte, o quando siamo a letto insieme, cambia. Diventa selvaggio e tutto ciò mi piace da morire.
Soffia sul mio seno, poi volgarmente si bagna il dito con la sua saliva e lo poggia sul mio turgido capezzolo, facendomi godere perfettamente.
Lo lascio fare e reclino la testa all'indietro per trattenere l'urlo che vorrei far uscire.
Successivamente, decide di entrare senza preservativo. Non lo rifiuto e lo accolgo dentro di me perché di lui mi fido.
Appena dà la prima spinta, sobbalzo e i miei seni trabalzano insieme al mio bacino. Lui non li imprigiona, anzi ci affonda il viso e continua a leccarli, più di prima, ma non solo. Inizia a muoversi dentro di me, la sua forza bruta mi sta mandando in paradiso, mi sta facendo danzare, mi sta facendo vivere di colori che non ho mai conosciuto. Coinvolti in questa nostra passione, continua a entrare e a spingere senza fermarsi e mi sorregge con le sue mani per non farmi scivolare. Non sono proprio comodissima, qui sul cofano della sua macchina, ma non mi faccio male.

E lui prosegue per rendermi appagata.
«Avrò sempre bisogno di tutto questo», rivela, sudato e felice.
Sono quasi vicina all'apice del piacere.
Gli accarezzo il viso e gli rubo un bacio. Raziel mi morde il labbro inferiore e mi stringe a sé. Emetto un gridolino di piacere e non voglio che questa sensazione finisca.
È così intensa, sublime, meravigliosa.
«Voglio venire... credo che sto per venire.»
«Sì, tesoro. Vieni per me, fammi sentire il tuo amore.»
Prosegue a penetrarmi e a farmi sua nel miglior modo possibile ed io mi immergo in questa realtà che sta superando la mia più perversa fantasia.
Sembra che, grazie ai suoi baci, io riesca a sopprimere tutte le ferite e a udire il suono della felicità, il vero rumore che vorrei ci appartenesse sul serio.
Mi lascio coinvolgere dal nostro momento di passione dirompente e, nell'ultima spinta, quando Raziel si libera, grido estasiata e fiera dell'amore che ho incontrato.

***

L'amore ci ha condotto qui, sul cofano di una macchina, sdraiati e abbracciati come se avessimo paura di poterci perdere ancora.
«La mia vita, da qualche anno a questa parte, è stata un groviglio di sensi di colpa. Ho imprigionato le mie emozioni dentro una parte di me per ciò che è successo. Non riuscivo a trovare la libertà. Era come se abitassi in un labirinto isolato.»
Raziel sta iniziando a parlare.
Ho aspettato tanto questo momento e non vorrei interromperlo, ma lo blocco per una cosa importante.
«Sai cos'ho pensato, mentre facevamo l'amore?»
Mi guarda, stringendomi la mano.
«A quanto sia meravigliosamente bravo a farti godere?»
Sbottiamo insieme in due risate che risuonano nell'aria come una dolce melodia.
Qualche istante dopo cerco di calmarmi e riprendo fiato. Mi alzo a metà busto e lo guardo profondamente.
Con gesto automatico avvicino la mia mano alla sua guancia e gli racconto la verità.
«Oltre a quello ho pensato che, in quel momento, dovevi aver imprigionato tutti i tuoi sensi di colpa in un luogo che non li avrebbe protetti a

lungo, perché li avresti dimenticati grazie al nostro amore, insieme a me. E sarebbero scomparsi da soli, come per magia.»

Amorevolmente cattura la mia mano con la sua presa e mi guarda con gli occhi stracolmi di passione.

«Starò bene, Ania. Appena ti dirò la verità, mi libererò dai sensi di colpa, e col tempo starò bene.»

Gli sorrido e mi accoccolo su di lui.

Lui mi stringe a sé e comincia a parlare, a raccontarmi finalmente ciò che mi ha tenuto nascosto per troppo tempo.

«Ho amato una persona prima di incontrare te. Il suo nome era Brenda. L'ho amata per tanto tempo e non me ne sono mai pentito.»

Il mio sguardo non si rabbuia perché una parte di me sospettava già qualcosa.

Lui e Brenda...

Deglutisco il groppo in gola e cerco di non farmi vedere gelosa.

«Un giorno, però, il destino si è preso gioco delle nostre vite. Era la notte di Capodanno...»

Si passa il pollice sul sopracciglio destro, senza perdere la concentrazione, e mi racconta la sua storia.

«La sera di Capodanno ero rimasto a casa, da solo, ma all'improvviso Brenda venne a farmi visita perché qualche giorno prima avevamo discusso a causa dei nostri sentimenti. Venne a chiedermi scusa. Non sto qui a dirti il motivo della nostra discussione, ma non avevo più voglia di litigare con lei, perciò decisi di perdonarla.»

«Cos'è successo, dopo?» Chiedo, di soppiatto.

Raziel prende un bel respiro e si rintana nei ricordi. Il suo sguardo vacuo perso nel vuoto...

«Quella sera, un'amica di mia sorella mi chiamò sconvolta e mi disse che Estrella era ubriaca, insieme a dei ragazzi più grandi di lei. Mia sorella non aveva mai perso la testa così. Non si era mai avvinazzata e ciò mi preoccupò. Andai su tutte le furie e decisi di raggiungerla. Brenda volle farmi compagnia, anche per non lasciarmi solo... cercai di non farmi accompagnare, ma non sentì ragioni.»

Non riesce a continuare e lo abbraccio per confortarlo, per fargli sentire la mia presenza, il mio calore. Per incoraggiarlo.

Non è solo.

Non lo sarà mai più.

Raziel supererà tutto... nella mia mente so già cosa sta per raccontarmi, ho già capito tutto e al suo posto, forse, mi sarei distrutta.

«Alla guida mi distrassi e... quella notte...» il fiato gli si blocca e prova a riprendere aria.

«Va tutto bene, Raziel... se non vuoi continuare...»
«No. Voglio dirti tutto.»
Annuisco e solo dopo qualche istante di silenzio ritorna a parlare.
«Quella notte la sua vita terminò, mentre la mia continuò. Non capirò mai perché il destino abbia riservato a me un futuro migliore, ma dopo essermi risvegliato dal coma, mi sono sentito logorato dai sensi di colpa. Soffrivo e mi si bloccava il respiro perennemente. Mi sentivo soffocare.
Avevo tutti contro: Cecilia, Lazaro, Jov, Yago, tutti, soprattutto i genitori di Brenda. Mi odiavano per come erano andate le cose.
Nei mesi successivi al mio risveglio, durante la fisioterapia, non parlai con nessuno. Gli unici che venivano a farmi visita erano i miei genitori e mia sorella. Dei miei amici nessuno si era più preoccupato di me e ormai li avevo cancellati dalla mia vita.»
Mi porto una mano davanti la bocca perché non riesco a credere a come gli altri abbiano potuto allontanarsi da Raziel in un momento come quello, di come l'abbiano lasciato da solo.
Forse per questo motivo Jov e Yago sono stati così preoccupati e hanno fatto di tutto per salvarlo, stasera.
Forse hanno voluto redimersi per il loro meschino comportamento.
«Caddi in un vortice oscuro, tormentato, dove ebbe inizio il mio periodo di depressione cronica... presi dei farmaci antidepressivi, anche se non mi aiutarono molto. Mi facevano stare meglio, però la morte di Brenda era un dolore troppo forte. Qualche tempo dopo, alla famiglia Castan arrivò una lettera e dopo averla letta, Lazaro la consegnò a Cecilia. Era la lettera che avevi spedito tu. La lettera del donatore anonimo. Lazaro chiese a Cecilia di tenerla nascosta perché gli provocava dolore averla in casa. Aveva un legame fortissimo con Brenda e credo che ancora oggi neanche lui abbia superato la sua morte.»
Volutamente interrompo il suo discorso.
«Sai perché ho scritto quella lettera, Raziel? Perché mi sentivo strana. Avevo il cuore di un'altra persona ed io non sapevo nulla del donatore. Non conoscevo niente e mi sembrava tutto senza senso. Volevo ringraziarli però, perché ero viva grazie alla loro bontà d'animo. Perché proprio io avevo dovuto subire un intervento così particolare e intimo? Ma ora, forse, ho capito, sai? Ora mi è tutto più chiaro...»
I miei occhi si illuminano all'improvviso, mentre Raziel piega la testa di lato in cerca di risposta.
«Ti ricordi quando mi sono confidata con te? Quando ti ho detto della cicatrice e di come mi veniva difficile farmi vedere dagli altri?»
Annuisce, e continua ad ascoltarmi.
«Sono stata stupida. Ho reagito a modo mio, è vero, ma mi sono chiusa

in me stessa per ciò che avevo subito. Inizialmente non avevo neanche accettato il nuovo cuore che pulsava sveglio contro il mio petto. Ma ora, invece, ringrazio che tutto ciò sia accaduto...»

Raziel non riesce a capire e sgrana gli occhi. «In che senso? Non ti sto seguendo, Ania...»

Corruga la fronte e mi guarda, abbassando un po' il mento.

«Se non avessi fatto questa operazione, magari oggi non sarei qui con te e non ti avrei incontrato... non ti so spiegare bene, ma io credo che le nostre vite siano destinate.»

Raziel mi sorride e mi regala un casto bacio sulle labbra. Sento che ha compreso il mio discorso.

Vorrei di più, ma deve continuare... non si è liberato del tutto.

«Dovresti ringraziare Lazaro... è anche merito suo se abbiamo scoperto della lettera, se ho scoperto che tu hai il cuore di Brenda. Se non l'avesse data a Cecilia e se Cecilia non me l'avesse consegnata, a quest'ora non lo avremmo mai saputo», commenta Raziel e non ha tutti i torti.

Mi stringo nelle spalle e alzo gli occhi su di lui. «Hai ragione. Lo farò.»

Dolcemente mi accarezza i capelli e continua il discorso, senza tralasciare nulla.

«Dunque, dopo aver ricevuto la lettera, Lazaro la consegnò a Cecilia perché non voleva più tenerla in casa e la mia amica pensò di darla a me perché la leggessi. Non obbedii. Non lessi mai quelle righe, anche se il mio istinto voleva farlo. L'ho semplicemente conservata nel baule dei ricordi, mentre la collana, che avevo regalato a Brenda per il nostro anniversario, l'ho nascosta solo dopo essere tornato qui, perché averla vista su di te mi ha fatto male e ha portato a galla dei ricordi spiacevoli. Prima non mi apparteneva. Era custodita nel portagioie di Brenda, Cecilia l'avrà sottratta con facilità dato che lei e Lazaro sono amici.»

Il mio cuore perde un battito, ma non riesco ad avercela con Raziel: ora ho capito quanto fosse importante la collana per lui e il suo cambiamento. Ora tutto ha un senso. Sicuramente non si sarebbe mai aspettato di vederla addosso a un'altra ragazza...

Quella collana era di Brenda e gliela ricordava in un modo intenso.

«Per questo quella sera hai reagito in quel modo. Quindi sai che è stata Cecilia a regalarmi la collana, per allontanarmi da te...?» Lo guardo scettica, cercando di comprendere ancora il suo punto di vista.

«Sì. L'ho saputo solo dopo, ma lo immaginavo già. È stata lei, voleva allontanarti da me... voleva che litigassimo e che tornassi a casa.»

Sospiro sconvolta.

«Ormai è passato. Certo, quella collana ci ha fatto litigare. Tu sei cambiato all'improvviso, ma adesso comprendo il tuo comportamento.»

«Non avrei mai voluto essere lo stronzo che ti ha spezzato il cuore, Ania. Io non mi sono mai comportato in quel modo, ho perso il senno. Perdonami, ti prego.»
Le mie guance si imporporano di imbarazzo.
«Ti ho perdonato, Raziel. Inoltre, hai fatto bene a conservare entrambi gli oggetti nel tuo baule dei ricordi.»
Mi guarda con una sfumatura particolare e per poco non mi lascio andare alla tentazione di baciarlo di nuovo.
«Non potevo perderle. Mi ricordavano lei... e adesso la lettera mi ricorda anche te», ammette, con un filo di voce.
Non lo guardo stranita dalla sua sincerità, però avanzo per appropinquarmi a lui.
«Ti manca tanto?» Domando, riferendomi a Brenda.
Inspira a fondo e mi rendo conto che la mia domanda lo ha incupito un po'. Mi mordo il labbro inferiore, ma ho bisogno di sapere quanto Brenda manchi a Raziel.
Hanno vissuto una storia d'amore intensa, travagliata, sofferente.
Forse non sarò mai alla sua altezza.
Forse Raziel non mi amerà mai come ha amato lei.
Questi pensieri rabbuiano il mio stato d'animo, anche se non lo do a vedere.
Raziel continua a fissarmi, quando improvvisamente cambia discorso.
«Non ho ancora finito, Ania. Quando scoprirai questa cosa, forse, capirai perché la prima notte d'amore mi sono allontanato da te...»
Corrugo la fronte e mi agito, ma lo ascolto, deglutendo il groppo in gola.
«Sai perché non ti ho baciata prima? Perché non ti ho sfiorata prima, anche se avrei già voluto averti mia sin dal nostro primo incontro?»
Scuoto la testa e cerco di stare calma.
Ho bisogno della sua verità. Ora più che mai.
«Perché?» Pronuncio, madida di sudore.
«Perché, prima dell'incidente, ho fatto una promessa di amore eterno a Brenda. Ecco perché. Le ho promesso che l'avrei amata per sempre.»
Rimango sbalordita.
Non immaginavo che Raziel avesse fatto una promessa di amore eterno e questa verità rende ancora più reali i miei pensieri
Lui l'ha amata tantissimo.
Si può amare una persona così tanto da farle una promessa d'amore?
«Per questo sei scappato? Non solo per tuo padre? Perché non volevi avermi del tutto?»
Si morde il labbro esasperato e vedo che entra di nuovo in conflitto con

sé stesso.

Cautamente mi alzo dal suo petto, ma non per andarmene. Non per scappare da lui.

Il suo sguardo mi scruta attentamente perché pensa che sia scossa da quella rivelazione, invece, voglio consolarlo.

«Sì... dovevo lasciarti andare. Ho infranto una promessa d'amore eterno e non potevo continuare così.»

Non mi guarda. Solleva il busto e si scompiglia i capelli.

Aggrotto la fronte, però non mi sento tradita. In fondo, lo comprendo. Ancora io e lui non ci conoscevamo.

Non poteva sapere che forse avrebbe amato un'altra ragazza.

«Raziel... non fa niente. Non mi dà fastidio che tu abbia fatto una promessa di amore eterno a Brenda. Il tuo cuore l'amerà sempre. Non la dimenticherà mai.»

Provo a confortarlo, a fargli capire che, ormai, quel che è fatto non si può cancellare.

Appoggio il palmo della mia mano sul suo cuore e sospira profondamente, liberandosi di tutto quel senso di colpa che l'opprime da anni.

«La verità, però, è che adesso... vorrei amare solo te», confida ed il mio cuore scoppia di gioia.

Vorrei amare solo te...

«Mi ami già e mi amerai fino a quando vorrai, lei non scomparirà facilmente dai tuoi sogni.»

La mia frase non sembra convincerlo del tutto e le sue future parole, difatti, mi sconvolgono più della sua verità.

«Proprio per questo voglio spezzare la promessa, Ania. A volte mi sembra di impazzire, mi sembra di tradirla. Non posso continuare così. La amerò in modo diverso dal nostro amore, ma devo liberarla dalla mia promessa. So che può sembrare una cosa infantile, però...»

«Ehi... non è infantile. Tu e lei vi siete amati davvero. In quel momento ti sentivi di farle una promessa d'amore.»

Raziel sgrana gli occhi, incredulo per la frase che gli ho appena detto.

«Sapevo che avresti capito. Scusami se ti ho tenuto nascosto tutto questo, non ero ancora pronto a parlarne.»

«Non hai bisogno di scusarti. È stato complicato, ma alla fine siamo qui. Insieme. Ed io ti capirò sempre, lo sai.»

Sorride compiaciuto, sapendo quanto io sia sincera. Avvicina il suo viso al mio e mi guarda intensamente. Un lampo balugina nei suoi occhi.

«Ho deciso di andare al cimitero e parlare con lei. Non ci sono mai andato, sento che adesso è arrivato il momento. Mi accompagneresti?»

La sua richiesta mi lascia interdetta, ma se è ciò che vuole non posso

lasciarlo da solo.
Mi schiarisco la gola e rispondo con moderazione.
«Vuoi andarci adesso?»
«Sì, vorrei che andassimo adesso per poter finalmente chiederle perdono. È come se l'avessi tradita insieme a te e non se lo merita. Le dirò che la ricorderò per sempre, ma che non potrò amarla come mi ha fatto promettere.»
«Raziel... non è così. Brenda non c'è più e tu sei scosso...»
«Ania, ti prego. Sto bene, mi sono ripreso. Vorrei solo fare questo passo. Ti ho detto tutta la verità. Sai tutto ma, per favore, accompagnami. Non ostacolare la mia scelta. Ho deciso così e lei capirà da lassù.»
Sospiro e recupero il giubbotto lasciato sul cofano. Dopo essermi coperta, mi abbraccio e con un balzo scendo giù.
«D'accordo... non ostacolerò la tua scelta.»
Raziel mi segue e mi ringrazia con lo sguardo.
«Sei sicuro? Non c'è fretta, si può andare anche domani o quando ti sentirai davvero pronto.»
«Mi sento pronto, Ania. Sono pronto perché da domani voglio vivere la nostra storia d'amore», enuncia ed io smetto di ribattere. Lo sosterrò anche se sono sconvolta da tutto quello che sta succedendo.
Mano nella mano, andiamo a interrompere la grande promessa e a salutare Brenda per l'ultima volta.

54
Come una bella prigioniera

Raziel

Dopo la passione che ci ha travolto, ho deciso di andare a spezzare la promessa fatta a Brenda; Ania, nonostante abbia il suo cuore, mi sta accompagnando.

Non mi ha impedito di compiere questo passo, non mi ha sconsigliato di farlo, mi ha semplicemente chiesto di pensarci bene. Magari secondo lei non sono pronto ad affrontare il fantasma di Brenda, ma il mio cuore sì.

Mi sento temerario e deciso a cavalcare le impetuose onde che hanno allagato la mia anima per tanti anni.

Non ho più timore del fantasma di Brenda perché voglio lasciarla andare... voglio che vaghi nelle vie profumate, nelle vie della felicità...

Non voglio più essere una persona infelice. Non voglio più pensare a tutto quello che ho subito. Non voglio più avere un sorriso tormentato dal passato.

Lentamente i miei occhi scivolano sulla meravigliosa figura che siede al mio fianco: incontrano Ania e tutta la rabbia, tutti i sensi di colpa svaniscono di nuovo.

Lei mi fa stare bene, lei è la mia nuvola di tranquillità.

Lei è la mia voglia di vivere. Grazie a lei ho imparato a lottare e a superare ogni rimorso, ogni ostacolo che mi impediva di vedere per davvero il colore del sole e dell'amore.

Da quando siamo saliti in macchina è taciturna e sta guardando dal finestrino. Forse è agitata, magari starà pensando a ciò che dirò a Brenda una volta arrivati al cimitero.

Improvvisamente le prendo la mano e la stringo forte. I suoi occhi mi incontrano e il suo sorriso mi disarma.

Devo dire addio a Brenda se voglio stare insieme ad Ania. Non posso avere entrambe nel mio cuore...

Brenda l'ho amata moltissimo, ma è arrivato il momento di lasciarla andare. Lei non avrebbe voluto che io spezzassi la promessa d'amore, tuttavia, capirà... il suo fantasma sarà generoso e mi permetterà di vivere, ed io potrò finalmente iniziare la mia storia d'amore con Ania senza più sentirmi in colpa, soprattutto ora che sa tutta la verità.

Adesso sa tutto: l'unica cosa di cui non è al corrente è la bugia di Estrella.

Non ho avuto la forza di dirglielo, al solo ricordo di quella sera mi sento di nuovo sprofondare nell'abisso dei miei momenti più bui. Come ha potuto Estrella farmi chiamare dalla sua amica ed inventarsi tutto solo per tirarmi su di morale? Se non mi avesse mentito in quel modo non avrei guidato così forte e... Brenda non sarebbe morta.

Che cos'ha fatto?

È vero, non è stata solo sua la colpa della dipartita di Brenda, ma ha mentito e adesso dovrà dirlo a Lazaro, che uscirà fuori di testa.

Cecilia, Lazaro, Jov e Yago sono da lei, dubito che Jov la perdonerà per quello che ha fatto. Per la menzogna che ha detto.

Ha ingannato tutti.

Improvvisamente squilla il cellulare e Ania lancia uno sguardo al display.

Cecilia sta provando a mettersi in contatto con me.

«Puoi rispondere tu, per favore?»

La guardo negli occhi implorando il suo aiuto e lei mi asseconda.

Afferra il cellulare e si schiarisce la gola.

Proprio mentre risponde, stringo la mano sul volante e mi perdo in quell'orizzonte tetro e vuoto.

«Pronto, Cecilia? Sono Ania.»

«Ania. Dov'è diamine è Raziele? Mi sta facendo perdere la pazienza. Estrella sta andando fuori di testa. Sta gridando da più di un'ora e non vuole sentire ragioni. Ripete semplicemente il nome di suo fratello. Ha bisogno di lui. Perché non vuole vederla? Sai quello che è successo?»

Ania ha inserito il vivavoce per rendermi partecipe ed io non riesco a guardarla in faccia.

Scoppierei a piangere un'altra volta e non posso.

Provo troppo dolore.

Se solo potessi, mi toglierei da dosso tutto questo male e stringerei per sempre l'unica ragazza che potrebbe alleviarlo.

Solo che per ora ho un'altra priorità.

La voce di Cecilia mi richiama e un brivido mi percorre la schiena. Dilato le palpebre e smetto di pensare alla morte.

Guardo Ania e spero che lei riesca a leggere i miei occhi.

Come immaginavo, la sua voce mi sorprende.

«Cecilia, Raziel per il momento non può tornare. Stiamo andando in un posto, rincaseremo tra qualche ora. Cercate di rassicurare Estrella. D'accordo?»

«Cosa significa? Dove state andando?» Urla Cecilia dall'altro lato della cornetta.

Adesso basta. Mi sta facendo sbottare.

Strappo il telefono dalle mani di Ania e sbraito contro la mia ex migliore amica.

«Cecilia, adesso smettila. Mi hai rotto le palle. Torno appena me la sento. Sono in ottime mani. Pensa ad Estrella e non preoccuparti per me. Non ne hai più il diritto.»

Strillo la verità e riaggancio la chiamata senza darle il tempo di ribattere.

Ania sobbalza, non dice nulla. Non mi redarguisce e gliene sono grato. Non ho bisogno di un suo rimprovero in questo momento.

Con la coda dell'occhio la guardo: si è nuovamente voltata verso il finestrino e sta accarezzando le punte dei capelli. Forse si sta sentendo a disagio per tutta questa situazione.

Non deve essere facile per lei accompagnarmi dalla mia ex ragazza morta, eppure non mi ha lasciato da solo.

Più la guardo, più penso a quanto io sia stato fortunato ad averla incontrata.

«Penserò dopo a mia sorella.»

Sussulta e annuisce come una bambina piccola.

In questo momento vorrei morderle le labbra e baciarla in tutto il corpo, ma non posso pensare al sesso. Non ora. Non di nuovo e non prima di aver detto addio definitivamente a Brenda.

Qualche ora prima abbiamo fatto l'amore, è vero, ma il momento dopo mi sono sentito come sempre in colpa.

Devo liberarmi da questa promessa.

«Posso chiederti cos'è successo? Perché stavi andando a tutta velocità? Perché hai pensato anche solo per un momento di...»

«*Morire*?»

La interrompo perché non riesce a concludere la frase.

Annuisce e deglutisce il pianto che forse sarebbe sgorgato da un momento all'altro se avesse continuato.

Osservo le mie nocche rosse e cerco di calmarmi.

Non voglio farla spaventare, ma è giusto che sappia. Non posso più perdere altro tempo. Basta bugie.

«Estrella mi ha mentito», asserisco di colpo. La voce consumata dal dolore e dalla delusione. Sgrana gli occhi, scettica.

«In che senso?»

«La notte di Capodanno non era ubriaca. Mi ha fatto chiamare dalla sua amica solo per convincermi ad andare da lei e a svagarmi. Se solo non mi avesse fatto chiamare... se solo non avesse inventato questa bugia, se solo...»

Ania appoggia la mano sulla mia gamba. Continuo ad andare dritto e a non perdere il senso dell'orientamento perché siamo quasi arrivati al cimitero.

«Raziel... non puoi avercela con Estrella. In cuor suo ti ha chiamato per farti passare una bella serata di Capodanno. Tua sorella era preoccupata per te, non poteva minimamente pensare che fossi con Brenda quella sera. Ti prego, dimmi se sto sbagliando, ma secondo me non dovresti odiarla per questo. Brenda purtroppo è morta, non tornerà indietro, però tu non puoi perdere tutto per colpa della sua dipartita. Ti stai avvelenando. Sei scappato da me, dai tuoi genitori, stai cercando di odiare Estrella, sei fuggito dai tuoi amici... per *lei*.»

Non sbotta infastidita questa verità, nella sua voce c'è comprensione.

Dio, come la vorrei baciare.

Mi sta salvando con la sua bontà d'animo, con la sua voce d'usignolo, e neanche se ne rende conto.

Piano piano le sue parole stanno ripulendo la mia anima che per tanti anni è stata vittima di una maledizione.

Capisco che ha ragione, solo non riesco a perdonare mia sorella.

Mi ha mentito per troppi anni.

Avrebbe dovuto dirmelo subito e invece ha tenuto per sé questo segreto pur sapendo che ci avrebbe distrutto...

«Non lo so, Ania. È tutto così complicato, ma adesso stiamo andando da Brenda e vorrei pensare solo a questo. Più tardi vedrò come comportarmi con mia sorella.»

Sono le uniche parole che mi vengono in mente; poi svolto a destra e tiro su col naso.

Una stradina poco illuminata ci accoglie. Qualche metro più avanti, delle lanterne appoggiate sull'asfalto, davanti l'enorme cancello in ferro battuto, illuminano l'entrata del cimitero. Siamo arrivati giusto in tempo prima della chiusura.

Fisso l'ingresso un po' stordito, ma cerco di reagire.

Non sono mai andato a trovare Brenda, non ha mai ricevuto un mio mazzo di fiori.

Non ho avuto il coraggio di portarle i miei saluti e adesso sono qui solo per interrompere la nostra promessa d'amore. Ma che razza di uomo sono?

Un dubbio sorge nella mia mente: io l'ho amata sul serio Brenda Castan?

«Va tutto bene?»

Mimo un sì con le labbra e Ania apre la portiera della macchina per scendere per prima.

«Ania, aspetta... io non... non...»

«Non?» Si volta verso di me e mi guarda allarmata.

«Non le ho mai portato dei fiori. Non sono mai andato al cimitero. Non l'ho mai salutata davvero e adesso devo dirle addio? Non riesco a muovermi... non so se ci riuscirò a lasciarla andare», affermo con tristezza. Le mie mani iniziano a sudare e la mia gamba trema per ciò che potrà succedere una volta spezzata la promessa d'amore.

Ania addolcisce la sua espressione e viene dalla mia parte.

Si tuffa su di me e mi afferra le mani.

Il suo calore si propaga in tutto il mio corpo e mi rasserena all'istante.

«Raziel, devi ascoltare il tuo cuore. Sai come si fa?»

La guardo sconvolta perché mi ricordo di queste parole. Gliele dissi tempo fa, quando doveva scoprire i suoi sentimenti per Gaston.

Possibile che si ricordi?

Inclino la testa di lato e la guardo con attenzione, aspettando che continui la frase.

«No, non so come si fa. Sapresti spiegarlo?»

Rimodulo la domanda come un tempo fece lei e alza un angolo delle labbra all'insù per farmi capire di dovermi rivelare le mie stesse parole.

«Devi portarti una mano sul cuore, solo in questo modo conoscerai la scelta giusta. In questo modo capirai cosa dover dire a Brenda. Se non vuoi lasciarla andare, non farlo. Se vuoi, invece, pensa alle parole più appropriate. La scelta spetta solo a te. Non pensare a me, a noi, non voglio che tu lo faccia per vivere più serenamente con me. Puoi... puoi amarci entrambe, Raziel. Se è questo che vuoi, io non me la prenderò mai. Brenda vivrà per sempre dentro di te e non mi darà fastidio. Pensaci bene, ti prego. Non te l'ho detto prima per paura che tu potessi ancora rinviare la tua visita qui, ma Brenda non dovrebbe essere un ostacolo al nostro amore.»

«Ania...»

«No, ascoltami. Quello che c'è tra noi è qualcosa di veramente potente e non voglio perderti per una promessa d'amore. Ho il cuore di Brenda, non sarà facile per te lasciarla andare. In qualche modo ti ricorderò sempre lei. Io lo capisco e ti sostengo.»

Appoggio la schiena al sedile e sospiro, senza scendere dalla macchina.

Improvvisamente sprofondo in altri ricordi e mille flashback di me e Brenda compaiono nella mia mente come se il vento l'avesse riportata da me.

«*Raziele.*»

La sua lunga chioma spuntò tra gli arbusti ed io la scovai immediatamente.
A Brenda piaceva giocare, nascondersi, farsi trovare, ed io la rincorrevo sempre.
Quando la sua voce sussurrò il mio nome non riuscii a vedere altro che lei.
«Brenda...»
Era un ricordo lontano, ma pur sempre un ricordo dove lei mi sorrideva e mi amava, nonostante il suo carattere arrogante.
«Cosa stai facendo? Raccogli dei fiori per me?»
Alzai lo sguardo e le sorrisi.
«Raccolgo sempre fiori per te, Brenda, anche se non te li meriti.»
Mise il broncio perché sapeva a cosa mi riferissi: al suo modo di sapermi manipolare.
Le posi quella verità con calma, senza iniziare una discussione, e lei si avvicinò.
Mi afferrò per il colletto della camicia e mi baciò maliziosamente sulle labbra.
Il suo profumo mi invase e mi inebriò totalmente.
«Ti amerò per sempre, Raziele Herman. Niente e nessuno ostacolerà il nostro amore.»
La mia altezza incombette sulla sua statura più minuta, ma lei non indietreggiò, anzi, si sentì protetta e mi ribaciò con passione.
Ci lasciammo unire dalla melodia che sentimmo provenire da lontano e ci cullammo insieme, come una coppia che si sarebbe amata per sempre.

Un altro ricordo si fa strada nelle vie dei miei pensieri, mentre Ania è ancora davanti a me e mi sta consolando con il suo corpo.
Improvvisamente smetto di pensare a Brenda e sospiro.
Non posso perdere altro tempo. Devo farmi forza e andare da lei.
Corrugo la fronte e stringo la mano della ragazza che mi sta facendo forza.
«Sono sicuro.»
Mi guarda con un'aria incomprensibile: sarà sicuramente triste per tutto quello che sto provando io, ma anche felice di farmi andare avanti.
Provo ad alzarmi dal sedile e fortunatamente non barcollo.
Riesco a sorreggermi e ne sono contento, perché devo incedere verso la tomba di Brenda e mostrarmi coraggioso.
Non devo essere più il codardo che sono stato in passato.
È vero che sono stato male, dovevo starle più vicino, invece, l'ho allontanata perché avevo paura di tutto.

Brenda non meritava questo mio distacco.

«Sono pronto.»

Ania si alza, non si lamenta e mi sorregge per trascinarmi con sé verso quel luogo sacro.

«Ci sarò io con te, Raziel, non temere, dille ciò che senti nel profondo del tuo cuore. Io non ostacolerò il vostro rapporto, d'accordo?»

Queste sue parole mi sciolgono il cuore. Le ravvio una ciocca di capelli dietro le orecchie e mi avvicino ancora di più, sussurrandole la verità: «Sei fantastica. Grazie per tutto.»

Mi guarda dolcemente ed io mi perdo nella profondità dei suoi occhi.

Avrei tanta voglia di baciarla e stringerla a me, penserò dopo a lei, quando sarò più libero.

Non so ancora cosa dirò a Brenda, credo che le parole mi usciranno spontanee quando toccherò la sua tomba, per il momento mi avvio all'ingresso con il capo chino e il cuore in subbuglio.

Sembra come se la stessi rincontrando dopo tanti anni, però non ci sarà lei in carne ed ossa ad aspettarmi e tutto ciò mi terrorizza.

Mi ricordo persino il suo profumo di primavera, così fresco e intenso: sono davvero pronto a lasciarla andare?

Forse Ania ha ragione.

Potrei amarle entrambe, senza dover dire addio a Brenda.

Non si merita il mio abbandono e Ania l'accetterà, ma io sarò in grado di rendere felice la ragazza che mi sta tenendo per mano?

Oppure i ricordi di Brenda tormenteranno per sempre le mie notti?

Improvvisamente alzo lo sguardo al cielo e incontro un uccello volare attraverso quelle nuvole imbrattate di grigio.

Mi fermo di scatto e chiudo gli occhi, provando per un istante ad essere quel volatile migratorio.

Ania non disturba il mio momento di riflessione e abbandona la mia mano per lasciarmi pensare in pace.

Appena il suo calore si disperde nel vento mi sento di nuovo solo e confuso, ma ho bisogno di respirare aria pura, così mi lascio andare prima di varcare il cancello del cimitero.

E penso, penso a come la vita mi abbia portato fin qui. All'amore incondizionato che provo per Brenda e a questo sentimento forte e passionale che sento nei confronti di Ania.

Mi lascio andare fino a quando riapro gli occhi e riguardo Ania.

«Va tutto bene, Raziel? Se vuoi ti aspetterò qui...»

Anticipo la fine della sua frase.

«Sì, grazie mille.»

Annuisce e rimane lì, immobile, con le scarpe salde tra l'asfalto e l'erba bagnata.

Ansioso, raccolgo dei fiori all'entrata, dei fiori bianchi, non viola, non neri: bianchi. Perché per me Brenda è ancora viva nel mio cuore e si dispiacerebbe se le portassi dei fiori di un altro colore.

Fino a quando mi incammino...

Ci siamo. La tomba dovrebbe essere quella lì in fondo...

Per armarmi di coraggio mi stringo con entrambe le mani.

Il freddo di quel luogo gela le mie ossa, ma nel momento in cui raggiungo la tomba di Brenda e incontro la foto che le avevo scattato, rabbrividisco ancora di più. Quasi barcollo, ma i miei piedi decidono di non farmi sprofondare, mi sorreggono, mi appoggiano.

Non riesco a emettere nessun suono, e mi rendo conto di non aver mai dimenticato la bellezza dei suoi occhi.

Rivolgo la mia attenzione solo a lei che dorme profondamente come una bella prigioniera.

Mi faccio forza e mi inginocchio di fronte la tomba che non ho mai voluto vedere.

Non parlo subito, resto a torturarmi in un religioso silenzio e accarezzo il marmo freddo come se stessi sfiorando in qualche modo il corpo della mia ex amata.

È una sensazione così strana da non riuscire a pensare lucidamente. Il singhiozzo ritorna più forte di prima, eppure il pianto non inonda il mio viso.

Non posso piangere, anche se pensare a Brenda chiusa qui dentro mi fa stare male, devo reagire per lei e per me.

«*Brenda...*»

Sussurro il suo nome come se la stessi invocando: so che in un modo o nell'altro, da qualche parte, lei sta osservando questa scena, perciò, stringo il pugno e continuo a parlare.

«Brenda, scusami per non essere stato presente... sono scappato. Dopo il nostro incidente sono andato via. Non sono riuscito a starti vicino, non sono riuscito a farti compagnia. Ho sofferto tantissimo la tua morte, sono passati quattro anni da quel giorno e ancora lo vivo come se fosse ieri. Però posso assicurarti che ho continuato ad amarti per tutto questo tempo.»

Mi fermo un attimo.

Non riesco a proseguire, mi sembra tutto così strano. Vorrei poterle accarezzare la guancia, vorrei poter sentire il suo profumo, vorrei poterla vedere sorridere e invece sto parlando davanti a una sua foto...

Sospiro più volte cercando di non farmi prendere dal panico e di non impazzire del tutto.

Brenda ha bisogno di me, ha bisogno delle mie parole e della verità.

Devo farmi forza.

Traggo un respiro profondo e continuo il discorso, socchiudendo gli occhi.

«Oggi sono qui perché finalmente ho trovato il coraggio di venire da te. Dopo la tua dipartita non sono stati anni bellissimi. Ci sono stati alti e bassi, sia con i ragazzi sia con la mia famiglia. Sono finito in coma e poi sono caduto in depressione, ma adesso sono qui. Ho molto da raccontarti, sai? Però proverò ad essere il più sintetico possibile e a riferirti bene gli ultimi mesi. Non voglio rattristirti con la mia depressione pregressa. Ti racconterò da quando ho deciso di andarmene da casa. Qualche mese fa, ho abbandonato tutti e sono andato a vivere a casa di un avvocato che mi ha accolto gentilmente senza conoscere il vero motivo della mia scelta...»

Respiro.

Adesso arriverà la parte più difficile, ma Brenda ascolterà.

Decido di sedermi accanto alla sua tomba fredda e polverosa e mi accosto alla sua foto.

In questo ritratto è davvero bella, ha un sorriso che le illumina il volto e non sembra essere andata via.

«Devo dirti una cosa, Brenda. Forse non ti farà piacere, ma non posso più nascondermi. Non voglio. Io ti ho amato tanto e fino a qualche mese fa pensavo di amarti ancora tantissimo, però è successo che nella mia vita è comparsa una persona. Ho conosciuto una ragazza... non una ragazza qualunque. Una ragazza speciale. Si chiama Ania e oggi mi ha accompagnato da te per non lasciarmi solo.

Credo di amarla, sai?

È un sentimento diverso da quello che provavo per te, però mi piace quando litighiamo, quando facciamo l'amore e quando facciamo pace. Amo ogni cosa di lei, persino i suoi lati più nascosti. Ha sofferto tanto in passato e forse anche la sofferenza ci ha accomunato, solo che mi sento in colpa nei tuoi confronti perché prima che tu morissi ti feci la promessa di amore eterno.

Lo ricordi? Mi hai fatto giurare di amarti fino alla fine dei miei giorni e ho accettato. Però le cose cambiano, Brenda, e con Ania vorrei provare a vivere qualcosa di più, ma non ci riesco perché mi sento in colpa nei tuoi confronti. Non voglio dimenticarti, non lo farò mai. Sei stata troppo importante per me, per questo ti porterò sempre nel mio cuore. Ti chiedo scusa. Non doveva andare così, ma vorrei domandarti di rispettare la mia scelta: non venire nei miei sogni, non trasformarli in incubi, perché non sarei felice. Lasciami vivere davvero. Forse mi sto comportando da egoista, ma desidero essere di nuovo felice.

Ho sofferto tremendamente in questi anni ed è stato difficile lasciarmi andare con Ania, sai?

La prima volta che lo abbiamo fatto sono scappato via perché mi sentivo davvero uno stupido per aver spezzato la promessa d'amore.

Non sarei dovuto andare a letto con lei, ma la tentazione è stata troppo forte e in cuor mio sento di averti tradita. Come se non bastasse non l'abbiamo fatto solo quella volta. È successo ancora, fino a quando non le ho rivelato di te.

Lei stessa mi ha detto che potrei amare entrambe... vedi? È anche generosa. Non le darebbe fastidio se amassi sia te sia lei.

Mi capirebbe, però non sarebbe rispettoso né verso di te né verso di lei. Per questo oggi sono qui, per dirti che non ti dimenticherò mai, ma che andrò per la mia strada, Brenda.

Dopo di oggi dirò ad Ania di stare con me, perché voglio renderla felice. Penso che anche tu avresti voluto la mia felicità se fossi stata in vita.

Mi dispiace da morire per quello che è successo quel giorno... non saresti dovuta venire con me, a quest'ora staresti vivendo la tua vita e invece la morte ti ha strappato via...

Non me lo perdonerò mai, ma non posso più vivere così.

Avrò i miei rimorsi, però continuerò a credere nell'amore, perché questo sentimento mi salverà dalla tempesta quando si abbatterà su di me nei momenti più oscuri.

Non scomparirai facilmente dalla mia vita, ogni tanto ti ricorderò e quando succederà mi rabbuierò, magari mi chiuderò in me stesso, però ci sarà Ania con me e mi renderà forte.

Perdonami se non posso mantenere la promessa che ti ho fatto, ma non ci riesco. Amo Ania e voglio stare con lei.

Non merita di essere la mia seconda scelta, Brenda.

E poi... c'è un'altra cosa che devo rivelarti. Ania ha il tuo cuore. Appena l'ho saputo ho pensato che potesse essere una bellissima coincidenza. Lei non sarà mai te, e tu non sei mai stata come lei, ma ti avrò vicino, in un modo o nell'altro.»

Inizio a tremare perché penso di aver detto tutto e mi sento più libero, meno infuriato con il mondo.

Brenda capirà oppure tormenterà le mie notti e non mi lascerà in pace?

Guardo ancora una volta la sua foto e la accarezzo.

«Ti ho amato sul serio, Brenda Castan, e in quei momenti passati insieme mi hai reso felice; adesso ho bisogno di salutarti come si deve per poter vivere davvero. Tornerò però, te lo prometto. Non ti abbandonerò più. Non è un addio.»

Cautamente mi alzo e mi avvicino alla foto.

Compio un gesto automatico, senza pensarci due volte. Mi accosto e

bacio l'immagine di Brenda.
Una lacrima fredda scende dai miei occhi e mi tocco il cuore per non piangere di nuovo.
Ho fatto bene.
Le ho detto tutto e adesso potrò provare a essere felice insieme ad Ania. Non dovrò sentirmi in colpa.
Con dei singulti profondi osservo un'ultima volta quella foto a colori che sprizzava allegria, poi chino il capo e dedico a Brenda una profonda preghiera.
Quando termino, mi volto e oltrepasso il sentiero lastricato e l'erba alta che mi ha sfiorato per tutto il tempo le ginocchia infagottate dai jeans per raggiungere Ania. Si accorge della mia presenza a causa del mio respiro affannoso, e corre verso di me per abbracciarmi.
«Stai bene?» Domanda dolcemente con una preoccupazione unica che non ho mai visto né nei miei genitori né nei miei amici.
Le accarezzo la spalla coperta e mi inebrio del suo profumo.
Annuisco per non farla preoccupare, ma non so se proprio oggi starò bene.
«Le ho detto tutto... specialmente che sono innamorato di te.»
Alla mia rivelazione, mi stringe di più senza guardarmi negli occhi. Sta rivolgendo lo sguardo verso il sentiero plumbeo e uggioso quando improvvisamente comincia a piangere.
«Ania?»
Accarezzo i suoi capelli e il mio gesto la porta a guardarmi negli occhi.
«Davvero mi ami, Raziel?» Pronuncia con voce ovattata.
Mi avvicino e le accarezzo il collo con dolcezza.
Cerca di smettere di piangere, ma forse è troppo emozionata per arrestare le sue lacrime.
«Sì, Ania. Sono innamorato di te e non voglio più nascondere questo sentimento. Ne abbiamo passate tante insieme. Forse, finalmente, meritiamo di essere felici. Mi hai stravolto la vita in meglio e i nostri problemi ci hanno reso più forti. Il nostro amore è andato oltre ogni promessa fatta. Ha sormontato tutto. Ha travalicato le onde del mare e ha raggiunto i nostri cuori. Ci ha uniti e ci ha resi quelli che siamo oggi. Non distruggiamolo. Proviamo a creare qualcosa di unico e meraviglioso insieme. Divisi è un disastro, insieme sarà più bello.»
La osservo con sincerità e mi accingo a sfiorare le sue labbra. Non vedo l'ora di baciarla di nuovo. Non riesco a stare un minuto in più lontano da lei.
Abbiamo perso troppo tempo.
«Ne sei sicuro?»

«Sì. Sono sicuro... scusami se tempo fa ti ho lasciato quel biglietto dove ti scrissi che per ogni mio senso di colpa perdevo più di cento battiti. Ero colmo di dolore e non ragionavo. Tu sei l'universo che risplende, Ania, ed il mio cuore batte solo per te. Ho detto a Brenda che non la dimenticherò ma che tu avrai la priorità su tutto.»

Mi abbraccia nuovamente, so che è sicura dell'amore che provo per lei.

«Voglio portarti via di qui... prima di tornare a casa desidero un'altra volta entrare dentro di te... lo vuoi anche tu?» Le chiedo, sperando in un sì.

«Sì.»

Andiamo verso la macchina, appena saliamo l'allaccio la cintura di sicurezza e le bacio la guancia.

Non siamo mai stati così felici.

Lei ricambia e stringe la presa con tanto amore.

«Pensiamo solo a noi. D'accordo? Allontana ogni pensiero negativo, ogni incubo, ogni tormento dal tuo cuore.»

Le sfioro la clavicola e ansima, acconsentendo alla mia richiesta.

«Non riesco a dirti di no, perciò, farò come mi hai appena consigliato.»

Ammicco e sorride.

La terrò stretta a me e non la lascerò volare via neanche se ci saranno altri ostacoli da superare.

In due sarà tutto più facile.

Da soli non si è mai così forti...

Insieme abbandoniamo la via del cimitero.

55
Mi piace immaginarci così

Ania

Qualche giorno dopo aver detto addio a Brenda, Raziel ha dovuto salutare anche suo padre.
La malattia lo ha trascinato via dolcemente, senza dolore, mentre sognava una famiglia diversa, unita e non divisa dalla sofferenza.
Tutti gli Herman sono in lutto. Estrella piange di continuo, esce raramente. Jov ha cercato in tutti i modi di confortarla, ma non ci è riuscito. Niente può essere paragonato alla sofferenza che si prova per la perdita di un genitore.
La signora Herman e il nuovo quasi sindaco, Yosef Herman, sono molto silenziosi ultimamente... non hanno neanche esposto la nuova campagna elettorale.
Non riescono a sorridere, a parlare, ad andare avanti, nonostante sapessero che la malattia avrebbe condotto il signor Herman nell'aldilà. In un posto più tranquillo, dove avrebbe reagito e sarebbe stato di nuovo grintoso, energico.
Dove sarebbe stato forse un padre migliore, un angelo custode per la propria famiglia.
Raziel, invece... beh, lui si è sempre paragonato a un'ombra misteriosa, ma adesso che i suoi segreti sono stati svelati è semplicemente più taciturno.
Ciò non mi preoccupa, perché quando si trova in mia compagnia sembra non desiderare nient'altro. Mi stringe tra le sue braccia, mi sussurra di volermi per sempre e di non lasciarlo mai più...
Ed io gli stringo le mani, lo consolo per non farlo annegare nel dolore in cui potrebbe sprofondare da un momento all'altro.
Abbiamo imparato anche a dialogare senza litigare. Gli ho persino chiesto spiegazioni sul perché, tempo prima, mi ha sottratto il diario segreto.
E quando mi ha rivelato di aver letto davvero quelle pagine non l'ho ammonito perché non ho voluto rovinare, ancora una volta, il nostro rapporto.

Inoltre ho apprezzato le parole che mi ha detto: mi ha spiegato che lo ha rubato senza il mio consenso perché voleva conoscere i miei pensieri su di lui, voleva cercare di capire perché io mi fossi innamorata di lui. Dopodiché mi ha baciata e mi ha promesso che non lo avrebbe più letto.

In questi giorni sono rimasta in sua compagnia a sussurrargli storie di amori rinati, a raccontargli le nostre passioni e lui si lascia cullare dalle mie parole, le ascolta con dedizione senza stancarsi.

«Hai una voce carezzevole, mitiga le mie continue sofferenze. Non riesco a credere che dopo tanti anni io abbia incontrato il mio portafortuna, Ania. Con te ho sconfitto i miei sensi di colpa, con te ho abbandonato il passato, con te sono rinato. Non mi pento di come sia andata tra di noi perché adesso ti ho qui, ti tengo stretta. E anche se sto soffrendo per la morte di mio padre, tu sei la mia cura ed io ti ringrazio. Senza i tuoi baci sarei stato sconfitto e avrei continuamente odiato il mondo. Con te ho trovato la pace. Questo dolore per mio padre passerà e noi riusciremo a vivere finalmente la nostra storia d'amore.»

Una settimana dopo

«Ania, posso chiederti quale abito indosserai stasera per Capodanno?»

Guadalupe entra di soppiatto in camera mia e smetto di leggere il libro che Raziel mi ha regalato di recente... un libro erotico.

Secondo lui leggo troppi fantasy e classici; in effetti, un po' di pepe in più sarebbe l'ideale per me. Appoggio il libro sulle ginocchia e mi volto verso mia cugina.

«Non so, oggi andrò a comprare un vestito. Volete farmi compagnia tu e Diana?»

Guadalupe alza immediatamente gli angoli della bocca all'insù e mi sorride.

Da quando ho risolto con i miei, e da quando si sono rappacificati con gli zii, io e Guadalupe andiamo più d'accordo.

All'inizio era restia nei miei confronti perché pensava che la colpa del litigio fosse di mamma, invece, poi, ha scoperto tutta la verità e ha cambiato opinione su di me ed io su di lei.

Sono gli ultimi giorni che passerò qui a casa di nonna e sono abbastanza agitata: con Raziel non abbiamo ancora parlato di cosa succederà quando tornerò a Recoleta.

Lui verrà di nuovo con me o resterà qui?

Non vuole perdermi, il giorno della morte di suo padre mi ha rivelato delle bellissime parole d'amore, eppure non si è esposto ancora del tutto.

Ha anche espresso i suoi sentimenti, ma non mi ha fatto capire le sue intenzioni ed io sono tesa, rigida, in ansia.

«Ania, c'è qualcosa che non va?» Guadalupe è un'attenta osservatrice e la sua curiosità mi convince ad alzare lo sguardo sul suo viso accuratamente truccato.

«Sono solo pensierosa, tutto qui...»

Senza chiedere il permesso si siede sul letto e incrocia le slanciate gambe da modella.

«Perché stai per tornare nel tuo quartiere?»

Silenziosamente annuisco, evitando di pensare alle fantastiche notti che abbiamo trascorso io e Raziel negli ultimi giorni.

Anzi, *Raziele*.

Il suo vero nome è Raziele...

Mi ha spiegato che a Recoleta ha voluto togliere quella *e* di troppo per non ricordare il suo passato.

Lo infastidiva sentirsi chiamare Raziele, gli ricordava la situazione che lo ha perseguitato per tanti anni, soprattutto ripensava a lei, a Brenda...

Non mi ha infastidito quando mi ha rivelato questa verità, però io continuerò a chiamarlo Raziel.

Ormai per me lui è Raziel. Semplicemente Raziel.

Smetto di pensarlo e mi concentro su mia cugina.

«Sì... con Raziel non abbiamo parlato di cosa succederà una volta che andrò via da qui.»

Guadalupe sogghigna e la guardo torva.

«Cosa c'è?»

«Ania, dolce Ania.»

Mi prende le mani e mi guarda negli occhi, piegandosi in avanti con il busto.

«Raziel ti ama alla follia e tu ami lui. È normale che ti seguirà.»

La guardo confusa e disorientata. Non so se abbia ragione, comunque decido di credere alle sue parole per non farla preoccupare. «Sì, forse è così... dai, pensiamo a Capodanno, visto che è stasera! Allora è deciso. Oggi pomeriggio andremo a cercare qualcosa di particolare per la festa organizzata da Jov.»

Guadalupe annuisce e sposta l'argomento su quest'ultimo, cogliendomi di sorpresa.

«A tal proposito... Jov ed Estrella hanno risolto?» Domanda, curiosa più che mai.

Inarco un sopracciglio e piego la testa di lato rivelandole un ghigno beffardo.

«Come mai questa domanda? Non è che ti piace Jov?» La mia curiosità è lampante.

Guadalupe scuote la testa e mette il broncio, in realtà è molto probabile che stia mentendo. Glielo leggo negli occhi l'interesse che prova per Jov e il rossore che gli imporpora le guance ogni volta che lo incontra.

L'altro giorno, ad esempio, quando siamo andate a bere qualcosa e l'ha visto, non ha spiccicato una parola.

Jov l'ha osservata quasi tutto il tempo e mi chiedo se anche lui provi del tenero per mia cugina.

«In realtà... ecco... lo trovo affascinante, nient'altro. Non mi va di fargli capire qualcosa o di perderci la testa. Estrella è sconvolta in questo periodo e lui le sta molto vicino...»

Mi avvicino e le ravvio una ciocca di capelli dietro l'orecchio.

«Se questo può consolarti, non sono fidanzati. Jov non prova più lo stesso sentimento di un tempo, mentre Estrella sì. Solo che le sta vicino per confortarla, perché le vuole bene, ma non torneranno insieme. L'altro giorno ho sentito una conversazione tra lui e Raziel e non credo cambierà idea a riguardo.»

Un lampo di speranza balugina nello sguardo di Guadalupe e mi sorride.

«Davvero? Ma pensi che...»

La faccio tacere ammettendo la verità: «L'altra sera ti ha guardato per tutto il tempo, solo che tu non hai aperto bocca...»

Guadalupe mi zittisce, imbarazzata, e china la testa. La sua lunga chioma nasconde il suo viso delicato.

«È solo che... non mi sono mai sentita così presa da un ragazzo, sento qualcosa dentro di me quando i suoi occhi mi incontrano.»

Questa volta le prendo entrambe le mani e le poso un dito sopra il mento per farmi guardare attentamente.

«Senti le farfalle nello stomaco, Guadalupe.»

Basita si porta una mano sul cuore.

«Sono totalmente presa da lui.»

«Sarà la persona giusta per te?» Fantastico, sperando in una loro unione.

«Io... okay, basta. Come dice la nonna? Tempo al tempo e se è destino si accorgerà di me, giusto?»

«Esattamente, però incrociamo le dita.»

«D'accordo.»

Decidiamo di interrompere la conversazione sul bel tenebroso Jov e scoppiamo a ridere.

***

Io, Guadalupe e Diana siamo uscite alla ricerca dell'abito perfetto.

Stiamo passeggiando per le vie del centro, ma Diana si ferma a ogni boutique senza decidere quale abito accaparrarsi.

Io e Guadalupe abbiamo già scelto, Diana invece è sempre confusa e ci sta facendo girovagare da più di un'ora senza soluzione.

«Diana, neanche questo ti ha colpito? Ti starà benissimo se lo provi. Ti prego, entra in quel maledetto negozio», bofonchia la sorella davanti al millesimo vestito.

Diana scuote la testa e guarda disgustata l'abito blu cobalto in vetrina.

A mio parere è molto fine ed elegante e starebbe davvero bene a mia cugina; non capisco questa sua testardaggine nel trovare l'abito migliore di tutti.

«Adesso sputa il rospo. Su chi vuoi fare colpo?»

Guadalupe la conosce fin troppo bene e la prende alla sprovvista.

Diana diventa rossa come un peperone e guarda torva la sorella senza rivelarle la verità.

«Non devo fare colpo su nessuno... voglio solo sentirmi bella. Se siete stanche potete tornare a casa, vi raggiungerò appena troverò l'abito adatto a me.»

Cerco di farla calmare, mentre Guadalupe si altera e alza gli occhi al cielo.

«Che capricciosa!» Prorompe senza venirle incontro.

«Sta parlando quella che ha comprato il primo abito che ha visto...»

«A me sta bene sempre tutto», rimbecca Guadalupe, più nervosa di prima.

Cominciano a battibeccare in mezzo alla strada ed io mi piazzo in mezzo a loro per cercare di calmarle.

«Ragazze basta, sul serio! Non facciamoci riconoscere!» Esclamo con tono di rimprovero.

Improvvisamente il mio cellulare squilla e rispondo quando leggo il nome "Raziel" sul display.

Senza rendermene conto mi allontano dalle mie cugine e presto totale attenzione a colui che mi sta chiamando e che non sento da qualche ora.

«Ehi...»

La sua voce mi tranquillizza all'istante.

È come una melodia rassicurante e mi lascio cullare dalla pronuncia delle sue parole con sguardo trasognato.

«Ehi...»

«Sei libera? Ho voglia di vederti. Ieri mi sei mancata...»
In lontananza lancio uno sguardo verso le mie cugine. Non stanno più litigando come prima, anzi, vedo che sono entrate nel negozio e stanno scegliendo qualcosa.
Sospiro di felicità.
«Sì. Dove ci vediamo?»
Immagino Raziel sorridere.
«Dimmi dove sei, vengo a prenderti. Voglio portarti in un posto.»
Misterioso come sempre. Questo suo lato non è cambiato.
«D'accordo. Allora ti aspetto... sono in centro a fare shopping con le mie cugine.»
Inoltro la posizione e riaggancio la chiamata.
Guadalupe e Diana mi raggiungono e sorridono contemporaneamente.
«Diana ha acquistato l'abito blu cobalto che all'inizio non le piaceva...» afferma Guadalupe prendendo a braccetto la sorella.
Quest'ultima le tira un pizzicotto e scoppia in una risata fragorosa.
«Torniamo a casa?» Propone Diana, vedendomi disattenta ai loro discorsi.
Infatti ho la mente da un'altra parte.
Credo che Raziel voglia parlarmi di quel che sarà di noi e ho davvero tanta paura.
«Voi andate, io sto aspettando Raziel. Vuole portarmi in un posto.»
Le mie cugine si lanciano occhiate maliziose, ma decidono di accontentarmi e raggiungono la fermata dell'autobus senza aspettare insieme a me l'arrivo di Raziel.
Dopo averle salutate rimango davanti la piazza centrale e osservo gli immensi edifici con aria riflessiva, quando a un tratto una voce richiama il mio nome.
«Ania?»
Strananamente davanti a me compare Lazaro Castan e sgrano gli occhi.
Lazaro è un bellissimo ragazzo: ammaliante e seducente, ha carisma, e potrebbe persino competere con Raziel. Da quel che so, sono i due ragazzi più affascinanti in questo quartiere.
«Ciao Lazaro.»
Mi sorride e nei suoi occhi azzurri scorgo una luce un po' particolare... forse nostalgica.
«Va tutto bene?» Gli domando, avvicinandomi di più.
Lazaro annuisce, poi si affianca a me e indica un punto nel vuoto.
«Venivo spesso qui con Brenda, sai? Quando eravamo tristi, guardavamo un punto a caso e tutto sembrava scorrere via...»
Lo guardo di sottecchi e comincio a giocare con i polpastrelli.

Mi sento in imbarazzo.
Nonostante sia stata una ventina di giorni qui con Raziel e i suoi amici, non ho mai avuto modo di trascorrere del tempo con Lazaro e me ne sono pentita perché comunque posseggo il cuore di sua sorella.
Sicuramente non sarà stato facile neanche per lui accettare la mia presenza, infatti, all'inizio, era molto restio nei miei confronti, ma durante le varie uscite ogni tanto ha iniziato a lanciarmi occhiate pacifiche.
Solo che non è un tipo molto loquace.
«Mi dispiace, Lazaro, per Brenda. L'hai persa e da quello che so eravate molto legati.»
I suoi occhi blu mi scrutano con attenzione.
Lazaro si passa una mano tra i capelli e rilancia uno sguardo al punto che poco prima ha guardato con leggera malinconia.
«Mi fa piacere che sia tu... la ragazza a cui Brenda ha donato il suo cuore. Per tanti anni ho cercato di immaginare chi potesse possederlo e sono grato di sapere che sia una ragazza speciale come te, Ania. Il caso ha voluto farci incontrare e per questo voglio chiederti se ti va di restare in contatto. So che all'inizio sono sembrato brusco nei tuoi confronti, ma credo che tu abbia perfettamente compreso il motivo del mio comportamento.»
Annuisco silenziosamente.
Sono davvero colpita dalla richiesta di Lazaro e mi farebbe piacere conoscerlo meglio.
D'altronde io non ho mai avuto un fratello o una figura che gli si avvicinasse e lui potrebbe diventare qualcuno di molto intimo per me.
Non so come potrà prendere Raziel questa nostra confidenza, ma mi sento di dovergli dire di sì, di approfondire la conoscenza con Lazaro.
Non è un cattivo ragazzo.
«Per me va bene, Lazaro, ma io tornerò a Recoleta dopodomani...»
Continua a fissarmi senza mettermi in soggezione.
«Lo so, potremmo sentirci qualche volta. Magari potrei far parte della tua vita e tu della mia, che ne dici? Ho voglia di conoscerti, Ania, perché in qualche modo mi fai sentire vicino a mia sorella.»
Cerco di non commuovermi, tuttavia le parole che pronuncia Lazaro sono così profonde.
Non so come ci si senta a perdere qualcuno, ma so cosa si prova a perdere sé stessi.
Io stavo per morire e non è stato facile, né per me, né per i miei...
«Va bene, Lazaro... posso farti una domanda?»
Quello che sto per chiedergli è una cosa intima e personale, ma il mio cuore necessita di sapere la verità.

Mi rivolge uno sguardo dubbioso, ma annuisce.
«Certo, dimmi», infila le mani nelle tasche dei jeans e continua a fissarmi, incuriosito dalla nostra conversazione.
Mi schiarisco la gola e cambio posizione.
Senza farlo di proposito, rivolgo le spalle a Lazaro e guardo la piazza che si trova proprio di fronte a me.
Abbasso un po' titubante la nuca e lascio andare via un sospiro.
«Ania?»
Questa volta Lazaro si avvicina e mi poggia una mano sulla spalla.
Rialzo lo sguardo e mi riconcentro su di lui.
«Dimmi la verità, Lazaro... io e tua sorella ci somigliamo? Sia esteticamente, sia interiormente?»
Pongo quella domanda perché non ho mai visto una foto di Brenda e onestamente ho paura di scoprire che Raziel mi abbia scelto proprio per la somiglianza con quest'ultima.
Tutto può essere, ed io necessito di continuare a sapere, anche se la verità potrebbe spezzarmi il cuore.
Al cimitero non mi sono avvicinata alla sua tomba, non ho accompagnato Raziel fino a lì e quindi la sua bellezza è per me ancora ignota.
Lazaro inarca il sopracciglio destro, poi con tranquillità raccatta il suo portafoglio ed estrae una piccola foto.
Lo guardo perplessa e appena me la porge capisco chi è il soggetto di quel ritratto.
Faccio fatica ad afferrare quella minuta foto, ho persino paura di strapparla. È un po' stropicciata e piegata. La apro con attenzione e proprio quando i miei occhi incontrano quelli luminosi di Brenda, mi commuovo e rabbrividisco per due motivi.
Brenda non è uguale a me, ma è di una bellezza disarmante.
Raziel mi avrebbe scelto se lei fosse ancora viva?
Trattengo le lacrime perché sto impazzendo di gelosia, ed è sbagliato.
«Era bellissima e non ci assomigliamo per niente.»
Provo a sogghignare e Lazaro sorride insieme a me.
«Non spettava a me farti vedere una sua foto, tuttavia sono suo fratello e ti ho parlato di lei, perciò... puoi stare tranquilla, Ania. Raziel ti ha scelto non per il ricordo di Brenda, ma perché ti ama profondamente. Credimi.»
Questa conversazione con Lazaro sta diventando troppo personale e intima, per cui decido di restituirgli la foto e lo ringrazio.
D'un tratto sentiamo il rombo di un motore e quando mi volto vedo la macchina di Raziel accostarsi proprio accanto a noi.
Anche se ha i vetri oscurati l'ho riconosciuta subito e anche Lazaro si volta a guardare la comparsa di Raziel. «È arrivato. Adesso ti lascio in

buone mani. Potresti però scrivermi il tuo numero?»

Senza indugiare più del dovuto, afferro il suo telefono memorizzandogli il mio numero di cellulare. Quando glielo restituisco, Raziel scende dalla macchina e ci raggiunge con tutta la sua eleganza.

Questo pomeriggio indossa un cappottone più chiaro rispetto a quello di Lazaro. Un maglione a dolcevita bianco e dei pantaloni scuri.

È davvero ammaliante ed io non vedo l'ora di rimanere sola con lui per conoscere il nostro futuro.

Sorpassa la piazzetta e si appropinqua a noi. Mi abbraccia amorevolmente e mi dà un bacio pieno di passione.

Rimango sbalordita da quel gesto così affettuoso in pubblico, anche se davanti a noi c'è solo Lazaro.

«Amore, hai aspettato tanto, scusami. C'era traffico, ma vedo che sei in *compagnia*...»

Lazaro lo saluta con un cenno del capo e Raziel ricambia con disinteresse, continua a stringermi a sé.

Da quello che so, i due non hanno un ottimo rapporto e prima o poi Raziel dovrà aggiornarmi anche su questo.

«Ciao amore. Ho incontrato Lazaro da poco e abbiamo scambiato due parole.»

«Capisco», la sua mascella si irrigidisce e un muscolo guizza sul collo.

I due si guardano quasi in cagnesco, ma è più Raziel ad avercela con Lazaro che viceversa.

«Come va, Raziele? Tutto bene?» Domanda Lazaro con educazione.

«Tutto bene. Tu?»

Lazaro fa spallucce e risponde: «Mai stato meglio.»

Proprio quando sono impegnati a lanciarsi occhiatacce, mi arriva un messaggio e lo leggo.

Appena scorgo il mittente sgrano gli occhi: è Gaston.

Mi ha appena fatto gli auguri di Natale e vorrebbe sapere quando tornerò in città. Non lo sento da un sacco di tempo e questo messaggio mi sconvolge. L'ultima volta è venuto a casa mia, di mattina presto, e gli ho espressamente detto di lasciarmi andare... ancora persiste a sentirmi.

«Chi ti scrive?»

Raziel si avvicina e, appena legge il messaggio di Gaston, corruga la fronte.

«Cosa vuole? Cosa gli importa di sapere quando torni? Non ha ancora capito che non deve parlarti e che tu sei mia?» Soffia a un centimetro dal mio orecchio.

La sua vicinanza mi destabilizza e mi sembra di smettere di respirare per dei lunghi secondi.

Lazaro mi rivolge un sorrisino sarcastico, poi dà una pacca sulle spalle a Raziel per sdrammatizzare la situazione.

«Sii sempre con lei e vedrai che non te la soffierà nessuno. Adesso vado, devo vedermi con Cecilia. Ci vediamo più tardi a casa di Jov, d'accordo?»

Raziel non risponde alle parole di Lazaro, e quando quest'ultimo ci lascia soli, la concentrazione del mio ragazzo ritorna su Gaston, ma non mi dispiace, perché si avvicina ancora di più e comincia a rivelarmi delle parole stuzzicanti all'orecchio.

«Sei mia, Ania, come lo devo far capire al mondo intero?»

«Non... non ho intenzione di rispondergli, non dopo la nostra ultima conversazione. Non capisco perché mi abbia scritto adesso...»

«Continua a sperarci», interviene Raziel ed io sbuffo.

«Non ha speranze. Mi ha trattata male, mi ha ingannata, spiata, ci ha anche teso una trappola... quando tornerò, se mi parlerà, non lo ascolterò.»

Finalmente riesco a farlo sorridere e quando succede gli porgo un dolce bacio vicino all'angolo delle labbra.

Raziel mi abbraccia e comincia ad accarezzarmi la schiena. Con amore, mi prende per mano e mi trascina alla macchina.

«Voglio portarti in un posto. Andiamo.»

Saliamo in macchina e lo accontento senza perdere altro tempo.

Io e lui, oltre tutti i nostri segreti.

Io e lui, per sempre.

Mi piace immaginarci così.

56
L'amore negli occhi

Raziel

Sto tenendo per mano la donna della mia vita e la sto portando lontano da tutti perché la voglio solo per me.
È incredibile come io e Ania siamo arrivati fin qui.
Come abbiamo superato tutti gli ostacoli.
Il nostro amore è più forte di ogni bufera e di ogni tempesta. Ci ha reso forti e ci ha unito ancora di più.
Ogni tanto occhieggio verso di lei e guardo la sua immensa bellezza: ha lo sguardo rivolto verso la strada che sto percorrendo, ha le stelle negli occhi.
È splendida, piena di vita ed io le starò accanto, sempre, in ogni momento.
«A cosa stai pensando?»
D'un tratto si volta verso di me e comincia ad accarezzarmi la mano.
Il suo contatto mi stordisce, è così potente, unico, come un tocco fatato.
«A quanto tu sia semplicemente meravigliosa, Ania. Non so ancora dove sarei finito se tu non mi fossi stata accanto.»
Arrossisce ed io adoro quando le guance le si colorano di imbarazzo.
Le bacio la mano e sorride, come una bellissima bambina.
«Abbiamo lottato tanto insieme, Raziel, ma c'è una cosa di cui vorrei parlarti...»
La guardo corrugando la fronte. Anche io ho bisogno di dirle una cosa, ma desidero dirgliela appena raggiungeremo il posto che ho scelto.
«Possiamo parlarne appena arriviamo a destinazione?»
Mi sorride e si accoccola sulla mia spalla.
«D'accordo, aspetterò impaziente. Sappilo.»
«Intanto potresti dirmi cosa ti ha detto Lazaro?»
Alza gli occhi su di me e il suo modo di guardarmi colpisce ancora una volta il mio cuore.
«Mi ha chiesto di restare in contatto per conoscerci meglio.»
Lascio andare uno sbuffo, senza innescare in me il solito nervosismo.

Ho sempre sospettato che Lazaro provasse qualcosa per sua sorella, è il fratello adottivo, anche se non si è mai dichiarato a Brenda apertamente. Adesso vuole restare in contatto con Ania? Farò quattro chiacchiere con lui.

«E tu cos'hai risposto?»

Ania si alza dalla posizione di prima e questo suo distacco mi rende nervoso.

Avrà risposto sicuramente di sì. Glielo leggo negli occhi.

Si morde il labbro inferiore e osserva il sedile in pelle per paura della mia reazione.

Ovviamente non la sgriderei mai, lei è libera di scegliere ciò che vuole... non ostacolerò la sua scelta.

«Gli ho detto che per me va bene. Mi fa piacere conoscerlo meglio. Spero tu possa comprendermi.»

Stringo le mani sul volante, senza agitarmi più del dovuto.

Stiamo per arrivare e non voglio rovinare la nostra uscita.

«Hai fatto bene. Anche se lui e Brenda erano fratelli adottivi... Lazaro era molto legato a lei.»

Mi guarda confusa.

«Non sapevo che uno dei due fosse stato adottato.»

«Sì. Lazaro è il suo fratellastro. Diciamo che non siamo mai andati tanto d'accordo perché ho sempre pensato che lui provasse qualcosa di molto più forte per lei...»

Ania sgrana gli occhi e continua ad ascoltare le mie parole.

«Sai invece cosa devo raccontarti?» continuo cambiando discorso.

«Cosa?»

«Ieri ho parlato con Cecilia.»

Ania rimane in ascolto. «Perché?»

Stringo i pugni sul volante, ma mi faccio coraggio perché è giusto doverle riferire di cosa ho discusso con la mia ex migliore amica.

«Mi ha raccontato un po' di cose specialmente del periodo in cui io ero in coma.»

La sento perdere un respiro e provo a tranquillizzarla, poggiando la mia calda mano sulle sue ginocchia.

«Non ne abbiamo mai parlato», sibila a bassa voce.

So a cosa si sta riferendo. Al periodo più lungo e buio della mia vita. A quando sono finito in coma dopo l'incidente, prima della depressione, prima di ogni altro tipo di dolore.

«Non mi va molto di parlare di quel periodo. Ero davvero depresso e dopo il risveglio neanche i miei credevano che mi sarei mai ripreso.»

«Credevano che non ce l'avresti fatta?» domanda, dandomi forza.

Annuisco e percorro la strada giusta senza rallentare.
«Allora dimmi, cosa ti ha detto Cecilia?»
«Che mi è stata accanto. Veniva ogni giorno in ospedale e sperava che mi svegliassi più di qualsiasi altra persona. C'è sempre stata per me, a modo suo, ed io l'ho sempre trattata male.»
«Raziel questo non è vero e poi non potevi saperlo. Non te l'ha mai detto», prova a non farmi sentire in colpa anche per questo ed io la ringrazio con uno sguardo.
«Lo so, ma è così. Al mio risveglio ho sempre pensato che nessuno di loro fosse venuto a trovarmi. Invece mi sbagliavo. Lei c'è sempre stata. Non mi ha mai abbandonato. Sono felice di aver risolto con lei. La sua amicizia mi mancava e non voglio perderla.»
Il volto di Ania si incupisce un po'. Lei e Cecilia non hanno un bel trascorso, ma spero vivamente che da ora in poi possano provare ad andare d'accordo.
«Non è una cattiva persona, Ania.»
«Ci ha fatto litigare, Raziel. Mi ha dato quella collana e non mi è piaciuto ciò che ha fatto. In quei giorni sei cambiato.»
«Perché ero sconvolto e ti ho già spiegato tutto. Ho sbagliato a reagire così, ma Cecilia lo ha fatto per riavermi vicino a lei. Mi ha detto che ne avete parlato. Che ha provato a chiederti scusa…magari potreste provare ad andare d'accordo?»
Ania sbuffa e si porta una mano tra i capelli, in seguito incrocia le braccia al petto e cerca di pensare a una risposta più ponderata senza dover litigare.
«Non litighiamo, Ania. Ti prego…ti sto solo chiedendo di darle un'opportunità. Che ne dici?»
Mi guarda torva per un piccolo istante e continua a restare in silenzio.
Le sue gambe iniziano ad agitarsi ed io premo il palmo sulla sua coscia per rasserenarla.
«Ania, tesoro…»
«Mi ha detto che non c'è mai stato nulla tra di voi», afferma ed io le sorrido.
«Non c'è mai stato nulla. Lei…»
Non so se posso raccontarle di Cecilia e Jov, ma così Ania smetterebbe di essere gelosa.
«Lei?»
«Ha avuto una cotta per Jov, ma lui era preso da mia sorella e…insomma si è creato un pasticcio, ma non voglio entrare in questa storia. Cerca però di credere a me e ai miei sentimenti per te. Ecco perché ti sto portando in questo posto.»

«Dove stiamo andando?»

«Lo vedrai a breve, dimmi solo che ci penserai su per Cecilia...»

Ania stringe la mia mano e annuisce. «D'accordo. Basta che non proverà a ostacolarci.»

Scuoto la testa e creo dei piccoli cerchi sulla sua mano.

Lei si infervora e le sue guance si imporporano.

È così bella.

«Non accadrà.»

«Bene.»

D'un tratto, con il solito tempismo, qualcuno disturba la nostra conversazione. Le squilla il telefono.

Si scusa e risponde alla chiamata di Carlos.

«Carlos, ehi... come stai?»

La sua voce è alquanto malinconica, sicuramente le mancherà il suo migliore amico, ma tra poco tornerà in città...

Tornerà a Recoleta...

«Va tutto bene, Ania e tu? Quando torni? Stasera sarà triste festeggiare senza di te.»

Ania raddrizza la schiena e si appoggia allo schienale.

Per un istante si concentra sugli alberi intorno a noi e comprende il posto in cui siamo arrivati.

Sgrana gli occhi e inizia a balbettare.

«Oh... ehm, Carlos... potrei, potrei richiamarti più tardi?»

Sento Carlos lamentarsi dall'altro lato della cornetta, tuttavia acconsente e saluta la sua amica.

Quando Ania termina la conversazione si volta verso di me e mi guarda sbigottita.

«Perché mi hai portato qui?» Mi chiede con occhi pieni di una speranza insolita. Sogghigno, senza risponderle subito.

«Raziel... perché siamo davanti a una chiesa?»

Continua a non capire il perché io l'abbia portata qui e vorrei immediatamente baciarla: in questo momento è davvero irresistibile.

«Non spaventarti, Ania...»

Il suo sguardo saetta da me alla chiesa, e dalla chiesa alle nostre mani intrecciate.

«Non sono spaventata, solo che non riesco a capire...»

«Siamo davanti a un luogo sacro», proferisco, guardandola dritta negli occhi.

«Sì...» risponde con voce tremante.

Si schiarisce la gola e deglutisce, affannata.

«Ania... ho bisogno di parlarti, ma per farlo voglio che tu creda alle mie parole. Per questo ti ho portata qui, oggi, perché quello che sto per dirti è sincero e spero che, comunque vada, tu capisca.»

Si posiziona di fianco e prova a concentrarsi sulle mie parole, su quello che ho da dirle, anche perché per me non è facile.

Sono sempre scappato dalla verità, ma con lei è diverso.

Non voglio illuderla più.

Non voglio più trattarla come ho fatto in passato.

«Raziel... mi stai spaventando.»

Istintivamente le accarezzo la guancia e il mio tocco la culla.

Chiude gli occhi e continua a bearsi della mia carezza, fino a quando non trovo il coraggio e le rivelo ciò che deve sapere.

«Amore mio, io ti amo. Non so davvero cosa farei se tu non fossi con me, ma tra due giorni andrai via ed io...»

Apre gli occhi e le parole mi muoiono in gola perché la bellezza del suo sguardo preoccupato mi disarma.

«Tu?» Prova a farmi andare avanti, anche se con il suo sguardo addosso è tutto più difficile.

Non so se rivelarle davvero quello che penso oppure darci un'opportunità definitiva.

È da parecchi giorni che penso a cosa dirle, a come formulare per bene questo discorso, e ora ho solo voglia di stare con lei.

Però...sono confuso.

Non sul nostro amore, su quello non ho più dubbi, ma per il momento non mi va di abbandonare la mia famiglia.

Anche se ci sono state mille incomprensioni, anche se è tornato mio zio Yosef, non voglio lasciare mamma ed Estrella da sole, a lottare contro il dolore per la perdita di papà.

Non stanno ancora bene, non si sono riprese.

Con Estrella non abbiamo risolto del tutto la tensione che ha creato la sua bugia, ma voglio provarle a dare una possibilità.

Non voglio che lei si senta in colpa come mi sono sentito io in tutti questi anni.

È una ragazzina, per me resterà sempre la mia sorellina. E devo proteggerla, non farla scivolare in un baratro profondo e ignoto.

«Raziel...»

Pronuncia il mio nome dandomi la forza di continuare senza timore.

«Ania, io... non mi sento pronto a seguirti. Non perché io non ti ami, non perché non creda nella nostra storia d'amore. Un giorno probabilmente ci sposeremo. Io senza di te non riesco a vivere, ma la mia famiglia ha bisogno di me, adesso più che mai... non posso andarmene. Avevo bisogno di dirti queste cose perché so che potrai capirmi, comprendermi. In passato sono scappato, ora non posso andarmene di nuovo. Non posso lasciarle da sole. E non posso lasciare neanche te. Non voglio rompere la nostra storia d'amore. Non sopporterei vederti con un altro. Però, per il momento, devo restare qui. Mi capisci, vero?»

Rimane senza parole. Non riesce a proferire nulla ed io mi sento un verme, però non ho altra scelta.

Devo comportarmi da uomo di casa.

Devo proteggere la mia famiglia, fino a quando non staranno meglio.

Ania rimane in silenzio, turbata e forse insicura su ciò che vuole dirmi, perciò riprendo a parlare.

«Ascoltami bene, amore mio. Esiste un universo immenso, colmo di luce e poesia ma anche di tenebre e rimpianti. Però succede che quando due anime si incontrano esplode di meraviglia. E le nostre anime si sono incontrate. Io sono esploso di meraviglia con te.»

Mi trema la voce e i suoi occhi lucidi mi fanno quasi piangere il cuore, contemporaneamente aspetto con impazienza che lei dica qualcosa.

Che risponda alle mie parole.

Senza allontanarsi da me, mi stringe le mani e mi guarda intensamente negli occhi.

Prende fiato e finalmente ascolto il suono alle sue parole.

«Sai, Raziel... tu sei sempre stato irraggiungibile per me. Hai sempre danzato davanti ai miei occhi con mistero ed eleganza. Sei stato sfuggente. Ti sei dileguato dal mio sguardo per non farti ammirare, ma per me sei sempre stato l'emblema della bellezza. Sei una cascata di sorprese continue e mi hai stravolto la vita. Senza di te vivrei ancora in una campana di vetro, chiusa come un riccio, senza sorridere al mondo, invece adesso... grazie a te, vivo di un amore puro. Come potrei imprigionarti nella mia vita se desideri libertà? Non ostacolerò le tue scelte se ti fanno sentire vivo. Né ti allontanerò da me. Potremmo vivere distanti, ma insieme.»

Non riesco a trattenermi e la sua maturità mi sconvolge sempre di più. Con impeto le rubo un bacio.

La bacio con spensieratezza, con amore, con passione, senza versare una lacrima.

Mi prendo il suo bacio e lei ricambia, senza sfuggirmi.

Ormai non fuggiremo più l'uno dall'altra.

Ormai staremo insieme, per sempre.

Siamo in una strada isolata, non c'è nessuno, perciò la libero da quegli indumenti che per i miei occhi sono eccessivi.

Ania si lascia trasportare dall'euforia e acconsente.

Appena la sua maglietta vola via sui sedili posteriori, l'ammiro in tutta la sua vera natura.

Il suo seno, alto e sodo, mi stuzzica. Il suo ventre, piatto e modellato, mi attrae.

Le sue gambe, lunghe e perfettamente sinuose, mi distraggono.

E le sue labbra, oh le sue labbra sono una continua tentazione...

Tutto in lei è di un'avvenenza immensa, imparagonabile.

«Ti potrei dire che all'amore non ci credo da quando è morta Brenda, che mi ha sempre tormentato, ma in realtà non è così, e sai perché?

Perché in realtà ci credo e quando penso all'amore, penso a te, Ania. Semplicemente a te.»

Con occhi lucidi e pieni di desiderio, si avventa sulle mie labbra. Continuiamo a baciarci, a sfiorarci con il nostro tocco che conosciamo a meraviglia.

Ci adagiamo sui sedili posteriori e ci stringiamo per incastrarci alla perfezione.

«Non è un addio, Ania. Staremo insieme e tra qualche tempo ti raggiungerò. È solo questione di tempo.»

«Lo so, amore mio. Non è un addio», la sua voce mi infervora.

Inizio a baciarle i seni, li stringo tra le mie mani e lei comincia a gemere e a rendermi ancora più eccitato.

Non resisto, la morderei di baci, ovunque, in tutto il corpo.

Continuo ad accarezzarla, a lusingare il profumo inebriante della sua pelle.

Le stringo le natiche e lei geme di piacere.

«Di solito sono un gentiluomo, questa volta però le regole cambieranno...» pronuncio con voce rauca.

«Le regole? Quali regole?» Domanda innocentemente e mi fa ammattire.

«Non ti chiederò di toglierti le mutandine, perché...»

Cerco di non perdere la lucidità e mi avvicino all'incavo del suo collo per ringhiarle contro la nuda verità.

Ania mi guarda con lussuria e aspetta la mia volgare risposta.

«Perché te le strapperò io stesso.»

Quando le strappo via le mutandine, soffoca in un debole verso e sogghigno, impaziente di accontentarla definitivamente.

La guardo: ha la testa reclinata all'indietro e trasecola. Il bacino inarcato verso di me mi fa capire che vuole di più.

Piano piano sarò dentro di lei, ma ancora ho bisogno di godermi il momento.

Quando andrà via saranno poche le volte in cui ci vedremo e mi mancherà.

Non riesco a pensare alla sua partenza, così decido di ribaciarla ancora

e ancora per farle ricordare il nostro amore.
«Sei sicura che la mia decisione ti vada bene?» domando sicuro del nostro amore.
«Raziel... ti ho aspettato a lungo e ora ti ho trovato. Non scapperai più da me. Nessuno di noi scapperà. Neanche la lontananza ci dividerà, fino a quando non tornerai definitivamente da me», sussurra con una voce graffiata dall'emozione e dalla sensibilità.
«Sì, Ania. Nessuno ci dividerà. Ho aspettato troppo tempo, dicendomi che era sbagliato e che non dovevo, ma la realtà è che non ho mai creduto a una sola parola di quello che ho detto a me stesso. Ti voglio adesso, domani e in futuro. Desidererò per sempre e ardentemente sfiorare la tua pelle e le tue emozioni.»
Affermo, senza pensare a ciò che succederà una volta distante da lei. E mi perdo a baciarla, a stuzzicarla, fino a quando non mi supplica di accontentarla e di raggiungere l'orgasmo più bello della sua vita.
«E allora sfiorale le mie emozioni, fallo con cura, con magia, con trasporto, con estrema passione. Come solo tu sai fare.»
Un luccichio particolare si riflette sulle sue iridi e proprio in quel momento avvero il suo desiderio, e realizzo la nostra magia.
Entro dentro di lei con estrema passione. Danziamo senza più essere peccatori, l'amore negli occhi.

Epilogo

Ania

Raziel andrà via, ma una parte di me lo ha sempre sospettato. Non mi aspettavo che sarebbe tornato con me in città e per questo non ostacolerò la sua decisione.

Abbiamo appena finito di fare l'amore. Ci stiamo abbracciando imperlati di sudore e profumiamo di felicità.

Sì. Siamo felici.

Finalmente, dopo mesi di agonia, di segreti, di sotterfugi, siamo qui, insieme, l'uno tra le braccia dell'altro, a cullarci e a dimenticare gli incubi.

Ricordo ancora la frase che Raziel mi ha rivelato un pomeriggio di qualche mese fa: erano delle parole profonde, piene di rimorso e angoscia.

«Sono dolore e sofferenza, senso di colpa e tormento, ruggine e polvere. Non sono poesia, non sono leggerezza, non sono felicità.»

E invece oggi eccolo qui a sorridere insieme a me, due anime meravigliose pronte ad amarsi finché morte non le separi.

Sono passate ore da quando è venuto a prendermi e non mi sono accorta del trascorrere del tempo, ma appena controllo l'ora salto in aria perché si è fatto molto tardi. Racimolo il cellulare e sgrano gli occhi quando vedo i mille messaggi che hanno inviato le mie cugine. Sono andate da sole da Jov, però sono preoccupate e aspettano che risponda.

«Raziel è tardissimo...»

Raziel scruta l'ora e guarda il cielo, oltre i finestrini della macchina.

«Hai ragione, è tardissimo, ma hai visto?» La sua voce è calma, lui non ha fretta di andare via e in realtà, neanche io.

«Cosa?» Lo guardo di sottecchi e, nel frattempo, cerco di capire dove sia andata a finire la mia maglia.

«Ha iniziato a piovere ancora prima dello scoccare della mezzanotte.»

D'un tratto mi accorgo del rumore della pioggia e osservo il cielo privo di stelle.

«Hai ragione. Non me ne sono accorta.»

«Perché sei distratta e hai paura di essere sgridata da Guadalupe e Diana», mi schernisce ed io sogghigno.

«Ehi...non è vero.» Con assoluta felicità, mi appoggio sul suo petto e gli accarezzo l'addome scolpito alla perfezione.

Raziel è bellissimo, non smetterò mai di dirlo, ma non solo. È intelligente, colto, preparato, simpatico, ironico, è un gentleman.

Ed io lo amo sia per questo sia per i suoi difetti, anche se riesco a trovarli a malapena.

«So che è già tardi, però, prima di andare dagli altri... vorrei fare una cosa.»

Lo guardo torva, soprattutto perché si riveste prima di me.

«Cosa vorresti fare? Dovremmo andarci a preparare... gli altri ci stanno aspettando e dovremmo passare anche da casa a cambiarci. Siamo già in ritardo», gli ricordo, cercando di rivestirmi.

Ritrovo la maglietta sotto un sedile e i pantaloni appallottolati sotto l'altro.

Li raccolgo e li indosso, osservando ancora una volta il volto angelico di Raziel.

La sua voce risuona energica dentro l'abitacolo.

«Voglio ballare con te sotto la pioggia.»

Sgrano gli occhi e corrugo la fronte, ma continuo ad ascoltare la voce del mio innamorato.

«Qui...davanti ad una chiesa.»

«Raziel...»

Improvvisamente Raziel esce dalla macchina, viene dal mio lato e mi porge la mano.

È tutto impregnato d'acqua, ma mi sorride sotto la pioggia ed il mio cuore implode in un connubio di emozioni. Mi batte così forte che respiro a stento.

Afferro la sua mano e, fregandomene, decido di assecondare la sua follia. Proprio quando esco dalla macchina, la pioggia si abbatte su di me; poco mi importa se sono fradicia perché Raziel ha uno sguardo così bello che mi mozza il fiato. Il suo sorriso si spalanca fino a farmi venire il batticuore.

«Non sarà il nostro ultimo ballo, bensì il primo di una lunga lista. Lo sai, vero?»

«Sì, lo so», ammetto con le lacrime agli occhi.

La pioggia confonde le mie lacrime, ma Raziel se ne accorge lo stesso e mi accarezza le guance.

«Credo che questo sia il momento perfetto», rivela ottimista.

Gli sorrido perché è proprio così. Questo è il momento perfetto.

«Questo è il *nostro* momento perfetto», rettifico da inguaribile romantica.

Il volto di Raziel si illumina e iniziamo a ballare. Come se mi stesse trasportando una magia ignota, mi lascio cullare e abbracciare.

Non mi basterà mai.

Lo vorrò sempre. In ogni momento della mia vita.

Avrò cura di lui, finché potrò.

Lo proteggerò, così come lui farà con me.

Siamo due anime destinate e ne siamo consapevoli.

Proprio quando un lampo squarcia il cielo in due e la pioggia scende su di noi più forte, Raziel mi bacia ed io ricambio con passione, socchiudendo gli occhi.

Mi regala il bacio più intenso e autentico di tutti.

Il bacio del vero amore.

RINGRAZIAMENTI

È doveroso dover aggiungere la parte dei "ringraziamenti" quando si conclude un romanzo, per chiudere il cerchio.
Non voglio dilungarmi troppo, quindi sarò breve e concisa. Senza troppi giri di parole.
In primis, ringrazio la mia famiglia, che mi supporta sempre.
Ma in modo particolare voglio ringraziare:

o   Alessia, che potete trovare su Instagram con il nome **@graphicspiper**. La ringrazio per aver creato la magnifica copertina che ho utilizzato su wattpad. Ha saputo riprodurre alla perfezione l'idea che in quel momento mi era venuta in mente.
o   Ringrazio la mia editor, Giulia, in gamba e professionale. Non solo ha rispettato i miei tempi, ma mi ha anche dato dei consigli preziosi, che conserverò in futuro per i prossimi romanzi.
o   Ringrazio Palma, che potete trovare sui social come **@unteconpalma**, per aver realizzato una copertina unica e dettagliata. I colori rispecchiano a pieno i sentimenti dei nostri protagonisti e non posso che ringraziarla. Ha fatto un lavoro strepitoso.
o   Ma il grazie più prezioso va a voi…ai lettori e alle lettrici che mi seguono dal lontano 2017. Ci siete sempre stati e non mi avete abbandonata, neanche quando i miei aggiornamenti erano diventati più lenti a causa dei vari impegni.
o   Ringrazio anche i follower di Tik Tok. Crescono ogni giorno sempre di più.

Dunque, grazie. Grazie per tutto il vostro affetto e sostegno. Grazie per tutti i messaggi che mi inviate ogni giorno. Li leggo sempre e tutti, con le lacrime agli occhi.
Il vostro supporto mi ha fatto arrivare fin qui. Mi ha dato il coraggio di mettermi in gioco e di farvi avere la copia cartacea di **Più di cento battiti**. Non è stato semplice, niente lo è, ma se ci metti il cuore tutto diventa più bello.
Spero che **Più di cento battiti** vi sia piaciuto e che vi abbia emozionato.
Scrivere una storia non è facile come sembra. A volte senti il bisogno di fermarti e di rileggere quello che hai scritto perché magari non ti convince, ma quando tutto combacia allora ti senti pronta e soddisfatta.

In questa storia ho inserito tutte le mie emozioni, per farvele sentire addosso.

Ho pianto, ho riso, mi sono disperata quando non trovavo la fine giusta da dare alla tormentata storia d'amore di Raziel e Ania, ma adesso è completa e voi potrete leggerla, ogni volta che vorrete, nella sua nuova veste.

Spero di avervi fatto sognare almeno un po'.

Vi mando un grossissimo abbraccio e spero che in futuro possiate ancora viaggiare insieme a me e alla mia fantasia.

Le mie idee non sono finite qui.

Le mie emozioni non si esauriranno tanto facilmente e verranno trascritte per farvi sognare a occhi aperti.

Perché sognare è un dono meraviglioso.

Arrivederci lettori e lettrici...

Al prossimo romanzo!

SOCIAL

Instagram: @valia_emme_autrice
Tiktok: valiaemme

Se può farti piacere, lascia una recensione su Amazon per aiutarmi a continuare il mio sogno.

Indice

Prima Parte

	PROLOGO	11
1.	HAI MAI SENTITO PARLARE DI RAZIEL?	13
2.	È ARRIVATO IL BRAVO RAGAZZO	23
3.	BODYGUARD	35
4.	COME CENERENTOLA	42
5.	GENTLEMAN	52
6.	UN RAGAZZO DI ALTRI TEMPI	63
7.	DOVRESTI FIDARTI	74
8.	UNA CRêPE E QUATTRO CHIACCHERE	83
9.	(S)PIACEVOLI COMPAGNIE	92
10.	STAI CERCANDO DI SCOPRIRE I MIEI SEGRETI, VERO?	100
11.	STATI D'ANIMO	108
12.	PROPOSTE	115
13.	ASCOLTA IL TUO CUORE	122
14.	RESTO QUI	130
15.	IN VIAGGIO CON I FANTASMI DEL PASSATO	142
16.	UN WEEKEND SOLTANTO NOSTRO	151
17.	È DAVVERO UN BRAVO RAGAZZO	159
18.	L'ALTRA FACCIA DELLA LUNA	173
19.	VIBRAZIONI	183
20.	SWEETY	189
21.	MAL D'AMORE	197
22.	PRIGIONIERA DEL PASSATO	213
23.	QUANTO PUO' FAR MALE	221
24.	CONFLITTI INTERIORI	230
25.	CON IL CUORE IN GOLA	242
26.	NELLA MALINCONIA DEI TUOI RICORDI	252
27.	NON È TEMPO DI MORIRE	262
28.	IL VERO AMORE	271
29.	PAZZO DI TE	282
30.	RUGGINE E POLVERE	295
31.	DI TEMPESTA IN TEMPESTA	313
32.	DIAMANTI PREZIOSI	326
33.	LA PADRONA DELLA NOTTE	336
34.	UN CATTIVO RAGAZZO	352
35.	QUALE MASCHERA INDOSSI, RAZIEL?	365

36.	VOGLIO ENTRARE NELLA TUA STANZA	379
37.	LENZUOLA BIANCHE	393
38.	IL "TI AMO" CHE GLI HO DETTO	406
39.	INFINITI SEGNI D'AMORE	421
40.	PIU' DI CENTO BATTITI	438
	Seconda Parte	
41.	MAI PIU' PETALI DI UN FIORE	451
42.	RICORDI RUMOROSI	464
43.	È TUTTO TROPPO COMPLICATO	485
44.	NON NASCONDERTI PIU'	496
45.	TUTTA COLPA MIA	506
46.	IL BAULE DEI RICORDI	515
47.	IL PASSATO CHE DISTRUGGE I SOGNI	525
48.	FA TANTO MALE	536
49.	LE VIE INTRISE DI PECCATO	543
50.	COME QUANDO ERAVAMO PICCOLI?	554
51.	UNA STORIA DA RACCONTARE	566
52.	SFUGGIRE DALL'ABISSO DEI RICORDI	575
53.	UN DISPERATO BISOGNO DI NOI	588
54.	COME UNA BELLA PRIGIONIERA	603
55.	MI PIACE IMMAGINARCI COSI'	615
56.	L'AMORE NEGLI OCCHI	625
	EPILOGO	633
	Ringraziamenti	636

Printed by Amazon Italia Logistica S.r.l.
Torrazza Piemonte (TO), Italy